模仿犯

上卷　事件之卷

宮部美幸

張秋明——譯

導讀

平成國民作家宮部美幸

唐諾

有一款大家常見的德國車，Volkswagen，我們音譯為福斯汽車，和同樣來自德國的雙B乃至於Audi不同，福斯車既不朝象徵社會上層成功身分的豪華大型轎車方向走，亦不往流線拉風、強調速度的玩家跑車方向試探，它的對象是一般人，隨著社會整體經濟條件成熟開得起車也有必要開車的一般人，功能的意義遠大於想像作夢的意義（「你是開一輛車，不是開一個夢」），因此福斯車實用無華，沒眩目的美學妝點，也就不收你夢想的昂貴附加價錢，但開車的人知道，這是一部好車，奠基於德國深厚嚴謹踏實的汽車工匠技藝之上，不胡思亂想，不浪費無謂的精神和力氣。幾年前，我一位對車子一竅不通的老朋友買了一部福斯的Golf車，就是那種最陽春、最笨拙、沒屁股的那一型，當時已故的汽車大冒險家小黑柯受良還在，要了車鑰匙試開了幾條街，回來跟我這位揪著心等待判決的老友講：「很不錯，整輛車感覺很『緊』，改天我也牽一輛回來玩玩。」

我們大約聽得懂柯受良這個「緊」的說法，意思是車子不會鬆垮垮的，整輛車會踏實的執行開車人的指令，有一體成型的感覺。

據說，福斯車也是修車廠最痛恨的車種，基本上它是「不必掀引擎蓋的」，耐操耐用，車殼開爛了，引擎依然強壯如昔。

如此的汽車特質，其實我們把 Volkswagen 一名給意譯出來，所有奧秘就當場一目了然了，它原來就是所謂的「國民車」，設計製造出來就是要給一般國民大眾所用，或者說，就是符合社會大眾的最大公約數需求而非某一兩個人的綺夢幻想。當然，這個國民是德國國民，這點很要緊。

以上不是汽車廣告，而是宮部美幸，她的小說讓我想起福斯汽車，以及遙遠某個晚上素昧平生柯受良的那段實戰意味車評。

對了，說福斯車沒眩目的美學妝點，絕不等於說它只是一堆有用但醜怪的機械，事實上，樸素也會是好看的，尤其是它的內容撐得住時，特別會給人某種專注而且耐看的有厚度美學感受、某種對工匠技藝的敬重所自然衍生的內行美學玩味（比方說符合力學的完美車身弧度、堅實的關車門聲音、或那種你好像可放心把命交給它的精純令人感動引擎聲音云云）；還有，歷史已用事實說明了，老福斯的絕版金龜車，今天意外成為普世汽車收藏家的追逐焦點。大陸的小說名家阿城旅居L.A. 時，便靠組裝（或該說「復活」）金龜車貼補生活費，最後一輛紅色敞蓬他留下自用，惟車停紅綠燈前，阿城講，不下十次八次總有人從車旁冒出來，忍不住的問他這輛車賣是不賣。

除了暢銷和得獎之外

宮部美幸是日本劍客武聖宮本武藏「雙刀流」型的小說書寫者，她寫現代式的推理小說，也寫傳統式的江戶神鬼傳奇故事。當然，這裡我們的關懷仍集中在她的推理小說上。

宮部極可能是當前日本最成功的小說書寫者，成功得宛如一個奇蹟、一場好夢——她本人是東京下町一個平凡偏貧窮家庭出身的女孩，學歷則讓人聯想到阿嘉莎．克莉絲蒂，只高中畢業，而後進專門學校學了兩年速記便投身工作職場，浸泡於大社會之中。一九八七年是夢開啟的一年，她處女作《鄰人的犯罪》一書拿下《ALL讀物》的推理小說新人賞，這趟不無意外的奇異書寫旅程於焉展開，往後約十五年左右時間，她勤奮的交出了超過三十本的作品，而日本社會回報她的則更多，她的書暢銷而且得獎纍纍如秋天江戶的成熟柿子樹，這個傲人的實績總滿排動章般掛滿她如今任一本書的封面、封底、書腰或前後摺口上。其中，她的代表作《模仿犯》一書暢銷一百三十萬冊，拿下了包括藝術選獎「文部科學大臣賞」、「司馬遼太郎賞」等六大獎項，《理由》一書又奪得「直木賞」云云，能有的、能想像的大概都收集齊全了，然而一九六〇年生的宮部今天才四十五歲，以日本女性的長壽「習慣」，開個玩笑來說，然後至少二、三十年的寫作日子要如何是好？

我個人以為有的——在宮部獲得這些林林總總的正式大賞同時，她也贏得了一些非正式但可能更重要也更有意思的頭銜，其中一個是所謂的「國民作家」，繼吉川英治、松本清張和司馬遼太郎之後。而宮部的小說內容以及因此而衍生的和廣大日本社會閱讀關係，的確顯現了如此特質，也可能是她往後書寫的真正位置和價值之所在。

說真的，大眾類型小說暢銷，大部分時候並不需要什麼特殊理由，也不見得一定得有什麼樣過人的價值，反正市場的基本需求本來就好好存在那兒，總要有人來滿足它填補它，時尚加上上帝點名的好運道已足夠說明其中十之八九了；也不一定需要事後認真追索其意義或成功奧秘，除非你是「模仿犯」、是那種絞盡腦汁想複製人家成功經驗的出版社企劃人員或眼紅的小說書寫同業，只可惜運氣和逝如流水不舍晝夜的社會集體情緒總無法一併複製云云。至於大眾類型的小說獲獎，基本上仍得看在地社會的水平而定，巴西國內的冠軍足球隊和台灣國內聯賽的冠軍足球隊基本上便是完完全全無關的兩個東西，以日本近一二十年小說創作力的普遍萎縮不振，老實講，也不見得一定唬得了誰。

每年總有書暢銷，也每年總有書得獎，光這兩者說明不了也不一定榮耀得了宮部美幸，她還擁有一些特別的東西，建構著和日本當前社會的某種特別聯繫，某種日本人可相信她足堪成為所謂「國民作家」的特質。

這裡，或許正因為宮部代表作《模仿犯》此一書名的緣故，讓我想起渥特．本雅明〈機械複製時代的藝術作品〉文中的一段話：「即便是最完美的複製也總是少了一樣東西：那就是藝術作品的『此時此地』——獨一無二的現身它所在之地——就是這獨一的存在，且唯有這獨一的存在，決定了它的歷史。」

太長的推理小說源頭

宮部也有宛如宮本武藏快刀般的一支書寫之筆，她的快，不僅僅呈現於她每年平均兩本的稱職大眾小說家出書速度，更表現在她每本書的實際厚度和內容構成，其中最極致的演出仍是《模仿犯》一書，全書原文一千四百頁，調動了四十三名有名有姓有基本來歷的人物。嚇！這是巴爾札克的小說對吧？你記憶中有哪本推理小說寫這麼長的？

也許有的，很久很久以前，久到推理小說誕生的曙光時日，比方說，威基．柯林斯的名著《月光石》。

基本上，推理小說，尤其是本格派的推理小說，的確不方便寫這麼長，因為本格推理基本上是個謎題，騰挪迴轉狡飾欺詐為的無非是讓最後的謎底驚心動魄的「抖」出來，這就是推理小說鼻祖愛倫．坡所說的，小說的全部菁華，在於「最後一行文字」。也因此，推理小說書寫者總面對著這個幾近是悖論的宿命難題，那就是在謎題的長短之際要如何最適的拿捏，如何把閱讀者壓到極限的最後一口氣又不至於讓他力竭倒地把書扔開。

但無論如何，一千四百頁終究太長了，沒有人受得了這麼長的一個謎題的。

或許正因為如此這般，身為英籍在地作家的威基．柯林斯，儘管和愛倫．坡算是同代之人而且還擁有「主場優勢」，卻只能讓來自美國的愛倫．坡拿走以英國為發源奠基母土的推理小說之父歷史榮銜。我們看《月光石》，有謎一樣的詭譎兇殺案，有精明幹練的探長，也有足夠感情上的恩怨情仇和實質上的寶物財貨讓人人可能是殺人凶手云云，該到的元素差不多全齊了，卻樣樣差了那麼一點點，沒能像愛倫．坡的《莫格街探案》那樣，清清楚楚完成了後來推理小說遵循百年的最基本類型架構。比方說，霍夫探長並未真正破案反而中途死去，因此，他沒能是負責揭露神奇謎底並解說這一切的純淨智性「神探」，他只是精明認真的警官，他的角色「功用」毋寧是要讓命案的發展更神秘更奇情更峰迴路轉，也就是說，柯林斯《月光石》的真正樂趣並不全押在「最後一行文字」，沒要蓄住全部力量好最後一拳K.O.你，更多時候它想提供閱讀者的是雲霄飛車般的上下起伏驚險享樂。

如此，我們便差堪懂了威基．柯林斯的真正書寫來歷及其關懷了——我們可從柯林斯沿狄更斯往上溯，今天的文學歷史慷慨但也公允的賦予它們經典小說的嚴肅位置，但在當時，它們是那種精采奇情纏綿緋惻的恩怨情仇小說，尤其是社會開始富裕起來、一般社會大眾有點錢了也有點閒了而且有足夠文字能力開始渴望也能浸泡其中的消遣讀物，這樣的故事通常得夠長才好，長到——長到可埋進一個星期、一個月甚或更久，長到可成為一個夢境，一個另外的世界，長到你可以放心把情感投入其中並生根發芽，而無懼它會匆匆告別你而去如變心的情人。

如此的人性需求其實有比小說更久的來歷，甚至還早於文字的誕生，這其實便是人類說故事的古老傳統；也因此，即便在現代社會中飽受各種衝擊如理性除魅、如功利主義、如人的彼此隔離和生命經驗的破碎、如人心和生活節奏的匆忙、如直接感官享樂的解放和篡奪云云，但每個社會，仍依照它自身的品味高低以及倨傲謙卑不等的心思，在尋求諸如此類可安心聽良久良久的故事（比方說台灣糟糕些，它的「國民作家」，其實是八點檔連續劇），正因為如此，才讓波赫士大膽的講：「我不相信人類對聽故事一事會感到厭倦。」

從國民作家到日本性

我個人當然知道，寫得太長，非本格派的宮部小說，在封閉的推理小說世界中有更方便的歸類方式和更現成的解釋，那就是與本格派分庭抗禮的所謂「社會派」，一如日本人把宮部視為松本清張的當代繼承者一般。

但太現成太制式的社會派既定印象及其解釋可能顯現不出宮部真正的特殊之處。宮部的推理小說，的確有極清楚的當下日本社會現實著眼，寫的是日本宛如太平盛世當前社會底下流漾的不安和隨時可能爆發的暴戾。但做為一個後來的、基本社會問題已被寫盡的社會派推理作家，宮部並未被逼往更幽黯更乖戾、更人性邊界、更心理概念的宿命方向走，她奇特的回轉到更平實的家常世界來。她的題材全不特殊，像《理由》一書的命案便生於再常識不過的法拍屋法律死角之中；她的犯罪探索亦不深奧駭人，即使像《模仿犯》處理綁架分屍的連續殺人案，我們也沒看到多少不堪入目的東西，毋寧只是一份更詳實更盡職的命案相關調查報告，直接拿到報紙或電視新聞上亦無尺度問題，也仍是普級的，歡迎闔府觀賞。

一部小說，把時間、戲份、均勻的分配給四十三人，幾近一視同仁到宛如填寫基本資料表格的介紹他們的姓名、職業、年齡、相貌特徵、家庭背景和學歷出身，所有的獨特個人就全隱沒了，剩下的便只是社會身分、社會人格和社會位置。原則上，這是一種很「冷」的小說書寫方式，閱讀者只能用理性和它打交道，很難以感情相搏，因為你找不到一個實體的人可堪為感情用事的焦點，跟隨他的境遇跌宕起伏，因此以暢銷為著眼的類型性大眾小說特別不合適採用。

然而，我個人以為，恰恰好因為宮部小說如此違逆著普世的、無國界流行小說、流行戲劇的基本感情用事通則，才讓它們從滿街都是的流俗作品中清楚脫穎出來不是嗎？恰恰好因為它們乍看不合適暢銷而事實證明居然熱賣如此，才特別讓我們驚覺到有特別的事發生不是嗎？

「國民作家」這個稱謂，沒弄錯的話應該是日本人搞出來的，它至少包含了兩個面向的意涵：對外的隔絕斷裂和對內的普及一致，這個內外背反的特質統一成某種「日本性」。暢銷只是它對內的面向，暢銷作家多矣，一個暢銷作家並不自動等同於每一個年代只此一個名額（或甚至從缺）的所謂國民作家，一個作家可被視為代表得了整個日本社會、日本國族，他必定和此一社會此一國族有某種特殊、深沉、到難以取代的情感聯繫，一定得觸到他們某一根重要神經，暴露出他們集體而又不同於其他社會國家的獨特心事，因此，暢銷僅僅是一個必要條件而已，或更明確來說，一個結果，一個事後的證明。

我幾乎敢於斷言，一個日本人在宮部小說中所看到的、或油然感受到的東西，一定要比我們這些「異國人」要多得多。對他們日本人而言，宮部小說不會真的像其書寫方式所顯現的那麼理性那麼冷，宮部走馬燈般以一個個社會角色（隨機牽扯抽樣而非典型設計）串起或說編織成的群體圖像，對我們而言或許是某種理性觀看思索對象、是教科書上的東西，可對日本這個古怪社會而言，這不但是他們此時此刻活生生的現實，還可以是某種情感實體，是他們念茲在茲幾十年上百年以至於早已變得比單獨個人更具象、更有情感而且更得去保衛的東西，對日本人而言，個人可以而且總是面目模糊的，個人甚至是可犧牲的，單獨的日本人，就跟生物學者講單獨一隻蜜蜂或螞蟻一般，是不能存活的，更是沒意義的。

流汗的感覺

時至今日，日本理應算是個老牌民主國家了，但奇怪民主社會ABC的基本個人價值乃至於相關的權利及其自由空間一直不發達，它的「群體感」仍重重壓著個人，這個國家強大到近乎野蠻的力量總是通過集體來展現，在合適以群體來尋求的事物上積極有力到充滿侵略性（如過去的軍國拓展到現代的經濟拓展），但相對來說，它的個人卻是壓抑的、萎縮的，適合個別獨特心靈創造的東西，總是和其國力、富裕程度、教育教養程度極不相襯的貧弱不堪。

偶然某個個人奇蹟般冒出來，比方說寫小說而且獲頒諾貝爾獎的大江健三郎，然而在為日本爭得巨大榮耀同時，日本即便是嚴肅的文學界仍是五味雜陳，他們始終咕噥著大江是徹底的西化之人，沒有日本味云云，全不理會大江小說遠遠越過當前日本任何小說書寫者一個層級以上的基本文學事實。

即便在文字共和國的世界中，日本仍執拗的固守著他們窄迫的現實國族界線，並依此建構他們獨特的文學評價方式，他們忘不掉的典型仍是吉川英治、是司馬遼太郎云云，很少有哪個國家哪個社會肯把如此通俗類型的小說家推上如此崇隆的位置。有嗎？

宮部小說的異常高評價一部分得益於此，但有趣的是，做為平成世代的國民作家第一候選人，宮部小說的「日本性」卻逐步從傳統的江戶走到此時此刻的大東京都會來，這可以是深具意義的一步，也可能埋藏著某種意外的顛覆性於其中。總而言之，宮部小說中的「日本性」已不再是有安全玻璃框保護的既有歷史遺物、是已然完成不再變化的東西，她寫的可不再是如今全安心躺在遠方高野山墓地裡的昔日戰國群雄（極有趣的全日本第一墓園，日本巡旅僧的步行終點，我們從大阪難波站搭南海電鐵兩小時車程可到，有空該去看看），而是東京街町上、住宅區裡仍認真辛苦活著的人們，一般庶民。

如同宮部小說所顯示的，這裡樓起樓塌，人們從這個社區搬遷到那個社區，大人轉業離職，小孩跟著這學校換到那學校云云。這是流動中變化中瓦解同時建構中的不確定世界，誰也阻止不了它，包括那些對「日本性」已有不變結論的焦慮之人，它會有自身獨特的歷史，如本雅明講的那樣——因此，與其過度強調那種「異國人立入禁止」的、已封閉成某種執念、某種準拜物教的日本性，不如講本雅明的「自身獨特歷史」，這讓它得以置放回普世大變化世界的遼闊經驗背景之中，銜接回人類共有的際遇和思維，我們於是進得去也讀得出，更重要的是，這才是事實真相。

波赫士說：「民族性只是一種幻想。」這話說得凶了些斬釘截鐵些，但不失為有益的忠告。

因此，宮部平平實實外表的小說，或許我們能看到的，感受到的東西不如日本人多，但也沒想像中的少——更何況，多出來的那些有一部分極可能只是日本人一廂情願想像出來的。

對這位猶年輕、仍有大把書寫時間在手的日本新一代國民作家，我個人帶著期待的想像，不會是另一個吉川英治或司馬遼太郎，而是另一位用影像書寫的美好國民作家山田洋次，前些時日台灣才默默上演過他的新片《黃昏親兵衛》，而他更代表性的當然是號稱電影史上最長系列電影的「寅次郎」，有四十幾部之多——流浪漢的寅次郎，家裡是柴又下町帝釋天廟前表參道旁的賣丸子店（其實是有名的高木家老鋪），而不事生產、低級趣味但溫暖而高貴的車寅次郎卻隨風流浪日本各地，擺地攤、談永遠不成的戀愛、欠旅館費和酒錢由故鄉他美麗聰明的妹妹車櫻負責償還。他的那頂帽子、爛格子西裝加那只破皮箱早已成為日本的文化獨特符號，幾乎每個日本重要女演員都演過這個系列電影，日本人還說，每年不看一部寅次郎電影，感覺這一年好像還沒過一般。

山田洋次是最日本的導演（除了早已故世的小津），但他的耿耿信念和文化教養卻是左翼的、平等大眾的，因此，他的日本性不閉鎖不狹隘不神經質到令人不舒服，他的群體感開闊無比，如寅次郎招呼鄰居印刷廠工人的口頭禪：「勞動者諸君」，在其間個人是自由的有尊嚴的，像電影中這位「風一樣的阿寅」。

可惜扮演寅次郎的渥美清過世了，已成絕響。

我會不會對宮部美幸賦予太不切實際的期盼呢？但我一直喜歡也一直記得她的一句話，這位深川庶民出身的女孩說：「對我來說，做一件工作，一定要流汗用力，才算是工作。」

但願如此。

01 第一部

「這是不公平的！」

「幹吧！還是幹吧！各位。」

——雪莉．傑克森《樂透》

1

一九九六年九月十二日。

儘管經過了許久，塚田真一還是可以清楚地從頭到尾記得那一天早上自己的行動。包含當時自己心裡在想什麼、那種剛起床的情緒、一向走慣的散步路上看見了什麼、和誰擦身而過、公園的花壇裡開著怎樣的花朵……鉅細靡遺的小事他都記得。

這種記住大小瑣事的習慣，是最近一年才養成的。一如拍照一樣，將每天每一瞬間發生的景象翔實記憶下來。就算是與人交談，依然不放過任何一小片掠過的風景，確實保存在腦海裡或心中。你問為什麼要這麼做？那是因為這些景物脆弱得不知在何時何地會遭人破壞，所以必須好好地捕捉下來才行。

於是這一天早上，他從二樓的房間走下樓梯時，突然聽見信箱裡有報紙丟進來的聲音。他心想：怎麼比平常要晚呢？藉由樓梯轉角用來採光的窗戶對外望去，一名捲起灰色運動衫袖子、騎著偉士牌機車的微胖送報生正好經過他的視線下方。送報生的運動衫背後印有浦和球隊的標誌和吉祥物圖案。

拉開大門的鏈條時，已感覺到他存在的洛基開始在前院吠叫了起來。洛基高興地拉扯鏈子，發出金屬撞擊的聲音。真一才一開門，在鎖鏈長度可及的範圍內，洛基用力伸展自己的身軀，用全身表達出喜悅之情，想要飛奔過來。這時真一發現洛基腹部底下的毛有些脫落，幾乎可以透視到皮膚，他想：該不會是受傷了吧？於是努力想要抓住洛基仔細觀察，然而此刻的洛基正為主人要帶牠出去散步而興奮不已，根本不是真一可以抓得住的。沒辦法真一只好邊想：等散步回來，再叫叔叔看看，必要時還得送到獸醫那裡診治；一邊將洛基身上的鏈子從庭院角落的木樁上解下來。他還清晰記得當時的鏈子因為昨夜的雨而濕滑、手中則是冰冷沉重的感覺。

洛基住進石井家比真一還要早半年，現在正是貪玩、喜歡惡作劇、精力旺盛的時期。一身柔順長毛的洛基活似蘇格蘭牧羊犬的填充玩偶，但真一聽石井夫婦說洛基並非純種狗。這麼說來仔細一看，洛基的鼻子的確比蘇格蘭牧羊犬要短些，身體的尺寸也縮了一圈，不過反而顯得嬌小而可愛。

真一住進石井家將近十個月了，早晚帶洛基出門散步，近來已完全成為他的任務。本來石井夫婦就好像不怎麼喜歡養狗，帶洛基散步對他們夫妻來說是種負擔。實際上真一也常常覺得：嬸嬸大概真的很怕大型犬吧！所以當洛基熟悉了真一、真一也願意負起照顧洛基的責任時，他們夫妻不禁異口同聲說道：「太好了！」

既然如此，當初為什麼要養洛基呢？如果說照顧狗是那麼累人的事，又何必自找麻煩呢？真一好幾次都想問，但終於話還是湧到喉嚨後又吞了回去。雖然問他們也會作答，但毫無疑問的氣氛會搞得很僵。

「那是因為這隻狗很可憐呀，所以……」他們夫妻回答。沒錯！石井夫婦的個性就是看不過去可憐的事物。於是真一也點點頭回說：「對呀，洛基大概也沒有其他人家想養吧。」心中則想著：「就像我一樣。」石井夫婦看著真一的表情，臉上的神色透露著：「我們知道你一定是認為洛基和你一樣。」真一也很清楚他們夫妻知道他內心裡的想法。只是大家都裝作不知道的樣子。

解下項圈上的鏈條，換上散步用的皮繩，真一牽著洛基踏上街道。洛基開始用力拉著真一走。散步的路線早已固定，但這隻狗每次總想朝不同的方向前進。而且最喜歡跑到沒有柏油覆蓋的地方去，肯定是因為腳底接觸泥土的感覺最棒吧。真一有時也會順著洛基的意被拖著跑，但今天早晨可不行，畢竟昨晚一夜的雨弄得到處積水。真一心想：還是走柏油路比較安全吧；於是強拉著洛基走向一貫的散步路徑。

穿過小巷來到明治路上。大清早的，馬路上的車流量固然不大，但經過的車子都是風馳電掣。一如抗議般地，洛基對著從真一他們身旁擦身而過的計程車大聲吠叫。

他們從明治路向西行，越過白髭橋東的十字路口，朝向大川公園前進。深秋時節的黎明來得晚，就在他們走到公園附近時，朝陽才開始在背後升起，陽光照射在右手邊的高樓社區玻璃窗上發出閃閃金光。

真一拉住走在前面的洛基，回頭看著緩緩升起的太陽。

要是真一過去的朋友聽說他每早都會這樣子眺望朝陽升起，一定會大吃一驚吧！因為以前的真一就跟大多數的高中生一樣是夜貓子，早晨要在規定的時刻內起床根本是件痛苦的事；還常常抱怨：為什麼學校上課不從十點才開始呢？

然而現在的他完全變了。他自己發現到這個事實是在住進石井家以後，心想：「什麼時候開始居然我也能起得這麼早，還能站在這裡欣賞朝陽升起……」

他也曾自己問自己：「為什麼呢？」但是還沒有找到明確的答案。換句話說，他還無法邏輯性提出理論回答，只是感覺上好像很能理解自己的行動意義。

那是一種確認，確認一天的開始，確認每一天、每一個早晨自己還活著……不對，應該說是又活過了昨天，能夠迎接另一個今天。他要確認自己的人生還沒有走到終點；儘管未來是無法控制的新的一天，總之昨天已經過去了，昨天的我平安地存活了過來。因為不這麼做，就沒有生存的真實感受；就好像探險家走在風景一成不變的大漠中，必須時時回頭確認自己的足跡，否則會分不清楚自己是不是停止前進了一樣。

可是就算是經常像這樣仰望朝陽，還是不免陷入一種空虛的情緒中，懷疑自己是不是已經死了，不過是在陽光下踩著死屍前進罷了。

佇立在馬路上，瞇著眼睛迎向朝陽，身邊的洛基大叫一聲。回過頭看，從大川公園的方向跑來一位穿著運動服的女性。

「早呀！」她對真一打聲招呼。真一稍微點了一下頭作為回應；動作不大，甚至感覺不出來是種回禮。

「早安，洛基！」

洛基高興地搖著尾巴，穿著運動服的女性轉為笑容。

「雨停了，真好呀！」繼續跑動的她規律地擺動著束在腦後的頭髮，經過真一他們身旁時說道。

和她每天早上都會在這附近相遇，卻不知道她的名字和住在哪裡。年紀——大約是三十多歲，想來是住在這一地區的居民吧，但是看她跑步的樣子倒像是個賽跑選手，說不定是從隔壁城鎮或更遠的地區跑來的。真一也沒告訴過她洛基的名字，或許是在什麼時候聽見真一呼喚洛基時記住的吧！

不管對方如何打招呼，真一除了點頭以外不作任何回應，但是她還是會打招呼，真一依然保持沉默，就這樣不斷重複。

「洛基，我們走了！」一出聲，洛基便興高采烈地奔馳。四腳蹬著地面、壓低耳朵、伸長鼻子向前邁步。抓著緊繃的皮繩，真一也跟著追上前去。

他在大川公園門口先停下來，讓洛基緩一緩腳步後才進入園內。這固然只是一所有著狹長草坪、花壇和遊園道路鋪設完整的公園，用來散步正好。一走進公園就會看見其他好幾組蹓狗同好；有些人雖然每天都會遇見，但真一壓根也不想出聲跟人家問候，對方似乎也能感受他的想法，從來沒有像那位慢跑的女性一樣主動打招呼，讓真一鬆了一口氣。

遊園道路呈大的S字型，公園西邊正對著隅田川。爬上石階來到河堤上，可以一眼望見墨綠的河面和對岸的淺草街市。由於上頭是六號高速公路，總覺得有一種壓迫感，而真一就是喜歡這種感覺而偏好爬上河堤眺望。來到石井家居住之前，他從來沒有住過河川旁邊；所以從護岸公園眺望的風景，對真一而言是一種新鮮的經驗。

真一帶著洛基在河堤上奔跑，右手邊就是隅田川。秋意正濃的晨風冷冷地吹拂在臉頰上，吹漲了洗得發白的襯衫袖口，也吹起了洛基身上的長毛飄動。河面上的挖泥船發出引擎聲行駛著，洛基聽見後立刻停下腳步對著船隻吠叫擺尾。如果對方是水上巴士，甲板上的乘客便會搖手回應，洛基就是喜歡這一點。然而挖泥船不會有這種熱情的回應，反而飄散著一股淡淡的臭泥味，不管洛基逕自駛去。

「那上面沒有乘客啦，洛基！」真一笑著撫摸洛基的頭說，洛基回過頭來舔他的手。狗的舌頭舔得忙亂，傳遞著一些溫暖。

在河堤上奔跑一陣子後，他們再度衝下石階回到遊園道路上。穿過波斯菊迎風搖曳的花壇，朝著出口的方向邁進時，前面傳來激烈的狗叫聲。雖然因為樹叢遮著看不見，狗叫的聲音聽來像是在打架。洛基也豎起了耳朵，擺出一副必要時自己也要下場的架勢。真一緊抓著洛基的項圈，一邊制止牠不要輕舉妄動，一邊繼續前進。繞過樹叢往前走，終於看見吠叫的主體。那是一隻西伯利亞哈士奇狗，正站在遊園道的入口處吠叫。旁邊的主人努力想要安撫牠，狗兒卻叫得興起，完全沒有收勢的打算。

狗的主人是個年輕女孩，之前曾經見過。大概和真一一樣年紀，也或許大他幾歲。身材修長、小腿細瘦，看起來很有力氣，不像是弱不禁風型的女孩；這時女孩正用盡全身力量好不容易拉住狂吠的西伯利亞哈士奇狗。

「國王，怎麼了？不要叫了，國王！」女孩大聲叱責狗兒，並將重量施壓在腳跟，抓緊鏈在狗身上的粗皮繩。然而狗兒還是繼續狂吠，幾乎快要牽動女孩向前移動。

國王狂吠的對象是公園裡的垃圾箱，那種覆有蓋子的大型箱。箱子上寫著「可燃性垃圾專用」，蓋子底下則露出了一個半透明的垃圾袋。

「國王，你到底是怎麼了嘛？」女孩顯得很困擾的樣子。一副求救的眼神迅速環視四周，當眼光和真一四目相對時，她說：「我家的狗有點奇怪。」

真一有點畏縮，他不想跟女孩子——尤其是不認識的人說話。這是真一目前的人生中最不願意碰到的事情，所謂的擴展人際關係——即便是任何小事都一樣。

「國王，為什麼要這樣子亂叫呢？」狗主人發出怯弱的聲音詢問，但狗兒反而更加興奮地用前腳搭在垃圾箱上，搖動著蓋子。

一如被國王影響一般，洛基也開始叫了起來。真一出聲叱責，並敲牠的頭想讓牠當場坐下。洛基改成低聲吼叫，真一再次敲牠的頭，於是洛基才垂著耳朵坐下。真一抱起洛基走到步道的旁邊，動作俐落地將皮繩綁在樹叢底下的圍欄上。

國王已經整個身體趴在垃圾箱上，鼻子不斷靠向蓋子的縫隙，好像是在找尋什麼東西似的。

「國王！不可以做這種事！」女孩尖叫著制止。儘管一切就在眼前發生，真一還是不想出手幫忙女孩，卻也不知該如何是好。他不想和別人有任何糾葛，最好什麼都沒有。

受到國王狂吠的刺激，一時安靜的洛基又開始叫了起來。真一回頭叱責洛基，這時國王終於將垃圾箱給推倒了。

國王和垃圾箱同時倒在地面上，女孩手上的皮繩也順勢被拉開。恢復自由的國王，飛奔到倒地的垃圾箱中，將裡面半透明的垃圾袋拖了出來，並用腳爪和牙齒撕開。壓爛的紙杯、速食店的包裝袋……一股垃圾的臭氣撲鼻而來。

「討厭！臭死人了！」皮繩離手、跌坐在地上的女孩皺著鼻頭。

「這是什麼臭味？」她對著真一詢問：「該不會是因為這個臭味才讓國王叫個不停吧？」

可是真一不理女孩的問話，只是看著國王。他的眼光無法離開，無法從國王正自破爛的垃圾袋中拖出來的東西上面離開。

那是個褐色的紙袋。國王咬著紙袋的一角，雖然國王的下顎不斷晃動，牙齒仍緊緊咬著紙袋。接著紙袋破了，他想窺探裡面是什麼；異臭味更加強烈了，真一不禁皺起了眉頭。這時國王堅強的下顎咬著紙袋，將紙袋的東西甩了出來，東西出現在真一的眼前。

那是人類的手，手肘以下的一隻手，指尖指著真一的方向。手勢看起來像是呼喚，又像是在傾訴著什麼。國王的主人發出尖銳的叫聲，劃破了清晨的寧靜空氣。真一僵直的身體呆立著，雙手不禁反射性地掩住耳朵。同樣的情景就在一年前也發生過。同樣的事再度發生，尖叫、流血、還有只知道呆然佇立的自己。

不知不覺中真一開始一步一步向後退，但是眼光卻離不開向他招手的死屍手臂。那手上的指甲染著淡淡的紫色，就像盛開在花壇裡的波斯菊花瓣一樣。

2

電話響的時候，他正好抬起頭看了工廠牆上的時鐘，時間剛過上午九點。今天的工程還沒有全部結束。有馬義男站在強鹼的水槽前，將兩手手肘以下泡在鹼水裡清洗作木棉豆腐用的木框。

「該不會是桔梗亭打來的吧？」站在炸鍋旁的木田孝夫回過頭，笑著問義男。

「差不多是時候也該打來了吧。」義男脫下橡膠手套，掛在旁邊的水管上，直接走向辦公室。這之間電話鈴聲繼續在響，第六響、第七響、第八響……義男走到辦公室和工廠交界的拉門時，電話鈴聲響了十一響。

「不對，應該不是桔梗亭。」義男回過頭表示：「那裡的老闆沒有這麼好的耐性呀。」

木田或許答了什麼話，因為抽風機的聲音遮住了，義男的耳裡什麼也沒聽見。

兩個裝大豆的桶子便占據了辦公室一半的空間，必須繞過桶子才能伸手拿到放在辦公桌盡頭的電話。費了這麼大工夫才能接電話，而電話卻依然響個不停，想來應該是真智子打來的；義男心中這麼想著，舉起話筒一聽果然是女兒的聲音。

「喂……是爸爸嗎？看了電視沒有？」連問聲早都沒有，劈頭就是問話。義男反射性地瞄了一下辦公室旁邊的客廳。那裡有一架十二吋小型電視，當然現在並未開著。

「沒有呀。」義男回答：「發生什麼事了嗎？」

「你先打開電視嘛，不過可能在報別的新聞吧。」真智子的聲音沙啞，感覺有些興奮。大概是哭過了吧，義男心想。

「電視新聞播報了什麼嗎？」

應該是忍不住了，話筒裡傳來真智子嗚咽的聲音。

「不要哭嘛，哭了爸爸什麼也不知道。電視新聞播報了什麼嗎？」

「他……他們說發現了屍體……」

義男沉默地握著話筒呆立著。工廠裡傳來木田將油網從炸鍋裡撈起來的聲音，接著抽風機也關掉了。照理說應該是要讓抽風機繼續轉動的，他大概是怕影響我聽電話吧。

「妳說屍體，究竟是怎麼回事？」

真智子還在哭，只能聽見她抽搐的聲音。義男重新抓好話筒；因為鹼水的關係，手很滑。就算是戴了橡膠手套，還是一樣。

「警方說了些什麼嗎？」

「沒有，什麼都沒有。」真智子邊吸鼻子邊回答，聲音有些顫抖：「我只是看了電視新聞，不過新聞報導說是女性的屍體。」

「是晨間新聞嗎？」

「嗯。」

「在哪裡？」

「說是在墨田區的大川公園裡。」

義男眨了一下眼睛，他知道大川公園在哪裡。不過是隔壁的行政區，開車過去只要二十分鐘的車程。那裡是賞櫻花的名勝，就在前年他才去過那裡參加工會的賞花大會。

「一大早起來就很熱鬧。」真智子小聲地說話：「來了一大堆記者。」

聲音聽起來已經平靜許多。最近這一陣子都是這樣，突然之間會情緒激動地悲傷哭泣，馬上又會看破一切地安靜下來，然後又開始興奮。義男心想：這是不好的傾向吧。

「那個……那個怎麼樣了呢？」屍體兩字實在不好發音，義男說得結結巴巴：「說是女人，是年輕女孩嗎？」他不敢問是不是鞠子的年紀。

「好像是。只是屍體……是散的。」

「散的？」義男不禁大聲反問。由於工廠裡安靜無聲，他的聲音在水泥地裡迴盪。

「是的，而且他們說今天早上發現的是隻手。」

木田來到辦公室門口，看著義男。一臉困惑的表情，眉頭是皺著的，他大概聽見剛剛的說話內容了吧，所以不出聲地動嘴唇問：「是鞠子嗎？」

義男搖搖頭，出聲回答說：「不知道，倒是真智子有些慌亂了。」

「我才沒有慌亂呢！」電話那頭，真智子在抗議，聲音又開始不穩定了：「誰叫他們說發現的是一隻女人的手。」

「那也不一定就是鞠子呀，妳不需要窮緊張，知道嗎？」

「可是……爸爸……」

「有什麼事，警方會跟我們聯絡的，我們不是一直都在等消息嗎？妳不要想太多了。」

突然間真智子開始放聲哭叫：「什麼叫做不要想太多嘛！」

義男閉上眼睛。說是父女，義男今年已經七十二歲，真智子也將四十四歲。兩個人都是大人了，說自己是大人，聽起來都很難為情；可是他這個作爸爸的卻不知如何安慰女兒。女兒對自己像針山一樣的心，也痛苦得不知如何處理呀。

「我女兒不見了……已經快三個月了。叫我不要想太多，那怎麼可能嘛。」

「我知道，我當然知道。」

「你根本就不知道。爸爸又沒有丟過女兒的經驗！」真智子開始胡言亂語，聲音也逐漸沙啞，不用看她的臉就知道她已淚流滿面。義男十分清楚現在的真智子只能以父親為對象發洩情感，也知道是自己讓女兒如此的不幸福。也因為如此他更不知道該說些什麼來安撫女兒。

「要不從我這裡去警察局問看看？」好不容易提出意見：「既然是在大川公園發現的，負責的警察局也是這裡的。我陪妳一塊去吧，還是妳先跟坂木先生聯絡一下？」

「嗯……」真智子小聲回答：「我馬上就跟坂木先生聯絡，他應該已經知道今天早上的新聞了。」

「他應該知道吧。對了，順便問他要確認……怎麼說……確認那個的話該怎麼做？」

「我會問他的，然後我再去爸爸的店裡。店裡沒問題吧？」

「有孝夫在，沒問題啦。」

「喔！說的也是。」真智子的喉嚨哽住了：「我在說些什麼嘛。」

「妳鎮定一點。對了，有沒有通知阿茂呢？」

真智子悶不吭聲，義男也沉默地等待她的回答。

過了一會兒，真智子說話了：「不需要跟那個人說了。」

「那怎麼行，他是孩子的爸爸呀。」

「我哪裡知道他現在人在哪裡！」

「打電話到公司去不就得了。」

真智子頑固地辯說：「通知他，他也不會來，只是白費工夫。算了，只要爸爸陪我，我一個人就可以了。」

義男看著電話旁邊立著的旋轉電話簿。造型還不錯，就是不太好用，裡面應該記有真智子的丈夫古川茂的電話號碼。還是我來跟他聯絡吧……

這時真智子聲音尖銳地表示：「爸爸你也不要打電話給古川！」

義男嘆了一口氣說：「我知道了。」

從此電話便陷入沉默，當真智子表示待會兒見的時候，她的聲音是顫抖的。

「對了，爸爸……」

「什麼事？」

「他們發現的一定是鞠子吧！」

義男強壓下湧起的感情波動，冷靜地回答：「不是叫妳不要隨便亂說，何必自己先在那裡瞎擔心呢。」

「一定是鞠子。萬一真的是鞠子，那該怎麼辦？」

「真智子……」

「我就是知道，憑著當媽媽的直覺。那一定是鞠子，我……」

「總之妳先問一下坂木先生，我們再一起去警局。妳去準備吧，聽見沒有？」

就像回到女兒小時候一樣，真智子溫順地回答一聲：「是。」便掛上了電話。隨著一聲嘆氣，義男也放好了話筒。

「老爹！」木田隨即來問話：「是不是發現了鞠子的消息？」

義男搖搖頭，一時之間說不出話來，只是雙手低垂著發楞。木田雙手抓著掛在脖子上的毛巾，一副等待下文的姿勢。

「你知道墨田區的大川公園嗎？」

木田立刻點頭道：「知道呀，以前去那裡賞過花。」

「今天早上在那裡發現了一部分的女人屍體，這是電視新聞說的。真智子擔心會不會是鞠子。」

「噢。」木田發出沒有意義的聲音，接著用毛巾擦了一下臉又發出一聲：「噢。」

「可是根本都還沒有確定的事，真智子何必那麼焦躁……」

「也難怪呀，畢竟是自己的女兒……」說了之後，木田才意識到這種事情義男也知道，所以停頓了一下改說：「老爹也不好受吧。」

義男將視線移向電視，原想打開來看新聞報導，立刻又改變主意，反正待會兒就要去警察局了。去之前看這些無謂的報導，變得跟真智子一樣情緒波動反而不好。

「已經過了三個月吧，鞠子不見的事。」木田抬頭看著辦公室牆上掛著豆腐工會印的月曆，喃喃問道。

「今天已經是第九十七天了。」義男回答。

木田一臉像是被毛巾打到一樣，他問：「老爹都有在計算日子嗎？」

「嗯。」

工廠上面的房間也掛有一份跟辦公室一樣的月曆，自從唯一的外孫女不見以來，義男每天都在那份月曆上打斜線作記號。

「要是鞠子能回來就好了。」木田說，旋即又改口道：「她一定會回來的。」

義男看著木田的臉，不知道該說些什麼來回他鼓勵的話語。該做的都做了，所以他說：「這裡收拾一下吧，爐火關掉了嗎？」

現在回到九十七天前，六月七日的晚上。名叫古川鞠子的二十歲女孩，在JR山手線的有樂町車站前打公共電話回家，時間是深夜十一點半。比起新宿或六本木等鬧街還要早睡的銀座地區，這時候路上的行人還很多，車站也顯得明亮，更何況今天是星期五。接電話的是媽媽真智子，由於鞠子身邊十分吵雜，她必須重複好幾次問話。

鞠子說：「本來不會搞到這麼晚的，對不起啦。我現在人在有樂町，馬上就要回家了。」

「妳一個人嗎？不是跟公司的同事一起嗎？」

「今天……我……」鞠子的聲音有些明朗無邪，好像有點酒醉。

「路上小心點。」

「是，我知道了。先幫我準備洗澡水，還有我想吃茶泡飯。那就拜託媽媽了。」

說完後，鞠子掛上電話。她大概不是用卡片而是投幣，在電話掛上之前，真智子聽見了錢幣即將用盡的警告聲響。

聽完電話，真智子開始準備洗澡水、重新熱過晚餐——怎麼可以只吃茶泡飯，一點營養也沒有，然後到客廳看電視。夜間新聞正在播低利率時代的理財特別整理報導。

古川家距離JR中央總武線東中野車站約五分鐘步行路程。車站到家裡的路上沿著鐵軌，夜裡不太有人走動。真智子就像普通的媽媽一樣，只是普通程度地一個人坐在客廳裡擔心夜歸的女兒。一開始她並不是那麼在意牆上的時鐘，四月份剛上班的鞠子已經開始適應職場，也有了可以一起玩的同事。一到週末假日，立刻回家反而成了稀奇的事。真智子多少也已經習慣了女兒生活型態的轉變，畢竟這是個黃金星期五！

從有樂町到東中野，加上轉車的時間，一般大概要花四十分鐘。就算是深夜，計算走路所需的時間，一個小時後鞠子也該到家了。因此真智子如此暗算著，從十一點半等到了凌晨零點半。

過了零點半，門鈴還是沒響。真智子心想該不會是鞠子沒趕上接好的班車吧？

她看了一下時鐘，時間是零點四十分，接著又將視線移回電視畫面。

之後又看了一下時鐘，零點五十二分。她站起身來，走到大門口，確認一下門口的燈是否亮著，然後又回到客廳裡。這一次她坐上椅子後點了一支菸，真智子菸抽得不兇，一天頂多是十根淡菸。

抬頭看時鐘，這一次她的視線沒有移開，零點五十五分。眼睜睜地看著秒針無聲地轉了兩圈。

這時她才覺得：太慢了吧！

她再度將視線移回電視，可是根本無法集中精神在畫面上。反正新聞報導已經結束，這時間播放的都是些吵吵鬧鬧、沒什麼好看的節目。

這麼說起來，鞠子邊看報紙邊吃早餐時，還說過今天深夜播的長片不錯，她一定要看。真智子沒把握自己能撐到半夜兩三點，要鞠子幫她錄下來。鞠子說，那就得用新的錄影帶了，家裡的帶子不知道重複錄過幾次了，畫質根本不行，她會買新的回來。

真智子心想：「對呀，那孩子不是打算要買新的錄影帶回家嗎，路上有便利商店，她大概是繞過去了，所以才會這麼慢回家，一定是這樣子沒錯。」

就在她這麼想之際，時鐘已經過了凌晨一點。過了一點十分。分針正要指向一點二十分。便利商店有那麼多人嗎？需要花這麼久的時間？

真智子穿上拖鞋走到門外。街道上一片寂靜，只有街燈亮著，不見半個人影。一回頭，透過蕾絲窗簾可以看見客廳裡的電視畫面閃爍，同時也能看見旁邊的時鐘，時間已經接近一點半。

明亮的家裡，昏暗的街道。

我的女兒卻還不回家。

「鞠子！」真智子發出聲音低喚著。而這才是長夜的開始而已。

真智子打電話過來後兩個小時，義男站在工廠旁邊的冰庫裡，突然聽見外面停車場有車子的聲音。他從門口探出頭去觀望，看見一輛白色的可樂娜正在倒車。

是真智子和坂木達夫。坂木坐在駕駛座上，一邊彎著身體回頭倒車，當他看見義男的臉，更加深了一臉的皺紋跟義男點頭致意。

「早安。」

義男也跟著回禮，這時胸口感覺落下一顆重塊。不是太大的重塊，就像是釣鯽魚時，隨便用手捏成型的鉛塊一樣。

最大的重塊從鞠子失蹤的那晚起便開始下沉，如今還在沉落。既不動也不浮出水面，連一絲水紋也不驚動。重塊就一直落在那裡，透過幽暗的水面可以確知它的存在。義男心想要是將它舉起來，應該會很重吧，而且下面好像睡著一個被打得很慘的東西，舉起重塊的同時，也會舉起那東西，屆時就必須與之面對了。義男一邊這麼想，眼光始終注視著沒有變化的水面。這就是一心一意等待離奇失蹤家人歸來的親屬每天所過的日子。

然而義男一看見坂木的臉，心中落下的重塊竟在水面上激起了小小的漣漪；兩個小時前真智子精神錯亂地打來電話，都沒有在水面上激出波浪。

他想坂木先生會不會也認為在大川公園發現的屍體就是鞠子呢？如果不是的話，坂木先生就不需要特別跟著一起過來了。

坂木達夫是警視廳東中野警署生活安全課的刑警。由於頭髮較稀薄，外表顯得比較老氣。實際問過他年紀，其實才四十五歲。對義男來說，他就像是兒子一樣，而且兩人的體型相似，都是矮胖型，有一次還被誤認為是父子。

九十七天前，過了六月七日的深夜，直到八號的清晨，鞠子還是沒有回家。真智子打了電話給義男，當時她已經和所有鞠子的好朋友都聯絡過了，確認沒有人和鞠子在一起。

義男立刻要她跟警方聯絡。鞠子是獨生女，沒有兄弟姊妹的競爭，從小就備受寵愛。周圍都是大人的關係，簡直就像是個小寵物；也因此成人之後，有時對四周的人表現得也很任性。

但相對地，鞠子也知道自己對父母、爺爺和所有親戚而言，是多麼重要的存在。她的一舉手一投足都會讓大家瞠目結舌、忽左忽右地忙亂。

所以鞠子不管什麼時候的行動都必須按表操課，要是晚一點到達哪裡，或是不能照原計畫必須取消什麼行程時，毫無例外地她習慣很神經質地以正確的方法向行動的對象報告。例如與人見面遲到時，儘管只是慢了十分鐘，她一樣會通知。在鞠子的心中她認為，一旦自己不能夠守時或不遵守約定，就會有很多人擔心她。要不然的話，一個二十歲的小女孩利用浪漫的週末約個會或和女性朋友吃個飯、出去玩，到了要回家的時候，有誰會那麼費心專程打電話通知家裡的老母親呢？這是義男的想法。

這樣的鞠子不說一聲就離家出走，實在有些奇怪；不，應該說是十分怪異才對。假如說她在車站打電話給真智子後，那個已經跟她揮手道再見的男朋友又回來了，說今晚還是想跟她在一起，於是鞠子也改變了心意，那她也應該會跟真智子報告，也許她不會明說晚上要和男朋友上賓館；但至少會說計畫改變了，回家時間會拖到更晚。這才是鞠子的做法，鞠子是這樣的一個女孩。她在青春期最反叛的時候，都沒有不說一聲就離家出走。即便跟媽媽大吵一架跑到朋友家借住一晚，她還是會先打個電話回家知會一聲。雖然她一副吵架的口氣說：「我只是不想讓妳們以為我在街上鬼混！」但她還是會通知家裡一聲。她就是這樣的女孩。

何況從去年年底，真智子的丈夫阿茂離家後，古川家實際上只剩下母女倆一起住。生活上沒有其他什麼牽掛，母親真智子每天幾乎都以女兒鞠子為中心運轉。儘管鞠子不怎麼喜歡這樣，卻也沒有必要故意打破到目前為止的習慣，造成母親不必要的擔心。

所以義男才要真智子立刻跟警方聯絡，結果真智子竟然不太理會；於是他再三說明鞠子在這些方面是很有規矩的，根本不可能沒有聯絡就擅自外宿。最後他還把店面交給木田看，自己也衝到東中野署報案。

當時遇見的就是坂木達夫。在一間狹小的會客室裡，面對著兩眼紅腫、垂頭喪氣的真智子，坂木一副都是他的責任的神情低頭站著。

打從接到坂木的名片起，義男就對他的一切感到不滿。不論是渾身窮酸相的氣氛，還是他所隸屬的生活安全課，聽起來就像是區公所的申訴課一樣，不幹什麼正事的單位。一個二十歲的女孩子家半夜突然消失在東京市中心，沒有回到她應該回去的家裡。面對來報案的家屬，出面處理的竟是生活安全課？又不是丟了小貓要他們幫忙尋找！

義男的憤怒在坂木慢慢說明該課就是負責處理離家出走案例的時候，達到了頂點。

「鞠子不是離家出走。有哪個笨蛋要離家出走了，還專程打電話說現在就要回去了。那孩子本來就要回家了，卻沒有回家呀！」

是不是被捲入什麼案件了——這句話義男連忙吞下喉嚨，因為真智子整個臉已經埋在手帕之中。

「你們的心情我很了解。」坂木安慰說。義男心想：「說話真是有夠遲鈍。」就連他一雙小眼睛不斷眨動的樣子也很惹人厭，難道沒有其他更厲害的刑事了嗎？

「不過年輕人有年輕人的想法，太早下判斷搞得人仰馬翻，最後反而會讓鞠子小姐丟臉也說不定。」

「我們鞠子不是那種人。」

「每個父母都是這麼說的。」

「你怎麼……」

義男一時之間說不出話了，本來他就不是會說話的人。一般開店當老闆的人，大致可分為兩類；一種是能言善道型的，另一種則是立刻語塞型的。前者多半是開超市、電器行等專門做修理與販賣的商店；後者就像是義男所經營的製造與販賣並行的店舖。

坂木刑警看著哭泣的真智子和一臉不高興的義男，重新抓了一張椅子坐好後，繼續慢慢地說明下去：「可是年輕女孩突然失蹤，是件大事，有可能變成案件。這一點我們也很清楚。只要稍微有可能，就會發動大規模的搜索。但是目前的階段，進行搜索還算太早。請媽媽和爺爺——稱呼您爺爺沒有錯吧？」

「沒錯。」說完，義男抹了一下額頭上的汗水。刑警說的話他能理解——都是些藉口——可是……

「我了解你的擔心，但請不要盡往壞的方面想。剛剛請教過你們。」刑警面對著義男詢問：「鞠子小姐的父親是古川茂先生，目前分居中吧。」

「是的，他住在杉並。」

「有沒有可能鞠子小姐是到他那裡去了呢？」

「不可能！」一如被敲了一下，真智子立刻抬頭說：「那是絕對不可能的。」

坂木不為所動，只是微微一笑安慰說：「是不是絕對還不知道，也有可能在打電話給媽媽後，偶然和爸爸在有樂町遇見。彼此說話之際，夜色更晚了，於是就有住在爸爸家的可能呀。只是打電話通知媽媽的時機太晚了而已。」

真智子閉著眼睛，搖頭否定：「這是不可能的。」

「妳先生是在哪裡上班呢？」

「丸之內。」

「那在有樂町遇見……」

「這種事當然不是沒有。」真智子開始焦急了，拉高了聲音說：「她有時會跟爸爸吃過飯才回家，畢竟那孩子也會擔心我們夫妻之間的事。可是那孩子會跟爸爸一起喝酒晚歸、甚至住在那裡的事從來沒有過。她爸爸也不會讓她住的，一定會送她回家。」

「可是……」

「阿茂和別的女人住在一起。」義男說：「所以不可能將女兒帶回去。我也曾去找過他，也沒有讓我進去過。」

眼看坂木的目光有些渙散，義男心想：「他一定認為這個家庭的狀況有些複雜，所以更會認為離家出走的可能性很強，那可不行。」於是接著說：「這對他們夫妻來說是個問題，但是和鞠子沒有回家毫無關係。她可不是那種因為父母即將離婚而鬧離家出走的女孩。而且都已經是這步田地，未免太奇怪了吧！」

一口氣說完這些，義男覺得有點膽戰心驚。萬一在這裡惹火了坂木可不太好，畢竟這裡是刑警的窗口。

可是坂木心裡怎麼想不知道，外觀看起來倒是不怎麼在意。表情還是一副焦距模糊的樣子，感覺上好像正在思考跟現在話題無關的其他事情。

「總之。」輕輕咳了一下，坂木刑警睜大眼睛說：「今天這一天先觀察再說，請繼續聯絡鞠子小姐有可能去的地方。我也會密切跟你們聯絡的。這樣子可以嗎？很有可能鞠子小姐會一臉愧疚地回到家的。」

之後坂木刑警一直都是這種態度跟他們應對。過了一個禮拜、十天、半個月、一個月——鞠子沒有回家的日子繼續增加，東中野署認定是失蹤案件才開始搜查，並在都內的警察局貼出鞠子的照片和記錄失蹤當時服裝等的傳單，但坂木的態度依然沒變。還不知道是不是出事了、不要想太多呀、警方已經在盡力了、不可往壞的方面想喲……好像一旦認為可能出事了，那一瞬間想像就會變成事實。

這麼說來，坂木在這九十七天裡一直都很專心將落在義男和真智子心湖裡的重塊撈出來往外丟。然而就在今天早上他卻不一樣了。

「您也一起來了呀。」義男邊說邊招呼兩人進入客廳，他也知道自己的聲音很緊張。

「剛好今天沒有當班嘛。」坂木的聲音還是跟平常一樣的沉穩。他和隨後進來垂頭喪氣、一臉疲憊的真智子恰成對比。坂木回過頭看了真智子一眼說：「因為古川女士有些情緒不穩，我想還是陪她一起來比較好吧。而且如果待會兒要去墨東警署的話，有我在比較好說話。」他似乎努力讓自己說話的方式沉穩。

真智子走進客廳時，義男輕拍了一下她的肩膀。才一大早，紅腫的眼眶裡又飽含著淚水。

「坂木先生也說了，還不能確定是鞠子呀。」

真智子點點頭說：「我去泡茶了。」說完便消失在廚房的方向。確定她已關上客廳和廚房間隔的玻璃門後，義男面對著坂木問：「說真的，你們是怎麼判斷的？」

坂木看著義男的臉，從正面直視著義男的臉。儘管如此，視線卻沒有咄咄逼人的感覺。這就是這個男人的特點，面對周遭他只投射方便接球的球速。義男突然認為這男人的家小應該很幸福吧，同時他也認為這男人其實不適合當刑警。

「不能立即斷言吧。」坂木回答。看他的眼神正在看著菸灰缸，於是義男遞上了菸盒子，自己也拿起一根來抽。今天早上才開封的，沒想到這已經是最後一根了。在等待真智子來之間，他竟像管煙囪似地不斷吞雲吐霧。

「古川女士好像已經認定那是鞠子小姐了。」

「她有點歇斯底里了。」義男小聲說：「只是她的第六感一向很準，鞠子失蹤的時候也是。」

「今天已經是第九十七天了。」

義男吃了一驚，他問：「坂木先生也有數日子嗎？」

坂木點點頭，呼出了一口煙——坂木輕輕地吸菸，就像在吸紙片一樣，然後他說：「出門前我試著跟墨東警署聯絡過，到目前為止除了那隻右手腕外還沒有發現什麼。他們正在大力搜索當中，正在徹底搜查整座公園。」

「我們對這種事情不懂……」義男說到一半，他實在沒辦法像電視上推理劇場的演員一樣，流利地說出分屍案的殺人狀況。

「屍體被……被分屍過，應該不可能丟在同一個地方吧？就是為了分開處理，所以才會分屍的吧？」

「沒錯，不過為了謹慎起見，所以才這麼做的。何況大川公園也很大，又有很多的垃圾箱。」

「垃圾箱？」

「您還不知道嗎？那隻右手腕就是被丟在公園入口附近的垃圾箱裡，外面包著紙袋，褐色的紙袋，很像是超市常用的那種。」

真智子端著裝有咖啡杯的托盤從廚房走出來。她的眼睛還是有充血現象，但是已經不再流淚了。

「我找不到日本茶……」她一方面請坂木用咖啡一邊問：「究竟放在哪裡了呢？」

「噢……我最近都只喝健康茶。」

那是能有效抑制高血壓的一種茶，最初在雜誌上看見買來給他喝的就是鞠子。義男猛然想起……

「爺爺，聽說你血壓高到超過兩百？那哪裡是人的血壓，根本就是長頸鹿嘛！」鞠子嘴裡笑著，眼光卻滿溢著擔心。

她還說：「不可以吃太鹹的東西。還有吃豆腐的時候，記得不要加醬油，沾柚子醋好了。聽見了嗎？」

一時之間胸口好像被針錐刺到一樣，義男痛得雙手掩面。幸虧真智子只顧著自己的事情，沒有注意到他。義男緊閉著眼睛喝下咖啡。

可是坂木注意到了。他故意將視線移開，伸手端起了咖啡杯。

萬一那隻右手腕真的是鞠子的，那該怎麼辦？義男的心緒如同真智子般的動搖，腦海中不斷翻騰這個問題。如果是親生父母，光憑一隻右手腕也能認出來吧。是不是鞠子，只要去看看就能知道。問題是現在能否擠出前去確認的勇氣？

「好像有客人來了。」坂木說。

抬起頭一看，店門口站著一位穿著黃色馬球衫的女人，她一看見義男便堆起了笑臉說：「老闆，我要豆腐。」

「馬上來。」義男站起身走到店裡去。

「給我絹豆腐一塊、木棉豆腐一塊。」

是住在這附近的主婦，每天下午到傍晚的時間會騎腳踏車到十分鐘距離的牙醫那裡打工。半個月前，義男去拿牙齦發炎的藥時，對方出聲喊他：「這不是賣豆腐的老闆嗎？」他才知道的。

「今天有沒有炸豆腐呢？」

「對不起，還沒做呢。」

義男的店裡，夏天是不賣炸豆腐的。就算是秋天，不到深秋也是沒有上市的。

「差不多也該上市了吧，晚上已經開始變涼了呀。一旦吃過老闆賣的炸豆腐，那些超市賣的根本就不能入口。」

「謝謝妳呀。」

隔著玻璃櫃將裝在塑膠袋的豆腐交給客人，並接下零錢。說完「下次再來」正要送客時，對方卻停下腳步說：「老闆最近好像沒什麼精神，出了什麼事嗎？」宏亮的聲音連坐在客廳裡的兩個人都聽得見。

義男故意笑著回答：「我只是年紀大了呀。」

「討厭，老闆才沒那麼老呢。」女客人笑著走出店門。義男再一次說聲「下次再來」後，便轉身在旁邊的小洗手台洗手，順便將水潑在臉上。

一回到客廳，看見真智子又在哭泣。

「爸爸你也有所預感吧！」

義男默不做聲地坐下，喝完杯裡的咖啡。

「木田先生去哪裡了呢？」坂木問。

「他去送貨了，十二點以前會回來。」

「那我們就那時候再出發吧！」坂木語氣輕鬆說完後，轉過頭對真智子說：「剛剛在路上我就說過了，畢竟只是隻右手腕，能不能夠確認還是個問題，妳不要想太多了。」

真智子一邊點頭一邊拿起身邊的手提包，打開蓋子說：「坂木先生說要我帶樣有鞠子指紋的東西去。」

她拿出東西給義男看，那是裝在塑膠袋裡的一把小梳子。

東中野家中鞠子的房間，自從她失蹤以來始終保持原狀。即便沒有人要求，真智子也會這麼做；但之前坂木便交代過了。

「這只是為了謹慎起見。」坂木立刻補充說：「畢竟整體狀況還不很明朗，也不知道發現的右手腕能否檢查出指紋來。」

義男看著真智子小心翼翼地收好梳子，他說：「真智子，不好意思，可不可以幫我買包菸，剛好抽完了。我必須看著店才行。」

「好呀。」真智子站起身來問：「賣香菸的在哪邊？」

「走出店門向右，就在郵筒的旁邊。」

義男等著真智子出門，直到看不見她的身影才面對著坂木的臉，坂木正好看著茶櫃上整條的香菸包。

「我想真智子不在比較好說話吧。」義男說：「看見你也一起陪她過來，我心想大概沒錯了。」

坂木的杯裡還留著沒喝完的咖啡。他看著咖啡杯，輕聲問：「香菸舖會很遠嗎？」

「就在附近，可是今天沒開。找其他店買香菸回來，大概要花十分鐘吧。」

義男正是這麼打算才讓真智子出門的。

「坂木先生那裡的消息應該比電視台快吧。請跟我說實話，現在情況怎樣？大川公園的……那個被發現的手腕……有沒有什麼特徵？」

坂木低著頭，用手摩挲著臉。看起來就像是不想讓義男發現他臉上浮現多餘的情感才這麼做的。

「還不清楚，只能確定是年輕女性的右手腕。但這麼一來，是鞠子小姐的可能性便增多了。」

「只有這些嗎？可是坂木先生也在懷疑吧？」

「我是擔心萬一的可能。」

兩人的會話難以繼續。坂木的肩膀垂落著，義男總覺得坂木應該是隱藏著什麼新的——而且是關鍵性的線索；但是他不知道該如何套出話來。

這時正好有客人上門，結伴同行的兩位客人。就在他招呼客人之際，木田回來了。他將有馬商店的廂型車停在坂木的車子旁邊時，真智子也回來了，除了香菸外，手上還提著超市的紙袋。

「妳還買了不少嘛！」

「因為剛好看見巨峰葡萄。」她打開袋子讓大家看：「這是鞠子最愛的水果，所以我買了好多。」

父親看著女兒的臉，女兒也看著父親的臉。真智子的眼睛裡都是淚水。

義男心想：說不定真智子的精神狀況已經接近正常的邊緣了。

到墨東警署的路程很遠，車上的三人幾乎沒有什麼言語。真智子看著窗外，連呼吸聲都很壓抑，處在自己一個人的世界裡。靜靜擺在膝蓋上的雙手，只有指尖不時會因為心事而抖動。

墨東警署的五層樓建築，看起來像是剛蓋好不到一年的新大樓。地下室大概是作為巡邏車、警車的停車場，在坂木將車停在警署前的訪客專用停車場時，看見兩輛巡邏車連著從大樓地下室開出。假如義男的記憶和方向感沒有錯誤的話，兩輛警車都是開往大川公園的方向。

一下車，義男便挽著真智子的手臂，她看起來似乎無法一個人走路。穿著制服、右手執木刀、擔任警衛的警員注視著三人朝大門口接近。

這時義男發現在警衛警員的旁邊，樓梯的背面處，有一個少年縮著身體坐在那裡，好像在防備什麼似的，兩手抱著頭。

塚田真一和國王的女主人是被警車從大川公園載到墨東警署的。兩人肩並肩坐在車子的後座，一路上女孩都在哭，真一則顯得垂頭喪氣。看見他們兩人被帶上警車的人群中，有人喊說：「搞什麼嘛！又是學生幹了什麼壞事吧。」

看見垃圾箱裡的紙袋中掉出人類的手腕，真一當場嚇呆了，女孩則蹲下身來又哭又叫，什麼忙也幫不上。最後打電話通知一一〇的是聽見女孩尖叫飛奔過來的一對中年夫婦。他們很冷靜而且做事很有效率，隨著警車警報聲的接近，圍著看熱鬧的人群越來越多，這對夫婦不僅保護他們倆，還在警察到達之前，努力看守著垃圾箱不讓好奇又不小心的旁人接近。而且因為光是現場查問還不夠，真一他們還必須到警署偵訊，這對夫婦便主動說要幫他們照顧國王和洛基，並送牠們回家。

「問了他們的住址，兩個人都剛好住在我們家附近嘛。」中年夫婦說。

最後決定在一位警察的陪同下，他們夫婦先跟真一和女孩的家人說明情況。這時真一整個人身體還很僵硬，說不出話來只能用點頭表示感謝。看他如此，那位先生便低聲安慰真一說：「你一定嚇了一跳吧，我能理解你的心情。不過你是男生，應該要鎮定點、振作些，必須讓女朋友看到你勇敢的一面。」說時還用力拍了真一的肩膀才離去。

真一很想辯解：那女孩才不是我的女朋友、你們根本不知道我為什麼這麼吃驚的理由……如果說清楚，對方應該就能理解吧，可是他卻說不出話來；只是一個人面紅耳赤，而背部越來越冷，膝蓋顫抖不已。

一同搭乘警車的刑警——身上穿著有淡淡樟腦丸氣息的西裝，臉上還有剛刮過鬍子的青色痕跡——在車上並不多話。他有報過自己的名字，但是真一沒有聽清楚。耳朵裡充斥的是看見紙袋內容時女孩的尖叫聲，和自己的叫聲。而且不管怎麼眨眼睛，眼前還是出現從垃圾袋裡掉出手指的景象，指尖直指著真一，就像是指名說：就是你！真一。我又回到你身邊了。雖然讓你逃過一次，但我還是又回來了。這次我一定要抓住你！

真一心想：那隻手一定是死神的手！

到了墨東警署，他和女孩一起被帶進二樓盡頭的一間會議室。不久有許多穿著便服的刑警進進出出，有些人會瞄他們一眼，有些人則上前安慰說：「辛苦了，再等一下就好。」看他們交談的樣子也很匆忙。在這中間，有一位穿著制服的女警端給他們裝有咖啡的紙杯。

或許是年輕女警散發的溫和氣氛所致，女孩抬起了頭，兩眼哭得通紅，她問：「對不起，可以給我面紙嗎？」

她想擦一下鼻子，可是連條手帕也沒有。女警立刻點頭，不知從哪裡拿來一包新的面紙。

「其他還需要什麼嗎？要不要上洗手間呢？」

「不用了，謝謝。」女孩笑著回答女警。女警也報以微笑，接著猛然將視線移向真一問說：「你還好吧？看起來好像很不舒服。」

真一沉默不語，只是動了一下下巴。女警似乎還想說些什麼，但立刻又改變主意走出房間。

會議室的門開著，可以聽見外面人們說話的聲音。當這裡只剩下真一和女孩獨處時，女孩迫不及待地跟他說話：「怎麼好像我們兩個都遇上麻煩似的。」

真一點點頭，並沒有看著對方的臉。女孩改變坐姿，身體靠前地小聲對真一說：「早上出門散步的時候，誰會想到遇見這種狀況嘛？世事真的是很難預料耶。」

「嗯。」真一點頭稱是。聽見女孩可愛聲調的說話聲，他尤其感到困擾，心中直納悶：為什麼她可以發出這麼明朗的聲音呢？

真一用手抹去額頭上的汗水，並大大地呼了一口氣。

因為是別人家的事吧。對她而言，這件事跟自己沒有什麼直接關係吧。所以只要從震驚中恢復後，又是原來的自己。她和我是不一樣的！

「我還沒對你自我介紹呢，我叫水野久美。」說時女孩表情認真地看著真一。她又問：「你也是高中生嗎？」

真一默默地點頭，久美的表情變得很擔心：「討厭……你還好吧？臉色很不好耶。」

「我沒事。」

「真是嚇死人了。」久美的聲音聽起來像是在演戲：「我覺得好像是在作夢。」

接著又吐了一下舌頭說：「不過也有點刺激。」

終於真一受不了了，他推開椅子，猛然站起身來，並直接衝向門口。

久美吃驚地跳起來問：「你怎麼了？你要去哪裡？不可以亂跑呀！」

真一無視於她的制止，跑到走廊上。在那裡撞上了正要走進房間的大塊頭中年刑警。對方嚇了一跳，動作很大地向後退。

「怎麼了？你要去哪裡？」

「對不起，我有點想吐。」真一簡短地回答：「我想到外面吹吹風，可以嗎？」

嘴裡還在問可以嗎，腳步卻沒停地衝下樓梯。大塊頭刑警立即抓住真一的手臂說：「等一下！」

「我馬上就回來，請讓我去。」

這時從走廊那頭走來另一位刑警，既沒有打領帶，又是穿著涼鞋，頂著一個大肚子，顯得很邋遢的樣子。

「喂……喂……」那個刑警走過來關心出了什麼事。真一簡短地對他說聲：「我不會跑太遠的。」便快步走下樓梯。在轉角的地方，他的眼角瞄見沒打領帶的刑警制止了本來要跟上的大塊頭刑警。

走出自動門來到室外，明亮的陽光十分炫目。走下三階大樓前的水泥階梯，真一靠往旁邊，坐在最下面的石階上，雙手掩住眼睛。門口負責警衛的警察走過來看了一下，因為真一蹲坐著動也不動，警察沒有做聲只是察看。在這難得的沉默中，真一痛苦地置身於腦海裡重現的所有影像與音響中。一旦開始回憶，就必須從頭到尾走過一遍，無法中斷。真一雖然不喜歡卻早已認命。

經過了五分鐘還是十分鐘吧，真一抱著自己的身體動也不動。記憶的狂風暴雨吹過之後，他才能站起身來，這時他發現自己沒有哭泣。雖然全身顫抖，卻沒有流淚，因為他早已乾涸了。

等他回過神來，這才注意到原來是中秋宜人的好天氣。警署前的四線道馬路上，有各式各樣的車子往來。最右邊的人行道上有公車站牌，一個穿著西裝的男人正站著攤開報紙閱讀。風吹動著報紙的一角，也吹起了男人腳下的落葉翻滾。

這人世間什麼變化也沒有，陽光一樣是金黃色的，空氣依然清新，一切都顯得和平。真一搖搖頭，用雙手摩挲臉頰。

這時警署前的車道上，駛進一輛白色可樂娜。車子在大樓前右轉，開進了訪客專用的停車場。車門打開後，有人走下車來。

一共是三個人。一個穿著西裝的中年男人、一個穿著灰色襯衫和灰色格子外套的老先生——兩人的身材都是矮胖型，走路的樣子也很像，該不會是父子吧？

另外還有一位女性，也是中年人——年紀跟石井嬸嬸差不多，不對，應該是跟真一的母親一樣歲數。那女人的樣子很奇怪，好像喝醉酒了似的，邊走還左右搖晃。穿著灰色襯衫的老年人看不過去了，趕緊過去攙著她一起走。努力配合她腳步好幫她掩飾的老年人對著中年女子微笑，笑容顯得好像有些心不在焉。

真一心想：這些人是幹什麼的呢？既然是來找警察的，目的應該都很明朗了罷，就是不知道他們是被害人的一方還是加害人的一方呢？

就在他注視的同時，向這邊走近的三人之中，那個老年人的視線和真一交會了一下。真一看著老年人，一如他身上灰色的襯衫一樣，表情也顯得陰鬱。秋日的陽光照射在他光禿禿的前額上，彷彿給不幸的房間裡投注一絲溫暖的光線。

老年人也看著真一，好奇的眼光中夾雜著一點同情與關心，但也或許是真一想太多了。老年人的視線從真一的臉上移向墨東警署的門口。走在前面、穿著西裝的男人正在和負責警衛的警察說話。說話的聲音被強風吹成斷斷續續，真一的耳朵裡聽見了：「……擔心會不會是自己的女兒。」

真一立刻站起身來，轉過頭看著站在自動門前的三人和負責警衛的警察側臉。

原來這些人是擔心那個右手腕會不會是自己的女兒而到警察局詢問——突如其來的想法對真一猛然一擊，他清醒了。原來這些人是想知道那隻手腕的真相而來的。

之後還會有更多的家庭前來墨東警署，每個人都將是那副陰鬱的表情，在署裡祈禱等待的答案不是最壞的結果。真一再一次想起那隻指著他的手腕。被切斷的手腕主人，原本也是想回家的某人的手腕。對於這些來此接觸此一手腕、想要握緊此一手腕的人們，真一才是真正的死神；因為是他發現他們女兒的死訊，而這是他們不知道就不會相信的事實。

穿著西裝的男人跟負責警衛的警察打聲招呼後便進入署裡。老年人和他攙著的女性也跟著進去。正當三人的身影消失在眼前時，那個老年人突然像是想起了什麼，急忙回頭看了真一一眼。雖然動作很快，老年人立即走進門內，但他那雙詢問的眼光卻深深留在真一的心底。

其實回過頭、穿著灰色襯衫的老年人看著真一，心裡是在想：這個小哥好像是騎腳踏車跌倒的小孩，一臉在尋找母親的安慰。然而真一要到後來才能實際從老年人的嘴裡聽到這些。

警署門口又只剩下負責警衛的警察和真一兩人。天氣有些涼了，真一打算起身進去時，背後有人說話：

「你是塚田真一嗎？」

「是……的。」真一回答。

於是一位刑警走下階梯坐在真一身旁。真一被他影響又坐了回去。

沒有打領帶的刑警身上散發著髮油的味道。聽完真一的回答，便急著從上衣口袋掏出香菸。可是強風立刻吹熄百元打火機的火頭，他只好用厚實的手掌圈住，好不容易才點著火。然後跟著白煙，嘴裡發出低吼的聲音問：「塚田，你是不是佐和市那個老師一家被殺害的塚田呢？」

刑警正在跟香菸奮戰之際，原本茫然的真一對此突然的問話而說不出話來。刑警一邊吸菸一邊斜眼看著真一。

「我是警視廳的武上。調查佐和市的事件時，有一名犯人逃到東京的朋友家，當時我也參與了搜查，所以才記得你的名字。」

「原來……如此。」真一好不容易說出話來。這麼說來，他也想起是有一名犯人在東京被逮捕。

武上刑警依然繼續抽著菸、點著頭說下去：「你的父母和妹妹，真是遺憾呀。」

真一不知道該怎麼回答，是該說沒錯呢，還是謝謝一聲就好。這個事件不是一句遺憾就能概括的——至少對他而言。所以他不知道該如何回答才好，畢竟對方表示了同情、又是警察、而且還盡力逮捕了犯人。

可是在真一找尋回話的同時，武上刑警已經性急地丟掉香菸、用鞋底踩滅菸頭，語調有些生氣地表示：「對不起，這樣根本不能安慰你，我說了不該說的話。」

「不……」

「我平常沒有什麼機會跟被害人或遺族說話，所以不會表達。」

謹慎的語氣和他慣常用語之間的落差，充分顯現了武上刑警的困惑。

「你現在住在這裡嗎？」

「是的。」真一點頭回答，心中卻想著：簡直就是我將死神帶來了這裡。

「是住在親戚家嗎？」

「是我爸爸的朋友家。他們是小時候的朋友，一樣是在國中當老師。」

「是嗎？」刑警的眼睛被涼風吹得瞇了起來：「所以說你成了他們的養子囉。」

「不，還沒有正式收養。所以我的姓還是塚田。」

武上恍然大悟地點點頭。

看來真是個不善於說話的人，談話之間不時有不自然的中斷，但對方還是沒有起身的打算。

真一問：「武上先生是為了調查今天早上大川公園的事件來的嗎？」

「嗯。」

「因為這是個大案子吧。」

「還不知道呢。」他搖頭說：「只是發現一隻切斷的手腕，還不能斷言說是殺人事件。說不定只是毀壞屍體、遺棄屍體而已。」

說完後，他不禁失笑說：「那也不可能，都已經發出惡臭了，明顯就是殺人事件，不是嗎？」

「我不喜歡。」真一說：「我真的不喜歡這種事。」

武上看著真一說：「我一聽說是個叫塚田真一的高中生發現的，真是嚇了一跳。一年之間，你又遇上了麻煩事呀！」

「說不定我被什麼怪東西附身了。」

武上用力拍真一的背，並說：「你可不要亂說話。」

真一也希望這麼想，但是死神手指的印象是不會那麼輕易從心頭抹去的。

「現在的家，住得還好嗎？」

「他們都是好人，叔叔和嬸嬸都是好人。」

「有沒有其他小孩？」

真一搖頭說：「只有我一個，還有一隻狗。」

「狗呀，有狗還真不錯。」武上說時將雙手放在膝蓋上，準備要起身：「怎麼樣，心情好些了嗎？」

「是的，對不起。」

「那就辛苦你了，做一下問訊。做完之後就能立刻回家，應該可以趕上學校下午的課。」

真一本想回答：「我經常請假，叔叔他們早已默許我蹺課，所以今天不上學就算了，反正我也不想去。」但他還是沒有說出口。武上走在前面，真一跟在其後回到警署大樓裡面。來到自動門前，又聽見一輛車開來的聲音，真一回過頭去看。

這次是計程車，從後座走出一對看似母女的女性。兩人的表情緊張，彷彿被針一刺就會漲破。看著她們的方向，真一說：「又是來確認手腕身分的人吧。」

「大概吧……」

「剛剛也有一個家庭也是同樣的感覺。」他腦海中浮現剛剛眼光交錯、穿著灰色襯衫的老年人。

「畢竟跟女孩有關的不幸案件特別多呀。」武上回答，聲音低沉。

「以前發現身分不明的屍體時，那些家裡有失蹤人口的家人反應不是這麼敏感的。可是最近幾年變了，因為大家都比較有知識了。而且最近在大阪才剛發生過女性被分屍的殺人事件。」

在那對母女沒有趕上來之際，真一已經走進了大樓。上樓前往會議室的時候，武上突然想到什麼而停下腳步問真一說：「你需不需要出庭參加案子的公審呢？應該已經開始了吧？」

第一次公審是在案發的半年後，已經在今年三月舉行過了。真一沒有出庭也沒有旁聽。真一也很擔心之後的公審自己是否需要出庭，但還不知道答案，所以他也老實回答：「負責的檢察官說盡可能讓我不必出庭。」

「你應該也不想出庭吧。」

「你是指坐在證人席面對各種問題，會勾起事件當時不愉快的回憶？」

「就是這麼回事。」

「那……倒是不會。」

「真的嗎？」

「就算不被任何人問什麼問題，自己也是經常會想起那些事情，所以還不是一樣。」

武上刑警避開真一的視線，看著自己突出的肚子。一副怪罪自己說錯了話，指責自己肚子的表情。

「對不起。」真一說：「我說了不該說的話了。」

武上揮動自己厚實的手掌回答：「我才是很不會說話呀。」

看著武上表情痛苦扭曲的臉孔，真一突然有想哭的衝動，於是提高下巴忍了下來說：「不管怎麼說，我家的案子從上一次以來就沒有舉行公審，下一次大概還要很久吧。」

「為什麼這麼說？」

「因為還不確定三個人犯是否要分開公審；而且對方希望做精神鑑定，現在正在處理當中。」

武上睜大眼睛問：「三個人都要嗎？」

「嗯，三個人都要。」

「真是令人吃驚！主嫌那傢伙，是叫樋口的吧，連他也要嗎？」

真一腦海中立刻浮現「那傢伙」的臉孔。代替流淚的衝動，胸口盤旋一股刺痛。

「沒錯，就是樋口。」

「怎麼看那傢伙都沒問題！」

「好像鑑定結果也有問題。」

武上吃驚地拍了一下額頭，鼻息噴出了怒氣。

「他們打算怎麼說？心神喪失嗎？」

「聽說是心神耗弱。」

「明明是計畫性犯罪，哪有什麼耗弱的。」

真一悶不吭聲，只是微微一笑。正確的說，他只是做了一個類似微笑的表情。

「我說真一……」武上一臉正經地說：「你家發生的事真的很悲慘，留下來的你也是受害人。所以千萬不要有剛剛的那種想法，知道嗎？」

真一形式性的點點頭。

「你沒有錯。」刑警說：「你沒有任何的責任。這一點你千萬要記住。」

包含當時負責辦案的葛西先生，大家都是這麼說的。

確定真一點頭後，刑警走向了會議室。真一尾隨其後，一如被帶著走的犯人一樣，頭低低地看著自己的腳尖。

因為坂木刑警動作俐落安排的結果，義男和真智子沒有受到阻礙，很快就被帶到墨東警署三樓的的小房間裡。這裡是個談話室，除了桌子和沙發外，牆邊有一台舊式轉鈕的電視機，旁邊小桌上是一具內線電話。

義男他們坐好後，坂木說聲：「你們在這裡等一下。」便走出房門。出門之際也帶走了真智子從皮包裡取出的鞠子梳子和照片。

房間裡只剩下義男和真智子兩人。真智子身體前傾地坐在扶手椅的前端，眼光落寞地看著地板；坐姿跟剛剛在車上幾乎完全一樣。義男不禁擔心她是否知道這裡已經是墨東警署裡面了。

「真智子，妳還好吧？」

沒有回音，真智子乾燥的嘴唇半開著，眼光直直盯著地板的一點。

義男開始後悔不該帶她一起來的。自從擔心大川公園發現的手腕會是鞠子的以來，真智子的心神就已脫離現實，深深陷入不好的妄想之中。就算待會兒確定手腕不是鞠子的，真智子不知道能否恢復正常呀！

三樓和一、二樓不一樣，少了進進出出的人群，比較安靜。來到這裡之前，經過了好幾個緊閉的房門。說不定這一層樓，平常外人是不能進來的。大概是為了讓義男他們能夠穩定，坂木特別請人安排的。

靜靜地坐在一旁，可以聽見真智子輕輕的、不規則而快速的呼吸聲。就像是發高燒的小孩一樣，一個臉色通紅、閉著眼睛、躺在一旁的小孩一樣。

很久以前——沒錯，就是很久以前，義男心想。那時真智子才四歲，大約是昭和三十年（一九五五年）左右——義男開的有馬豆腐店還經營不到半年。真智子半夜發高燒，他抱著她去看醫生，結果是肺炎。他大聲斥責老婆俊子說：「都是妳的責任！」把她都罵哭了。

俊子過世也已經八年了，「要是老婆這時還活著，應該比我更能安慰真智子吧！」義男心想。或許應該想說：因為俊子留下義男先走，所以不必擔心唯一孫女可能發生不幸的不安，這難道也該慶幸嗎？

突然間真智子發出類似哭泣般的長嘆聲，然後看著義男說：「爸爸，時間還真是久呀。」

義男沒有說話，只是抓著女兒放在膝蓋上的手。幾十年來他都沒這麼做過，就連女兒出嫁那天也沒做過。真智子也緊緊回握他的手。

兩個人就這樣坐著等待。經過一個小時之後，坂木快步走回房間。他一進房內，真智子的手便抽離義男的手，立刻站起身來問：「結果怎麼樣？」

「把你們丟在這裡，真是不好意思。」坂木擦拭額頭上的汗水說：「目前還不是很明朗。」

「到確定結果，還需要相當久的時間嗎？」義男問。必要的話，可能需要說服真智子帶她回家。

「公園方面還在搜索當中。」坂木說時，真智子整個人斜躺在椅子上。

「目前除了一開始發現的右手腕外，沒有其他斬獲。我在這裡也是個外人，所以比較麻煩。不過關於那隻手腕的身分還是應該越早知道越好。」

「是否知道了些什麼線索？」

坂木分別看了義男和真智子的臉後，決定應該問真智子比較好，於是轉過頭去說明：「今天早上發現的屍體還很新。」

「新？……」

「沒錯，大概是死後經過約一個晚上左右。所以樣子還很清楚。」

「所以呢？」

面對探起身詢問的真智子，坂木緩緩問說：「古川女士，鞠子小姐是否有擦指甲油呢？」

真智子的表情一下子變得曖昧：「指甲油嗎？在公司裡是沒有，因為公司禁止，畢竟是銀行嘛，這方面比較囉唆。可是有約會的時候，她也會塗些顏色較淡的指甲油。」

「失蹤那天有嗎？妳還記得嗎？」

真智子兩手抱著頭：「到底有沒有呢？我還記得她那天穿的衣服，是粉紅色的套裝。因為晚上要出去玩，所以打扮得漂亮些。那是新買的套裝。平常沒什麼事的話，反正有制服，所以她習慣穿牛仔褲上班。可是那天她穿得很講究，只是有沒有擦指甲油呢？……」

「那隻手上有擦著指甲油嗎？」

「是的，應該怎麼說呢？我也不是很清楚，好像是深粉紅色，還是淡紫色呢？總之是那種色系的指甲油。」

「確定是女性的手沒錯吧？」

「這一點確定沒有問題。不是男人的手，從皮膚狀態來看，年紀也很輕。聽說是二十到三十歲之間。」

「指甲油……」真智子抱著頭低吟著。

「請不必過於費心考慮。」坂木口氣沉穩地制止真智子：「我只是小心起見，問問看有沒有這種習慣。鞠子失蹤已經過了九十七天，而手腕的主人死亡不過才一個晚上。所以就算是鞠子的話，這中間有太多的機會可以塗指甲油的。」

真智子失望地放下雙手說：「是嗎……原來是這樣啊。」

「還有一件事。」坂木豎起指頭說：「鞠子小姐右手腕的內側是否有痣或胎記之類的東西？」

「痣或胎記？」

「是的，郵票大小、顏色不深的胎記。只是還不知道那是本來就有，還是因為其他原因在手腕上造成的……」為了盡可能不用到「死」、「殺人」的字眼，坂木實在費盡苦心：「現在還不清楚。不過鞠子小姐應該沒有什麼痣或胎記吧？因為我沒有聽說過。」

真智子也用力點頭說：「是的，她身上才沒有任何的胎記或是痣！」

「那隻手上有胎記嗎？」

「是的，剛剛我也說過了，因為時間經過的不是很久，所以一眼就能辨認出是胎記。」

「那就不是鞠子了！」雙手抱在胸前，一臉明顯解脫的神情，真智子大聲叫道：「爸爸，不是鞠子呀！」

義男也覺得放下半個心，但又覺得不能高興得太早。因為坂木說過那個胎記不知道是什麼時候造成的。只是他也很擔心真智子的精神狀態起伏太劇烈。於是安慰她說：「太好了！鎮定一點，我們坐下吧！」

這時房門口有人影出現，義男抬起頭，坂木也回過頭看。一個穿著制服的女警窺探似的眼光在尋找坂木的視線，找到後出聲說：「坂木先生，麻煩您過來一下。」

為什麼對真一和水野久美的問訊要花那麼長的時間？其理由在和負責的刑警聊過便自然分曉。其實並不是對最早發現屍體的真一他們有所懷疑——先回家的水野久美似乎有些不滿——而是想要了解他們在發現右手腕之前看見或聽見了什麼；加上他們每天到大川公園散步，在這幾天內有沒有感覺哪裡不同了，例如：有什麼車停在奇怪的地方、看見不常見的人或行動怪異的人等。警方為了慎重起見，所以鉅細靡遺地詢問他們。

真一很清楚警方會不厭其煩地重複詢問同一件事，所以他不覺得難過，也不會因此生氣。而且詢問真一的刑警大概是從武上刑警那裡聽說了什麼，所以態度很溫和。不過對方似乎對於一年之中兩次發現殘忍的殺人事件或可能的證物，多少還是抱著好奇的眼光看著他。因此真一覺得很累。

中間休息一次，是為了吃午餐。負責的刑警說：「只能提供這個，真是不好意思。」手上遞出一份便當。大概是認為一起吃不方便，他走出了房間。真一反而覺得鬆了一口氣。

仔細一想，從早到現在什麼都沒吃，但是沒什麼食慾，而肚子卻在咕咕叫。涼掉的便當沒什麼味道，他只是默默地吃完一半。用餐之際，外面到處傳來電話聲、吵雜的人聲和走來走去的腳步聲。

午餐過後，又繼續一個小時，問訊才告結束。留下必要時立即可以聯絡的住址和校名後，真一算被允許可以回家。

「辛苦了，把你留下來，真是不好意思。」負責的刑警表示：「對了，你媽媽在樓下的會客室裡等你。」

「我媽媽？」

對方似乎是想詢問一年前的事件，真一幾乎反射性地想要說出：「我媽媽已經死了。」

「你媽媽是石井良江女士吧？她從家裡打電話來，我們說過了中午就會結束，她就說要來接你。已經來了將近三十分鐘了吧。」

「是嗎？」

真一走下一樓，依據刑警指示的方向前往會客室，石井良江在雜亂的大廳對面已經先看到真一的身影。

「小真！」她在便服上面搭件薄外套，臉上沒有化妝。輕輕揮著手小步跑向真一：「還好，我還擔心人太多，看不見你呢。」

說是會客室，只是排列著制式的塑膠椅子。因為前面就是交通課，來辦事的民眾較多，所以這裡不像署裡氣氛那麼嚴肅。

「真是遇見麻煩的事了，累了吧？」

「有點累。」

「午飯吃過了嗎？」

「吃了便當。」

「還要不要吃點熱的？我們去吃碗蕎麥麵再回家吧。」

「嬸嬸，學校沒關係嗎？」

「你不必擔心，我已經不是級任老師了，所以今天請假。」

石井善之、良江夫妻分別在地方上的國中任教。兩人任教的學校不同，善之今年春天剛當上教務主任；良江是國文老師。因為被殺害的真一父親和善之是朋友，從小感情就很好，加上石井夫婦沒有小孩，出事之後，便爭取要收養真一。

不論爸爸還是媽媽那邊都有兄弟姊妹，他們生前也都有相當程度的往來，不料出了事，大家對於收養真一都面有難色。這件事深深地傷了真一的心，他甚至認為固然事件發生有其原因，但終究自己是不被原諒的。

而且就算被石井夫婦收養，他還是很在意這件事情。平靜的水面下，他總是擔心：雖然他們夫婦和父母的情感良好，但畢竟彼此沒有血緣關係，會不會將責備自己的心情給藏了起來呢？真一害怕說出口，或者應該說他害怕那樣的結果，所以裝做不知道的樣子，但經常在猜測石井夫婦的內心而戒慎呼吸著。

「洛基呢？」

「警察先生帶牠回家了，我聽到這消息嚇呆了。」

「對不起。」

良江的臉呈現同情的神色，她說：「小真你不需要道歉的。」

真一還不習慣被叫做「小真」。從前媽媽曾經叫過他「真一」、「哥哥」，卻從來沒有叫他「小真」過。國中二年級的時候，真一開始有了女朋友，對方打電話到家裡，總是問說：「小真在家嗎？」結果妹妹模仿這種說法嘲笑他，讓真一惱羞成怒，一整天都不理會妹妹。結果妹妹哭著跑去跟媽媽告狀，害真一被狠狠訓斥了一頓。家人叫他「小真」，那是唯一的一次。

良江叫他「小真」，善之則叫他「阿真」，再也不是「真一」或「哥哥」了。從今以後，這一生再也不會有人直呼他的名字或叫他哥哥了。經過了一年，他還是不能適應這件事。真一閉上了眼睛。

——實在是不應該上警察局的，一些不願意想起的大大小小的事，之後不斷浮現在腦海中，擾亂了心情的平靜。真想趕緊離開這裡。

良江將車停在訪客專用的停車場裡，那是她上下班用的紅色小車。

「這車子對小真而言，實在是太寒酸了。」良江邊開車門時邊說：「該換輛新車了，乾脆換成四輪傳動的。而且再過一年，小真也可以考駕照了。」

一如良江立刻將車駛離警署大樓，她也希望能將真一的心情帶離今天早上的事件。一般的父母肯定會詢問：被問了些什麼事、究竟是怎樣的狀況？良江一句話也沒問，反而顯得不自然。良江自己大概也知道吧，在坐進車時，她的表情有些陰鬱。

真一回頭看著警署大門的方向，心想也許會再見到武上一面。他或許很忙吧，應該不可能跑到外面的；但真一希望能再見他一面，就算很簡短，說些話也是好的。因為真一覺得剛剛和他之間的距離感，正是現在真一最需要的吧。

武上不在那裡。但就在真一死心，準備上車時，自動門開了。兩個小時前看見的那對母女走了出來，母親依靠在女兒身上，哭得死去活來，女兒也在哭泣。兩人步履蹣跚地走向街道。

真一抓住車門呆立著，心想：那隻手腕的主人，就是這家人的親屬嗎？所以她們才在哭嗎？就這樣喪失了親人，真是令人難過。

「小真？」

不顧良江的呼喚，真一跑了過去。他穿越停車場，朝著公車站牌的方向，拚命跑步追上那對母女。

「請問？」一出聲後，那個女兒回過頭來，臉型瘦長而美麗。儘管兩眼通紅，淚水滑過臉頰，但還是一眼可以看出是個美人胚子。

「請問……請問一下……」

攙扶著不斷哭泣的母親，那個女兒回過頭面對語塞的真一：「有什麼事嗎？」聲音帶有哭泣的鼻音。

「那個……我……我想請問……是不是確定身分了？」

「嗄？」那個女兒側著頭和母親四目相望，然後兩人一起看著真一：「什麼身分？」

「今天早上在大川公園……」

那個女兒吃驚地退了一步，從頭到腳仔細地觀察真一。真一也慌了，連忙解釋：「對不起，我不是看熱鬧的人。其實是我發現那個手腕的，是我無意發現的，所以才……」

「噢。」那個女兒濕潤的眼睛旋即亮了起來，她說：「沒有，手腕的身分還沒查出來。」

「可是……」

那個女兒和母親用手擦乾眼淚，相視微笑。

「我們只知道不是我家哥哥就是了。」

「妳哥哥？」

「是呀，我們看的新聞報導，並沒有說明是男人還是女人的手腕。而且又是在我家附近，所以就很擔心。因為我哥哥一直都行蹤不明。」

「我們是因為安心才哭的。」那個母親說明：「可是想一想，又不是我兒子回家了。」

「不管怎樣，還算好的呀！」那個女兒說：「真是太好了。」

一副自己說給自己聽的語氣，然後兩人相互扶持地離去了，只留下真一在那裡。

搞錯了呀，原來是搞錯了嗎？那難道是比那對母女還早來的家庭嗎？

不，那也不一定。畢竟整個東京或整個日本，失蹤人口不知道有多少人？一千？兩千？還是更多？其中被推斷跟犯罪有關的失蹤就不知其數。而真一只是發現了這隻不知是誰的手腕，不小心給發現的。

「小真！」良江來到他背後。從背後伸出雙手抱住真一的肩膀。以女性來說，良江算是夠高的了，站在正在發育的真一身旁，兩人的身高幾乎一樣。

「我們回家吧！」

真一默默地點頭。是的，他現在真的很想回到那個剛剛被稱之為是「家」的屋簷底下。

有六千三百人，有馬義男心想。

自從坂木被叫出去後，真智子就顯得格外明朗，不斷取笑自己的過度緊張，還積極跟義男說話。義男為了維持真智子的好心情，也努力配合；只是內心知道現在高興還太早。

然而多少有了希望，所以他才會想到：六千三百人。那是鞠子失蹤後經過半個月，義男問說全國一年之間有多少人行蹤不明呢？坂木所回答的數字。

「去年度，總數已達將近八萬兩千人。」

「已經上萬了嗎？不是千或百的？」

「是的，只是其中包含了各種情況。像鞠子小姐的情況……」當時真智子不在場，所以坂木的說法也比較直接：「是屬於可疑的失蹤。僅限於這種可能和某種犯罪有關的案例，我們稱之為特殊失蹤人口，大概有一萬五千人，其中女性約有六千三百人。」

「有這麼多嗎？」

六千三百分之一。義男的心中反覆出現這個數字，六千三百分之一。那個手腕是鞠子的可能性，只有這麼多。可能性不是很小嗎？所以沒問題的，鞠子沒有死呀。她不會被人殺害，還被切斷了右手腕！

義男痛苦地繼續等待。然後坂木在三十分鐘後回來，然而他沒有走進房間，而是站在門後面，避開真智子的視線，以眼光呼喚義男出去。

義男感覺一陣心痛，五年前他曾為心脈不整而痛苦過一陣子，現在的心痛就好像當年的病症又犯。

「有馬先生！」坂木避開坐在椅子上抽菸的真智子視線，不斷呼喚義男。真智子不太習慣抽菸，加上又是烈菸，雖然常會嗆著，但神態還算平穩。

義男裝做若無其事地說話：「真智子，我去借個廁所就來。」

「你知道在哪裡嗎？」

「大概知道吧，我去找找看。」

來到走廊，坂木抓著義男的手臂，立刻關上門。

「到底是怎麼了？」義男壓低聲音問。

坂木皺著眉頭，用必須湊近耳朵才能聽見的聲音說：「古川女士的情形如何？」

「剛剛才好了一點。」

「可以的話，還是先回家。回有馬先生家，不，還是回古川女士家好了。」坂木的神情也有些動搖，義男感覺心臟上下跳動得厲害。

「是不是麻煩有馬先生也一起去呢？待會兒這裡的搜查人員會過去。我想時間不會拖，馬上人就過去了。」

義男的聲音哽在乾燥的喉嚨裡。好幾次濕潤了喉嚨，才擠出一點聲音：「怎麼回事？發現什麼了嗎？」

坂木的眼睛像是漆黑的深淵，看不見一絲光亮。

「在大川公園裡發現了手腕以外的東西。也是從垃圾箱裡，找到一個路易威登的小皮包。」

光是這麼說，義男還是無法想像是怎樣的皮包；但他大概已經知道坂木想要說的下文，就算他再怎麼不願意聽，就算他摀住耳朵、閉上眼睛也不行。

盡可能拖延這致命一瞬間的到來，義男的問話緩慢而斷續：「那是……是鞠子的東西嗎？」

坂木用手按住額頭取代了點頭，他說：「從皮包裡面找到女用手帕、化妝用具和古川鞠子的月票夾。」

3

揉著惺忪的睡眼起床，寢室裡的窗戶已經射進午後的陽光。今天是大好天氣，附近左鄰右舍的窗口、陽台攤滿了形形色色的棉被，正在享受日曬。

「哎呀！糟糕，又睡晚了。」前畑滋子用力拍打自己的額頭。感覺上好像又聽見婆婆在嘮叨：「早晨睡懶覺，那是指睡到九點、十點，至少在上午就起床的人。睡到過了中午，怎麼可以說是早晨睡懶覺呢！」

那是婆婆之前對昭二嘮叨的台詞。對結婚四十年，每天一早五點半就要起床準備早餐的婆婆而言，或許是超過她忍耐限度而說出口的言詞。滋子當然可以理解婆婆的心情，何況不管有多少工作，身為主婦的滋子每天睡到下午，也實在說不過去。滋子也想照婆婆說的一樣在上午起床，可是常常因為前一天晚上的工作進度，直到黎明才鑽進棉被，所以很難如願。

到廚房先燒開水，然後看了一下時間，居然快要兩點了。點一根起床菸，利用水開的這段時間吞雲吐霧一番。滋子心想：要是這時有誰拿傳閱板（譯註：社區之間傳閱注意事項的文件夾。）過來，她一定會成為街頭巷尾討論的題材。

「滋子，都已經下午了，妳還穿著睡衣！」肯定會被這麼唸上幾句吧。然後昭二也會捱罵。於是滋子趕緊先去換衣服。

喝完一杯即溶咖啡，身體開始有感覺，肚子發出咕咕的叫聲。忍耐著想要塞點東西進胃裡的衝動，滋子先去曬棉被。抱著昭二的墊被走出陽台時，重田太太彷彿等在那裡似的出現在隔壁的陽台，正在拍打棉被。

「哎呀！滋子，妳早呀！」什麼早不早的，滋子還是裝出一副笑臉回答：「妳好呀。」

重田太太一臉笑容地用力拍打棉被，簡直就像是對仇人拳打腳踢一般。

「曬得好蓬呀！今天真是好天氣。」

「就是說嘛，昨天的雨簡直像是騙人的一樣。」

重田太太的眼睛裡閃過一絲光亮，至少滋子看到的是這樣。

「滋子妳應該早點出來曬棉被的！」

滋子應酬式地笑說：「我剛剛出去才回來，再說我家陽台因為昨晚的雨淋過，上午還是濕的呢。」

「是嗎？」重田太太用力點頭說：「妳出門就頂著那個頭嗎？睡得都翹起來了。再見囉！」

老太婆立刻轉身回屋裡，留下被將一軍的滋子站在那裡。頭髮睡翹了嗎？她摸摸自己的頭髮，果然是亂糟糟的。

「哼！可惡的老太婆。」

隔壁鄰居重田老太婆，是滋子她婆婆的童年玩伴，兩人之間無話不談。而且最近重田好像從向她婆婆鉅細靡遺地報告滋子的失態中找到了人生意義，例如：滋子半夜出來倒垃圾；送快遞的人來，滋子睡著了不開門，由她幫忙簽收等等。搞得滋子一點也馬虎不得，十分困擾。

去年夏天，前畑昭二求婚時，滋子就提出必要條件是：她要繼續自己的工作！

「所以我不能幫忙做昭二家裡的事業，也不想住在一起。如果和你父母一起住的話，我就不能工作了，這樣好嗎？」

昭二回答：「我無所謂，隨妳自由吧。我會繼承家裡的事業，但我是我，滋子是滋子。反正哥哥他們夫妻也沒有回家一起住，所以沒關係，滋子愛怎麼做就怎麼做吧！」

只是昭二附加了一個但書：一旦有了小孩就必須辭去工作。當時滋子是這麼回答的：「到時候再說吧。」照理說這種婚姻生活對滋子來說應該不錯，只是如意算盤也不能打得太精。首先是婆婆強烈主張說：可以不幫忙家裡的事業、也可以不住在一起，但是必須住在婆家附近。

「昭二可是咱們家裡重要的工作支柱，忙的時候還必須做夜班；所以最好能住在走路就能上下班的地方。我們這附近到銀座或新橋就難說了，但是到滋子上班的出版社只要四十分鐘，不也是很方便嗎？」

這也是沒辦法的事，於是滋子就讓步了，不料婆婆反而得寸進尺。

「既然是住在這附近，何必付房租給別人。就住在我們的公寓裡吧，房租會算你們便宜的。剛好有一個三樓的角間空出來了。」

前畑家除了自家和工廠外，還蓋了一個三層樓的公寓出租。對滋子而言，夫家有些資產並不是件壞事，但要她住在那間公寓裡就另當別論。總覺得不是很自由。

於是滋子大力反抗，也準備找些有的沒的理由推辭掉。誰知道住在埼玉的娘家父母竟被婆婆的意見說服了。

「妳是嫁到有工廠的人家當媳婦，人家還答應讓妳不用幫忙家裡的事業。所以至少這一點也該聽從婆婆的意見吧。」

「什麼嘛！我先說清楚呀，我可不是要到前畑鐵工廠上班的人，我是和前畑昭二結婚耶！」

「結婚可不是那麼一回事的！」

「媽，妳到底是站在哪一邊嘛？」

「當然是妳這邊，所以才這樣好言相勸，要妳聽媽媽的準沒錯。太堅持己見，到時吃虧的人是妳，媽媽擔心的是這個呀。」

媽媽和婆婆都是遵從三從四德的古訓被教育過來的傳統女性，多少都已經根深柢固了。跟她們說什麼「女人的自主」、「結婚是基於雙方的合意而成立」，簡直就是對牛彈琴。偏偏連唯一的靠山——昭二也這麼說：「我能住在工廠附近是最好不過了，而且房租又能算便宜些。這不是很好嗎？滋子。」

都怪昭二說出這麼沒骨氣的意見，在滋子還沒確實答應之際，整件事便塵埃落定了。本想至少沒有和婆家住在一起，誰知道搬來一住，卻發現隔壁還有個間諜——重田老太婆。

「那是LKKCIA呀！」滋子有一次這麼批評。

「什麼是LKKCIA？」

「老太婆中央情報局呀。」

「滋子，妳還真會亂說話！」

看著無所謂的昭二只知道笑，實在很想一拳將他擊昏！

婆婆一直都很在意滋子總是沒有懷孕的跡象，這也是她們倆不太合的主因之一。事實上在討論要不要結婚時，滋子就曾聽說過：

「三十一歲了？那不是快要不能當女人了嗎？」婆婆居然還公開這麼說。還好這句話激怒了不太生氣的昭二，他大喊：「我的老婆不是生小孩的工具！」讓滋子感到很欣慰。然而一旦婚姻生活趨於穩定後，昭二竟然是十分想要有小孩。不！如果是他說要生的話，滋子也不會有太多意見，仔細詢問的結果，答案是「媽媽吵得兇」，實在是太不像話了。

目前的方針是：只要懷孕就生，也沒有做避孕的措施，但是小孩就是不來。要不是婆婆太過多管閒事，滋子在她體力充沛的時候也想生個小孩；只是現在的心情又緊張、又有些寂寞、感覺好像在接受緩刑似的、竟有點安心感，五味雜陳十分複雜。

坐在廚房的餐桌前嚼著吐司夾果醬，滋子一邊讀著早報。昭二習慣晚上喝點小酒時才閱讀一天的報紙，所以這會兒的早報還沒人看過，連廣告傳單都還夾在裡面，整份放在桌上。

太太比先生先讀報——一家之中女人先讀報，這種事情雖小卻常常惹得婆婆不高興。都怪昭二不該把這種事情說出來，只是他和員工們聊天時，不經意就扯出了這個話題。他是說：「我們家裡是滋子先讀報紙的，畢竟她是從事媒體工作嘛。」

「什麼媒體工作！」婆婆肯定會嗤之以鼻。不過滋子也不認輸，她有她專屬的CIA，情報員就是在工廠上班的年輕會計小姐。她實在是太會模仿婆婆的聲調語氣，每次都逗得滋子大笑。

「滋子寫過什麼偉大的文章嗎？說是採訪，怎麼從來沒見她採訪過我所知道的名人。還寫了什麼報導〈好吃的萵苣作法〉，我看只有那種連怎麼淘米都不知道的笨女人才會去讀！」

話說得很毒辣，但婆婆的說法卻也抓到了滋子的痛處。滋子倒不是說〈好吃的萵苣作法〉沒有意義，而是對那種雜誌讀得津津有味的女人，果真如婆婆說的都是些日常生活沒啥用處的「笨女人」。滋子身為自由撰稿人，已經在女性雜誌、家庭月刊等世界工作了十年。如果她拿閱讀自己文章的讀者當笨蛋看，這工作也做不好了。

然而現在她和昭二共組了家庭，她開始思考這樣好嗎？有採訪對象的工作，往往得配合對方的時間，造成滋子工作時間的不規則，連帶也影響生活的不規則。最後滋子變成了夜貓子，文章必須在半夜才寫得出來，難怪她一早爬不起來。

昭二對這現象「早就見怪不怪了」，所以不曾面有難色。反倒是滋子經常會覺得過意不去。不能幫老公做早飯、家裡的清掃也是有一搭沒一搭、甚至連衣服換季都拖延了，去年冬天就讓昭二到十二月還穿著秋天的薄睡衣凍著了。看著昭二笑著說：「我又沒有上班的制服，無所謂啦。本來這是自己的事，我自己做就好了嘛。」

滋子覺得又是後悔又是生氣，她說：「你不要那麼善解人意嘛，你可以生氣罵我呀！」結果昭二竟說：「我可不是為了這種生活才結婚的。」

於是滋子這麼想：既然自己連自己的家庭都理不好，還有什麼資格寫家庭雜誌的文章呢？單身時代從來沒想過，還沒成家的我居然在寫給有家庭的人看的文章。雖然可以很簡單的區分說：這是工作，我是以專業能力寫出正確無誤的文章；但現實中——

有一句格言說：「結婚是用方便替換幸福的工具」，對滋子而言，結婚是免除單身時代產生之罪惡感的工具。

「妳只是在從事一個拿老公當藉口的工作，不是嗎？」不知不覺她開始這麼反省。滋子鼻子哼了一口氣，將報紙摺好，然後站起來打開電視。應該在煩惱前先洗衣服吧，那還比較實際些。

現在是社會新聞播放的時間，電視畫面上出現神情緊張的記者臉孔。出現的背景是綠意盎然的公園，記者身後有幾部警車，和穿著藍色工作服的男人來來往往。滋子正準備朝洗衣機的方向走去，卻停下了腳步。

「被發現的右手腕，應該是目前提出失蹤搜索的女性名單之一……」記者報告。

滋子睜大了眼睛，立即坐在電視機前，轉高音量。

是現場實況轉播。記者和電視台的主播正在對話。

「齊藤，請問從大川公園的現場是否有什麼新的發現？」

「目前為止還沒有新的發現。」

「那隻右手腕和被發現的手提包，是否為同一人所有？已經確定了嗎？」

「不，還沒有完全確定。」

「我知道了，如果有什麼消息，請再跟我們聯絡。」

鏡頭轉向棚內，電視畫面的右下角出現白色字幕：「神秘殺人案？公園裡分割的屍體」。

「這真是一件可怕的案件，希望能早日破案。接著先進一段廣告。」

滋子趕緊轉台，想要找出報導更詳細的其他電視台。這時候所有的電視台不是播報社會新聞就是電視劇重播，滋子焦急地轉台卻不得所需。剛剛的新聞已經開始報導其他消息，分屍案早就不見蹤影了。

滋子咋了一下舌，思考之後走進了浴室。浴室牆上掛著一個收音機，昭二習慣在洗澡時聽棒球轉播，所以特別買了個防水的收音機。滋子調整頻率播到ＮＨＫ，聽見了播音員的說話聲。

「因此現場現在可說是錯綜複雜，一片忙亂。」

是剛剛那個事件的報導！滋子將耳朵靠近收音機。

「我們再重複報導一次，目前已經知道被發現的手提包，是今年六月失蹤，已經提出搜索請求的古川鞠子所有，她現年二十歲。只是這隻右手腕是否也是古川小姐還不能確定，還在調查當中。」

滋子三次用手心拍打額頭，那是因為過於震驚。從浴室牆上的鏡子裡出現了滋子張開嘴巴的表情。

古、川、鞠、子。

——是我名單上的女孩呀！

「這是怎麼回事？」滋子喃喃自語。腦海中浮現一份寫到一半、一直放在抽屜中的稿子。

「消失的女性。她們為什麼消失？為了追求什麼？又消失在何處呢？還是說，是什麼讓她們『消失』了呢？」

這個答案似乎變成了事件呈現在滋子面前。

「這是怎麼回事？」滋子再一次發出聲音質問。睡意霎時飛去，一股顫抖從背後竄起。

那應該是在兩年半之前的事吧，一九九四年的春天。剛好是《莎布琳娜》雜誌停刊的時候，所以記得很清楚。

《莎布琳娜》是一九八五年創刊的月刊。當初是以二十到二十五歲的單身女性為對象，提供電影、戲劇、書籍、藝文活動、學習等資訊的綜合雜誌。雖然也會介紹流行時裝、美食等資訊，同時還有深入淺出的國際問題、環保問題的解說專欄、女性評論家的訪談專欄等單元。就內容而言，滋子認為不是一份太單薄的雜誌。

然而就是因為這種軟硬不分的風格，造成《莎布琳娜》創刊以來經常是赤字狀態。尤其是八〇年代後半，日本進入泡沫經濟時代，社會崇尚奢侈，金錢主義到處充斥，一向拒絕成為型錄雜誌的《莎布琳娜》分外顯得樸素，一切現象都對該雜誌不利。但諷刺的是，正因為泡沫經濟的景氣，才讓《莎布琳娜》的股東願意繼續支持。

滋子負責撰寫「傳統手工藝」的專欄，她本來就對這種工匠手藝的工作很感興趣，所以工作得很愉快。對當時的滋子來說，《莎布琳娜》的工作是主要的收入來源，另外一個重要的收入來源則是撰寫就業雜誌上的採訪專欄。那是採訪各式各樣企業的人事主管和希望就職的學生，聽聽他們彼此的想法，標題叫做「真心話」。拜泡沫景氣之賜，這個專欄很受歡迎，但內容並非如標題所示，而是聽事浮於人的學生們大言不慚地予求予取，以及企業方面天花亂墜的宣傳。

所以《莎布琳娜》的工作，多少給了滋子安定人心的溫馨感覺。滋子採訪過許多的手工藝工匠，有努力培育接班人的和服裁縫、有經常說：「不讓下一代師傅難做事」的裱裝師傅，聽他們說話，看著他們的眼睛，不禁覺得人生認真做事就是這麼回事吧！他們不問對或不對、有利與否，那些不是決定的重點，而是要認真做事。滋子覺得就是要認真地做事。她也是在從事這工作時，認識了前畑昭二。剛開始交往，滋子就深深被他吸引，或許也是因為《莎布琳娜》的工作經驗所致吧。滋子是透過「傳統手工藝」才認識到用自己的手擦拭額頭的汗水完成工作的生存方式，進而對這種生存方式產生尊敬與憧憬的感情。

逐漸地滋子和《莎布琳娜》的編輯部交情益深，當時的板垣總編輯也是她一起喝酒的好朋友。「傳統手工藝」的連載到第十四回結束，之後滋子像打游擊般，隨時被總編輯抓來幫忙撰寫其他採訪文章。這就是她的工作，做來十分愉快。然而泡沫像夢一般破滅，社會陷入了不景氣的低潮，到處都因為缺錢而動彈不得。處於這樣的時代，一聽到《莎布琳娜》也危險了，滋子真是受到相當大的衝擊。她才明白世事的諷刺——過去支持不媚世不流俗的《莎布琳娜》竟是這泡沫景氣呀！

剛決定要停刊時，總編輯約了滋子痛飲。兩人徹夜尋找有開的酒館，一家接著一家喝下去。當時隨著雜誌停刊，總編的職位也有所異動。喝得酒酣耳熱的總編冷不防對滋子說：「滋子，希望妳能有個不被世間左右的工作！」

「不被左右的工作是什麼？」一樣喝得醉醺醺的滋子，用自嘲的語氣說：「像我這樣不成器的文字工作者，哪裡找得到那種工作。沒有你們的企畫，哪有我們這些文字工作者。」

「說的也是，文字工作者……」總編輯醉眼迷濛地漂浮在酒館櫃檯上，語氣顯得有些生氣：「所以說，滋子妳自己寫不就好了嗎！妳可以寫的。」

「寫什麼？」

「寫本書來看看，寫滋子有興趣的題材呀，妳可以寫報導文學。」

「報導文學？」滋子趁著醉意大笑說：「怎麼可能？我不行啦。我怎麼可能會寫，總編真是愛說笑！」

「不，妳可以的，試試看嘛。」

只記得兩個喝醉酒的人你來我往地爭論可以不可以，之後說了些什麼全都消失在酒精的濃霧中。結果太陽升起，滋子回家後倒頭便睡，爛睡如泥直到過午才起。儘管飽受宿醉的痛苦，但滋子內心裡還是受到某些牽動。

——自己試著寫些東西！

可是我能寫些什麼呢？

於是滋子回到了沒有《莎布琳娜》的日常生活。那時心裡牽動的東西，不論早晚總是記在心田。為了彌補失去《莎布琳娜》的經濟損失，當下不能想太多，這一點才是真的。

過了半個月，正值五月的連續長假，滋子第一次跟昭二外出旅行。他開車，兩人到伊豆的下田遊覽。由於兩人交往是從「傳統手工藝」第三回連載的那個月分開始的，至今彼此已經十分熟識了。但兩人出遊這還是頭一遭。

這也難怪朋友都嘲笑她：「未免太慢了吧！」

那次的旅行很愉快，實際上比滋子想像的還要好玩。昭二開車很謹慎，在高速公路上老是被超車。後來換滋子開車時，她惡作劇地加緊馬力飛車，嚇得昭二鐵青著臉說：「很危險呀，滋子。這樣太危險了！」讓滋子樂不可支。

之後結了婚，昭二才跟她告白說：「那時的滋子沒什麼精神吧？我想是因為《莎布琳娜》停刊的影響。所以才想利用旅行讓妳改變心情。」

「你是想我心情低落，比較容易答應跟你去旅行吧？」

「沒錯！」

雖然是這麼一回事，旅行中的昭二的確很開朗，總是隨時隨地逗滋子高興。當時的兩人是成熟的交往，當然也有了男女關係，不過這種事昭二很慎重，不太主動要求。那時住在下田的三個晚上，這方面倒是進行得不很順利。原因是昭二老是說些笑話給滋子聽，破壞了氣氛。

「只要一笑，我就沒辦法呀。」事後昭二老實招供。滋子心想：的確也是如此。這樣也好，那次旅行還是很棒的回憶。

就這樣四天三夜從頭笑到尾的旅行到了最後一天。滋子吵著要再搭一次遊覽船，於是兩人前往碼頭。因為是連續假日，等候的乘客很多，尤其是全家出遊的家庭，小孩子在一旁又哭又叫，製造吵雜。滋子覺得有些累，心想下一班船還要二十分鐘才來，跟昭二說聲「我先到外面抽根菸」，便走出了候船室。滋子吸菸，但昭二完全不碰——他只在學生時代曾好奇碰過。

天公作美的連續假日，這一天也是艷陽高照，海面光輝閃爍。天氣溫熱，穿著上衣容易出汗。滋子一邊吞雲吐霧，一邊在海濱道路上散步。低矮的堤防對面就是海水，水面上繫著幾艘小船。隨波緩緩上下浮沉的小船，有時幾乎要跳上岸來。一路上不時有漁網堆積著，散發出濃郁的海潮香。舉目可見彩繪成海豚或鯨魚的遊覽船滿載著一船的客人橫越過海灣。這一切恰似事先安排好的海邊假日風情一樣。

捺熄香菸，滋子舉步走回碼頭的候船室。突然間一股春風吹來，滋子舉起手遮在眼睛上方。夾著海風的強風打在臉頰上，同時也翻動了裙襬。這時腳尖不知碰到了什麼東西。

一看，原來是被風吹來的一張傳單，夾在滋子的鞋子上面。她隨意地彎下身取起來看，上面有個女人的臉孔，照片是影印過的。臉孔上方用手寫著：「尋找此人」。

——原來是尋人的傳單。

大概一直是被貼在公告欄上的，都已經泛黃、粗乾了，邊緣還有些破裂和缺口。

照片下面有一段手寫的文字：「此人於一九九二年一月八日離家出走未歸。家人都很擔心，努力尋找其下落。盼好心人士知道後，與我們聯絡。」

女人的名字是田中賴子，三十六歲。於下田市內的溫泉旅館「湯船莊」擔任服務生。身高約一百六十公分左右，稍胖，有做過盲腸手術的痕跡。近視並戴有眼鏡。聯絡地點是市內的住址，找一位田中昭義，大概是她丈夫吧？

——這是家庭主婦的離家出走嗎？

照片上名叫賴子的女人穿著和服，說不定就是旅館服務生的制服。照片的粒子很粗，無法辨識細部；但女人的笑臉和突出的暴牙很醒目。長得不算美麗，卻有一種性感。

滋子心想：大概是跟男人有關的離家吧。失蹤已經超過兩年了。雖然這張傳單看起來很舊，但還不至於有兩年。應該是被拋棄的家人——她的先生不斷在做傳單與張貼吧。

難得的旅行，卻看見這不怎麼令人高興的東西。滋子想要將傳單揉成一團，但又下不了手。上面的筆跡不能說是漂亮，卻是努力書寫的結果，滋子不禁由內心發出同情的念頭。沒辦法只好摺整齊，帶到候船室，然後丟進了垃圾桶。

「滋子，船要開了，快點！」

因為昭二的呼喚，滋子跑向棧橋。兩人搭乘的是一艘外形像海豚的粉紅色遊覽船。

連續假日結束後不久，滋子因為旅遊雜誌的工作到川越採訪。這個人稱「小江戶」的城市，在水路和水運發達的江戶時代，由於能和江戶的中心區域直接連結而繁華熱鬧。即便今天已成為首都圈的衛星城市，依然保存了濃厚的往日風情。近代化的街道中混合了古典的瓦牆、鐘樓，吸引許多觀光客到此探訪江戶的昔日面貌。滋子的工作是以一天往返的旅遊為主題，選擇了川越進行報導。

ＪＲ車站周遭和都心一樣，都是高樓大廈和修建整齊的道路，人群雜遝的感覺，令人懷疑這裡真的是小江戶嗎？不過滋子畢竟是老手了，旅遊雜誌的編輯和攝影師也都有心理準備，採訪的工作繼續進行著。在太陽下山之前，所有的行程都已結束，她們回到了車站。正想先找個地方喝杯飲料、休息一下再說，就在車站大廳裡的公告欄上，滋子看見了一張傳單。

那是張尋人的傳單，屬於公定的通用形式，而且不是影印而是印刷的。滋子讀到「盼好心人士知道後，與我們聯絡」時，同行的編輯們已走上前來。

「妳在讀什麼？原來是尋人的傳單呀！」

傳單上面所要尋找的是一位年輕的女性，二十歲、學生、名叫岸田明美。

突然間滋子想起下田那張早已經忘記的尋人傳單。

「我上次到下田旅行時，也有看見這樣的傳單。那一張是用手寫的，大概是家人自己做的吧。」

「這種東西很多呀。」

「到底是怎麼回事呢？」

「什麼怎麼回事？」

「應該說是失蹤吧？這些人竟然突然就不見了。」

編輯雙手抱在胸前表示：「說的也是，不過最近這種情形不也很多嗎？畢竟是年輕女孩子嘛，根本想不透她們在幹什麼。自從發生泡沫經濟以來，很多事早就已經見怪不怪了。」

滋子凝視著傳單上的照片。岸田明美一頭長髮梳得很整齊，長得十分漂亮。看起來妝是化得濃些，但也許是照片的效果。整體來說，是個到處可見、明亮可人的女性。

「這麼說來，最近倒是不再用『蒸發』的說法了。」編輯說：「以前……不對，應該說是很久以前，這還是個流行的說法。如今還是有人突然就消失不見，可是沒有人會說誰『蒸發了』，而且也不再被視為是一種社會現象。好像失蹤已經是件稀鬆平常的事了。」

「為什麼會不見了呢？」滋子喃喃問道。

「家家有本難唸的經，不是嗎？萬一要是妳蒸發了，有誰會來找妳呢？」

滋子想了一下回答：「大概昭二會來找我吧。」

編輯笑了，並說：「我會找妳的，因為還沒有交稿呀！」

「原來如此呀！」

兩人笑著離開了公告欄，但滋子心中還殘留著傳單上女子的照片。下田的田中賴子、川越的岸田明美。消失的人們——行蹤不明的人們，滋子找到了興趣的焦點。

按照一般方式透過電視、廣播盡可能取得資訊後，滋子決定打電話試看看。翻遍桌上用舊的名片簿，就是找不到想要的那張名片。心情焦躁再翻第二遍時，滋子總算才想起來，坂木並未給她名片。不過他的聯絡方式記錄在採訪手冊上。

滋子立刻拿出採訪手冊。同行之中，許多人已經開始利用電腦做資訊管理；但滋子還是沿用舊式，依工作內容分別記錄在採訪手冊上。所要找的採訪手冊歸類於「本業——文字工作」，一大堆排列在書櫃底層，用來裝消耗品、補給品的抽屜最裡面。長久以來，滋子幾乎都忘記它們的存在了。

翻閱了一下，終於找到了，在封底的電話號碼一覽表中，由上數下來的第三行寫著「坂木達夫　東中野警署」。一時之間滋子覺得心跳加速，但還是拿起電話筒。

可是坂木不在，接電話的警察表示：坂木因為急事，從家裡直接到現場了。滋子聽了又是一驚，所謂的急事，不用說一定是大川公園的案件了。請對方留言說：前畑滋子來過電話，敬請回電，滋子掛上了電話。

沒有找到坂木，更加激發了滋子的鬥志。她繼續翻閱採訪手冊，找到三兩位必要的人物，迅速瀏覽其簡歷後，又開始撥電話。這一次是市外長途電話，寫在電話號碼一覽表的最上方，伊豆的下田。對象是下田警署風紀課的冰室佐喜子。

滋子回憶和佐喜子最後的談話是在一年半之前。撥電話時，心中不免擔心：佐喜子會不會異動了；還好是杞人憂天，她還在下田署裡，只不過所屬單位名稱改了。現在已不叫風紀課，而是生活安全課。

一聽到接電話對方的聲音，滋子就知道那是佐喜子，不禁安心地高興了起來。

「冰室小姐嗎？我是前畑滋子。」

「前畑滋子？」對方重複說：「對不起……」

語氣顯得冷漠。「對了，她人本來就是這樣，」滋子想起來了：「不過喝了酒，整個人就變了。」

「突然打電話給妳，真是不好意思。已經是很久以前了，我曾經為了做失蹤女性的報導採訪過妳……」

這時滋子才猛然想起當時的她還是用娘家的姓木村，正要改口說明時，對方的語氣變得開朗了：「原來是滋子小姐呀！木村小姐嘛。」

「沒錯，好久沒見了。」

「聽說妳結婚了，現在是姓前畑囉。我有收到妳寄來的明信片，剛剛忘記了真是對不起。妳最近還好吧？」

「託妳的福，我很好。倒是我才是都沒跟妳聯絡，真是不好意思。」

「那之後怎麼樣了呢？有時候想起來，還很掛念妳呢。後來進行得如何？」她說話的方式，聽起來採訪好像是上個月或幾個月前的事。

就滋子的了解，冰室佐喜子個性很認真踏實，絕對不會跟人約會遲到或弄錯地點什麼的。這樣的人會將一年的空白說成「有時候想起來，還很掛念妳呢」，應該是鄉下地方安閒的空氣使然吧。

光是一句話便帶出了這樣的感覺，可是滋子總不能隨性地回答：「是呀，多多少少還在進行之中。」但也不能老實回答說：「那之後的報導便停頓了，因為問題很多，做不下去。加上我又結婚了，說實在的，我自己也覺得沒什麼興趣寫下去。」

正在煩惱該如何回答時，對方出聲了：「喂……喂……」於是滋子決定直接切入正題：「妳在忙，不好意思打擾了。不知道冰室小姐有沒有收看電視的新聞報導？」

「電視？」

「是的，就是在東京墨田區的大川公園，發現女性被分屍的部分屍體，一隻右手腕。」

佐喜子一時說不出話來。

「妳還沒聽說嗎？」

「是呀……今天早上很忙。所以呢？」

感覺上佐喜子的語氣有些緊張，滋子不禁豎直了腰桿。

「事實上那隻右手腕的正確身分還沒有確定，但是確定了一起找到的手提包主人，叫做古川鞠子。」

佐喜子的記憶力很好，應該會很驚訝於這個事實，因此滋子安靜地等待。

果不其然，經過一下子，佐喜子有了正確的反應：「古川鞠子——不就是妳採訪對象之一的女性嗎？」

「是的，妳說的沒錯。」

「是坂木負責的吧？我有聽他說過。」

「是的。我有打電話，但是他去了現場，人不在。」

佐喜子沉默不語，滋子也不做聲，但她希望佐喜子能先說話。

「千萬不能亂下判斷……」

「妳說的沒錯。」

「變成可怕的案件了呀！滋子小姐還在繼續採訪嗎？」

「是的，當然。」

「好……我知道了，我會跟坂木聯絡看看。滋子小姐的聯絡方式沒變吧？」

滋子告訴對方自己的電話號碼，這時聽見話筒裡傳來有人呼喚佐喜子的聲音。

「謝謝妳告訴我這個消息，我們再聯絡。」佐喜子很快地說完便掛上電話。

滋子手抓著話筒，視線落在採訪手冊上。沉思了一會兒，才將電話給掛好。

現在找任何人，都不如找坂木重要。沒有聯絡上坂木，就沒辦法繼續行動了。滋子離開書桌，回到客廳。

雖然打開電視收視，但沒有新的消息進來。

可是她根本無法安靜不動，於是將採訪手冊攤在客廳桌上，翻開失蹤女性名單的那一頁。數了一下，上面有七個人的名字，有的是少女，有的是家庭主婦。其中用粗體字寫著的名字有兩個。

•川越市　岸田明美　二十歲　學生

一九九四年四月二十日失蹤

•下田市　飯野靜惠　二十五歲　幫傭

一九九四年八月五日失蹤

另外在名單下面則是

•東京都　古川鞠子　二十歲　上班族

一九九六年六月七日失蹤

滋子看著約是三個月前自己的筆跡寫著「古川鞠子」，感覺有些後悔。當時坂木跟她聯絡時，自己的態度顯得有些曖昧。

一九九四年的五月，自從在川越發現岸田明美的尋人傳單後，滋子的內心湧起了一股的好奇心、興趣與衝動。於是不斷想起《莎布琳娜》總編輯說的：「自己寫寫看，滋子一定能做到的！」

——說不定我自己也能寫報導文學呀。

她想：要寫自己想出來、自己企畫的案子，這應該是再適合不過的題材了，失蹤的女性們。她們為什麼會失蹤呢？為什麼願意捨棄安樂的生活、家庭、朋友和情人呢？到底是什麼事情讓她們破釜沉舟、毅然決然地出走呢？

吸引滋子的，並非只是岸田明美。甚至於那個在下田看見的傳單上的女子，那個滋子正在享受愉快假日，不經意擦過腳趾翻飛的傳單上的田中賴子，那張暴牙微笑的臉孔更經常出現在滋子的腦海中。或許傳單中女子的境遇與滋子的幸福恰成明顯的對比吧。

——寫寫看吧！滋子。

不妨相信總編說的話吧！

不過在那年六月，滋子自己一個人搭乘舞孃號列車前往下田時，卻還沒有下定正式的決心。畢竟面對一位說來就來、完全沒有什麼後台的文字工作者，下田署的警察會好好應對嗎？所以滋子是抱著不成就算了的輕鬆心態開始的。

結果滋子十分幸運，因為與她應對的警察是冰室佐喜子。她對於滋子——連她自己都覺得目的不很清楚——漫無目標的採訪認真應對。佐喜子善於誘使對方說話，滋子在說明為什麼要以田中賴子這樣的女性為採訪對象時，居然連自己和昭二的交往、工作的事、《莎布琳娜》停刊的經過等等都全盤托出。她自己也搞不清楚，甚至連為什麼對田中賴子、在川越看到的岸田明美有興趣也一一說明。

「原來如此，所以妳是要寫失蹤女性的報導文學囉。」佐喜子點頭之後表示。

「是的，就是這麼一回事。」

因為佐喜子笑了，滋子不禁臉紅。過去到現在一直從事文字撰寫的工作，但幾乎都是以出版社或業主的名義、資源進行採訪整理。冷靜回想一下，滋子從來沒有以自己的力量、靠自己的雙腳做過採訪。所以她根本不知道真正的「採訪」方法。

「能不能夠成功，完全看妳自己。」佐喜子說：「事實上，關於田中賴子的事，也有其他週刊的記者來採訪過。」

「為什麼呢？」

「因為田中女士的失蹤算是一種私奔吧。」

據說她是和上班地點「湯船莊」的經理一起離家出走的。

「由於事情的經過是這樣，所以我們警方的判斷是沒有必要當做失蹤人口處理。也因此妳所看到的傳單不是公定形式，而是手寫的。」

「那麼……田中女士現在人呢？」

「聽說已經找到她的所在，是她先生堅持找到的。」

老實說，聽到這裡滋子像洩了氣的皮球一樣失望。看她這副神情，佐喜子又笑了。

「不過，還是有些問題。當初和經理兩人私奔時，曾經偷了旅館的錢。『湯船莊』是下田的老店，所以鬧了很大的新聞，才有週刊記者來採訪。只是後來並未報導。」

滋子聽得猛眨眼，腦海中浮現傳單上田中賴子的笑臉。

「因為有這些事情，妳想採訪田中賴子周遭的事，恐怕有些困難吧，畢竟湯船莊也有了戒心。而且失蹤的理由是私奔，田中女士大概不適合成為妳報導的主題吧。其實她的事不值得分析，不過就是很傳統的離家動機罷了。」

滋子失望到了極點，好不容易自己有心要提筆振作的，居然是這麼回事。

——不過正好也讓我認清了自己的斤兩。

畢竟滋子連採訪的方法都不知道呀。

然而並不知道滋子內心想法的佐喜子依然語氣認真地說著：「不過妳要寫的報導文學，我很有興趣。最近大家對於人們失蹤已經無所謂了，不再有人對『蒸發』感到吃驚了。」

「我的朋友也說過同樣的話呢。」

「我就說嘛！可是一個人不見了，應該是件嚴重的事呀，所以這樣的報導文學應該要寫。失蹤者的家人想到這樣的東西有助於搜索，應該會樂於接受採訪的。」

佐喜子認真的神情讓滋子（還不知道在哪裡發表呢？）有些說不出話來。

「不管是田中賴子還是那名川越的女子，妳還是調查看看吧！透過公文申請採訪的話，任何人都會接見妳的。」

佐喜子還說有消息會跟她聯絡，跟滋子要了聯絡住址和電話，記在記事本上。滋子離開下田署時，失望的心情一掃而空。

下一個禮拜她到川越採訪，有一半原因是擔心：萬一佐喜子打電話來問：「採訪進行得怎樣了？」她不知如何回答。總不能對那位認真的女警說：「這件事太麻煩了，我決定放棄！」

抱著這樣的心情前往川越警署，受到了冷淡的對待，但滋子反而覺得鬆了一口氣。被人踢來踢去的感覺固然不好受，但就當做是領了一張免罪符，可以卸下肩上重擔。結果卻在意外之處有了意外的反應。

是昭二。從川越回來後，第一次跟昭二約會時，滋子提到了這件事。昭二睜大了眼睛表示：「滋子，太棒了！妳一定要寫，妳絕對要寫才行。」

「嗄？」

「既然滋子有興趣，就應該寫呀。我一直認為滋子工作這麼久，絕對有能力寫出一本書來的。妳要相信《莎布琳娜》總編說的話，加油！」

說到這裡，滋子又開始了過於認真的反應：「我寫不出來的。」

「寫得出來的。還沒試試看，妳怎麼可以這麼說！」

「那要怎麼寫嘛？下田的那一件，對方躲著；川越的也沒辦法。我又不是什麼週刊或報紙的記者。」

「從頭開始寫不就好了嗎？從妳在下田看見傳單時寫起，結果調查時發現是私奔。不過滋子寫的應該不是一件又一件的單獨事件吧？而是『人為什麼會失蹤』吧？所以只要老實寫下發生了什麼事，和滋子當時的想法不就好了。不是常常會有這種情形嗎？一開始說自己什麼都不知道，調查之後說不定就清楚了。而且各種案例會相繼出現。人們就是會做出奇怪的事來，但也一定有原因可循的。」

滋子盯著昭二的臉看，繼承家裡的事業，努力工作，一心只想買輛自己的車子，既不喝酒也不賭博，甚至也沒看過他閱讀書籍，這樣的昭二居然內心擁有如此的想法！

「昭二，你做錯行了！你應該去當編輯的。」

「少來了！」昭二不好意思地說。

昭二的激勵給滋子帶來一些活力。讓她決定重新調整腳步去做採訪，好寫出自己的文章。

這麼一來，還是得從川越的岸田明美下手。看來已經不能找警方了，滋子很有耐心地翻電話簿，想找出岸田明美家人的電話，直接跟他們見面。聽到滋子熱忱的說法：「我不知道警方目前調查的情況怎樣，但想著手調查令嬡的事件，也許能發現什麼有助於搜索的線索……」她的父母，尤其是父親顯得有些困惑。滋子心想：

「大概是覺得我是一介陌生人吧。既然如此，我就更應該表現出真心，也只能這麼做了。」

滋子開始默默地調查岸田明美的生活、人際關係、失蹤當時的行動等。明美是家境相當富裕的獨生女，父親是地方上知名的資產家，年輕時因為風流事件不絕而益發有名。當然和妻子的爭吵也是不斷。明美雖然生活在物質豐裕的環境裡，但這個家庭的氣氛也是不穩定的。或許是這個因素，造成她奢侈浪費、異性關係複雜。問起地方上的任何一位同學，對她的評語都不是很好，而且問不出固定的交往對象名字。問出許多明美交往的男性名字，多到沒有特定的一位。

「岸田早在國中的時候，就曾經說過想離家出走。」她的一位女同學表示：「該不會是找到好男人一起跑了？不必管她，等到她對那個男人沒興趣了，自然就會回來了吧！」

還有一位男同學說：「不太相信她的父母有在擔心明美的出走。因為他們一點也不在乎女兒的事，根本就是冷血動物。大概也沒有真心在搜索吧！提出搜索申請，應該只是為了顧及體面才做的表面工夫吧？」

滋子和岸田夫婦——尤其是和她父親說話時，就感覺有些不對勁，好像有什麼事情不肯說清楚。這種「疏離感」難道就是所謂的體面嗎？然而就在採訪岸田家半個多月後，她父親才一臉愧疚地拿出一封信說：「其實……在明美失蹤後的第十天，收到這個東西。」

手寫的圓形字體，像是女性的筆跡，收件人是岸田夫婦；寄件人也是同樣字體寫著「明美」兩字。

「是令嬡寫回來的信嗎？」

「好像是，字跡是我女兒的。」

信文很短，寫著：「原諒我的行動，我想暫時離家一陣子。生活在爸爸的財富下，我不知道接近我的人是否是真心的，還是為了錢？所以內心總覺得寂寞，很痛苦。所以我要一個人到沒有人知道我家有錢的地方生活，直到自己成長、有了信心才回來。」

秀氣可愛的女性字體、花朵圖案的信紙、感傷而自私的理由，筆調卻是語意通順。滋子心目中想像的「岸田明美」似乎不會寫這種文章，但她父親一臉愁苦地表示：明美從小就很會作文。

而且做父親的還承認說：曾為北上東京的明美開了一個戶頭，至今還在匯錢進去。換句話說，失蹤之後還會定期領錢出來用，家裡則是隨時匯錢避免她生活不夠用。

滋子聽了，整個人呆掉。寫這封信來的女兒居然指望生活費，不斷匯錢的父母也真是可笑。

「有沒有想過如果帳戶裡沒有錢了，明美不就會回家了嗎？」滋子問。

岸田先生卻不高興回答：「我可不想聽見她回來不高興地跟我抱怨：為什麼沒有匯錢！」

滋子只能悶不吭聲，心中覺得這家庭的父女關係實在太奇怪，不過這是個可以寫的題材！

「既然有這些線索，不是可以撤回搜索申請嗎？」

「妳是說讓警方看這封信？那不是讓全天下都知道我女兒的任性了。事到如今已經沒有辦法了！」他嗤之以鼻的說：「反正警察也沒有認真在找。提出申請不過是個形式，不管它也無所謂啦。」

或許真的是這樣吧。

「可是岸田先生，你已經跟我表明了，我該如何繼續寫令嬡失蹤的事呢？」滋子小心翼翼地詢問。因為協助搜索明美下落是滋子當初請他們接受採訪的動機。

岸田明美的父親一如取消餐廳預約一樣，口氣輕鬆地表示：「如果妳不停止寫的話，我們很困擾。其實當初妳來的時候，我們沒有想到妳會這麼熱心地調查明美的事。因為牽扯到附近鄰居和我們的朋友，不好一開始就拒絕妳，不過現在——應該怎麼說，我們也有了些交情，所以想請妳就此停筆，不要再管了。」

滋子張開的嘴巴難以合攏，就這樣搭著電車回到家裡。一路上神情木然，回到家面對電腦猛然覺得義憤填膺。不久她有了新的想法，決定寫下這一切的經過，這也是現代失蹤者的背景之一。也許很滑稽而詭異，卻是值得寫的題材。想到這裡，下筆就很快，結果岸田明美的這一章特別豐富。

在這過程中，下田的冰室佐喜子有了聯絡。之前她們之間不時也有電話往來，但這一次不同，佐喜子提供了下田署轄區內新發生的年輕女性失蹤消息。

「目前還不能判斷是否為離家出走的事件，妳要不要採訪看看？只要別太明目張膽，我們署裡是不介意的。我已經跟家屬談過，對方說有助於搜索的話願意接受採訪。」

佐喜子還跟對方介紹說，滋子是可靠的女記者。滋子一方面很感激佐喜子的好意，同時也覺得這是佐喜子對她的聲明——妳不能工作馬虎辜負了我對妳的信賴！

於是滋子開始了對下田的飯野靜惠失蹤事件的採訪。這裡的情況和岸田明美的案例截然不同，並沒有家庭之間明顯的問題存在。只是在採訪的過程中，不難發現失蹤者本人對於這種平淡祥和的生活感到無趣與厭倦。滋子誠實地將這些寫入稿紙之中。另外滋子也開始懂得採訪的技巧，常常會到都內的警察局走走、透過同業關係請人介紹相關案件的負責記者，以增加採訪的對象。眼看著採訪手冊越來越厚，名單上的人名也逐漸增加。有些失蹤者在滋子開始採訪後不久便回家，接獲消息後，滋子有時也會採訪本人。

整理這些文字，滋子「自己的文章」逐漸地成型了。

或許是欣賞滋子的工作態度，有一次佐喜子提到了這樣的事。

「老實說，我也是東京人。高中時候，因為父親工作的關係才搬到下田的。所以東京那裡還有一些小時候的朋友，其中一位目前正在東中野署擔任刑警。」

那個人就是坂木達夫。

「我因為長期待在交通課，對於失蹤人口的搜索還不是很熟。坂木是這一方面的專家，說不定能告訴妳什麼，要不要跟他見見面呢？」

所以滋子和東中野署的坂木刑警見了面，冰室佐喜子以小時候的稱呼「坂木君」介紹給滋子，坂木自然也很親切地應對。一開始他還抱著旁觀者的態度，直到了解滋子的工作內容後，好像他也有了興趣，跟著幫忙調查與提供意見。

滋子逐漸對這項一個人做、沒有截稿期限、自行探索的報導工作越做越熱中，努力的程度始料未及。如果能減少些「本業」的工作量還好，但考慮到生活，那一陣子每天都很勉強自己。

就是因為這樣出了問題，去年，一九九五年的梅雨時節，滋子在房間裡寫作時，突然吐了血，還因劇烈的胃痛而在房中打滾。在救護車到達的十幾分之間，她以為自己快要死了。

結果是十二指腸潰瘍，嚴重到必須要開刀。滋子因此住了一個月的醫院。

因病住院，著實削減了不少滋子的體力和精神。突然之間她感到心慌，意識到自己已經三十一歲了，不管對工作多麼熱心，畢竟還是到了擔心將來的年齡了。媽媽到醫院來看她，哭倒在她枕邊一事更加深了她的不安。

就在這時，來探病的昭二說了：「我一直很擔心像我這樣的人說這種話，也許會帶給滋子困擾，所以遲遲不敢提起。」

「什麼話？」

「我們結婚好嗎？」

滋子哭著笑了：「我還在想你究竟什麼時候才肯說呢！」

於是結婚的事便積極進行。昭二會說「像我這樣的人」，或許是因為他要繼承家業，而且跟知名大學畢業、從事「傳媒工作」的滋子比較起來，他只是高中畢業，又是靠體力工作的、家裡面又很囉唆等等，讓他自慚形穢吧。的確他有個很囉唆的媽媽，這對滋子而言是個大問題。其他的滋子倒不覺得什麼，只要別要她到工廠幫忙。

因此滋子不願辭去工作，她也很喜歡文字工作者的職業。尤其住院期間，許多來探病的雜誌社編輯、工作夥伴異口同聲說：「沒有滋子就不行，」更讓她確定了這個想法。

她向昭二提出這個條件，昭二很高興地答應了。

「我大嫂很喜歡讀滋子寫的《家庭主婦》做菜專欄。」

滋子新的人生就此展開，幸福且溫暖。

然而唯一留下來一個問題，就是這份失蹤女性的報導文學。

出院後回到住處靜養，滋子重讀了一下所完成的部分。這時的滋子已經沒有繼續完成的霸氣，一方面忙著結婚的事也沒有時間。當時她有意將大約兩百張稿紙的文章拿給認識的編輯幫忙看看，評估一下能否上得了檯面？

若說要拿給誰看，除了《莎布琳娜》的總編板垣還能有誰。電話聯絡之後，滋子將稿子送到出版社給他，如今他已經轉調主持以銀髮族為對象的雜誌編輯部了。一個禮拜後，滋子打電話詢問結果。

「怎麼樣呢？」握著話筒的手心盡是汗水。

「嗯……東西還算不錯。」他說。

滋子的臉頰像火燒般熾熱。東西既然不錯，為什麼一開始還要「嗯」那麼久？聽起來不像十分讚賞的聲音。

「不過就是單調了些。題材本身太舊，兩位主角……是叫岸田明美和飯野靜惠吧，又都不太具有特色。」

「……」

「我當然還是肯定滋子作為非文學類作家的能力，讀了這些也讓我更具信心。我看人的眼光還是沒有偏差的。」

可是──他的語調中充滿了商業口吻。

「這個作為新人的第一炮會怎樣呢？不太具有賣點吧。妳應該試著處理更有話題性的題材。失蹤這個主題早被寫爛了，而且如果這些都跟犯罪扯上關係，比方說是連續殺人事件的報導文學，最好是名單上的女性都是同一個犯人的受害者。要是真能如此，我一定捧場。只是羅列一個個失蹤女性的個案、現況，老實說根本賣不出去。」

最後他還建議：乾脆結束這篇文章，另外寫新的題材較好。

「滋子的能力一定可以的！」

「謝謝。」

掛上電話的滋子，看著稿紙上自己所寫的文字突然都褪了色。

從此關於失蹤女性的文字初稿，就如同《莎布琳娜》總編的建議一樣，收放在滋子書桌的抽屜裡。「我偏要寫出來給你看！」這種對總編話語的反彈，可惜在滋子病後體力不佳和準備結婚的心情下，就再也沒有發生過了。

昭二也沒有提到報導文學的事，滋子多少也能猜到他的想法。當初在寫的時候，滋子過於勉強自己，不僅縮減了睡眠時間，吃飯也很不規則，明顯形成了病因。因而將和滋子共組新家庭的昭二，固然不反對她有工作，卻不希望她再犯勉強自己的錯誤。

只有一次，昭二問過她：「滋子還在寫那個報導文學嗎？」

「沒有，不太怎麼想寫呀。」滋子沒提她和總編之間的對話。

「是嗎，那也無所謂，反正又沒有截稿的壓力。想寫的時候再寫吧。」

就這樣到了今天，稿子還在抽屜之中，採訪手冊收在書櫃裡。也因此今年六月，坂木特別打電話來告訴她有關古川鞠子失蹤一事時，滋子根本提不起興致。

「這位鞠子小姐對於父母離異一事感到煩惱，因為她父親有了年輕的外遇對象。說不定這是她離家出走的原因。我們署裡判斷這個事件沒有搜索的必要，但我個人認為失蹤的方式不太自然，很有可能出事了。她母親因為擔心而日益憔悴，爺爺是個很有骨氣的老人，有助於搜索的話，應該會答應接受採訪。妳要不要做做看？」

坂木熱心地說著，聽在失去動力的滋子耳裡，感覺都是些藉口。本來是他要調查的事情，因為沒有上級的許可，所以才想推給滋子去做的吧。滋子明知道這樣的想法，是對坂木過意不去的一種反動，也因此她更加困擾。

在坂木面前，假裝還在繼續寫書，只是將古川鞠子的名字列在名單的最下方，卻完全沒有想要怎麼做的心情。

然而，今天，就在此時情況整個改變了。

古川鞠子，偏偏就是她，名單上的最後一個女子。

——說不定這將是連續殺人事件的報導。

板垣總編說過的話在滋子耳邊響起。她將手放在那份舊稿子上時，也聽見了自己的心跳聲。

4

大川公園分屍棄屍案的特別搜查總部，於九月十二日下午兩點正式成立於墨東警署內。之後在大川公園沒有新的發現，目前當務之急是附近地區的地毯式搜索和確定右手腕與另外發現的女用皮包所有人身分。

特別搜查總部設在墨東警署二樓的大會議室，搬進辦公桌等必需用品、拉好電話線、門口還貼了張寫有案件名稱的看板。寫字的人就是負責調查該案件，隸屬於本廳搜查一課第四科的巡查部長武上悅郎。

第四科的大小案件，通常都是由武上負責書寫看板。因為想要討個好兆頭，第四科的主管神崎警長說：

「只要是武上來寫，案子破得特別快！」

武上進入第四科是在五年前，最初的案件因為他字寫得漂亮，所以被要求書寫看板。結果那次的案件一個禮拜就破案了，之後每次有新的案件為求好的兆頭，就開始了讓他書寫看板的習慣。只有一次，設置搜查總部的單位也有一位寫字漂亮、有類似傳聞的人存在，大家不知該怎麼處理時，有人建議乾脆一個負責寫上半部、一個寫下半部，結果那個案子竟陷入了膠著狀態。

「討個好兆頭這種事，本來就不應該心猿意馬，分兩頭進行。」神崎警長醒悟地說道。

其他事情講究徹底的合理主義，一向不崇尚迷信、希求好兆頭的神崎警長，為什麼對寫看板一事這樣慎重？武上經常感到納悶，但從來沒有直接問過本人，因為不必多事。對他而言，每次遇到新的案件需要書寫看板時，自己就脫不了關係——這也是第四科同事的想法——希望好運能夠緊跟隨著他們。

進入搜查總部，武上立刻處理被賦予的任務。他是負責內勤業務，這當然不是正式的職稱，而是總部內工作分配的通稱。內勤業務是特別搜查總部不可或缺的工作，任何一個科都必須有一位刑警專司該項任務。在四科，就是武上負責。

內勤業務的主要工作是配合搜查的進行，整理日益增多的搜查資料、傳單、報告等，並製作司法相關的申請文件。每一項都是很重要的業務，尤其需要前人的經驗與技巧。培育武上成為獨當一面內勤高手的刑警學長曾說過：「從事這項工作必須具備細心認真的特質」，但武上本身卻不以為然。因為他自認離開了工作，他是個連自己身邊事務都打理不好的人，跟了他二十年的老婆可以見證。

倒不是說要跟學長唱反調，武上反而認為細心認真的人不適合從事內勤業務。製作司法相關的申請文件固然是細心認真的人適合，但整理搜查資料卻又另當別論了。特別搜查總部至少也有八十到一百人的成員，這麼多的人書寫繳交文件、調閱檔案與歸還、甚至想要看八百年前的供述書、調查報告等，這就是整理搜查資料的工作。他們對於文件的看法與處理態度是很隨性的，而細心認真的人隨時在意文件檔案是否整理完善，看到自己花了一天才排列整齊的檔案，不到三十分鐘便亂成一堆，哪裡有不生氣、緊張，整天愁眉苦臉的。

還好武上不是那種個性，與其重視外觀的整齊，他比較注重的是效率。這一點是擔任特別搜查總部內勤業務的重要法門，只要有空他也會隨時這樣告誡學弟。一個最稱職的內勤人員，必須像忍者一樣的低調，默默地完成自己的工作。

這一次墨東警署派了四名人員在武上底下從事內勤業務。由於分屍案的破案容易拖延，地毯搜索的範圍較大，老實說本來還希望多增加一名人手的，但目前人員無法調度。內勤人員的辦公桌決定放在會議室東北角後，武上召集了手下，分別先作自我介紹，接著武上開始訓話。

「你們之中，以前有做過內勤業務的人舉手？」

一問之下，四個人之中兩個人舉手。一個是在墨東署內發生的強盜殺人事件；另一個則是原屬單位的綁架誘拐未遂事件。武上又問了他們在本廳的上司搜查員姓名，一個是武上進來時剛退休的警官；另一個則是仍服務於本廳的巡查部長，也是武上平常一塊兒喝酒的夥伴，名叫木村。木村也是內勤業務的專家，隸屬於第二科。

「基本上，我的做法和木村巡查部長一樣，所以各位可以運用過去所學的技術和方法。」武上對著舉手的刑警說：「只是我比木村兄還要多用到影印機，備份的影印資料較多，這大概是最大的不同點吧。」

武上簡單扼要地說明基本的工作程序，包含了調查資料的整理、照片簿的張貼、檔案的建立、電話通訊錄的登記、新聞剪報等方法。其次是將上述資料依人物別、日期別、事件關係別分成三份，放在桌上的方法。

「詳細內容請看這個！」他從一向帶在身邊的手提包裡拿出了裝訂好的影印資料，一共是三本。

「這是我個人的工作手冊，因為是手寫的，看不清楚的地方就問我。有關公家文件方面，跟各位平常在各單位做的方式一樣，裡面就不提了。只是殺人事件的資料比較複雜，有問題的話千萬別客氣，儘管來問我。只要特搜總部還在這裡，我大概都不會離開自己的座位。」

這倒是事實，武上除了剛開始的會議有特別召集外，不太到現場去的。他的工作完全是在後方。

「這一點，各位也是一樣的。」武上急忙補充說明。他本來就是急性子的人，而且從特搜總部成立起，內勤業務便開始了。為了趕上可能在凌晨召開的搜查會議，還得準備很多文件。所以他講話自然加快。

此外，不管他到哪個單位出差，做過多少次的開場白，也只有剛開始會語氣和緩，之後便恢復本色。雖然不至於有屬下會害怕他的粗獷外貌和粗聲粗氣，但遇到什麼問題還是不太敢問他。關於這一點，他也隨時自我檢討，並不時告訴屬下：「不管有什麼小事，只要弄不清楚就來問我。我們的工作比搜查值班小組還需要團隊精神，這一點很重要的！」

「除非抓到嫌犯，送到法院審判，否則你們的屁股肯定也是得釘在這裡的椅子上，直到磨平為止！」

四個人之中最年輕的刑警稍微笑了一下，當然不是愉快的笑容，而是自我嘲諷的那種。

「遇到大型案件，或許有人會抱怨被派到這種後勤支援的打雜工作。如果真的受不了了，也一定要說。畢竟這種工作有人做得來，也有人做不來。硬要沒興趣的人來做，我們也很困擾，這一點是最大的問題。那麼，我們開始吧！先搬六張桌子過來，先要決定座位。」

武上看著四位刑警的臉，一一叫出他們的名字，安排座位。被叫到的刑警多少都一副吃驚的表情：明明都沒有掛上名牌，卻已經能夠正確地將人和名字記在一起了！

武上能在這項業務展現其卓越的能力，主要就是靠著驚人的記憶力。而且他的記憶力是活字式的而非影像式的，許多事物能集中儲存在他的腦海裡，需要時瞬間便能找到。所以坐在位置上，周遭的同事經常會來問他：在誰的供述書上曾經出現過這一段話呢？現場調查報告書中所記載的廚房現場，是不是裝有天窗呢？

武上總是能立刻回答出來，還能夠從堆積如山的檔案、文件櫃或抽屜裡，抽出所要找的調查報告，翻到犯人供述該段話的頁數與畫有廚房窗戶位置的空間圖。當同事驚訝不已地翻著武上遞上來的檔案時，武上已經開始在忙下一個工作了。

然而這麼優秀的記憶力，有時也會成為他的負擔，特別是在今天這樣的日子裡。跟著屬下一同工作的同時，武上腦海裡不斷浮現塚田真一的臉孔。真一的表情是那樣的無助、徬徨、像個迷路的孩子一樣。真是個運氣不佳的小孩。家人被殺害的傷口還在淌血之際，竟又捲入了其他的殺人事件！

他說目前寄住在父親的朋友家中，不知道新家是否住得慣呢？學校生活還能適應吧？之後武上又到會議室去探了一下，但真一已經回家了。聽說有人來接他，武上稍微感到安心了。

一如他曾經對真一說的一樣，武上跟塚田真一一家遇害事件多少有點關係。雖然不是很直接的關係，而且知道真一的名字也是跟千葉縣警的搜查人員談天之際聽見的。當時武上便將這名字收錄在他腦海中貼有被害人標題的檔案中。

要調查真一的聯絡住址很方便。武上心想如果不影響工作，找個空檔去慰問他一下吧。手中還在繼續為新的檔案編號。

這時傳來一條新的消息。

天色將晚，有馬義男帶著真智子回到真智子東中野的家。一路上女兒情緒高昂地取笑這一天的窮緊張，義男為了配合她，著實吃盡了苦頭。

在大川公園發現鞠子手提包的消息，就像一雙看不見的手扼緊了義男的脖子。有時不大聲喘氣的話，呼吸就會變得很困難。對他而言，該如何接受這個事實，該如何告訴女兒這噩耗，真可謂是雙重的苦難！

真智子情緒波動的幅度太大，也是他擔心的問題之一。就算公園的那隻右手腕不是鞠子，但也不能無視於手提包的發現，畢竟鞠子行蹤不明是不爭的事實。真智子一改今天早上歇斯底里的狀態，固然是件好事，但是狀況也沒有好轉得可以讓她永遠不停笑著。可是女兒卻是一臉的笑容！

回到東中野的家中，發現廁所的水龍頭始終開著沒關。客廳的窗戶沒有鎖上，一個菸灰缸翻落在地，菸灰弄髒了地毯。這一切都說明了真智子出門時的心境，但真智子好像沒有看見這些似地，只是拚命對上午的忙亂向義男道歉，並問些肚子餓不餓、店裡有沒有關係等無關痛癢的事。

「妳先坐下來再說，我來泡茶吧！」

「不用了，還是我來吧。」

真智子才站到廚房裡，門鈴就響了。義男身體整個僵硬了，心想：難道警方已經來了嗎？

「幫我應個門吧！」在女兒還沒開口要求，義男立即衝向大門。打開大門一看，一位跟真智子同樣年齡的女子一副窺探的神情看著義男。

「請問……您是？」女子問義男。

「我是真智子的父親。」

「原來是鞠子的爺爺呀。」女子用力點頭後，探頭看了一下裡面，放低聲音問說：「古川太太還好吧？」

義男不知如何回答，因為搞不清楚對方要問什麼。

「因為電視新聞有報導……」女子繼續說道：「聽說找到了鞠子的皮包。」

義男赤著腳衝出門口，女子驚訝地向後退。

「電視新聞有報嗎？」

「是呀，我剛剛才聽見的。」

義男探視了一下身後，真智子好像還沒有什麼動靜。於是他壓低聲說：「我們剛剛才從警局回來，待會兒警方才會來通知找到皮包的事。」

「原來如此呀……」女子的眼光閃爍：「有需要我幫忙的，隨時叫我一聲，我是住在斜對面的小林。」

道過謝後，義男像是推趕女子一樣關上了大門。義男心想大概是附近的主婦吧，不管她和真智子的交情怎樣，現在最好還是別讓第三者接近。

廚房裡傳來真智子哼歌的聲音。

義男的背後發出一陣惡寒，電視新聞！千萬不能讓她開電視和收音機。他想立刻衝回客廳，兩隻膝蓋卻不聽話，連剛剛跑下來的地板都跨不上去。一如真智子裝著愉快的樣子想要逃避現實，義男也希望逃離現在的狀況。

就在這時，真智子走出了廚房，並打開了電視。電視猛然放出一陣笑聲，大概是什麼搞笑節目吧！義男閉上了眼睛，心想得在她轉到新聞節目前關上電視才行。才一起步想回到客廳之際，坂木他們便到了。

義男振作起精神接待他們，真智子還是愉快的神情。

「原來是坂木先生呀！」她走向大門招呼說：「今天真是不好意思，麻煩你了！」

聲音開朗得更加令人不安。是否因為一時的情緒激動，讓她的感情自動調節裝置故障了，為什麼對坂木他們專程來家裡的事也不起疑？這不是理所當然該有的疑問嗎？義男的胃開始絞痛。

不行！這下真的糟糕了。

一行人除了坂木，還有兩位刑警。一位是穿著西裝的警視廳刑警，另一位則是墨東警署的女警。一眼看過去，就可以知道其中坂木的年紀最大。自我介紹姓鳥居的刑警，年紀大概是三十多歲；穿著制服的女警和鞠子年紀相當，神情顯得十分緊張。

儘管對方推辭了，真智子還是拿出點心、菸灰缸等，興高采烈地鋪排在茶几上。心中只是想著：「那隻手不是鞠子，真是太好了！」嘴裡則害羞地直嚷著：「都怪我一個人窮緊張，我真是腦筋有些問題了！」可是看見義男正要關電視時，她又大聲斥責說：「不行！怎麼可以關上電視，說不定什麼時候新聞會報導呀！」

「那將聲音關小一點，可以嗎？」

「那倒是可以。」臉上的表情又變得和悅了。

義男坐在一旁觀察坂木他們如何反應真智子的這種變化；同時又很在意鳥居單手提的大紙袋——上面沒有任何圖案標誌的塑膠提袋，現正放在他坐著的膝蓋旁。看起來紙袋的大小正好可以收放一只女用的手提包。

「古川太太，妳真的不必客氣。」坂木對著廚房裡的真智子說。接著看著義男的臉詢問說：「她一直是這個樣子嗎？」

義男點了點頭說：「有點奇怪吧！」

坂木的表情暗了下來。鳥居的眉毛動了一下，先是看了真智子一眼，然後直視著義男。他的五官端正，兩嘴的嘴角下凹，顯得神情嚴肅。

「有馬先生，你是否知道古川鞠子小姐的手提包已經找到了。」

「坂木先生已經通知過我了。」他本來還想抗議連電視新聞都報導了，卻還是沒有說出口。

「你是否能分辨令孫女的所有物呢？」

真智子正在廚房裡泡咖啡，傳出來芬芳的香氣。

義男搖搖頭說：「對不起，我沒有辦法。」

「是嗎，這也是沒辦法的。」肯定說完後，鳥居立即站了起來，對著廚房的真智子，聲音嚴肅地說：「古川太太，請不必沖咖啡了。我們有些事想要請教妳，可否過來這裡呢？」

真智子被這嚴肅的請求嚇得不停眨眼。義男看不過去，立刻走到廚房攙著真智子的手到客廳來。

「我坐在這裡嗎？」真智子突然變得膽怯，問說：「爸爸，怎麼回事？那個不是鞠子吧？又有什麼事呢？坂木先生。」

義男抱著真智子的肩膀讓她坐下，坂木痛苦地尋找字眼開口。

「古川太太，事實上……」

鳥居打斷了坂木的說話，他說：「在古川太太回家後，大川公園又發現新的線索。」

聽完鳥居俐落地說明後，真智子縮著身體倒在義男身旁。

「這就是發現的手提包。」鳥居彎身將手提包從紙袋中取出。然後將真智子剛剛放置的菸灰缸推到一旁，一件一件排列開來。那是一個褐色的手提包，上面有駝色的紋樣。因為肩帶很長，正確說來應是側背包吧。另外還有同樣花色的皮夾，粉紅色、沒有花紋的蕾絲邊手帕，粉紅色、有拉鏈的小布包，應該是叫做化妝包吧，以及大概是放在裡面的圓形粉盒，梳子，鏡子，方形粉盒，已經開封的頭痛藥。每一樣都放在塑膠袋裡，並有密封口。

真智子睜大了眼睛，看著這些東西。坐在她身邊的義男很清楚她的身體僵硬了。

「這些是否是令嬡的所有物呢？有沒有印象呢？」鳥居詢問。不知道他是刻意裝出來的，還是本性如此，語氣是那樣的平靜，充滿了公事公辦的口吻。

真智子還是睜大了眼睛，雙手在膝蓋旁握成了拳頭，沉默地呼吸著。

「是不是呢？」義男輕聲問：「是鞠子的嗎？」

年輕女警偷偷地看了鳥居的側臉——他面不改色地注視著真智子的表情，然後溫柔地探身說：「如果沒辦法立刻分辨的話，對不起，是不是可以查一下令嬡的衣櫥呢？我可以幫忙的。」

義男的手中出現了汗水，同時感覺心臟不規則的跳動。他用眼角觀察鳥居和坂木。月票夾呢？不是有月票夾嗎？坂木不是這麼說過嗎？他說找到了鞠子的月票夾。

這時真智子低聲說：「是我女兒的。」

「嗄？」鳥居彎身靠近真智子問：「妳說什麼？」

真智子身體僵硬地凝視著手提包，一雙眼珠子像要奪眶而出似的。她只是嘴唇顫動地表示：「是那孩子的。」

「確定沒有錯嗎？」

真智子就像做壞的機器人一樣，慢慢地點頭說：「這是我為了慶祝她開始上班買的，所以不會看錯。」

真智子的雙手移到嘴邊，那雙手不停地顫抖。只有那雙眼睛閃動地看著坂木說：「我應該有跟坂木先生說過吧？那孩子帶著LV的皮包。」

坂木點點頭並鼓勵她說：「是的，我有聽說，就在我問妳她失蹤當時的服裝和身上帶的東西時。這個就是那個LV的皮包嗎？」

真智子點頭，不斷地點頭。恍惚的眼神說明了她心中的混亂。儘管顫抖、膽怯地承認這些是鞠子的東西，卻無法思考這個事實的背後涵義。

「為什麼這些東西會在大川公園……」真智子還沒說完，鳥居又從紙袋裡掏出了最後的物品，放在桌子上。就是那個月票夾，張開著收在塑膠袋裡。

義男看到了，上面寫著「古川鞠子」的字樣。

「有樂町──東中野」。不是很新的月票，但保存得很新。那是鞠子成為社會人士後買的酒紅色月票夾。

「這是那孩子的！」真智子低聲說，聲音小到耳朵不靠近就幾乎聽不見：「為什麼會在大川公園找到這些東西呢？鞠子她怎麼了？」

真智子並非在質問誰，而是自言自語。三個刑警也無法回答。坂木求助的眼神看著義男。

「聽說現在還不知道結果。」義男握著真智子的手，慢慢地說明：「還不確定是否和公園的案件有關係。不過這是在垃圾箱中發現的，大家只是來確認是不是鞠子的東西。」

「垃圾箱？」真智子眼神恍惚地注視著義男說：「爸爸，鞠子才不會將自己的皮包丟在垃圾箱裡呀！」

「對，妳說的對。」

真智子的臉上失去了顏色。臉色一發白，益發顯現眼睛四周的皺紋和皮膚的粗乾。枯乾的手背浮出斑紋，突顯在眾人眼前。義男記憶中的真智子是年輕時期的美麗。不是他為人父母的私心，當年的真智子的確是鎮上有名的美女。然而這樣的真智子隨著年紀的增長，將自己的美麗灌溉在鞠子身上，而今鞠子卻不見了！

「有馬說的沒錯，這兩件事情是否有關聯，目前還不能確定。」鳥居說：「我們只是前來報告一聲：令嬡的失蹤有可能發展成為事件。麻煩一下，是否能將令嬡失蹤當時的狀況，再跟我說明一遍呢？」

「鞠子的……失蹤嗎？」

「是的。」

「爸爸！」真智子呼喚義男，眼光則注視著桌上的東西：「我不知道該怎麼辦呀？我該說些什麼呢？」

鳥居沒有隱藏他的焦躁，義男對此感到不滿。但現階段以安慰真智子為急務，如果不管她，恐怕真智子真的會發瘋呀。

「沒關係，妳去洗把臉吧。」

「可是……」

「不要緊的，妳去吧。」

真智子一起身，女警也跟著站起來。

「妳還好吧？洗手間在哪裡呢？」她對真智子說，同時上前扶住真智子的手臂。看著兩人走往廚房後面的洗手間，義男整個人陷入了椅子裡。

「你看我女兒整個人心都亂了，」他對鳥居說：「一早就不太對勁，我擔心得不得了。所以很對不起，可不可以明天再問？真的是很對不起，拜託你們。」

義男深深一鞠躬，將臉埋起來。他是為了隱藏對鳥居的憤怒，隱藏即將嗚咽的自己。

「可是……」鳥居面有難色地說：「站在我們的立場是希望盡早……」

「這件事交給我來處理吧。」坂木開口說：「正如有馬先生說的，古川太太目前的精神狀態很不穩定。我想你也很清楚吧？我也很擔心。所以今天還是先到此為止吧？」

鳥居還想說些什麼時，突然從始終開著的電視傳來兩聲訊號聲。三人同時反射性地看著電視畫面，上面打出了新聞快報的字幕。

「什麼？」鳥居問。三人之中能夠定下心閱讀字幕的只有他。

坂木立刻站起來靠近電視機，並發出一聲：「咦？」他問：「有馬先生，電視遙控器呢？哦，在這裡。」

他慌忙地轉台。義男完全無法判讀字幕，所以不知道發生了什麼事。

「出了什麼事呢？」

電視上出現新聞播報的畫面，好像是從其他節目直接插播過來的。一名男性主播神情緊張地報導：「最新進來的消息指出，剛剛在三點十分左右，本台新聞部接到匿名人士的來電。內容與午間新聞播放的墨田區大川公園分屍棄屍案有關，電話內容如下。」

男主播的口氣改成緩慢的讀稿方式：「從那個公園裡應該不可能再發現任何東西了，在那裡只丟下一隻右手腕。雖然古川鞠子的皮包也丟在那裡，但那隻右手腕不是她的。她們已分別埋在不同的地方。你們去通報警方吧！」

義男聽得目瞪口呆，坂木也是一樣。鳥居則是興奮地轉身走向門外。

「本台已將該電話錄音了，現正在調查這通電話是否有人惡作劇，或與該案件有無關聯。從說話的方式，打電話的人應是男性，不過聲音已透過變聲器改變了，聽起來像是機械般的合成音效。詳情我們會再繼續追蹤報導，再一次重複本消息……」

「爸爸！」

義男聽見叫聲，猛然回頭。只見真智子站在前往廚房的走廊邊，下巴還在滴水。

「剛剛的新聞在說什麼？」

「真智子……」

「剛剛說的是什麼？」

女警站在後面抱住了真智子。

「古川太太，請冷靜下來，先坐下再說，妳的臉也必須擦乾淨呀。」

真智子不肯聽話，一張臉緊繃地像是一敲即碎，眼睛則睜得大大的。

「剛剛提到鞠子的屍體埋在不同的地方吧？剛剛電視上有說過吧？」

「真智子，說不定是惡作劇的電話呀！」

「惡作劇？」真智子的表情崩潰了：「惡作劇？那麼鞠子會回家囉？」

鳥居衝了回來，一臉怒容。

「坂木先生，我先回署裡。」

這時真智子突然一動，掙脫了女警的環抱。真智子穿著襪子跑出了大門。

「鞠子！我要去接鞠子。」

「真智子！」義男也衝了出去，坂木緊跟在後面。兩人都沒有穿鞋子地奪門而出。門口旁邊停著一輛自用車，大概是鳥居他們開來的車吧。飛奔而出的義男撞上了車門，而真智子已經跑到家門口的巷道中間。

「鞠子！鞠子！」她大聲呼喊著，附近的人家紛紛打開門或窗戶。

一如在惡夢中奔跑一般，真智子的背影朝著馬路方向漸行漸遠。義男也急起直追，卻始終趕不上真智子的速度。

「爸爸！你看，鞠子回來了！」真智子停在巷道口回頭笑說，手指指著馬路上來來往往的汽車、巴士和人行道上的行人。可是她的目光卻是渙散的。

「鞠子回來了！」

「古川太太，危險呀！」坂木跳到真智子的背後，只差一點，他的手撲了個空。真智子已經跑到馬路上了。義男閉上了眼睛，耳朵聽見了喇叭聲、緊急煞車聲和衝撞的聲音。有人發出了尖叫。坂木大聲喊著：「古川太太！」

義男慢慢地抬起了頭，張開眼睛。眼前看見的是大卡車的輪胎和真智子輕柔白色的身體，像塊麻糬般倒地。俯躺著，一動也不動地。

「我想跟電視新聞的人說話可以嗎？」

「當然可以，還是要跟我說也可以。或者您有特定的對象嗎？」

「不，跟誰說都可以，那就跟你說好了。」

「對不起，請問您尊姓大名？」

「我不想說出自己的名字。」

「那麼您是要提供意見還是有所要求嗎？」

輕聲的一笑。「我沒那麼偉大，我只是要提供消息。」

「消息……」

「嗯，今天新聞鬧得很大吧，就是大川公園的分屍案。說是屍體，其實發現的也只有個右手腕而已。」

「是的，您說的沒錯。」

「對了，還有個手提包，是女用的。那個確定是古川鞠子的所有物嗎？」

「這話是什麼意思？」

「什麼意思？何必說得那麼難聽。」又是一聲笑聲。「我是想告訴你們，從大川公園裡不會再發現什麼了。當然也不會有古川鞠子的屍體囉。手提包是丟在那裡沒錯，但她是埋在別的地方。所以說那隻右手腕也不是她的。」

「喂？喂？您對這個事件很清楚嗎？」

「還好啦，所以才想幫警察省些力氣囉。」

「那隻右手腕是誰的呢？」

「這個就不能說了，反正警察也在調查不是嗎？」

「請等一下，這件事能否從頭再說一次。為什麼您會想要跟我們說大川公園的分屍案呢？」

「這個嘛，我要說的就是這些了，目前為止的話。我要掛電話了！」

「喂？喂？請等一下！等……」

通話到此結束。

武上悅郎按下錄音機的按鍵，開始倒帶。他想要重聽一遍。錄音機上的小型耳機跟他的耳朵不太合，稍微動一下就會脫落，必須用手按著才行。不過錄音的狀況很好，所有對話沒有聽不清楚的地方。

電視台接到這通電話是在今天下午的三點過後，通話時間不到五分鐘。之後的一個小時，內部人員對於對方提供消息的真實性開始議論紛紛。最後發出許可，該電視台報導接到電話的消息和通話內容則是在下午四點十五分左右。

正在搜查的刑警在問訊途中偶然看見新聞報導，立刻通知了搜查總部。吃驚的總部趕緊聯絡電視台，要求取得該問題電話的通話錄音和訊問接電話的人，卻吃了個閉門羹。電視台二話不說地回答：「NO！」

過去像這樣媒體與警方對立的情形發生過好幾次。這次搜查總部對於某種程度的衝突與延宕早有了心理準備，只是情況不同，總部也開始緊張了。結果對方盡是說些：有關今天發生的事情無法取得資訊、關於這個事件已經引起了社會的關注、兩個小時後必須舉辦第一次的公開記者會……搞得特搜總部長竹本搜查一課課長大發雷霆，甚至咆哮不讓該電視台記者進出警署。萬一真的這麼做的話，少不得又要鬧出妨害媒體自由的糾紛了，實際上是不會做也不能做的。只是在歷代搜查一課課長中，竹本課長的能言善道算是名列前茅的，今天碰的釘子不能不說是一大諷刺！

然而武上卻能理解電視台不肯輕易將資訊來源交給有關單位，也就是警方的心理。就他們的想法，這是一種想當然爾的做法吧。而且萬一打這通電話的人只是想出風頭，事後判斷內容全是謊話，那麼丟臉的將是媒體，警方又何必太在意呢！武上認為對特搜總部而言，最重要的是這通電話的真偽。

因此從剛剛開始，武上已經聽了好幾遍錄音帶。錄音帶是從該新聞節目錄下來，複製成好幾份。然後由他和屬下兩人分段聽寫，整理謄寫後影印出來，準備在今晚的搜查會議上分發。

這通電話並非打到電視台高級主管的專線，而是打到新聞部的對外專線。所以接電話的是新聞部的記者，根據該記者的說法，對方一開始是問：「這是新聞部的電話號碼嗎？」

回答是之後，對方又問：「我有一件重要的事想跟新聞部的人說。」

問他是什麼事？對方再一次確認問：「這裡真的是新聞部吧？真的會報導新聞事件吧？」

由於對方的囉唆和使用變聲器，接電話的記者感覺不對勁而按下了電話錄音的按鈕，因此之後的通話才得以保存下來。

武上將耳機塞進耳朵時，一名部下正抱著一捆資料回來。那是墨東警署派來加入特搜總部，四名內勤業務人員中最年輕的篠崎刑警。身材瘦小、戴著眼鏡的外貌給人神經質的印象，但反應靈敏，做事的手腳很俐落。

目前他和武上配合搜索的進度，正在繪製工作地圖。這項作業是將大川公園周遭的航空照片與住戶地圖結合在一起，然後記錄搜索過的區域。這張地圖將是今後各項搜查的基本資料，所以必須做得很正確。包含所有的巷道、空地、房屋與房屋之間的小空間都必須鉅細靡遺地盡可能接近真實，否則日後出現的許多線索——發現奇怪的車輛、目擊證詞、地毯搜索所獲得的證詞——填寫上去時，將與真實產生落差。

武上一向都會做一張這種基本的詳細地圖，然後填寫上第一次搜查會議時所確知的事實；下一次則重新描圖，將新的會議階段所獲知的結果加上去。這麼一來，隨時都會有一張滿載該時間點搜索資訊的最新地圖，以及記錄過去搜查軌跡的每一張地圖。這麼說或許不太吉利，萬一搜查活動觸礁了，這些過去的地圖有助於找出在哪裡方向錯誤、在什麼時間點判斷不正確。不過所謂的「幫助」其實也不大，但不這麼做就什麼都沒有了。

一開始製作的地圖，就必須全副精神做到精細。隨著搜查的需要，除了整體的地圖外，有些區域還必須做個別的放大圖。放大圖中，連瓦斯管、消防栓的位置都要標示清楚。因此這項工作一個人做不來，每次都必須有人幫忙，這一次被指派的是篠崎。儘管開始工作才一段時間，看他做事的態度，武上覺得可以放心。

篠崎將文件資料放在桌上，瞄了一下正在聽錄音帶的武上，武上剛好也舉起了視線。

有些顧慮地，篠崎開口問說：「那個會是真的嗎？」

拷貝的時候，篠崎便聽過通話記錄。武上停止放音、取下耳機，伸手拿起放在桌上的香菸。

「現在還很難說。畢竟發生這麼大的事件，難免會有些愛湊熱鬧的傢伙放出假情報！」

「所以很有可能是那一類的東西囉？」

武上吐了一口煙說：「你認為呢？」

篠崎重新坐好，扶了一下眼鏡說：「我認為有可能是真的。」

「嗯。」

「從對方說話的方式似乎有種知性的感覺，年齡應該不大。」

「我也是這麼認為，大概跟你的年紀差不多吧。你幾歲呢？」

「二十八。」

武上點了點頭，心想打電話的人應該還不到三十歲，說不定還比篠崎年輕。透過變聲器的說話聲聽起來很奇怪，但對方肯定是男性，而且從說話的方式可以感覺大概的年齡。

「我在想像這種知性的人，會有武上先生說的那種愛湊熱鬧的行為嗎？」

武上也有同感。

「不過對方選擇通知電視台，顯得又很愛現。」篠崎語氣認真地繼續說下去：「他為什麼不跟我們搜查總部聯絡呢？」

「這麼一來就不會成為話題了。」

「果然沒錯。」篠崎點頭稱是：「剛剛在走廊聽見，好像記者會的時間提前了，馬上要開始了吧？」

「是的。似乎咱們署長十分緊張呀。」武上捺熄了菸，冷笑兩聲說：「署長只要安靜陪著列席，所有問題都是由管理官和我們課長來回答就好了。」

「這可是我們這裡遇到類似事件的第一次呀。我去借來了這些資料。」

篠崎將整捆的資料攤在桌上，那是大張的藍圖。大川公園目前有部分地區正在整修中，所以市面上所賣的地圖沒有顯示。篠崎到墨田區公所借來了這些資料。

篠崎依然是一副思索的語氣表示：「不管這通電話是真是假，會打電話以及媒體的敏感反應，都是受到了那件連續誘拐女童殺人事件的影響吧。」

那是四年前發生在首都圈的四名女童被誘拐並遭到殺害的事件。目前正在公審中的嫌犯在做案後，曾寫信通知媒體，並將燃燒後的屍骨寄給被害人家屬。

為什麼嫌犯會有這樣的行動，其理由至今仍是個謎。儘管有許多的解釋，其中也有接近真相的說法，但還沒有正式公開的結論。不過就像篠崎所說的一樣，自從發生這種奇怪的案件以來，社會對於犯罪的看法和反應也有了重大的轉變。

發生連續誘拐女童殺人事件時，社會才醒悟到：原來日本終於也開始出現這樣的犯罪了。既然日本已經到了這種情況，不管理由為何，第二個、第三個公開自己所作所為的嫌犯逐漸登場自然也不是什麼新鮮事了。儘管大眾沒有意識到，但心中卻已經這麼想：下一個什麼時候出現？所以才有了這次舉國譁然的現象。

反過來說，說不定是為了配合社會這種蓄勢待發的氣氛——社會中充滿了這種空氣，所以才會出現這樣的罪犯吧，武上心想。說得露骨一點，犯罪的出現是因應了「社會的某種需求」。

「大概是吧。但是不管怎麼說……」武上低喃道：「就算不理這個打電話的人，他還是會再繼續聯絡吧。」

篠崎沉默地點頭，接著又悄悄地抬起了頭，武上受到他的影響也抬起了頭，正好看見一位身軀龐大的刑警打開總部大門向這裡走近。

大步上前的刑警一邊對武上點頭致意，一邊說：「武上，有件事要麻煩你。」

他是和武上同屬第四科的秋津信吾，三十多歲。在武上眼裡，他是個年輕氣盛的刑警。

「搜索過程中發現了重要的線索。」秋津拉了一張旋轉椅坐下後，立刻說出這番話：「出事前一天，有個業餘攝影家在大川公園拍照，他是個住在公園北側社區的上班族。」

「拍照？拍了什麼照片？」

「實在有夠幸運！他在拍什麼一系列『大川公園的四季』，反正也不是這一兩天才開始拍的。大約從一月初起就在公園四處取景。案發的前一天，他正忙著拍攝大川公園的秋夜，而且不只是公園內部，連外面的馬路、後面的停車場也不放過。說是要以大川公園的風情和周遭的大樓、道路等風景做一個對比。」

難怪秋津會這麼興奮，要找出可疑的人車等，沒有比照片更好的武器了。加上又是事前一天拍攝的，更加顯得珍貴。

「不過這位老兄也真是怪！」秋津臉部表情扭曲說：「他曾經好幾次入選參加報導攝影展，居然擔心自己的作品交給了警察，從此就回不來了，會被任意使用。不管我怎麼跟他拜託要借底片，他就是不相信我。所以我才想到請武上出馬，跟他說我們只是借來作為搜查資料，絕對不會對外流用。我跟他說什麼，對方總是不相信，還說要負責人出面才行！」

篠崎在一旁微笑，不過和秋津四目相對時，立刻收起了笑臉，裝出一副想到什麼事要做的樣子離開了座位。

秋津笑嘻嘻地看著篠崎離去的背影說：「武上，這回你倒是立刻舉白旗了嘛。」

「嗄？」

「就是他呀，看來可以用的樣子嘛。」

「你怎麼知道？」

秋津的下巴指著篠崎的位置說：「你不是讓他幫你畫地圖嗎？」

武上苦笑說：「你給我那個上班族的電話，我來打電話吧。到時我會直接去找他的。」

「謝謝你了，我會感恩的。」秋津舉起一隻手，做出拜拜的手勢，並將相關事項記在紙上遞了上來。武上收下確認過後，秋津立刻站起身來問：「你不去看一下記者會嗎？」

「沒有必要。」

「是嘛，真是可惜。待會兒得問問別人看課長說了些什麼。我現在得趕到中野的醫院去。」

「醫院？」

秋津偷偷地瞄了一下四周。總部大部分的搜查人員都出去了，目前顯得空盪。但高大的秋津還是彎下身體靠近武上的臉，壓低聲音說：「鳥居出事了！」

「怎麼了？」

「就是古川鞠子，那個手提包主人的失蹤女性。」

「嗯。」

「他去找女孩的媽媽確認手提包，結果對方的精神狀況很不穩定，情況很危險。可是你知道鳥居就是那副公事公辦的德性，於是女孩的媽媽整個人不對勁，竟然衝出家門被車撞了！」

武上皺起了眉頭。的確鳥居是滿不通情理的，常常在問訊時恫嚇、激怒對方而招致不良的後果。但是對被害人家屬——雖然還不能如此斷定，引發這種形式的糾紛還是第一次。

「真是的！我就是擔心那傢伙會闖出這種禍。」秋津的語氣中透露出一種幸災樂禍。

秋津和鳥居年齡相當，算起來是工作上的對手，平常兩人就不怎麼談得來。然而看見武上一臉的嚴肅，秋津還是收斂了自己的表情。

「那古川鞠子她媽媽的情形怎樣？」

「好像不太好，所以我才要去醫院和鳥居交接。聽說古川太太的爸爸，就是古川鞠子的爺爺，當場就抓住鳥居的胸口大發雷霆！」

秋津急忙地離去。在他走了之後，武上的眉頭還是深鎖著。

在中野中央醫院的急診室外面，義男打了好幾次電話到古川茂的公司去。不管怎麼聯絡，就是找不到本人。

被救護車送來的真智子，目前還在手術房裡。中間有一次一位穿著手術衣、脖子一帶盡是汗水的護士拿著空的點滴袋來到走廊，義男衝過去問現況。護士回答：「傷勢很嚴重，但性命沒有什麼大礙。」

護士企圖安慰義男，看著他的臉說：「放心吧，沒問題的。」她的年紀比真智子要年輕些，大概是老手護士吧，所以顯得沉著而幹練的樣子。

一如疊羅漢的撲克牌一樣突然倒塌，長期累積的緊張一下子崩潰，讓義男差點就哭了出來。不禁想問溫柔的護士：妳幸福嗎？妳的人生順利嗎？有沒有家人？大家都安好嗎？我的女兒這麼可憐，為什麼會遭遇如此不幸？她做錯了什麼事嗎？我該怎麼辦才好？我一點頭緒都沒有……

護士十分擔心義男的狀況，輕輕將手放在他肩膀上搖動地鼓勵說：「真的沒有問題的，你要振作起精神，好好地等待。大概不到一個小時手術就會結束了。」

護士快步離開後，義男雙手低垂地佇立在走廊上，希望絕望的浪潮能夠多少減退一些。然後他才猛然想到應該通知古川一聲。

每隔十分鐘打一次電話，不是電話中就是有訪客、暫時離開位置，電話裡的秘書回答各種的理由。

「我會轉達您曾經來電，要不要請他回電給您呢？」

可是這裡是醫院，義男不知對方如何回電。急診室門口的公共電話並沒有貼上電話號碼的牌子，大概是被拿掉了。於是只能回說：我待會兒再打來，結果真的打了好幾次。

古川大概連電視新聞報導的事都不知道。畢竟身為上市電機業者的廣告部經理，這一點也不令人意外。上班時間根本沒空可以收看電視的。

但是周遭的同事也是一樣嗎？難道沒有半個屬下午休時間在餐廳看電視新聞時發現那就是古川經理的女兒，而通知他嗎？

其實義男也不清楚古川在公司如何說明鞠子失蹤以及他和真智子分居的事。說不定他的屬下完全不清楚他的私事。對於置身在風氣保守的大公司裡，分居或離婚等情形對上班族的前途而言可謂是一大致命傷，或許古川選擇了不說為妙的主意。

義男只能在電話中說：「希望能盡快跟他聯絡。」如果隱匿前因後果，只提「古川太太出車禍了」，說不定秘書小姐驚覺事態嚴重而連絡上古川，但他本人卻反而更不想接電話。可能會要秘書了解情況，他自己則躲著觀望，過兩三天才跟義男聯絡。這就是他最常表現的態度。

同樣是真智子住院，如果鞠子在，情況就會不一樣吧。古川會跟鞠子聯絡，問題便解決了；可是如今鞠子不在，甚至傳聞她可能被殺、不知埋在何處的消息透過電波流傳到全國。就是因為這樣，真智子才會有這般遭遇、整個人垮了。而古川竟然不肯接電話。

儘管身心俱疲，義男還是覺得氣憤難消。雖然怒氣不斷湧上心頭，但實在是太累了，竟無法將怒氣發洩出去。義男掛上電話，搖搖晃晃穿過走廊。一位抱著發燒孩子的年輕媽媽、站在診療室門口等待結果的中年男子，紛紛投注關心的眼光看著義男：你是不是哪裡不舒服呢？有家人出事了嗎？是受傷嗎？傷勢嚴重否？醫師怎麼說呢？

「完了、很糟糕、情況比這裡的誰都要嚴重呀。」義男心中想著，蹣跚走過充滿藥味的狹隘走廊，回到手術房前的長椅上。

同一張長椅上坐著坂木和從東中野家同行而來的女警。事情演變成這樣，女警似乎覺得坐立難安，幾乎沒有說什麼話。坂木靠近義男，輕輕地問說：「找不到古川先生嗎？」

義男無力地點頭說：「大概嫌我囉唆，不想接電話吧。」

坂木的眼睛裡有些充血，他不太高興地說：「這個時候他還能說這種話嗎！」

「他大概還不知道發生了什麼事吧！」

「他和其他女性住在一起吧？不能跟對方聯絡嗎？」

「我不知道電話號碼。他不告訴我，真智子應該也不知道吧。」

坂木生氣地吐了一口氣說：「就算是分居，一樣還是有責任的呀！」

「真智子和古川是怎麼談的、在什麼樣的結論下分居的？我完全不清楚。我只聽到真智子說哪一天古川就會回心轉意回家的，其他我也不忍心多問。可是這一路看下來，真智子說的話根本就不可靠。甚至連鞠子失蹤，古川也沒回家過。」

「有馬先生……」坂木說到一半便停住了，過了一會兒才說：「你流血了。」

「嗄？」

「右手，手臂的關節部分有些擦傷。」

義男舉起放在膝蓋上的手，果真如坂木所說的一樣。血跡凝固了，傷口有些刺痛。

「這是剛剛揍了刑警的懲罰呀。」

對於義男的說法，坂木簡短地回應：「應該多揍他幾下才對！」

坐在一旁的女警不由得縮了一下脖子。

「總廳裡經常有那種人，完全不顧事件關係人的心情，那種人跟機器沒什麼兩樣！」

目睹真智子撞上卡車、倒在地上的那一瞬間，義男整個人都傻了。是坂木制止了他奔向真智子。

「不可以隨便亂動真智子！」坂木雖然這麼說，還是輕輕地碰了真智子一下。鮮血從她的耳朵中流出，鼻子已經完全撞爛了。壓在身體下面的右手，看起來已經是彎成骨折的角度。

這時剛剛那位姓鳥居的刑警追了上來，嘴裡大聲喊著：「到底出了什麼事情？」語氣充滿了不耐煩的焦躁。不自覺間義男已經舉起手抓住鳥居的胸口痛毆了好幾拳。

就在急救車趕來、附近人家圍上前之際，鳥居不見了——或者應該說是：他沒有一起到醫院來。倒是緊跟而來的女警不知有何目的，態度像是隨時對義男警戒，又像是感覺很過意不去。

義男用雙手擦了一下臉，手臂還是有些刺痛。手術室裡沒有人走出的跡象，安靜的走廊上明亮而冷清。

這時坂木抬起了頭，因為從急診室外的通路上聽見了腳步聲。義男也舉起目光。一位身材高大、體力充沛的年輕男子，一臉嚴肅地走了過來。他穿著西裝，裡面的襯衫領子有些鬆垮，連帶的領帶也跟著扭曲。

他和義男的眼光接觸，立刻點頭致意，並問：「請問是古川鞠子小姐的家人嗎？是有馬義男先生嗎？」

義男坐著，點頭回答。

「我是警視廳的秋津。」他拿出證件，低頭陪罪說：「剛剛我們的鳥居很是對不起，我來表示歉意。」

原來是刑警的同事呀！義男感覺洩氣。

坂木站起身來打招呼。名叫秋津的年輕刑警似乎早已知道坂木的存在，立刻點頭並問說：「古川太太的情況怎樣？」

對於秋津的詢問，坂木斜眼看了義男一下才回答：「性命沒有大礙，手術大概即將結束了。」

接著坂木問說：「案情之後有沒有什麼進展呢？」

秋津搖搖頭說：「大川公園沒有再發現任何線索。關於那個打電話的人，沒有下文也很難做什麼判斷。」

兩名刑警稍微避開義男，開始小聲地說話。義男木然地拱手坐著，旁邊的女警也是一樣。

「警察小姐！」義男出聲叫對方。女警有些吃驚地伸直了背。

「妳不用回警局嗎？」

「是的。」女警回答，聲音比想像的要可愛許多：「等古川太太的情況確定後，我還要送有馬先生回家。」

「如果是這樣的話，妳可以不必等了。不管怎樣，我今晚應該會住在醫院裡的。」

「可是醫院都有全天候看護，我想是不能住的。」

「應該會有什麼辦法的吧。」義男說，同時將下巴指著正在跟秋津說話的坂木表示：「而且坂木先生也在這裡，我沒有事的。我不會再亂發脾氣的，請妳回去吧，辛苦妳了。」

「可是……」女警有些困惑的樣子：「有關古川太太的車禍，還有些事情必須請教。不知道該如何跟您聯絡呢？」

原來是這樣呀，警方也有警方的規矩。這一天裡發生了許多警方必須了解經過的事情呀。

義男告訴對方真智子家和有馬豆腐店的電話號碼，確認之後女警才站起身來。不過態度還不是很堅決，她靠近正在和秋津說話的坂木，說了些什麼之後，坂木點了點頭，於是她才放心地離開這裡。

義男也鬆了一口氣，眼睜睜地凝視著緊閉的手術室大門。就這樣神情呆然地過了好一陣子，幾乎都忘了坂木和秋津的存在。

「有馬先生！」一直到坂木叫他，他才回過神來，看見坂木走向前來，彎腰對著義男說：「搜查總部調查鞠子小姐的事件，聽說也必須跟古川茂先生聯絡，畢竟他是父親。所以是否能由秋津先生跟公司方面聯絡呢？」

義男抬起頭看著站在牆邊的秋津。感覺上他人比那個叫鳥居的刑警通情理，嘴唇緊閉的線條顯得頑固。秋津直視著義男的臉說：「我已經了解過情況，會盡可能低調地聯絡對方。因為鞠子的母親發生這種事，我們也不得不跟父親方面聯絡。同時還必須請有馬先生多多幫忙。」

「我大概什麼忙也幫不上吧。」義男緩緩地說，他已經十分疲憊了：「古川的事就麻煩你們了。」

秋津答應後，跟坂木點了一下頭便走出長廊。邊走邊從西裝口袋掏出行動電話。

「終於警方還是打電話過去了。」義男突然無力地笑說：「古川大概很受不了吧！」

「這點事他應該受的！」坂木說得斷然。

「剛剛的警察小姐……」

「是……」

「是在看著我吧！我毆打刑警的事，會不會構成傷害罪呢？」

坂木苦笑說：「那是不會的。剛剛的女警是在擔心有馬先生呀。」

擔心，是嗎？

「警方……真的能幫上什麼忙嗎？」

隔了一會兒，坂木才回答：「我們會盡力的。」

兩人陷入了沉默，除了坐在一起等待，別無他法。

手術花了相當長的時間，結果那位親切的護士所言成了謊話。套著白色氧氣罩、頭包繃帶的真智子從手術房被推出來時已經是晚上七點以後。

義男無法靠近真智子，也不能進入加護病房。主治醫生在手術房前的走廊上說明了狀況：右手有複雜性骨折，撞車之際腹部受到強烈碰撞傷及內臟。頭部的傷勢雖然沒有預期嚴重，但有嚴重的腦震盪，必須審慎地觀察一陣子。

「目前腦波沒有異狀，應該是沒什麼問題。」

「我可不可以看她一下，只要一下就好。」

「如果從加護病房的窗外看的話就可以，不過我怕你會有些震驚。因為看起來身上插了許多管子和機械。」

醫生說的沒錯，真智子躺在白色的病床中央，在慘白的燈光中，四周是各種的機械。她那中年發福的身體、她一向很在意的身材，就像縮了水一樣，看起來很不真實。

看起來不像是真智子。不，說不定那已經不是真智子了。

「爸爸！鞠子回來了。」

那時真智子的聲音就像是靈魂出了竅一樣的開朗！

「總之，能保住性命就是好的。」坂木低聲說道。義男手靠在加護病房的玻璃窗上，一心一意地凝視著真智子的側臉。

今後只剩下我一個人承擔所有的事——包含知道鞠子發生了什麼事、守護著真智子，這一切都必須由我一肩扛下來了。

我只剩一個人了，有馬義男陷入無止盡的孤獨感，而這一切才正要開始。

5

儘管是駭人聽聞的案件，因為案情發展的速度太慢，無法配合媒體報導的特性，很有可能便半途而廢。如果一開始便引人入勝，在某種程度的慣性下還能繼續報導，但頂多也只能持續幾天。大川公園的分屍棄屍案就是這種類型。

從九月十二日案發起，經過十三、十四、十五日三天，案情都沒有重大的發展，因而媒體報導的火力便自然減弱。不過社會新聞還是繼續就打電話的人進行推理、報導錄音帶的音響分析結果等等，過了一週也轉移到其他話題的報導。

前畑滋子好不容易找到坂木達夫是在案發後的第五天，也就是九月十七日的下午。她打電話到生活安全課，正好是坂木來接。坂木表示立刻可以和她見面。

兩人約在之前見過幾次面的咖啡廳，地點在新宿。滋子心情興奮地赴約，比約定時間還早二十分便到達了目的地，一邊喝著咖啡一邊閱讀名單和文稿時，坂木也到了。

「我試著跟你聯絡好久了！」

本來沒有打算抱怨的，一看見坂木坐在對面位置上時，不禁又說出了口。說完後才發現坂木一臉倦容，神情十分憔悴。

「對不起，因為古川鞠子的案件，你忙壞了吧？」

坂木不作聲地從上衣口袋掏出香菸，對前來詢問的服務生機械化地說了一聲：「咖啡。」等服務生回到後面的櫃檯時，他才又立即改口說：「對不起，我要改成熱牛奶。」

滋子心想：大概是胃不舒服吧。

「我知道妳來過電話，而且還親自跑過幾趟。真是不好意思。」坂木表示。「我也很想跟前畑小姐見面，有些事情想確認一下，只是這一陣子根本動不了。」

「我倒是沒什麼關係。」滋子說：「只不過嚇了一跳。坂木先生應該還記得我正在寫的稿子吧？」

坂木沉重地點頭說：「當然。」

「有關古川鞠子的資訊也是坂木先生提供給我的。」

「是嘛。」

「其實那之後我身體出了點問題，加上身邊有些事，寫稿的事便停了下來。」

「哦……」坂木抬起頭來，眨了眨眼睛說：「是這樣嗎？我知道妳結婚了，所以想跟妳確認一下工作方面打算怎樣？」

「不過事情發展成這樣，我打算繼續寫下去。配合事件的發生，內容應該會與當初設定的題目有所出入。」服務生送上來熱牛奶，待她離去後，滋子直接說明：「我想以古川小姐的事件為中心來寫，也就是這次的事件。我想坂木先生應該能夠理解，我在這次的採訪過程中……」滋子將手放在桌上的文稿上：「一直在思考著這些失蹤女子的內心想法、她們究竟發生了什麼事。可是總找不到答案，只能記錄她們消失的狀況。儘管如此，這工作對我而言還是有其意義。但現在情況不同了，古川小姐的事件，讓我覺得好像不是別人家的事一樣。」

坂木默默地抽著香菸。

「我不是為了軋一腳、湊熱鬧才這麼說的。」滋子繼續說明：「而是擔心她究竟發生了什麼事？所以想知道實情。」

一邊熱心地說服對方，腦海中的角落卻不斷出現板垣總編說過的話：「光只是失蹤的題材未免太單調了」、「要是連續殺人事件的話就不一樣了」。同時也能聽見自己的真心話：「希望能夠做一件比現在還要有意義的工作——看起來比較有意義的工作！」

但滋子盡量不去理會那些，只是雙眼直視著坂木的臉。

坂木拿起熱牛奶的杯子，喝了一口，看來好像很難喝。然後開始說話：「這次的事件我並未被編入搜查總部。」

「有什麼差別嗎？」

「有的。妳是否知道從大川公園裡找到了古川小姐的東西？因為這件事，我只是在某種程度上提供幫助，因為我比較清楚她失蹤前後的狀況，所以跟總部的工作沒有太大關聯。大川公園右手腕分屍案，對我來說是業務範圍外的事件。」

「不過我只是想關心古川小姐的事。」老實講滋子感到十分的失望，但嘴裡還是這麼說。畢竟對她來說，可以採訪的窗口就是坂木一人了。

坂木重新點燃一根香菸。以前滋子跟他經常聯絡的時候，他不是那麼會抽菸的人。

「有關古川小姐的事。」坂木抬起頭說：「如果前畑小姐真的那麼想要採訪鞠子小姐的故事，我也不能阻止。但基於關係者的立場來說，我還是希望妳能打消這個念頭。」

滋子睜大了眼睛問：「為什麼？」

「因為鞠子小姐的家人現在根本沒辦法接受妳的採訪。」

這一點滋子倒是並非沒有想過。話雖如此，應該還是……

「我之所以想跟妳見面談的，就是這個問題。」坂木繼續說下去：「一開始妳要寫稿時，我也曾經協助過妳。因為單純的失蹤事件，我們無法進行正式的搜查。我是想透過妳的文章發表，多少可以引起社會關注，所以才出面幫忙。實際上在告訴妳鞠子小姐的資訊時，事前已經跟她的家人溝通過，取得了對方的理解，這是當然的程序。」

滋子點頭稱是，下田署的冰室佐喜子也說過同樣的話。而且除了和失蹤者家屬溝通外，還將滋子介紹給他們。

「然而現在情形不同了。」坂木說：「至少古川鞠子的案件，情勢完全轉變。就算我們不管，媒體和搜查總部都會繼續調查。」

滋子安靜不語，因為坂木似乎還有下文要說。

「我的說法，妳或許會覺得很自私。」坂木說：「一開始答應幫妳，等到成為重大案件又強調偵查不公開，妳可能會認為我太過分。所以剛剛我也說過了，如果妳無論如何都要採訪鞠子小姐的案子，我不能阻止妳，畢竟妳也是媒體的一分子。但是剛剛妳也說過了，妳不是為了湊熱鬧才來寫稿的。妳的目的不是為了追蹤熱門的案件。」

坂木的目光投射在桌上的稿子上。

「妳說不把鞠子小姐的事當外人看。既然如此，就請妳從今以後別再採訪她的家人。他們現在的情況相當不好，根本不是接受採訪的時候。」

滋子眼神空洞地看著喝乾的咖啡杯。

她完全理解坂木所說的這番話。如果是之前的滋子——在開始撰寫這篇稿子之前的滋子，她就能立刻接受，不去追蹤熱門話題性的事件。然後繼續撰寫其他失蹤女性的故事，鞠子的部分等案情穩定後再寫也不遲。可是現在的滋子不一樣了，因為寫書的目的改變了。她的腦海裡迴繞著總編說過的話。總編斷然指出她所寫的文字賣不出去，總編的聲音說：「如果是連續殺人事件的話，就不一樣了。」

而且更重要的是，滋子自身的心境也不同了，或許應該說是她說出了真心話。她不想放棄這麼好的機會！

因此滋子現在眼睛不敢抬起，口裡雖然沒說，但恐怕坂木早已讀出她的心境、看穿她的心思了。正因為他看穿了，才會拿滋子說過的話作表面文章。

不管怎麼樣，結論只有一個。坂木已經不肯再當她的窗口了。

「如果下田的冰室跟我的立場一樣，相信她也會說同樣的話的。」坂木繼續表示：「因為我們很清楚妳所想要寫的東西。」

現在不要再追著古川鞠子的家人跑了！

滋子上個星期看過電視知道，鞠子的母親古川真智子因為女兒的噩耗而心神不定出車禍了，目前還在住院當中。鞠子的父親則是分居中，因為討厭被媒體，尤其是電視新聞記者採訪而到處躲著。鞠子的外公開豆腐店，案發之後被媒體包圍，落得只能關店暫停營業。

現在滋子想要繼續採訪鞠子這件戲劇性開展的案子，也會給他們帶來同樣的困擾；因此坂木才要她放棄。對於坂木的說法，除非滋子說出真心話：「不行！我不能放棄這麼難得的機會」，她其實很難反駁的！

要說真話嗎？滋子反問自己。反正不管現在說不說真話，坂木的立場都不會改變。乾脆就說出來算了，說

「坂木先生，我其實也沒有那麼好心啦……」

滋子抬起來頭說：「我知道了。就像坂木先生所說的，我寫作的目的並不是要報導熱門的案件。」

坂木的臉頰因為安心而放鬆了。他說：「是嗎？謝謝妳。」

滋子自有其想法，就這樣慢慢等下去也不見得就不成。在鞠子的案件解決之前，就耐心等待吧。到時候情況穩定後，坂木還會是她最好的資訊來源吧。說不定還能幫她跟古川家的人牽線，稿子屆時再寫吧！比起其他跟鞠子案件無關的記者或文字工作者，儘管時間晚一點，或許出來的效果會更棒呀！

但是這裡卻缺少了一項決定性的東西——即時性的衝擊。最重要的是，自己在撰寫的過程中，猛然發現撰寫的內容裡潛藏著意外事件時，滋子自身所受到的衝擊。這是其他的記者或文字工作者所沒有，唯有滋子才有的衝擊。

為了活用這一點，滋子不能只是等待。因為這層因素，這個事件已成為滋子的事件，更是她的重要機會。

坂木看著滋子的臉，他們四目相望。滋子感覺對方好像知道她心裡在想些什麼。

彼此之間已經找不到任何的話題了。

和坂木分手後，滋子先回到家中。就在快到家時，她又改變了主意，轉往昭二的工廠。時間正好是三點的休息時間，她突然很想跟他說話。

自從大川公園的事件爆發以來，到今天和坂木取得聯繫，能夠和滋子分享衝擊與興奮的，除了昭二別無他人。就連案發那一天，他們一起邊吃晚餐邊看新聞時，也是昭二拚命鼓勵心神恍惚的滋子。

「沒想到滋子的稿子能朝這一方面運用！」昭二興奮地表示：「不過這種採訪不容易吧？千萬別太勉強自己。」

「沒什麼大不了的啦。」

「而且會不會有危險呢？」

「危險？」

昭二苦著臉說：「很可怕的案件吧？被殺的又是女人。」

滋子大笑說：「討厭，你這根本是無謂的擔心。」

「是嗎？」昭二也笑了。

一下公車就能看見前畑鐵工廠的大招牌。說是家庭工廠，占地也算附近最大的一間。因為接了一家大型汽車公司的代工，雖然做的都是些小零件，營業額還算穩定。就滋子所知，經營上沒有什麼問題。

昭二坐在工廠外的路邊，和一位年輕員工邊喝罐裝咖啡邊聊天。年輕員工先發現了滋子的身影。

「少奶奶，妳好！」

一看見滋子揮手，昭二也笑著站起身來。

「哎呀，真是難得呀！」

「我正準備回家呢。晚上想吃些什麼？」

年輕員工識相地先回到工廠裡，其他的員工看見滋子也都點頭致意。為了避開囉唆婆婆的辦公室視線，她讓昭二走到馬路上來。

「吃什麼好呢？對了，糖醋排骨吧。」

「了解。昭二，你真是愛吃中國菜耶。」

「還要青菜沙拉。」

「忙嗎？」

「這個禮拜是忙些。妳剛剛去了哪裡？」

「我和刑警見了一面。」

「是那件事嗎？」

「嗯。」

陰暗的工廠裡面傳來鐵銹和油臭味，還有細微的收音機聲響。

「昭二，我決定要做下去！」滋子說：「我一定要寫出好作品。」

「妳一定要做呀！好好地做呀！」昭二笑著鼓勵：「可是不能累壞了身體。」

「嗯，我會小心的。可是我可以為了這個辭掉其他工作嗎？」

昭二吃驚地睜大了眼睛問：「妳是說做菜的連載和那些旅遊的專欄嗎？」

「是呀，我想專心在這篇稿子上面。可是不知道能不能賣錢，換句話說，我等於是失業了，這樣也可以嗎？」

這是她一直考慮的事情。本來遲遲不能做出決定，因為和坂木談話，又看見昭二的臉才下定決心。突然間鬥志便湧上心頭。

「好呀，那有什麼關係。」昭二用力點頭說：「滋子，加油！」

6

塚田真一拿不定主意。

帶著洛基從獸醫那裡回石井家的路上，他想要到大川公園走走。自從那件事以來，就沒有去過。每天和洛基的散步也改為其他路線。

十二日那天案發後，同學們之間多少知道發現那隻右手腕的人就是真一。當然新聞報導中沒有出現真一的名字和臉孔，真一自己也沒有跟任何人提起過。只有社會新聞和週刊雜誌報導發現的人是就讀公園附近高中的學生，還帶著一條狗。加上那一天真一沒有上學，大家自然便聯想在一起了。

「就是你吧？」、「那個人難道就是塚田嗎？」許多人這樣問他，他又不能說謊。其實說謊也可以，就怕越來越麻煩。所以他便回答「是的」，沒想到還是引起了一場不亞於事件本身的騷動。

感覺怎麼樣？嚇了一大跳嗎？警察都問了些什麼事？有沒有被帶到問訊室？不管他們問什麼，真一都盡可能用最少的字眼簡單回答。他無法用吸引同學們好奇心的方式回答，他也不願意。他認為這麼一來，大家的興趣自然會降低，事實也真是如此。到了下一個星期，再也沒有人來說些什麼了。

而真正讓真一感到安心的是，學校裡沒有人將這次的事件和發生在真一家的不幸相提並論。當然身旁有石井夫婦，級任導師也知道詳情，畢竟轉學的時候必須說明原委，不過石井夫婦什麼也沒有說。導師看見真一的樣子並沒有太大的變化，也就沒有必要特別叫他過去說話了。這一點真一覺得很放心。

然而真一的內心其實還未完全整理好。

關於大川公園的事件，之後刑警並沒有到家裡來問訊。當初已經花了那麼長的時間調查，應該也沒什麼好問的了吧。但是在那種情形下，成為事件的發現者——見證新的犯罪事實，使得好不容易埋在心底的記憶又再度喚回的，是真一自己家的不幸記憶！

十二日以來，真一又開始作夢了。或長或短、有時是片段的、有時則連貫，儘管形式不同，內容卻都是和塚田家的不幸有關的夢。夢中的真一十分清楚整個事件發生的經過，於是他回到現場，打開每一扇門尋找不見身影的媽媽，在家裡到處遊走。

自己除了出現在夢中，同時又存在於夢外，不斷對夢中的自己發出警告：不要開那扇門！不要拾起地上的那雙拖鞋！不要摸沾在拖鞋後面的紅色黏液！你應該很清楚上面沾的是什麼！

有時候他會做這樣的夢：知道家裡發生什麼事的自己，依然拚命地跑回家。夢中就像個棋盤，不管怎麼跑動自己就是不前進。公車開過身邊，卻看不到任何一輛計程車。街上沒有其他人影，公共電話完全打不通。他想要通知家裡、想要大聲呼喊，告訴爸爸、媽媽、妹妹趕快逃離家裡，不可以待在那裡！

星期天深夜的夢境尤其清晰，真一受不了只好走下樓來。他想要呼吸室外的空氣，於是打開了客廳的窗戶，坐在地板上。綁在庭院的洛基發現了真一的身影而靠近過來。真一抱住洛基溫暖的脖子時，才猛然發現自己渾身顫抖。

這時後面有人跟他說話。回頭一看，是穿著睡衣的石井善之，赤著腳站在地板上。

「不會冷嗎？」善之說，並坐在真一的身旁。洛基牽動身上的鎖鏈發出聲響，其實是為向善之示好，不斷用鼻子在他膝蓋邊磨蹭。

「這傢伙已經和阿真很熟了。」善之說：「怎麼了？好像睡不著，是嗎？」

「對不起，我不是有意要吵醒你們的。」

「我不是這個意思，我只是剛好下來上廁所。」善之聲音低沉地表示：「不過良江倒是很擔心，她說真一晚上總是睡不好。」

「原來嬸嬸發覺了。」

「嗯。」

「對不起。」真一道歉，接下來就不知該說些什麼話。

一提到塚田家的不幸或真一的心理狀況，對話的方式通常就是這樣。真一習慣說「對不起」，石井夫婦則制止說「不需要道歉」。接著兩邊都感覺過意不去，氣氛變得很沉悶。

但這次卻不一樣。石井善之沒有制止他的道歉，而是說：「因為大川公園的事，想起很多往事吧？好不容易才稍微平靜下來。」

「嗯……」

「之前就想跟你談談的，阿真，你要不要接受一下心理治療呢？」

真一抬起頭問：「心理治療？」

「是的，就是去看心理治療師或精神科醫生，說治療是太誇張了，主要是讓他們聽你說說話。我們不是說你生病了。」善之加快速度說明：「而是你的心靈真的受傷了。這種狀況又叫做PTSD（譯註：Post Traumatic Stress Disorder，創傷後壓力症候群）。」

真一撫摸洛基的頭，說：「我聽說過那個。」

「是嗎？意思好像是創傷後的心理障礙。」善之說得很慢，一如在朗讀書面文字。「有些人因為遭遇重大犯罪或天災，這些記憶會困擾他們很久。」

「我有看過電視報導，阪神大地震之後曾經播過。」

「說的也是。」善之注視著真一的臉說：「怎麼樣？如果你不想要，我們也不會勉強的。要不要考慮看看？我有認識的人。我們也不想隨便把你交給不認識的醫院。」

依照善之的個性，他一定會盡全力為我安排吧，只是自己下不定決心，不知道該不該去給醫生看？給醫生看了，就能夠原諒自己嗎？

「我會考慮的。」真一小聲地回答。

「如果想去的話，隨時告訴我。」

「好，不過叔叔……倒是……」

「嗯？」

「洛基的肚子，就是這裡。毛好像比較稀薄，不是嗎？之前我就注意到了，因為這件事完全給忘了。不知道是不是皮膚病？不帶去給醫生看，會不會有問題呢？」

突然改變話題，善之的表情顯得期望落空。

「哪裡？我看看……真的耶。」

於是星期一傍晚，真一帶洛基給獸醫看。還好沒有什麼大問題，只是塗了些藥。回程上洛基元氣十足地拖著真一，經過了大川公園附近。越過馬路，對面就是公園的入口。

停在十字路口前，真一看了一下公園的方向。天色還很明亮，整片的綠蔭色澤有些沉重。北邊俯視著公園的住宅大樓，就像巨大的窠巢一樣。一群騎著單車的國中生們，從立著「禁止車輛進入」標示的公園門口衝出來，七嘴八舌地好不熱鬧。馬路上的交通量頗大，洛基的耳朵跟著微微抖動。

PTSD嗎？

治療是必要的，向外部請求援手是必須的。真一已經陷入那種情況，一個人無法穿越的……

可是不能穿越就一定不行嗎？難道不該負那樣的責任嗎？既然只剩下自己一個人苟活。

如果說出來，石井夫婦一定會反駁說：「不對！真一沒有任何責任。」他們會說：「覺得自己有責任就是心靈已經受傷的證據。」在墨東警署遇見的刑警──叫什麼名字呢？對了，武上。他也說過：「這些並不是你的責任！」

不！不對，你們都錯了。

真一認為自己有責任，這一點跟其他的案子不同。塚田家遭受殺害的不幸，一開始都怪真一給對方製造了動機。因為真一亂說話，才會造成如此的悲劇。

「聽說我爸爸最近好像獲得了一筆意外之財耶！」

真一用力搖頭，想要揮開記憶。一不小心牽動了連在洛基項圈上的皮繩，害得洛基踩空腳步踏在真一的腳上。

「對不起，對不起。」

真一拍拍洛基的頭，然後抬頭一看，前往大川公園的號誌燈正好變了顏色。綠燈開始閃爍，真一順勢牽著洛基跑步到對面去。

大川公園的事件，跟我沒有任何關係，我不需負什麼責任。我只是個目擊者、發現人而已，所以用不著畏縮。真一努力告訴自己。真正該害怕的鬼在別處，不在大川公園裡。連這一點都弄不清楚的話，又如何能夠負起該負的責任呢？

從垃圾箱裡掉出來的手腕，看起來雖然很像指著真一的方向，令人感覺如同死神的手腕一般，但這些都是真一沒有膽量的臆測。因為他選擇了缺乏膽量做為逃避。

夠了吧！我必須停止這樣的心態！真一斥責自己。一點點小事就畏頭畏尾，其實是想獲取周遭人們的同情。難怪會被說你心理有病，需要去看醫生。躲過一劫，你不是已經夠幸運了嗎？本來不該這樣的，你卻只是為了逃避責任罷了。大川公園的事正好成為你的藉口，讓你再度被眾人關心，這其實才是你真正的想法吧？

真是有夠卑鄙！

自己千萬不能逃離大川公園。那天看見垃圾箱掉出來的右手腕，絕對不能做為自己逃避現實的藉口。再走一次那天的路線吧，好再一次確認自己沒有事了。再一次確認大川公園的事件是不相干的事件，自己不能躲在裡面了！

牽著洛基穿越公園內部，洛基高興地相隨。公園裡人影稀疏，偶爾有單車從身邊滑過。

聽朋友說，警方封鎖公園現場兩天後便解除了。全面搜索後，並沒有發現新的線索。電視台的採訪車，從上個週末起也不再來了。公園恢復了原本的清靜，彷彿從來沒有發生過分屍案件。還是那份想當然爾的幽靜和綠色的芬芳，遊園道路上垃圾滿地。

牛喘的真一逐漸靠近公園南側入口的那個垃圾箱所在地。

垃圾箱已不在原處。

調整急促的呼吸，真一站在原地看著那裡好一陣子。遊園道路上原本放有垃圾箱的地點，還留有箱底的印痕。儘管垃圾箱已經撤走，仍有人將垃圾丟在那裡，地面上散落有一個空罐子和幾個破紙袋。

或許是警方帶走了垃圾箱吧？還是說因為發生了這種事，所以被廢棄了呢？真一大呼一口氣。地點是沒有錯的。後面的樹叢依然，整片的波斯菊也昂首綻放著。那一天，就是在這裡和國王以及牠的女主人相遇。那個女孩——應該是姓水野吧，不知她現在怎麼樣？她也會跟我一樣被這件事壓得喘不過氣來嗎？她好像顯得很興奮，很難形容她的感受。

這裡已經沒有任何東西了。發生在這裡的事件，固然也是一件極其不幸的悲劇；但對真一而言，以他的立場來看，則是毫不相干的事件。垃圾箱的消失毋寧是讓真一鬆了一口氣吧！

「我們回去吧，洛基！」

真一拉著皮繩，牽著洛基往外走，步調變得較慢。走出公園口，繼續往公園北側馬路前進。

一路上真一低著頭，所以沒有注意到四周，也沒有意識到外來的視線。當背後有輕微的腳步聲追上真一和洛基而過時，他也毫無感覺。直到來到馬路口才發現有人站在前面，似乎在等待真一似地朝著他們的方向看著。

因為真一還是低著頭走路，視線只能看見對方的雙腳——膝蓋以下的部分。看見對方穿著高筒的球鞋，白色的襪子蓋住了腳踝，那是一雙漂亮的腳，對方穿著迷你裙。

儘管真一已經走近，對方還是沒有轉過身去，始終面對著他們。真一不禁抬起了頭。是同一年紀的女孩子，穿著紅色的運動外套，長髮上套著同一色系的髮圈。五官顯得整齊而勻稱。好像在哪裡見過的一張臉。

「你是塚田吧？」對方說話了：「你是塚田真一吧？」

這聲音好像也曾聽過。

她的神情很認真。下顎的線條瘦削而尖銳，臉上只有薄唇像獨立的生物一樣在嘴角動著，眼睛、鼻子、臉頰則完全沒有表情。

「我是樋口惠。」她報上了姓名。

幾乎就在同時，真一也想起了她是誰。

7

真一帶著洛基在公園散步之際，正好有馬義男也從JR東中野車站的樓梯上走下來。他要到古川家和古川茂會合，討論真智子的住院費用和其他相關事宜。過了下午四點，正是有馬豆腐店開始忙碌的時刻。雖然放心不下將店面交給木田一個人打理，因為古川堅持除了這個時間外他不方便，義男只好答應。

古川比義男先到，人站在古川家門口的路上等著。明明是他貸款買的房子，他卻連開門走進去，甚至站在門口都不願意，而是背對著家門站著。

「沒有帶鑰匙嗎？」走近古川的同時，義男開口問。

「分居的時候，交還給真智子了。」古川回答：「好久不見了，爸爸。真是麻煩您了。」

從古川低著頭的背後，義男看見了掛在門口的名牌，上面寫著：「古川茂、真智子、鞠子」。三個名字依然感情和睦地排列在一起。

義男一時之間找不到話語回答，沉默地打開了大門。摸索著牆壁，找到了開關，開啟了電燈。古川一語不發地跟在後面。義男心想古川應該不會在進門時見外地說聲「打擾了」，還好他沒有說。

屋裡面瀰漫著潮濕的空氣。前天幫真智子來拿換洗衣物時，已經將垃圾全部清理過了，但是廚房裡還是飄來了廚餘的臭味。義男吸了吸鼻子。

古川站在客廳一角，環視著整個屋裡。茶几上的玻璃菸灰缸、牆上的月曆、櫥櫃裡擺設的瓷盤、窗簾——好像在玩挑出錯誤的遊戲一般，眼光熱切地觀察每一件事物。義男則是靜靜地凝視著古川的側臉，說起來他和女婿的確是很久沒有見面了。

古川的年紀和真智子一樣，都是四十四歲。他和真智子是高中同學，三年來都坐在一起。畢業後雖然各分西東，卻在二十三歲那年的同學會上重逢。交往不久後便踏上紅毯的那一端。

結婚當時，真智子的肚子裡已經懷了鞠子，有了五個月的身孕。列席婚宴的親友都知道這個內幕，新郎新娘的朋友們也都以此為題揶揄、祝福他們。雖然大家都沒有惡意，身為新娘父親的義男卻感覺到一種罪惡感。回顧當年的照片，不管在任何場面，義男的笑容總有種羞赧的表情，但旁人總以為那是一個父親為獨生女找到金龜婿而高興的害羞笑容。

因為這樣的內幕，義男和他太太俊子，對此婚事談不上答應或不答應，而是認定：事到如今，古川茂和真智子有成家的義務。而且男方就職於大公司，薪資收入多少暫且不論，至少還能維持一般家庭的開銷。於是隨著結婚的事宜逐一進行，小倆口搬進公司提供的宿舍，一方面為迎接新生命的到來做準備，同時也開始了新生活。那時候什麼問題也沒有。

沒錯。當時他是真的認為什麼問題也沒有。

「不要擺出一副好像到別人家的神情！」義男說。

古川從木然的表情中驚醒，回頭看著義男說：「說的也是，老實說，我還真有那種感覺。」

古川伸出手觸摸客廳裡的茶几說：「積了一些灰塵了。」

「因為都沒有打掃嘛。」義男轉身走近廚房，並說：「我來泡茶，你先坐著吧。」

古川坐在沙發的一角，伸手拿起茶几上還夾著廣告傳單的報紙。他攤開報紙時說：「我看報紙還是先停下來比較好吧？」

「已經交代過了，今天應該沒有送來吧。」

「爸你每天都有來這裡嗎？」

「我是隔一天才來的。」

義男端著招待客人用的茶杯回到客廳，茶杯裡盛著淡淡的綠茶。

「真智子穿的睡衣是跟醫院借的。因為內衣褲和毛巾得自備，所以離開醫院後我會到這裡轉一下。不過我一個大男人不懂得女人的貼身衣物，都是孝夫他老婆幫我準備和清洗的。」

「讓您辛苦了。」古川低頭表示歉意。義男這才發現他的頭頂已經微禿。

古川茂很瘦，體格看似孱弱，但外表絕對不差，他跟真智子結婚時，大家都又羨又妒地說他們真是一對俊男美女，真智子對此樂在其中，也因英俊的丈夫感到自豪。

看現在的真智子很難想像年輕時她可愛的樣貌。但是古川儘管已經開始走中年人的下坡，卻充滿了隨著年歲增加的魅力，自然不難想像他年輕時的帥氣了。或許再過十年，他也會變得不怎麼樣，但現在的他仍然頗有行情。

這一點，真智子也很清楚。

「我們家那口子在公司還很有人緣呢！」在她和古川關係還不錯的時候——至少是真智子一廂情願這樣認為的時候，真智子曾經笑著表示過：「好像還有公司的女孩子要約他呢。現在的年輕人真是天不怕地不怕，真是受不了呀。」

現在和古川同居的女人比他年輕了十五歲。是在古川常去的俱樂部工作，日久生情的。

說是在俱樂部工作，倒也不能說是風塵女子，當初也只是兼職的心態。義男沒有見過那女人，真智子對她的事也絕口不提。只有一次鞠子語氣憤然地提到古川的女人：「那女人看起來很普通，比我都還要普通。說實在的，我都比她漂亮得多。又不是說很有個性，頭腦也沒有很靈光，真不知道爸爸是看上她哪一點？」

當時義男心想「這叫會叫的狗不會咬人」，但是沒有說出口。

帥氣的古川也開始頭髮微禿了，不知和女人的關係是否還處得好？這次的事件是否會影響他們的關係呢？

「對了，爸爸，關於住院費用……」

古川的說話聲驚醒了沉思的義男。

「是呀，我們就是要討論這件事才來的。」

古川點頭說：「我考慮過了，還是覺得應該從真智子領取生活費的帳戶來支付比較好。這裡應該有那個帳戶的存摺和金融卡吧，我想大概是放在這裡的某個抽屜裡吧？」

「你是說讓我保管那個存摺嗎？」

「是的，麻煩您了。」

「也就是說你不插手管囉。」

義男沒有責問的意思，語氣也不強烈。但古川還是將眼光避開了。

「事到如今，我更沒有權力管了。可是每個月我一定會將錢匯進帳戶裡。到目前為止，我都有將月薪的一半匯過來，這房子的貸款也是我在繳的，這一點請您放心。」

「你有去醫院看過嗎？」義男問。

「我去了。接到警方的通知便立刻去了。」

「那你見到了真智子嗎？」

「是的，說是見到，也只是隔著玻璃窗看見她而已。」

「你不會覺得她很可憐嗎？」

一時之間古川的嘴唇緊閉，然後才說到：「當然覺得。整個人變成那樣，躺在床上一動不動的。那時的她還沒有恢復意識。」

「直到今天，她也還沒有恢復意識。」

古川表情吃驚地問：「真的嗎？」

真的。主治醫生對此也表示擔心，明明腦波顯示沒有異常，為何還未清醒？

義男認為是真智子不願張開眼睛。一旦張開眼睛就必須面對痛苦的現實，還不如睡著了要輕鬆許多。

「真智子除了你，已經沒有人可依靠了。」

面對義男的這句話，古川搖搖頭拒絕。嘴裡吐出的話語慎重卻冷淡：「真智子還有爸爸您，爸爸比我還靠得住。」

「阿茂……」

「我很抱歉，但請您原諒。本來我和真智子應該老早就離婚的了，如今處於分居狀況是因為……」

「你是說是因為真智子不答應嗎？」

古川抬起頭面對一臉怒容的義男回答：「不，真智子也答應了，至少她是這麼對我說的。只是因為鞠子發生這種事，身為父母的我們不想太過自私才決定等一下。由利江也能諒解這一點。」

「由利江？」反問的同時，義男才想到這是古川女人的名字。

「這次的事件，我和由利江擔心得都睡不著覺。」

那還用說？自己的女兒行蹤不明將近百日，好不容易有了點線索，卻和分屍案牽扯在一起。有誰還能夠高枕而眠呢？

「可是我們又能做什麼呢？真智子的事只能交給爸爸您，鞠子的事只有請警方處理。我們除了靜靜等待別無他法呀！」

可是錢的方面可以幫上忙，古川強調了這一點。

「這一點是我的義務。還是先將存摺找出來吧，應該是和保險單一起收著吧。」

「算了！」義男說。

「嗄？」

「我說算了，不要你的錢。我們不需要你出的錢。」

「爸爸……可是……」

「我們不會困擾的。真智子的住院費用我來出。這件事沒什麼好談了，你可以回去了。」

義男站起身，生氣地握緊喝光的茶杯走進廚房。打開水龍頭讓水瀉流，但是激烈的水聲掩蓋不住耳朵裡沸騰的血流聲。因為太過氣憤，義男感到頭暈目眩。

昨天接到古川電話說要到這裡見面時，義男十分高興。原本他還擔心透過警方跟古川聯絡，有損古川的立場。而古川基於拋棄真智子的愧疚，於是主動提出商量真智子的事，讓義男打從心底感到寬慰。因此他開始期待利用古川關心真智子的機會，說不定能促使他們夫妻重修舊好。

然而開牌之後竟是這樣的結局。古川擔心的是錢的問題，表現的態度是：「我知道了！不用擔心，帳單來了，我自然會付。」好像真智子和義男是來敲詐他似的！

「爸爸……」古川站起身來，一臉困惑、雙肩低垂地看著義男說：「我是想至少做到這點，表示自己的誠意。真智子的住院費用我會負擔的。」

「我都已經說過不用了。」

「加護病房的費用很貴的。對不起，我說得不客氣，以爸爸的店面是無法繼續付下去的。」

「我多少有些積蓄，這種事犯不著你來操心。」怒吼般說出這些話，義男關上了水龍頭。水流咕嚕嚕地止住了，周遭陷入了沉默。

隨著憤怒，一股難以言喻的悲慘心情湧上心頭，讓他難以自處。兩腳搖晃地快要站不住了。一如當初毆打那名沒有神經的刑警一樣，義男如果打得古川滿地找牙事態將會如何呢？

「你……古川先生！」

已經好幾年了，義男從沒有面對面這樣稱呼對方。總是叫他「阿茂」，即便是他和真智子分居以來。但現在不同了，已經沒有辦法了，古川就像是陌生人一樣，再也無法等同對待。

「我知道了，真智子的事就算了。但是古川先生，你對鞠子的事情又怎麼看待？她可是你的女兒。你難道都不擔心嗎？」

「我不是說過我很擔心嗎？」古川也氣急敗壞地表示：「可是除了交給警方又能怎樣。你要我怎麼辦？我又能怎麼辦？」

義男緊緊抓住流理台的邊緣，感覺到身體的顫抖。

「有事找我的話，請打到公司來。」古川走向大門口時說：「我會交代秘書將電話轉過來的。因為由利江會擔心，這些事請不要弄到我家裡，麻煩你了。」

義男不由得大聲反問：「家裡？難道你的家不在這裡嗎？」

於是古川停下腳步，轉過頭冷冷地回答：「已經不在這裡了。」然後開門而出，並輕輕將門帶上。

義男呆立在廚房裡，雙手緊緊抓住流理台的邊緣，閉上了眼睛。閉起的眼瞼上浮現熾紅的怒火，閃爍晃動。耳朵傳來血流澎湃的聲音。

過了一會兒，傳來其他的聲音。氣得全身僵直的義男故意無視於聲音的存在，可是聲音卻毫不間斷地干擾，強調自身的存在。

義男張開了眼睛。

聲音在客廳裡迴響。搞不清楚聲音來自何方，好像是在某個角落不斷閃爍的紅色燈光。就像是剛剛在義男眼底明滅晃動的怒火一樣。

是電話聲。義男連忙走出廚房。

一抓起話筒，擾人的鈴聲立即停止。可是電話那頭卻什麼也聽不見，義男「喂」了一聲，並將話筒貼近耳朵。

只聽見樂聲遠遠地流瀉，那是義男很少接觸的快節奏旋律，歌詞聽起來是英語。到底是怎麼回事？

「喂——請問是哪裡找？」

出聲一問，音樂聲便停止。大概是對方重新握好了話筒，發出一陣雜音，然後才有人問說：「請問是古川鞠子小姐的家嗎？」

義男將話筒拿離開耳朵，看著話機心想：是鞠子的朋友嗎？

傳來的聲音有些奇怪的音調，就像銀行自動提款機指示操作機械的合成音效一樣——「歡迎光臨」。

「喂？」義男重複問說：「請問是哪裡找？」

「請問是古川鞠子小姐的家嗎？」對方再一次重複機械般的問話。

「沒錯，可是她不在。她已經失蹤三個月了。」

義男再一次注視著話機，這一次皺起了眉頭，額頭盡是皺紋。他想該不會是惡作劇的電話吧？坂木曾經忠告他：「大川公園的事一經報導後，必須小心會有人打電話騷擾相關人士的家裡。」

「我不知道你是誰，但是請你不要太過分。」義男語氣激昂地告誡說：「請想想別人的心情。」

正要掛上電話時，話筒那一頭傳來機械音效的大笑聲，義男不禁停下了手。

「不要這麼說嘛，老先生。」對方笑著說：「我是想跟古川家的人說說話才特別打電話過來的。要是你那麼不客氣，我可要掛電話了。不過，這樣好嗎？」

然後對方的機械聲音像個賭氣的孩子般表示說：「人家本來是要通知你們鞠子小姐的所在的……」

一時之間，義男整個人僵直了，立刻將話筒貼近耳邊。

「你說什麼？你到底要說些什麼？」

「我說老先生，你又是誰？我是在跟誰說話呢？」

「你才是誰呢？」

「這是個祕密。祕……密。」機械聲發出嘻笑：「老先生真是不懂禮貌，要問別人姓名之前，難道不應該先報上自己的名字嗎？」

「我……我是……」義男氣急敗壞地口吃了起來：「我是鞠子的爺爺。」

「是嗎？原來是爺爺呀。對了，她爺爺是在賣豆腐的，新聞報導有說過。經過社會新聞的炒作，店裡的生意有沒有好一些呢？畢竟社會大眾都喜歡看熱鬧嘛。」

「你知道鞠子的下落嗎？鞠子究竟人在哪裡？」

「不要那麼急嘛！這件事等我們混熟一點，我再告訴你！」

對方又重新握好話筒，還是調整了坐姿，話筒裡傳來一些雜音。一副輕鬆自若的態度，未免太欺人過甚！可是義男又不敢直接將電話掛上，對方也許是惡作劇電話，也可能不是。在確定之前，還是先套出多一點的線索吧。

「喂——老先生？你還在聽電話嗎？」

「喂！我在。」

義男努力思考著，究竟該如何遣辭用句？是應該語氣強硬地先發制人好呢？還是擺低姿態委曲求全呢？究竟該如何出招，才能盡快摸清對方的底牌？

「不過……老先生也是夠受的了。」機械聲音說得無關痛養：「鞠子小姐不見了，她的媽媽又受傷住院。老先生整天都在幫她們看家嗎？」

「我只是偶爾來看一下罷了。」

「說的也是，你還有生意要照顧嘛。」

對方有些機械的雜音，和自動提款機的合成音效又有些不同。聽起來跟新聞報導中為了掩飾證人音色所採用的變聲方式十分相像。

突然義男想起了大川公園的分屍案發現時，打電話通知電視台的人也是利用變聲器。新聞報導中沒有確定打那通電話的就是犯人，還是利用機會惡作劇的民眾。坂木關於這一點也沒有表示意見。

義男雖然也聽過好幾次電視台錄下的電話錄音，卻依然無法判斷那聲音和現在的電話是否為同一人。不過現在打電話來的人好像也是使用了變聲器，這一點應該不會有錯。

「你該不會是打電話給電視台的人吧？」

沒想到對方竟佩服地大聲說：「怎麼？聽得出來？老先生還真是聰明。」

馬上就承認了，反而令人覺得對方在說謊。

「不要裝腔作勢了，你的聲音是透過機器改變的吧！」

「我有用變聲器呀！電視台不是也報導了嗎？不錯嘛，老先生也知道什麼是變聲器！雖然上了年紀，倒也跟得上時代。」

義男知道自己被嘲弄、被玩弄於股掌之間，卻還是拚命按捺住怒氣。千萬不能生氣！至少現在還不能發火！

「你真的知道鞠子的下落嗎？」

「何必問這些呢？」說完對方笑了：「原來你懷疑我是假裝犯人尋你開心的無聊傢伙嗎？」

「我不是懷疑你，因為我什麼都不知道。」

「是嗎？看來我說什麼你也是不會相信的，真是遺憾呀。」

義男心慌了：「不要這麼說嘛。請你告訴我一切，你知道鞠子的下落吧？」

「知道是知道，可是老先生你也真是冷淡。」

「冷淡？」

「難道不是嗎？從剛剛聽你說話，就只是鞠子長鞠子短地，關心孫女的下落。難道就不關心大川公園發現的那隻右手的主人嗎？雖然那不是鞠子小姐的手，但總是其他，至少是某一位女人遭遇了不幸，不是嗎？而你卻一點也不擔心。這就是欠缺社會性的表現。」

義男用力閉上眼睛盡量不要因為對方的鬼扯而動搖。盡量穩定心情，不要因為動搖而發出聲音。可是心臟是老實的，劇烈的鼓動幾乎快要跳脫了胸腔。空著的另一隻手在身旁緊抓著空氣握成了拳頭。

義男很想出拳毆打這個說話輕狂的傢伙！如果能夠鑽進電話線裡，他一定撲向前扭住對方的脖子，用力勒緊。

「喂，老先生？怎麼不說話呢？是在反省嗎？」

「我當然擔心大川公園的女人。」義男低聲回答：「相信那個女人也有擔心得睡不著覺的家人吧。鞠子出事了，我們當然也感同身受。」

「別騙人了！」對方發出尖銳的聲音批評：「擔心別人家的女兒跟擔心自己的孫女一樣，聽起來就像是說謊！」

回答什麼對方就反駁什麼。究竟他是什麼東西嘛？

「我討厭說謊的人。」對方強調。言語的背後充滿了嘲笑的語氣，他在享受這個過程。

義男好不容易讓自己穩定下來，語調緩慢地說：「如果你的家人也行蹤不明，你應當就能理解我現在的心情，就能設身處地體會家人到底有多痛苦悲傷了。這種感受言語無法形容，我說不清楚。我從來沒有忘記大川公園的那個女人。能夠代替她的話，我也願意。我真的是這麼想的。」

經過一陣沉默，對方收拾了笑意表示：「原來老先生是那麼地想要幫助鞠子呀。」

這是對方第一次直呼「鞠子」的名字。

「我當然想幫她，希望她早日回到家裡。萬一……萬一就算她死了，也希望找到她的屍體，交還給她的媽媽。」

「你以為鞠子已經死了嗎？」

「你打電話給電視台時，不是這麼說的嗎？你說將鞠子埋在其他的地方？」

「我是說了。」對方笑了出來：「可是你們不是也搞不清楚我說的是真是假嗎？說不定那些都是騙人的。」

「沒錯，我們是搞不清楚你說的是真是假。而且就像你說的一樣，我也不知道你和鞠子的事件究竟有沒有關係。」

「你想知道嗎？」

「你肯告訴我嗎？」

「如果只是一點線索的話。不過可不能免費提供！」

原來是要錢，錢才是對方的目的。

「你要多少錢呢？」

於是對方又尖銳地大笑了起來。

「真是討厭！老先生的腦袋瓜真是落伍。馬上就想到錢，這就是年輕時代經過了國家貧窮的歲月，所留下來的後遺症！」

「不然你要我怎麼做？」

對方想了一下。但那只是裝個樣子，事前就已經想過會有這種問答，根本早已預定好要跟義男要求什麼。一旦將話題帶到這裡，對方便像做生意一樣，語氣顯得乾淨俐落。

「我還要打電話給電視台，大概會打給跟上次不一樣的電視台吧!?總不能都打同一家，那太偏心了。」

義男心想：你難道以為自己成了上電視的名人了嗎？

「我會這麼說的。在今晚的節目裡，當然是現場直播。我會要求讓古川鞠子的爺爺一起演出，然後老先生就在電視上跪著求犯人說：『將鞠子還給我們』！」

義男沉默地緊抓著話筒。

「怎麼？你不願意下跪嗎？」

「不，我願意，這種小事我當然願意。只要你真的肯信守承諾放了鞠子。」

「你相信我吧!?」

「我願意相信，可是不知從何相信起。你能不能給我一些你知道鞠子下落的證據呢？」

對義男而言，這是破釜沉舟的要求。但對方卻竊笑說：「老先生還真厲害，不是笨蛋嘛。我喜歡你這種人。好吧，就這麼說定了！」

「怎麼做好呢——」對方像個計畫到哪裡去野餐的孩子一樣，一個人自言自語。

「新宿吧……」

「新宿嗎？」

「不要那麼著急地逼問我，我還在考慮呢。」

義男沉默不語。偷偷地看了一下牆上的時鐘，時間是下午五點。窗外還很明亮，聽得見汽車和人們的聲響。相對地，義男身處的客廳裡顯得陰暗與過分安靜。

突然間義男心想電話那頭的人——應該是個男人吧!?對方打電話的房間裡或許點著燈，那是一間怎樣的房間呢？從一開始聽見的音樂聲判斷，他大概是在聽音響或收音機吧？房裡有電話，還有他在吸菸，所以有菸灰缸；說不定是用啤酒或可樂的空罐來代替。

是漂亮的新式公寓還是破舊的民宅呢？說不定是木造的隔板建築，走下樓梯時，他的母親正在樓下廚房做飯。聽他說話的方式，應該是年輕人，這樣的推理大概很有可能。他的母親會唸說：「電話打太久了吧？」然後他會回答：「嗯，和朋友說得高興就忘記了時間。」絲毫不會顯露出自己做了什麼壞事，表面平靜祥和地過著平凡的日子。是上班族還是學生呢？就現在的階段看來，就算和他在電車上比鄰而坐，義男也認不出來。畢竟不知道對方的長相、形體，連真實的聲音也沒有聽過。義男不禁希望真的能夠鑽進電話線路裡頭。

「好吧，就這麼辦！」對方說話了，義男猛然抬起頭來。

「新宿有個廣場飯店，就在西口的商業大樓區裡。你知道吧？」

「如果是大飯店，到了應該就能找到。」

「沒問題吧？老先生可別穿拖鞋去哦，會被趕出去的。」

「我知道。」

「我會將訊息交給飯店的櫃檯。現在開始我要準備許多事情，我看就七點吧。七點你到飯店來。太早來是沒用的，如果我看見你在那裡東張西望，就不會送出訊息的。所以你必須嚴格遵守時間。讀過訊息，就知道下一步該怎麼做了。」

「就只有這樣嗎？」

「一次說太多，老先生反而搞不清楚，不是嗎？我可是很親切的了。我還要忠告你一聲，老先生只能一個人來。要是帶警察來的話，這件交易便吹了！」

對方的聲音帶著笑意，充滿了興奮之情。

「我會祈禱老先生不要在新宿的街上迷路的，還有不要被扒手盯上了。加油囉！」說完這些，電話便立刻掛上了。

不管義男如何呼喊，對方已離去。義男看著手中發出嗶聲的話筒，感覺像是抓著一個肌膚冰冷的動物一般。

新宿的廣場飯店距離車站西口，搭計程車約五分鐘的距離，是幢高樓大廈。聽從電話對方的忠告，義男在馬球衫上搭件西裝外套，並規規矩矩穿上皮鞋。儘管如此走在金色銀色交織的華麗大廳，義男寒酸的身影還是吸引住其他人們的目光。朝著櫃檯行進的路上，總有幾個客人回過頭投射出好奇的視線。

時間正好是七點整，義男只有一個人。他嚴守著和電話機械聲的約定。

當然他也曾感到迷惑，五臟內腑像是翻騰般地焦急。不知該不該聯絡坂木？還是要通知搜查總部？幾次拿起了話筒，最後還是不敢打。萬一只是惡作劇電話，豈不是浪費了警方寶貴的辦案時間。如果真的是犯人打來的電話，說不定會因義男的失信而損失重要線索。最可怕的是，一旦因為義男不守信而惹火了犯人，很有可能會縮短了或許還存活的鞠子生命！

他也曾想過早一點到櫃檯埋伏，但是對方應該認得義男的長相。要是他說的「如果看見老先生在那裡東張西望，就不會送出訊息」並非只是威脅，這麼一來倒成了義男害死了鞠子。

想到這裡，義男擔心後悔無門，於是決定完全遵照對方的指示行事。自然義男也毫無選擇的餘地了。走到一字排開的寬廣櫃檯前，義男摒住氣向最接近的穿制服櫃檯人員問話：

「請問……有沒有給我的信件送到這裡呢？」

走上前來的年輕服務人員眼角下垂，態度很親切，他無視於義男的緊張神情，問道：「對不起，請問尊姓大名？」

「我叫有馬義男。」

「有馬先生嗎？」服務人員重複一聲後，檢查櫃檯下的文件箱，翻過幾張卡片般的信件，停下來看著義男確認問說：「有馬義男先生嗎？」然後遞出一張信封說：「就是這一個信封。」

義男探過身立刻從對方手上搶過信封，伸出的手顫抖不已。

那是一只很普通的雙層信封。正面用文書處理機打出「有馬義男收」的字樣。沒有註明寄件人，封口用膠水貼得很牢靠。封口處還用紅筆劃上一個大叉。

義男立刻想要拆開信封，因為信封的紙質厚實，加上手心流汗，不太容易開封。偏偏封口的膠水貼得很緊，他的手忙腳亂讓服務人員看不過去，問說：「需不需要剪刀呢？」

「啊……謝謝，麻煩你了。」

義男忍著頭暈目眩與呼吸困難，用銀色的剪刀拆信。裡面只有塞了一張四摺的信紙。義男將信紙取了出來。白底縱格的信紙上，依然羅列著用文書處理機打好的字體。上面寫著：「到飯店酒吧等著。今晚八點與你聯絡。」

義男連續讀了兩遍，讀完第三遍後才抬起頭來。剛剛的服務人員還站在櫃檯對面。

「請問這裡的酒吧在幾樓？」

「大酒吧『奧拉西翁』在頂樓的二十四樓。」

「請問電梯怎麼走？」

「前面右手邊是直上頂樓的電梯。」

義男正要立刻走過去時，突然又想起重要的事，停下腳步回頭問說：「對了，請問這封信是什麼樣的人送來的呢？」

「嗄？」對方側著頭說：「您是指送這封信過來的客人嗎？」

「對，沒錯。」義男連忙點頭稱是。「大概是幾點送來的呢？不知道長得什麼樣子？我想應該是年輕男人吧。」

櫃檯人員溫和的臉上浮現一點陰影，對方說：「請稍待，因為不是我收取的，我去問相關的人。」

「謝謝，謝謝。」

義男深深地點頭致意，光禿的前額竟撞上了櫃檯發出聲響。一旁正在敲打電腦鍵盤的女性服務人員忍不住發出了笑聲，她的年紀和鞠子不相上下。看見義男正在看她，她不禁收拾起笑容將視線避開了。

站在櫃檯角落等待回覆的時間，有好幾位客人前來領取鑰匙、填寫表單，或請服務人員將行李送到客房。都是些穿著高級西裝的上班族或是華麗服飾的年輕女性。義男將視線移向大廳，有些人在那裡談笑、腳邊立著公事包，也有紳士舒服地坐在沙發上抽菸。大廳最裡面的空間，燈光微暗，每一張桌子都點著燭火。鋼琴演奏聲響起了，列席的客人態度悠閒。

這是一幅華麗奢侈，無憂無慮的景色。義男木然地感到一種不真實感，想到自己不知道在幹什麼，立刻感覺疲憊不堪。這種高級飯店，平常根本不可能踏進來的。和有馬豆腐店簽約的客戶中只有小型的日式旅館，沒有飯店業者。就算是豆腐公會使用的飯店，頂多也只是淺草和秋葉原的小型飯店罷了。

打電話的人早就預知義男走進廣場飯店會有這種難堪的感受，所以才會警告他說「千萬別穿拖鞋來」。

剛剛的服務人員回來了，還帶著一位比他年輕，年紀在二十歲上下的男性員工過來。身上雖然穿著同樣的制服，胸章卻是不一樣的顏色。

「讓您久等了。」服務人員對義男點頭後，手指著年輕男性員工說：「剛剛是這一位接到信件的。」

年輕男性接著回答：「是高中女生送來的。」

義男以為自己聽錯了：「什麼？」

「你是有馬先生沒錯吧？拿信過來的是一位高中女生。她穿著制服，所以我不會弄錯的。」

「高中……女生？」

「是的。我想她應該是在五分鐘前來的。」

義男啞然失聲。這不是剛剛才發生的事嗎？說不定在飯店的門口，他才跟那個高中女生擦肩而過！

「那個高中女生是哪個學校的，你知道嗎？」

「這個嘛……」年輕男性側著頭，不知為什麼笑了起來。他說：「所有的制服看起來都一樣嘛。」

「她有沒有戴上學校的徽章呢？」

「你問我這些，究竟想幹什麼？」年輕男性笑著，斜視著義男問道。在一旁的女服務人員也掩著口笑出聲音來。

「幹什麼……當然是有原因的。我一定要知道才行。」

「這我就沒辦法了。」年輕人回答得很冷漠：「如果是住宿的客人還可能查出什麼，可惜對方又不是。」

一開始招呼義男的服務人員用眼光斥責年輕員工，然後對義男說：「不能幫上忙，真是對不起。」

「哪裡，不好意思麻煩你們了。」義男搖搖頭。看來也只能死心了。他對著櫃檯人員點頭致意後，走向大廳中央。

「如果要到酒吧的話，電梯在另一邊。」親切的服務人員提醒他。義男驚覺後立刻改變方向。櫃檯裡面又傳出了笑聲，還有女人低聲說：「老色鬼」。一定是故意說給義男聽的。

身處於頂樓的酒吧中，義男就像是米櫃中的一粒豆子一樣，不知為何總是引人側目。因為不知道該點什麼飲料，便點了杯威士忌。結果酒保說了一大堆聽都沒聽過的酒名，義男只好挑第一個威士忌酒名來點。依然感到坐立不安，只是因為頭腦十分混亂，根本無暇顧及周遭人們的好奇眼神和酒保的質疑態度。

高中女生？

義男拿出信件重讀。端正呆板的文書處理機字體和命令式的口吻。信封上只寫著「有馬義男收」的狂妄無禮。每一樣都和機械聲的打電話對手吻合，但為什麼送信的人竟是個高中女生。

難道會是他的同夥？

打電話的人，怎麼想也是男人。不管聲音裝得如何尖細，從說話的方式就能判斷。義男長年做生意，已經看過太多的人了。其中不乏有出乎意表的客人，尤其是最近五六年，第一眼看不出年齡、性別的人增加許多。

但是基於長年的直覺，判斷錯誤的情況很少。義男直覺地相信那是男人打來的電話。這麼說來，對方不是只有一人，還有其他同夥囉，而且還是個高中女生。如果說對方真的和鞠子失蹤、大川公園的分屍案有牽連，那現在的高中女生也就跟綁架、殺人分屍案脫不了關係囉。

他突然想起鞠子高中時候的事來。鞠子就讀的私立女中，也是穿著水手服的制服。從義男的眼光看來，總覺得胸口開得太低，裙子的長度太短。他不便對著鞠子直說，於是試著問真智子，真智子也覺得如此。

「可是最近不管哪一所學校都一樣。制服越來越漂亮，就連鞠子唸的學校也是，聽說還是名家設計的制服呢！」

當時真智子還笑著說，因為如此還花了更多錢呢！

不過那水手服還真的很適合鞠子穿呢。因為真智子曾經寄給他一張鞠子的入學紀念照，義男將照片壓在辦公室的桌子上。木田看見了也笑著稱讚說「這麼可愛，應該框起來掛在牆上才對」。義男當時還回答說「沒有可愛到那種程度啦」。

放在桌上的威士忌酒杯，冰塊逐漸融化發出撞擊玻璃的聲響。義男看著手錶，上來酒吧已經經過了三十分鐘以上。

「八點與你聯絡。」

大概會打電話過來吧。可是為什麼還要他多等一個小時呢？難道看他心急如焚，對方就會很高興嗎？還是說對方在就近觀察呢？

義男猛然開始環視四周。酒吧裡燈光昏暗，加上觀葉植物和屏風的阻隔，視線不很清楚。義男被帶到櫃檯最裡面，離服務生進出口最近的位置上。這裡的位置本來就視野不佳；不過真要有心的話，從包廂處要觀察義男也並非難事。不管哪裡的酒吧，內部的結構還不都是大同小異嗎？

不管再怎麼東張西望，看來也是浪費時間。年輕的情侶、上班族的男性客人、外國旅客……就算是這些人之中藏著打電話的人，義男也認不出來的。他只有沉默地盯著逐漸消融的冰塊，等待時間的經過。

不管對方是誰，打電話的人對於時間倒是十分審慎。義男手上的錶指著八點零二分時，酒吧裡面的電話聲響了。義男的身體僵硬了，不久一名酒保輕聲地呼喚客人說：「有馬先生、有馬先生，有您的電話！」

義男舉起手站起身時，那名酒保有些驚訝，一副「真的是你的電話嗎」的神情。

一具無線電話送了上來。

「通話」的紅色按鈕閃爍著。義男不太習慣使用這種電話，顯得有些緊張。害怕一不小心反而將電話給切斷了。

「請按通話鈕，接著就能通話了。」酒保提示。義男按下紅鈕，將話筒貼近耳朵。

「喂？喂？」他低聲地打招呼。

又聽見了那機械般的聲音，感覺比之前聽見的還要遙遠。

「嗨，老先生。愉快嗎？看來你已經平安到達飯店了。」

義男感覺喉嚨十分乾燥，一時之間發不出聲音，乾咳了一聲。

「是的，我在酒吧裡。按照你信上說的去做了。接下來我該怎麼辦？」

「你點了什麼喝嗎？」

「威士忌。」

「真沒搞頭。」對方開心地笑了：「對了，我早該教你怎麼點酒才對。要是老先生點了紅粉佳人，酒保一定會嚇一跳吧！」

「別說這些了……」

「你急什麼！老先生。坐在那裡感覺不錯吧？」

「我不習慣來這種地方，感覺很不舒服。」

「我猜也是。這下你應該很清楚了吧？」

「什麼？」

「現在這種時代，如果穿得不夠體面就很難生存呀。活到像你那種歲數，還是一事無成，活著還有什麼價值呢？」

義男沉默不語。清楚地感覺到電話對手內心隱藏著難以預料的凶殘。

「像老先生這種人，到了大飯店也享受不到正常待遇。這經驗不錯吧？」

「究竟你要我幹什麼呢？」

「沒什麼，只是要你上一堂社會大學的課而已。」

「聽飯店的人說送信來的是一名高中女生，她是你的夥伴嗎？」

於是對方大笑說：「那也是戲弄老先生的手段之一，你喜歡嗎？」

「到底接下來還要做什麼？我總不能一直在這裡跟你聊天吧。」

「我已經改變主意了。」對方口氣冷淡地表示：「我和老先生的遊戲到此結束。你還是趕快回鞠子的家吧，別在那裡丟人現眼了，免得讓酒保看不順眼把你攆出去！」

然後電話便應聲掛上。

義男疲憊至極，又感覺意志消沉。既搞不清楚自己是否被作弄了？還是沒能跟事件有關的人物接觸之前便遭到挫敗，一想到這些不禁對自己的愚昧氣憤不已。當初接到前往飯店的指示時，如果能通知坂木請他作陪就好了。實在是不該一個人行動。或許坂木能告訴他如何應答，聰明地誘出對方現身。

他想要直接回家。從飯店搭上計程車告訴司機目的地時，他還是這樣的想法。因為很想好好地休息，但是腦海中卻始終重複著他和電話對方的交談內容。尤其是那一段話縈繞不去：「你還是趕快回鞠子的家吧！」

他不是說「你還是趕快回家吧」，而是強調「回鞠子的家吧」。那傢伙知道鞠子的家並非義男的家。明知如此卻故意這麼說，是否話中有其他意思呢？

「司機先生，對不起，可否改個地點。請開到東中野。」

來到古川家門口，下了計程車，義男立刻衝到大門口。門前的燈亮著，鎖匙沒有任何異常，窗戶也都關閉著。會不會對方又打電話過來呢？義男急忙想要打開大門。

這時發現門邊的信箱裡，露出類似信封的一角。離開家門時，並沒有看見這東西。

義男取出了信封，和在飯店收到的是一樣質地的雙層白信封。根據手中的觸感可以知道裡面除了紙張以外，還有其他東西。信封沒有封口，義男打開了信封。

裡面是一張四摺的信紙和一個女用的手錶。那是只黑色皮革、造型華麗的精工表。

不需多加考慮，義男對那只手錶十分熟悉。那是今年春天為了慶祝鞠子就業，他買給鞠子的禮物。錶背還刻有鞠子的名字。

翻到錶背，利用門口的燈光可以看見上面刻著：「M. Furukawa」。

信紙上是一串的文字處理機字體，寫著：「這樣一來，你應該相信我是真的了吧！」

8

武上悅郎盯著照片看。

他右手持著放大鏡，將照片貼近鼻尖仔細觀察。坐在隔壁的部下篠崎也是同樣姿勢。有時兩人會保持同樣的姿勢，交換些其他人聽不懂的話語。

「會是『川』嗎？」

「你是說三豎的川字嗎？」

「是的。」

「是嗎？應該筆畫再多一點，看起來很像是縱的線條。」

「的確看起來是那樣沒錯。不過那會不會是衣服的紋路呢？也許是一種細條狀的布紋。」

「說不定布料本身就是那種織法。」

「那也很有可能。」

「可是有這種制服嗎？制服的質料不都是比較光滑嗎？」

「嗯……」

做為特搜總部的辦公室旁邊，有一間小會議室。桌上排滿了許多的照片，還堆疊了幾冊檔案夾。已經整理好的照片則編號收放在桌子的角落。

這一連串的照片是秋津之前問到的業餘攝影家，在發現右手腕的前一天所拍攝的大川公園影像。武上在案發後第二天親自出馬，說服不好應付的業餘攝影家，取得了底片。洗成照片後，先將畫面中出現的車子牌照列成清單調查，然後開始一一分析照片內容。

兩人現在湊著頭討論的是，一位站在大川公園該垃圾箱旁邊的年輕女子。照片前方是波斯菊的花壇，女子站在花壇後面，所以只能看見上半身，而且是側著身子。不過她身上穿著是公司制服的背心套裝，而且背心胸前繡有公司的名稱。武上和篠崎正努力想要讀出刺繡的文字。

為什麼鎖定該女子會是如此的重要？那是因為她被照進的相片裡，還有一個看起來像是要靠近該垃圾箱的黑色人影。可惜的是黑色人影隱藏在樹叢裡，焦距也不太對，根本無法從照片判斷出其服裝、年紀、長相和性別。大約能推算出高度，不過也只能說是一百六十到七十公分的身高。

然而儘管所有的資訊如此模糊，這個黑色人影卻能壓倒性引發他們的興趣。就在這個焦距模糊的人物左手上，倒垂著一個怎麼看都像是褐色牛皮紙袋的物體。而且這個人看起來很像是朝著垃圾箱的方向前進。期待這張照片很有可能是那只被發現的右手腕被棄屍的前一刻，武上認為或許操之過急。就常識而言，不太會有那麼剛好的事情。只是過去的搜查經驗不乏意外展開的形式，何況照片中留下這樣的場面，當然是絕對不能放過的。

詢問該業餘攝影師拍攝當時，是否對出現在鏡頭中的兩人——年輕女子和黑影人有所印象，他竟生氣地嘟起嘴回答：「我又不是拍攝人，我是在拍攝波斯菊。」

「我根本沒有注意到有人。我一向不拍攝人物，因為我不喜歡人物攝影。」

於是加上公園內的探訪，幾乎沒有得到任何能夠佐證該照片的線索。他們將一張照片送往科學警察研究所進行電腦分析，目前還沒有回音。因此武上只好土法煉鋼，彎腰低頭用放大鏡觀察。

只要能讀出女子胸前的刺繡，就不難查出其身分。這一連串的照片是在案發前一天，也就是九月十一日下午三點起到六點左右拍攝的。這一天是平常日，這一段時間，公司行號還在上班。穿著制服的女子應該不會從太遠來到大川公園，大概是公出的歸途上，特意穿過公園裡散步偷閒吧。所以很有可能是附近公司的女性員工。

「會不會是川繁呢？」

「繁榮的繁嗎？」

「是的，川繁是重機業吧。字體顯得很複雜呀。」

這時會議室門口有人敲門。武上應聲後，秋津打開門探頭進來說：「問訊已經結束，我將錄音帶拿過來了。」

「謝謝你了。」

秋津手抓著門板，半個身子探進會議室裡，低聲問道：「武上，要不要見他呢？」

「見誰？」

「還用問嗎？當然是老頭囉。你還是再問一次比較好吧，能夠讓會話更具體些。」

武上看了一下牆上的時鐘，這是星期二的下午兩點以後。

「老頭還在嗎？」

「還在問訊室裡。」

「警署怎麼說？」

「如果武上要見的話，可以去見。」秋津稍微皺了一下眉頭說：「老頭的樣子很慘。這也難怪，看起來真是可憐。」

武上有些困惑。連剛毅的秋津都覺得可憐的人，他其實不太想見。武上之所以喜歡從事內勤業務，一方面也是因為很少有機會會跟被害人家屬或相關人士碰面。

「飯店和古川家的搜查進行得如何？」

「我待會兒也要去現場，是在廣場飯店。非得找出送信的女高中生不可。」

「犯人是思慮周密的傢伙。」武上說：「那名高中女生大概是在車站被叫住，給她一點小錢跑腿的。」

「我也是這麼認為，應該不是同夥。只是這女孩直接跟犯人接觸過，所以是重要人證。」

秋津一臉怒容地看著手上的錄音帶說：「而且聽了這個，你會覺得心裡難過。犯人居然戲弄一個年近七十的老人！」

這是昨天發生的事。與大川公園事件相關的失蹤者古川鞠子家裡，跟一連串案件有關的犯人打來了電話。正好回家的鞠子祖父接到了電話，並且應犯人的要求行動，結果沒有逮到犯人。

不過卻有了重大收穫。古川鞠子的祖父回到家，發現孫女的手錶被丟在信箱裡。

算來這是一種犯罪宣言。大川公園的分屍案和古川鞠子的失蹤案有所關聯，雖然還不能推論是同一個犯人或同一犯罪集團的手筆，但也不能完全否定。

「真是可惡……」武上後悔莫及，當初應該在古川鞠子家的電話上裝上錄音機。發生電視台電話事件之後，他不是沒想過，只是沒早一聲告訴神崎警長。當時是想古川家的媽媽住院了，家裡沒有人在，加上電視新聞又大肆報導，犯人跟古川家接觸的可能性不大而打消該念頭。

武上聽說廣場飯店一案是在昨天晚上。他立刻叫醒趴著休息的篠崎，兩人從頭到尾檢查過一遍大川公園分屍案案發後的所有新聞報導。發現沒有任何節目提到古川鞠子父親的全名，和她家住在東中野的事，甚至連地址也沒有出現在電視畫面上。同時也確認了沒有報導鞠子祖父不時會到古川家看看的消息。

如此說來，犯人究竟是怎麼知道古川家的電話號碼呢？最容易想到的答案是：鞠子記錄這些資訊的東西，落入犯人手裡。關於這一點，住院中的鞠子母親還不能接受問訊，多少還不太能確定。不過從鞠子家的書桌抽屜裡，找到了她的健康保險證。她還沒有考上駕照。任職的銀行員工證，上面不會記載員工的住址和電話號碼。鞠子房間裡的抽屜中還有一個電子手冊，其中有她詳細輸入的親友資訊和她房間的專用電話號碼、查聽電話錄音的密碼。大概那是她經常攜帶在身的用品，正好失蹤當天忘了帶出去。加上犯人將她的月票夾丟在大川公園裡，換句話說丟掉之前她還持有，月票上寫有姓名、年齡和性別，並沒有記載住址。其他還有什麼是年輕女子會登記家裡住址的隨身用品，武上就想不出來了。

其次能想到的是：犯人是利用東中野古川茂的名字查詢一〇四查號台。古川茂是古川家的戶長，電話當然是以他的名字登記。只是電視新聞並沒說出他的名字，犯人無法使用該方法。只是知道「古川」的姓是很難查出詳細地址的，除非犯人事前已經掌握了鞠子家的所在。

然而這種情形下有兩種例外。一種是犯人是鞠子很熟的朋友。另一種是犯人在殺害鞠子前，或囚禁她時（現在還可能囚禁著她），從她嘴裡問出了個人資訊。

接著還有一種方法，就是查閱中野區的電話簿，從頭開始一個個打到「古川」家詢問，找尋符合條件的人家。但特搜總部也試過這麼做，發現中野區的其他古川家並沒有接到這種查詢電話，這一條線索也就中斷了。

特搜總部於今天早晨，派出大批警力在古川家附近進行集中式問訊。昨晚的廣場飯店一事，可以想見是犯人為了送手錶，而故意調開鞠子祖父離開古川家的陷阱。犯人或是犯罪集團在昨晚的六點二十分起到八點之間，曾經來過古川家。如果能取得目擊證詞，搜查便向前推進一大步。武上正在期待報告和調查結果的完成。

武上拿起手邊的一份藍色檔案夾。和其他檔案不同的是，這一份還沒有訂標題。裡面包含了電視台接到的電話、來自媒體報導和搜查總部蒐集到的一般性資訊。有說是自己犯案的酒鬼、甚至是主婦通報附近的流浪漢很可疑等消息。這些都用文書處理機打成書面資料裝訂成冊。現在是到了分類的時候。其中一部分屬於湊熱鬧的雜亂資訊，另一部分則是電視台接到的電話案、剛剛秋津送來的錄音帶和書面記錄。武上在檔案上寫上標題：「來自事件關係人的間接性接觸」。

「還是見吧！」看著檔案，武上說話了。

「老頭嗎？」

「嗯。說人家是老頭太沒禮貌了。對方的名字……我還沒問呢？」

「是有馬先生，有馬義男。我去叫他吧。」

秋津一走開，篠崎便問：「我可以在旁邊聽嗎？」

「好，順便幫我記錄。這裡也要錄音才行。」

「是，我去準備。這些該怎麼辦？」

是關於照片的事。

「就賭賭你的眼力囉。去跟總部報告，請他們調查川繁重機。」

「我不太確信是重機業，但川繁二字是不會錯的。」

「好好幹吧！」

篠崎調整好眼鏡一走出會議室，武上便伸個大懶腰，從椅子上站起來。突然間想起來，打開了置於會議室角落的電視。會議室除了開會也做休息室使用，為了看新聞報導等節目，所以放了一台電視。

這時正好是播放午間社會新聞的時段。記者站在廣場飯店的門口說話。武上拿了一只菸灰缸，靠近電視畫面收看。

畫面轉換成穿著飯店制服的女性，記者伸出了麥克風。

「也就是說當時妳在櫃檯服務囉？」

「是的，沒錯。」

「是怎樣的高中女生呢？」

「嗯……身材不高、感覺很普通的高中女生。」

「有沒有比較顯著的特徵。」

「沒有耶。」

接著麥克風轉向站在女性員工旁邊的年輕男子，他也一樣穿著飯店的制服。

「是你從高中女生手上接下了信封……」年輕服務生不等記者說完就開始說話：「沒錯，我嚇了一大跳。沒想到會是這種事，當初應該仔細看清楚她的長相才對。」

「之後有馬先生過來拿信時，你也在場嗎？」

「真是很遺憾，實在很想多幫上他的忙的。」

同事的女性一臉沉重地低著頭，感覺上眼眶有些濕潤。

這時門口傳來聲音，聽起來是笑聲。

武上抬起頭一看，眼前站著一位矮胖禿頭的老人。身上穿著的馬球衫和灰色外套，胸前的口袋看得出香菸盒的形狀。

他在笑著，笑聲不很開朗。幽暗的眼光中滿是倦意。

「這些人昨天還嘲笑我是老色鬼！」他看著電視畫面說道。

武上從椅子上站起來，問說：「你是有馬先生嗎？」

老人點了點頭說：「是的，麻煩你了。」

武上心想：跟我的父親有點像。尤其是駝背的樣子。去年才過世的武上父親，因為晚婚的關係，年紀比有馬義男大很多。然而現在的有馬卻也比實際年齡看起來要蒼老許多。

9

準備好外出之前，前畑滋子打開了電視機。接著便像是被釘住一樣，緊守著電視畫面不放。

大川公園的案情戲劇般地有了新發展。昨天晚上，現場被發現手提包的古川鞠子家人，和嫌犯有了進一步接觸。接觸的人是鞠子的祖父。犯人擺了他一道後，為證明自己是真的，還將古川鞠子的手錶送回。

結果今天一早起所有的新聞節目瘋狂地報導此一話題，甚至還有電視台製作了特別節目。於是滋子也因此看得入神。

到底犯人是怎樣的一個人呢？

看著電視新聞，滋子腦海中不斷重複這個問題。似乎電視節目也有著同樣的疑問，於是推出了一個想當然爾的答案。

這是一個殘酷、惡意、冷血的殺人犯。

其中最重要的特質是「惡意」。殘酷無比的犯罪過去發生過許多件，冷血的犯人也有過許多；但是對自己親手殺死的被害人家屬設計如此惡質的圈套，這種犯罪者在日本可謂前所未有。

他的目的何在？最終的目的是什麼？

古川鞠子的外祖父接受來自犯人的接觸時，一開始以為對方要以歸還鞠子來勒索金錢。這麼說來倒也合情合理，如果這是一起以金錢為目的的犯罪行為的話。

但犯人並沒有要錢，而是從頭到尾耍了這個擔心外孫女安危的可憐老人。那麼這是他一開始就想要的目的嗎？戲弄古川鞠子的家人？

為什麼呢？

這個疑問，從滋子離開家門、步行到車站、在電車裡搖晃之際、下車後走向朋友社的途中，始終縈繞在她腦海裡——疑問在她不甚寬廣的思索空間中狂舞。這首不愉快的波卡舞曲，讓滋子的臉頰緊繃，眼帶凶光，嘴唇的線條扭曲。來到朋友社，透過服務台的聯絡後，她坐在約好的一樓咖啡廳裡等待，並點了一杯咖啡——這之中滋子始終保持這樣的表情。

難怪約會的對象一出現便驚訝說：「怎麼了？臉色不大對勁呀。」

「總編……」滋子好不容易恢復自我，從位置上站起來說：「不好意思，我在想些事情。」

「想什麼呢？我們好久沒見了，妳的表情倒像是來跟我抗議什麼似的。」

笑容穩重的板垣坐在滋子對面的位置。

現在的板垣隸屬於朋友社十月創刊的文藝雜誌新雜誌籌備室。這件事滋子在昨天他的來電中獲知。「文藝雜誌？」對於滋子的反問，板垣曾大笑地說明：「妳以為我不懂小說嗎？不過，的確我是不懂，所以有些頭痛。」

接著對於滋子要求見面一事，板垣則是爽快地答應了，他說「反正閒著也是閒著嘛」。

滋子仔細地觀察板垣。自從《莎布琳娜》停刊後，最後一次跟他見面是在滋子的婚宴上。比起當時，板垣似乎瘦了一些。以板垣四十五歲的年紀來看，與其發胖，不如瘦點要好些。

「真的是好久沒見了，滋子。」板垣一邊點燃香菸一邊說：「我一直有在讀妳的《家庭主婦》做菜專欄。妳的文字還是一樣讀起來很舒服。」

滋子微微點頭道謝說：「謝謝，能被總編讚賞真是高興。」

「不要再叫我總編了。」板垣笑著搖手說：「我現在沒有頭銜。就算新雜誌出刊，也當不上總編輯了。」

「是嗎？不會吧。《莎布琳娜》的停刊風波早該消了，而且《莎布琳娜》是本好雜誌呀。」

「我也是這麼認為。可是我一向就不怎麼受到上面的賞識。」板垣伸出手指指著上方說：「雖然還想跟滋子共事，不過文藝雜誌大概不適合滋子妳，何況我也沒有權限。」

板垣的語氣中有著過去沒有的自虐情感——雖然只是一點點。電話中感覺不出來，直到面對面的交談，配合他軟弱無力的神情，滋子有很明顯的感受。

就在滋子和昭二結婚，忙著構築兩人新世界的同時，不知道板垣身邊發生了什麼事？或者說沒有發生什麼事？沒有發生板垣所期待的事。這麼說來，一向習慣抽「Hope」的他，現在手上卻是夾著「七星牌」淡菸。滋子覺得這現象也反應出板垣的境遇和氣力日益低下。

於是滋子突發奇想，並說出了口。

「對了，今天我來是有事商量。說不定這件事對總編而言也是個大工程！」

面對滋子幾乎是自言自語的說法，板垣表情神妙地詢問：「什麼事？」

滋子將雙手放在桌上，身體稍微前傾地說：「已經過了一年了，還記得之前我帶來的報導文學稿子嗎？」

於是開啟了話題，按照時間順序說明整個經過，不知不覺間靠在椅子上的板垣竟重新坐正、捻熄香菸、前傾的身體和滋子姿勢一樣。

大概他有興趣吧。滋子心想。

由於東中野署的坂木刑警翻臉無情的對待，不再提供資訊；因此缺少這一類刑事案件的採訪來源，今後該如何是好呢。滋子說到這裡才喘了一口氣，舉起早已涼了的咖啡啜了一口。

板垣從鼻子呼了一口氣說：「可是……真是令人吃驚！」然後搖搖頭說：「世間還真是有偶然的事。」

「就是說嘛，我也是嚇了一跳。沒想到自己筆下的女主角和這次的事件有關……」

板垣看著滋子說：「嗄？沒……沒錯，這當然是難得的偶然。可是我要說的是不同意義的偶然。」

「不同意義？」

「嗯。」板垣掏了一下香菸盒，裡面是空的。他將菸盒放在菸灰缸旁邊，抬起了頭說：「滋子應該還記得吧？之前妳給我看稿子時，我還在《銀色人生》裡服務。」

那是朋友社出版，以銀髮族為對象的月刊編輯部。

「是的，我還記得。」

「我一直是在那裡坐辦公桌，直到上個月才異動到新雜誌籌備室。這樣妳大概就能看出我在公司裡的地位了，不過跟這件事沒有關係。」板垣苦笑了一下。

「《銀色人生》怎麼說都不能算是成功雜誌。銷售量還不到《莎布琳娜》的一半。至於為什麼還不停刊，我卻是搞不清楚！」

滋子沉默地看著板垣的臉。注意到這一點的板垣，不禁眨了一下眼睛。

「對不起，這也沒什麼好說的。我剛剛是要說什麼呢？對了，《銀色人生》曾寫過一個防盜專題，主要是介紹保全公司的服務內容，以及地方性獨立的警衛活動。」

「那是為了老年人的安全嗎？」

「嗯。動機是來自於阪神大地震。不是有很多獨居的老人罹難嗎？所以春季號才針對地震、火災等災害，整理老人防災的專題。因為大受好評，才有了推出續集的打算。沒想到到了去年秋天發生了一連串的社會案件。」

其中之一是：埼玉縣內一對富有人家的夫婦遭強盜槍擊致死的案件。因為是使用手槍的犯罪，被媒體大幅報導。但在整個事件尚未完全平息之際，又發生了東京都一位獨居老婦人被強盜侵襲，損失財物之餘還被縱火燒死的悲慘事件。

「編輯部正好也在擬定企畫案。這麼一來，接在天災防備的專題後面，就是如何防備人為的犯罪。而在忙著採訪的同時，又發生了第三個大事件。」

那是千葉縣佐和市老師一家被殺事件。

「很可怕的案件，滋子還記得吧？」

滋子側著頭回想。去年的秋天……

「應該是十月中旬吧，犯人立刻被逮捕了。就某些意義而言，受害人數很多，但案件本身顯得很粗糙。」

「我沒記錯的話，應該是爸爸、媽媽和一個國中女孩被殺死了吧？」

「沒錯，妳說的沒錯。殺人手法十分殘酷。」

滋子想起來了，於是緩緩地點頭。當時她和昭二新婚還沒多久，還記得昭二不厭其煩地叮嚀過：「發生這麼可怕的事件，晚上門窗可得關好才行。」

「被殺的老師全家是四個人，住在佐和市內的公寓裡。父母服務於都內的私立國中，生有兩個小孩。分別是高中生的長子和國中生的長女。可是這個女孩並沒有就讀於父母所服務的學校，而是地方上的公立國中。這也是整個事件的起因。」

事件發生於去年十月中旬的週末，星期五的傍晚。父母還沒有下課回家，國中生的長女一個人看家時，來了一位手提點心、身穿西裝的中年男子。對著前來應門的女孩，男子表示：「令堂是我家小孩的級任老師，有關小孩的事想跟老師請教一下。突然來訪很失禮，但是因為我很困擾，所以便不請自來了。」

女孩了解原因後，立刻釋懷讓男子進家門。她想媽媽應該馬上就會到家了；這個男子的態度很有禮貌，看起來就像是個為孩子傷神的好爸爸形象，所以女孩很同情他。

不料來到客廳，中年男子的態度一變。他襲擊女孩，拿出藏在口袋的繩子將其綑綁，還到廚房拿出菜刀威脅女孩保持安靜。

中年男子要女孩坐在地上後，便開始打電話。不久來了兩個年輕男子，他們是中年男子的同夥，好像就在附近盯梢。年輕男子分別拿著刀子，抵在女孩的脖子上，要她跟他們一起躲在後面的臥房裡不被發現。這麼一來女孩完全沒有辦法求救，或對即將回家的雙親和哥哥示警。

這時母親也回家了。女兒被當做人質的母親毫無抵抗地同樣被綑綁。三十分鐘後回家的父親也是一樣。三人被綁在一起，除了害怕顫抖，在三個強盜面前完全束手無策。

強盜三人組並沒有立即行動，而是在等待將長子一併抓住。可是屏氣凝神等到晚上八點，男孩還是沒有回家。怒氣難忍的強盜於是逼問母親，威脅說要殺死長女，他們才說出真相：原來男孩今晚到隔壁城鎮的朋友家玩，今晚住宿在那裡。

其實真相不是這樣。男孩的朋友家是開餐廳的，他不是去玩而是去打工，預定晚上十點才回家。母親是想：如果說他今晚外宿，或許強盜就會放過他了。不管他們的計畫怎樣，也許因為這個謊言長子能夠逃脫他們的詭計。

事實也是如此。

「強盜三人組取出存摺、印鑑，搜括完所有的錢財後，殺死了三人。」板垣說：「原先的計畫是要殺死全家四人，趁著半夜沒有人注意時從容逃離現場。然後等星期一早上銀行開門立刻行動，領出所有能領的現金。他們的如意算盤是：周圍的人發現老師一家發生異狀，至少是在星期一以後，所以挑選週末做案。」

這樣的計畫，不管長子回家是在星期五晚上或週末上午，都沒有太大影響。因此他們躲在殺人現場的屍體旁邊靜靜等待長子回家。當時老師一家住的不是獨門獨棟的洋房，而是許多人家群居的大型公寓。這種公寓是以「尊重個人隱私權」為賣點，隔音設備極佳，鄰居間的交誼也相對稀薄。

「沒有任何人發現，直到長子回家的時間到來。」

滋子心想：怎麼說這整個計畫都顯得很粗糙。綑綁住家人，將他們殺害，然後逃去。可是之後的假日裡，很難說不會有人發現他們的屍體。說不定有親友來訪，也可能有人來電。難道不會有人對老師一家完全沒有回應的事感到起疑嗎？而且發現後事情敗露，警方開始通緝，存摺和金融卡便無法使用。不管他們殺了多少人，最終目的還是無法達成。

滋子說出自己的想法，板垣點頭說：「妳說的沒錯。」

「這個案件說是有計畫，某些部分又很隨性。說它幼稚拙劣，的確很幼稚拙劣。事實上殺死三人後的情節也是一樣幼稚拙劣。」

老師家的長子僅在週末打工，是因為那家餐廳的週末十分忙碌。原則說好打工到十點，但經常會加班到十一點。這時男孩肯定會跟家裡電話聯絡，餐廳主人或員工也習慣將男孩送到家門口。

「就像剛剛說的，這個餐廳是長子的朋友家。兩戶人家交情很好，彼此都很熟悉。所以老師夫婦也安心讓孩子到餐廳打工，儘管回家會很晚，也不用客氣對方將長子送回的安排。」

發生事情的晚上，長子必須要加班。

「快到十點的時候，男孩打電話回家。」板垣繼續說明：「老師家的電話裝有留言設計，強盜早將電話設定成留言。男孩聽見留言時，還以為家人不在，可能是出去吃東西了。這是他對警方說的。於是他留言說：晚上會晚點回家，餐廳主人也就是朋友爸爸會開車送他回家。」

強盜們聽見了話機傳來的留言內容。

「他們開始混亂，心想這下子可麻煩了！」

滋子皺著眉頭說：「他們難道不會想說：乾脆將長子和送他回家的朋友父親一起殺掉嗎？」

「當然會這麼想。可是要是這麼做了，後果會變成怎樣呢？」板垣聳聳肩說：「開餐廳的朋友家，發現送朋友回家的父親遲遲不歸，一定會覺得不對勁吧。說不定還會跟來找。難道強盜必須殺死每一個上門來找的人嗎？豈不是沒完沒了。而且被發現的危險性更大了。」

「說的也是。」

「於是他們做出了決定。這個計畫失敗，還是逃為上策。不過這個決定還是顯得幼稚拙劣，他們留下現場便逃跑了。」

滋子睜大了眼睛說：「留下現場？丟下屍體不管？」

「沒錯，連藏起來或運走等延遲被發現的可能都沒有做。反正決定了就不管三七二十一，立刻落荒而逃。所以當時附近的居民聽見了他們經過公寓走廊時的腳步聲和說話聲。」

「可是……那麼那些錢也就沒有被偷囉。」

「聽說犯案當時老師家裡擺放的現金二十萬被偷了。存摺和金融卡則留在現場，大概是想既然不能用，偷了也沒意義吧。」

「可是他們殺死了三個人……」

「做案手法粗糙得令人難以置信，不是嗎？這很不尋常。相對於手段的殘酷，他們對於目的的執著心卻不很強烈。這種案件過去幾乎是未曾見過！」

強盜三人組逃離後，長子回家了。他什麼都不知道，沒有任何的心理準備。

滋子有種打從心底冰涼起來的傷感。打開家門，高中生第一眼看見了什麼呢？是血跡嗎？還是更悲慘更具體的東西呢？

板垣的語氣更加沉重，他說：「實在是太悲慘了，根本找不到言語形容。」

「一個人被留下來存活在這個世界上嗎……」

「算他命大，很是幸運的了。」

可是板垣的臉上寫著：如果換做是他處於同樣立場，恐怕不會用「幸運」來形容了。滋子相信那名存活的高中生應該也是同樣的想法吧。

「你剛剛說犯人在半個月後被逮捕了，我好像也有讀到這則新聞。是什麼情形下被逮捕的呢？是有目擊者嗎？」

「這就是這群犯人幼稚拙劣的地方。」板垣苦笑說：「不，這可不是一件好笑的事。在做案前，他們曾經好幾次來老師住的公寓探風，當時他們用的是自用車。而做案當天則是用租來的車子。」

而且來探風時，還將車子停在公寓建地裡的禁止停車區域。

「當然管理員會很在意哪裡的車子停在這裡。有住戶看見禁止停車的區域有車，也會來抱怨。只是有可能是某位住戶的朋友開車來訪，不好意思立刻就抗議；站在管理員的立場，只要違規停車不太過分且重複，他頂多就是口頭警告一聲罷了。可是……」

板垣伸出食指，瞇著眼睛說：「這個細心的管理員做了一個重要的動作，他將車子的牌號抄了下來。」

案發之後他想起這件事。於是警方問訊後，開始從車子找起，然後連結A與B找到了C點，將三名罪犯逮捕歸案。

滋子不禁嘆了一口氣，這真是一件既悲慘又愚蠢的案件！

「這事件在當時是喧騰一時的話題，如今卻幾乎無人報導。」板垣說：「大概公審也已經開始了吧。」

「不知道存活的男孩怎麼了？」滋子的眼光濕潤。

板垣眼睛一亮地叫說：「喂……妳振作點！我們是為什麼提到這件事的呢？」

對了，這個事件應該只是今天話題的前言而已。

「你說到了難以置信的偶然，不是嗎？」

「沒錯，妳可不要太驚訝！」板垣故弄玄虛地低聲說：「就是這個高中生發現了大川公園的右手腕。他是第一發現人。」

滋子驚訝地說不出話來，幾乎弄不清楚整段話的脈絡。

「什麼……你說什麼？」

「所以我叫妳不要太驚訝嘛。他是滋子捲入的分屍案屍體的第一發現人。還未成年，而且只是個單純的發現人，所以媒體還按兵不動。但是假以時日，應該會被大肆注意才對。」

板垣像是在醞釀氣氛似地停頓了一下，微笑後說：「而且偶然還不只這一樁。還是跟滋子有直接關聯的偶然，也是讓我驚訝的偶然。這一連串的故事，就是在昨天，也是在這家咖啡廳，我是從《銀色人生》時期一起工作的同事口中聽到的。他是跟我一起製作防盜專題的記者。」

滋子睜大了眼睛問說：「真的嗎？」

「當然是真的，我才不會騙人。」

板垣認真地看著滋子，滋子也凝視回去。

然後她問：「這個記者我也認識嗎？」

「應該不認識。是叫成田的資深記者，我也是在《銀色人生》才跟他共事的。」

「那成田先生現在還在調查老師全家被殺事件嗎？」

「沒有。他只有在製作《銀色人生》防盜專題時才參與的。」

「那麼關於這次的大川公園事件呢？」

「他好像不怎麼關心。畢竟他不是那種型的記者，只是對這些偶然感到驚訝。」

滋子放心地靠在椅背上。

「事實上，發生佐和市的案件時，他曾和那名男孩接觸過。」板垣繼續說道：「當然是因為《銀色人生》的採訪。幾乎什麼也沒問到，但還是見了面，而且是好幾次。」

滋子點點頭，並從皮包裡取出香菸準備點上。

「也給我一根吧。」板垣說。兩人開始默默地吞雲吐霧。

終於滋子說話了：「我知道了，你是說昨天和今天連續聽見大川公園的事件，這是一種偶然。」

「嗯。」

「那跟我又有什麼關係呢？」

「這個嘛……」板垣裝起傻來。滋子悄悄地抬起眼睛看著他。

「滋子，妳到底有多少心做這件事？」

「多少心？」

「沒錯。今後大川公園事件的採訪戰將如火如荼地展開。從昨天、今天的情勢發展來看，這將是一件前所未聞、空前絕後的大案件。老實說，什麼後盾都沒有的滋子妳，要在其中跟別人角力，我完全是不看好的。」

滋子抬起了頭，心想：可是我手邊有這些已經寫好的稿子。

「妳已經寫好的稿子一點價值也沒有。」板垣說得肆無忌憚：「問題是今後要怎麼做？要用怎樣的手法切入屬於滋子的報導文學。我在沒有看見稿子前，什麼都不能說，也不能答應妳什麼。」

「我知道。」

「要知道對手無所不在。首先那些報紙、雜誌的記者們就守在現場。他們位於最前線，如果和他們採取一樣的方式寫作，再給妳一百年也是望塵莫及的！」

沒錯，這倒是事實。

「所以，滋子妳必須找尋妳專屬的門路。而這個門路絕對不是妳那份高不成低不就的稿子。要依靠那份稿子，是以後的事。現在首先得找出前畑滋子的專屬門路才行。」

滋子再次將眼光低垂，卻不是完全地閉上雙眼。她睜大了眼睛注視著桌面，彷彿競爭對手就在上面一樣。然而儘管內心鬥志高昂，但具體行動該如何做，她不知道。所以也只是心裡保持的高亢的情緒罷了。

「剛剛我已經給了妳提示。」板垣說。

滋子猛然抬起眼睛。在《莎布琳娜》的時代裡，經常有這樣的經驗：每當滋子陷入困境時，板垣總會做出適當的嚮導角色。

「關鍵人物就是那個男孩！」

「那名高中生……」

「沒錯，就是他。就是那個全家被殺，只剩下他一個人存活的少年，也是他發現了都會魔手下遇難的女性屍體。這是怎樣的一個巧合，不是很值得撰寫的題材嗎？裡面展現了現代社會的青春殘酷面，不是嗎？」

聽起來像是坊間雜誌的封面標題，但是板垣臉上沒有笑容，滋子也沒有笑容。

「滋子，去追蹤他吧！以他為切入點，讓妳過去索然無味的稿子重新活過來。一開始以存活的少年為起點，自然能帶出滋子所想寫的失蹤女性的交叉部分。相信滋子在看見古川鞠子的名字出現在自己的採訪手冊上時，那種孤獨與害怕的感受，其實已和自身的恐懼形成了共鳴，所以才能成為報章雜誌所無法追蹤的事件記錄。關鍵字就是『突然被破壞的人生』。」

滋子不斷地點頭，感覺好像得到了解答。可是……

「我該如何跟那孩子接觸呢？」

板垣笑說：「妳只要走近他，跟他問聲好就開始了。」

「我不是這個意思，而是問他住在哪裡……」

「這些我來調查。」板垣回答得很乾脆：「別忘了我們出版社也有出週刊雜誌。不單是男孩的事，就連這次的案件、佐和市的慘案等詳細案情，只要確定的內容都能提供給滋子。消息要多少有多少，所以妳不必客氣。總之，採訪記者的資料蒐集由我包辦。這是我的協助方式，條件是……」

「條件？」

「妳要寫出好的東西！」板垣慎重地表明：「寫出好作品交給我。除了要考慮在什麼媒體刊載外，最終目標是要出書。這才是最後的成果呀。」

滋子嘴角的線條稍微緩和了下來：「那不是跟我剛剛說的一樣嗎？這件事對總編而言說不定也是個大工程！」

「沒錯，妳就讓我成為真正的總編吧！凡事拜託囉。」

兩人都笑了。滋子立刻覺得心情輕鬆。

「對了，在開始作業之前，先告訴妳問題的倖存長男叫什麼名字吧！老是匿名也太失禮了。他叫真一，塚田真一。滋子妳要跟定他，死都不能分開。」

10

內勤業務的篠崎解讀出來的「川繁重機」果然確實存在。

正確名稱是「川繁重機股份有限公司東京總公司」，位於大川公園南方第四個街區的一棟四層樓建築裡。

「工廠設在佐倉和川崎。東京總公司也預定在近期內遷到佐倉工廠建地內新蓋的大樓裡。能夠在這之前找到，我們的運氣真好。」

拜訪川繁重機的秋津，很快就鎖定了照片中的女性員工。那是服務於會計部的佐藤秋江，二十二歲。她還記得大川公園案發前一天，曾經穿過公園到銀行去。

武上將秋津對她的問訊記錄影印了一份存檔，並仔細閱讀。他坐在內勤業務的辦公桌前，旁邊是篠崎。篠崎正在整理科警所分析該照片的報告書，表情好像不是很明朗。

武上的心境也是陰霾不開。

佐藤秋江是個相當靠得住的證人。言詞清晰、記憶力很好。連前去問訊的秋津也讚不絕口說：「真是個聰明伶俐、可愛的小姐。」

這個聰明伶俐、可愛的小姐表示：為了到位於大川公園北側的東武信用金庫隅田川分行，每隔兩三天必須要穿越公園一次。

「穿越公園可以不需要等紅綠燈，比較快到達。」

她還說穿越公園時，會看見許多的遊民。

「大川公園裡好像特別多。」

在附近問案時，也獲得了公園裡遊民很多的消息。他們在公共廁所的後面、有遮雨棚的長椅邊，用紙箱子圍起來居住。墨田區公所也接到過不少這一類的抗議投書。

佐藤秋江說：「我只有在白天才經過，早晨和傍晚的情形怎樣就不太清楚了……」

武上瞄了一下手邊的公園地圖，然後繼續看檔案夾裡的書面報告。從垃圾箱裡發現右手腕的塚田真一和水野久美沒有提到遊民的存在，大概是因為時間帶不同的關係吧。

「我通常是在東武信用金庫快要關門的時候才去，幾乎沒有例外。在那之前先將會計部裡必須到銀行完成的工作集合好後才出門。要不然，做一件事就要到銀行一趟，反而更麻煩。所以我想這張照片應該是在下午兩點半時拍的吧，也可能是將近三點的時候。」

從照片中的人影長度推斷，搜查總部也認為拍攝時間是同一時間帶。攝影師氣憤地表示「一次要拍那麼多照片，哪裡記得住每一張照片的拍攝時間」，根本就靠不住！

此外佐藤秋江看見自己被拍的照片，對於身後的模糊人影做了以下說明：「當時，附近有一個遊民在走動。就在垃圾箱的附近。我不敢斷定說身後的那個人是否就是當時的遊民。」

當然武上並不認為一般人口中的「遊民」都是危險分子。只是基於年輕女子的心理，自然會想趕緊離開。所以佐藤秋江也無暇仔細觀察那個遊民的外貌和行動。

「我不知道那個人是要丟東西到垃圾箱，還是要從垃圾箱裡撿東西。我沒有看見。」

有關他的特徵？

「我不清楚，只知道他是一個遊民。」

旁邊的篠崎嘆了一口氣。武上不禁苦笑了。

「不要那麼失望嘛。」

「是……」

科警所送來的照片分析報告結果，也推論出佐藤秋江身後的模糊人影大概是遊民之類的人物。特別是從服裝和頭髮的長度來判斷。利用電腦解析照片，將影像分解成一個個顆粒。過濾掉不必要的粒子，加深必要的色彩，然後再一次還原成影像。於是新的照片主體會比原來的清晰許多。

照片中可疑人物的推估年齡是三十歲到五十歲，身高一百六十到七十公分。遺憾的是，臉部長相難以確認。搜查總部認為這個人應該和犯人有所接觸。受到犯人之託，將問題的紙袋丟進垃圾箱裡。所以只要能找出這個遊民，或許就能窺知犯人的長相樣貌。

問題是現在的大川公園裡，一個遊民也沒有。篠崎失望的原因也在此。

「都是因為案發以來，我們的進出太過頻繁。」篠崎沒有精神地說明：「這些人害怕被牽連，都不知躲到哪裡去了。」

他們有他們的做法。一旦找到了居處，就不太容易遷移；可是要是因為出事而離開，大部分的情況都是不會再回來了。所以要找尋他們的行蹤十分困難。

本來若是一個區域內的一名遊民失蹤了，還可能繼續追查。因為同一區域內，還有其他認識他的人存在。然而像這次所有人都跑光了，實在令警方也束手無策。看來只能等待風聲過後，或許他們會有人肯回來吧。只是搜查總部沒有那麼多的時間跟他們耗。

武上想起了有馬義男痛苦的神情。

經過一連串的問訊後，那個老人表示：如果犯人真的聯絡某一家電視台，要有馬義男對著全國觀眾下跪，才肯放了古川鞠子，他也願意做。但直到現在，犯人還是三緘其口，雖然按照過去的經驗，對方很有可能這麼做。不，對方一定會這麼做。

有馬義男似乎也下定了決心。不管怎麼跟他說明下了跪，犯人也不一定就信守諾言，他還是堅持己見說：「不試試看怎麼知道有沒有用!?」在搜查總部的要求下，他接受在江東區深川四丁目的店裡，和位於東中野的古川家電話上，裝置通話錄音和追蹤來源的機器，同時他也願意接受身邊有警衛人員保護。只是就算總部長拜託他不要下跪，有馬義男還是會堅持己見，無法阻止吧！

武上覺得憤恨難平。可以的話，他希望在犯人再次戲弄有馬義男之前，將他逮捕。可是除非是奇蹟出現，現階段的前景完全不看好。

「這麼一來，只能寄望於新宿高中女生這條線索了。」篠崎說。

就是送信到廣場飯店的高中女生，她和犯人直接接觸的可能性也很高。

「無論如何一定要找出來！」武上回應說。

「但願那個高中女生也能像佐藤秋江一樣是個聰明伶俐的女孩。」

「也許吧。」篠崎悲觀地表示。

武上再一次閱讀佐藤秋江的問訊報告。然後一邊對照大川公園的地圖，一邊根據她的證詞確認其步行路徑。同時又看看業餘攝影師拍攝的照片。

這樣子反覆進行之間，突然間他發現了什麼。

難道是他們判斷錯誤了嗎？於是立刻取出案發當天的現場照片檔案夾。不斷地翻頁，看著一連串以各種角度拍攝的垃圾箱照片。

比對過一次後，發現沒有錯誤。為了謹慎起見又再看過一次，並對照地圖，接著又取出大川公園管理事務處管理員的問訊報告檔案夾。

大川公園裡的清掃和垃圾處理有嚴格的規定。因為是開放式公園，沒有明顯的開放、關閉時間，必須以員工的上班時間為基準來排定。因此使用普通掃帚和畚箕的清掃時間是一天兩次，上午九點和下午兩點。垃圾箱的垃圾回收則是在做普通清掃時進行。由員工推著手推車繞行園內，更換半透明的塑膠袋。

這一點如今不須調查，也已經很清楚了。所以說因為前一天下午兩點的垃圾箱清空後，到隔天上午九點的箱內東西將不會改變，因此那張遊民想要丟什麼東西的照片才顯得特別醒目。

可是昧於「醒目」的畫面所炫，武上發現了一點疏失。

「喂！篠崎。」他大聲呼喚，篠崎立刻抬起了頭。

「大川公園的地圖，有沒有列出垃圾箱的位置呢？」

篠崎立刻點頭說：「有，都畫上去了。包含位置和數量都很清楚。」

「那是發現右手腕當天的位置和數量嗎？」

「是的。」篠崎眨著眼睛說：「沒錯。」

「你看看這個！」武上將照片檔案夾推到篠崎面前說：「和案發當天的垃圾箱位置，是不是不一樣？」

試圖讀出「川繁」的刺繡字樣時，兩人不知已經看過多少次那張照片。上面有波斯菊花圃、佐藤秋江的側臉、問題遊民和垃圾箱。

「你看看！案發當天的現場，垃圾箱的位置和波斯菊花圃有些距離。前一天的照片，波斯菊花圃全景的後面則擺有垃圾箱。如果就當天的位置關係來看，拍攝波斯菊花圃應該拍不到垃圾箱才對。角度有些微妙，但至少垃圾箱不可能拍攝得如此明顯。」

篠崎仔細地比對著照片，頭就像小老鼠般左右晃動。終於他抬起頭來說：「你說的沒錯！」同時點點頭，並立刻站起身來說：「我立刻去請他們做確認垃圾箱位置的照片解析。還有調查垃圾箱的位置是否有移動？案發前一天清掃時，情況怎麼樣？」

「請他們調查寫成報告的事，我來處理。」

當天傍晚，詳細的調查報告完成了。

武上的判斷沒有錯誤，垃圾箱的位置確實被移動過了。案發前一天照片中的垃圾箱比案發當天的靠近波斯菊花圃約兩公尺。

前一天下午兩點負責清掃附近和換取垃圾袋的管理員表示：並沒有發現垃圾箱被移動過。

「移動垃圾箱很費力的，重得很呀。不是想動就動得了的，至少我是不想動的。」

垃圾箱在波斯菊花圃旁邊的固定位置，就是案發當天的位置。

「也就是說，案發前一天下午兩點垃圾回收後，有人移動了垃圾箱。然後在隔天發現右手腕之前又移了回去。」

總之所有留在搜查總部的成員都圍著神崎警長，進行臨時會議。會中，神崎警長問：「可是移動垃圾箱的意義何在呢？」

與會的五六個人，沒有人敢發言，表情顯得神妙。或許他們心裡是想：垃圾箱的位置多少會有差異吧，有什麼好大驚小怪的？

「我認為很有意思。」武上發言：「大概是犯人故意移動的。」

有人忍不住笑了出來。

「犯人為什麼要那麼做呢？」

「為了要讓人拍照。」

「拍照？就是那張業餘攝影家的照片嗎？」

「沒錯。這個攝影家整天都在大川公園裡拍照。犯人一定是知道這件事，所以才想要利用他。」

神崎警長皺起了他灰白的眉頭。

「這話怎麼說？」

「簡單一句話，我們警方上當了。他耍了我們。」

「誰？」

「犯人。」武上用力拍打桌上的照片說：「這傢伙移動垃圾箱，故意讓它進入攝影家的拍攝範圍。接著拜託附近的遊民——大概是給他一點錢吧，趁著攝影師拍照之際，故意將紙袋丟進垃圾箱裡。於是這些都被拍進了照片裡。當然當時所丟的紙袋，只是普通的垃圾而已。他實際拋棄右手腕應該是在晚上——我想該不會是他移回垃圾箱後幹的吧!?」

所有人面面相覷，也有人忍不住笑出了聲。但是武上毫不退卻地表示：「犯人是思考周密的傢伙，大概觀察過大川公園好幾次了。利用攝影家也是當時才想到的吧。他知道一旦奇怪的畫面被拍成照片，警方一定會上勾，忙著大肆解析照片，企圖找出丟紙袋的遊民，甚至認為拍照的時刻就是右手腕被丟棄的時間。」

神崎警長沉默了好一陣子，然後才抬起頭說：「可是這麼做，對犯人有什麼好處？混淆棄屍時間的判斷，似乎也沒有太大的意義。」

「他只是為了好玩吧！」武上說。

「犯人很清楚發生這種案件時，我們的搜查方式。他具有這方面的知識。他相信警方一定會找出那名業餘攝影家，然後想像著警方的行動，覺得很好玩。包含現在這一瞬間也是。」

開會的刑警們一臉半信半疑的表情。

「總之。」神崎警長表示：「再找那名業餘攝影家問訊看看，說不定能問出什麼。如果武上說的沒錯，犯人之前應該就知道攝影家的存在，熟知他的行動模式，所以兩人曾經直接接觸過也說不定。」

接著命令散會。所有人立刻離開，只剩下武上。神崎警長以眼神呼喚武上，武上走到他身旁的空位坐下。

「武上，你好像還有什麼話要說吧？」

武上一坐下來，便用手揉臉。

「對不起。身為內勤業務，我知道對搜查方針表示意見是違反規定的行為。」

「不用說得那麼嚴重。」警長苦笑說：「不過很難得看見武上生氣的樣子。聽說上回你和有馬義男見過？」

「是的，我們見過。」

「真是可憐的老人家。因為發生他的事，連冷靜的武上也氣成這樣呀。」

警長說的沒錯。有馬義男的遭遇深深地打擊了武上的心情，但是並不只是如此。

「這次的照片，上當的是我們內勤業務。因為我們負責分析照片，所以才這麼生氣。是我被犯人耍了。」

武上說：「發現照片、興奮地開始解析的是我們，還高興地以為棄屍的瞬間湊巧被拍成了照片……」

「可是過去也有過這種偶然。」警長慢慢地安慰說：「例如偶然的目擊、偶然的遺留品、偶然的意外展開搜查而抓到犯人等，這不就是搜查的實際情況嗎？問訊、地毯搜索，不都是寄望偶然而進行的嗎？」

「警長說的沒錯。」

「不過，這種話不應該是我跟你說的台詞吧。」這次警長不是苦笑而是微笑。

偶然，尤其對犯罪的人來說，經常是一種敵人。再怎麼縝密的犯罪計畫，往往會因一點小意外而全盤皆輸。或許是遺落了什麼、當天下起了雨、臨時招不到計程車等，一點點小事便會讓犯人動搖，留下了證據。搜查就是要耐心地尋找出偶然的意外。

所以這一次也是這樣。案發前一天拍攝的照片，是「偶然」發現的。作夢都沒有想到犯人會在這種地方被拍下這種照片。和描寫完全犯罪的小說和電影不一樣，現實的辦案就是會有這種情形發生。

武上認為這次案件的犯人十分清楚現實事件的側面，以及警方不會對突如其來的偶然感到懷疑，在懷疑之前先行調查的習性。

「我從來不讀推理小說。」武上說：「那些小說中如果出現犯罪現場偶然被拍攝的照片，肯定會被批評情節粗製濫造。可是實際的搜查當中，這種事是很正常的。有人說事實比小說還奇妙，但實際上事實比小說單純多了，許多情形都像是爛小說中的情節。」

「的確，多得難以計數。」

「沒錯。所以這次才沒有懷疑那張照片會是個陷阱——而是決定先行調查。反正調查過後就會知道真假了。」

武上說：「這個犯人預知我們會這麼做。」

「垃圾箱是犯人親手動過的，或許是他小試身手的一次賭博。看看垃圾箱和遊民會不會被拍進照片裡？看看照片會不會讓警方發現？被發現後，警方如何解釋？這傢伙很愛說話，如果我們放著不管，說不定他會通知電視台有關照片的事。」

神崎警長雙手抱在胸前，稍微側著頭說：「然後笑我們嗎？笑警方看不出來是陷阱而拚命搜查嗎？還是笑警方連照片的存在都不知道？」

武上點頭說：「他就是這種人。」

「可是這對他來說都算是走險路，不是嗎？不論是惡作劇，還是為了丟棄右手腕，犯人都必須跟公園裡的遊民接觸。」

「還有新宿的高中女生也是。」

「沒錯。只要找出他們，就能取得目擊證詞。這就是以其人之道還治其人之身呀！」

「老實說，這一點我反而不安。」

「怎麼說？」

「當初認為照片是偶然拍到的，還不覺得怎樣。一旦發現是設計過的，不禁有些毛骨悚然。這傢伙顧前思後，設計出天衣無縫的惡作劇。因此為了讓惡作劇更加完備，而且要保護自身的安全，該不會連用來惡作劇的道具都一一收拾乾淨了吧。」

神崎警長看著武上的臉，武上也看著警長的臉。

「遊民和……」

「高中女生。」武上說：「不知道是否還活著？」

這裡有一個不安的母親。

她高二的女兒，包含今天已經兩天沒有回家了。所有可能的電話都打過了，都沒有女兒的行蹤。以前女兒也曾離家出走過，就在最近也發生過四五天不回家的紀錄。突然間回家的時候，制服收在紙袋裡，身上穿著母親從來沒看過的新衣服，臉上還化著妝。

當時母親還來不及責備她，便先哭了起來。幾乎是哀求的語氣拜託女兒：「以後不要再做這種傻事。」女兒則是用冷靜的眼光觀察這一切。

當時離家的原因是母親偷偷檢查女兒的房間。房間裡凌亂堆放著母親給的零用錢買不起的高級服飾、化妝品。母親心想這些東西是從哪裡來的？於是開始翻箱倒櫃，找到了通訊錄。翻開一看，裡面記著朋友姓名、商店名稱和電話號碼，還有男人的名字。其中有一頁則列了十幾個沒有名字的電話號碼。

母親心知有異，便撥了名單上的第一個電話號碼。

電話立刻接通了，可是和接電話的人始終說不清楚。對方是中年男性，語氣很客氣，聽不出來對方開的是服飾店還是美容院。男人說：「謝謝來電！現在方便說話嗎？妳幾歲？」

母親決定說清楚，於是表明：「我是從女兒的通訊錄中發現這個電話號碼，想知道是哪裡的電話？」

對方沉默不語。最後男人還是親切地告知：「這裡是電話交友中心，這位太太。」

然後便掛上了電話。

那一天等女兒從學校回家，母親狠狠地罵了她一頓。時而流淚說：「妳為什麼要做這種事？」時而悲泣說：「我還以為只有電視劇中才有高中女孩會利用電話交友賺錢！」

女兒也生氣了，高聲疾呼說：「我也有自己的隱私權呀！何況我每天都乖乖地去上學，妳還有什麼好叫的！」

的確她是有去上學，上學時穿的制服也很正常。可是在這假面的縫隙，女兒的「私生活」很不檢點。就像是迷你裙下露出的內褲一樣，顯得十分淫蕩。所以做母親的才會檢查女兒的房間。

激烈爭吵之後，看著一臉頑固、表面裝做沒事、正常上學的女兒，母親開始拚命考慮對策。她蒐集許多資訊，了解電話交友中心是什麼，以及當下部分高中女生令人難以置信的遊戲人生，這些都是她從來不想知道的內容。

可是她還是不知道該如何是好？

女兒開始對悶悶不樂的母親展現敵意，也願意公開展現自己的私生活內幕。那不是因為自我反省，而是發現告訴母親她在做什麼，反而是對母親的最大衝擊！

「穿著普通制服、白白淨淨的一張臉出現，就會有一大堆中年男人圍上來。」女兒說。「跟他們約會就有錢拿，不然就讓他們買衣服給我。一開始穿得太漂亮，男人是不會上門的，反而會吸引危險的傢伙。」一臉得意、肆無忌憚地說出心得。

「會去電話交友中心的人，通常一次就結束了，不會牽扯不清。反正只要有錢拿就好了。」

母親擔心地詢問：妳該不會是在賣春吧？女兒竟大笑說：「如果對方夠帥，就一起上賓館有什麼不好呢？誰也不吃虧，大家都愉快嘛。」

母親心痛得不知該如何責備女兒，只能哭泣。女兒竟生氣地罵說：「幹嘛擺一副臭臉哭給我看！沒有用的啦。從來也沒做到母親該做的事，現在倒會擺樣子！」

母親不禁自問：是這樣子嗎？什麼才是母親該做的事呢？我沒有做到過什麼嗎？

越想越難過，於是打電話給單身赴任到遠地的丈夫，這是她第一次因為女兒的教育問題打電話給丈夫，長久以來照顧獨生女的責任都是她一肩扛起的。

丈夫似乎很忙、工作很累的樣子，母親根本無法說得詳細。尤其是在電話中提到女兒賣春的行為。但還是報告了女兒離家出走，住在朋友家好幾天不回來的事。她擔心是否是因為青春期的反抗心理等等。

丈夫卻生氣說：都是因為妳沒用。於是母親知道丈夫已不是她唯一能訴說的對象。

從此她一個人煩惱，承受痛苦。經過不斷地暗中摸索，對女兒溫柔就被推回，怒言相向就遭反彈，苦苦哀求則被輕視。

接著女兒再度離家出走，已經兩個晚上沒有回家了。這一次她會去哪裡呢？會不會又過了四天才肯回家呢？

這一天的傍晚來了一通電話。是母親不認識的人，頭一次聽到的聲音。

聲音有些奇怪，有點像是機械合成的音效，就跟自動提款機發出的聲音類似。

「媽媽嗎？她在家嗎？」

「她是誰？你是指我女兒嗎？」母親問。

對方嘻笑說：沒錯。

「不在家吧。怎麼可能在家。因為她在我這裡呀。」

「什麼？我女兒受您照顧了嗎？」母親急忙地問。

「沒錯，我在照顧她。她幫了我一些忙，我當然要好好待她。」

母親還沒說完「真是謝謝你了」，對方又繼續說了下去：「媽媽，妳來接她吧！」

「接我女兒嗎？」

「嗯。她說今晚想要回家。」

母親感覺到淚水盈眶，女兒想回家了，而且還要我去接她。

「我去哪裡接她呢？」

「妳們家附近不是有個兒童公園嗎？公園裡有個造型奇怪的大象溜滑梯。」

的確是有，母親立刻知道位置在哪裡。那個形狀奇怪的大象溜滑梯，在他們家搬來這裡時就有了。溜滑梯的設計是爬上大象的軀體，再順著象鼻子滑下來。女兒小時候，母女經常在那裡遊玩。女兒最喜歡「大象溜滑梯」了。

「我知道的。只要到那裡就可以了嗎？」

「嗯。」機械聲回答：「今晚半夜兩點鐘，時間有點晚。」

母親不知謝了多少次，對方在道謝聲中掛上了電話。母親抹去淚水，通了一下鼻子。始終獨自擔心、心神不寧、一心期待女兒回家的她，根本沒有多餘的念頭去思考對方是誰？這種情形是否有些不太對勁？

於是半夜兩點鐘，她來到了兒童公園。

公園的街燈很少，十分陰暗。又是個沒有月光的晚上，天空有些陰霾，星光顯得迷濛。只有些許的蟲鳴從草叢中傳出，給人秋夜的感受。

一踏進公園裡，母親就發現溜滑梯上有人坐著。大象的頭上有一個比夜色還烏黑的陰影。

「媽媽來接妳了。」母親出聲呼喚：「快下來吧。媽媽沒有生氣。」

可是女兒卻不下來。等不及的母親從下面伸出手拉了一下女兒的迷你裙襬。

女兒的身體傾倒，猛然從大象圓滾的身上落下，而且是頭先落地。

母親發出尖叫，立刻衝向落地的女兒身邊，抱起了女兒。可是躺在母親手裡的女兒身體早已冰冷，僵直得有些怪異。兩眼張開，半開的嘴唇似乎正在無聲地悲鳴。脖子上深深的勒痕顯然說明了女兒發生什麼事，以及她為何慘叫。

11

前畑滋子居住的葛飾區南部町距離墨田區的大川公園並不太遠。距離不遠固然是好事，卻造成了反效果，至今滋子還沒去公園走過。那裡是東京都內有名的賞櫻名勝，因為工作的關係多少也該去過兩三次吧。可是不知為什麼滋子和大川公園就是缺少緣分。

朋友社的板垣只花了兩天便將塚田真一的目前住址、就讀學校等資訊查出，告訴了滋子。據說真一現在是寄住在亡父的朋友石井老師夫婦家，住家在大川公園步行可及的區域，學校也是附近的都立高中。因此滋子決定先到案發現場的大川公園走走，然後再去石井家採訪塚田真一。

不知道是用了什麼方法，板垣連塚田真一的照片都到手了。

「這是老師全家被殺事件案發當時，我們的週刊記者拍到的。」他說明：「當然沒有刊登在雜誌上，連名字也沒有公開。」

照片的內容是葬禮，移靈的時候。在兩輛靈車之間，站著一位穿著立領學生制服的少年雙手抱著遺照。臉孔微偏，正在看著身旁手持麥克風跟參加喪禮的親友們打招呼的男子。男子大概是少年的親戚吧。喪家固然是塚田真一，但滋子心想他們一定是不忍心讓他太難過才做此安排。

照片是透過望遠鏡頭拍攝的，所以連塚田真一的表情也拍得很清楚。如果只是臉部表情的特寫，會覺得這是一張快要睡著的男孩相片。因為眼皮下垂、嘴角無力、下巴的線條也十分軟弱。

可是他胸口抱著父母和妹妹的合影遺照。他的表情和遺照互成對比，形成了另一番不同的意義。

那是站在廢墟的人臉。一夜醒來，所有的人生都化成碎片——而自己站在這些碎片上面。照片上的表情就是這樣的心境。雖然想拾起碎片，卻不知從何著手。哪一片是妹妹的骨頭？哪一片是媽媽的頭髮？哪一片是爸爸的血肉？

滋子凝神注視著少年手上的遺照。雖然畫面不是拍得很清楚，但可以確認出妹妹站在父母之間的身影。不知是誰沒有選用三人個別的獨照，而挑選這張合照？居然還能找到這麼適合該葬禮的照片。說不定這張照片就是塚田真一拍的。在全家旅行的時候，「沒關係，我來拍吧！」他手執相機，對著微笑的家人按下快門。所以畫面中沒有他。當時也許妹妹曾開玩笑說「討厭，三個人拍照不吉利」，或說「站在中間的人會死耶」。抱著遺照的塚田真一，內心可能想起了這些往事。

他的眼鼻立體，是個長相可愛的少年。一想到慘案對塚田真一的影響，滋子有些猶豫是否該去見他。照片中神情木然的少年，一年後的現在，不知變得怎樣了？

「滋子，不要想太多，讓自己不敢行動！」板垣在交給她照片時，故意先發制人地鼓勵她。想起他的用心，滋子不禁苦笑了一下，將照片收進口袋裡，走出了家門。

在東向島車站出了電車，一邊確認地圖一邊前往大川公園。熱鬧的站前街道，跟滋子現在居住的地方有種相似的情調。幾層樓高的建築、住家、商店和工廠都混在一起林立著。婚前她住在高圓寺一帶，那是學生較多，氣氛較年輕的城鎮。剛搬到葛飾區時，她彷彿有種貶謫外地之感。可是今天來到這陌生的街道，卻認為氣氛跟葛飾的家鄉很像，一種油然而起的安心感。原來人也是說變就變的。

大川公園夾處於隅田川和幹線道路之中，形狀狹長。但對都市叢林而言，仍不失為一個難得的綠色空間。規模比想像中要寬廣許多，滋子有些驚訝。

進入公園，先去尋找發現右手腕的垃圾箱。週刊雜誌上附有現場附近的簡圖，事前已經剪下來帶在身上。邊看邊找，不一會兒便來到波斯菊花圃前。垃圾箱就在附近。

那是加有蓋子的大型垃圾箱，看起來還很新。一定是因為該事件而換新的吧。上面既沒有編號，也沒有寫什麼文字，就是很普通的公園用垃圾箱。打開蓋子看了一下裡面，垃圾已經堆了有七分滿。

現在再來調查垃圾箱，已經沒有太大意義了。滋子不禁有點心虛地看看四周。公園裡人影稀疏，偶爾看見的人都是一派休閒，步履緩慢地走過。陽光雖然輕柔而舒服，卻少有人坐在花圃邊、步道上的長椅上享受。公園是安靜而閒適的，只有在某些地方立著警方的告示板，呼籲大家提供事件的資訊。當時緊張的空氣已不復存在於公園裡了。

可是滋子還是在公園裡轉了一圈，希望能捕捉一點當時的情景。何況她還有些時間。

聽說收養塚田真一的石井夫婦都任教職，所以白天家裡應該沒有人才對。滋子曾經打過一次電話到石井家，是在昨天晚上八點左右。

接電話是女人的聲音，大概是石井太太吧。

滋子不敢報上姓名，只問說：「塚田在嗎？」

對方語氣明朗地回說：「不好意思，他正在洗澡。」

「哪裡，這麼晚了還來打擾。」

滋子是故意不報上姓名的，好讓石井太太誤以為她是真一的朋友。滋子也盡量裝成女學生說話的樣子。

「要不讓他回電給妳？」

「不用了，太晚了。我明天再打。」

「是嗎，真是不好意思。」

「塚田通常都是什麼時候回到家呢？」

「他四點半到五點鐘會回到家，目前好像沒有參加什麼社團吧。」說完後石井太太接著問：「妳是水野同學嗎？」

一時之間滋子不知如何是好。水野？

「什麼？我不是。」

「是嗎，真是對不起。聽起來你們好像不是同一個學校，所以我才會那麼問的。」

滋子連忙說聲「哪裡」便掛上電話。掛上電話後，又開始擔心對方會不會起疑。說不定已經有其他媒體人員跟真一他們接觸過了，可是石井太太的語氣卻沒什麼防備。也許因為我是女的，她才沒有戒心吧。

漫步在大川公園裡，滋子不時看看手錶。她打算一到四點就離開公園，前往石井家附近。如果按大門的電鈴沒人應聲，就站在路邊等真一回來。要是有人應門最好，就算是說出目的吃上閉門羹，也比在路上攔塚田真一要有效率的多。

滋子相當緊張。走在公園裡，卻什麼都視而不見。腦海裡不斷練習著該如何自我介紹，見到真一時該如何開口。有時喃喃自語，經過的行人都用奇怪的眼光看她。

繞了一圈後，又回到波斯菊花圃，還差十分鐘才到四點。滋子通過波斯菊花圃前往出口。這時才發現旁邊的長椅上坐著一位剛剛她沒看見的人。

是個女孩。細長的臉頰很漂亮，但如果能再豐腴些應該會更可愛。穿著藍色牛仔褲和白球鞋，上身披著紅色運動外套，一頭長髮束在腦後。相對於一身法國國旗般的鮮豔顏色，她的表情顯得灰暗。生氣的眼光直視著前方。因為神情是那麼嚴肅，不禁吸引住滋子的視線。

大概是跟男朋友吵架了吧？還是跟父母起了衝突呢？會讓十幾歲的年輕女孩表情如此憤怒，究竟是什麼原因呢？

於是滋子忽然又想起今天早上的新聞報導。在三鷹市內的兒童公園裡，發現高中女生被勒殺的事件。據說是日前送信到新宿廣場飯店給古川鞠子祖父的高中女生，所以引起了社會震驚。而且在發現屍體之前，利用變聲器打電話的嫌犯還特別通知了高中女生的家裡。

當初新聞報導新宿廣場飯店事件時，曾提到送信的是一名服裝普通的高中女生。這次被發現的屍體果然也是穿著學校制服的一般高中女生，但另一方面好像也利用賣春賺取零用錢，過著奢華的私生活。這對三十幾歲的滋子而言，實在是難以理解的少女生活。

斷定這名少女是繼身分不明的右手腕主人、古川鞠子，成為同一犯人的第三件犧牲品，大概不會有錯。而且她也是社會確實認同已經「死亡」的第一位犧牲者。右手腕的主人和古川鞠子還未正式判定生死。當滋子這麼說時，昭二還一臉不愉快地表示：「手被切下來，應該就已經死了。那已經是殺人分屍案了！」

滋子心想也是。說來殘酷，右手腕的主人還能存活的機率實在不大。只是如果還被犯人囚禁的話，就還有活著的可能。從這次的事件觀察犯人的一連串動作，感覺這傢伙居然可以殘酷到切下活人的手丟出來，只為了看看社會的反應。就連古川鞠子的事件中，犯人以其所有物為餌耍得警方和家人團團轉的背後，似乎也能察覺出他別有企圖。犯人抓住了鞠子，利用她的東西進行惡作劇。這一切不是要做給誰看的，或許就是要讓鞠子親眼目睹吧？讓她看著活受罪。滋子認為這固然是慘無人道、陰險至極的做法，但至少鞠子還可能活著。

縱然這些只是她的猜測，但在其他兩名女性依然生死未卜、警方還被耍得團團轉之際，為何只有高中女生像垃圾般被丟了出來，這一點滋子不能不沒有自己的想法。難道說高中女生只是個道具？還是說犯人因為有罪惡感，所以才趕緊讓屍體曝光？

這裡面是否隱藏了犯人的女性觀？到目前為止，犯人做案的對象都是年輕女性。他對現在女性的想法能否從以往的過程中嗅出端倪呢？滋子心裡想著這些，眼光竟不自覺盯著長椅上的女孩。

突然間她和女孩的目光相對，滋子立刻避開了視線，趕忙往出口的方向邁進。似乎感覺到女孩的視線始終跟隨著她，但滋子還是沒有回頭地快步前進。

石井夫婦的住家很容易便找到了。走得快一點的話，距離公園不過十分鐘的腳程。那是一棟感覺蓋好沒有幾年的兩層樓房，有一個兼做庭院的停車場，一隻牧羊犬被栓在裡面。滋子走向前去，隔著圍牆探頭窺視南面突出的窗台，牧羊犬竟然舉起身子，不斷地搖動尾巴。看來牠是不適合做看門狗的！

門牌上只寫著石井夫婦的名字。窗口和陽台上都沒有曬洗的衣物，也沒有停放年輕人喜歡的越野腳踏車。

一眼看過去的印象，似乎感覺不到塚田真一的存在。

這時牧羊犬突然叫了起來，滋子嚇得跳離圍牆。牧羊犬雖然在叫，尾巴依然不斷搖晃。大概是希望滋子摸摸牠吧？滋子穿越巷道，來到對面。石井家對面是舊式的磁磚貼壁公寓，一樓的大門開著。滋子一腳踏進門裡，巧妙地將身子隱藏起來。

牧羊犬還在斷斷續續地叫著，可是石井家卻沒有人打開門或窗戶觀看。滋子看了一下手錶，時間是四點十五分。

背後的公寓住戶裡傳來重播的電視劇聲音。過了一會兒，牧羊犬也停止了吠叫。滋子靠在門後的牆上，守候著外面的狀況，內心則是不斷練習和塚田真一第一次見面時該說的話。「你好！我是前畑滋子。」不對，應該說「我名叫前畑滋子。你是塚田真一嗎？」還是問說「你是真一同學嗎？我有些事想跟你談談。」

原則上滋子在服裝上也做了些考慮。穿得太休閒會被認為不夠莊重，可是穿正式的套裝又顯得太嚴肅。最後她選擇了白襯衫配秋裝的薄外套，下搭卡其布裙和短筒平底皮鞋。看起來比較清爽、清新。不過手提包還是平常工作時常用的大提包。因為拿著大提包比較具有說服力：「我沒有騙人，我真的是採訪人員！而不是為了追蹤你的消息才來的。」

這時，牧羊犬又開始叫了，而且是連續地吠叫。滋子探出頭一看，牧羊犬正拖著鐵鏈，來來回回在狹隘的庭院裡奔跑，神情十分高興。一定是家裡的什麼人回來了，滋子也做好了準備。

幾乎就在同時，從巷道的右手邊有人走了過來。穿著牛仔褲和運動上衣，肩上掛著帆布包。果然是塚田真一，滋子立刻就認出來了。於是從門後走出想要叫住他，這時聽見了其他人的說話聲：「慢點！就這樣逃跑，未免太卑鄙了！」

高亢的聲音幾乎可說是尖叫，尾音像箭頭一樣地鋒利。塚田真一彷彿想躲避尖叫聲似地跑著。來到家門口時，開始摸索牛仔褲的口袋，大概是要掏出鑰匙吧。他的側臉緊張，雙肩膽怯地縮著。

聲音對著真一追了上來，那是年輕女孩的聲音。當聲音的主人身影進入滋子的視線時，滋子大吃一驚。原來是剛剛在大川公園看見的少女，那個一臉怒容瞪著天空，表情陰鬱的少女。

「等一下，你等一下！」

真一正好掏出鑰匙打開門時，少女也衝到了石井家門口，一把抓住了真一背後的帆布包。

「拜託你，不要躲著我！」

真一不出聲地拉回背包，頭也不回地開了門，一滑進家中後，立刻將門關上，門板差點撞上少女的鼻子。

少女貼著門大叫：「為什麼？為什麼不聽我說呢？你開門呀，開開門呀！」

少女又是扭動門把、又是用力敲門，並且大聲呼喚：「塚田同學！塚田同學，你聽見了嗎？」

可是石井家裡沒有任何反應，只有牧羊犬還在吠叫。面向庭院的窗戶裡面，窗簾好像動了一下，但也只是一瞬間。

少女的狂亂舉止驚嚇了滋子，讓她有些不知所措。附近的人們聽見吵鬧也紛紛從大門或窗戶探出頭來問：

「怎麼回事？吵什麼吵呢？」

少女無視於周遭的氣氛，從門口退後了幾步，抬頭朝著二樓面對街道的窗戶，開始大聲呼叫：「塚田同學，躲起來是沒用的。我今天不打算回去了。你不出來見我，我就不回去！」

滋子的正上方，有人笑了出來。她抬頭一看，大概是這棟公寓的住戶吧，一個穿著圍裙的中年婦女，手遮住嘴巴笑著。石井家隔壁的小型工廠裡，也有兩個穿灰色工作服的男人，從鐵門的下方開口探出頭來，苦笑地看著少女和石井家的二樓。

「我是絕對不會回去的！」少女這麼一宣布，便轉過身去坐在石井家大門口的階梯上。於是滋子可以看見她的長相。或許是有些興奮，少女的臉色比起剛剛在公園看到的要紅潤許多。可是生氣的眼神還是一樣，扭曲的嘴唇破壞了少女可愛的容顏。

「小姐，跟男朋友吵架了嗎？」隔壁工廠的男人故意取笑她。於是少女轉過頭瞪著男人說：「才不是這樣子呢！」

「好可怕喲！」工廠的男人笑彎了腰，連忙鑽進鐵門裡。

少女兩手抱著膝蓋，並將頭埋在裡面。看在滋子的眼裡，覺得女孩因為過度激動而垂淚了。的確這現象看起來就像是小孩子吵吵鬧鬧的戀愛故事。但滋子卻被剛剛稍微瞥見的塚田真一，因為害怕而顫抖不已的側臉所吸引。滋子當然也有類似的吵架經驗，她和昭二就吵過。在昭二之前結交的男朋友，甚至有比吵架還要嚴重的爭執。可是不管形式如何，被一個和自己有戀愛關係的女人大聲責罵，男人很少會抖成那個樣子的。女人生個氣，男人才不會害怕呢；也許會因為惱羞成怒而兇回去，但絕對不會是害怕。男人反而害怕女人莫名其妙的又哭又笑。即便是十幾歲的少年少女，這現象還是不會改變吧。如果他們之間真的是小情侶吵架，塚田真一要不就是跟隔壁工廠的男人一樣反唇相譏，要不就是回過頭來大聲斥責少女一頓，絕對不會是關起門來做縮頭烏龜。

滋子悄悄地離開公寓門口，越過巷道，走近少女身邊。儘管滋子的身影覆蓋在少女臉上，少女還是不肯抬頭。

「妳好。」滋子出聲打招呼：「對不起，妳也許會覺得我多管閒事。不過我還是要問一聲：妳還好吧？」

少女看了滋子一眼，立刻又將眼光移開，雙手依然抱著膝蓋。她的兩顆眼瞳就像黑色的小石頭一樣地閃亮。

「這樣子做，反而會有反效果的。」滋子說。她凝視著少女的臉繼續說：「想跟塚田說話的話，應該想其他方法比較好吧？我覺得今天還是算了吧。依現在的情形看來，不管妳怎麼做，他也是不會出來的了。」

少女不屑地將頭轉到其他方向，冷冷吐出一句：「誰要妳管！」

「妳是塚田同學的朋友嗎？」

「要妳管那麼多！」

「可是……」

「不要管我，妳不要多管閒事！」少女猛然站起身來，對著滋子怒吼。

少女的口水噴在滋子的臉上。她就像高壓電線一樣盛氣逼人，身材雖然瘦小，卻充滿了活力。但這種活力並不開朗，而是充滿了憤怒與悲嘆。究竟是什麼這樣折磨著少女呢？

滋子故意嘆了一口氣讓少女也能聽見。她站起身抬頭仰望石井家的二樓窗戶。窗簾晃動了一下，可以看見塚田真一的臉。一瞬間他和滋子四目相望。

少女還是坐在地上，蜷縮著身體，用自己的手臂抱住膝蓋，一如保護自己一樣。

她在哭泣。

滋子又走回對面的公寓門口，邊走時還從提包裡掏出手機。她將手機藏在手裡，側著頭面向石井家的二樓，稍微將手提高了一下。真一還站在窗邊，他應該可以看見滋子手裡的手機。滋子立刻晃動了一下手機，沒有出聲地動嘴唇說：「我打電話給你。」

然後躲進公寓的大門後，按下石井家的電話號碼。鈴聲響了一下，對方便有人接起話筒。

「事情突然變成了這樣。」滋子劈頭便說：「門口的女孩說她不回去，你要怎麼辦？」

還沒聽見回話，先聽見一個深呼吸聲。可以感覺到對方的困惑，滋子不禁有些同情塚田真一。

「……對不起。」他小聲地回答。

「總不能丟下她不管吧。該怎麼辦才好呢？」

真一沒有回答這個問題，反而問說：「妳是附近的人嗎？」

「不是。」滋子對著小小話機微笑說：「老實說，我是來找你的人。」

真一沉默了一下，接著小聲地問說：「找我？」

「是呀，你是塚田真一吧？」

「是……是的。」語氣給人感覺只要不是塚田真一的話，這一瞬間他甘願當隻毛毛蟲或蚯蚓。可是一旦回答「不是」，後果又會怎樣呢？

「我叫做前畑滋子，今天來是想要問你一些事情。其實我是寫報導文學的人，聽說大川公園的事件，你是第一發現者？」

「是的，沒錯。」真一的聲音稍微加大了：「但其實不是只有我一個人發現。」

這倒是第一次聽見。

「是嗎？我不知道耶。我有很多事想問你，可不可以見面談呢？」滋子突然笑出來說：「就算被你拒絕，我是不會賴在門口不走的。不過我是真的很想見你一面。」

真一沉默不語，也沒有跟著滋子一起笑出來。他一點笑意都沒有。

「門口的女孩是真一同學的女朋友嗎？」

對方馬上回答說：「才不是呢。根本就不是那麼回事。」

「是嗎……我也是這麼認為。還是應該讓她回去比較好吧。」

真一沒有回答，卻這麼說：「我想這樣下去，她一定不會回去的。所以還是我出去比較好吧。」

「你？」

「是的。」

「把她留在這裡嗎？」

「對。」

「馬上你父母……石井夫婦就要回來了吧？」

「是的。妳是前畑小姐吧？」

「對，沒錯。」

「妳知道我的事情嗎？」

大概是因為改口「你父母」的關係吧。滋子對著手上的話機點頭說：「是的，我知道。石井夫婦是你過世父母的朋友吧。」

「沒錯，所以我不想讓他們擔心。」這句話說得近乎低喃。

「可是你要怎麼離開家門呢？」

「我可以從後面的陽台爬到圍牆跳出去。」

「後面也有巷道嗎？」

「有，不過是單行道。」

「要不這麼做吧！我去攔一台計程車，到路口去接你。我準備好後再打電話給你，這樣可以嗎？」

「好。」過了一會兒，他才說聲：「謝謝。」

「不客氣。」

按下通話鍵，切斷電話後，滋子保持原來的姿勢想了一下。情形比想像的順利許多。塚田真一願意出來的話，真該謝謝那個少女。

少女還坐在石井家門口硬撐。天氣有些涼意，她頑固的表情絲毫不變。滋子在她面前停了一下，因為少女將視線移開，滋子便沒有跟她說話。

回到大馬路，攔了一輛計程車。一如真一所說的，石井家的後面有一條只能容納一部車通過的窄巷。打開車門時，滋子看著石井家的陽台打電話，真一立刻接電話說：「馬上就下來。」

果然窗戶打開，出現一名少年的身影。身手輕快地翻過陽台柵欄，跳到一樓的屋簷上。

「小心點！」一邊留意附近鄰居的眼光，滋子小聲地提醒他。還必須小心不要讓少女發現了。

塚田真一還是穿著剛剛的衣服，背著同一個帆布包。雙腳踏在圍牆上後，輕輕一躍跳在計程車的後方。少年站直了身體，滋子才發現他比想像中要矮一些。不過現在還是繼續成長的年齡，不必過於擔心。

「妳是前畑小姐嗎？」

「是的，我們走吧。」

真一上車後，計程車便開始行進。車子一駛離石井家，便聽見少年發出小聲的嘆息。

「最好不要離這裡太近，我們找家咖啡廳坐坐吧。」

真一沒有回應滋子的提議，也沒有點頭，只是默默地看著車窗外。滋子在計程車裡也沒有多跟他說話。

結果他們來到了御茶水一帶。滋子認為山上飯店的咖啡廳應該還不錯。她對真一說明：「經常和受訪的人在這裡談事情。」真一還是不發一言。

計程車停在在飯店前。先下車的真一彷彿擋在即將下車的滋子面前問說：「剛剛的車錢？」

「哎呀……沒關係啦，那沒什麼。」

少年搖搖頭說：「那可不行，請問是多少錢？」同時準備打開背包。

滋子不禁笑了，心想：「真是個老實的孩子！」

「真的沒關係的。因為你要接受我的採訪。」

「所以我說不行。」塚田真一第一次正式看著滋子的臉，語氣堅定地說：「我沒有辦法幫妳。」

突如奇來的一擊，滋子有些錯愕：「嗄？」

「我沒有辦法接受採訪。我什麼都不會說的。」

「可是你都跟我一起來了。」

「我好像是利用妳了，對不起。因為我一定要離開家裡，所以至少請讓我付計程車錢。」

「慢點，這到底是怎回事？」

「我不能接受採訪。」

「塚田同學……」滋子有些語塞。

少年的表情嚴肅，跟剛剛逃離少女時一樣，顯得十分膽怯。眼光在不斷眨動的眼瞼背後尋找著出路。

滋子心想：「如果生氣罵說可惡！或許可以扭轉情勢。」但是看見真一走投無路的哀傷眼神，滋子同情地無法產生憤怒的情緒。

「要不先這麼做吧！」滋子臉上泛出笑容，輕輕將手放在真一的手上說：「我們一起喝個茶吧？反正你也不能馬上回家。那個女孩一定還在那裡撐著。把你帶到這裡的人是我，我有責任送你回家。到時候我再提出採訪的請求，我也會跟石井夫婦見面的。」

少年拉回自己的手，並快速地搖頭說：「這樣也是不行的。」

「既然不喜歡受訪，多花一點時間也沒有關係。我會繼續請求的，直到你答應。不過要聲明的是，我不是在追蹤號外消息，因為我不是記者。希望你能了解這一點。」

「不行。」真一幾乎是懇求的語氣：「不管妳怎麼等，來多少次也沒有用。我已經不會回去那個家了。」

「不會回去？」滋子吃了一驚：「討厭，塚田同學，你是說離家出走嗎？你真的要離家出走嗎？是這樣子嗎？」

「沒錯，就是這樣。」

少年游離的眼光越過滋子的肩頭找尋離開的方向，感覺一刻都不願意再多停留在這裡。

「你以為我會靜靜地看著這種事發生嗎？你還未成年，而且究竟能去哪裡呢？有目的地嗎？」

「我……我要去親戚家。」

滋子抬起下巴，睥視著真一的臉，想確定剛剛說的話是真是假。少年躲開了滋子的目光。滋子知道他是騙人的，怎麼可能去投靠親戚。這孩子根本無處可去。

「一句話不說就走，難道不會覺得對不起石井夫婦嗎？」

「就是因為覺得對不起他們才想要離開。」

「什麼意思？」

真一猛然抬起頭，大聲說：「我沒有必要告訴妳，這種事，跟妳沒有關係，不是嗎？」

飯店的門僮不斷看著他們倆，但滋子毫不退縮。

「沒錯，對你而言，我是個陌生人。可是事情發展成這樣，我也不能袖手旁觀。別忘了，塚田同學是你利用了我！」

「所以我說要付計程車錢。」

「這不是錢的問題。」

滋子一怒吼，真一嚇得身體縮了起來。就像幼童被母親責罵時的反應一樣。

「不然妳要我怎麼樣嘛！」他的聲音變成無力的低吟：「只要告訴妳大川公園的事嗎？說了妳就能滿足了

嗎？我知道的也不多，也沒有接受其他媒體記者的採訪。」

突然間滋子發現了之前沒有注意到的事，真一其實十分疲憊。神經緊張地就像敗仗的士兵，滿身創傷卻不能夠鬆一口氣，因為還未找到可以安心休息的地方，所以才會這樣逼著自己撐過這一切。

「塚田同學，你一定很累吧？平常都沒有睡好吧？」

真一默默地點點頭。

「我不知道是怎麼回事，但看你很困擾的樣子。或許這也是你離家出走的原因吧？」

輕輕點頭之後，真一低聲說出：「沒錯，但這件事我不想多說。」

一瞬間滋子做了決定。

「我知道了。」一下子語氣變得很有精神：「既然被利用，就好人當到底。暫且你先到我家吧！」

「什麼？」

「我讓你住一晚，先考慮一下未來的事。離家出走後的事，你應該還沒有詳細計畫吧？」

「嗯……」

「像你這樣怎麼看都像是高中生的男孩，一次要找到工作和住的地方是很難的。包吃包住的工作不是那麼好找的。畢竟又不是演電視劇，離家出走的男主角，廣告過後就已經租到了房子。現實生活沒那麼簡單呀！」

真一不斷眨著眼睛，凝視著滋子。滋子不禁笑了出來：「不過你也不必想太多。我已經結婚了，跟丈夫住在一起。只要說明今天的情況，讓你住一晚，對他而言不會造成任何困擾的，請放心。」

「不過……只有一點，」滋子伸出食指表示：「必須跟石井夫婦聯絡，不能說明原因是沒辦法，但至少要說明目前平安沒事，離家是出自個人的判斷。還要通知今晚已經找到了住的地方。」

「這些……我已經留下一封信在家裡了。」

「你寫了些什麼呢？」

「我說暫時不會回家，請不要擔心我。」真一的眼光有些遙遠：「總之嬸嬸回家後遇見那個女孩，就會知道怎麼回事了。」

那個女孩就是指坐在門口的少女吧？原來她和離家出走有關。按捺住剛剛迫不及待想問出結果的衝動，滋子點點頭說：「既然這樣就好了。」

但真一卻一副不可置信的表情，搖搖頭說：「奇怪的人。」

「我嗎？」

「嗯，真是愛管閒事。」

「是呀，可是我想塚田同學若是和我一樣的立場，也會這麼做吧。實在是不能丟下不管吧。」

而滋子內心想著：「誰叫塚田同學的神情真的是被追趕得極其憔悴呀！」

「可是滋子，做這種事不會有事嗎？」昭二在滋子耳邊低聲問。

「做這種事？」

「會不會被說成誘拐？畢竟他的父母什麼都不知道吧？」

塚田真一坐在客廳的沙發上，表情木然地看著電視。滋子和昭二在廚房裡一邊準備晚餐一邊快速、小聲地交談。

滋子帶真一回到公寓時，正好在門口遇見剛從工廠回家的昭二。昭二表示今天因為工作結束得早，所以回家也早；滋子忙將他推到門後，並拉著一臉愧疚的真一說明整個情況。

其實在回家的路上，滋子便感覺到忐忑不安。帶一個素未謀面的高中生回家，還要讓他住一晚，不知道昭二會怎麼想？答案是個未知數。她之所以拍胸脯跟真一保證說沒問題，不過是裝個樣子，也是情勢使然。如果說出「可能會被昭二唸」的真話，相信真一的脖子會縮得看不見。

昭二並沒有立刻抱怨，也沒有生氣。只是一臉困惑地從上到下看著塚田真一。真一整個人縮得更小，害怕他說出「對不起，我還是走吧」，滋子在一旁緊緊抓住他的手臂。

「我也不知道了……總不能丟下一個無處可去的孩子不管吧！」昭二的說詞雖然奇怪，但已經很讓滋子放心了。也許待會兒會吵架也說不定，總之目前已經平安度過。於是滋子開始用心準備晚餐。因為擔心讓真一和昭二面對面坐在一起，彼此會不自在，她把昭二叫進廚房幫忙。

今天晚上沒時間出去買菜。萬一把真一留在家裡，他們去超市的話，也許他會趁機逃走。所以只能就現成的東西湊合著做菜，感覺上將是一頓急就章的晚餐。

「不會被認為是誘拐的啦。」滋子邊切洋蔥邊說道：「這是你想太多了。」

「是嗎？我有些不安心。」

「昭二怎麼這麼膽小。雞蛋不要打到發泡，只要用筷子攪拌一下就好。」

「滋子一個人無所謂。」昭二有些悶悶地說：「因為是妳的工作。可是我什麼都不知道，卻被牽扯進來。我可是上班很累想回家休息耶。」

「這一點我也覺得很過意不去。可是現在請原諒我嘛，拜託。下次我會補償你的，真的。」

昭二雖然還是一臉不高興，卻哈哈笑道：「這雞蛋要怎麼辦？」

「先放著，從冰箱拿出起司來。」

從冰箱回來時，昭二神情嚴肅地問：「可是不管是報導文學還是記者，也會做這種事嗎？過分關心採訪對象，不是一件不好的事嗎？」

這對滋子倒是一針見血的質問。昭二所謂的「普通記者」，面臨這種情況時不知會如何處理？

「這個嘛，我也不太清楚。」滋子老實說：「可是那孩子真的很可憐。」

「感覺是很可憐，但為什麼一定要離家出走？這一點不先搞清楚，不是很奇怪嗎？」

「他不想說嘛。好像有什麼複雜的內情吧。」

「是嗎，我覺得是滋子想太多了。應該是跟父母吵架吧，不過就是這麼簡單。要不要打賭呢？」

會是這樣嗎？滋子一點也不認為會是如此。

「那種年紀的小孩，什麼事情都會說得很誇張。何況他是因為父母過世，被其他人收養吧？一點小吵架都會看成嚴重的事。根本是太誇張了！」

「昭二也是一樣嗎？以前跟媽媽。」

昭二有些動搖：「是吧。對了，千萬別跟媽說，這種事要是讓她知道就糟了。」

「我才不會說呢，只要你肯閉嘴的話。」

「可是隔壁有個老太婆ＣＩＡ。」

「如果她問起，就說是我堂弟好了。好了，拿個盤子來。」

儘管是食慾旺盛的年紀，遇到這種狀況，還是不太願意動筷子吧。真一幾乎沒有用餐，不管滋子怎麼勸菜，他只是沉默而畏縮的樣子。昭二看著真一和滋子，不時故意發出開朗的聲音說：「你肚子餓了吧？不用客氣。」或是「滋子還滿會做菜的嘛。」但真一對這些話只是表現得更加畏首畏尾。

難過的晚餐即將結束時，滋子開始後悔是否不該帶真一回家。也許應該讓他住在哪裡的飯店就好了，可是又怕一離開視線真一又跑了。

「累了吧？我幫你鋪棉被，你早點睡。明天的事明天再商量吧？」

「不用洗澡嗎？洗了澡身體會舒服許多吧？」

「對呀，我都迷糊了。我找些衣服借你穿。」

「不是有我的內衣褲和睡衣嗎？還有一些買來還沒穿過的新貨吧。我老婆每次一遇到拍賣就會買一堆放著。」

聽著兩個人一搭一唱地說話，真一只是低著頭不發一語。滋子覺得她和昭二就像相聲演員一樣，說著一些冷笑話的橋段想炒熱場子，卻只是惹來一身汗水。

忙了半天，終於昭二禁不住發火了。大概他覺得生氣是他這個一家之主的權力吧！

「我說……」他大聲地教訓真一：「你雖然是小孩子，可也不是小學生。到人家家作客，也不應該是這種態度。搞什麼嘛，擺出一副臭臉！」

「昭二！」

「滋子妳閉嘴！」昭二氣勢凌人：「我是要教他做人的禮貌，不能太放縱他。」

真一抬起頭，並從椅子上站起來說：「我還是告辭吧。」

「最好這麼做，這樣的話我也輕鬆。」

「可是你要去哪裡呢？」

「他愛去哪就去哪。一兩個晚上露宿街頭又不會死人。」

真一一把抓起了帆布包，往大門的方向走。滋子抓住了他的手臂說：「不要太衝動。昭二也是一樣，拜託。是我將塚田同學帶回家的，這一切都是我的提議。塚田同學一開始就說要到別的地方呀。」

「那妳為什麼不讓他去呢？」

「你怎麼可以說那麼冷酷無情的話？」

「我冷酷無情？」

「這不是冷酷無情是什麼？」

「我可是工作完回到家裡。沒想到家裡來個不認識的傢伙，還不知為什麼擺著一副臭臉。而我可是一直忍受到現在，這樣還說我冷酷無情嗎？」

「整天嘴裡掛著工作工作的，工作就有那麼偉大嗎？誰還不是一樣在工作嗎！」

真一吃驚地看著惡言相向的滋子和昭二。接著他的臉上浮現了近乎絕望的痛苦表情。

「你們不要再吵架了！」聲音有些像洩了氣的皮球。

滋子回過頭看著真一，不知不覺放開了緊抓著他的手臂的手。一不小心碰觸到了不該提的事情。

「塚田同學……」

昭二還是一臉怒容，但情緒已經沒有那麼激動。真一對著他說：「對不起，都是我不好。你們那麼親切對待我，我卻表現的那麼差勁。」

「可是提議的人是我呀。」

真一搖搖頭說：「這是兩回事。不過還是很謝謝你們。」

「你打算去哪裡？」

「隨便找個地方住吧。我身上有帶錢。」

「你還是回家吧！」昭二突然開口說：「離家出走只是裝個樣子吧？」

「昭二！」滋子阻止說。真一則看著昭二的臉。

「我也有過經驗，和父母吵過架，臉上總是掛不住的。」

「根本不是那麼回事……」

「那不然是怎麼回事？」昭二怒吼說：「小孩子不回家一定有什麼理由！」

「昭二！不要那麼大聲說話。」滋子靠近昭二說：「大家小聲一點說話。塚田同學，其實我也很在意，你為什麼非得要離家出走不可？能不能告訴我理由？這樣子我們也好幫你什麼忙。」

塚田真一無力地雙肩下垂，嘴裡卻沒有吐出言語。

昭二副不相信的口吻說：「我就說吧，根本說不出來。我看是沒什麼大不了的理由！」

「昭二，你安靜點！」

滋子的視線始終看著真一的臉，一如對決般彼此凝視著對方。如果滋子在這場瞪視的比賽中輸了，真一將永遠離她而去。現在是關鍵時刻。

真一的頭有些偏右傾斜，眼皮也動了一下。然後他說：「妳會寫吧？」

「嗄？」

「我的離家出走和大川公園的事件毫無關係，可是妳會寫吧？只要我說的，妳都會寫出來吧？這就是前畑小姐的工作，這就是妳的目的。」

滋子把心一橫回答說：「如果跟大川公園的事件無關，我就不會寫。」

「騙人。」

「我沒有騙你。」

「來我家採訪的人都是這麼說的。」

昭二一步跨上前，為袒護滋子而說明：「滋子不會騙人的，她說不會寫就是不會寫。不要把她跟一般社會版記者混為一談。」

真一因為昭二誇張的聲勢而張大了眼睛。滋子也想說幾句話而探出了身子，但真一先開了口：「不要說得那麼好聽，是真的嗎？聽我說完後，真的不會寫嗎？即便自己不寫，也可能將消息賣給其他媒體呀！不是嗎？」

「你這傢伙，說的是什麼話！你以為滋子是那種人嗎？」

滋子連忙拉住掄起拳頭的昭二。

「算了啦。」

「既然這樣，我願意說。」真一語氣快得有些歇斯底里：「今天妳也看見了吧？那個追著我的女孩。妳以為她是誰嗎？為什麼要緊追著我不放？」

真一還說這已經不是第一次了。

「她已經好幾次埋伏在我上下學的路上，或是打電話給我。儘管我拚命要求她不要到石井家來找我，她也答應過一次，但是因為我始終避不見面，今天對方終於追上家門來了。我一直很努力不要讓叔叔嬸嬸發現這件事，看她這個樣子，現在應該已經曝光了吧！」

昭二不禁嘿嘿笑說：「原來是你的女朋友呀？該不會把人家肚子搞大了，人家要你負責任呢？」

這話說得太過分，連滋子都想賞他一巴掌。但是行動之前，整個人卻先僵直了。

昭二也僵直了起來，發不出聲音。

因為塚田真一全身顫抖，連身體兩側握緊的拳頭也微微顫動。

「你幹嘛做出這種表情？」昭二裝腔做勢地反問：「到底是怎麼回事嘛？」

「那個女孩……」塚田真一開始說話。一如要吐出不小心吞進的污水，像反胃一樣地一字一句從身體深處說出話語：「叫做樋口惠。本來應該是高二的學生，現在已經休學，因為某種不得已的原因。」

「樋口惠……」

當然這是滋子不認識的名字，可是感覺好像有聽過。突然間她想起了殺害佐和市老師一家的報紙記事中，好像出現過樋口的名字。

像遭受電擊一般，滋子不禁喊出：「樋口？是那個樋口嗎？」

「樋口是誰呀？」昭二也問：「我怎麼都不知道。」

滋子知道了，真一也知道滋子知道了。塚田真一是全家受害殺人事件的倖存者，他悲慘的嘴角扭曲著，對著滋子想要做出笑容。

「樋口秀幸就是殺死我父親、母親和妹妹的犯人。樋口惠是他女兒，他的獨生女。」

昭二啞然地張著嘴，然後問說：「犯人的女兒為什麼要來找你？為什麼緊追著你不放呢？」

深呼吸一口氣後，真一低聲回答：「她要我去見她爸爸一面。」

「要你去？」

「沒錯，就是要我。去見她爸爸，聽他說話。然後……然後……」

真一的聲音開始混亂。就像跟朋友吵架，抽搐著跑回家跟母親哭訴的小朋友一樣，言語斷斷續續。

「她說只要我跟她爸爸見了面，就會知道她爸爸其實是被犧牲者。於是我也會答應在減刑請願書上簽名。樋口惠希望我那麼做。」

在真一恢復平靜之前，滋子和昭二只能默默地守候。他們將真一帶回客廳，讓他坐在沙發椅上。接著滋子也坐在他身邊。

真一的淚水立刻便止住了，只是呼吸還很緊促，痛苦得就像長期窒息的人一樣渴求空氣。的確他剛剛溺水了，沉溺在苦惱的泥淖中。如今好不容易才用雙手撥開冰冷的池水，游向岸邊大聲求救。

「你還好吧？」

過了一會兒真一才從顫抖中喘了一大口氣。滋子凝視著他的臉問說：「要不要喝水呢？」

「好。」

遞給他一杯水，他接下並說聲：「謝謝。」他的手還有些微的顫抖。

「對不起！」昭二縮著頭說：「剛剛我好像說了不該說的話。」

真一頭低著搖了兩下。滋子對著昭二微微一笑，現在的他需要一點安慰。昭二也回她一個虛弱的笑容，當然也安慰了滋子。於是兩人可以共同來安慰真一。

「樋口惠正在為她父親的減刑發起請願運動嗎？」滋子慢慢地開始提問。

真一點點頭說：「不只是她，還有附近的人和公司以前的員工也在幫忙。」

詳細情形昭二完全不清楚。滋子一方面跟他說明，一方面跟真一做確認。

「樋口秀幸在塚田同學家附近開了一家洗衣公司，他是總經理。擁有自己專有的洗衣工廠，生意很好，底下有十名員工。」

公司的名稱是「白秀社」。

「他本來是繼承家裡的洗衣店，在他手上擴大營業變成了公司。經營手腕十分高明。」

「剛剛說他手下有十個員工，規模和我家工廠差不多嘛。對了，我家是開鐵工廠的。」昭二對真一說明：「是做零件的企業。」

「是的，樋口的野心很大。而且他的野心並不只是擴大白秀社而已，他還經營不動產。」

昭二的表情變了：「什麼時候？」

「還用說嗎？還不就是泡沫經濟時期。」

「那泡沫景氣一完蛋……」

「一切都化成了烏有。當時想要靠轉售不動產賺錢的公司和個人不都是同樣的命運嗎？」

負債換來了更多的負債。樋口秀幸在一九九五年的秋天累積了總額十億日圓以上的負債。結果白秀社破產，他的個人資產歸零，員工也紛紛離散。

「這種情形日本到處都有。雖然很倒楣，卻也很可憐。」昭二喃喃自語。突然間看見默默點頭的真一，他連忙改口說：「我這麼說並不是袒護樋口那傢伙。」

「是的，你別誤會。」滋子也接著說：「我也覺得那種人根本不值得同情。」

儘管出現破產的危機，只要有心東山再起，樋口這種人應該是有出路的。繼續在洗衣店工作，慢慢累積資金，自然能重開自己的店。要將店面擴大，固然需要長久的辛苦與努力，可是他不像手無縛雞之力的上班族，畢竟還有一技在身，爬起來是沒有問題的。

然而時代的洪流一霎時之間吞沒了樋口所有的財產，他已經不知道該如何忍耐了。只想要在最快的時間裡取回失去的東西。他想要籌集資金，早日振興公司。只要有資金的話，只要有錢的話。

銀行、公營的金融機關當然不會禮遇樋口了，景氣也一路下滑。當年在泡沫經濟時期，滿日本都是黃金，而今看來都是幻影。幻滅和焦躁的交錯下，樋口走向了唯一的結論。

他決定去偷盜。

「如果他去搶銀行還說得過去，為什麼會去你家呢？你的父親是做什麼工作的？」

真一低著頭看著茶杯回答昭二的問題：「他是老師。」

滋子偷偷觀察真一的側臉，確定是否還可以繼續說下去。

「聽說你爸爸剛剛才繼承一筆遺產。」

「遺產？」

「是的，一小筆金額就是了。」

「於是有風聲傳了出去囉。」

「沒錯，因為住在附近，所以樋口也聽說了。真的只能說是運氣不好……」說到這裡，滋子連忙閉上嘴。她看見真一緊閉眼睛，好像在忍受痛苦一樣。

「塚田同學，你還好吧？」

真一沒有回答，但稍微張開了眼睛。他的呼吸又開始有些紊亂。

「不管怎麼說，錯的都是樋口，不是嗎？」昭二雙手抱在胸口，看著滋子的臉問：「不過家人總是希望救自己人嘛。什麼是減刑請願書我不知道，要找人簽名也無所謂。可是找上塚田同學，未免也太過分了，只為自己好。我聽了就很生氣！」

樋口秀幸頗受員工信賴。因為公司破產使得信賴自己的員工和家人走投無路，他也深深覺得責任重大。公司重整的壓力或許是逼他鋌而走險的原因吧！

「犯案不是樋口一個人幹的。」滋子繼續說明：「還有兩個以前的員工幫他。現在三個都被關了起來，減刑請願運動應該也包含他們的家人參與吧？」

「大概吧。」真一點點頭。

「獲得減刑的根據是什麼？他們有什麼理由可以訴求呢？」

這一點滋子也很想知道，於是她看著真一問：「樋口惠有沒有說什麼？」

真一想了一下動了動嘴唇，結果還是保持沉默，只是搖搖頭。

「該不會是強調他們是泡沫經濟下的受害者吧？」

現在的昭二完全生氣了，語氣也顯得暴躁：「開什麼玩笑！一開始他們想靠不動產賺錢的想法就不對。對於老老實實做生意的人來說，他們的理由根本說不過去。」

前畑鐵工廠的生意也很吃緊，任何時候都像是在走鋼索。只是隨著時局的不同，鋼索的粗細也有所不同。所以昭二的憤怒比起滋子的一般觀念還要來得激烈許多也說不定。

「知道樋口惠的事，只有塚田同學一個人嗎？」

「到目前為止的話。」

「先不管石井夫婦，不知道對方，也就是樋口的律師是怎麼想的？他知道樋口惠來找你的事嗎？」

「應該不知道吧。」真一回答得直接：「就算知道，說不定也無法阻止她。那傢伙沒有固定住所。」

「樋口惠嗎？可是她這樣是擾亂受害人家屬的情緒。塚田同學你沒有跟負責的檢察官說嗎？」

「沒有。」

「為什麼不商量看看呢？我是不懂公審的事啦。公審已經在進行了嗎？」

「對方要求做精神狀況鑑定，現在公審中斷了。」

「精神狀況鑑定？」昭二又生氣了：「什麼跟什麼嘛！難道他想說因為當時喝醉了或嗑藥，所以不知道自己在做什麼嗎？簡直是逃避責任嘛！」

「你不要怒吼嘛！事情沒有你想像的單純。何況那也是被告的權利呀。」

「那被殺死的人該怎麼辦？」

「這根本是兩回事嘛！」

「滋子，妳到底是站在哪一邊的？」

滋子一聽不禁苦笑了起來，昭二就是這麼單純。

「有什麼好笑的！」昭二忿忿然說：「從來沒聽過這種事。這樣豈不是一而再地踐踏塚田同學嗎？」

他蹲著走上前，拍拍真一的肩膀說：「我知道了，剛剛是我的不對。我已經了解你不能回家的理由了。你根本沒必要去見那個叫樋口惠的女孩。那種自私又不要臉的女孩，對她大吼大叫也是不會死心回去的。」

昭二張開堅固的牙齒笑說：「放心吧，今天起我們會保護你的。我和滋子都會站在你這邊的。」

12

九月底，距離十二日的案發已經半個多月。武上悅郎重新改寫掛在墨東警署內大會議室門外的毛筆字看板。因為推測認為大川公園的分屍案和日前三鷹市高中女生被殺事件是屬於同一犯人或犯罪集團所為，所以重新設立了兩個案件的共同特別搜查總部。

就在這個時候，大川公園案件的特搜總部找到了一名很有可能的嫌疑犯。那是住在公園南方兩公里外沿河的公營住宅，一個二十五歲的無業青年，名叫田川一義。

事實上田川的名字早在搜查行動開始之初，就列在搜查總部的檔案裡。那是一份列有現行居住在墨東警署以及附近的城東、荒川、江戶川、久松警署轄區內的性犯罪、殺人、傷害等暴力性犯罪（武裝強盜、重大竊盜、縱火等除外）的前科犯名單檔案。大川公園案件發生前後所製作的這份檔案裡，合計列了二十三個名字。

這種做法固然有煽動對前科犯的偏見，帶來影響他們回歸正常社會的批判，可是一旦發生像這次的重大案件時，搜查的正常程序還是會先從以前發生過的類似手法案件和犯人著手。特搜總部裡安排了兩人一組共六組的專案班，負責調查檔案內的二十三名前科犯。一開始調查便發現其中有七名因為其他案件的嫌疑，現正在收押中，也有已經被判入刑，所以第一階段就已經被除名了。

剩下的十六名之中有十四名已經確知其現在住所和聯絡資料。剩下兩名不知去處，負責的觀察單位也無法掌握他們的現況。可是這兩名之前都是因為在酒館打架和與鄰居起衝突而犯了傷害致死的罪行，就這一點來看，他們和這次事件的關聯性應該很低。

十四名的名單中，特搜總部鎖定的是編號六號的四十九歲男性和編號十一號的二十六歲男性。兩人都是以強暴婦女、強制猥褻之目的犯下綁架誘拐罪行。編號六號是慣犯；編號十一號雖然沒有留下正式記錄，但在未成年時期就已經是慣犯的事實，早為逮捕他歸案的辦案人員所熟知。兩人的做案現場都限定在首都圈中。

編號六號居住在久松警署轄區，編號十一號則居住在城東警署轄區。專案班在此兵分兩路，分別取得轄區警力的協助，開始徹底調查兩人的生活狀態、居住環境等現況。

這時剩下的檔案資料回到了武上手中。名單中除了被畫上重點搜查嫌犯的兩名外，剩下的十二名之中還有兩名是性犯罪前科，分別是編號二號和編號十三號。兩人的罪行都屬於輕微型，但為了慎重起見，還是做了現況的搜查。結果搜查報告表示可以將他們從搜查對象上除名，歸檔之後武上也忘記了這事。因為此時他的重點也放在編號六號和編號十一號身上。但後來浮出檯面的田川一義，其實就是當時被壓下來的編號十三號。

特搜總部以大川公園為基點找尋居住在轄區內的嫌犯，是認為犯人對於大川公園附近的地理形勢相當熟識。大川公園從三年前的春天到秋天做過全面性的改建工程。現在進行中的部分補修工程，也是因為當時的預算不足而遺留下來的。三年前的改建工程包含了園內設施、植樹、公園出入口位置的變更等，規模相當大。根據區公所公園管理課裡的人員表示，改建之後面貌一新。

因此十分熟悉現在大川公園的犯人，應該不是十年前就在大川公園附近居住或工作的人，而是最近這幾年對大川公園有相當認識的人。尤其要設計武上所提到的垃圾箱陷阱，犯人必定經常出入大川公園，對於垃圾回收的週期有一定的了解，所以不可能是住在遠方的人。

可是關於垃圾箱的陷阱一事，搜查會議上雖然有過檢討，但對於武上的意見看法分歧，贊成和反對的人數各半。有趣的是一向對武上十分欣賞的秋津刑警投反對票，反而是他的死對頭鳥居刑警站在武上這邊。也或許本來只要是秋津反對的，鳥居就會贊成吧。

「武上未免太過於高估犯人了吧。」會議之後秋津說：「我可不認為那傢伙有那麼大的膽子和頭腦。」

「欺騙高中女生，哪裡需要膽子和頭腦呢！」

秋津苦著一張臉說：「三鷹的那個女孩本來就是問題少女，不是嗎？雖然很可憐，但未免也太容易上鉤了吧？」

遺體被發現的高中女生，名叫日高千秋，十七歲，池袋一所私立女中的高二學生。給廣場飯店的服務人員看她的照片時，他們一眼就能認出是當天送信來的高中女生，而且都指證說制服也沒有錯。根據這項證據，所以搜查總部才會合而為一。這個事實雖然已經公開發表並被媒體報導，但犯人方面仍保持沉默。

武上並沒有高估犯人的打算，只是認為對方很聰明、很狡猾，而且很愛說話。既然警方已經證實了兩個事件的關聯性，老實說武上也很期待犯人極可能對此發表聲明。愛說話的犯人就讓他們說話吧，到時候自然會露出馬腳。

可是這一回犯人卻沉默不語。對於要求有馬義男在鏡頭前下跪一事也不再說什麼。武上心想：該不會是犯人那裡出了什麼事吧？

就算出了什麼事，其實也沒什麼大不了吧。頂多就是感冒了需要睡覺，或是工作忙、出差什麼的，也有可能全家出國旅遊了，一些想當然爾的理由。幹下這些案件的犯人本身，其實跟日常生活的小事情是密不可分的。

「他」或是「他們」——這種由多數犯人共同做案的計畫性犯罪，在日本國內幾乎沒有前例。但武上比較在意的是：犯下這些案件的人，在其誘殺年輕女性的罪惡行徑背後，是否也表示其本身具有一定的魅力？換句話說，凶手往往是我們認為最不可能的那一類型。說不定是很有社會地位的人或是具有相當的經濟能力，也可能是有能力、有來頭、看起來人很不錯、已經結婚甚至有小孩的那一種。總之和「犯罪者」的形象差之萬里，可說是健全而正常的社會人士。

犯人和有馬義男的談話、和日高千秋媽媽的談話、和電視台的電話交談，武上不知聽了幾遍這些記錄，想要推理出他是怎樣的人。不僅是談話的內容，連遣詞用句都很講究，語彙也很豐富，可見是受過教育的人。聲音雖然經過變造，年齡也不容易鎖定，但應該是在二十到四十幾歲的年紀吧。這樣的年紀又有些教育程度的人，不太可能沒有固定的職業。如果是失業的人，大概也是因為企業縮編或日幣升值造成的公司破產吧……

有幾個地方頗值得注意，例如，犯人將有馬義男約到廣場飯店，卻又揶揄老先生在高級飯店也得不到應有的尊重。這只是侮辱有馬義男的說法呢？還是犯人本身的自卑情結作祟？也就是說犯人自己在高級飯店也是得不到「應有尊重」的對待。

武上心想：的確有些飯店是看人決定如何服務的。可是近十幾年來這種情形已經大幅改善了。這也是社會整體逐漸豐富化、多樣化的證據之一。而且常常可以看見一身髒兮兮穿著牛仔褲、破T恤、背著登山包的學生們約在飯店大廳見面。

很有可能是年紀七十好幾的豆腐店老闆有馬義男在飯店裡有些心虛，偏偏又遇到態度不好的飯店人員，事實上那一晚也的確如此。但也很有可能是比有馬義男還年輕的犯人在說「老先生可別笨手笨腳的，會被趕出去的」之前，就已經主動說出老先生將受到高級飯店輕視的話語。武上覺得這一點很奇怪。

這麼一來，犯人是基於「上一代」的經驗和思想說出這句話的囉？所以這不是推斷犯人現況，而是可以推斷其生長環境的線索。

還有一點值得推敲之處。這個犯人很愛說話，同時也很能讓被害人說話。

以古川鞠子的事件來看，犯人和有馬義男的接觸是他主動打電話過來的，而且也來過古川家。他是怎麼查到古川家的住址和電話號碼的呢？當時固然也做過許多推論，但自從發生三鷹的日高千秋遇害一事，武上認為是犯人直接從被害人口中問出來的。

日高千秋的遺體被發現在她家附近的兒童公園裡，坐在大象造型的溜滑梯上。據說這個溜滑梯是日高千秋小時候的最愛，連她媽媽都已經忘記這件事。還是犯人主動說：「妳們家附近不是有個兒童公園嗎？公園裡有個造型奇怪的大象溜滑梯。」

為什麼犯人會知道千秋和大象溜滑梯的事？

假設犯人和日高千秋是從小認識的好朋友，很早以前就知道溜滑梯的事，所以這個朋友和大川公園的事件也有所關聯。可是到目前為止，還沒有出現千秋和鞠子以某種方式認識的可能性，連結她們的交集是犯人。所以這個假設必須擴大成：犯人是千秋的好朋友（熟知她童年的記憶），同時還知道古川鞠子的電話號碼和住址。

這個假設似乎有些牽強。如果千秋和鞠子都是高中女生的話還說得過去。但一個是高中二年級，一個是剛剛就業的銀行粉領族，而且鞠子畢業的學校和千秋也不同。住的地方，雖然東中野和三鷹都是在中央線的路上，可是其他幾乎沒有什麼共通點了。

搜查會議上，有人提出了奇特的見解：犯人會不會是鞠子的同事或上司？如果是公司裡的人，自然很清楚古川鞠子的私事；可是和日高千秋又有什麼關聯呢？

千秋從事過賣春行為。她母親已多少有些察覺，同學之中也有人聽千秋相當露骨地表明過；而且千秋是自主的，並沒有參加什麼集團或有人領導，她主要是透過電話交友中心叫出對方男性。對方有意，千秋也覺得可以時，就上賓館，這是千秋一貫的模式。千秋之所以開始這種行為，是受到了她最要好的朋友影響，而她的這個朋友在今年六月因為校內竊盜行為而被勒令退學。之後還是跟千秋繼續往來，所以特搜總部也傳她前來問訊過。這個女孩也是「單打獨鬥型」的賣春，跟本案的關聯不大。

提出這個奇特意見的人還說：古川鞠子的同事會不會也是日高千秋的客人呢？這樣兩人就能牽上線了，這個人自然也就是犯人了。這種說法固然有趣，但問題是殺人的動機何在？而且根據這種說法，又該如何解釋目前身分未明的第三個受害人，也就是右手腕的主人跟本案有什麼關聯呢？如果說她公司裡的同事或以前同事涉案，還是說她也是一位從事賣春的年輕女性，似乎都顯得太過牽強了。還不如單純一點思考：這種不特定多數的年輕女性遇害事件，受害人彼此之間並沒有關係，受害人的個人資訊都是犯人在行凶前直接問出來的。

然而日高千秋和犯人之間過去是否認識呢？這一點卻無法立刻斷言。有可能在送信到廣場飯店那天，兩人才第一次接觸；也有可能犯人以前就是千秋賣春的對象，這一天被叫了出來。萬一犯人是千秋之前的「熟客」，那麼調查她所留下來的日記、記事簿、通訊錄、手機通聯記錄等，應該就能發現什麼線索才對。

現在這個階段，只有一件事是確定的。日高千秋對於這個犯人感覺「還可以接受」，所以才會談得那麼深入，才可能將童年往事告訴對方。

送信到廣場飯店後，日高千秋的遺體在兩天後被發現，驗屍結果顯示死亡時間並未超過二十四小時。這對特搜總部而言是個意外的事實。送信過後的兩天裡，她在哪裡？做了些什麼事呢？

犯人是否在她身邊？她是基於自由意志留下來的，還是被拘束了？說不定第一個晚上是自由意志，隔天因為廣場飯店的事被報導，千秋發現了那封信的意義，於是行動被拘束了。後者的說法，武上比較贊同。當然她的「自由意志」也是被犯人教唆的。總之到了第二天千秋知道了犯人叫她送到廣場飯店的信是怎麼一回事，而且她也知道犯人的長相。名字、經歷都可以做假，長相特徵被知道了就完了，所以千秋的自由之身絕對不保。

現在看來，千秋不太可能一開始就是共犯。大川公園的事件案發時，她的母親還叮嚀她說：「出了這種事，晚上不要玩太晚了！」而千秋回說：「我才沒那麼笨，會被男人給殺了。」日常生活的態度雖然不檢點，但也沒有太大變化，據說對於這些事件的報導也沒有太大的興趣，不會刻意閱讀或收視。如果千秋是共犯的話，應該不至於如此冷靜吧。不管怎麼說，她畢竟只是個十七歲的女孩。

日高千秋是半途被牽扯進來的。可是牽扯她涉案的人，在被發現犯案行為之前，日高千秋對他抱有相當的好感和信賴。連自己媽媽都已經忘記的大象溜滑梯小故事，她都願意告訴他，就是最好的證明。

根據解剖報告顯示，她是在吃完最後一餐不久後被殺害的。吃的是漢堡類的垃圾食品，高中女生的最愛，可見得千秋的餐飲還是受到正常對待。體內並沒有測出殘留的精液，無法判斷她和犯人之間是否有過性行為，身上也沒有受過人為暴力的痕跡。除了脖子上的勒痕外，千秋全身的皮膚完好。頭髮留有洗髮精的成分，腳趾頭之間驗出有水垢；意味著兩天之內曾經洗過澡或淋浴。

千秋的死因是繩索勒緊脖子造成的窒息死。但不是雙手用力拉扯繩索，而是「吊死」的，換句話說是「縊死」的。這一點媒體的報導多半不正確，頻繁使用「勒死」的字眼，與事實大相逕庭。「勒死」和「縊死」在脖子上留下的痕跡（索狀痕）完全不同，一眼就能分辨的。

武上從未接過強制縊死被害人的殺人案件。十年前遇過一個案例：一名妻子因為久病不癒，於是將繩子套在門楣上想要自殺，因為太過害怕站在板凳上始終不敢跳下來。結果丈夫回家後，妻子哭著哀求丈夫閉上眼睛幫她踢倒板凳。因為這個案例留有妻子的遺書，周遭的人也做證她平常就有自殺的念頭。醫學方面也證實丈夫為了照顧她，精神和經濟方面都已到達極限。所以被認定是幫助自殺，不是殺人故不定罪。

當時負責搜查的同事還說過：「如果我和丈夫的立場一樣，大概也會踢倒板凳吧！可是踢倒板凳的同時也會抱住妻子的身體。沒有這麼做，是否表示丈夫的內心裡存有殺意呢？」那時的武上正好因為某些事和妻子處得不愉快，聽了同事的說法，內心有些動搖。還很認真的想說：「是我說不定會踢倒板凳，然後丟下家庭和工作遠走他鄉！」當然這些話他沒有跟妻子說過。

日高千秋脖子上的繩索痕跡，很明顯是被縊死的。但根據她被吊死的狀態來看，過程相當粗暴，脖子附近有繩索造成的明顯擦傷。大概是在還有意識的時候，不斷掙扎，想要拉鬆繩索而造成的吧？兩隻手的指縫中還殘留繩索的纖維，右手中指的指甲是破裂的。

所以不是平心靜氣接受縊死，千秋是被犯人強迫上吊致死的。

究竟犯人是如何逼她就範的呢？是花言巧語騙她說是遊戲嗎？千秋如果是男性的話，很有可能是被暗示：上吊之後意識朦朧之際的自慰很舒服。事實上也有很多人沉溺於這種樂趣，一不小心過於用力而窒息身亡。但那些都發生在男性身上，不適用於千秋。

而且千秋的遺體被發現時，身上是穿著制服的。連襪子都是和制服配成套的。只不過新的內衣褲和襪子是母親沒有見過的，大概是犯人買來給她換穿的吧。

和犯人在一起的時候，千秋不可能都是穿著制服的，應該會換穿比較容易活動的衣物吧。因為沒有發現書包或其他所有物，無法判斷。根據她過去的行動模式判斷，千秋自行攜帶換穿衣物的可能性很大。而且她可能洗過澡，這種推斷更加錯不了。

會不會是犯人強迫或欺騙千秋，在縊死她之前讓她先換好制服呢？的確千秋回到母親身邊時，她一身的制服打扮讓母親十分震驚。對犯人來說，這也是絕佳的戲劇效果！

然而要誘騙已經知道自己送到廣場飯店的信和什麼事件牽扯在一起，多少有些開始害怕的千秋，對犯人而言應該不是很容易的事吧。要強制她做什麼事，也不是隨便想想就能成功的。萬一是在千秋哭叫求饒的情況下，犯人如何控制場面呢？

而且犯人還得多花一道手續，讓千秋換好制服後才將她縊死。這是怎麼辦到的？是用什麼手法讓千秋就範的呢？

犯人和千秋之間——或許應該說是千秋到了危急時候，脖子上被套上繩索，板凳都放到眼前了，還認為對方會聽自己說的話，還以為對方是在開玩笑，還相信自己不會遇到這種事。儘管知道對方曾對古川鞠子和失去右手腕的女性做過不人道的事，還堅信自己沒有問題。千秋真的抱有這樣的心情嗎？

因此武上根據這一點斷定犯人——和日高千秋最後接觸的人，應該是個極具魅力、感覺人很不錯的男性吧。

武上想了很多，覺得大學生左右的年齡最有可能吧？就像是個帥氣的大哥哥。可是這麼一來在經濟能力面就有些困難了。於是他又覺得像秋津這種三十幾歲，正值努力工作的年紀也很有可能。突然間他想到日高千秋的父親是個忙碌的企業戰士，目前仍在單身赴任中，千秋和父親、母親和父親，都因為父親以公司為中心的生活方式，長久以來處得不好。所以說像千秋父親一樣年紀的男性也值得考慮。他和神崎警長一起吃午飯時，說出了自己的想法，提到說不定犯人和日高千秋的父親長得很像。警長認真聽他發表意見後表示：下午會跟千秋的母親要父親的照片。

經過許多的試驗錯誤，於是從前科犯的名單中又挑出了編號六號和編號十一號的嫌犯。武上尤其注意他們的外觀、氣質、經濟能力等方面。拿起專案班跟蹤拍攝的照片左看右看，認真比對；想像自己是高中女生是否願意跟這樣的男人交往？是否願意上床？是否願意說出心裡話，聊起陳年往事？

調查前科犯的專案班中，秋津和鳥居各處一方。武上也問了一向對立意見很多的這一對刑警。秋津負責調查編號六號的嫌犯，他認為六號涉案的可能性不大。

「這傢伙簡直像個糟老頭！」他說：「依我看來，像這種糟老頭樣的男人，年輕女孩會靠上來嗎？因為之前的經歷，現在連固定職業都沒有，很缺錢。上一次入獄時就跟老婆離婚了，出獄後一直是一個人過活。行動固然是自由，可是他連部車子都沒有呀。」

特搜總部認為：從廣場飯店事件的機動力、搬運千秋遺體的手法來判斷，犯人應該有自己的車子。

至於編號十一號在很多方面跟武上描述的犯人很像。鳥居也表示：「可能性很大。」

編號十一號的青年之前犯罪的案件是：和他交往的女友提出分手，心生怨恨的他開始跟蹤女友。因為對方有所警戒，於是他將目標轉為女友高中一年級的妹妹。在女友妹妹放學路上強拉對方到賓館軟禁，並施以暴力傷害。

這是五年前的事，編號十一號當時是大學三年級學生。被害人趁其不備逃出賓館到附近的派出所報案，巡警立刻趕到賓館時，他還在床上呼呼大睡。

根據辦案人員表示，犯人在接受訊問時，時常將姊妹倆搞混，時間和星期幾的觀念也很模糊，所以被認為精神狀態有問題。而且他還在住家附近，幹下數起侵襲夜歸女子、毆打或拉扯女性的案件。其中有一位被害女子還做證說，犯人還對著他大罵某個女人的名字。事後發現罵的就是他交往過的女友名字。似乎在他眼裡只要是年輕女子，就是甩了他的可惡女人。

最後檢察官申請幫他做精神鑑定，鑑定報告也提出了公審，但沒有被認定是心神耗弱或心神喪失，而是被認定具有充分的責任能力，被判五年的拘役。被告人沒有上訴，直接服刑。

「公審之中沒有提出他在未成年時也犯過幾起案件。大概辯護律師沒有提出上訴，也是為了能讓他認罪後，早日接受治療吧。五年的拘役是重是輕，眾說紛紜。不過當時的檢察官是女性。」

鳥居不太懂得做人——從有馬義男的那件事就能證明，但做事沒有話說。工作認真的人容易與人發生摩擦，不過武上倒是看好他認真做事的態度。有關編號十一號的調查，鳥居做成一份詳細的檔案。

「未成年時犯下的案件，內容大多是同一類型。纏著對自己冷淡或拒絕交往的女孩不放，甚至強行約會、一天打上百通電話、直接上門就想霸王硬上弓等。他不是結群組黨鬧事的那種，而是很黏的孤獨一匹狼。」

「可是有暴力傾向。」

「沒錯。服刑期間是模範生，所以五年縮短成三年便假釋出獄了。定期還跟觀察單位見面，也到觀察單位介紹的醫生那裡接受心理治療。和父母同居，沒有固定職業，目前在徒步可及的便利商店打工。他個人希望能夠回到大學就讀。」

「主修什麼？」

「他是法學部的學生。」鳥居一笑也不笑地回答。

「這麼說來，假釋出獄以來一直很安分囉。」武上看著鳥居的臉問：「可是你說他很有可能跟大川公園的案子有關係。這是為什麼？」

「首先是因為他的外觀。我很贊同武上說的犯人描述。」

「的確從照片來看，這年輕人長得不賴。」

「臉色不是很好，但身材夠高也很壯，十分帥氣。搞不清楚為什麼會被女友甩了？」鳥居自己問起了自己。說起來鳥居也是個單身漢。

「又有知識，學生時期的成績不錯。聽他高中的同學說，他還是同一年級裡的資優生。當過學生會長，是被選出來的。」

武上緩緩地點點頭。

「要將日高千秋的遺體搬上溜滑梯，需要很大的力氣。這一點他的條件符合，而且他也有車，是小型家用車。」

兩個座位的紅色小車，就像玩具一樣。

案發前後的大川公園、送回古川鞠子手錶的時刻前後的古川家、廣場飯店周遭、發現日高千秋遺體前後的兒童公園附近，目前仍在繼續調查這四個地區的可疑車輛。到現在為止的報告當中還沒有出現類似的紅色小車。紅色車子比較少見，應該很容易留在目擊者的印象當中。

「這一點固然有所保留，但我還是認為這傢伙是決定性的嫌犯。」

聽說最近編號十一號有結婚的傳聞。

「調查時發現，是打工地方認識的女朋友，年紀比他大。是對方想要結婚，所以調查了他身邊的資料。」

好像是拜託了徵信所。

「調查員到過他家附近問話。現在他住的附近鄰居都不知道他有前科，只說他是個規矩的好青年。但徵信所還是以他們獨特的管道查出了他的過去。結果女方嚇跑了，還洩漏給打工的地方知道。於是很倒楣地，不欲人知的過去便傳開來了。」

「什麼時候的事？」

「今年四月中旬。」鳥居說時，眼睛還轉動了一下：「古川鞠子失蹤確實是在六月初吧？」

「嗯。六月七日。」

「過去他所發生過的事，所有以前因為女性關係的糾紛都將成為動機。交往的對象跑了、他被人甩了或討厭，這次的情形也是一樣。於是他討厭女人的毛病再度復發，導致他犯下這些案件，不是嗎？」

「那個年紀比他大的女友呢？」

「換了工作，已經離開他了。已經知道她的住址，我打算去找她，應該可以知道得更詳細吧。還有一點，他打工的便利商店是連鎖店，總公司在新宿。應徵的面試和一開始的研修都是在那裡進行的。」

「新宿的哪裡？」

「西新宿的中央大樓，就在廣場飯店隔壁。」

武上雙手抱在胸前說：「有沒有派人看著？」

「二十四小時守著。」

「什麼時候要在搜查會議上說明呢？」

「還不知道，警長說要再多蒐集一些證據。確認不在場證明是一件難事。」

「我知道。我也會隨時準備好資料。對了，還有一點……」

「哪一點？」

「編號十一號現在怎麼生活？還繼續在打工嗎？」

「還繼續著，沒有因為前科敗露被解僱，本人也沒有辭職。真不知道他心裡是怎麼想的？聽他同事說，他表示過去的事是被冤枉的。」

「他沒有遠行或生病在家躺著嗎？」

「沒有。」

和鳥居分手後，武上拄在桌子上思考。他認為標號十一號是犯人的可能性只有百分之五十。的確他很符合武上描述的犯人條件；如果他真的是犯人的話，這一陣子的沉默又該如何解釋，難道只是他一時的興起？

神崎警長對於調查前科犯名單，抱持相當審慎的態度。尤其是對象鎖定編號六號和十一號以來，調查進度也不在搜查會議中作全面性的報告。因為他很討厭經由當班記者將資訊洩漏給外部知道。

神崎警長剛出道在他所屬警署工作時，曾發生過三億日圓相關案件的誤逮經驗。這件事在年輕神崎刑警的內心裡烙下很深的陰影。因為這種錯誤產生的損害有多大——不只是被誤逮的「受害人」，搜查當局也蒙害，償付的代價有多高，他最能感同身受。同時神崎也對喜歡附和的日本媒體產生極大的不信任感，像他這種怎麼挖都挖不出新聞的警察，在記者之間算是出名的了。加上特搜總部長的竹本搜查一課課長也是備受媒體評判的人物，於是兩人意見統一，使得這件社會影響力絕大的事件，在搜查過程中資訊極少曝光。

當然媒體方面也發出強烈的不滿。對於經過半個月還是沒有線索的搜查總部，給予極其嚴厲的批評報導就是一例。武上也蒐集了這些新聞報導，並繼續錄下相關的電視節目。錄影的工作因為總部內人手不夠，而且也不是本來的業務，主要是武上的妻子幫忙代勞。除了電視新聞外，白天播出的社會新聞節目，他太太顯然要比他清楚得多了。

事件正熱門的時候，武上根本沒有看錄影帶的空檔；事後再看，也幾乎找不到跟事件有關的新發現。但是他太太十分清楚武上凡事都要記錄的個性，還是繼續認真地錄下相關的節目。

這一天過了中午，武上太太為他送來了換洗衣物。開會中的武上無法出來和太太見面，但之後打開袋子一看，在內衣褲和襯衫間發現了一支錄影帶。上面貼有太太手寫的便條紙，說是某新聞節目製作了使用變聲器打惡作劇電話的專輯，可能會有參考價值。

由於特搜總部保持沉默，媒體只有運用自己的方法，以不同觀點切入事件的報導。武上在晚上休息前，利用會議室的電視和放影機播放帶子。跟他一起看的是篠崎。武上太太在便條紙上註明，這是一個包含廣告約二十分鐘的專輯。武上兩手空空便開始觀看，篠崎則立刻打開記事本，寫下節目中受理的案件。武上內心覺得很高興。

專輯先開始說明變聲器的機械構造、流通管道、價格、使用方法等資訊，之後介紹去年一年在首都圈發生的電話惡作劇案件總數（當然是指公開的件數）和其中使用變聲器的件數。結果數字竟比想像要少。

節目主持人表示：「或許是打惡作劇電話的人，在心理上還是偏好用自己的聲音！」篠崎也將這句話記了下來。

廣告之後的畫面說明使用變聲器還是不能改變人的聲紋。這一點說的沒錯，變聲器只能「改變你耳朵聽到的聲音」，卻不能改變聲紋。這對搜查來說是件好消息，表示還沒開發出這種的技術。而這一點卻是鮮為人知。

武上他們追查的犯人，為了不留下自己的聲音成為證據，所以才使用了變聲器。他最初的電話是打給電視台，除非是笨蛋，否則任何人都會跟他一樣有所顧慮。只是他到底知不知道聲紋是無法改變的呢？如果不知道，看過這個電視報導，說不定會開始緊張了。

專輯的最後一段，是採訪曾經被變聲器電話騷擾過的人們。共有兩位，兩位都是女性。臉部打了馬賽克，說話的聲音也經過處理。一位是住在埼玉縣的家庭主婦，另一位則是住在東京都內的粉領族，她自己一個人住。前者一天會接到超過一百五十通的惡作劇電話，身體都氣壞了。粉領族接到的電話則涉及她的私生活，她懷疑是公司同事搞的鬼，最後不得不把工作給辭了。兩件案例都曾麻煩警方出馬，但還是無功而返。

訪問的後半段，埼玉縣的家庭主婦聲淚俱下地控訴惡作劇電話造成的損害外，還說出另一件驚人的事實。她所居住的新興社區裡，人際關係很狹隘。當她被惡作劇電話騷擾的消息傳出，居然有人開始放出風聲懷疑是不是受害的她本身也有什麼問題？

「有人懷疑我是否有婚外情，所以對方打電話來騷擾；也有人說會不會是我先生搞外遇；更過分的是有人說可能是我在賣春或是玩電話交友，所以電話號碼被外人知道了。這些都是空穴來風，可是我又無法一一舉證反駁，真是氣死我了。」

專輯結束後，武上關上放影機，並問篠崎：「大川公園一帶過去有沒有發生過使用變聲器的騷擾電話案件呢？有沒有這方面的調查？」

篠崎立刻回答說：「這方面的報告還沒有看到過。」

「應該做這方面的調查才是。」

「可是就算有這種案例，為什麼過去的問訊中卻沒有人提過呢？」

「被害人不好意思說出口吧。一不小心說出有過這種電話，擔心會被造謠或被人說長說短的，徒增困擾。

剛剛那個太太說的話，你應該也聽見了吧？就是會發生那種情況呀。」

篠崎眨了眨眼睛，然後站起身來說：「我先去調查轄區內的惡作劇電話報案或申訴記錄。」

因為這時已經開始將焦點鎖定在前科犯名單中的編號六號和十一號，武上對於變聲器騷擾電話的調查不是很熱中，只是覺得不妨試試。

沒想到到了第三天，也就是二十七日竟有了幾項戲劇性的變化。

一個是：編號十一號今年六月七日的不在場證明找到了舉證。六月七日是古川鞠子失蹤的當天。

要確認在便利商店打工的編號十一號之不在場證明，一如鳥居說過的，的確相當困難。日高千秋失蹤當天，他早上在家裡，之後出門打工到六點，接著便外出，行蹤不明。這也是加強他涉嫌的因素。可是問題是他交代不清六月七日前後的行蹤，只知道他六月六、七、八、九日這四天請假，但人在哪裡做什麼卻不知道。

在不斷追問之下，答案從他高中同學的口中說出。原來這四天，編號十一號和朋友參加了自我啟發的課程。

編號十一號的朋友也是跟父母住在一起、沒有固定職業也沒有就業經驗。一心夢想能自己經營事業，參加過許多訓練經營者的自我啟發課程。他和編號十一號從高中以來就斷斷續續來往，也知道他有前科的事，但處於同情的立場。為了幫助編號十一號回到正常社會，過去曾經幾度邀請他一起參加課程，好不容易在六月七日那天實現了。

這項證詞立刻被證實。詢問過舉辦自我啟發課程的單位後，果然發現編號十一號和朋友出席的記錄。而且這個課程的性質特殊，四天之中參加者完全無法外出，除非緊急狀況，來自外部的聯絡也被阻隔。課程的地點位於千葉縣館山市的某家公司專用會場，參加者有專車自車站接送，所以不能自行開車。調查當地計程車公司的行駛記錄，這四天之間完全沒有會場到館山車站或東京、館山車站到東京或會場的使用情形。詢問其他參加課程的學員，也都做證這四天編號十一號和朋友完全共同作息共同上課，不可能擅自外出，甚至回到東京。

編號十一號涉案的可能性一下子變輕了，鳥居覺得十分不甘心，卻又無可奈何。假如說編號十一號有共犯，誘拐古川鞠子是由共犯所為，就事件的性質來看未免太過牽強。至於編號六號的嫌疑本來就不大，所以前科犯名單的調查可說是又回到白紙一張了。

然而就在這時取代上場的是編號十三號的田川一義。

一開始是負責調查可疑車輛的刑警們提出了一份報告。在大川公園事件案發後一個星期內過濾公園周邊可疑車輛的過程中，發現同一家租車公司裡有一個人租借了三次車子。那是住在品川區大崎的一個二十五歲上班族。租車的時間分別是九月四日、十一日、十二日；十一日是案發前一天。車種每次都不同，所租的車每次都會停在公園附近；這從業餘攝影師的照片中可以證明。找到本人詢問上述情事時，他說這三台車都是朋友拜託他租的，他的朋友名叫田川一義。

「他有過前科吧。」大崎的上班族提到。田川一義在兩年前，也就是二十三歲那年在上班的辦公器材租賃公司女子更衣室裡架設針孔照相機，將拍攝的照片匿名寄給畫面上的女性，之後因此而吃了官司。大崎的上班族就是他當年的同事。

「做的事固然很可惡，但工作也辭了，他也有所反省。我覺得他也接受懲罰了，怪可憐的。雖然我們也不是很熟，只是偶爾會一起喝喝酒罷了。」

他還提到田川因為有前科的事，產生了一種害怕面對人的恐懼症。

「他說覺得大家都知道他做過什麼事，都用一種輕蔑的眼光看他。心裡也知道這是一種精神妄想症，可是就是無法擺脫這種想法。田川有一陣子自己一個人不敢出去買東西。他自己也很想想辦法救救自己。」

田川犯的前科和拍照有關，他從小就喜愛攝影，養成了一個人攝影旅行的習慣。

「不敢在人前出現，不就連就業也有困難了嗎？當初雖然是犯了罪，可是把他喜好的攝影也給拿走，對他恐怕更不好，這是他母親的意見。只要拍攝的東西沒有問題，拍些山呀海的就沒關係了吧。對他來說也是一種復健。」

攝影旅行必須有車才方便，既可以載東西，也可以睡在裡面。可是田川沒有自己的車子。

「所以是我去幫他安排租車事宜的。本來這是不應該的，反正人家也不會查，而且費用有繳的話，又有什麼關係？」

九月的三次租車，他都爽快地答應了。聽說田川是到有明的野鳥森林拍照。但為什麼車子卻在大川公園附近徘徊呢？

幾乎跟這份報告同時出爐的是，之前武上提議的騷擾電話調查結果。使用變聲器的惡作劇電話，去年一年在墨東警署轄區內發生了三件。其中一件的受害人是田川一義居住的公營社區內一位年輕家庭主婦。

這一件沒有報案，而是在問訊中得知的。被害人接過兩次電話，兩次都是對方單方面說出猥褻的言語，並未涉及被害人的私生活。大川公園的事件案發後，犯人打電話到電視台時，被害的家庭主婦心想世界上就是有些人會做同樣的事，但並沒有將兩件事情連在一塊思考。

田川一義和這名女性是公營社區裡的同一棟住戶。不管另外的兩件騷擾電話，搜查本部對這一件十分感興趣，於是開始了對田川一義的徹底調查。

時序從九月轉成了十月。

武上彙整了田川一義的個人檔案。他的父母很早就離婚了，他從十歲到現在都跟母親兩人一起生活。五十歲的母親在人形町的百貨店當店員，家裡沒有其他收入。田川從當地高工畢業後，換了好幾個工作，二十三歲那年因犯罪而辭職的辦公器材租賃公司，其實也做不到半年。

根據觀察單位的說法，田川害怕見人的恐懼症應該不是騙人的。田川不斷對觀察單位提到：人們都對他輕蔑，在他背後指指點點的。他也很努力重新生活，觀察單位相信他跟這次的事件沒有關係。

犯人依然保持沉默。下一次他會在何時何地，以什麼方式說話呢？下一步的動態將會如何呢？他是田川嗎？還是不是田川呢？

13

「喂。老先生，你還好吧？」

接起電話，聽見的竟是那聲音。又是那個使用變聲器的聲音。

有馬義男慌張地看看四周。剛好有客人來，木田正在招呼。義男按下設在電話機旁邊的錄音按鈕，重新抓好話筒。並將手心冒出的汗水，往大腿的褲子上一抹。

「老先生，你聽見了嗎？」

「喂，我有在聽。我人還在呀。」義男立即回答：「又是你呀？」

對方的機械聲音笑說：「你說的你是指誰呀？」

「你就是在廣場飯店給我留信的人吧？」

「沒錯。不過何必說得那麼拗口呢，我就是誘拐老先生孫女的男人呀！」

木田還在招呼客人。義男探出身體打開辦公桌前的小窗戶。有馬豆腐店外隔著狹小的停車場，旁邊是一棟兩層樓的公寓。公寓一樓的窗戶開著，可以看見裡面坐著刑警的臉。義男對著他搖搖手。

原本無所事事的刑警，神情變得緊張。看著他開始行動，義男吞了一下口水後，開始對著話筒呼喚。

「喂！喂——」

對方沉默無聲，難道是掛上電話了嗎？

「喂！喂——」

「老先生！」突然冒出的聲音，還帶有一些笑意：「你好像在搞什麼鬼嘛？」

「搞鬼？」

「我知道，那裡有警察，是吧？發生那種事，這也是當然的。我自然也會考慮到這一點。所以想用這個電話進行反向追蹤沒有用的。我用的是手機呀！」

招呼完客人的木田回到他身邊。義男撕下手邊的便條紙，寫下：「是手機！」給木田看。木田立刻衝出店面跑到隔壁公寓去。

自從出了廣場飯店的事後，義男身邊就不乏警察保護。刑警們幫他的電話裝上錄音機，租下隔壁公寓的一間空房，設置了反向追蹤的機器，作為戒備的據點。義男一個人住的家還有很多空房，義男也願意讓警察住下；但警方考慮到犯人不僅是打電話，也可能直接接觸義男本人，就像上次將鞠子的手錶送回古川家一樣。為了因應這種情況，還是選擇了埋伏比較不明顯的隔壁公寓。

因為早聽說犯人可能使用難以反向追蹤的手機，義男並沒有太失望。只是覺得對方使用手機，但在他的聲音背後卻沒有其他雜音，或許是在室內打的吧。

看著無聲轉動的錄音機，義男心想該如何開口才能盡量拖住對方讓對方說話呢。警方之前曾經指導過他。

「看來犯人似乎很喜歡有馬先生。」廣場飯店的事件之後，在墨東警署碰面的神崎警長對他說：「今後對方還是很有可能跟你接觸。他要求你在鏡頭前下跪，應該是說得很認真。站在我們的立場，無論如何希望能多蒐集到犯人的資訊。如果對方主動接觸時，請盡量讓他說話。」

義男問：「警察先生，為什麼你們會認為犯人很喜歡我呢？」

神崎警長黑得像鋼鐵一樣的眼睛閃爍了一下，回答：「不知道為什麼。不過從交談的氣氛、對方的做法中可以感受得到。」

義男又說了：「那傢伙喜歡我，大概是因為我是個無助的老頭子吧！」

「你是無助的老頭子嗎？」警長一副不讓對方否認的強烈眼光看著義男：「的確犯人對你有所輕視，但這一點對我們卻很有利。只要犯人喜歡，就讓他認為你是個無助的老頭子吧。我們要利用這一點，也因此你絕對不會是一個無助的老頭子。」

義男挺直了腰桿，兩腳用力踏在地上。

「你是不是忘了對我說過的話？」

「什麼話？」

「你說我如果在鏡頭前下跪的話，就要將鞠子還給我。不是嗎？」

「這麼說來倒是真的耶。」

「所以我一直在等你，我想你一定會跟我聯絡的。」

「老先生，你真的做得到……」話說到一半，犯人突然猛烈咳嗽。大概是將手機移開嘴邊，聲音變得遙遠。透過變聲器傳來的咳嗽聲，有種刺激耳膜的噪音，同時又有種人類的感觸。義男猛然覺得背後一涼。

等待對方咳嗽停止，義男再度說話：「你感冒了嗎？」

對方清了清喉嚨，回來接電話說：「有一點。」

「咳嗽的話，菸還是別抽的好。」

對方聲音尖銳地反問：「我抽菸？你怎麼會知道？為什麼？」

對方反應如此激烈，義男也嚇了一跳。

「上次說話的時候，我聽見打火機的聲音。」

義男還記得當時很想鑽進電話線裡毆打對方。自己的孫女命在垂危，你居然還能吞雲吐霧！

「老先生的耳力還不錯嘛！」

「因為我也吸菸所以知道。」

「不必說我了，倒是老先生才應該戒菸呢。」說完犯人發出痙攣般的短笑：「算了！反正你已經一隻腳踏進棺材裡了。」

義男沉默地聽著機械的笑聲。這時跑到隔壁的木田回來了，一臉緊張地注視著義男。

「你今天打來有什麼事？看來你已經忘記電視台的事了。」

「我是想聽聽老先生的聲音呀。」

「聽我的聲音？」

「嗯。想聽聽你問說：鞠子還好嗎？」

義男眨了一下眼睛。上次和神崎警長見過面後，他被帶到一個負責文件業務的中年刑警那裡，重新說明了和犯人之間的對話。那個刑警好像是叫武上，義男想起他說的話。

「下次犯人和你聯絡的時候，雖然很難過，但在對方說出口之前，請不要先問對方你孫女的消息。只要有馬先生沉默不說，對方一定會自己提到。對方其實很想說這件事，一旦有馬先生什麼都不問，對方反而覺得無趣而自行爆料，說不定一不小心就說出其他線索。」

義男慎重地回答：「我一直都很擔心鞠子的事。」

「真的嗎？可是你卻一句話也沒問到她。」

「就算開口問，你還不是什麼都不說。」

「所以你就去找警察？真是差勁。警察都是群飯桶！」

「是嗎？」

「沒錯，他們什麼也沒發現。」

「你的頭腦很好呀。」

「老先生，你是想取笑我，好激怒我，是嗎？」

「我沒有。」

「那你跟我道歉！」

「道歉？」

「因為你剛剛說的話。說什麼我的頭腦很好，簡直是瞧不起人的說法嘛。」

「我沒有那個意思呀。」

機械聲就像和父母吵架的小孩一樣，快嘴地打斷了義男：「我不要聽你說理由，我叫你道歉！可惡的死老頭！」

義男緩緩地眨了一下眼睛，然後一字一句咬著牙說出：「真是對不起，我跟你道歉。」

「你要說：我誠心跟你道歉。」

「我誠心跟你道歉。」

「你不要太放肆了，死老頭。」

義男將話筒貼在耳邊，眼睛看著木田的臉。他不安地縮著身體，手指緊緊抓住身旁的柱子。

「老先生，我可是對你的舉動一清二楚。你想幹什麼，我全都知道。所以不要輕舉妄動，凡事聽我的，知道嗎？」

「我知道，我完全知道。可是我有個請求，如果鞠子還活著，至少讓我聽聽她的聲音，好嗎？」

對方立刻笑說：「不行！」

「鞠子不在那裡嗎？」

「我說不行就是不行！」

犯人又開始咳嗽，聽起來咳得很痛苦。義男心想：這是感冒快好時所剩下的嚴重咳嗽。

「老先生……咳……咳……你還真敢……咳……咳。」

這時義男突然靈機一動，睜大了眼睛。他找了一下桌子四周，發現身後的大豆桶裡有個量豆子的器具。義男將量豆器戴在頭上，一手抓著話筒，一邊拉長電話線走到店面。

木田吃驚地看著這一切。可是義男用眼光和下巴跟他打聲招呼，他立刻將接在牆上的電話線扯下來。電話線一放鬆，義男便能走到店裡冷藏庫的外面。

量豆器是塑膠製的小桶子，微禿的義男將它戴在頭上對著街頭一站，走過有馬豆腐店的行人看見立刻發出驚奇的笑聲。甚至還有騎腳踏車的女性吃驚得差點翻車了。

「老先生，你聽見了嗎？」

「是的，我聽得見。」

「老先生，你不會以為激怒我就沒事了吧？」

「我沒有要激怒你的意思。只希望你告訴我鞠子平安無事。」

機械的怒吼聲刺激著義男的耳膜：「要怎麼對待鞠子是我的自由！老先生沒有任何權利，聽見沒有？」

「我是鞠子的家人呀。」

「家人也沒有權利！只能聽從我說的做。我已經說過很多次了，你不要老人痴呆給忘了！」

路上的行人看著頭戴量豆器打電話的義男，不知心裡做何評價？

「可憐的糟老頭！你重複說一次：我是可憐的糟老頭。」

「我是可憐的糟老頭。」

「再說：我沒有活著的價值。」

「我沒有活著的價值。」

「真是個沒用的死老頭！」同時伴隨著嘲笑的機械聲。「我要是覺得無聊，再跟你聯絡吧！老先生。」

電話切斷了。義男默默地看著話筒一會兒，耳朵聽見嘟嘟聲的空響。然後回頭看著木田說：「掛斷了。」

「老爹，你為什麼要道歉？」木田抱著電話機走上前，一邊手指著義男頭上的塑膠桶問說：「那傢伙要你這麼做的嗎？」

「沒有，不是的。」

後面的電鈴響了。義男將話筒交給木田，立刻回到客廳。原來是跟隔壁公寓直通的對講機響了。

「有馬先生，你沒事吧？」刑警呼喚說。

「我沒事，已經錄下音了。」

「我們先調查一下這周邊，在這裡還沒有聯絡之前，請不要離開店面。犯人很有可能在這附近。」

對講機一切掉，義男對木田說：「我也是這麼認為。」

「認為什麼？」

「我在想那傢伙可能在附近，看著我們的店打電話。因為是用手機，所以才可以這麼做吧？」

「嗯，的確可以。」木田點頭說，然後睜大了眼睛表示：「所以老爹才會戴著桶子跑到店外面嗎？」

「嗯。我以為那傢伙看到這樣，一定會笑出來。」

「可是，為什麼……」

「那傢伙說了：老先生的舉動，我可是一清二楚。而且還咳得很嚴重。」

咳得那麼辛苦，應該不是演戲。

「不是常有這種情況嗎？感冒後睡在床上，等燒退了、咳嗽停止後出門，吹了風立刻又開始咳嗽。所以我猜對方可能是站在那邊。」

木田睜著膽怯和憤怒的眼光看著街頭的方向。義男趁此時偷偷背著木田拭了一下眼角。

鞠子已經不在人世了。

之前是百分之九十的死心，但還抱著百分之十的希望。刑警們也說鞠子還活著，被犯人抓在身邊的可能性很大。

可是這個希望已經破滅了，鞠子已經死了，肯定錯不了的。義男心中十分確信。

今天義男狠狠地激怒了對方。為了報復，那傢伙知道如何作弄義男、如何對付義男是最具有效果的。只要讓鞠子出聲，哀求：「爺爺，救我！」就是最好的方法。

可是對方沒有這麼做，立刻就拒絕了。完全沒有表示什麼時候可以，或要他做什麼就能聽聽鞠子的聲音，反而只是出言侮辱了義男一頓。

鞠子已經死了。鞠子已經到了那傢伙無法觸及的地方去了。義男心中茫然地想著：只有這一點是已經確知的了。

犯人再度打電話給有馬義男。同一個時間點，最大嫌疑犯的田川一義在做什麼呢？

事實上他正在離他家走路約五分鐘距離的理髮店剪頭髮。「田川專案班」將車子停在可以監視店門口的路上，用望眼鏡追蹤他的行動。田川離開家後，一位步行尾隨其後的刑警，在田川走進理髮店之後不久，才假裝走進店裡問路。

那是一個中年的理髮店老闆，守著只有兩張理髮椅的小店。刑警利用跟老闆說話的機會觀察田川的樣子。田川正坐在椅子上翻閱雜誌等待剪髮。刑警跟老闆道謝後，繼續保持監視的狀態。當他走回定位時，一個客人離開店面，田川被叫到鏡子前面坐下。

由於監視田川和調查其周邊的行動才開始不久，還不知道這家理髮店是否是他常來之處。從外面透過大型玻璃窗，只能看見老闆熱心地招呼田川，但田川面無表情地不發一語，而且眼光低垂著，不敢和老闆的視線相對。這一點倒是能證明他有「人群恐懼症」。

實際上田川經常是關在家裡的。偶爾外出也只是到馬路對面的便利商店買雜誌，或是前往北邊距離兩個街角的錄影帶店。衣食住全靠母親，沒有上班，也沒有在找工作。全家靠著母親一人的薪水，生活應該十分辛苦。監視開始沒多久，曾有一位瓦斯公司的收費員來催討滯繳的瓦斯費。

理髮店老闆俐落地修剪田川的頭髮，田川眼睛閉著。在車裡監視的兩名刑警，對於平時可以出來剪頭髮的田川，不時說些語帶諷刺的笑話調侃。理髮店門口的雙線道屬於附近小學的學區，下午的這個時刻，四、五個戴著黃色帽子的一年級生手牽手走過理髮店的玻璃窗前回家。其中一個背著紅色書包、穿白襪的小女孩，大概是聽到朋友講的笑話，笑得特別大聲。這時店裡的田川突然張開眼睛看著小女孩，快速得就像是貓看見老鼠時一樣的本能反應。田川繼續看著小女孩，直到她消失在視線外仍看著那個方向。拿望遠鏡看見這光景的刑警，事後對同事提起當時的個人感想時，不禁表示：感覺有點毛骨悚然！

車裡的刑警心想：既然能來理髮店，就應該能一個人去租車。要朋友代勞，該不會是租車的背後有不可告人的目的吧？就在這時，剪髮結束了。老闆將田川身上的披肩取下，然後田川跟老闆說了什麼便站了起來。老闆指著後面，田川朝那方向走去。

「上廁所嗎？」

田川的身影消失在視線前，車裡的刑警以無線電對徒步的刑警下了指示。通話一結束，來自有馬豆腐店隔壁公寓的「有馬專案班」通知：目前犯人打電話過來了。

真是微妙的時間點，簡直就像是計算好的一樣。

「他在打電話，該不會是用店裡的電話吧？」

「他敢如此冒險嗎？在那麼小的店裡面。」

田川班立刻跟總部聯絡，總部命令繼續待命。這時無線電通知：犯人是用手機聯絡的。

「田川有手機嗎？」

「沒有看過。」

「該不會又是跟朋友借的吧？真是個好朋友，可惡！」

田川還沒出來。老闆正在掃地。無線電說明犯人還在繼續通話中。

「要不要進店裡確認？」

總部命令繼續待命。車裡的溫度升高了，犯人還在通話中。

老闆掃完地後走進店裡面。透過玻璃窗看見店裡空無一人，鏡中反映牆上的時鐘，秒針朝相反的方向轉動。

無線電通知說犯人掛上電話了。

「老闆去哪裡了呢？」

這時田川回來了，坐在理髮椅上。呼吸一口氣後，老闆也出現了，拿了推車上的整髮液，噴在田川頭髮上。車裡面的刑警大聲吐了口氣。

理髮一結束，田川走原路回家，田川班回到現場。

詢問理髮店老闆剛剛的情況，他回答說：「剛剛的年輕客人嗎？他是去上廁所。」還說是來第二、三次的客人。每次都是這樣，不怎麼愛理人，老闆也沒聽他說過話。

「老實說，給人的感覺很陰沉。電話？他沒有用店裡的電話。從廁所打手機嗎？他有嗎？我不認為他有打耶。」

「什麼？咳嗽？那個客人有咳嗽嗎？我想是沒有。看起來不像是感冒了。我說警察先生，那個人做了什麼事嗎？」

刑警們早被交代不能多說，立即離開現場。

聽完田川班的報告，武上立刻帶著篠崎離開墨東警署前往有馬班。他穿著夾克、沒有打領帶，篠崎則換上西裝外套、襯衫和牛仔褲的裝扮。

「這麼一打扮，就算被犯人看到，也會以為我們是在豆腐工會裡面工作的人！」篠崎說。他肩上掛著一個大皮包，裡面裝有錄音設備。正在拷貝錄音帶，準備順便送到科警所去。

豆腐店有店員木田看著，有馬義男被叫到隔壁公寓裡去。他一副失魂落魄的樣子，讓武上很擔心，說話的聲音也沒有精神。

篠崎前往科警所後，武上開始拍攝有馬豆腐店周遭的照片。為了製作詳細地圖，他問有馬有沒有商店地區地圖？有馬將牆上的撕下來給他。

「情緒好一點了嗎？」武上問。

有馬義男緩緩地眨了一下眼睛，用手揉一揉臉頰。

「鞠子不會回來了。」幽幽地說出這句話。然後說明為什麼不回來的理由，聲音有些沙啞。

武上認為義男的推測很有道理，但不敢說出口來。只能靜靜地聽義男的意見，不敢隨便說出安慰的話語。從事刑警的職業後，常常會看見有很多不可理喻的人，可以扭曲自己的本性、傷害周遭的人、讓家人為他流淚；但相反的也有人用普通的語言、生活態度，努力維持正向的心情過生活。現在的武上就是這樣的心情。

有馬義男比起犯人所想像的要聰明，而且有魄力。能夠從犯人不以他孫女為擋箭牌來推論孫女已死。其實這些不過是在推測的範圍內，他可以不去正視，但他選擇了勇於面對事實。不管多麼悲慘、多麼痛苦，都嚴禁自己依賴希望渺茫的推測？這不是一個力量微弱的老人做得到的。武上不禁揣想眼前這位豆腐店的老爹——有馬義男有過怎樣的一生。

有馬義男茫然地看著窗外低喃道：「我該怎麼跟真智子說明這件事呢？」

古川鞠子的媽媽還在住院中。生命沒有問題了，但傷勢還是很嚴重。因為部下的失職造成這種結果，武上知道自己必須再一次跟家屬賠罪才是。

「她的情形怎樣？」

義男搖搖頭說：「外傷逐漸恢復當中。事實上，她不肯開口說話。」

武上稍微睜大了眼睛。義男看了一下桌面，然後打開抽屜，找到香菸並取出一根。

「她不肯說話。」他說，同時用十元打火機點燃香菸。他的手指有些顫抖。

「意識恢復後，一句話也沒說嗎？」

「是的。她不肯說話，也裝出聽不見我說話的樣子。整個人精神恍惚地躺在床上，只是睡著。」

這也是逃避現實的一種形式吧。

「醫生怎麼說？」

「醫生說這種症狀很難處理。總之先醫好外傷，然後再給精神科的醫生看看。現在精神科的醫生偶爾會來看看情況怎樣。」

聽說半夜會突然哭泣。

「她不是放聲大哭大鬧，而是默默地流淚哭泣好幾個小時。我人不在那裡不知道，聽說只要一開始，就哭整個晚上不停止。因為這對身體也不好，所以醫院會給她打精神安定劑。」

因為鳥居前往問訊的態度不佳，傷害了古川真智子的情緒。武上再一次跟義男賠罪。

「他本人也在反省。」

義男揮揮手說：「算了，已經是過去的事了。重要的是……」

店門口來了客人，義男有些受到影響。木田忙著招呼客人，有馬豆腐店的生意興隆。

義男壓低聲音說：「重要的是，警方能抓到犯人嗎？」

很直接的質問，因為感覺後面還有什麼話沒說，武上沒有回答地看著義男的臉。老人捻熄香菸，眉頭有些打結，慢慢地挑選字眼表示：「我不是看輕警方才這麼問的，我知道你們也很盡力。只是總覺得……總覺得這個犯人不是一般人能夠抓得到的。」

「你是說他異於常人嗎？」

「異常……」義男側著頭說：「如果是指他腦筋不正常，我倒不是這個意思。」

武上沉默地點點頭。

「我不是沒看過頭腦不正常的人。事實上我有些客人就是這樣。」

用手指著木田所在的店的方向，義男一臉認真地繼續說下去：「他一個月會來一次，一個身材魁梧好像摔角選手的年輕人。不帶錢就來買豆腐，叫他付錢時，他就要其他客人幫他付。被強迫的客人當然很不甘，可是對方的力氣大，又不想惹麻煩，只好付錢了。我要是看店就會阻止他，跟他說：沒錢就不要來買豆腐。於是他會當場搥胸頓足地大叫，可是我毫不退縮，他鬧夠了便會回去。他出現在我店裡已經一年了，是我們這個商店區裡的名人。」

「巡邏的警察也知道他嗎？」

「知道。有時也會關心來看看，還說會不會是什麼藥物的中毒患者呢。」

這時義男微微笑了一下，好像每一根皺紋也都在微笑一樣，表情十分柔和。

「後來在其他地方又遇見了那個身材魁梧的男人。他居然從對面走來跟我說：『老爹，你家的豆腐很好吃耶，真的。比超市賣的都好吃，下次我還要去買！』」

武上也跟著苦笑。

「真是個奇怪的男人。年紀輕輕的，卻也真可憐。」義男說：「那種奇怪，我可以理解。可是害鞠子……害鞠子的犯人，卻不是那種的奇怪。刑警先生你不這麼認為嗎？」

「的確，你說的沒錯。」武上緩緩地回答。

「這傢伙的標準只有他自己能夠理解，跟普通人頭腦想的正常尺度根本差太多。所以刑警先生，我很擔心。不管怎麼努力，因為尺度不同，警方是追不上犯人的。」

武上也有很多話想說，尤其想稱讚義男頭腦的冷靜。但在腦海中沉澱過後，說出來的只有一句話：「犯人也是人，這一點是不會錯的。是人的話，就會被抓到。」

他其實也是說給自己聽的。

「他不是感冒了嗎？有在咳嗽。所以那傢伙也是人呀。」

對了，感冒。他的咳嗽證實了武上「犯人可能發生什麼事」的猜測。因此武上將田川一義從嫌犯的名單上除名。儘管搜查總部有其他意見，武上個人卻是很有自信這麼做。是不是用手機，不是問題。武上毫無疑問地確定犯人是未知的人物，至少目前還是未知。

「是人嗎？」義男低喃道：「他是人嗎？」

之後過了一個禮拜。絲毫沒有進展的一個禮拜，一切都潛伏在水面下的一個禮拜，呈現膠著狀態的一個禮拜。田川一義還在警方的監視下，武上畫好新的地圖，科警所將錄音帶做了音響分析，有馬義男利用開店空檔到醫院探望古川真智子，媒體方面報導了犯人再度打電話到有馬家的事實，當事件的衝擊越來越淡的一個禮拜過後——

古川鞠子的遺體出現了。

14

東京都中野區中央。位在山手路和青梅車道十字路口北邊的第三個街角，有一家名為「坂崎搬家中心」的公司。

說是「中心」聽起來公司很大，其實員工包含打工的學生共五人，四十五歲的坂崎老闆還身兼司機，其實是間小公司。表面上是做搬家業務，趁著空檔也接其他的工作。例如家中有大型家具想要換地方擺啦、不會組裝組合家具啦、一個人無法更換漏水的破屋瓦啦、想要丟棄大型垃圾啦、公寓外側的逃生梯下不去等瑣事，只要一通電話服務就來。親切的工作態度頗受街坊鄰居的好評。開店以來才經過六年，還算是新公司，不過口耳相傳的結果，從去年起東京都東部已經有客戶上門。電視節目中還曾經報導過這家奇特的公司。

在東京二十三區的西部地區，包含中野區一帶、新宿區北部、練馬區、豐島區等地儘管經過韓戰之後的高度經濟成長期，目前還留有很多的獨門獨戶住宅、低樓公營社區、雜院式公寓等老式建築。如果泡沫經濟多維持一年或許就會有所改變，這些舊式建築雜處在突然冒出的停車場、零碎的空地間和空屋率頗高的租賃大樓中，其實也已形成了一種街頭風景。這群住在老房子的居民，抬頭就能看見新宿副都心的高樓大廈和奢華得令人好笑的新宿都廳；他們的共同特點就是平均年齡很高。很多人的老伴已經先行過世，成為獨居老人。這附近的氣氛很適合「古老」的形容詞，除了肯忍受不方便的人外，一般年輕人都不願意住在這個歷史中古的區域，所以這裡進出的人口有限，定居的人數每下愈況。

因為是這樣的地區，提供便利服務的行業乃成為必要。年輕單身者或育兒中的夫婦們居住的區域，換家具這種小事通常會自己來。郵購買來的家具，也不至於不會組裝，打開拆封就束手無策。但是隨著小家庭制度的普及，如今高齡者越多的地區，情況就另當別論。坂崎老闆就是看準了這一點，所以公司業務立刻上軌道。雖然沒有賺大錢，營業額倒是逐漸成長。而且老闆本身也覺得對地方有貢獻，不免有些自負的心情。

十月十一日星期五。這一天一早就有一件搬家業務，坂崎老闆清晨五點便起床了。公司是木造住宅，月租十八萬日圓，老闆一家就住在二樓。生財工具的兩輛卡車停在走路五分鐘距離的兩層樓停車場裡。所以要不是門口有塊手寫的招牌「坂崎搬家中心——任何小東西都接受搬運，任何小問題都提供協助」，恐怕沒有人會認為這裡竟然有一家搬家公司吧！而且大門口排滿老闆娘精心栽種的花缽，旁邊則是停著老闆小孩們的自行車和三輪車。

從床上爬起來的坂崎老闆，下樓打開大門，走出去到信箱裡取出報紙。這時他看見小孩的自行車輪子旁邊，放著一個紙袋。不是色彩鮮豔的百貨公司紙袋，而是牛皮紙做的，大小約五十公分的四方型紙袋。附有紙把手，開口的地方用膠帶封住了。

他想會是什麼東西呢？走近一看，發現做為垃圾紙袋顯得很新，連封口的膠帶也很新。是誰把這東西忘了放在這裡嗎？

拿起來看看，比想像的要重些。坂崎老闆皺著眉思考。他沒有撕開膠帶，直接從縫隙窺探裡面。看見了土塊，土塊潮濕，還混雜了一些枯草。

什麼東西嘛！他有些不太高興。會是有人不知丟哪裡，就把花缽裡的廢土丟到他家嗎？這附近應該沒有人會把空罐子丟到別人家門口，也沒有人會在不是可燃燒垃圾日丟棄可燃垃圾。他以為這種沒常識的人應該很少才對。

十分生氣的坂崎老闆提著紙袋，繞到家門旁邊。在他家和隔壁之間有一道五十公分寬的防火巷，總之先將紙袋塞在裡面。泥土屬於不可燃的垃圾，還要幾天後才能拿出來倒。在那之前只有先保管囉，誰這麼缺德，真是過分！

回到家，老闆娘已經起床到廚房燒開水。坂崎老闆嘟著嘴提起今天早上的事，老闆娘也一臉不高興地回說：待會兒會確認一下裡面是什麼再說。

「也許就跟你說的一樣，不知道花缽裡的泥土該怎麼處理，就丟到我們家了。」

「既然這樣，也該先說一聲吧。」

「可能是想會收錢吧。」

吃早飯的時候，員工們紛紛來上班。今天要搬家的是來自彌生町獨戶住宅的八十五歲獨居老太太所委託。聽說是因為覺得一個人住有危險，決定搬到八王子的長子夫婦家一起住。他們為老媽媽空出了一間三坪大的和室，所以現在這個家裡的所有東西是容納不下的。搬家的同時還必須幫忙處理廢棄物。

開完會後，帶著員工一起到彌生町已經是七點多了。八點開始正式作業。業主的老太太不肯丟棄舊的家具，吵著這個也要帶走、那個也要帶走，讓坂崎老闆好生困擾。長子夫婦之前就已經將要帶走和要處理的家具清單交給了他，但是老太太這裡意見不同。畢竟付錢的人是長子夫婦，坂崎搬家中心夾在中間很難做事。獨居老人的搬家常會遇到這種情形，坂崎老闆多少也有些經驗，只好不時安慰老太太，不時跟著一起罵罵長子夫婦，讓搬家作業繼續進行。

就是說嘛，他們也都不來幫忙。可是老太太妳可千萬不能生氣呀！因為以後就要跟兒子他們一起生活了。

坂崎老闆正在說這些安慰的話時，工作服口袋裡的手機響了。

是老闆娘打來的：「老公，你等一下！」聲音有些奇怪，有些顫抖：「今天早上你說的那個紙袋，我打開看過了。」

「喔，妳說那個呀。怎麼了？難道裡面埋有金塊嗎？」一邊擦拭額頭上的汗珠，坂崎老闆笑著說。可是老闆娘一笑也不笑。

「才不是那樣呢，一點也不好笑。裡面好像有骨頭什麼的！」

「骨頭？」

「是呀。不是有土塊嗎？土裡面可以看見頭骨之類的東西，還有手掌和手臂的骨頭。怎麼辦？應該報警嗎？」

「等……等一下！」

坂崎老闆也嚇了一跳，一時之間無法判斷該怎麼做。要是隨便打一一〇的電話，事後丟臉更討厭。他為了避開周遭員工的耳目，走到路邊，壓低聲音說：「總之還是等我回家再說！」

「可是你今天是整天的工作，不是嗎？而且是在八王子吧？必須將家具和老太太送到那邊，我才不想等到傍晚呢。實在有夠恐怖的！」

「妳不會放到看不見的地方嗎？放心吧，不會有骨頭什麼的啦。」

「可是真的很像是頭蓋骨耶！」

「那是模型啦，模型。所以才不好處理，給丟到我們家來。妳也真是笨蛋，這麼大歲數了還那麼膽小。」

責罵過依然不安心的老闆娘後，他關掉手機，回去繼續工作。將行李捆包好後，讓老太太坐在前座，便開車前往八王子。經過高圓寺的陸橋時，手機又響了起來。

「老公……」

「怎麼又是妳？什麼事？我正在開車。」

老闆娘的聲音不只是顫抖，而是完全的崩潰：「電視台的人來了。」

「什麼？是上次『Special東京』的人嗎？」

就是曾經報導過坂崎搬家中心的資訊節目。

「才不是呢。是新聞報導的人。說是ＨＢＳ電視台。」

不是地方電視台，而是全國網路。前面的號誌是綠燈，坂崎老闆先將車子停在路邊。還來不及問他們來家裡幹什麼，老闆娘半哭的聲音開始訴說：「那個紙袋中的東西，果然是骨頭。ＨＢＳ說他們接到了電話，說是那個行蹤不明的女孩子屍骨。」

坂崎老闆的眼前一陣黑暗。

坂崎老闆一邊安慰妻子一邊捆包家具時，HBS的總機接到了這樣的電話。

「喂？我要跟報導大川公園和三鷹高中女生謀殺事件的人說話。」

是使用變聲器的聲音。自從上次其他電視台接到犯人打來的電話後，公司裡規定只要是提到案件的電話一律先轉到新聞部。因此總機小姐不管是什麼惡作劇電話都轉過去，至今已轉過去十幾通了。這一次她心裡也是這麼認為，但還是轉給了新聞部。

新聞部的記者在通話之前先按下了錄音鍵。不過這只是小心起見，過去已經被許多愛湊熱鬧的人惡作劇過，浪費許多時間。記者其實沒有太多的期待，於是叼著香菸前來接電話。

第一聲變聲器的聲音如此說明：「這不是惡作劇的電話！」

記者心想：是喲！大家都是這麼說的。

「我是想給你們獨家消息才打電話來的。你是新聞部的記者嗎？真是幸運呀，該不會是啣著金湯匙出生的吧？」

「有何貴幹？」

「不要那麼不客氣嘛，小心我掛上電話。到時候你會後悔一生。聽清楚了，你現在接的電話，可是具有讓總經理表揚的價值呀。」

因為嘴裡啣的香菸，記者的眼睛被燻到了。加上昨天半夜在能登半島的日本海上發生外籍漁船沉沒事件，至今還不能確定船上人員安全與否？新聞部為這條消息忙得不可開交。

「如果你提供的消息這麼有價值，那我一定要聽聽看了。」記者盡可能裝出認真的口氣。後面走過的其他記者聽見他說話，故意跟他擠眉弄眼。他則舉起一隻手揮動表示：又是惡作劇啦，惡作劇的電話。

「我是希望對所有媒體公平，這次選中你們台打電話通知。」變聲器的聲音說：「準備好了嗎？你要聽清楚。在中野坂上車站附近，有一家名叫坂崎搬家中心的公司。公司很小，不要找丟了。那裡有古川鞠子的遺體。」

記者坐直了身體問：「古川鞠子？你剛剛是這麼說的嗎？」

「不是說過了嗎？叫你要聽清楚。鞠子的遺體裝在紙袋裡，寄放在坂崎搬家中心。我是覺得有馬老頭很可憐，才決定還給他的。」

接著發出尖銳的笑聲，而且還被自己的笑聲噎住了。

「你們去查看看嘛！這可是獨家消息。大概連警察都還不知道吧。不過要是坂崎搬家中心報案了，那就另當別論了。總之你們還是快點行動吧！」

電話到此切斷了。記者一時之間啞然無聲，然後趕緊調查坂崎搬家中心的電話。果然有這家公司，也有電話號碼。打過去後，出現中年女子的聲音。記者報上名後，立刻告訴對方此一情形，並問說有沒有那只怪紙袋？對方十分狼狽地回答：「裡面有……有一些奇怪的骨頭，我還在想該怎麼處理呢。」

接電話的是坂崎老闆娘，她剛剛才跟坂崎老闆通過手機。因為覺得奇怪和心中不安，記者一問話便都說了出來。

「請放著不要動，我們立刻會過去確認。也請不要報警，說不定是惡作劇。」

這時記者的指示是否構成妨害公務罪，日後將成為國會上爭論的大騷動；但此刻十分困擾的坂崎老闆娘，聽見記者強而有力的聲音，反而覺得發現了依靠一樣，自然聽從其指示。結果三十分鐘不到，電視台的採訪小組便到達現場。

HBS的記者兩手戴上白手套，確認了紙袋的內容物。混在泥土中的人骨立刻跑了出來。有頭蓋骨、下顎骨、手腳的骨頭、肋骨，幾乎呈現一具完全白骨化的遺體。

「該不會是模型吧？」

臉色蒼白的坂崎老闆娘立刻衝去打電話，記者也攔她不住。老闆娘的三兒子——還在唸幼稚園的小男孩看見母親非比尋常的模樣，神情十分害怕。小男孩雙手緊抓著打電話報警的媽媽身體，電視台的攝影機不忘捕捉這一幕場景。

附近人們發現坂崎家的異樣，都趕來看熱鬧。記者開始在現場採訪，坂崎家對面的鄰居打開了電視，轉到HBS台，原來重播的電視劇已經中斷，改成臨時插播的新聞快報。沒想到自己家門口竟成了新聞現場。

在混亂與騷動中，從紙袋中取出的白骨屍體就曝露在一片空寂中。地面上只鋪著一塊塑膠布，骨頭分散地排在上面。塞滿潮濕泥土的眼窩靜靜地望著自己被帶來的這個陌生人家，尋找著自己的親友臉孔。這時屍體還只是「她」，直到比對牙科醫生的齒模記錄確定是「古川鞠子」後，已經是那一天的深夜了。

於是鞠子終於回家了。沒有比這種回家孤寂的了。

HBS開始播放新聞快報的時刻，塚田真一正在山上飯店的咖啡廳，和石井良江面對面坐著。旁邊坐著的前畑滋子則擔心地看著兩個人的臉。

真一住在前畑家之後，滋子便打電話跟石井家聯絡。雖然也要求真一說說話，但他表示不知該說什麼而拒絕了。滋子和良江約好見面後，便掛上電話。

她對真一說：「石井夫婦已經知道整件事情了。」

一如真一所擔心的，他離家出走那天，樋口惠一直守在石井家門口。遇到剛回家的良江還逼問她：不要將真一藏起來，趕快把人交出來。

「嬸嬸一定嚇了一大跳吧？」

「她很擔心你呀。」滋子說。

儘管已經約好了見面，實際上真的碰到面，卻還是花了些時日。石井良江一看見真一的臉，便急著確認他是否健康，然後道歉說：「我很想早點來看你……可是我好害怕！」

「害怕？」滋子覺得奇怪。

良江點點頭看著真一的臉說：「小真，那個女孩……叫做樋口惠的，為什麼會知道我們家呢，你知道嗎？」

真一沉默地搖搖頭。

「她說是找了徵信社調查的。」說時良江一副聞到臭味般地皺起了鼻頭：「小真的行李搬來我們家時僱用的卡車就是她的線索。」

真一茫然地想起：當初從佐和市的家，那個殺人現場的家搬來書桌椅、小型書櫃和一些衣物。原來是那輛卡車！

「當時我先生很反對，說不要從佐和市的家搬東西過來。他說發生過那種不幸的家，東西應該全部都留下來才對。可是我沒有答應他。」良江對滋子說：「我認為至少該讓真一帶一點東西過來吧。當初要是聽我先生說的就好了，這樣她就查不出我們家了。小真，我對不起你。」

良江的聲音沙啞，真一聽了低下了頭。眼前看見的是紅色的菸灰缸，他盯著菸灰缸說：「當初是我說要搬書桌椅過來的。」

良江從皮包裡取出手帕擦拭眼角的淚水。

「這不是你們兩位的責任。」滋子靜靜地表示：「真一同學被人追著跑，這件事本身就不正常！」

「那個女孩發瘋了！」良江生氣地說：「實在太不要臉了。有那樣的父親就有這種女兒。」

「是她跟石井女士說找徵信社查的嗎？」

「是的，說的時候眼睛還發亮呢。當時因為小真不見了，我的心情很混亂，根本不知道該怎麼辦。那個女孩居然每天都來家裡或是打電話來。不管我怎麼告訴她小真不在家，一開始她完全不相信，還說是我們將小真藏了起來，喊著要我們交人出來。可是後來她終於發現我們說的是真的，才肯承認小真真的不在我們家裡。接著她開始問我們將人藏在哪裡？我說不知道，她就說：沒關係，她自有辦法找得到。然後就說出了徵信社的事。」

良江悄悄回過頭看了飯店的門口一眼。

「所以從那之後我和我先生就變得神經兮兮，總擔心有沒有人在跟蹤我們。因為太害怕了，幾乎都不敢出門。畢竟對方是那種人，不知道她會做出什麼事來？直到前天還請了專門拆竊聽器的人來家裡檢查過一遍。我先生說是為了預防萬一。」

「對不起，嬸嬸。」真一說：「真的很對不起。」

「為什麼真一要道歉呢？這不是真一的錯呀。」良江說完，聲音有些哽咽。

「電話中我也說過了，真一同學現在和我們夫妻住在同一棟公寓裡。」滋子說。為了讓良江安心，盡可能用最溫柔的語氣。這一點真一十分了解她的用心。

公寓的房東當然就是前畑鐵工廠。一樓南側有一個房間正好空著，除了三坪大的臥室外，還附有二坪大的廚房。事實上為了幫真一租這個房間，滋子和婆婆之間還起了點衝突，搞得昭二夾在中間大肆斡旋才沒事。真一也知道這件事，因為就發生在身邊，不想聽也聽得見來龍去脈。

「這件事千萬不能跟石井女士說。」但是滋子事先叮嚀過他：「你不必在意，昭二不是也說過嗎？我們都站在真一這一邊的。」

有關房租和生活費，和滋子夫妻討論的結果，決定讓真一支付一定的金額。真一有自己名義開的帳戶，那是父母留下來的遺產，原則上在他未成年之前是不能提領的。但是一部分的金額還是可以自由運用，所以將先動用那一部分。

石井良江見過管理真一財產的吉田律師，將整個情形說明後商量對策。今天和真一等人見面的目的就是來報告商量結果。

「吉田律師也很驚訝！」良江說：「還說不能這樣就算了，必須跟負責的檢察官商量一下才行。吉田律師也會跟樋口秀幸的律師──他們那邊是『律師團』吧，說明這個情況。」

「透過正常的法律程序，真的能制止樋口惠的行動嗎？」

良江嘆了一口氣說：「吉田律師說這種情形他沒見過，所以不敢立刻肯定回答。如果是被樋口秀幸威脅不能說出不利於他的證詞，那就是威脅罪。可是是樋口惠說的話，就不一樣了。雖然我覺得兩者沒有什麼不同。」

滋子說：「不管動機是什麼，樋口惠的行動算是一種偏執狂，難道不能申請對她下行為禁止的命令嗎？比方說禁止在真一同學半徑兩百公尺的範圍內出現之類的命令。」

「聽說申請很花時間。」

「可是還是應該試著申請看看吧！」

真一搖搖頭說：「沒用的，那傢伙的沒有固定住所。」

「我們第一次見面時，真一同學也這麼說過吧？」

對於滋子的詢問，真一抬起陰暗的眼光回答：「我也有過同樣想法，並對她說過。我說要報警，要請求法院判決。那傢伙居然對我嗤之以鼻。」

「你說什麼？」良江聲音尖銳地表示：「她憑什麼笑你？」

「她說警察沒辦法抓她。因為她還未成年，連離家出走都受到保護，而且沒有做出觸犯法律的行為。到法院也是一樣，不管我到法院控告什麼，因為不知道她的居所，根本無法找到她；就算下了判決，文件也送不到她手上。做什麼都是沒用的！的確也是這樣，那傢伙還是有讀這方面的知識。」

「她媽媽在幹什麼？」滋子不高興地問：「難道她媽媽也是居所不定嗎？」

「吉田律師說要確認一下才知道。只是不知道她媽媽是否知道樋口惠採取的行動？」

「如果是她媽媽出面指責，或許有些效果吧。讓她媽媽來告訴她：做那種事只會招致反效果！」

喪失鬥志的真一，幾乎是毫不關心的語氣表示：「說了她會聽嗎？」

「不聽也要叫她聽呀！」良江生氣地說。

「話雖沒錯，可是也不能將那女孩關在什麼地方吧。」

「這難道真的是樋口惠一個人的想法嗎？」滋子納悶說。

「這話怎麼說？」

「我是說這不像一般高中女生會有的想法。尤其是居然會想到要真一同學在減刑請願書上簽名就會有效的主意。可是應該也不可能是律師團要她做的，該不會是她爸爸的慫恿吧？」

良江睜大了眼睛問：「樋口秀幸嗎？」

「是的。不是說樋口惠有去看過她爸爸嗎？」

「這是什麼父女嘛！」

良江雙拳緊緊地握住，彷彿事實已經確定了一樣。

「簡直是野獸，殺了三個人還不夠。只能說他們是野獸，真不知該怎麼形容了！」

滋子偷偷用斜眼瞄了一下真一。真一低垂著眼睛，用手觸摸冰水的玻璃杯。

樣子。

「為什麼不能趕緊判死刑呢？」良江的眼睛充血。她的血管跟著怒氣一起膨脹，幾乎可以看見熱血澎湃的

「為什麼還得公審呢？他們做的事不已經罪證確鑿了嗎？偏偏現在公審中止了，居然是對方要求做精神鑑定。什麼精神鑑定不鑑定，為什麼要答應他們這種要求呢？」

「嬸嬸，妳不可以說這種話的。」

在真一還沒說出「嬸嬸是當老師的」之前，良江語氣激動地先說：「我知道，我當然知道。可是小真你不覺得很不甘心嗎？他們不問是非就殺了你全家人，不是嗎？不過就只是為了要錢。他們有什麼權力嘛？做出這麼殘忍的事，為什麼他們還能活著？為什麼法院還要保護他們的權利？」

「嬸嬸……」

「沒有人願意幫被殺的這邊多想想！說什麼犯人也有人權，人權必須受到保障，整天將這題目掛在嘴邊高唱。難道說被殺的人就是活該囉？如果法院不能為我們做什麼，那我就去殺了他們，對！我就去殺了他們！」

良江用力喘息地坐在椅子上，渾身還是充滿了怒氣。然後從張大的眼睛裡掉落一滴滴淚水。

「我也很不甘心呀，嬸嬸。」真一好不容易說出這話。

良江猛然抬起頭，驚惶失措地舉起手掩住嘴巴說：「對不起……我居然問你甘不甘心……我不是那個意思……」

真一點頭，身體微微顫抖；可是他無法正面看著良江的眼睛。

「我很恨呀！」他只是反覆訴說：「我不能原諒他們！也想殺了他們！儘管殺了他們，爸爸、媽媽和妹妹也不會回來，我還是很想殺了他們。我不能忍受跟那群爛人呼吸同樣的空氣，我不要他們活在這個世界上！」

「真一同學！」滋子搖搖頭說：「夠了！」

「可是不行。」真一說：「只是殺了他們是不行的。那樣還是不能解決問題。要怎樣才能解決問題，嬸嬸妳應該也很清楚。」

良江的臉色發青：「小真……你還在在意那件事嗎？」

「我也有責任。」就像將胃裡的東西吐出來反芻一樣，真一慢慢地說話：「就算殺了他們，我還是有責任。因為不知道該怎麼辦？所以我才到處逃避。」

滋子出面結束話題說：「這件事到此為止，別再說了。」

石井良江握著冰水杯，玻璃杯內側的冰水不斷震動著。

一來到戶外，街頭的吵鬧包圍住滋子和真一。看著良江前往御茶水車站方向踽踽獨行的背影消失在人群中，真一表示：「我想走一下路。」

「我也是。」

沒有理由地他們朝秋葉原的方向前進。過了一會兒，真一問說：「前畑太太，妳不問嗎？」

「問什麼？」

「我說我家的事件我也有責任，妳不問是什麼意思嗎？」

「嗯，我不問。」滋子神情認真地表示：「我已經決定在你說我可以問之前絕不問。」

真一雙手插在褲子口袋裡，這時他的手肘碰到了滋子的手肘。

兩人沉默地走著，感覺疲倦有些減輕了。

「嬸嬸好像受到很大的刺激。」真一說：「她平常不會那樣子說話。我還是第一次聽見她說要殺人……」

「精神有些混亂了吧。」

「要不是這樣的話，對不起我說得難聽一點，她也不可能將我寄託給來路不明的前畑太太的。」

滋子笑說：「說的也是。」

「在前畑太太的眼裡，我才是來路不明的小子吧！」

「所以我們打平了。對了，小真，要不要買個電視或音響什麼的？」

他們已經來到秋葉原車站附近。平常日的電器街一樣人潮洶湧，商店林立的大樓外牆上，貼滿了色彩鮮豔的廣告海報。

「房間裡什麼都沒有，感覺很寂寞吧。」

兩人穿越斑馬線。滋子在石丸電器一樓的電視賣場前停了下來。

陳列的電視螢幕，播放的都是同一個畫面。圍觀的行人在電視牆前排成了半圓形。

那是新聞的實況轉播，真一看了，滋子也看了。電視雖然被消音，但光是用看的也能了解新聞的內容。

「是那個事件……」真一說：「找到遺體了。」

滋子撥開人群走到前面，真一看著她的背影。滋子這時還在寫真一在大川公園發現那隻右手腕的經過，並打算去見水野久美。但是因為發現了遺體，她的採訪計畫將有所改變。

畫面上出現年輕女孩的照片特寫，字幕打出「古川鞠子」。對了，就是皮包在公園被發現的那個人嘛？長得很漂亮嘛，笑得很可愛呀。

突然間真一想到：不知什麼時候會抓到這個犯人？就算被抓到，到時候一定又有一些人會出面維護犯人，說犯人也是社會的犧牲者。而反對的意見總是又小又細，終至聽不見吧。

這世界上充滿了犧牲者，每個人都是，真一心想。那麼真正該對抗的「敵人」究竟在哪裡呢？

新聞快報開始時，有馬義男正好一個人看店，所以沒空看電視。

木田出去送貨了。臨時桔梗亭又來叫貨，只好從冷藏庫裡的庫存湊出數量交貨。木田邊做邊唸說：「那裡的老闆實在很亂來。」

義男笑著送木田出門。自從上個禮拜犯人打電話過來後，兩人從未就這件事談過。彼此都裝做沒有這回事，繼續做著平常的工作。守候在隔壁公寓裡的警察，也幾乎不會成為他們的話題。這樣子大家都輕鬆。

上午的客人不多。義男在辦公桌前記記帳、時而讀讀報紙，也算是看店。今天的社會版並沒有報導大川公園的相關事件。確認過之後，他翻到體育版正要閱讀時，門口有人喊：「老爹！」

是附近一位年輕家庭主婦的常客。因為下午有兼差，所以經常會在上午來買豆腐。平常她都是一個人騎腳踏車來，今天則帶著小孩。五、六歲的小女孩騎著有輔助輪的鮮豔腳踏車，跟在媽媽的腳踏車後面。

「歡迎光臨！」

義男一出來，家庭主婦指著冷藏櫃，聲音明朗地說：「哎呀，油豆腐已經上市了呀？」

「是呀，前天上市的。」

「那給我四塊，還要絹豆腐一塊。」

義男先洗手，然後將商品裝進紙袋裡。這時小女孩下了腳踏車，正走進店裡來。

「有沒有跟爺爺打招呼呢？」媽媽命令說。

「妳好呀！」義男先笑著說。小女孩還是扭扭捏捏的。

「是妳的小孩嗎？第一次跟妳一起來我店裡呀。」

「這是最小的女兒，上幼稚園的是大的。」

「小妹妹，妳叫什麼名字？」義男彎腰詢問，小女孩趕緊躲在媽媽身後。

「真是討厭，她就是這樣害羞。」

「女孩子要這樣才可愛嘛。」

「那可不行，現在女孩這樣的話就糟了。老爹，你已經落伍了。」

生意還沒做完，後面的電話響了。年輕主婦無所謂地表示：「沒關係啦，你去接電話。」

「不好意思。」

義男小跑步到辦公桌前接電話，聽見了坂木達夫的聲音。

「有馬先生，你有在看電視嗎？」

鞠子失蹤擴大成為大事件以後，坂木還是常常打電話來鼓勵義男，也陪他一起去醫院探望真智子。可是現在耳邊的他的聲音，有種從未聽過的緊張情緒。

「沒有，正在播什麼嗎？」

「請你打開電視，轉到ＨＢＳ台。」

「又發現什麼了嗎？」

「隔壁的刑警們沒有說什麼嗎？」

「是呀，什麼都沒有。」

「那他們還不知道吧？有馬先生……」坂木停下來，稍微吸了一口氣，然後說：「看來是找到鞠子小姐了。」

一時之間義男呆住了。什麼都沒有說地放下話筒，立刻跑到客廳打開電視。螢幕上出現整面的鞠子照片。

那是警方要求，他從相簿裡找出來提供的照片，是今年新年時拍的。畫面上只用了臉的部分，但義男一眼就知道是那張照片。鞠子在笑著，她的手上應該是握著橘子。那之後還拍了一張，鞠子故意將一瓣橘子塞在嘴裡，裝出可笑的樣子。

「老爹？」年輕主婦還在店裡呼喚著。

「怎麼了？老爹。」

她住在附近，當然也知道鞠子的事，知道鞠子是義男的外孫女。但到目前為止，她只有一次開口問義男此一事件。那是廣場飯店的事被報導後，她來買豆腐，找錢的時候她說了一聲：「老爹，你還很健康，千萬別認輸。」

她的聲音很有精神，「別認輸」的說法也很新鮮。之前人們總是對義男說「真可憐」、「你很擔心吧」之類軟弱無力的話語。她的這句話帶給了義男一些力量。

可是現在她的聲音卻有些顫抖。站在店門口也能看見電視畫面，她大概也已察知事態的嚴重吧。

義男盯著畫面看，聽現場記者播報的聲音。當畫面回到鞠子臉部照片的特寫時，他才緩緩離開電視機回到店裡。

「老爹……」主婦輕聲低喃。

一副快要哭出來的表情。小女孩緊靠在母親的背後。

「是不是找到你外孫女了？電視正在播放新聞嗎？」

義男點點頭，同時整個人身體一軟，兩手撐在冷凍櫃上。

「太過分了！」年輕主婦一手按在額頭上：「真是太過分了！」

她空著的另一隻手則緊緊抓住小女孩的手。小女孩抬頭看著母親，接著又看著義男的臉，然後又看著母親。小女孩小聲問說：「媽媽，妳為什麼在哭？」

白骨屍體正式被確認是古川鞠子，已經是當天深夜，過了半夜兩點以後。屍骨安置在墨東警署裡，義男前往警署，坂木跟在他身邊一同前去。

透過齒模鑑定身分的過程十分順利，完全是坂木的功勞。鞠子失蹤不久，他就對精神狀況還正常的真智子問出鞠子一向就診的牙醫資料。

不過坂木說明這件事時，口氣充滿了歉意。彷彿因為他的這番居心，招致了這種不幸的後果。

義男搖搖頭說：「鞠子的事，我早已死心了。回來了就好，這樣我也能安葬她了。」

坂木噤口不言，因為他知道義男並不是真的「死心了」。

義男自己也不知道自己是否真的死了心。說的話沒有什麼力道，連腳下也感覺踏空。心中想的、腦海裡思考的，都缺乏真實的感受。

連鞠子已變成一堆白骨，他也沒有真實的感受。

古川茂已經先行抵達墨東警署，一位年紀較大的刑警陪在他身邊。

「爸爸！」古川說：「真是遺憾。」

古川的臉色陰暗灰青，眼睛充滿血絲，下顎一帶滿是鬍渣子。過去他就是個鬍鬚濃密的男人，而今義男突然才看見他已鬍鬚花白。

四個人一起來到地下室的遺體安置室。安置室的大門是褪成灰色的門板，上面鑲有毛玻璃。走廊上放著一張靠牆的長椅，來到椅子前就能聞到燒香的味道。

陪同的刑警做出「請進」的手勢，這時古川說話了：「對不起，爸爸。請讓我先進去。」

義男無言地抬頭看著古川的臉。

「我想和鞠子單獨見一面。她是我的女兒。」

坂木想要說些話，但看見義男點了一下頭後，退到後面坐下。

刑警和古川消失在灰色門板後面，坂木坐在義男旁邊。

周遭一片安靜，和門板漆成一樣灰色的水泥漆走廊，到處都有黑色的斑痕。義男開始一一數了起來。有些斑痕形狀像是鞋印，朝著出口的方向。或許是來訪時一身輕，回去時身上背負著什麼，因為背負的東西太重，所以才留下了鞋印也說不定！

來這裡造訪的，都是些什麼人呢？他們帶什麼來？遺失了什麼？又得到什麼而走呢？是看破、絕望、悲傷還是憤怒呢？

不對，來這裡是不可能獲得什麼的。那個留下鞋印的人，其實沒有背負什麼東西吧。而是離開的時候，覺得存活也是一種負擔，所以才留下鞋印的吧。

數到第七個斑痕時，門裡面傳出古川的哭聲。

「真是遺憾！」坂木說。

義男雙手掩住了臉。埋首在手心的黑暗中，眼前浮現許多鞠子的身影。在婦產科玻璃窗對面的嬰兒睡臉；搖搖晃晃學走路拍著手的笑臉；穿著幼稚園制服，因為帽子太大被義男邊拍照邊取笑，於是氣得哭出來的小臉；嘟著嘴說再也不穿粉紅色等孩子氣衣服的圓臉；收到同學寄來的情書，吐著舌頭欲羞還喜的紅臉……

「鞠子是否喜歡那男孩子呢？」

「他不是我喜歡的那一型。怎麼辦呢？爺爺。」

還有她跟真智子吵架，離家要求住在義男家一晚時困惑的臉；穿著剪短的牛仔褲，整個屁股都要露出來了。義男責怪她，她反而嬌嗔說是爺爺居心不良想太多，好一段時間見了面也不說話的生氣的臉。

「爸爸好像有外遇了！」她來說這件事時擔心的臉。

「爺爺除了奶奶，有沒有其他喜歡的女人？」義男回答：「我哪有那個閒工夫！」於是她睜大眼睛怪說：

「這算什麼回答，根本是逃避做答。」

當時她嘟著嘴的表情也浮現出來了。

最後一次見面她的臉是怎樣的表情呢？因為義男血壓高，她很擔心。

「等我領了年終獎金，就買個血壓計送爺爺。讓爺爺每天量，注意健康。」

可是還等不到發獎金的日子，鞠子已經不在了。

「鞠子！」古川呼喚的聲音傳了出來。

義男也在心中呼喚：「鞠子，妳回來了！回來了就好。已經沒事了，已經不必再害怕了……」

這麼說起來，以前曾經說過同樣的話安慰鞠子。那是鞠子六歲的時候，古川家住在公司宿舍，庭院裡有一棵大柿子樹。鞠子和朋友吵著要摘樹上的柿子，於是看高不看低地直往樹上爬，等到一不小心低頭發現高度時，竟害怕得動也不敢動了。這時來她家作客的義男經過了才將她抱下來，並對哭成淚人兒的鞠子安慰說：「已經沒事了。下次不可以再做那麼危險的事了。」

鞠子！義男在心中反覆呼喚。鞠子，那個時候不是已經說好了嗎？下次不可以再做那麼危險的事了。為什麼還會發生這種事？是誰騙了妳，帶妳去爬說過不再上去的柿子樹呢？那傢伙現在在哪裡？他長什麼樣子？妳告訴我呀，告訴爺爺呀！不管他跑到哪裡，爺爺都要追到他，爺爺一定要抓到他。

鞠子，鞠子。妳是爺爺的心肝寶貝呀！

「有馬先生！」

坂木將手放在義男肩上。義男一方面感受到他手的溫暖，一方面聽著古川的哭叫聲，站在緊閉的灰色門板前悲傷飲泣。

「喂……」尖銳的機械聲呼喚。

接電話的人是木田孝夫。因為他留下守候，公寓裡的「有馬班」派了一名刑警陪他。那名刑警按下了錄音鍵。

「是有馬豆腐店嗎？」機械聲問。

「是的。」木田回答時可以感覺自己的嘴唇顫抖。

「你不是老先生嘛。對了，老先生應該是去警察局了。」

「你是犯人吧？」木田說：「有什麼事？到現在你還想怎樣？」

「哎呀，你的口氣很猛嘛！」機械聲高興地語尾上揚：「你是他親戚？」

「你管我是誰。」

木田有兩個上國中的小孩，一個兒子和一個女兒。鞠子遇害，可說是好友家的悲劇，對他而言絕對不是外人的事。

「你這傢伙口氣倒是不小！」機械聲說：「對我這種態度，小心會後悔的。而且你為什麼沒有感謝我？」

「感謝？有什麼好謝你的。」

「我不是將鞠子還給你們了嗎？」

「你這傢伙……」

「我可是很辛苦耶。已經埋起來的東西還要挖出來，這種骯髒的工作很辛苦呀。我是看在老先生太可憐，所以才特別為他做的。」

木田氣得眼前一陣暈眩：「你還算是人嗎？」

對方大笑，木田更是氣說：「像你這種傢伙，我最清楚了。連一對一也不敢的膽小鬼，只會打這種騷擾電話、欺負女孩子，根本不敢跟男人對抗！你是個沒有用的爛傢伙！」

「你真的這麼想嗎？」機械聲停止了笑聲說：「你以為我不敢對男人下手？」

木田倒吸了一口氣。旁邊的刑警做手勢要他繼續拖延對話。

「是嗎，那好，我也有我的想法。你給我仔細看著，死老頭。下次要是死了個男人，那可是你害的喲。」

電話切斷了。坐在旁邊負責聯絡的刑警低聲說：「又是行動電話。」木田抓住電話機，連著線用力甩向牆壁。電話機發出一聲鈴聲，滾落在地上。露出底部的樣子就像是在嘲笑木田一樣。

15

武上悅郎喝醉了。

那是十月二十一日，也就是發現古川鞠子屍骨十天後的下午的事。接近黃昏的時候，武上家客廳的窗戶斜斜射進橘紅色的陽光。

說他喝醉了，其實也沒有喝太多酒。不過是洗完澡喝罐啤酒解熱，而且還是小罐的。這麼一點酒也能醉人，可見得他是累壞了。

古川鞠子相關的文件工作多半是急件，這三天武上幾乎是不眠不休，連用餐也難得正常。屍骨必須做的各種鑑定、齒模對照、送交各單位的文件等填寫都是武上的工作。發現屍骨現場的實況調查報告、照片的彙整等大工程也必須完成。在這之間，共同搜查總部又在前天晚上舉辦了成立以來的第一次公開記者會，他必須確認會上宣讀的調查過程報告有沒有錯誤，並模擬記者團提問的問題做成答案手冊。連續三天下來，連鐵人武上也累壞了，居然坐在馬桶上時也打起了瞌睡。

九月十二日大川公園事件案發以來，已經經過了四十天。這中間他幾乎沒有回過家。看不下去的神崎警長要他回去兩三個小時也好，洗個澡之後再來上班。其實神崎警長本人也是不回家一族，有時換穿的衣物沒來得及送，也只好繼續穿著領子污黃的襯衫硬撐。

武上家位於大田區的大森，距離六鄉土手車站走路約五分鐘。附近還保存許多二戰後興建的文化住宅，混雜在小型家庭工廠之間，是個人口密度極高的區域。武上家原本也是文化住宅，但在十年前重新改建過。改建固然是武上出錢做的，面積不大的土地則是太太從家裡繼承的遺產。要不然以武上一介地方公務人員，哪有能力在東京都內擁有房子。

幾年前這附近的土地紛紛蓋起房子，後來泡沫旋風吹了又散，到處又變成了空地。武上家隔壁的房子原來是一家板金鍍金公司，也不知道是因為破產還是被炒地皮，一夜之間化為烏有，現在成了停車場。也因此武上家的客廳變得通風良好、光線充足，居住環境舒適得有些心虛。

剛洗完澡的武上一邊坐在窗邊享受微風，一邊讀著隔壁停車場裡的車牌號碼。回家做短時間的休息，他不希望心裡還想著辦案的內容。可是說得容易要做卻很難，這時最好的辦法就是頭腦填滿其他東西。武上讀著車號，並試著背下來，有時還會就數字編密碼以利記憶。

可是他還是會想起古川鞠子的案件。

發現那樣的遺體，對搜查總部而言真是莫大的侮辱；對被害人家屬更是難以治癒的創傷，而且傷口太大無法縫合，還會留下永遠無法抹去的傷痕。長年的工作經驗，有很多刑警已經練就控制情感的功力，武上就是其中之一。共同搜查總部內的年輕小夥子還沒有這種功力，所以墨東警署三樓男生廁所的便斗就被打破了，必須請人來修理。

「是誰踢壞的呀？」篠崎佩服地看著便斗說：「這種東西不是想踢壞就能踢壞的呀！」

現在篠崎正泡在武上家的浴缸裡。他屬於情緒比較穩定的那一型——不是靠經驗培養，而是個性使然。他和武上一起，工作很努力，所以疲勞的程度應該不下於武上。內勤業務的成員中，不知是幸運還是不幸，他最受武上器重，所以也成了不回家一族。結果今天給他稍事休息的許可，他居然說：「反正住在外面，回不回家也沒什麼差別，不如窩在空桌子下面睡覺吧。」武上只好把他給拉回家來。

武上的妻子在附近藥局打工。跟武上他們前後腳進家門，現在為了準備晚餐出門買菜去了。他女兒讀大學還沒回家，所以家中十分安靜。

武上不斷盯著停車場裡的車牌號碼。他的記憶力很好，看兩遍就能記住所有的車號。他雖然覺得將頭腦用在這種事上很無聊，卻停不下來。一停下來就會想起古川鞠子的案件。

可是過了一會兒，思緒還是很自然地跑到案情上面。沒辦法的他乾脆開始思考那個身分不明、只發現右手腕的女性案件。

一隻右手腕，線索實在少得可憐。但是擔心會是自己的妻女而前來詢問的民眾卻很多，目前還不能鎖定特定對象。手腕上只有指甲油的顏色和手臂內側有顆小痣等特徵，至今仍找不到一個條件符合的失蹤女性。

犯人究竟想怎麼樣呢？

關於古川鞠子的案子，他以驚世駭俗的手法將她送回，也跟被害人家屬有馬義男接觸過。但對於右手腕的主人卻三緘其口。

應該只有犯人知道右手腕的女性是誰，他也應該知道如何跟她的家人聯絡才對。可是為什麼他沒有採取和古川鞠子一樣的做法呢？

「爸爸！」武上的太太在廚房裡叫他。

武上抬起下巴問說：「什麼事？」

「浴室裡安靜得過分，那是篠崎先生吧？不會有事吧，你去叫他一聲看看。」

武上站起來，走向浴室。隔著玻璃門叫了一聲，沒有回應。他打開門探頭看了一下，篠崎的頭靠在浴缸邊緣，睡得正香甜。

武上推推他的頭說：「不要睡著了。」

篠崎吃驚地睜開眼睛，一不小心整個頭落入浴缸裡。

「對……對不起。」他邊吐水邊解釋說：「因為太舒服了。」

「睡著了會死人的。」

「是，我就出來了。」

關上門時，武上聽見裡面低聲抱怨：又不是在雪山裡，睡著了會死人。他心想下次要給篠崎一份參考資料，讓他看看躺在不斷加溫的浴缸裡睡著而溺死，最後身體整個燙熟的屍體照片。

剛剛篠崎的頭髮飄出香味，這傢伙一定是用了女兒的洗髮精。武上的女兒正值青春，堅持不用跟父母和臭弟弟一樣的毛巾、洗髮精。她有個人專用的清潔用品，別人擅自使用就會惹她發怒。為了不讓篠崎在家慘遭女兒的修理，看來吃過飯後還是早點回總部比較好。

他順便走到門口瞧瞧，看見信箱裡有晚報。因為武上家訂了三份報紙，光是晚報也是厚厚的一疊。他將晚報拿到客廳準備依序閱讀時，篠崎已經走出浴室，並跟妻子道謝。身上換穿了乾淨的衣物。

晚報上沒有什麼新的報導，只是忠實地記錄今天上午的記者會內容。此外還提到目前正在繼續對坂崎搬家中心周遭的可疑車輛進行調查並對該公司相關人士做問訊。

「有什麼消息嗎？」篠崎問。他手上拿著裝有麥茶的玻璃杯，因為他不會喝酒。

「什麼也沒有。」

發現古川鞠子的遺體後，搜查總部裡有很多人主張在不公開田川一義本名的前提下，應該對外說明總部已鎖定嫌犯進行調查的事實。換句話說，他們是想要強調搜查總部並非什麼都沒有做的積極派人士。

但最後積極派的意見還是被壓了下來，武上也認為這是應該的。鞠子屍體被丟棄在現場的時間還未確定，但可以肯定是在發現的前一晚。這段時間田川一義在大川公園附近的家裡面，一步也沒有外出。這一點專案監視班已經確認。總部今後應該也會減輕對田川的搜查人力；或者還要繼續監視的話，也會有一番再檢討的過程吧。所以強調已鎖定嫌犯進行調查的說法是自欺欺人。

搜查方針也因為這件事分為兩派，一派主張繼續鎖定單一犯人，一派則建議加入有共犯的觀點進行調查。如果選擇前者，田川因為有不在場證明，自然就不會是嫌疑對象。可是他為什麼要租車在大川公園附近徘徊？沒有找到令人信服的答案之前，他還是令人懷疑。

「大概是《週刊郵報》吧！居然寫說搜查總部無能，是群飯桶。」

「現在被怎麼寫，我們也沒話說。」武上說話的時候，電話鈴響了。他拿起話筒，聽見了秋津的聲音。

「是武上嗎？」急切的問話聲，讓武上直覺發生了什麼事？

「怎麼了？」

「你有沒有看《日本日刊》？」

那是無法訂閱，只能在車站店頭零購的晚報。

「沒有。上面寫了什麼嗎？」

「田川的事走漏風聲了。」與其說是生氣，應該說是啞然的語氣：「雖然沒有寫出名字和刊登照片，從報導的內容可以知道寫的就是田川。」

「標題呢？」

「連續女性綁票殺人事件的重要嫌犯。到底是哪裡走漏了風聲？」

「一定是總部吧。」

這是被壓制的積極派故意洩的密。洩密的對象不選擇七大報而是晚報的做法，讓武上心生厭惡。

「根據田川監視班的報告，已經有電視台採訪車出動了，大概是掌握詳細情報了吧。他們會問田川什麼嗎？」

武上掛上電話，回頭對篠崎說：「我們回署裡。」

塚田真一將剛送來的可口可樂，一箱一箱搬進倉庫裡。因為身上的制服太大件，站起來坐下去的時候都必須拉一下褲腳。那樣子店長看了也覺得好笑。

在前畑公寓生活之後，真一立刻在附近走路不到十分鐘的便利商店找到打工的機會。儘管父母留給他的帳戶，足以應付目前的生活開銷，但他並不想遊手好閒。畢竟整天閒著，這樣的生活很不健康；而且在還不清楚樋口惠的動向前，他也不能回學校上課。因此他認為打工是最適當的做法。

這裡原來是賣酒的雜貨店，以加盟方式改變成為大公司旗下的便利商店。原來雜貨店的小開現在是店長，年紀才三十出頭。事實上他是前畑昭二的小學同學，現在還經常一起喝酒。

所以這是個很好的工作職場，真一立刻就習慣了工作內容。店長的太太個性開朗大方，比滋子還要用心照顧真一。因為男生的制服褲沒有更小的尺寸，她說要幫真一修改腰身，可是就是找不到空閒的時間。

搬完可樂箱後，真一拿拖把擦拭地板時，隔著自動門的落地玻璃，看見滋子急匆匆地走來，一手抓著錢包。因為不耐煩等待紅燈變綠，直接就穿過車與車的間隙過馬路。真一質疑地伸長脖子想說：怎麼了？滋子已經一腳踏進自動門走進店裡。她立刻走到收銀檯，從架上取了一份晚報說：「你好，我要這個。」臉上沒有笑容。

負責收錢的店長問說：「怎麼了？滋子。」

滋子站在收銀檯前，將錢包夾在腋下，直接就翻起晚報來看。她手上拿的是《日本日刊》。

「有什麼消息嗎？滋子姐。」真一問。滋子咬著牙，專心地閱讀報上的文字。真一也跟在她背後一起閱讀。

「連續女性綁票殺人事件的重要嫌犯？」

他眼睛睜大了。

「嫌犯。」滋子喘了一口氣，眼睛離開報紙時開始說話了：「大川公園事件的嫌犯出爐了。現在電視新聞也在報導，又是HBS台。」

「電視台嗎？又開始了？」

「是的。在報紙還沒寫之前，電視台的人已經跟嫌犯接觸過了。因為《日本日刊》和HBS是兄弟公司嘛。結果這傢伙還接受採訪，所以新聞鬧得很大。」

「那不就是獨家專訪囉？」店長說。

「好像是住在大川公園附近的人。我是想利用廣告時間先過來讀報紙。小真，你要跟我一起回家吧？」

滋子小跑步離開店面，店長看看手錶說：「沒辦法囉。」

真一對店長說明：正在幫滋子做些事。

「那你明天多做一小時補回來。」

「對不起。」

真一拉著褲管，緊追在滋子後面離去。

臉部打了馬賽克，聲音也做過處理的嫌犯「田川一義」十分愛說話。

他說：在HBS採訪小組跟他接觸之前，他完全不知道自己已被列入這一連串事件的嫌疑犯。為什麼會這樣？他也想不透理由何在。

採訪的記者說出了田川的過去以及他租車在大川公園附近徘徊被人目擊的事實。田川立刻對自己的過去，口氣激烈地辯駁：「那不是我做的，我是被人陷害的。」

他的說法是：當時同一職場有一位二十七歲的前輩才是「更衣室色狼」，針孔拍照事件的犯人就是他。

「可是他是因為總經理的關係進公司的，做出這種事被人知道就糟糕了，所以拿我去頂罪。」

記者問他：為什麼不在公審時說出來，為自己的清白戰鬥呢？

「如果那麼做，沒有十年、十五年是等不到審判的結果，什麼事情都會吊在半空中。我雖然不甘心，可是也不希望自己的人生和在裡面。所以才會很快就認罪，希望判輕一點的刑罰就算了。」

記者說明：這種案件跟殺人罪不一樣，在法院爭論也不會拖延太長的時間。沒想到田川反而更大聲說：

「你又不是當事人，你知道什麼？」

田川的過度興奮幾乎打斷了採訪，所有過程都被拍攝下來播放。於是記者換個話題，詢問他：九月四日、十一日、十二日分三次透過朋友租車，一而再不嫌麻煩地租車在大川公園附近繞是為了什麼？尤其是十一日是該事件案發的前一天。

田川的興奮一下子停住了。就像烏龜察覺危險立刻縮頭一樣，他也採取了防衛的姿勢。他說：我沒有去大川公園。自從被人陷害入罪後，就不相信別人，連出門都很痛苦，所以請朋友幫忙租車。當時是外出拍攝野鳥，到有明的森林四處走走，究竟跑了哪些地方也記不清楚了。

使用整個午後社會新聞節目所做的專訪，其實內容的時間並沒有很長。而且後半段是將收錄的內容重複播放，最後總結事件的概要便結束了。新聞炒得很大，但真正能夠做為線索的部分還值得商榷。而且也沒有提到警方是否會就這一事件做公開的說明。

前畑滋子一邊用錄影機錄下這段專訪，一邊仔細盯著畫面上的「田川一義」——其實現階段對身為觀眾的她而言應該是「T先生」，她注意聽他說話、觀察他偶爾出現的模糊身影、手腳的動作等。

採訪的過程中，T很喜歡晃動腳。尤其是T答不出記者的質問時，腳晃動得更加厲害。他想用雙手制止，於是壓在膝蓋上面，可是一旦膝蓋開始晃動，連手掌、手臂、肩膀也跟著搖動。這些情況滋子都仔細地觀察到了。

T的手指纖細得不像男人。右手中指上戴著一個做工精細的戒指。是銀製的、寬一公分以上的大型戒指。他身穿舊牛仔褲，腳上是破球鞋，更加顯得那只銀戒指在他身上是大放異彩的配件。

說不定對T而言，那是個具有特殊意義的紀念品。滋子為了看清楚戒指，好幾次探身靠近電視機。可是只看電視當然很困難，所以節目結束後她立刻放錄影帶來看。找到畫面後暫停，仔細觀察。可惜東西本身就很小，很難看得清楚。好不容易只能看出表面不是光滑的、有一些凹凸不平的浮雕。

「發現了什麼嗎？」坐在滋子身邊的沙發上，安靜看電視的真一發問。

「沒什麼啦。我只是覺得他手上戴的戒指有些稀奇。」

「戒指？」

滋子再一次將畫面定格，指給真一看。真一點點頭說：「喔，這個呀。」

語氣很平淡，說不定他是覺得滋子怎麼注意這種小地方。

「妳覺得怎樣？」真一又問：「這傢伙很有問題吧？」

「不知道耶。」滋子誠實地搖搖頭說：「首先他開的車在大川公園被目擊的證詞是從哪裡出來的並不清楚。就是警方發出來的消息，有多少可信度也還是問題。」

「關於這個採訪，警方什麼意見都沒有表示。」

「至少在目前這個時間點還沒有做出任何表態。」

「電視台一開始就這麼做了，以後不會出問題嗎？」

「本人答應要接受採訪的，應該不會有問題吧。」

真一聳聳肩說：「這傢伙為什麼肯出面呢？」

滋子看著他。真一還在盯著定格畫面上，打著馬賽克的T的臉。

「他難道不知道出面接受採訪，根本不會有好事嗎？結果還不只是被挖出過去的醜事而已嗎？」

滋子微笑說：「說不定他的前科真的是被冤枉的，所以他認為這是控訴的好機會。」

看著電視畫面，真一眼神憂鬱地表示：「也許是吧，但也可能是說謊。透過電視騙大家說他被冤枉了。」

「嗯，兩者都有可能吧。」

「搞不清楚狀況之前，就先給他說話的機會嗎？」真一問：「而不聽聽被這傢伙拍照的女人、或是其他知情的人說出他們的看法嗎？」

「說不定之後會出來吧。」

「可是這樣是不公平的，先到處亂說的人是他，是這位T先生呀！」

滋子噤口不言，只是看著真一。他嘴裡說的是剛剛電視上的採訪，但心裡卻好像想著其他的事吧。

「我去打工了。」真一起身離去。

回便利商店的途中，真一在公寓附近的公共電話打電話。心想對方可能還沒回家吧，還好本人出來接電話了。

「是塚田同學嗎？剛剛看過電視了嗎？」

是水野久美。真一帶著洛基到大川公園散步，跟他一起發現垃圾箱裡棄屍的少女。

在因樋口惠的事離家出走之前，真一和久美逐漸說起話來了。垃圾箱的事件過後不久，有一天早晨真一帶著洛基在大川公園散步時，又遇見了久美。當時真一想裝做沒看見走過去，不料久美卻追了上來。她說：她一直很在意自己在墨東警署會議室裡的輕率發言，想要好好跟真一道歉。

「我一遇到可怕的事就像是歇斯底里一樣，居然說覺得很興奮，完全沒有考慮到塚田同學的心情，真是對不起。」

當時的久美並不知道真一過去家裡的事，所以沒有什麼好抱歉的。可是她只是表示歉意，卻沒有繼續追問發生在真一家的悲劇詳情。

第二天、第三天，他和久美還是在同一時刻在大川公園裡碰到面。真一已經開始為樋口惠的出現而感覺到危機，生活變得緊張不安，只有在早晨這一刻看見久美明朗的笑容才能稍微平靜些。因為她先將電話號碼告訴了真一，真一也將自己家的告訴她。這種交流是發生佐和市悲劇以來的第一次。

之後真一終於離開石井家後，久美還是打過好幾次電話來，聽良江說久美很關心他。所以等真一在前畑公寓安定後，他也不時會跟久美聯絡。

「電視我剛剛看過了。」真一回答：「只是還不知道怎麼回事。」

「說的也是，不過好可怕。那個人感覺不是很正常呀。」

「國王和洛基還好嗎？」

真一離家後，久美代替石井夫婦照顧洛基。她很喜歡動物，還跟真一說過將來想當獸醫。

「很好呀！毛已經長齊了。」久美笑說：「可是有時候會找塚田同學呢。不斷在院子裡聞來聞去，然後對著樓梯的方向大叫。」

「那傢伙就是愛撒嬌。」

推銷報紙的人送了兩張電影票，久美問說星期天要不要一起去看院線片，這次的西片是部大製作，口碑不錯。

「我想人一定很多吧，因為不用錢。」

由於真一沒有馬上答應，久美問說：「怎麼了？」

「最近有和那傢伙碰面嗎？」

他和久美提到「那傢伙」就是指樋口惠。為了照顧洛基，每天要上石井家，過去久美已經和樋口惠碰過兩次面。當然久美早已知道她的背景、為什麼緊追真一不放的理由。

「嗯……沒有呀。」久美不太會撒謊。

「妳們見過吧，什麼時候？」

「昨天。」久美低聲說：「我真是笨蛋。」

「因為妳根本沒必要說謊。結果怎樣呢？讓妳受罪了，真是對不起。」

「也沒有啦，還不是跟以前一樣。她只是瞪著我，在石井家門口走來走去。我後來幫洛基洗澡……」

久美的語氣有些不對，真一知道絕對不是「跟以前一樣」。

「那傢伙對妳做了什麼？」

沉默一陣子後，久美回答：「她跟我說話。」

過去樋口惠都沒有直接跟久美接觸，只是遠遠地看著她。這真是令人意外的舉動。對了解過去樋口惠做事態度的真一而言，他覺得樋口惠應該早就會逼問久美：妳是真一的朋友嗎？知道真一人在哪裡就告訴我。可是為什麼樋口惠沒有這麼做。或許是同一年齡層的女孩之間有一道看不見的障礙阻隔了彼此吧。

「她跟妳說了些什麼？」

「她問我石井太太不在家嗎？」

「嬸嬸不在家嗎？」

「她去買東西了。」

久美跟她說石井良江不在後，樋口惠抬頭看了二樓的窗戶一眼，然後回頭對久美說：「妳幾歲？」

久美嚇了一跳，隔著渾身是泡沫的洛基回看了樋口惠一眼。樋口惠高挑眼角顯得氣勢凌人，但不像是精神錯亂的樣子。

久美回答：「十六歲。」

「不錯嘛。」樋口惠說：「生活輕鬆、不知辛苦，只要煩惱自己的事就夠了。」

然後扭頭便離去了。

「我聽了很生氣！」久美氣憤地說：「不知道誰才是只煩惱自己的事情，我很想給她大叫回去！」

「還好妳沒那麼做，萬一她撲了過來可就糟了。」真一笑著說。

聲音聽起來是笑聲，但反映在電話亭玻璃牆上的人影一點笑容也沒有。

「你不跟負責的檢察官、律師談談她的事嗎？」

「已經在電話中談過，他們說會立刻制止她的。」

「可是沒什麼用吧。至少現在還是每天來呀。」

大人的忠言、哭勸或警告，對樋口惠是起不了作用的吧。真一對此也不抱期待，他反而認為這是他和樋口惠之間的戰爭。

戰爭？為了什麼而戰呢？真一腦海中浮現了剛剛在電視看見「嫌犯T」痙攣般不斷搖晃的枯瘦膝蓋。心中有話能對社會正當發言的人，才不會做出那種失禮的動作。可是用這個來做判斷的標準太危險，T也有T說話的權利呀。

是不是誰能夠越迅速、越有效果地將想說的話表達出來，盡可能讓媒體廣為宣傳，就能獲得社會的信任呢？現在善惡判斷的標準就是這個，所以T才肯出面接受採訪。樋口惠之所以要讓真一和樋口秀幸見面，也是認為那是讓樋口秀幸的說辭能對社會宣傳的最佳手段吧！

大家在下意識之間都知道是這麼回事。宣傳決定了善惡、決定了正邪、分辨了神與魔。法律、道德規範其實只存在於外圍。

樋口惠會不會對著媒體說話呢？下一步，她是否會採取這種手段呢？在她激烈的情緒下隱藏著戰略性的頭腦，她是否會命令自己這麼做呢？

16

「嫌犯T」之後也充斥在電視新聞和報紙週刊的報導中。自從發現古川鞠子的屍體以來，他的存在對毫無進展的事件而言，正好是一大刺激。

他個人對於媒體的態度、距離始終如一。可以上電視、接受拍攝、變聲處理；但說話的內容千篇一律。只是熱心地控訴過去遭到冤枉，堅決否定跟該事件的關係。

然而進入十一月後，情況整個改變。最早和T接觸的電視台是HBS，這一次又是他們捷足先登。十一月一日晚上七點播出了HBS緊急報導新聞節目。

這一次是T現場實況演出。

與其說是緊張，應該說是在興奮莫名的氣氛下，黃金時段的特別節目按原訂計畫開始了。

攝影棚裡除了負責引言的主持人和助理外，邀請的來賓有推理小說作家、女性評論家等人。在他們的座位旁邊隔著一道偏光玻璃製成的屏風，田川就坐在屏風的那頭。

被稱之為「T先生」的他，在畫面上不是以原來的聲音接受訪問，觀眾也只能看見模糊的身影。偶爾為了讓觀眾能感受到他確實的存在，不時會拍出他的膝蓋、腳尖、手的動作等特寫。

包裹在褪色牛仔褲裡的他的膝蓋依然搖晃得很厲害。雙手為了抑制晃動而壓在膝蓋上，使得肩膀顯得僵硬，展現出比之前上節目時更加憤怒的情緒。彷彿是要指責什麼人似的，他的頭部前傾，對於提問的話語也反應激烈。很顯然地透過過去的專訪，他已經十分清楚自己所扮演的角色。

他扮演的是被犧牲者的角色。

二十一日的特別節目可以說是媒體再度扯搜查總部的後腿。但總部沒有召開有關田川嫌疑的公開記者會，也沒有禁止媒體的報導，而是採取妥協的做法。在發給記者的文字說明中承認田川的名字列在搜查對象名單中，曾經也對他採取過監視行動；並公布古川鞠子遺體被棄置的時間裡，田川的不在場證明已經被確認的事實。田川雖然稍有嫌疑但缺乏決定性證據，所以警方已經解除戒心。但從字裡行間可以讀出：目前聯合搜查總部並無羈押此人的計畫；田川在總部內的「嫌犯」地位也相對下滑當中。

換句話說，經過這樣處理警方可以委婉表示這次走漏風聲的情報其實不太具有價值。要吵要鬧是媒體的自由。

ＨＢＳ首當其衝，田川也毅然對立。他之所以擺出「生氣」的姿勢，就是因為警方的這種態度。當初在專訪中他明明說過：「完全不知道自己已被列入這一連串事件的嫌疑犯，」但是在今天節目中卻有許多新的說法：「我發現自己被跟蹤，感覺很害怕。」「朋友打電話告訴我，說警察來問過有關我的前科什麼的。」

ＨＢＳ的態度與其說是觀察警方的反應，拿田川可能是真凶做為提高收視率的賭注；更應該說是將田川定位在「因為有前科所以被當做嫌犯的被犧牲者」，同時也是對共同搜查總部盡做些無謂調查，無法進一步找出犯人線索的傲慢與沒有效率進行批判。ＨＢＳ認為目前的這種做法得分比較高，因此節目的架構是從一開場先回顧事件概要；與田川如何接觸和聽他的控訴；之後探討處理這類案件的日本警方技術之不純熟；比較歐美做法列出問題點，節目進行中不時穿插田川的發言。

另一方面還在攝影棚架設了二十幾台的電話機，接受觀眾以電話或傳真方式提供資訊。在特別來賓發言與田川回答問題之際，此起彼落的電話聲便成了背景配樂。其目的是要讓全國觀眾看見有許多的資訊進來，而且儘管只是一些資訊，電視台的態度還是很慎重處理。

有馬義男是在家裡看電視的。

十月二十一日下午的社會新聞，一開始「Ｔ」出現的時候，義男並不知道，他在忙著看店。到了傍晚客人越來越多時，才有人告訴他：已經抓到老爹家的犯人了。他趕緊回去打開電視。雖然只是看見報導的後面，加上後來的客人幫他補充說明、有人拿《日本日刊》給他看，總算知道個大概。

剛開始聽見時，內心充滿了期待，簡直都快要窒息了。犯人抓到了？光是聽見這句話，整個人興奮得微微顫抖。可是好不容易讓自己冷靜下來，蒐集各方面的說法和公開的資訊後，那股全身顫抖的興奮變成了冰冷的失落一路滑向腳尖。

可是他還是收看了HBS的特別節目。怎麼可能不看呢？雖然這個「T」受到懷疑是個錯誤，不，弄錯的可能性看來很大，可是他還是無法不看「T」。隔著偏光玻璃看不清楚他的臉型、形體，十分遺憾，義男知道只要撤去屏風讓他清楚看見活生生的對方，他就能判斷對方是不是殺害鞠子的凶手。沒有理由，他也說不出根據何在，他就是能夠判斷。

因為鞠子一定會告訴他的，說：就是他、就是這個男人。就像開啟天眼一樣，一道明亮的閃光落在義男的腦海裡，照見鞠子手指的方向。

節目正好回到話題人物田川的部分。來賓之一的推理小說作家問起他租車在大川公園附近徘徊被人目擊時的活動是什麼？是目擊證詞有錯，還是他根本就沒有去公園呢？

「我沒有去。」變聲處理過的田川回答：「可是已經是兩個月前的事了，我記不太清楚。」

「一開始為什麼要租車呢？」

「因為要拍照。」

「那你記得是要去哪裡拍什麼嗎？這跟你不記得晚飯吃什麼，意思有些不太一樣。」

田川開始支支吾吾說不出話來，主持人立刻插話說：「可是記憶這種東西本來就是很曖昧的。」

接著另一個來賓立刻說話：「沒錯，畢竟為什麼要租車，那是個人的自由吧？又不是有什麼可懷疑的，追究人家使用租車的目的，根本就是妨礙隱私權。犯罪的搜查固然重要，可是也不能侵犯了同樣重要的個人自由，不是嗎？我覺得個人自由應該擺在第一順位考慮。」

「這麼一來，犯罪搜查幾乎是無法進行了。」

「才不是這樣子。都是因為我們的警方組織還停留在過去的做法。抓到犯人就嚴刑逼供，所以過去不知製造了多少的冤案呀？」

義男心想：這個節目究竟是為什麼而做的？他們在吵些什麼？有什麼幫助嗎？

廣告畫面中斷了兩個特別來賓的爭論。電視上出現一個跟鞠子同樣年紀的女性，那是即溶咖啡的廣告。接下來是化妝品廣告，還是年輕女性主演的，畫面中呈現一個擦著新口紅的嘴唇嘟起。然後是女性內衣的廣告，一個身上只穿著胸罩的女性打開門，從快遞人員手上接下包裹的內容。這個報導被人分屍棄屍在公園垃圾箱、被縊死後丟到公園溜滑梯、埋在土裡化成白骨後被遺棄在別人家門口等年輕女性遇害事件的特別節目，其贊助廣告竟然都是些活潑美麗的年輕女子影像。而且這些影像如果搞不好，很可能會驅使某種具有危險想像力的人做出什麼危險的事來。

義男親眼看見、親耳聽過、雙手也觸摸過鞠子的過去、她的消失、回來成為一堆白骨。在他眼裡廣告中年輕女性亂舞的艷姿，並非是在為商品做宣傳，而是為了其他的目的而存在。他覺得這些廣告似乎在呼籲：畫面上的女孩就像我們的玩具、漂亮的玩具、一換再換的玩具、抓來殺掉、埋起來也無所謂的玩具。

殺死鞠子的，不是什麼人，而是接受呼籲的人們，不是嗎？出面呼籲的不是鞠子呀！不是右手腕被切斷的女性呀！也不是那個倒楣的高中女生。明明是別人出面呼籲的，受害的卻是鞠子她們的存在。這種情形是什麼時候開始的？是誰開始了這種情形？有誰能夠制止這種狀況呢？

至少不會是電視台——電視台是沒用的。義男心裡這麼想著，關上了電視。但這時攝影棚的畫面取代了廣告，情況也完全轉變。

會議室裡的刑警大聲通知後，武上衝到走廊上，篠崎跟在他後面。兩人一踏進會議室，看見電視畫面正從接電話中心的電話特寫切換到攝影棚裡主持人身旁的電話。

「犯人打的電話嗎？」武上指著畫面大聲地問：「在哪裡？哪一支電話？」

「現在正在連到攝影棚上的電話。」

「有錄下來嗎？」

「已經在錄了。」篠崎回答，並探身將音量調大。

畫面中的主持人一臉緊張地接下話筒，貼在耳邊。「喂——」口齒清晰地就像不會演戲的人。

「喂——」

透過麥克風，對方的聲音響亮地傳了出來，就是那個變聲器的聲音。

「犯人是打到攝影棚蒐集資訊的專線上去。」武上身邊的刑警說明：「好像是在廣告時間打的。電視台立刻轉到這支電話上。」

畫面下方打出了專線電話的號碼，以及目前線路十分擁擠的字幕。

「向坂先生，你好呀。」變聲器尖銳的聲音直接叫出主持人的姓名：「我一直有在看這個節目，很有意思嘛。」

主持人完全嚇呆了，抓著話筒的手不斷顫抖。

「請問……請問你是哪位？」

「我嗎？我沒有名字呀。」

武上反覆聽的錄音帶就是這個語氣，一定是那傢伙沒有錯！

主持人用力吸了一口氣，下定決心說：「剛剛你打電話給我們專線時，說你是這個案件的凶手，還說有些事想要說才打電話來的。是嗎？」

尖銳的聲音高興說：「沒錯，我是那麼說的沒錯。你們好像不太相信我說的嘛？」

「你所說的都是真的嗎？」

「我何必要說謊呢？」

攝影棚裡一陣慌亂。

「那麼你就是犯人囉？」

「你們可以這麼認為，不過我是無名小卒。」犯人再度笑了：「跟那位出面上電視卻又故意將身體藏起來的T先生相比，我真的是無名小卒。」

畫面拍攝T。偏光玻璃這邊的人影和另一邊的特別來賓一樣大小，抓著話筒的主持人則位置較為前面。

「你是因為想表達什麼，所以才打電話來的，是嗎？」

「你不必對我說話那麼客氣，我可是女性之敵，是日本國民之敵呀！」

「可是我們還不知道你是否是真的犯人呀。」

「那麼你們跟警察是一樣的，跟被你們批評沒用的警察是一樣的。」

畫面角落出現助理拿著大字報對著主持人提示。然後有人走過那裡遮住了攝影機。

「我是要跟T先生說話才打電話來的。」變聲器說：「我有些事跟他商量，可不可以讓他聽電話？」

主持人眼光游移，他在尋找工作人員的指示。為了幫助慌亂的主持人，一位特別來賓大聲說話：「你的聲音整個攝影棚都聽得見，而且你也是邊看電視邊打電話的吧？所以你直接跟T先生說話就可以了。」

偏光玻璃後的T重新坐直了身體。

「不行，別出餿主意！」變聲器嘲諷地說：「我想把T先生從屏風後面拉出來。自己什麼也沒做，就想利用別人出名。我要看看這傢伙長得什麼德性？也要讓全國的人瞧瞧他的廬山真面目！」

「這傢伙想要幹什麼？」篠崎低聲道。

武上瞬間直覺認為——這是一場交易。就像犯人對有馬義男做的一樣，他又要來一次了。

「我要提出交換條件。」變聲器說：「對偉大的T先生。」

武上雙手抱胸，瞇著眼睛注視畫面。剛剛變聲器說的話正逐漸在他的腦海裡沉澱，落在底層深處裡。

「自己什麼也沒做，就想利用別人出名。我要看看這傢伙長什麼德性？」

這種揶揄對方、輕蔑對方的說法，通常是不會在這種情況裡出現的。應該是學生時代的朋友吹噓自己成名了，但其實自己的實力比他強才可能說吧；或是地方上出了奧運金牌得主，有些人沒有得獎也跟著坐上凱旋車，於是底下會有人說話。好不容易完成的「豐功偉業」——也許沒那麼偉大，但至少是件「好事」，偏偏跑出一個無能的人趁機想要沾光，這些話應該是對這種人說的才對吧。

看來這個聲音尖銳的變聲器是將一連串的殺人事件當做「好事」、「厲害的事」、「常人做不到的事」而自傲。殺人其實是他積極表現自我的手段吧？就像登山者挑戰世界高峰？一如運動家追求世界紀錄？所以一旦出現有人想擅自利用他的「功績」，自然會出面加以反擊？

「T先生，你聽見了嗎？我在跟你說話呀。」

變聲器大聲呼喚，坐在偏光玻璃後面的田川一義顯然很緊張。攝影機只拍攝了他肩膀以下的部分，身體搖晃得更加厲害，看起來就像是畫面不穩定一樣。

「你想要說什麼呢？」主持人盡可能保持聲音的鎮定問說：「你說的交換條件是什麼？」

「我要T先生出現在電視畫面上，說出他的本名。」

在一旁皺著眉頭聽他說話的特別來賓——推理小說家說話了：「如果T先生答應你的條件，那你也願意在媒體上露面嗎？同時也報上姓名呢？」

犯人尖聲大笑。透過變聲器傳出來的笑聲，就像從前科幻片中出現的敵方宇宙人一樣，音色顯得脫離現實。

「只有在你寫的那種合理主義的爛小說裡，才有那種犯人出現。我可沒有那麼笨呀。」

犯人的說法引起了攝影棚內一陣笑聲。推理小說作家神情嚴肅，完全看不出受到犯人嘲笑的影響。只是如果他發現站在畫面角落的女助理也笑了，肯定會張牙舞爪。

「你說的交換條件是什麼？如果T先生當場露面，你要提供什麼呢？」主持人抓緊麥克風逼問，那樣子讓武上聯想到被上鉤大魚耍得團團轉的釣魚人。這場戲的主導權顯然是操控在變聲器手上。利用一支電話操控，相信他心裡一定覺得很爽吧！

「HBS有沒有做反向追蹤？」

「應該沒有吧。大概也不行，反正對方肯定又是用行動電話打的。」篠崎搖頭說話時，電視畫面的下方出現字幕寫著：「現在電話和傳真的受理已經暫停，敬請原諒。」

可是特別設置的接電話中心還是響個不停，而且比之前還要吵鬧。

「我所要提供的東西很簡單。」變聲器接著說：「很簡單卻也很重要。」

「你要提供什麼呢？」

「就是大川公園發現的右手腕，她的其他部分。」

這時畫面突然轉換成廣告。

「搞什麼鬼呀！這是……」前畑昭二丟出手上的遙控器：「在最重要的時候，為什麼要進廣告嘛？」

滋子坐在昭二旁邊，跟他一樣盯著畫面看，不過她趁機喘了一口氣，拿起了香菸。

「有什麼辦法呢？什麼廣告在什麼時間播放，全部都輸入電腦控制了，現場也沒辦法立刻改變呀。」

「要是犯人一不高興將電話切了，HBS要如何負起這個責任呢？」

HBS沒有逮捕犯人的責任，今天的情況也是來自犯人單方面的接觸。如果說媒體有權隱匿採訪來源，那麼HBS就沒有義務對警方報告今天節目上發生的詳細狀況。可是滋子覺得昭二的話說得很對，這個變聲器的傢伙，對於自己的發言——尤其是他認為提供很重要的交換條件時被打斷了，他說不定會很生氣。他就是這種人。

好不容易冗長的廣告時間結束，接著是播音員介紹說：「以上節目是由下列廠商提供……」然後又是：「接下來的時間是由下列廠商提供……」電視台真的是不懂得變通呀！

終於一切都結束，畫面回到了攝影棚，只看見主持人一臉蒼白。

「收看本節目的觀眾朋友，真是非常對不起。」

聽著主持人悲痛的說話聲，武上一邊搔著頭皮。會議室裡的刑警們也都一一咋舌、呻吟。

變聲器的聲音切斷了電話。根據主持人的說明，廣告一開始，變聲器就怒吼說：「你們根本就沒有心要聽我說話。」同時掛上了電話。孩子般歇斯底里的反應，是這犯人可能的舉動。

「果然給搞砸了。」武上說。

「至少連個電話也該好好接著吧。」

「大概不會再打來了吧！」

「今天晚上是不可能的了。」

「好不容易可以取回遺體的說！」

不對，這種情形下，不能說是「取回」遺體。武上心裡認為：應該說是犯人好心送回的，但他沒有說出口。看來被上鉤的大魚耍得團團轉的，還不只是HBS呀。

電視上不斷重複電話結束的錄影畫面。偶爾會穿插攝影棚的畫面，接電話中心的電話像發了瘋似地全都響個不停。大概是觀眾打來責罵的電話吧。

偏光玻璃保護的田川一義，似乎恢復了平靜。犯人的電話切斷，應該只有他最放心吧。

可惜的是不能看見犯人提出交換條件時，田川如何反應。武上真的很想親眼目睹，不僅可以蒐集犯人的情報，也可以蒐集田川的情報。而且可以判斷田川和犯人之間是什麼關係：是陌生人還是某種共犯關係？是在其他方面有關，但在這個事件上無關嗎？也許能從中找到一點點線索也說不定。

武上走出會議室，準備回到自己的座位上。還沒走完一半的走廊，篠崎已經喊著追上來了。

「武上，又打來了！」

武上立刻回去，正好看見主持人努力抓著衣領上的小蜜蜂麥克風說話的樣子。尖銳的聲音說：「如果你們答應不會有像剛剛那樣的干擾，我就繼續說下去。」

主持人答應不會再進廣告了。武上不知道現場是否能那麼輕易做到，但是如果電話再度中斷，相信節目負責人一定會人頭落地，所以他們會努力做到吧。

「剛剛我已經說過了，交換條件就是這樣。T先生必須在現場露臉，然後我將那個右手腕的主人遺體送回。」

「你一定會遵守約定嗎？」

「一定，因為是我提出來的條件。」

「T先生，因為是這種情況，你可以嗎？」主持人對著偏光玻璃的方向詢問。

似乎是等了很久，特別來賓紛紛表示意見。

「這怎麼可以？豈不是讓T先生一個人負責嗎？」

「必須維護T先生的權利才行……」

評論家一副準備吵架的態勢，眼睛充滿鬥爭的光芒：「你以為自己很厲害嗎？像你這種只會偷偷殺人，而且專挑弱女子，然後打電話來亂說的人，其實最差勁不過了！你知道嗎？你根本就是史上最爛的人渣！」

「你是說不要只是弱女子，要我去殺個大男人就可以了嗎？」尖銳的聲音問：「你是建議我去做這種事囉？」

武上想起來了，之前犯人和有馬義男通電話時說過同樣的話。不對，不是和有馬義男，而是和他店裡工作的店員說的吧。他記得讀過報告：「你給我仔細看著，死老頭。下次要是死了個男人，那可是你害的喲。」

評論家不認輸地回道：「你說這些話是想威脅我，可是我才不吃你這一套。」

「我哪有威脅你。我本來就不想跟你這種自稱是評論家的人打交道！」

「你說什麼？」

「你評論了什麼？你有什麼資格可以在那裡說大話呢？世上的事情是你這樣隨便說說就能評論的嗎？我倒要聽你怎麼解釋？」

聽著兩人你來我往的對罵，武上不禁覺得背上一股寒氣上身。這傢伙是不是變了一個人？

依然是一嘴巴的歪理，依然以高姿態面對媒體和事件關係人，依然是尖銳的語氣，連遣詞用句也沒什麼差別。

可是就是哪裡不一樣。有一種很微妙的、決定性的不同。武上不認為剛剛那個因為廣告切入而生氣掛上電話的人，和現在這個跟評論家打舌戰的是同一人。

「是不是換了一個人？」他不禁出聲詢問：「不太一樣吧？打電話的人換了吧？」

「你是說犯人嗎？」篠崎不解地反問：「是嗎，感覺不出來耶。」

「武上你想太多了。」一位刑警說：「這種會掰歪理的傢伙，世上找不到幾個呢！」

是嗎？是我的錯覺嗎？

關於這些案件是同一犯人幹的還是有共犯，目前還沒有定論。搜查會議上還無法產生決定性的共識。這種明顯跟性犯罪有關的連續誘拐案件，多人共同做案的情形在日本算是少見；尤其發展到殺人案件的情況更是前所未有。因此也有可能是單獨犯案，但缺乏證據證明。考慮犯人的機動力，也有意見認為多人犯案的可能性較高。這也是儘管在某些事件發生的重要時間點上田川有不在場證明，但他的嫌疑卻不見得完全解除的理由。

犯人有兩組嗎？

「跟你說這些也沒什麼用。」變聲器說：「問題是T先生，我要聽聽他的意見。他肯不肯答應我提出來的交換條件？到底怎麼樣？」

偏光玻璃後面的田川身體晃動得更加厲害了。在無所遁形的攝影棚裡，只能躲在偏光玻璃後面不斷晃動身體的這個男人，顯得十分的滑稽。攝影棚裡沒有任何人是站在田川這邊的。

可是他毫無動靜，不管主持人怎麼呼喚，他就是不應聲。武上豎起耳朵想要聽聽：是否夾在他身上的麥克風能夠傳出他急促的呼吸聲或身體激動產生的衣服摩擦聲？

「這可是你成為英雄的機會呀。」變聲器說：「不過T先生，你實在太小看媒體了，我可要給你一點忠告。現在的你只因為有前科，就被抓不到犯人而緊張的警方懷疑成了被犧牲者的角色。可是那也只是現在，畢竟你不是純粹的代罪羔羊。你只是因為值得懷疑而被懷疑，世人也很清楚這一點。就連電視台也是等你沒有利用價值後，拿走你站上被犧牲者表揚的舞台樓梯，不管你的死活。」

武上不禁十分佩服犯人的這番說話，他說的很對。大部分頭腦正常的人都知道這個道理，卻不見得能訴諸言語。

「抓住我給你的機會，至少還能成為一小部分的英雄，比較說得過去。」

田川扭曲的背影有些動搖了，似乎想要站起身來。武上也緊張地身體前傾。

「對！就是這樣。」變聲器在發出喝采。

「笨蛋！他該不會真的想露臉吧？」篠崎出聲說：「他根本不知道這將是怎麼一回事！」

田川從椅子上跳下來。主持人立刻揚聲制止：「T先生，真的可以嗎？」

田川又坐了回去。可是武上知道他還是很在意變聲器說的「成為一小部分的英雄」。

不只是犯罪的人，容易幹下某種案件的人之所以會偏向案件的方向，其實不是因為激情、偏執或金錢慾望，而是犯了英雄主義。這是武上長年從事這個工作所學到的真實。不論是酒醉打架，最後殺死了人；還是手持器械強盜，最後射殺了人質；還是只因為被人按喇叭就刺殺後面的駕駛人；或是因為在車廂內吸菸被人制止，而將對方拉出車廂推下月台，這些都是因為犯了英雄主義。自己是英雄，其他人跟我是不一樣的。我就是英雄，絕對錯不了，那些傢伙憑什麼對著我說東說西，簡直是不想活了。

你們這些只配爬在地上的人們呀，都跪在我這個英雄面前吧。這就是他內心的聲音。沒有人比他更喜歡「英雄」這字眼，更希望君臨天下、備受讚賞的感覺了。現在田川所扮演「受到不當壓迫的被犧牲者」，其實就「殉教者」而言，也是一種偉大的英雄！

所以田川一定會站出來。武上緊盯著電視畫面裡躲在偏光玻璃後面的扭曲人影。

「你的行動關係著那個可憐的右手腕主人的命運呀！」變聲器說：「她能不能回家，就看你怎麼行動了。T先生。」

變聲器說話的方式很沉穩，像是在激勵著對方，卻令人感覺不出他自身的興奮。武上不禁更加疑惑：他是不是變了一個人？這傢伙跟一開始打電話過來的人、跟過去打電話給有馬義男、電視台、坂崎搬家中心的人，難道真的是同一個人嗎？

過去的傢伙雖然裝著氣定神閒的樣子，但最後總是自己先熱了起來。他的確頭腦不壞，但很容易為一點小事而動怒，說話也跟著大聲亂說。甚至要求有馬義男承認「我是可憐的糟老頭」，根本就是一種歇斯底里的狀態。

可是現在的尖銳說話聲不一樣，他比以前的人還要顯得——應該說是「成熟」吧！

「現在你能做的，而且是最正確的事，就是接受我的交換條件。」變聲器以一種苦口婆心的語氣規勸：「如果不聽我說的話，你一定會後悔的。」

偏光玻璃後面的田川坐在椅子上抬起了頭——至少畫面上看起來是這樣。對著麥克風問說：「真的我一出現在鏡頭前，你就會歸還那個右手腕的主人遺體嗎？」

攝影棚裡安靜無聲，只有電話鈴聲響個不停。但是所有演出的人都屏氣凝神看著田川的方向。

「那當然。」變聲器回答。

「你一定要遵守約定。」

這時原本攝影棚裡十分吵雜的電話鈴聲一起停止了。

田川一義在沉默中緩緩起身，一邊很在意胸口的麥克風，一邊從偏光玻璃的內側走出來。站在鏡頭前，站在全國觀眾的面前，現出了他的真面目。

「這傢伙……」喝到一半的咖啡杯停在嘴邊，前畑昭二吃驚地說話：「原來是這傢伙？這傢伙長這樣呀！」

現身的「T先生」自稱是「田川一義」。「田」字剛說完，保護隱私的變音裝置才解除，只聽見他真正的聲音說出「川一義」三個字。聲音比想像的要柔和好聽。

他是個細長高瘦、一身都是骨頭的男人。襯衫搭配牛仔褲的裝扮，和一頭沒有梳理的頭髮，看起來比實際的二十五歲還要年輕四、五歲。

「看起來就是沒有責任感的長相。」昭二繼續批評：「像這種長相的人，最近倒是四處看得到，不是嗎？」

滋子坐在昭二身旁的沙發椅上，雙腳盤著，手指上夾著一根點燃的香菸，眼睛則直視著電視中田川的臉。她沒有回應昭二徵求同意的詢問，而是下意識地咬著牙齒思考。

剛剛打工回來的塚田真一坐在廚房吃晚飯，他手上拿著碗筷一動也不動地注視著電視。

「他真的答應犯人了。」真一說：「他真的肯出面了。警方會怎麼樣呢？有沒有在看電視呢？」

因為滋子一臉害怕地沉默不語，昭二便回答真一說：「還能怎麼樣？是因為他在上電視的時候，真犯人打電話過來，這個人又不是犯人。」

「也有可能是一開始就設計好的。」

由於昭二說話聲音太大，滋子用遙控器加大電視音量。

變聲器什麼都沒說，田川一義聲音膽怯地報上姓名後也沒有說話。於是主持人出來打圓場：「喂，你還在電話線上嗎？喂……」

「是的，我還在。」對方答覆了。

「你也看到了，田川先生做到了你的要求。」

「是呀，他還滿年輕的嘛。」

滋子的眼睛因為香菸而瞇了起來。變聲器居然說對方「滿年輕的」，他才被人推斷是年輕的男性呢！

「田川先生，謝謝囉。」變聲器說：「可是你只是自我介紹還不夠。」

「這是什麼意思？」主持人問。田川整個人也緊張得更加僵硬。

「田川先生不是有前科嗎？什麼時候做過什麼事，不妨說來聽聽？之前他不是說那些全部都是被冤枉的嗎？既然如此說出來聽聽應該無所謂吧。」

「可是……這未免……」

「本人要是不方便說，你代替他說也可以。」變聲器笑說：「總之只要說得讓觀眾們聽清楚就好了。」

「這樣不算違反約定嗎？你剛剛是說只要田川先生露臉就可以了，不是嗎？」

「既然犯人要他說明什麼時候做過什麼事，那就高高興興說給他聽嘛！」

「全國觀眾應該也很喜歡聽吧！」

會議室裡的刑警們你一句我一句地揶揄。武上則是一手撐著下巴看電視看得入迷，臉上表情十分嚴肅。一開始打電話的時候，變聲器顯得很生氣。跟在別人屁股後面湊熱鬧——這樣的說法也許不太恰當，但他生氣的性質與原因多少表現在其中。

可是現在欺負站在鏡頭前面的田川，感覺上變聲器已經不再生氣了，但也不只是不懷好意地要求對方「公開前科」，而是別有目的。

攝影棚裡主持人和變聲器還在你來我往的爭論，田川的臉色越來越蒼白。確實過去他在節目中曾經不斷辯解「我是被冤枉的，真凶另有其人」，但現在卻又不敢開口。是不是在上次的節目之後，有什麼重要人士——如律師之類的，忠告過他，要他謹言慎行，不要自掘墳墓呢？

武上心中覺得這是極有可能的。突然間會議室的門開了，有人走進來。他推開擠在電視機前的人群，拍拍武上的肩膀說：「武上！」

武上回頭一看，原來是秋津信吾。眼神顯得緊張，兩道濃眉拉成一直線。

「你來一下，有電話進來了。」

武上立刻走出會議室。秋津大步穿過走廊，用肩膀推開總部辦公室的門。

「什麼電話？」

「有關田川的消息。住在大川公園西側大川公園別莊的住戶打來的。」

兩人一走進辦公室，看見一群人圍在角落的電話前，中間是井上刑警負責接電話。坐在旁邊的神崎警長立刻站起來，對著武上點了一下頭。

「是一位叫做桐野容子的家庭主婦，三十歲。」秋津遞上耳機說：「她說她的小孩曾被開車的年輕男人誘拐過，就是田川，絕對錯不了！」

有馬義男站在辦公桌上的電話機前，十分猶豫。

電話機的旁邊攤開著一本名片簿，來過店裡的刑警名片夾在豆腐公會委員、大豆批發業者、保健所職員、信用金庫對外辦事人員等名片之中。共同搜查總部刑警們的名片就像石堆裡的金屬一樣，散發特殊的光芒。其中武上悅郎的名片上，還有用原子筆寫的辦公桌專線電話號碼。當時他將名片遞給義男時說：有什麼事，隨時都可以打電話聯絡，別客氣。

隔壁公寓裡的「有馬班」還在努力執勤。他也可以直接過去找他們，但那些刑警看在義男眼裡太年輕了，感覺上沒辦法對他們說出這麼重要的事情。武上的話，他覺得比較容易說話。而且武上就像義男兒子的年紀一樣，給人一種安心感，或許是他獨特粗獷的長相產生的氛圍吧！

剛剛義男一直想說的是：他覺得好像變了一個人。現在隔著田川一義在跟主持人對話的「變聲器」，與之前和義男通過好幾次電話、嘲笑義男、撕裂義男心情的人好像是不同的人。他無法具體說明是哪裡不同了，有什麼證據可以顯示，只是感覺「就是不一樣」。

我知道，一定是換了一個人。在廣告切入，那傢伙生氣掛上電話後，又再打電話進來，就是那時候換人的。沒錯，現在的「變聲器」是另外的人。

可是他會相信嗎？不會說是我想太多就把我一腳踢開吧？對方也許會說「有馬先生是你的錯覺吧，我們都不那麼認為呀！」；但如果義男的直覺是對的，表示犯人至少有兩個或兩組人。這對搜查總部是個很大的線索，而且今後的辦案方向也會全然改變才對。

打電話跟他們說吧？還是放棄呢？

通過耳機傳來的女人說話聲有些顫抖的哭音。井上不斷安慰對方並想知道詳情。桐野容子邊哭邊說，內容卻多半是重複的。

「桐野太太，請妳鎮定一點。我來將妳說過的話整理一遍。妳聽看看有沒有說錯？」井上說：「桐野太太的女兒，也就是長女舞子，讀小學四年級。舞子今年六月和朋友到大川公園玩，回來的路上被一個年輕男人叫住了。這是剛開始的情形，對嗎？」

「對，你說的沒錯。」桐野容子連忙回答：「舞子是去練習騎腳踏車的。那孩子還不會騎，不過有輔助輪的話她是會騎。本來是說朋友要教她，結果兩人吵架，朋友就先回家了。那孩子一個人在傍晚五點的時候還在公園裡，我之前明明告訴過她五點之前一定要回家。」

「桐野太太，我知道了。就是在舞子一個人回家的路上被人叫住了吧？」

年輕男人看她一個人推著車子，於是走上前說：「好像很重的樣子，我幫妳推吧。」

「舞子因為媽媽說不可以和陌生人說話，立刻就逃回家裡。是這樣子嗎？」

「沒錯。可是那個男人卻跟在她後面。舞子是真的是用跑的逃回家。」

「妳還記得是六月幾號的事嗎？」

「日期我有點……」

「應該是六月初的事吧？那麼第二次的情形怎樣？」

「我想是經過了兩三天，舞子又說要練習騎腳踏車，可是我有些擔心，就陪她一起去了。因為下面的寬子才兩歲，我抱著她一起去。那天傍晚，也是五點半左右吧，我們正準備回家走到公園門口時，寬子說要尿尿，我帶她去廁所。我跟舞子交代在門口等我們，結果出來一看，只剩下腳踏車在那裡，舞子不見了。」

桐野容子大聲呼喚女兒的名字，廣大的公園裡沒有什麼人，路上和樹叢間一片靜寂。

「我嚇死了，不斷叫著舞子的名字到處找。結果舞子從公園門口跑了過來，一臉蒼白地大哭。她緊緊地抱住我說：差點被奇怪的人帶上車，就是上次的那個人。我一看舞子的臉，右眼皮破了流出血。我問怎麼回事？舞子哭說：她推開那個人的手想逃，結果臉被打了。那個男人用手背打舞子的臉呀，因為手上有戒指，傷了她的臉。舞子還記得說是銀色的戒指。」

當時害怕得曾經想要報警，但還是先回家跟先生說，結果被先生罵說：都怪妳不小心。婆婆也說：這麼丟臉的事，不需要跟外人多說。還說：小孩被色狼看上，就是媽媽沒用的證據！

「沒辦法我只好忍耐，可是以後舞子便不能出去玩。我也害怕，所以上下學開始接送。但晚上還是經常睡不著。而先生和婆婆只知道罵人，完全不為我想。」

因為之後沒有再去公園，也就沒有遇到那個奇怪的男人。可是到了七月，接到兩次無聲電話，附近鄰居也好心警告我說：窗外常有年輕男人在偷看。我們母子嚇得簡直快要發瘋了。

「我家是住在公寓的一樓，平常曬洗衣服的時候會很小心，也盡量不要走到陽台外面。」

「到目前為止都是維持這種狀態在生活嗎？」井上問。

「是的。進入暑假後，舞子好不容易才敢跟朋友一起出去玩。她一個人是不敢出門的，我也不讓她出門。」

「我知道了。桐野太太妳剛剛看了電視，發現那個想帶走舞子的奇怪男人就是田川一義嗎？」

「是舞子發現的。」

「因為看見他的臉？」

「不是，先是看見了戒指。那個人不是戴著銀色的戒指嗎？舞子看見後就哭說：就是那個人！」

武上雙手按住耳機，對著井上點點頭。

「之後，那男人不是露臉了嗎？她看到臉後，更是確認沒錯。舞子嚇得抱住我不放。」

「現在舞子在妳身邊嗎？」

「沒有，我是一個人，從家門口的公共電話打電話給你們。要是在家裡打的話，一定會被婆婆切斷。」

「妳說的我都清楚了，桐野太太。」

神崎警長不斷點頭催促，井上看見後立刻反應說：「謝謝妳提供的重要資訊，請不必擔心。我們會到府上拜訪，詳細記錄桐野太太說的話，同時讓妳確認田川和他車子的照片，可以嗎？」

「可是……我怕被先生和婆婆罵呀。」

「我們會說明清楚，解開他們的誤會。被奇怪的男人盯上，絕對不是舞子和桐野太太的責任。當然我們也會安排讓妳們安心地生活。這樣可以嗎？電話掛上後，請妳趕緊回家等候。現在接電話的我是警視廳的井上動，我們會有幾個人過去，其中也有我。我們馬上就去府上，請等我們一下。」

「你們不會開警車來吧？那會……」

「放心好了，我們不開警車，會很安靜地過去。」

井上掛上話筒的同時，武上也拿下了耳機。

「我來準備田川的照片和剛剛的節目錄影帶。」武上邊起身邊對神崎警長說：「還有六月時那傢伙租車的照片。」

「總算知道那傢伙租車是幹什麼了。」秋津心有不甘地握拳垂打說：「可是為什麼之前沒有人說？大川公園別莊也去過好幾次了，過去的問訊中根本沒有一點風聲！」

「大概是太害怕婆婆的淫威吧！」

害怕跟事件有關聯、考慮到體面的問題，不管怎麼問就是三緘其口的人其實不少。特別像這次被婆婆說是做媽媽不行，小孩才會被壞人盯上的膽小媳婦，社區裡應該還有很多。

總部的辦公桌上放有一台液晶小電視，早已拉長天線轉到剛剛收視的頻道。因為井上接電話時按了靜音，現在不知是誰又將聲音恢復正常。

變聲器已經切了電話。攝影棚裡的來賓正開始討論，田川不再回到偏光玻璃後面，而是滿臉通紅地坐在主持人旁邊的位置。接電話中心的鈴聲不斷，節目女助理將整數的觀眾傳真交給了主持人。

「這個變態的傢伙！」秋津對著電視畫面上的田川一義大罵：「我要掐斷你的脖子。」

武上的視線從畫面移開，和神崎警長對看了一下。這時他還沒有辦法釐清自己內心浮現的疑慮，但卻能抓住警長心中所想的事情。

那是令人毛骨悚然的推論，簡直令人難以立即開口整理脈絡。

會不會「變聲器」早就知道田川在大川公園附近做了什麼事？

因為知道，所以要求田川在電視機前露臉的嗎？其實是希望被害人——可能不只是桐野舞子一個人，認出田川的臉後報警。犯人是賭這個可能性，所以故意設計讓田川的臉出現在電視上的吧？

搜查總部裡紛紛嚷嚷，武上小聲地說出自己的想法，並問神崎說：「是我想太多嗎？」

「還不知道呢。」神崎搖頭說：「太早下斷言很危險，也有可能是偶然。」

「武上，請給我最新地圖！」準備出門的秋津大聲呼喚。

武上將剛剛的電話錄音帶取出來，起身離開辦公桌時說：「幫我準備到田川一義家的搜索令。」

神崎警長嘴角帶笑地說：「要求本人主動到署裡接受問訊。我看這個英雄現在是不會逃避了！」

HBS的特別節目結束後，有馬義男還是坐在電話機旁邊考慮。名片簿依然攤開著，隨時準備可以打電話的姿態。可是他還是下不了決心。

節目一結束，木田從家裡打電話過來問：老爹有沒有看電視？

「好像在看一齣奇怪的鬧劇！不過我倒是從頭看到尾。」

「還好吧？」

「我沒什麼事呀。」

「我倒是氣死了，連晚飯也吃得不痛快。」

看來木田是喝醉了。

「讓孝夫這麼擔心，真是對不起。」

「老爹為什麼要道歉，你沒有必要道歉的。」口齒有些不清晰：「老爹這樣是不行的，你是被害人耶。鞠子遭遇那種不幸，連老爹和真智子都被害得很慘，不是嗎？可是你卻不生氣反而道歉。老爹一點錯都沒有呀！」

酒醉的聲音不斷重複說著。

義男聽他說了一陣子後，才猛然想起問說：「孝夫，剛剛看電視的時候，有沒有覺得很奇怪？」

「哪裡奇怪？」

「就是廣告進來電話切斷過一次呀，在那前後的犯人——就是那奇怪的說話聲好像是不同的人，我覺得。」

木田一時之間不能會意：「什麼意思？」

「孝夫不是也跟他通過電話嗎？那個時候的傢伙和今天節目後面跟田川說話的人不一樣吧？你不覺得嗎？」

「是嗎？我沒有什麼感覺耶，老爹很有自信嗎？」

「也不是那麼有自信啦，所以不知道該不該跟警方說呢。」

「如果是不同的人會怎樣？」木田低喃道：「有什麼問題嗎？也就是說今天打電話到電視台的傢伙是假的囉！」

「不是，不是這樣的。」

木田不是很會喝酒，也不太喜歡喝酒，但他現在卻醉得口齒不清，大概是無法清醒地收看該節目吧？義男心想：我也該喝醉酒就好了。

鞠子失蹤以來，義男就斷絕酒精。一開始是想在她平安回家之前不喝酒，等到她化成白骨回來，義男的目標也改了。

理由只有一個，就是健康。他希望多活一天也好。

鞠子回來的時候，有馬班的刑警跟他保證說：絕對會逮捕犯人！這個仇我們一定會報的！

可是究竟要等多少時間呢？一年？兩年？據說殺人案件的時效是十五年。也許要花上整整的十五年也說不定。

到那一天為止，有馬義男還不能死。所以他不喝酒也戒了菸，定時服用降血壓的藥，睡不著的晚上也勉強自己躺著休息，食之無味的飯也當做是藥逼自己吞下。即便痛苦地活著，義男也要祈求老天將年輕就被殺死的鞠子壽命給他；如果不能讓鞠子復生，就請將剝奪她的歲月給我這個老頭，義男不求「死」而祈求有一雙強健快跑的腿。

「老爹，你怎麼了？還好吧？」喉嚨裡像是哽住東西一樣，木田語音含混地繼續說著，聽起來像是半帶哭泣：「幹嘛要看那種節目呢？我也是越看越覺得奇怪。老爹也是奇怪，真是可憐，我實在搞不懂老爹你。」

木田的妻子好像在旁邊搶他的電話，只聽見一陣雜音後，換成她的聲音說：「有馬先生嗎？對不起，我是聰子。真是不好意思，我家老公喝醉了，跟你胡說八道。」

「沒有啦，孝夫倒是難得喝醉酒呀。」

「看電視的時候就越來越怪了。」聰子淚聲說：「他一邊喝酒一邊含著淚說：從小就看著鞠子長大。然後就吵著一定要給你打電話。」

聰子不斷道歉，義男安慰過她後才掛上電話。然後抱著頭沉思了好一段時間。

這時電話鈴又響了，他以為又是木田打來的，拿起話筒一聽——

「死老頭！」是變聲器的聲音。義男不禁站了起來。

「你還活著嗎，死老頭。難道不覺得比孫女活得久很丟人嗎？」

義男的心臟開始很久以來沒有經驗過的劇烈跳動。這聲音是一向聽到的聲音，是過去一直被強迫聽到的聲音。有種生氣的情緒、帶點鼻音的孩子氣聲音。

對了，義男發現到了。在鏡頭前引導田川說話的聲音和義男耳朵聽到的聲音不同，就在於大人和小孩的差別。這傢伙雖然有種難以預測的危險，但總是很孩子氣。

「你……」義男好不容易從乾燥的喉嚨說出：「你怎麼又打電話過來？」

「少囉唆！」變聲器怒吼說：「不要質問我！跟我道歉，快呀！」

又生氣了，簡直就像小孩的歇斯底里。雖然感覺心跳得越來越厲害，義男還是說出了口：「你是為了發脾氣而打電話來的嗎？沒錯吧？」

「為什麼打電話是我的自由。」

「是嗎？你是和同伴吵架了吧？」

突然一陣沉默，義男吸了一口氣說：「你不是一個人，我說的對吧？我不知道你們是兩個人還是三個，總之不是你一個人做這些案子的吧？說不定你是被人指使的吧？」

可以聽見對方的呼吸急促，是我說對了嗎？我射中了紅心嗎？

「你剛剛在電視機前隨便掛電話，被同伴罵了吧？結果打電話給電視台的角色被人取代了吧？於是你覺得不高興就來找我這個老頭出氣，我說的沒錯吧？」

義男的手心裡都是汗水，他等著對方說話。

「笨蛋死老頭！」就像吵架吵輸的小孩一樣，邊逃跑之際還邊吐下一句狠話，對方掛上了電話。

義男握緊話筒，彷彿想要從裡面榨出一些真實的片段。他閉上眼睛告訴自己：一定錯不了，現在的做法沒有錯。我的確是給「犯人」重重的一擊，對方第一次有了動搖。

我不能夠焦急。雖然很小，也是個勝利。我總算知道對方也是個人。我有時間，時間會站在我這邊，我一定能逮捕到犯人的……

聽完有馬義男的主張，共同搜查總部立刻將ＨＢＳ特別節目的錄影帶送去做聲紋分析。

之前打給媒體、受害人家屬的電話錄音資料也同樣做了聲紋分析。結果推論：提到將古川鞠子皮包丟在大川公園垃圾箱的電話、要求有馬義男到廣場飯店的電話、打給日高千秋母親的電話，都是同一人所為。

可是這一次——

• 打到節目中的人和迄今為止特定的通話對象是同一人嗎？
• 特別節目的廣告前後，兩次打電話來的人是否是同一人呢？

這兩點必須加以澄清。但分析使用的材料是錄自電視的錄影帶，因為ＨＢＳ拒絕交出直接錄自犯人電話的錄音帶。有關廣告之後打來電話的人，因為只有打到節目裡的通話資料，不管搜查總部怎麼要求想要直接的錄音帶，電視台就是不肯答應。

分析進行得極其慎重。如果有馬義男的想法是對的，廣告前後打電話來的是不同的人，那麼對於這一連串案件可能是多人做案的假設便有了佐證。過去也有人提到，就犯人的機動性來看很可能是多人所為，只是苦於沒有證據而有所保留。但如果聲紋分析確定電話分別是兩個人所打的，將會是多數共犯的重要補充資料了。

接見有馬義男的刑警對他說明：因為是很重要的鑑定，至少也要等上三、四天才有結果。還特別叮嚀義男說：這中間如果接受媒體採訪，千萬不能說這件事。

義男答應了。他知道這是有助於搜查的重要線索，也根本就不想做出妨礙警方辦案的事，所以決定沉默到底。可是他不懂什麼是聲紋，要怎麼分析調查也沒有概念。問了那名刑警，對方也說不出所以然來。結果問了其他同事，最後帶了一名鑑識班的年輕警察來說：這個人知道，有什麼問題就問他。義男有些不好意思地苦笑了。

「聲紋就是聲音的記錄軌道，最早是美國貝爾電話公司的科學家想到：分析和鑑別聲紋或許是識別個人的有效方法。我已經忘了那個科學家叫什麼名字。雖然不是很久以前的事，真是對不起。」年輕鑑識官清楚地解釋說：「一開始是戰爭中接收到德軍通訊，於是開始了能否利用聲音做個人識別的研究。當時的成果不彰，直到一九六〇年，美國ＦＢＩ才對聲音的個別識別有興趣，要求貝爾電話公司完成了今天聲紋分析的基礎。」

「你說的記錄軌道是什麼東西呀？」義男聽得一頭霧水。

「就是將人的聲音錄在帶子上，經由特殊裝置閱讀過記錄在滾筒上。那是一種由好幾條線構成的波浪狀圖形，就是聲紋。我想你可能在推理戲劇中看過，現在都是透過電腦閱讀和做資料處理的。」

聲紋不會有重複的，跟指紋一樣。只是做為個別鑑識的材料比指紋要困難些。

「其中之一是錄音媒體必須是高品質的才行，因為分析結果很容易產生誤差，所以我們才希望拿到HBS的原版帶子。」

「簡短的交談不行嗎？」

「那倒是沒有問題，只要有九十秒鐘就夠了。這一次的倒是時間足夠。」

還有一個問題點是：同一個人的聲紋會因年紀增加而有所變化。因此用來比對的聲音檔案若太老舊即難以研判。

「不過跟這次的鑑定也沒有關係。但因為有這些困難點，所以在法院裡並沒有將聲紋當做不可動搖的物證。只能當做是狀況證據，在搜查階段做為方向性的判斷資料而已。」

義男根據自己親耳聽見的——比起自己在電話中聽到的聲音，那個廣告前後撥來的電話聲，其整體氣氛應該是兩個不同的人。但是他很擔心機器無法清楚地判別。而且……

「他們使用了變聲器，不是嗎？機器會不會被騙了呢？」

年輕鑑識官笑得就像警官學校招生廣告一樣的燦爛。

「你不必擔心，就算使用變聲器，聲紋也是不會改變的。只要做分析鑑定就一目了然。」

接著又揚起一邊嘴角地繼續說道：「讓你外孫女遭到不幸的傢伙看起來好像很博學，但對這件事好像不很清楚。不只是聲紋，對行動電話也不很了解。」

這是義男頭一次聽見的說法，他驚訝地問：「行動電話怎麼樣了呢？」

「犯人好像以為使用行動電話，就不會像有線電話一樣被反向追蹤。的確是不能像有線電話一樣地找到撥號電話機；但可以鎖定發訊的區域，可以查出是透過哪個轉接基地台的天線傳訊過來的。如果連這一點都不知道的話，電話公司怎麼跟客人收費呢？」

這些事情，不僅刑警們沒說，連新聞報導也沒有提過。義男抬頭看著鑑識官的臉，那是一張年輕、充滿活力的臉。

「所以說過去犯人是從什麼區域打電話來的，已經查出來囉？是嗎？為什麼以前不告訴我呢？」

清新的鑑識官立刻低頭彎腰，顯然是話說得太多了。

「這就不是擔任鑑識的我所知道的。大概是因為搜查上覺得不公開比較好吧，而且也沒有必要跟有馬先生說吧。」

「可是……」

鑑識官擋掉想繼續追問的義男，他說：「雖然很難過，但還是請耐心等待聲紋分析的結果吧。有馬先生的直覺正確與否，看分析結果就知道了。而且搜查方針也會有所調整，說不定能更加接近犯人。」

沒辦法，只有等待了。過去不也一直在等待嗎，今後還是要等待吧。至少等待聲紋分析的結果只要三天，這一點時間不算什麼。過去不是有更多的時間毫無進展、前途黯淡地走了過來嗎？

可是這次的三天卻不一樣。

17

一九九六年十一月五日，星期二。

上個禮拜六起的秋日連續假日到昨天結束。這一天貫穿群馬縣赤井市東北邊的十二號公路——號稱「赤井山綠色大道」，充滿了前來欣賞紅葉的觀光客。

開通綠色大道是在七年前的四月。因為是在赤井市裡的山中，連結ＪＲ線赤井車站的交通不便，所以這塊東北地區比市內其他區域的開發要晚。因為這條道路的開闢計畫讓該區域煥然一新。目前綠色大道通過的路線，是以明治中期為止赤井市林業還很旺盛的林道為基礎開闢的，整體而言還留有許多急轉彎、陡峭的路況。

當時在舖設這條路的同時，赤井山南面斜坡也在進行開發計畫。兩百戶的社區開發，吸引了市內有名的私立綜合醫院計畫到此改建，於是合成了一個附屬醫院、有醫療看護的高齡人士社區開發計畫。但是這個計畫最後半途而廢，原因很簡單，因為資金有困難。泡沫經濟崩盤的餘波，給予北關東這個小城市的小小經濟活動帶來利害性的衝擊。

原本提出這項計畫的市議員——他不顧市議會的反對，強行發出該市自然保護林的開發許可，和預定在此蓋新醫院的私立綜合醫院院長是女婿和岳父的姻親關係。也因此這個開發計畫一公布，就受到強烈的抨擊。但他們之所以那麼強勢，是因為來自東京的開發業者很有興趣，而且有大型都市銀行做為後盾的住宅資金專門融資公司願意大筆大筆地匯錢進來。

結果融資來源受到不動產交易的總量限制以及敏感察覺日本經濟開始一路走下坡而抽身，連帶影響了開發業者的意願。喪失強力引擎和燃料的市議員與醫院院長依然不顧周遭冷淡的視線，一意孤行了一兩年。就在社區規畫完成後，所有答應開店的大小商家一起宣布撤出時，他們才不得不死心，那時已經是一九九三的秋天了，赤井山開發計畫全軍覆沒。做完整地工程便停工的社區建築用地從此雜草叢生，鋼筋骨架的綜合醫院和高齡人士社區在風雨中日漸鏽毀，淒慘地矗立在山的南坡上。無人的山中只剩下綠色大道。

但對市民而言，他們反而覺得這是件好事。貫穿赤井山的綠色大道，不論是春天花開或是秋天葉紅，都是最棒的開車路線。而且越過赤井山到對面的小山市，還有個小山遊樂園。過去要到遊樂園必須走擁擠的幹線公路，如今多了一條綠色大道可以通行。也就是說，即使沒有興建社區、醫院，綠色大道本身就紓解了一定的交通量。

雖然跑掉許多的大小商店，但在綠色大道沿途也陸續開了一些民宿、咖啡店和餐廳。不久後，赤井市乃正式開放許可，在山頂建設休息站和展望台等設施。原本失去建造目的的道路，因為觀光用途而呈現出意外的豐碩成果。

不過因為失敗而結束的開發計畫殘骸，則像是醜陋的傷口一樣，將廢置的鋼筋、建築工地等遺留在山坡上。由於不良債權的問題懸而未決，所以不能任意撤除這些產業，觸景更令人生氣！此外這些廢墟帶來了鬼怪傳說，居然吸引了市內甚至是東京的年輕人前來。他們稱這些破敗建築物是「鬼屋」，成群結隊地來冒險，最後往往彼此打鬧、引發傷害事件，或因為失足而受傷跌倒。赤井市為避免一而再發生不幸事件，將該地區圍上繩索禁止人們出入，但還是阻擋不了年輕人的好奇心。

綠色大道在山腰入口和山頂上的展望台，各設有一個加油站。位於山腰的「綠色大道加油站」規模較大，共有五個加油機。現在站在左邊數過來第二台加油機旁邊，脫帽對加好油的客人道謝的員工是長瀨克也，出生於赤井市的十九歲青年。

就在兩天前沒有當班的晚上，他才去過「鬼屋」。他是和女朋友聰美、聰美的朋友杏子、杏子的男朋友四個人一起約會。他們坐上克也新買的車子，討論要去哪裡兜風。結果聰美提議去鬼屋，但是克也沒什麼興趣。他從前有一段時間很迷鬼屋荒涼的景色，但去過幾次後熱度也就降低了。

可是聰美她們的態度很強硬。因為杏子的感應力很強，很早以前就一直說要到鬼屋試試看能不能感受到什麼。老實說克也才不信什麼通靈、感應力這一套說法，只是因為兩個女孩子熱中於鬼打牆、鬼壓身的故事；杏子的男友又只聽女友的話，不肯跟克也連成統一戰線對抗，克也只好心不甘情不願地將車子開上赤井山裡。

結果卻是十分淒慘。車子開在綠色大道上，才看見鬼屋朦朧的傾圮遺跡，杏子就嚷著呼吸不過來，還說看見赤井山的山坡上有許多白色東西飄來飄去。最後她說想吐，克也趕緊停車讓杏子出去。晚上的綠色大道交通量不是很大，但前來探索鬼屋的年輕人大多開車時速超過一百公里，所以路上必須小心。聰美幫蹲在路肩的杏子拍拍背，自己也難過得快要哭出來。看著這一幕的克也打從心裡覺得無聊。說到杏子的男朋友，只是下車站在一旁吸菸，絲毫沒有安撫杏子的打算。克也不禁覺得：真是一對怪胎情侶。這傢伙要是帶女朋友到賓館，才一進房間女友就吵著說這裡有鬼，他大概只能發呆也不能生氣吧！這種人實在沒什麼好交往的，真的。

又是哭又是發抖了大半天，女孩子們還是決定去鬼屋。開車途中，克也為了抑制心中的怒氣，必須發揮相當大的自制力。但是一個十九歲年輕人讓女孩坐在駕駛座旁邊的自制力，其實用紙巾一擦就沒有了。所以克也越來越不耐煩，車也越開越不穩。最後跟聰美吵了起來，搞得氣氛很難堪，根本沒有挽回的餘地。下次誰還會想去鬼屋嘛！

現場只是一片黑暗，什麼都看不見。和聰美分手後，經過了兩天，感覺還是很不爽。

今天的加油站，雖然是平常日卻忙得很。大概是因為連續假日的餘波，尤其又是紅葉的季節吧。平常下午一點後有四十五分鐘的休息時間，今天是不可能了。到了快四點，店長才招呼大家說休息一下。克也餓得頭昏眼花，腳步蹣跚地走到後面的休息室。

休息室裡還有另一位打工的女孩，正坐在角落裡一邊看著手提電視機，一邊吃三明治。好像是在看社會新聞，正好在報導最近炒得很兇的東京連續女性誘拐殺人事件。克也一邊將熱水沖進買來的速食杯麵裡，一邊嘲笑女孩說：「小君如果不小心，說不定也會被殺了埋起來。」

小君一臉嚴肅地看著畫面說：「真的耶，我實在是怕得不得了！」

「只要不要亂搭陌生男人的車子就沒事了。」

「可是也有可能被硬拉上車，不是嗎？」

她手上拿著吃到一半的三明治，對著電視搖手說：「如果被蠻力拉上車，根本抵抗不了！」

看來她是真的很害怕。

「而且還會被帶到哪裡監禁起來。」

「只要偷偷帶著手機或呼叫器，就能求救呀。」

「對嘛，還有這一招可用。」小君認真地點點頭。

然後她將最後一口三明治塞進嘴時，外面傳來緊急煞車的聲音，尖銳的聲音幾乎要撕破現場獨特的空氣。

「啊！」小君睜大了眼睛。

不由得聳起肩膀的克也耳朵裡聽見了撞擊聲，而且不是短短的一聲。連續的撞擊聲，讓克也幾乎可以想像到汽車被輾過、拉扯的畫面。

衝出辦公室一看，右手邊的遠方，沿著綠色大道斜坡上的急轉彎處，升起了一道白煙。

過了中午時間的混亂，這時候的綠色大道流量比較順暢。上山的車道比較空，下山的車道也沒有太多車輛。聽到車禍聲音的人都放慢車速、將頭探出車窗觀看出事的方向，也有的將車直接開進加油站。店長大聲喊叫：「誰呀！快打電話報警。」

從後面衝出來的小君看著冒向天空的白煙，不禁雙手壓住臉頰說：「好慘呀……」

克也問其他打工的同事說：「燒起來了嗎？」

「不知道，只看到冒煙。」

感覺上不像是濃煙，而且顏色越來越淡。

「我去看看是怎麼回事。」

「我也去。」小君跟在後面。兩人從路肩跑向斜坡，不久就看到了車禍現場。

綠色大道整體而言，彎路很多；這是其中最彎曲的一段。從赤井山山頂一路彎彎曲曲的下來，沿著山坡在此向右轉個大彎，接著又急轉彎折回左邊。克也因為習慣這條路，也對自己的駕駛技術有信心，所以從來不覺得可怕；但他知道這裡在過去已經發生過多起車禍。事實上就在上一個月，同樣的下山車道就有方向盤失控的汽車越線追撞對面來車而出事受傷。當時救援車將車頭撞得稀巴爛的肇事車拖到加油站，他們還幫忙照顧受傷的人。

克也心想：這次的車禍，大概不只是有人受傷吧。可是看不見出事的車子，只能看見從下山車道開往上山車道，留下一道橫切的輪胎擦痕；而且擦痕消失是在上山車道的防護欄外面，防護欄被撞得扭曲、破爛。有一對中年男女正站在那裡向下張望。

「沒有事吧？」

克也站在這一邊出聲詢問，中年男人則回過頭指著懸崖下面。看來行進在下山車道的車子，在急轉彎的地方速度失控，衝到對面車道，並衝破防護欄跌落道路旁邊的山崖。

「是你們的車子嗎？」

中年男子大聲回答：「開什麼玩笑？我們的是那台。」

就在破損的防護欄下方約五公尺處，停著一輛寶藍色的轎車。

「我們就跟在後面，實在是件不可思議的事！」

一輛輛開過去的車子都放慢了速度。站在下山車道路肩的克也他們，趁沒車的時候趕緊過馬路。

「我們是附近加油站的人。我們已經報警了，警車馬上就來。」

「跟我們沒關係的。」中年女性尖聲說道：「我們還以為他們加速想要超我們的車，結果在轉彎的地方車子飛了出去。還好沒被帶過去！」

「真是危險，會摔車的。」

克也站在防護欄邊緣想要俯視山崖下，小君一把拉住了他的衣袖。

「放心好了！」

他小心翼翼地站穩腳步、探身一看，在十公尺下方的山坡上看見了白色汽車的車尾。因為車頭朝下撞擊到山崖，所以呈現倒立的姿勢。

「哎呀！真是有夠慘的。」

車身裡面已經沒有繼續冒煙了。感覺上好像不是因為車禍才冒的煙，那麼到底是什麼東西燒掉了呢？出事的車裡面，看不見人影。難道還被封死在車裡面嗎？因為是倒立的姿勢，後車窗面對著這裡，這麼遠的距離根本看不清楚車廂內部。但是車牌號碼倒是一目了然，是練馬區的車牌，來自東京。

「好像什麼東西燒了？」

「你也看到了嗎？」中年男子皺著眉說：「出車禍前就已經開始在燒了，車窗有白煙冒出。」

「真的嗎？」

「真的呀。」

同行的女伴也回過頭點頭說：「因為他們超車的速度很快，我還吃驚地看了他們一眼呢！」

「說不定是因為車裡失火，才會開車出狀況吧。」

「不管怎麼說，兩種情形都很奇怪。」

大概是撞擊的關係，行李蓋翻開了十公分。由上往下看，好像汽車半張開嘴巴一樣。

「恐怕要吊車才能拉上來吧。」

小君一手抓著克也的手臂向下張望，她低喃道：「裡面的人死了嗎？」

克也笑說：「什麼嘛？明明害怕卻又那麼期待！」

「不是啦，人家才不是那個意思。」

小君嘟著嘴否認時，後面響起了警車的警報聲。克也跑到路肩，對著逐漸靠近的紅燈揮手。

「是男的。」中年男子說：「有兩個男人在車上。」

「兩個男人？」

「對，沒錯。」

「是年輕人嗎？」

「不知道，我只在他們超車的時候稍微看見。」

「我想應該是年輕人吧，因為他們穿著很鮮豔的襯衫。」中年女性說。

警察一來後，既非關係人也非目擊者的克也和小君便回到加油站去了。吊車也跟他們錯身抵達現場。開寶藍色轎車的兩個人，跟警察說明他們目擊的車禍狀況後，也一副倦容地來到了加油站。

「明明跟我們一點關係都沒有！」女方抱怨說。

克也一邊幫他們擦車窗，一邊笑說：「真是倒楣呀。」

「這可是一點也不好笑呀。」

聊天之際，又聽見了警車的警報聲。克也抬起頭一看：「奇怪？」

果然是警車呼嘯經過加油站前方。

「又有其他車禍嗎？」

但警報聲立刻消失不見，聽起來就像是在車禍的現場。

「為什麼來好幾輛警車呢？」

「如果是救護車還有話說。」

「吊車也來了，拉上來應該很費事吧？山崖那麼陡，得先固定掛勾，讓救難人員下去，應該很困難吧。」

就在他們你一句我一句閒扯時，又一輛車呼嘯經過加油站前。這次不是警車，而是普通的黑色轎車，但亮著警報器。

「討厭！那也是警察的車嗎？」

不過是交通事故，為什麼出現像警匪劇一樣的警車呢？那就是便衣開的警車嗎？

接著又是一輛，這次是警車。到底是怎麼一回事呢？

克也再度跑向現場，後面店長的聲音追了上來：「喂！你不要去湊熱鬧呀。」

他沒有回答，只是感到不安——對，心裡不安的感覺越來越強烈。好像有什麼不對勁，好像要發生什麼事了。

過去從來沒有這樣的感覺。在長瀨克也的生活裡，不可能會有這樣的感覺。沒有任何雜誌或電視節目肯做

「不祥的預感」這種專題，所以克也無從知道那是什麼，也無緣接觸那種東西。

但是現在他為什麼安靜不下來？感覺到好像有什麼事將要發生。剛剛在車禍現場感受到一股背後有冰冷的手滑過的感覺，似乎不是來自克也的知識、經驗，而是發自本能的一種警告。

越過下山車道，沿著路肩逐漸接近現場。正好看見吊車伸長了支架，將出事的車子吊回路面上。

克也停下腳步，已經無法繼續前進了。警察封鎖了現場，除了留著下山車道供來往車子通行外，被封鎖的另一邊停滿了警方的車子。

「喂！你幹嘛？」守衛的警察板著臉站在克也面前。「現在正在處理車禍事故，不可以靠近。趕快離開！」

克也抬頭向上看，看見了被吊起來的車子。車裡面有人嗎？車身並沒有被倒吊著，就像上船的新車一樣，車子四平八穩地被吊了起來。車頭前方已被撞爛得看不見，前面的車窗玻璃也都粉碎了。車門歪斜而扭曲，行李蓋比剛剛在現場看到的開口更大，隨著吊車的晃動而上下搖動。

「喂！不准靠近。」

被警察推了一下肩膀，克也倒退一步。於是視線偏離了半空中的車子。

就在這時，發出一聲巨響。他猛然抬頭看，出事的車子大幅度向前傾斜。大概是某個吊勾鬆了，警察們驚叫一聲，車陣跟著大亂。不知是誰大喊：「危險呀！」

克也趕緊向後退。半空中的車身越來越傾斜，最後連前座的車門也打開了。扭曲的車門搖搖晃晃地就要斷裂。

「危險！車門要掉下來了。」克也大叫。

但是車門沒有掉下來，掉下來的是別的東西。從駕駛座的門縫滑出一塊黑色物體，砰然一聲落在路面上。它的頭部朝向克也的方向。

「那」是一個人。

車門打開，一個「東西」掉落，於是車身失衡傾斜得更加厲害。操作吊車的人拚命控制住拉桿，一點一點降低高度，希望將車子放在地面。但是車身傾斜的情況持續加大，終於在半空中呈現橫倒向一邊的狀態。

這一次是行李蓋動了，不斷擴大開口的幅度，又一個「東西」掉了下來。

這東西在長瀨克也以後的惡夢中，擔任很長一段時間的主角。

這一次掉落的「那個」也是個人，而且穿著西裝。就像一把摺刀一樣，有意志地從行李蓋的開口處漂亮地滑落出來，也可以說是從裡面逃脫出來一樣。

穿著西裝的「那個」，轉過頭面對著長瀨克也，趴在地面上。由於發生得太突然，四周的警察全愣住了。就在那一剎那，克也越過眼前警官寬闊的肩膀，看了「那個」的臉一眼，看見了「那個」的眼睛。「那個」的眼睛張開和克也的眼睛四目相對。

18

有關群馬縣赤井山綠色大道交通事故的第一通報，傳到墨東警署連續女性誘拐殺人事件的共同搜查總部，已經是車禍發生的兩個小時之後。

由於出事車子是東京車牌，坐在車上有兩個年輕男人和行李箱裡堆放一具身分不明的男性屍體，使得群馬縣警局赤井警署充分意識到事態的嚴重。當然共同搜查總部對於該車禍和行李箱內的屍體有強烈的興趣，因此也在等待進一步的消息進來。

因為車禍死亡的兩個年輕男人身分，在出事後不久便查清楚了，因為兩個人都帶有駕駛執照。

坐在駕駛座旁邊，車禍當時就被甩出車外，屍體被發現在山坡上的是高井和明，二十九歲。住址在東京都練馬區內，跟父母和妹妹住在一起。和明是高井家的長子，和父親共同經營名為「長壽庵」的蕎麥麵店。

車禍當時坐在駕駛座，車子被吊車吊在半空中時，屍體從天而落的男性是栗橋浩美，二十九歲。也是住在練馬區內，一樣是和父母同住。但實際上栗橋並沒有住在家裡，根據他父母所言，他其實是一個人住在新宿。栗橋是獨生子，沒有兄弟姊妹。

有很多目擊證詞提到：出事之前，高井和栗橋的車子「就已經冒出白煙了」。調查之後，確實栗橋屍體的一部分和他的座位有燒焦的痕跡。燒焦的是栗橋的身體前面和腿部一帶。大概是栗橋在駕駛座上吸菸，或者是他正要點火的時候，火燒著了他的棉質襯衫和化纖夾克。兩個人都沒有繫安全帶，不知道是衣服著火後拿掉了，還是一開始就沒有繫。而且這是不是導致栗橋駕駛失誤與出車禍的原因，在沒有詳細檢查之前還不能斷言。

車禍的發生對雙方家人而言，可說是震驚、混亂、悲傷的開始。通常這應該是非常值得同情的情況，但因為該車禍的行李箱裡還有一具莫名其妙的屍體，所以引來紛紛擾擾的各家媒體關注。搞得兩個年輕人的家人必須迅速且慎重地因應整個情況。

問題是行李箱裡的屍體完全沒有可以辨識身分的線索。只有全身穿著整齊的西裝，但縫在上衣和褲子裡的名字已被撕去，也找不到其他所有物。從狀況來推理，他們應該是要將屍體丟棄在哪裡，所以藏在行李箱中搬運。

屍體上沒有明顯的外傷，但在六日上午進行驗屍後，發現死因為窒息。並非勒斃或縊死；由於在雙手腕、兩腳踝和口鼻附近找到膠帶殘痕，大概是被膠帶蒙住、阻塞呼吸所造成的死亡。

這個階段，行李箱裡的「屍體」已經很清楚是為「他殺」。墨東警署共同搜查總部和赤井警署內瀰漫著一股強烈的期待與緊張的空氣。

「要不要變裝前去呢？」武上問。

秋津信吾的眼光從手上的報告書移到武上臉上，皺著眉頭說：「如果有效果的話也行，可是應該是沒用的吧。電視媒體早就鬧得很兇了。」

這是六日的中午過後。秋津馬上要和來東京的群馬縣警一起到高井和明和栗橋浩美家進行搜索。官方說法當然無法斷定高井等人的事故和連續綁架殺人案件有關。但社會上似乎已經將兩者連在一塊兒想，所以共同搜查總部的一舉手一投足都備受矚目。目前秋津只不過是陪同前往的身分，但因為媒體記者中不乏有人認得他的長相，秋津一出馬，他們就以為又有新的消息了。

「因為練馬警署要求協助調查，我真的只是去看看情況！」

「你對這次的事件有什麼看法？」

「赤井市車禍的兩位死者，是否就是我們正在追捕的兩名嫌犯呢？」

秋津用手揉揉眼睛。因為慢性睡眠不足，眼皮顯得沉重下垂。

「武上怎麼認為呢？」

武上沒有回答，眼睛看著科警所送來的報告書。內容是十一月一日ＨＢＳ特別節目中「犯人」來電的通話記錄音響分析結果。

報告書是在今天上午送到武上手中的。如果沒有赤井市的車禍，本來預定在下午的緊急搜查會議上討論這份報告，討論結果將在今晚或明天中午的記者會中由負責的刑事課長公開說明。

有馬義男的直覺是正確的。

科警所做出了結論：新聞特別節目的廣告前後，打電話進來的人是不同的兩個人。有關廣告後的人，儘管分析鑑定的對象是第二手的錄音帶，但仍不影響鑑定的結果。兩者聲紋呈現明顯的波狀差異，顯示他們是兩個人。

一連串的連續女性誘拐殺人案，犯人不只一名。

科警所也對過去和「犯人」的通話做了音響分析，這些聲紋都和HBS特別節目「廣告前」的人聲紋吻合。節目結束後打給有馬義男的電話裡也是同一人物。也就是說在特別節目之前，都是由固定一人擔任他們犯罪的宣傳角色，但因為兩人吵架，所以「廣告後」的人物才突然出現。這個未知的人物當時是第一次對社會講話；另一方面被搶了角色的同伴乃打電話給有馬義男出氣。

大概他們不知道使用變聲器，依然無法影響聲紋分析的正確性吧？還是說，即便知道也不認為警方會調查得那麼仔細？反正不管是單一犯人還是多名犯人，被抓到了都是一樣下場。

音響分析報告書中除了這一件結果外，還羅列了其他有趣的事實和衍生出的推測。人類耳朵所無法分辨的細小雜音，透過電腦處理可以繪成波狀的圖形。所謂音響分析是將分析對象與雜音做一過濾，被過濾出來的東西也要做分析。不斷重複這種單調的作業，就能獲得完整的調查結果。

對著話筒說話的聲音，會碰到打電話所在位置的牆壁等障礙物而反彈，所以會比原來的聲音晚百分之一到千分之一秒到達話筒。這種和原來聲音的些微落差會畫出不同弧度的波狀。波狀差因不同材質的障礙物而有所變化。所以根據該通話記錄取得的波狀，與透過各種建材實驗取得的標本波狀進行比對，就能推斷該電話是在怎樣的現場環境（也就是有什麼障礙物的場所）打來的、打電話的人處於什麼狀況（有動作還是靜止的）。

根據分析，過去犯人或犯人們打來的電話：

‧都是從室內（包含停車在安靜的場所、熄火狀態的汽車裡）打來的。

‧通知丟在大川公園的右手腕不是古川鞠子的電話，是在汽車裡打的，附近有盲人號誌燈。

‧要求有馬義男到廣場飯店的電話，其聲音背後有明顯特徵的雜音。是一種連續、一定聲調的機械動作聲音。與標本波狀進行比較，可以將冰箱、空調、電腦的風扇機械聲除外。此一特徵的雜音在其他電話（包含十一月一日打給HBS特別節目的電話）中並未查出。

‧十一月一日HBS特別節目中，廣告前後的來電都是在同一房子的室內打來。節目結束後，廣告前人物打給有馬義男的電話也是來自同一場所、同一個室內。打電話時，該人物始終是靜止的狀態，幾乎沒有移動。其所處的室內為木造的，牆壁和地板的結構，推測應該不是使用水泥。

‧打給HBS的電話和之後廣告前人物打給有馬義男的電話，其背後都有明顯而低音的機械動作聲音。與標本波狀進行比較，肯定是暖氣機的鍋爐啟動聲。

暖氣機的鍋爐、木造房屋。

會是森林小屋還是別墅呢？

越過赤井山，其北側的冰川湖一帶就是北關東的別墅區。條件完全吻合。

秋津站在武上身旁，也在閱讀影印的科警所報告書。

武上收拾好報告書，將厚實的手掌握成拳頭敲擊自己的頭。秋津的眼光離開了手上的報告書，他說：「如果那兩個人就是我們所要找的那『兩個人』……」

「如果是的話？」

「應該怎麼說呢？古語中不是常常表現真實嗎？有一種回到人生起點的感覺。」

「古語？」

「嗯。不是有句『天網恢恢、疏而不漏』嗎？」

武上以為秋津笑了，但他的表情嚴肅。

「是天譴嗎？」秋津說：「行李箱裡的男屍應該是個重點。」

「……」

「那會是在HBS特別節目裡，犯人說的那件事嗎？」

有人說他只會對弱女人下手，於是犯人回答：「那麼你是要我殺害大男人囉？」秋津指的是這一件事。

「如果他們是我們要找的嫌犯，那麼男屍就是他們最後做的案子了。」

而他們在棄屍途中遇到了車禍。

「武上，我在打瞌睡的時候做了惡夢。」

「我可是好久都沒做夢了。」

「很清楚的夢境，讓我起了一身的雞皮疙瘩！」秋津看著天花板說：「我的夢跟這次的事件有關。車禍死掉的兩個人並非我們要找的嫌犯。嫌犯是設計讓高井和栗橋頂替他們，所以將屍體藏在他們的行李箱裡，故意製造車禍來殺害他們。真正的犯人正在某處捧腹大笑。當搜查總部宣布解散，我要回家走到車站的時候，看見有人在發號外，又有人打電話給電視台說有女人的屍體……」

一口氣說到這裡，秋津嘆了一口氣。

「就是這樣的夢。」

武上慢慢地說：「要製造人為的車禍，是很困難的。」

「是的，你說的沒錯。」

「雖然車禍的分析還沒結束，但聽說出事的車子並沒有功能上的異常。」

「不過車裡面發生了火災。」

「據判斷可能是栗橋在香菸點火時，不小心造成的。而且綠色大道上的那個轉彎也是當地有名的出事地點！」

秋津沉默不語。

「剛剛說的不是夢，也不是新年做的解夢。在我的字典裡，剛剛說的叫做『庸人自擾』！」

秋津笑了一下，武上才覺得安心。

「應該要出門了吧？」

秋津看看手錶，站起身來。武上送他出門後，開始收拾報告書，並回到秋津來之前的檔案整理工作。

秋津的心情，武上十分明瞭。實際上秋津夢見的「內容」，武上也曾經想過。

如果赤井市的那兩個人是我們的嫌犯，表示在被逮捕之前，他們就擅自死去了。而且是兩個人一起死。在運送屍體的過程中，因為一個人的香菸掉在膝蓋上，引起火災而驚慌失措，於是造成駕駛失誤，汽車衝破防護欄掉落山崖。嫌犯們一起摔斷了脖子……

情節未免編得太過於完美了吧？

他想起之前大川公園垃圾箱案發時，和神崎警長的談話。現實生活有許多令人難以置信的偶然。在辦案的過程中，我們也經驗過好幾次。所以說假使犯人在棄屍那一瞬間的照片存在的話，只要不確定照片是偽造的，就不能覺得不可思議。犯人應該是熟知了警方的這種心理吧……

這一次是否又是一樣？我們又中了犯人設計的圈套嗎？

可是另一方面，武上的直覺和經驗告訴他：設計棄屍瞬間的照片和故意製造車禍是兩碼子事。何況要兩個無辜的人為犯人頂罪，還在行李箱塞屍體的做法，不是一般頭腦能想得出來的。

搜索住宅大概會有什麼線索吧。現實就是這樣，總能找到可疑的材料。高井和栗橋，他們兩個人大概……大概……大概就是「犯人」吧!?

但是……

剛剛秋津說是「天譴」。是的，如果這是真的，這可是武上奉公職將近二十年，第一次看見殺人的人遭到天譴呀！

這是第一次，以前根本沒見過。

下午的時間特別長。一向滿足於自己的內勤業務，也盡全力完成使命的武上，現在如果可以，他希望成為秋津。用自己的眼睛檢查高井和栗橋這兩個年輕人的私生活片段。他希望能在現場。

為了不讓自己胡思亂想，他窩在會議室裡埋首整理瑣碎而重要的文件資料，也盡可能不要看手錶。所以篠崎來敲會議室門的正確時間，武上根本沒有印象。

打開門進入會議室的篠崎，表情就像不知所措的小孩一樣，呆呆地站在武上的桌子對面，眼睛不斷眨著。

「怎麼了？」武上問。

不安與期待堆在胸口原本是心臟的位置，代替了心臟劇烈鼓動。

「怎麼回事？」他再一次問。

總算篠崎有了動靜，他繞過桌子靠近武上，以微微顫抖的聲音說：「聽……聽說是空氣清淨機。」

一時之間武上聽不懂。在武上會意之前，篠崎緊張的臉崩潰成快要哭出的臉。

「秋津在栗橋浩美一個人住的公寓發現了空氣清淨機。大概就是這個了，就是犯人電話背後出現有特徵的機械動作聲音。」

武上微微張開了嘴，然後又閉上，並從椅子上站了起來。

「我們要忙了。」他一邊打開會議室的門，一邊對身後的篠崎說。

篠崎連忙回答：「是。」

這一天這個時候，武上跟誰說過什麼話，他自己完全沒有記憶。一度停擺的作業又開始運作了，資訊像奔流般湧進共同搜查總部。

然而有一件事卻是想忘也忘不了的。在歡喜與混亂的漩渦中，指揮官神崎警長看見武上的臉時，立即從一群部下的圍繞中對著武上揮手。這是前所未有的事。

神崎警長和沉默的武上握手時說：「找到骨頭了。」

武上還是不做聲只點頭。

「唯獨缺了右手。聽說是裝在紙袋裡，在栗橋浩美的房間裡找到的。」

一九九六年十一月六日，下午六點二十分。

所有電視台都停止正在播放的節目，改播新聞快報，內容是連續女性誘拐殺人事件的兩名嫌犯已經確定了。

這時有馬義男在店裡，正在招呼客人。是一位和古川鞠子同樣年紀的年輕女客人。

前畑滋子在家裡，坐在書桌前寫稿。她正在描述塚田真一逐漸靠近大川公園垃圾箱的那一段場面。

而塚田真一則是送水野久美到車站，因為久美到他打工的地點來看他。久美不斷說笑，真一滿臉笑容。雖然很短暫，但真一放聲大笑是最近才有的事。

所有人的頭上都有新聞流過。

「犯人」有兩名。他們已經死了，死後才被逮捕。在無神的國度裡，卻在這一瞬間人們聽見了神明揮動鐵鎚的聲音！

02

第二部

「首先的疑問是，我們所看見的，
真的是他們原來的面目嗎？」

——約翰．W．小康貝爾《如影隨形》

1

栗橋浩美第一次殺人是在他十歲生日那天，當時「和平」就在他身邊，是和平教他殺人的方法。

和平是轉學生。小學四年級的春天，他從島根縣松江市搬到東京練馬區，並從新學期起和栗橋浩美同一學校、同一班級，而且坐在一起。他們立刻成了「好朋友」，不久便犯下第一起「殺人」勾當。

栗橋浩美生於一九六七年五月十日，和平則是同年的四月三十日生，所以算是稍微年長的「哥哥」。栗橋浩美和父母住在東京練馬區，從來沒離家過；相對地，和平從小就在日本各地跑，和平解釋是因為他爸爸的工作所致。

因為擁有一個不斷轉調工作的爸爸，和平在栗橋浩美眼裡成了十分值得尊敬的朋友。那個年紀的小孩，尤其是對男孩子而言，父親的工作就決定了小孩本身的價值。

栗橋浩美的父親經營一家小藥局，母親也幫忙看店。夫婦倆人努力維持小生意，這是父親從爺爺手上繼承的家業。

既然是祖上的事業，與其說是藥局，應該說是「街坊上的藥局」才對，它其實也是一間親切的老店。有時老人家會拄著枴杖來買治腰痛有效的貼布；有時修路工人會買營養飲料在店頭就喝了起來；有時到了半夜十一點還有鄰居會來敲鐵門，因為小孩臨時發燒想要買冰枕來用等等，它就是這樣一間方便的小店。

栗橋浩美在上國中之前，一家人就住在這個木造的樓房，一樓的一部分充做店面。房子有三十年以上的歷史了，整體看來陳舊，到處有傷痕。栗橋浩美沒有看過他的祖父母，但家裡面留存很多他們使用過的東西和收有衣服、日用品的紙箱。那些東西塞滿了倉庫、衣櫃和櫥櫃上面。所以不管栗橋浩美怎麼整理，房間就是收拾不乾淨。

他好幾次試著想把衣櫃和櫥櫃上面的舊東西拿出來丟掉，每次都被爸爸和媽媽責罵，但他還是無所畏懼地一試再試。尤其是到和平和父母居住的公寓一看，到處都收拾得乾淨清爽，不像自己家裡總是堆滿泛黃的紙張、布片、紙箱雜物等，他甚至想放把火燒掉這一切。

為什麼自己家不能像和平家一樣的乾淨漂亮呢？為什麼家裡沒有沙發椅呢？為什麼牆上要掛著製藥公司送的難看土氣的月曆呢？為什麼房間角落總是堆放著紙箱呢？為什麼棉被總是攤開不摺起來呢？為什麼廁所不是西式的馬桶呢？

為什麼爸爸不是大公司的職員呢？

和平的爸爸好像很忙。週末下午和星期日到他家玩的時候，他爸爸幾乎都不在家，大部分時間都是去打「高爾夫球」。和平的媽媽總是穿著及膝的長裙露出絲襪下漂亮的腳踝，身上也是色彩艷麗的襯衫和毛衣，一臉親切的微笑。拿出來的點心不是親手做的，就是都心那家「有名的」店買的，或是誰「送的」。不只是點心，和平家經常有別人送的東西，有時是高級洋酒；有時是水果；有時則是漂亮的桌巾。

栗橋浩美在小學四年級、五年級、六年級的三年中，都是和和平同一個班級。這中間和平老是說：反正爸爸隨時會調工作，大概國中會到其他地方就學吧。分離對栗橋浩美而言是件痛苦的事，卻也讓他心動。到其他的地方……下次或許是大阪，還是福岡，也可能是札幌。只要和平搬家，自己就能去他家玩並住宿。和平的媽媽之前都會邀請他，所以他要跟和平做好朋友，將來他才會邀請他到各地去。這種可以獲得特別待遇的感覺深植在栗橋浩美小小的心靈上。

隨著這種心情，想像越來越擴大。他甚至幻想自己到和平新搬的家做客時，突然發生東京大地震，栗橋浩美的父母過世了，那間破舊的房子也化為灰燼。於是孤苦無依的栗橋浩美受到和平一家溫暖的懷抱，從此他和和平成為兄弟……

如果真能這樣，那該有多幸福，栗橋浩美心想。於是他可以在別人的家、別人的境遇、別人的人生旅程重新活過。

但現實生活中，和平和栗橋浩美進入同一所國中就讀，是地方的公立學校。兩人雖然不同班，但教室就在隔壁。

和平說他爸爸錯過了今年的調職。還說：今後可能也不會調到其他的地方都市了，可能就定居在東京。根據和平的說法，他爸爸這樣算是「升遷」。

於是栗橋浩美大地震的幻想在這時成了脫離現實的夢。他想：不可能以任何方式成為和平家的一員了！但是只要自己能成為孤苦伶仃的一人就好了，只要父母不在人世，和平家還是會張開雙手迎接浩美的吧。

於是他想起了好久沒有想到的「殺人」，他和和平一起完成的第一次「殺人」，在他十歲那年的那個行為。那是對栗橋浩美真正有效的「殺人」。當時他的確殺了想要殺死的人，所以他認為這次不可能不會成功。只要和平肯幫他忙的話。

那一天，他真的忍受不了而對和平說了。我希望父母能夠死掉，你說該怎麼做？沒想到和平一臉驚訝說：「父母死掉的話，不是會造成困擾嗎？」

「才不會呢！」

「會。如果被親戚領養，日子會過得更慘。更糟糕的是，可能會被送進孤兒院。」

「孤兒院？」

「沒錯。沒有監護人的小孩都是在那種地方長大的。你不可以再像剛剛那樣亂說話！」

栗橋浩美失望得說不出話來。因為和平竟然沒說：「如果你沒有了父母，可以來我家。」

「那麼就不能殺掉他們了。」他低聲說。結果和平一臉正經地盯著栗橋浩美的臉看，然後才笑說：「殺掉？你是說小時候做過的事嗎？」

栗橋浩美點點頭。

「那樣子，並沒有人會真正死掉呀。那只是一種詛咒呀。」

和平的笑容跟他媽媽一模一樣。事實上他的外號也是因為這張圓圓的笑臉而來，就像和平標誌，可愛得沒話說的笑臉。

「你說是詛咒……」

「是呀，只是詛咒。可是對浩美有用，不是嗎？那就夠了。」

那一晚，栗橋浩美難得做了惡夢。那是小時候常做的夢，自從十歲那年「殺人」以來就沒有夢過。可是他又再度做起那惡夢，都怪和平。因為和平說那個「殺人」只是個「詛咒」，所以他發現應該被殺死的人其實沒有被殺，於是又再度出現了。

那是一個小女孩出現的惡夢。那女孩撲向正在睡覺的浩美，想要打開浩美的嘴鑽進去。她想要附身在浩美身上。

女孩的手很小，而且冰冷柔軟。可是她拚命扳開浩美上下顎的力量，比大人的力氣還要大。儘管告訴自己這是個夢，浩美的上下顎還是感覺到女孩手指的觸覺。在企圖進入浩美體內的過程中，女孩不斷低吟說：「還給我，把我的身體還給我。這不是你的，是我的。」

栗橋浩美大叫一聲醒來。已經是國中一年級的學生，居然尿濕了一整床。因為害怕與羞恥，他臉趴著哭泣。

惡夢中的女孩是誰，栗橋浩美知道。夢中的女孩有著和栗橋浩美一樣的臉。浩美的父母也很清楚那個女孩。他的媽媽至今還不時流淚悼念女孩。

女孩是栗橋浩美的姊姊，出生一個月就夭折的栗橋家長女。為了紀念長女，她死後兩年出生的長子沿用了姊姊弘美的名字，只是將相同的發音「hiromi」改成漢字「浩美」。

栗橋浩美成了社會公認的獨生子。是栗橋夫婦鍾愛的兒子，將繼承栗橋藥店的重要子嗣。但是在家裡，他的背後始終存在著「hiromi」。他從小就是這樣長大的。

殺死「hiromi」是和平教他的，而且曾經成功過。可是因為和平的背叛，「hiromi」再度復活，兩個人又開始過一起的人生。

他想要跟和平說這件事，說「hiromi」回來了。可是卻說不出口。那時和平說「父母死掉的話，可能會被送進孤兒院」的表情，那副想當然爾的神情，讓他覺得和平已經離他遠去。告訴他「hiromi」回來的事，只會被笑話而已吧……

他不想被和平取笑。他不希望被和平認為：你是個小孩子，你是個膽小鬼！

不久之後，栗橋家有了改建的計畫。浩美並不知道，但他父母已經談了很久。早就受不了又髒又舊的老家，栗橋浩美實在是太高興了。就算不能成為和平家的一員，至少也可以跟和平家一樣住在漂亮的房子裡了。

那一年新家終於改建好了，店面也整個換新。可是他們從租的地方搬回新家時，栗橋浩美發現家裡面的擺設沒有多大的改變。祖父母的那堆東西還是塞進新的衣櫥裡，占領了新的櫥櫃。家裡面還是堆滿了商品的箱子和庫存的藥品。栗橋藥店變新了，來的客人還是一樣。不是滿口粗鄙的工人，就是裝上假牙、說什麼都聽不清楚的老年人！

栗橋浩美國二那年的暑假，出了一件事。替外出父母看店的浩美，打了一個老太婆客人。雖說是十四歲的小孩，畢竟是個男孩子，而且用盡力量毆打，把老太婆的兩根前牙給打斷了，而且老太婆跌倒在水泥地上時還跌斷了腰骨。

栗橋浩美對父母、派出所的警察都三緘其口，絕口不提毆打老太婆的理由。老太婆已經八十七歲，身體十分虛弱，也很難從她嘴裡問出事情經過。結果這樣子反而救了栗橋浩美。

幸虧負責調停當地商店街問題的民意代表，也是超市的老闆，一向跟栗橋藥局關係不錯。這個老太婆又經常在栗橋藥局附近這個民意代表開的超市裡拿商品不付錢；其他商店也常抱怨只要看到老太婆一個人出來買東西就會鬧出糾紛。所以問不出老太婆的說辭也是幸運，民意代表直接將這件事當做一件「意外事故」而非「傷人事件」處理。老太婆是自己不小心跌倒受傷的，而非被打。

可是栗橋浩美比誰都清楚，真相不是那樣。他是因為老太婆又髒又淒慘，而且連續三天都來買浣腸藥而生氣揍了她。而且他揍人時心裡還想著「死了活該」。

這個真正的心情，栗橋浩美只能對和平一個人說。其實正確說來，是被和平看穿了。

「那件事應該不是意外事故吧？是你揍了人家吧？」和平問。

栗橋浩美沉默不語。和平看著他的臉好一陣子，然後笑了。他那明亮笑容的圓臉說：「算了，不必在意。我也討厭骯髒的老太婆。浩美沒有做錯什麼事呀。」

這時的栗橋浩美覺得和平不是安慰他，而是誇獎他。

和平還是懂得，他了解我，他跟我是一國的。

於是他們又繼續是好朋友。和平的成績一向比栗橋浩美優秀，之後各自上了不同的高中和大學，見面的機會減少卻不影響兩人的情誼。但終究是命運弄人，兩人最後還是分開了。

不對，他們不是分開。而是引發了另一件新的「殺人」。

這次不是詛咒，被殺的人無法再復活。這一次是真的殺人。

2

一九九四年三月一日。

練馬區春日町七丁目的蕎麥麵店「長壽庵」門口排滿了地方商店街公會和老客人們送來的花架。都是慶祝新店開幕的花架。

這一天也是老闆高井伸勝的生日，他五十八歲了。平常根本沒空想到要過生日，因為這一回生日剛好跟期待已久的新店開幕是同一天，感覺到有特殊不同的意義，所以一早開始表情就因為雙喜臨門而開懷許多。

「長壽庵」是高井伸勝三十歲那年，租用這個地點的房屋，將一樓改為店面而開業的。房東以前也經營過餐飲業，因為欣賞有意獨立開店的伸勝，不僅介紹他師傅改裝店面，還為他介紹地方信用公會貸款，前前後後幫了不少忙。

近年來春日町已發展成為大規模的住宅區，未來的商機可期。而大家之所以幫忙「長壽庵」和高井伸勝，不是為了想投資或賺錢，而是因為喜歡高井伸勝的為人，所以主動伸出援手。伸勝是個像石頭一樣寡言的男人，倒是他那種認真工作的態度，意外地吸引了許多年長者的信賴。尤其是在他當學徒時，受益更是良多。

其實如果伸勝嘴巴甜一點、更有女人緣的話，說不定就能更早獨立開店；所以也不能說他年輕時的受益有多少。本來伸勝是在神田多町的「勝壽庵」拜師學藝的，老闆夫婦也有意將獨生女嫁給伸勝，讓他繼承店面。不料女兒不惜離家出走就是不肯答應，老闆夫婦也只好死心。伸勝是個感情不外露的人，當時卻深深受到傷害。加上他自己對老闆女兒也有一點愛慕，傷害更是不在話下。

伸勝決定辭去勝壽庵的工作。當時他已經二十八歲，雖然擁有獨立開店的技術，卻苦於資金不夠。勝壽庵的老闆將他介紹到赤坂的蕎麥麵店工作。

當時這家店的一個老客戶，在練馬區擁有很多不動產。他看上伸勝的手藝，和老闆商量的結果，提出讓他獨立開店的計畫，這就是「長壽庵」的源起。結果伸勝離開勝壽庵後命運也跟著開展。

鐵皮屋的長壽庵開店不久，就有親事上門。這是之前赤坂蕎麥麵店的老闆介紹的，對方是伸勝認識的姑娘。曾經有一段時期他們一起工作過，是個名叫文子的漂亮女孩。兩人結婚後，這家原本只是老闆手藝不錯但作風冷淡的麵店，從此變得明亮親切。

之後夫婦倆認真工作。結婚後立刻生下長子和明，三年後再生長女由美子。吃飯的人口增加，生活固然比較辛苦，但因為伸勝和文子都是出身寒微，絲毫不以為苦。他們反而認為這就是人生，大家都過得差不多。兩個人默默耕耘，長壽庵的生意始終興隆。隨著營業額的逐漸升高，長壽庵的經營開始有了盈餘。

就這樣長壽庵平安地迎接開店十週年的時候，房東問他要不要買下這塊土地。他說：你們年紀也大了，做不了多久。到了孩子成人，不知道是否還能這樣租房子做下去？所以不如獨立開店，反正生意還算順利，貸款應該也沒有問題。乾脆放手一搏吧！

被平常一向很照顧自己的房東說「做不了多久」，伸勝夫妻聽了自然很難過。但考慮現實問題，房東說的也沒錯。維持現狀繼續下去的話，未來的確令人不安。

夫婦倆抱頭商量的結果，決定聽從房東的建議。背了大筆借款，過去存的一些小錢也吐了出來，但是擁有他們自己的小小城堡，房東也跟他們一起高興，幫他們思考下一個目標——重建店面和新家。考慮到長遠的未來，他提議改成鋼筋水泥的建築。結果房東在自己家裡昏倒，半個月後便撒手人寰。過世得真是太突然，令人遺憾。

對剩下來的伸勝夫妻而言，生活的最大目標就是有一天一定要將長壽庵改建成漂亮的店。這樣做才足以報答過去多方照顧過他們的房東，完成他的遺言。

長壽庵店面的經營，幾乎是沒有遇到大風大浪，只有過一次的重大危機。那時正是地價高漲的泡沫時期，有人到處炒地皮。由於房東過世後，繼承他手中不動產的子女們將長壽庵旁邊的土地轉賣給大型土地開發公司。就買方的土地開發公司而言，整片的土地旁邊開著一家破舊的麵店，感覺總是不好。所以當然想要出錢一併買了下來，但是伸勝根本不想放手這片土地。於是一場難以妥協的對立，著實讓伸勝心力勞瘁好一陣子。幸虧對方是正當公司，沒有找黑社會出面干涉；加上長壽庵的建地不是很大，犯不著那麼大費周章。只是每天必須得應付混在客人裡面的開發公司職員，讓一向不愛說話的伸勝傷透了腦筋。

終於因為泡沫經濟的崩盤，土地價格一落千丈，開發業者的攻勢說停就停。而且原本計畫在房東子女賣出的土地上建設的大型公寓也計畫中輟，長壽庵因禍得福，逃過一劫。

經過這場災難，總算可以改建店面重新開幕。高井伸勝覺得十分欣慰，而且是遵照房東遺言，改建成鋼筋水泥的三層樓建築；一樓是店面，二、三樓是住家。大樓名稱是「長壽庵大樓」，本來女兒由美子還吵說要取更好聽的名字，但伸勝堅持主張。因為是長壽庵的大樓，當然就叫做長壽庵大樓。

不論是對伸勝還是高井家的成員，這都是最棒的一天。文子好幾次都說出口：「今天是人生最好的一天！」結果由美子就笑著回說：「今後每天也都是最好的一天，所以只能說是最好的其中一天！」文子笑說：「說的也是。」跟父親一樣不愛說話的和明則站在一旁微笑。國中畢業後就在家幫父親做生意的和明，將來將要繼承這家店。

未來應該是美好的，長壽庵和高井家的運勢應該是扶搖直上的才對。

當時沒有人會有所懷疑。

「哥，電話！」由美子舉起收銀台旁邊的粉紅色話筒，對著後面的廚房大叫：「栗橋打來的。」

和明用抹布擦乾手，繞過櫃檯，快步前去接電話。白色的帽緣沁著汗水，額頭也閃閃發光。新店開張，店裡生意很忙。和媽媽兩個人負責點餐送餐的由美子也忙得不可開交。

看見哥哥走過來，由美子一手遮住話筒，並壓低聲音說：「如果找你出去，一定要拒絕才行噢。」

和明點點頭。

「一定要拒絕噢，哥就是人太好了。」再三叮嚀後才交出話筒。和明對著話筒，有禮貌地說：「讓你久等了。」

由美子覺得不太高興，難得今天工作得很來勁，居然來個煞風景的電話。由美子不喜歡打電話來的人，他是和明小學時候的朋友栗橋浩美。甚至可以說是討厭他，希望他不要接近自己的哥哥。

因為是哥哥小時候的朋友，由美子從小就認識栗橋。長壽庵前面馬路向北邊直走就是商店街，栗橋藥局位於商店街的盡頭。栗橋浩美是該藥店的獨生子。因為都在商店街開店，兩家大人也彼此認識。

小時候由美子經常跟在哥哥後面，所以也常跟栗橋一起玩。老實說比起愚鈍的哥哥，栗橋看起來比較帥，她一直都很喜歡栗橋。栗橋跑得快、運動神經發達，總是活蹦亂跳地跑來跑去，不像哥哥老是不能被選入球隊，只能坐在一旁納涼。學業成績方面，哥哥連背九九乘法表都很辛苦，栗橋浩美做什麼都很優秀，名次也是班上第一，還是整個年級的前三名。

由美子有寫日記的習慣。從小學四年級到現在，從沒有間斷過。所有的日記簿也都好好保存著。這一次家裡改建整理行李時，她翻開了收在衣櫥裡面的童年記憶，對於那些幼稚的文章和字體，自己也覺得羞恥又好笑。其中她在小學五年級時對栗橋浩美的想法是：

「如果哥哥能像栗橋一樣會運動跟會讀書就好了。由美子喜歡栗橋，覺得哥哥是笨蛋。如果栗橋能和哥哥交換有多好。」

一個人看著這些文字，由美子羞紅了臉。沒錯，在那個時候，栗橋浩美還是由美子憧憬的星星王子。翻閱泛黃的日記簿，喚起由美子諸多記憶。每一幕都讓她深深感覺到過去確實傷了哥哥不少心。因為太過羞愧和難過，她幾乎想要將所有日記處理掉，但又覺得太過卑鄙——這樣做好像是要掩埋過去，裝做沒有這回事一樣，於是又勉強自己不要丟掉這些日記。

那一天晚上她對和明坦白說：「以前我寫了很多哥哥壞話的日記找到了。」和明只是笑說：「我以前真的是很遲鈍呀。」

實際上和明的學業成績，小學和國中都很糟糕。他絕對不是懶惰，性格也很老實，老師交代要預習他就一定照做，從來也沒有忘記寫過習題。但是成績就是好不起來。

運動能力和功課一樣，比起同學實在是差勁得可憐。尤其是上了國中，學校的運動項目增加了，他的差勁程度益發明顯。

因為這樣，後來發生了一件大事。和明一開始在國中一年級時加入了軟網社團，到了第二學期擔任顧問的老師勸他退出該社團，於是只好心不甘情不願的答應。由於顧問老師說他動作遲鈍，會造成其他學生的困擾，讓平常態度和氣的文子氣得到學校找校長理論。但是當事人和明顧慮到同學的想法，也不想把事情惹大，還是乖乖地退出社團，整件事便風消雲散。

這件事情，由美子也記錄在日記裡。混亂粗大的字體顯示當時的氣憤，她寫著：「哥哥實在是太遲鈍了，太丟人了。」如今重讀，由美子不禁心痛得眼眶泛紅。

栗橋浩美也加入了軟網社團，日記上由美子寫著：「栗橋就不會被人要求退出。」可是做為哥哥從小以來的好朋友，栗橋既沒有站在被顧問老師趕出去的和明這一邊，也沒有安慰和明。由美子對此完全沒有批評的感言。當時軟網社團裡有少部分的學生抗議顧問老師的做法，決定和和明一起退出社團，但栗橋始終裝做不知道的樣子。關於這一點，年紀還小的由美子根本沒有感覺。如今由美子心想：我真是個什麼都不懂的小鬼呀。

離開軟網社的和明，接著又敲游泳社的大門。這裡的顧問老師人很和氣，參加社團的不乏害怕水不敢碰水，進入社團準備從頭開始學習游泳技巧的人。這是和明的導師看過這裡的指導方式才推薦和明報名的。結果這個選擇沒有錯誤，在這裡和明不像在軟網社一樣感到自卑，其他成員也不會對他白眼相向，他的水性也漸漸好了起來。

而且還遇見了人生的重大轉機。

游泳社的顧問是柿崎老師，當年三十歲出頭，身材雖矮小但是渾身肌肉，屬於運動型的老師。他在和明國中二年級的暑假第一天，為了見和明父母來到長壽庵。驚訝的伸勝和文子慎重出來迎接，但聽了柿崎老師的一番話，感覺更加吃驚。老師說和明的學業成績和運動神經不好，並不是能力不夠所致，而可能是視覺障礙造成的。

這件事由美子在日記中用大而顯眼的字體寫著：「哥哥的眼睛好像不太好」。柿崎老師來訪的這件事結束了和明痛苦的童年，也跟栗橋浩美不再是由美子的星星王子有所關聯。

由美子在店裡巡邏桌子，隨時將客人用過的碗盤收下或倒冰開水。和明還在打電話，由美子不時皺著眉看著哥哥。感覺好像很想說什麼，卻被搶白說不過對方，如此反覆再三，一副很困惑的樣子。

這支粉紅色電話是長壽庵接受預約專用的，不應該拿來講私人電話。這件事和明應該也很清楚。他也想趕緊結束交談，只是栗橋浩美巴著不讓他掛電話。

由美子氣得走到哥哥身邊，用栗橋也能聽見的聲音故意說：「哥，店裡面正在忙，你趕快講完電話！」

和明心虛地看著由美子，然後對著話筒說：「我工作正在忙，真的沒辦法。」

聽起來就是很軟弱的語氣，由美子益發覺得不高興。難道不會說：「我沒辦法跟你做朋友了，請不要再打電話來！」

總算能夠掛上電話，和明擦拭額頭上的汗水，並對由美子笑說：「真是要命。栗橋這個人就是這樣。」

「什麼就是那樣這樣的！」由美子尖聲說：「他就是自私，完全不顧慮到別人的不便！」

「不要這麼說嘛。」和明無所謂的說完，便回到廚房。

由美子還想要多說兩句時，電話鈴聲又響了。這一次是外賣的點餐。她收拾起怒氣，改成做生意用的開朗語調應對。

接著一個小時裡，大家汗流浹背地專心做生意。新店開張，外賣的訂單比較多，電話響個不停。負責外送的工讀男孩，抱怨說餓得兩眼昏花還是得送。看他一個人實在忙不過來，由美子也決定出馬幫忙。正在廚房準備之際，有人拉開了外面的店門。由美子反射性動作對著門口大喊：「歡迎光臨」，卻發現進來的客人是栗橋浩美。

「原來是栗橋呀！」正在收拾角落桌子的文子，立刻出聲招呼。

「妳好，阿姨。」栗橋回應。與其說是點頭致意，根本只是動一下下巴，微微點個頭笑一下而已。身上穿著春裝的薄襯衫和休閒褲，右手腕戴著大型的潛水錶。看起來就像是男性時裝雜誌走出來的模特兒一樣。

「店面變漂亮了呀。」

「謝謝，託你的福。」文子很客氣的回答。對她來說，栗橋浩美不過是兒子的小時玩伴。的確栗橋有過一段時間風評不好，但畢竟是過去的事了。總之他是和明小時候交往的朋友。

這一點由美子就難以理解，實在太沒原則了。何必跟他說什麼「託你的福」呢？不只是現在，由美子就很受不了媽媽老是將「託你的福」掛在嘴邊。再怎麼說是生意人，也不需要態度那麼謙卑吧！

廚房裡的和明發現栗橋的到來，於是看著門口。由美子立刻確認了哥哥的表情，臉上雖然帶著微笑，卻不是真心歡迎朋友來訪的神色。

文子笑著說：「今天生意這麼興隆，我和和明他們都快忙死了！」

由美子站在廚房的柱子後面觀察栗橋的樣子。他似乎一點也不覺得難堪，還是一臉笑容地說：「是呀，看起來好像很忙。我是來送新店開張的賀禮的。」

他背對門口，用拇指指著外面說：「還放在車上，我去拿過來。」

「嗄？真是謝謝你。」

栗橋立刻走出門外，跟三個上班族打扮的客人擦身而過。等到三位客人點完餐後，他又回到店裡。手上抱著一大盆蘭花，是蝴蝶蘭。上面結著很大的蝴蝶結，還附有一張「賀新店開張」的卡片。

「哎呀，真是的。」文子驚訝得不斷眨眼睛。

「如果可以的話，請放在店裡裝飾。」栗橋將蝴蝶蘭交給文子。因為看不過去媽媽吃驚的手準備要去接，由美子走到店裡面。

「嗨，由美子，好久不見。」栗橋瞇起了眼睛，發出高興的聲音說：「妳們家的店變得好漂亮。」

由美子不說話，只是稍微點一下頭，並伸出手幫忙抱著大盆蝴蝶蘭的媽媽。然後才舉起明亮的眼睛說：「這麼貴的東西，我們不能接受。」

她將花盆遞給栗橋，準備退還。栗橋笑著揮揮手說：「討厭，不必客氣嘛。阿姨，妳會收下吧？」

文子很困惑地說：「我是很高興……可是這花真的很貴吧？」

「有什麼關係呢。是慶祝新店開張嘛，代表我的心意。」

栗橋說得很大方，然後將眼光從由美子不高興的臉上移開，轉向後面的廚房問說：「和明，在嗎？我有話跟你說，不用五分鐘時間。可以嗎？阿姨。」

文子還沒來得及說什麼，他就穿越擁擠的店面走進廚房。由美子咋舌道：「哼！甭以為送這個花盆來就想幹什麼，沒那麼容易！」

文子看著由美子說：「妳也不要老是嘴巴那麼壞，說什麼人家想幹什麼的……」

「媽才有問題呢。妳明明知道那個人老是要哥做什麼，絕對不能讓他接近哥哥！」

「可是他們從小就是朋友。」文子有些責備的語氣：「男生的朋友交往，有時候女孩子是不懂得。而且栗橋不也是妳小時候的朋友嗎？」

由美子不屑地說：「媽，妳想得太單純了！」

客人們好奇的眼光看著她們。由美子恢復商人本色，立刻走回店裡面。總之她先將蝴蝶蘭放在粉紅色的電話機旁邊。

栗橋將和明拉到廚房的角落，不斷跟他說些什麼。有點垂頭喪氣的哥哥一臉灰暗。由美子本想立刻插進兩人之間，但爸爸說話了。

「由美子，角田大樓的外送做好了。不是妳要去送嗎？」

聽起來有些生氣，沒辦法由美子只好說：嗯，我去送。但內心還在為哥哥的事而躊躇。栗橋說話的樣子過於熱心，不知道他究竟在說些什麼？

「由美子，快去呀！」終於高井伸勝也大聲了。他彎腰忙著為剛煮好的麵條放上鴨兒芹，臉上的表情顯然不快。

伸勝的聲音嚇到了由美子，連栗橋和和明也大吃一驚。栗橋立刻結束說話，偷偷看了伸勝一眼，接著眼光又和由美子對上了。那已經不是剛剛送上蝴蝶蘭時的和悅眼光。

由美子不得已趕緊準備外送，拿起托盤就往後門走。背後還聽見栗橋故意聲音明朗地說：「那就麻煩你了。」接著他又對著廚房整體用更明朗的聲音說：「這麼忙的時候來打擾，真是不好意思，伯伯。」

高井伸勝沒有停下忙碌的雙手，但對著栗橋鞠躬說：「謝謝你的賀禮。」

「小意思，不成敬意。」栗橋表示客氣後，便穿過店裡走到門外。

由美子也趕緊出了後門，手上拿著外送的托盤，想要繞到正門口去追栗橋。

他的車停在店外的馬路上，正好打開駕駛座的車門要跨進去。那是一輛紅色的跑車，看起來還很新。到處都像模型車一樣地閃閃發亮。

而且他還有同伴。駕駛座旁坐著一個長頭髮的年輕女子，穿著和車身一樣的鮮紅衣服。

栗橋一看見由美子，便立刻停止跨進車裡的動作，回過頭去。看他一回頭，車裡的女子也跟著回頭看由美子。

栗橋還是嘻皮笑臉地說：「喂！由美子，很認真工作嘛。」

由美子雙手捧著托盤，站在距離栗橋約兩公尺外的地方。從第三者的眼中看來，這是一個可笑的畫面。一個正打算坐進新潮跑車的帥氣男生和他漂亮的女友，擋在他們前面的卻是一個捧著麵碗托盤的笨女生。

「你跟我哥說了些什麼？」由美子劈頭就問：「我想我應該一次跟你說清楚才行。請不要再來糾纏我哥了。我哥個性軟弱，很容易聽栗橋你說的話，但其實他是很討厭你的！」

「和明嗎？討厭我？」栗橋一臉不可置信的樣子：「怎麼會？我們可是童年玩伴耶。」

一聽到童年玩伴的說法，由美子就有氣。

「只因小時候認識，不一定就是童年玩伴。栗橋先生，你可是給我哥帶來不少麻煩，不是嗎？」

「有嗎？」

「我全都知道。」由美子大聲地繼續說：「就是上次，你不是叫我哥去幫你還麻將的欠債嗎？十二萬耶。每次你來找我哥，不都是這種事嗎？說是去喝酒，都是我哥在付錢的吧？我全都聽說了，所以我很清楚！」

栗橋轉頭看著車裡的女子笑了。紅衣女子也偷偷瞄了由美子一眼，冷冷一笑。

「由美子根本不懂男人之間的交情。」栗橋嘻笑地表示。整個人斜靠在車上，姿態顯得很悠閒：「和明還是跟以前一樣，老是被個性強硬的妹妹所罵。真是可憐呀。」

「我哥覺得很困擾……」

「和明一點都不困擾。因為我們是好朋友，從小就玩在一塊。由美子和我不也是童年玩伴嗎？為什麼說話這麼衝？」

栗橋指著由美子，對車裡的女子說：「這女孩曾經寫過情書給我呀！」

由美子感到臉部發燙，不禁用力抓緊托盤的邊緣大叫：「那已經是好久以前的事了！」

「哎呀，臉紅了，真可愛。」

「那才不是情書呢！」

栗橋和女伴同時笑了出來。笑的時候，那女子還用鄙夷的眼光看著由美子，更增加了由美子的難堪和怒氣。

「何必那麼生氣嘛。妳真是奇怪，由美子。」

「奇怪的人是你，你才是大怪胎！」

栗橋誇張地聳聳肩說：「好可怕呀！我居然被妳罵了。」

由美子兩腳張開，抬高了下巴，表現出外送女孩最威嚴的一面。她咬著牙說：「我從以前就知道你用各種方式利用我哥。這一點我爸媽也很清楚。你說到那件情書的事，我倒要問問你還記得國中二年級暑假的事嗎？」

由美子的反擊架勢似乎嚇到了栗橋，他靠在車上的身體站了起來。

「由美子，說話聲音不要那麼可怕嘛……」

「從那時候起，」由美子毅然切斷栗橋的說話，繼續說下去：「我再也不相信你，也沒有喜歡過你。從來也沒把你當做小時候的朋友。所以到現在，只有我知道，我很清楚。你只是吃定了我哥，我哥也知道這一點。他知道但是偏偏人太好，所以才會被你牽著鼻子走。」

坐在車裡的女子嬌聲細氣地問：「她是怎麼了？發什麼神經呀。」

但是由美子毫不退縮：「你拿花來討好我們是沒有用的。也許我爸媽會受騙，但是騙不了我的。沒錯，正因為我們是童年玩伴，所以我從小就知道你的真面目，絕對不會受你的騙。請你不要再接近我哥，聽見沒有？」

由美子的個人演說說到一半，栗橋已經坐進車裡、發動引擎。還沒聽到最後一句「聽見沒有」，車子已經開動了。

只留下準備外送的由美子站在原地。不是因為寒冷，而是氣得全身發抖，雙手還捧著托盤。因為表達了激烈的情感，不禁也開始回味來自內心深處的痛苦回憶。是的，就是那個夏天，和明國中二年級的暑假，柿崎老師親自來我們家裡……

3

由於柿崎老師的來訪過於突然，長壽庵裡一陣忙亂。那時正是下午的「準備時間」，店門沒有開。伸勝和文子在吃過了正常時間的午餐，老師竟上門來訪。

柿崎老師被引領到裡面的包廂時，立刻為臨時的造訪而道歉，並說明主要目的是為了和明的事而來。當時和明帶著由美子到公營游泳池去玩，並不在家。

因為學業成績、運動能力和交友情況，伸勝夫婦對和明真是操心不已。文子還以為老師來是要對她的寶貝兒子有所責難，內心感覺失望到了極點。自從轉到游泳社的近一年裡，和明經常跟她報告：社團活動跟以前的軟網社不同，非常快樂、柿崎老師人很好等等。沒想到兒子那麼信賴的老師，居然還是到家裡宣布要放棄他。因為主觀意識已先入為主，文子還沒等老師說完便低聲問：「是不是我們和明不可以留在游泳社了呢？他又做了什麼不該做的事嗎？」

柿崎老師嚇了一跳。接著那張被水和陽光造就的黝黑的臉笑開了，他搖搖頭說：「對不起，我突然來，一定嚇到了兩位。可是我不是為了你說的事而來的，和明是個乖孩子。很用功也很老實，我的確認為他是個好學生。」

文子聽了老師這麼說，安心的同時，眼淚也浮現眼眶。過去沒有人，也沒有任何老師曾經這樣稱讚和明過。總是聽到「很費心」、「能力不佳」、「造成其他孩子的困擾」等負面的評語。

「可是這孩子好像在學校影響了大家的學習進度……」文子含淚地訴說，柿崎老師則是一副就是談這件事的態度繼續說道：「兩位一直都有在觀察和明的日常生活，難道沒有覺得他的眼睛有些不好嗎？」

文子和伸勝彼此對看。一向話不多的伸勝沉默地對著老婆，似乎有些不解。

文子說：「如果是近視的話，應該沒有。視力檢查的時候，兩隻眼睛都是一點五耶，而且也沒有散光。」

老師點頭說：「是的，這些我也知道。的確他的視力良好，但是據我的觀察，和明對於講義或黑板上所寫的文字似乎看不見。明明他的視力是沒有問題的。而且他的計算能力也不好吧？」

文子悲傷地點頭說：「讀小學的時候，差點連九九乘法表都背不起來！」

「應該不是他懶惰，他也很努力想背吧。」

「這點倒是真的。」伸勝第一次回應：「那孩子真的很認真在做功課。」

「就是說呀。」柿崎老師傾身向前說：「我也是覺得奇怪。看他在游泳社的活動，和明絕對不是智力有問題。他聽得懂別人的意見，也能說出自己的看法。甚至對於打掃游泳池、整理道具等工作，還能提出分工合作的有效率建議。他怎麼可能智力有問題，我反而覺得他擁有平均值以上的判斷力和想像力。」

文子抬起頭，再一次看著丈夫的臉。伸勝則直視著老師的臉。他的沉默寡言，不只是話少而已，而是整個臉都顯得沉默寡言。但是這張面無表情的臉逐漸開始有了動作。

「我認識一位醫生。」柿崎老師接著說：「他是我大學時候的社團同學。前一陣子到美國做研究，上個月才回日本，我們見了一面。他不是臨床醫生而是研究人員，目前在東都醫大八王子校區的研究室，主攻視覺障礙。」

「視覺障礙？」

「是的。簡單來說，就是研究眼睛的異常問題。在我們閒聊之際，他說起非常有意思的話題。其實正確說來，在日本雖然很少見，在美國已經很重視視覺障礙的研究了。他說的就是有關在專門醫療機構就診的病例，他這次到美國的主要目的就是研究該病例。」

「噢……」

高井夫婦似懂非懂地微笑著，柿崎老師繼續說明：「我盡量不要用到專業術語，只是我不知道這樣說不說得清楚。簡單來說，這個病例的視力，兩眼都比正常平均值要高，但是就是看不清楚。說得正確一點，就是不能正確辨識所看到的東西。剛剛也說過，美國在二十幾年前就已經承認有這種病例的存在，也一直在做研究。現在的病患大半都是小孩。並不是說大人就不會有這種病，而是沒有人發現到，甚至本人也不知道就長大成人了。畢竟知道有這種功能障礙，也是最近幾年才有的事。」

文子扭捏地問說：「那是一種怎樣的眼病呢？」

「那不是病，因為視力沒有異常。應該說是一種『功能的異常』。」

「功能的……異常？」

「是的，和明媽媽。我們人都有兩顆眼珠子吧？」

「是的，有兩顆。」

「而我們人是用兩顆眼珠子看東西。但是有一些罕見的例子，他明明有兩顆健康的眼珠子，卻只有一隻能看東西。也就是說一隻眼睛關店休息，沒有上班。」

「那麼……」伸勝咳了一聲，問道：「是不是就應該綁眼帶呢？」

「不，也不是那麼單純。在這種情形下，是一隻眼睛的視神經，和負責這部分機能的腦部組織停止運作，比起只需用眼帶遮住眼睛的情況要複雜而嚴重許多。」

柿崎老師舉起手加以說明：「更嚴重的是，有這種問題的人無法辨識文字的形狀。例如他們眼中的『甲乙丙丁』跟我們看見的形狀不一樣。他們所讀取的文字、數字不同於我們，所以他記不住也寫不下來。就算寫下來也是『不正確』的。」

文子用手掩住嘴巴，似乎想要說：「哪有這種事呢？」但即時阻擋了自己。

「因此有這種問題的人，不管是大人還是小孩，寫字都會很難看。和明是不是因為字寫不好而常被罵呢？」

文子立即點頭說：「他妹妹由美子的字就寫得好。和明的作業簿連我是他媽媽都看不懂在寫些什麼。」

「兩位小時候的情形怎樣呢？是否跟和明一樣字也寫得不好？」

文子抬頭看了伸勝側臉一眼，伸勝不好意思地承認：「我的字寫得不好。」

「可是不像和明那麼糟吧。」文子說：「所以我就覺得奇怪，為什麼只有和明，字寫得特別醜。」

柿崎老師點頭說：「還有剛剛也提到和明的算數、數學也不好，這也是有那種問題的人的特徵。他們所看到的數字排列跟形狀，和我們看到的不一樣。所以本人雖然很認真在做，結果卻是錯的。可是他們自己也不知道他們所看見的跟別人不一樣。不過這也難怪，因為他們眼中看見的才是真實，誰會認為自己看見的字母、漢字跟隔壁桌田中看見的字母、漢字是兩回事呢！於是有這種問題的人，尤其是學齡期的兒童，幾乎都會被認定是智能不足！實在很不幸。」

文子慢慢地眨眼，凝視著老師健康的臉龐。終於她明白老師要說的是什麼。

「那麼老師，我們和明也是有這種問題嗎？」

「是的。我是懷疑有沒有這種可能性。」老師點頭承認。「我跟朋友提到這情形，他也是同樣意見。而且還問說：可不可以帶和明到大學的研究室接受檢查？」

一聽到檢查兩個字，高井夫婦面生恐懼，於是老師趕緊說：「說是檢查，其實沒有那麼嚴重。只是讓和明看一些東西，問他看到了什麼？請他寫下來，並做成資料，而且要反覆地做。這絕對不是病，我的朋友也說得很清楚。視覺障礙是一種腦部功能的障礙，不是病，就算吃藥、動手術也治不好的。需要的是對眼睛進行『訓練』好恢復原來的功能。」

文子的臉上出現希望的光輝，眼睛裡有著忍不住的淚水。

「還有，我必須慎重地提醒一點。」柿崎老師繼續說：「為什麼會造成功能障礙？原因是什麼？現在還不很清楚。只能確定不是因為遺傳的因素，據說也不是因為嬰兒時期的養育方法不同而造成的。所以假如和明真的是功能障礙，兩位也不必覺得丟人，責任並不在你們身上。」

細心的言語讓文子感覺釋懷，伸勝也在一旁沉默地點頭。

「老師，這件事已經跟和明……」

「我還沒跟他仔細說過，我只是說：『老師覺得你的能力沒有問題。讀書讀不好不是你的責任，而是有其他原因吧。』還跟他提過：『可能會就這件事跟你父母見面。』」

老師還說：「如果你們能夠接受，是否能請父母直接跟和明提這件事呢？」

「如果他還想要知道得更清楚，再由我來跟他解釋，你們說這樣好嗎？到時候再請兩位一起商量，決定是否接受檢查。我的朋友表示隨時都可以跟他說，所以你們不必客氣。」

高井伸勝對於大學醫院、研究室等具有權威的地方有一種本能的恐懼，他縮著脖子問說：「要去那種地方，總覺得怪怪的。可不可以到附近的眼科醫生看就好呢？」

柿崎老師笑說：「很遺憾，街上的眼科醫生大概幫不上忙吧。」

「要想治好就必須到大單位去吧。」文子振作精神表示：「就算再遠也沒關係，我們會去的。」

接著柿崎老師就和高井夫婦閒話家常等著和明回家。夏日的午後最是炎熱，泡在游泳池裡的小孩不會那麼早就回家的。加上明天就是游泳社的活動日，於是老師說聲：「下次再聯絡」就告辭了。

一邊忙著準備下午五點的開店，文子心中想了很多。她心中感覺到一股溫暖。不是說她老王賣瓜，只是她從來就認為：很少有小孩像和明這樣認真老實的了。所以過去在學校裡受了再大的委屈還是忍了下來。那不是和明的錯，他身上背負著別人不知道的殘缺。那孩子沒有錯呀。

抑制內心的亢奮，在店裡面忙進忙出的時候，聽見外面傳來救護車的警報聲，而且越來越接近。

「發生什麼事了？」停下手，伸勝抬起頭說：「好像就在附近。」

文子走到馬路上觀看，正好看見救護車開過長壽庵門前的大馬路前往商店街的方向。儘管事不關己，聽見刺耳的警報聲還是有種不祥的感覺。

看著救護車通過，正準備走回店裡時，看見前面巷口，臉曬得跟柿崎老師一樣黝黑的和明和咖啡色的小公主由美子，兩人不斷鬥嘴地走了回來。一時之間對孩子的親情湧現，文子大聲招呼：「你們回來啦」。兩個孩子也看見了文子。由美子跑了過來，和明則大聲回答：「我們回來了」。這時又聽見警車的警報聲響起。

警車閃著紅色的警示燈朝向剛剛救護車的方向前進。和明和由美子停下腳步並張大了眼睛。文子跑到兩個孩子身邊，跟他們一起目送警車離去。

「是商店街的方向耶。」和明說，臉上有著不安與擔心的神情。跟剛剛在廚房聽見救護車警報聲逐漸接近，停下手說「好像就在附近」的伸勝表情是一樣的。是誰受傷了？還是誰倒下了？哪裡失火了嗎？有誰求救了嗎？

這是「大人」的反應。就像遠處上頭有猛禽掠過，一聽到翅膀舞動聲音的雁群領隊，就會昂首傾聽，確定敵人的方位，就像挺起腰桿保護老弱婦孺的「大人」一樣。

文子頭一次發現這孩子有著比實際年齡還要老成的部分。通常像和明這種年紀的男孩子，一看見街上跑過的警車或救護車，立刻會好奇心作祟跟著去湊熱鬧，而不是感到不安。會想要知道發生什麼事，而跟在警車或救護車後面跑，卻不會停在路邊，以擔心的眼神看著紅色的警示燈離去。

事實上，當文子心裡在想這些事時，由美子已經喊說：「哥，我們去看警車！」

和明則笑著搖頭說：「太危險了，不要去。」

「真無聊！」

文子這才發覺，原來過去有太多機會可以看到和明和普通小孩不同的地方。但每一次她都將他解釋成「遲鈍、愚笨」，而且也習慣接受該事實。

但是今天完全不一樣。柿崎老師告訴她的一段話，讓過去在文子心目中定型的「和明印象」，似乎發散出不同的光芒。她才明白過去斷章取義解釋成「愚鈍、缺少霸氣的小孩」，其實可以用「老成」來形容。

我這當母親的竟如此愚昧。文子想到這裡，感覺內心充滿了愧疚。為什麼自己從來不相信孩子說的話，而只是在意老師說了些什麼呢？

「我們回家吧！」文子牽著由美子的手說：「你們兩個都肚子餓了吧？」

長壽庵裡的人知道商店街裡發生什麼事，已經是那一天晚上關店的時候。商店街裡最大間的「阿誠超市」老闆，也是民意代表的高橋先生，為了這件事來找伸勝。

伸勝和文子都很驚訝於高橋先生的來訪。文子心想：今天真是不斷吃驚的一天呀！而且老實說，還真覺得麻煩。關上店門，她就要和伸勝兩人對和明提起白天柿崎老師說的那些話，所以今天晚上很不希望外人的打擾。

「有些事要跟你說，但是電話裡又不太方便，所以想說關店後來比較不會打擾你。」

「什麼事呢？」伸勝的語氣有些困惑。

「其實是今天的商店街出了點糾紛。你沒有聽見警車來的聲音嗎？」

「有呀。」

「真是令人頭痛，所以才來找你商量。我可以坐下嗎？」

關店後的店裡很安靜。高井夫婦和高橋先生對坐在生意用的餐桌前。

高橋先生比伸勝年長五歲，但整個頭已經光禿禿了。大概是急性子的關係，禿頭總是因為汗水而閃亮。與其說他做事磊落、不拘小節，其實作風只要再偏一點，就會被形容是「下流、低級」。因為他是生意興隆的「阿誠超市」老闆，也是連任的民意代表，還算頗有人望。

由於長壽庵不在商店街裡，雖然和商店街的活動沒有關係，但還是加入了商店街商家組織的「青葵會」。高橋先生當過該會會長，現在也是實質的負責人。所以伸勝也見過高橋先生，曾經一起參加過交誼旅遊，也一起吃過飯。可是兩人關係並沒有好到商店街出事要找他一起商量，他也從來沒有那麼受到信賴過。究竟是怎麼一回事？

伸勝有種不好的預感。

面對不安的高井夫婦，高橋先生以一種「其實我也不喜歡提起這種事」的誇張表情開始說明：「開藥局的栗橋先生，你知道吧？就在商店街的北側。」

「是的，我知道。」

「栗橋先生的兒子和你兒子應該是同學吧？」

伸勝看著文子的臉尋求確認，文子點點頭。

「是的，栗橋家的浩美和我們和明是朋友，從小學時候就在一起玩了。」

「就是嘛，那邊也是這麼說的。」

那邊是指栗橋藥局嗎？

「現在再來提到正題。今天下午警車來，就是因為栗橋先生的兒子引起的。」

文子探身問：「浩美嗎？他做了什麼事？」

高橋先生一副好像吃到酸東西一樣的表情說：「他打了客人。」

伸勝雙手抱在胸前，深深嘆了一口氣。

「浩美在家看店嗎？」

「是呀，他父母都出門了。」

「所以說是一個人囉。」

「嗯！結果就是那個老太婆來了。」

「老太婆？」

「你們店裡沒受過害所以不知道，可是真的沒聽過，那個要命老太婆的事嗎？」

長壽庵裡沒有人知道。

「算了，其實我也不應該叫人家老太婆，可是我真的是很生氣。這個老太太年近九十歲，沒有家人照顧，一個人住在車站西側的都營社區裡。有時候會到這附近買東西，但其實是順手牽羊！」

「順手牽羊……」

「嗯。我想不是本人故意要偷的，而是精神恍惚，連自己也不知道是怎麼回事。可是真的是很糟糕。常常在我們店裡，錢沒付東西拿了就跑，或是當場將麵包、香腸拆開來吃。尤其是將牛奶開來喝後，更是不好處理。不管怎麼說她，她就是一副自己什麼都沒有做的無辜表情；有時這邊氣急了罵她，她就會大哭大叫，不知道的人還以為我們欺負老人家呢！結果只好讓她帶回被破壞過的商品，拿回確定商品的金額。可是不是全部，所以我也是很不甘心呀！」

這麼說來文子想起蔬菜店的老闆娘也說過這種事，好像還不只是受害過一次而已。

文子將這件事說出口，高橋立刻大聲肯定說：「沒錯。就是八百德蔬菜店嘛！」那裡也是很慘。大概是四月分的時候吧，老太太在她家店門口剝起橘子來吃，老闆娘要她付了錢才可以那麼做，老太太裝做沒聽見就要跑。八百德過去受害過好幾次，這一次實在氣不過便衝上去追人。結果老太太開始嘴裡不乾不淨，還在人家擺蘿蔔、番茄等商品的店門口小便！搞得人仰馬翻。」

對八百德而言，真是損失慘重。

「還不只是這樣。我們收銀台的主任說：『那個老太婆才沒有癡呆症。根本是裝成癡呆來騙吃騙喝、偷東西的。她是事先算計好才做的。』結果老太婆聽了可不得了呀。」

「那麼在栗橋先生那裡被打的，就是這個老太太嗎？」

因為文子的提問，高橋先生才想起來今天的主題，雙手一拍說：「沒錯！」

然後一臉正經地說：「大概是四點左右吧。栗橋藥局的隔壁，就是那個賣衣服的呀？」

「村田家的店嗎？」

「對，就是村田時裝。」

高橋滿口橫沫地說：「那裡的老闆娘聽見栗橋藥局有東西倒地的聲音，還聽見有人的尖叫，於是趕緊跑過去看。結果是那個老太婆倒在地上，嗯嗯唉唉地在哭泣。老太婆的頭上流血，看起來很淒慘。商品陳列架也倒在一邊，胃藥呀ＯＫ繃等散了一地。而栗橋家的兒子則是一臉慘白地站老太婆旁邊。」

村田老闆娘問栗橋浩美：「發生了什麼事？」浩美沒有回答，也沒有看著老闆娘，居然握緊了拳頭想要攻擊倒在地上的老太太。老太太張開沒有牙齒的嘴巴尖叫，爬在地上逃了出去。

「你們都知道村田的老闆娘個頭很大嘛。她心想這怎麼可以，於是用身體擋住栗橋家的小鬼。可是那小鬼拚命掙扎，差點要將老闆娘給甩開。於是老闆娘大聲呼救，附近的人圍上來，才和老闆娘將小鬼制服，救了老太婆。栗橋家的小鬼大概是氣壞了頭，一心想揍放走老太婆抓住自己的大人們。對面書店的老爹也被他揍了一拳。一陣慌亂之間也不知道是誰報了警，叫救護車來。」

文子想起了栗橋藥局的浩美的臉。他是和明的朋友，連由美子也跟他玩在一起。是個活潑、會讀書的好孩子呀，看起來不像是會動粗的小孩。

「浩美現在怎麼樣了？」

高橋先生揮動大手掌說：「在家裡呀。警車是不會將國中孩子帶回警局的。不過因為真的有人受傷，警察也不能不管，所以問了很多話。」

浩美的雙親栗橋夫婦在警車騷動中回到家，母親演了一場悲傷嘆息的戲，場面實在是驚天動地。

「誇張地哭鬧說：如果浩美被帶回警察局，那我不如死了算了。之後又到我這裡，拜託我想個善後對策，讓事情圓滿落幕。我想不過是小孩子的事情，罵一罵，並負擔老太太的醫藥費就解決了。其他警察也不會多說什麼吧。而且真要說起來的話，整個商店街還希望那個老太婆能有所反省呢。」

「話是這麼說沒錯。」

可是這件事跟長壽庵又有什麼關係呢？文子和伸勝的臉上都掛滿了問號。高橋先生只是嗯嗯啊啊地點頭，然後用手摸摸光禿的頭頂說：「整件事就是這樣子。」

說完他看著高井夫婦的臉又說：「警車離去後，我又被叫到栗橋藥局。小鬼……不對，他叫什麼名字來著？」

「浩美。」

「對，就是浩美。要從他嘴裡問出事情的經過，看看究竟為什麼會發生這種事？因為對方是那個老太婆，我一開始也沒有意思要罵浩美。我還說：『你的心情我們很了解……』」

可是栗橋浩美一開始就什麼也不說。像個石頭一樣不開口，只是坐在那裡乾瞪眼。

「因為他太頑固了，最後惹得我也很生氣。於是開始對他說起教來，說他不可以使用暴力！結果那小鬼……不對，是浩美居然說：『我又沒有打人！』」

「可是他不是因為要揍人才被制止的嗎？」

「沒錯。可是他說一開始打人的人不是他。」

文子慢慢地眨眼看著高橋先生問說：「是說當時還有別人嗎？」

文子這麼一問，高橋立刻點頭說：「就是說嘛。」

文子嚇了一跳。之後的內容她想都沒有想到。

一臉很抱歉的樣子，高橋說：「他說你兒子也在場。當時高井來他家玩，跟他一起看店。是高井揍了老太太，然後人就跑掉了。他當時嚇死了，突然發生這種事，慌得不知道該怎麼辦？害怕到整個人也跟著錯亂。最後那孩子垂頭喪氣地說了聲對不起。」

文子有些說不出話來，兩隻手在空中比畫。一直保持沉默的伸勝開口說：「我家小孩今天下午去游泳了。」

「是呀。」別的聲音出現了，是孩子們的聲音。文子立刻回頭，躲在廚房柱子後面的是由美子和和明偷窺的臉。

「我們去游泳池了。」由美子重複說。清澄的眼睛張得很大。

看來兩個小孩偷聽了大人們的談話。大概是小孩子的好奇心，感覺到高橋先生的來訪跟白天的警車事件有關係吧。

看著由美子張大眼睛驚訝的樣子，在文子眼中，和明就顯得很膽怯。這也難怪，因為聽見自己的朋友居然偷偷對大人告說：「今天在他沒去的地方，做了他沒做的壞事！」

難得的是文子還沒開口，伸勝先指責了孩子：「不要躲在那裡，都給我出來！」

「你們好呀。這麼晚還來打擾你們。」高橋先生立刻裝出笑臉打招呼，眼光卻盯著和明的臉。被觀察的和明，眼神不安地轉動。當他的眼神和文子對上，也只是默默地將頭轉到一邊去。大概是「我今天根本就沒有去栗橋藥局」的意思吧？同時也是表示「我什麼壞事都沒有做」。

文子立刻就明白了。可是看見和明畏縮的樣子，傷心的同時又感覺一絲的怒氣。既然什麼壞事都沒有做，為什麼不能抬頭挺胸，為什麼要那麼沒用呢？

「過來這邊。」文子叫他們。高橋先生一副「這下糟糕了」的神情看著文子，但文子並不想讓孩子們離席，尤其是在和明背後，繼續談這件事。

「你們過來坐，剛剛的話你們都聽見了吧？」

文子一問，和明畏縮地點點頭。由美子則一把跳上椅子坐下，毫不害怕地「嗯」了一聲。然後又很擔心地看了在座的大人，問說：「栗橋打了老婆婆，是真的嗎？」

文子不由得苦笑了一下。她知道對由美子而言，栗橋的存在不只是「哥哥的同學」而已。現在已經沒有了，但是從和明和栗橋浩美小學時候起，由美子就一直跟他們玩在一起。所以不應該說和明和栗橋浩美是童年玩伴，應該說和明、由美子和栗橋浩美三人是童年玩伴才對。而且從小由美子對遲鈍的哥哥，還不如對做什麼都很棒的栗橋浩美要來得親近得多。

由美子對栗橋的那種心情，現在還存在吧。所以她才會一臉懷疑地，歪著頭自言自語說：「栗橋為什麼要打客人呢？而且還說是哥做的？」

高橋先生插嘴說：「還不知道是不是栗橋打的呢！」

由美子立刻回嘴說：「是嗎？但是也絕對不是哥做的呀。哥哥和我今天都沒有跟栗橋見面。上午我們在寫功課，兩點店關門以後就去游泳池了。」
「是嗎，你們是去學校的游泳池嗎？」
「不是，是去公營的游泳池，在若葉町。」
「是呀，那就得搭巴士去囉？原來如此。」
高橋先生一方面配合由美子的語氣說話，一方面還是很注意觀察和明的樣子。不知道栗橋浩美是用什麼說法讓高橋先生那麼相信，總之高橋到這裡來不是想聽聽和明這邊的說法，根本就是抱著很深的懷疑前來的。
「這麼說栗橋大概是想錯了，你怎麼認為呢？嗯？」
「他叫和明，我女兒叫由美子。」文子說。
「噢，你叫和明。」高橋笑嘻嘻地對著和明說：「你怎麼認為呢？」
和明低著頭，臉頰兩邊的太陽穴附近有些顫動。高橋越是想要看他的臉，他反而頭更低。文子看不過去便開口說：「不好意思，和明有點怕生。」
「都已經國中二年級了，又是做生意人的孩子，真是少見呀。」
看來高橋先生對和明的印象不是很好。文子有些緊張，心想：這種好動外向的人，一定不喜歡畏畏縮縮、扭扭捏捏的小孩。尤其這種小孩又是男孩子的話。
「在游泳池有沒有遇見其他朋友？」
由美子回答：「我有。」
「誰呢？」
「美典。田中美典，她是我班上同學。」
「由美子是和哥哥在一起時遇見朋友的嗎？」

「不是。那時候哥在大人用的游泳池，我們是在兒童用的游泳池。」

高橋斜著眼睛看了和明一眼。和明低頭看著地板。

「是嗎，和明是在大人用的游泳池嗎？」

「是呀，因為哥比我會游泳。今天哥還教我怎麼游仰式。對不對嘛？哥。」

對於妹妹的問話，和明好不容易才頭低著點頭。

「所以說，栗橋很奇怪耶。我們今天根本都沒和他見過面。」

「由美子，夠了。」伸勝說：「這種事一開始就知道了。栗橋那孩子亂說話。」語氣顯得斬釘截鐵。高橋先生看見伸勝的表情，忙陪笑臉說：「請不要生氣嘛。高井老闆。」

「我沒有生氣呀。」

「我既然被拜託處理善後，就必須先將事情弄清楚，所以得聽聽每一個關係人的說法。」

「那你有去問被打的老太太，她是怎麼說的嗎？」文子問：「問她應該是最清楚的了，不是嗎？看是被誰打的？老太太是當事人應該最清楚吧！」

高橋誇裝地搖搖手說：「沒用呀，老太太已經癡呆了。」

「可是不問清楚又怎麼行呢？」

「我問過了，但還是搞不清楚。她都說些聽不清楚的話！」一副「要不然，我幹嘛那麼辛苦」的口吻。

「那就交給警察處理好了。」文子也生氣了，乾脆這麼說。

於是高橋先生馬上睜大眼睛說：「那怎麼可以！請不要隨便亂說呀。要是交給警察，可是會壞了我們商店街整體的形象呀。」

文子笑了：「什麼形象呀？未免太誇張。又不是百貨公司什麼的。」

事實上，警車來的事，早已經傳遍左鄰右舍，現在想隱瞞也於事無補了。硬要說不想將事情鬧大的理由，跟商店街根本毫無影響。應該是栗橋藥店和栗橋浩美才有關係吧。

「不管怎麼說，不過就是小孩子闖的禍，圓滿解決也不是什麼難事，一切就交給我處理。」長壽庵也沒有人拜託他，高橋先生一拍腿就自做主張說：「就這麼辦吧！」

什麼「就這麼辦」、什麼「不管怎麼說」，事情總要弄清楚才行吧！現在搞得困擾的一方也氣憤難消，文子一時之間都說不出話來，看著高橋先生急忙離身的樣子，連道別的招呼都免了。

不只是文子，高井家的每個人都沒有跟高橋道別。伸勝沉默地將雙手抱在胸前，一張嘴閉得緊緊的。由美子的小嘴微微翹著，張開大眼睛看著所有人。和明還是一樣低頭看著地板。沒有客人的店裡，明明只是家人四個坐在一起，氣氛為什麼這麼難過，文子不由得生起氣來。為什麼我們就得受這種氣？今晚對這個家而言，本來是要跟和明談論那件重要的事，為什麼會變成這種結果？

突然雙手抱胸，坐在那裡沉默不語的伸勝叫了一聲：「和明！」

伸勝和兒子的視線相對，然後慢慢地、粗聲粗氣地問說：「你是不是和栗橋吵架了？」

和明睜大眼睛，嘴巴微微張開，用力地搖搖頭。

「給我好好出聲回答！」

和明害怕地看著文子，希望媽媽能夠出面幫忙。但文子只是默默地注視著兒子，用眼神告訴他：好好跟你爸爸說。

和明只好吞吞吐吐地回答：「我……我們沒有吵……吵架。」

「那你和栗橋是朋友嗎？」

和明先是搖頭，然後好像又重新想過一次，才說：「嗯，是朋友。」

「到底是還不是？」

和明一副很緊張的樣子。就像大人被孩子問到「真的有神嗎？」或是「人死了會去哪裡？」的時候，心想

「我不知道，但若不裝出知情的態度可不太妙，或許我知道卻沒辦法用言語清楚解釋，總之自己都搞不太懂」

的表情。

不久和明還是張惶失措地回答：「我想是朋友吧。」

伸勝放下手來，置於自己的膝蓋上。他的手很大且都是繭，但顏色卻很白。他嘆了一口氣說：「既然這樣，栗橋為什麼把你沒做的事誣賴給你？」

「好奇怪喲。」由美子插嘴說：「真是奇怪的事。簡直是亂七八糟……」

「妳給我安靜點！」

由美子嚇得閉上了嘴。

「和明，你今天不是為了教由美子仰式，陪她一起去公營的游泳池了嗎？」

和明點頭說：「嗯，去了。」

「你沒有去栗橋藥局吧？」

「沒有。」

「有跟浩美見面嗎？」

「沒有。」

「所以也沒有毆打藥局客人的老太太囉？」

和明用力點頭，然後第一次抬起頭來回答：「我沒有打老太太。」

伸勝深深地點頭，喘了一大口氣。然後說：「爸爸相信你應該不會做那種事，今天也不可能做過那種事。

也就是說，栗橋他在說謊。只是為什麼你的朋友栗橋要說謊栽你的贓呢？栽贓你聽得懂嗎？」

和明正在猶豫之際，由美子已經搶先說話：「栗橋才不會說謊呢！」

「由美子！」文子制止她，但由美子還是鼓著臉看著爸爸和哥哥說：「栗橋才不會說謊呢！」

伸勝沒有生氣，也沒有表情大變，而是微笑地問由美子：「可是妳聽了剛剛說的話，難道不覺得栗橋在說謊嗎？由美子認為呢？還是說妳覺得說謊的人不是栗橋，而是哥哥呢？」

由美子焦急地頓腳說：「我又沒那麼說。哥一直和由美子在游泳池那邊。然後我們回家時還看見警車經過，開到商店街那裡。」

「那麼妳哥哥說的話是真的囉，也就是說栗橋在說謊了。」

「不對！」

「哪裡不對了？」

「栗橋不是會說謊的人，所以我剛剛就說很奇怪呀！」

「哪裡奇怪了？」

「整件事很奇怪。栗橋不可能說那種話，而且也不可能打老婆婆。從一開始這件事就很奇怪！」

由美子為了幫栗橋說話拚命解釋，坐在一旁的文子則看著和明的臉。當妹妹說栗橋不是會說謊的人時，那一瞬間和明張大了眼睛看了妹妹一眼。接著他內心好像立刻開始萎縮了起來。說起來身材高大，有些肥胖的和明，藏在身體裡的靈魂其實是很嬌小的；就像偌大的身體「窠巢」裡窩著一隻縮著翅膀的雛鳥一樣。如今聽見由美子維護栗橋浩美的說辭，文子感覺到那隻雛鳥縮得更小，更躲進了窠巢的深處。

「由美子覺得栗橋是好人。」由美子對著爸爸努力表達意見：「說他打了老婆婆，這件事真的有嗎？我總覺得奇怪。由美子說的奇怪就是這裡呀。」

對著高橋先生，由美子會用「我」來表達自我，但在爸媽面前則會撒嬌地改用「由美子」稱呼自己。但認真表達的心情是一樣的。

這時文子才恍然大悟。原來就是因為這樣——由美子喜歡「童年玩伴」的栗橋、相信他，所以和明才什麼都不敢說地選擇沉默。

所以對於剛剛伸勝問：「你和栗橋是朋友嗎？」和明一開始是搖頭，接著又慌張說：「嗯，是朋友。」那是因為顧慮到由美子才說的。和明和栗橋浩美之間，是否存在著很難用言語說明的裂痕？也許他們根本就不是大人口中的「朋友」，關係有些扭曲了也說不定。要不然栗橋浩美為什麼要陷害和明？

看著說不清楚的和明坐在拚命為栗橋辯解的由美子身旁，文子內心感覺十分難過。而今天晚上一家人本來不是要討論這樣的話題呀！

「由美子，可以了。」文子制止說：「妳該睡了。」

「可是媽……」

「去睡覺！」

由美子求救地看著爸爸，伸勝雙手抱在胸前，一臉嚴肅地瞪著地板。由美子不高興地站了起來。

只剩下三人後，文子開始提起今天柿崎老師來訪的事，然後說到和明可能會有視覺障礙的問題。和明本來是垂頭喪氣的，漸漸抬起頭來聽得嘴巴張開。不時還會詢問媽媽聽不太懂的地方，表現得很熱心。

「妳是說不是我不行嗎？」那表情就像是知道魔術的內幕一樣。

詳細情形明天再說——說完這些事，讓和明上床睡覺後，文子才去洗澡。一個人獨處的時候，不知為什麼竟哭了出來。因為不想看見自己哭泣的樣子，文子將視線從浴室的鏡子移開，十分用力地洗起臉來。

由美子記得，那一晚她被叫去睡覺之後，大概經過一個小時以上，哥哥還是沒有回到樓上。自己一個人被支開感覺實在很不愉快，為了知道他們在說些什麼，中間還好幾次躲在樓梯間偷聽。不過只聽到媽媽壓低的說話聲，根本不清楚內容是什麼。

我已經不是小孩子了！

而且比起笨手笨腳的哥哥，我還比較懂事呢！

對由美子來說，哥哥和明的存在很難用她的語彙來形容。那是一種用由美子自身的理解力難以掌握與認識的複雜情感。

和明一直都是遲鈍、愚昧、動作不靈光、總是在緊要關頭出錯、沒用的哥哥。已經有數不清的次數，她希望這樣的哥哥不在最好。如果有人問「我不會罵妳，妳老實說。喜歡哥哥嗎？」，她一定毫不猶豫回答「不喜歡」或是「如果沒有哥哥不知道有多高興」！

可是……可是這真的是她的心聲嗎？

幼小的由美子還搞不清楚。這麼令人生氣的哥哥，打棒球時總是被三振；跑得慢還會被壘包絆倒；不僅是對手連自己隊友也被惹得在一旁大笑，而他自己卻一臉呆傻地摸摸頭跟著笑了起來。如果真的討厭這樣的哥哥，為什麼看見哥哥一個人努力寫功課的背影，她會覺得心酸呢？為什麼看見哥哥在店裡找錯錢被客人罵，她會對客人生氣呢？

為什麼她就是沒辦法徹頭徹尾地瞧不起哥哥呢？

對，問題就在這裡。她明明覺得沒有哥哥最好，為什麼今天聽見有人誣賴哥哥，她就會生氣呢？為什麼不能不管哥哥的死活呢？

由美子睡不著，於是穿著睡衣在書桌前寫日記，試圖將難以整理的心情整個寫進日記本裡。不久聽見了上樓的聲音，她趕緊將頭探出門外，原來是和明。

「哥，怎麼樣了？」由美子趕上前追問：「栗橋的事怎麼樣了？」

和明一臉茫然地看著由美子。一副「妳不睏嗎？」的神情，不斷眨著大象般的小眼睛。

「由美子，哥的眼睛不好耶。」突然語氣很快地說出：「他們說我的眼睛不好。」

「什麼跟什麼嘛。我才沒聽說過這個。哥和栗橋……」

和明不斷低聲重複說「我的眼睛不好」，同時走進了自己的房間。

「笨蛋！」由美子罵了一句後，又繼續將頭探往樓梯的下方。她想乾脆再下去跟爸媽說說自己的意見吧。

正在猶豫之際，樓下的燈熄滅了。聽見浴室傳來拉門開關的聲音，那個拉門一向都很難開關。由美子只好放棄地回到房間。

之後的一個禮拜，由美子為了沒有獲得栗橋藥店和浩美的進一步消息而心神不寧。藥店關了起來，不知道浩美是不在家呢？還是整天關在家裡不出來？完全看不到他人影。

高橋先生之後對於這件事也沒有來說過什麼，長壽庵還是正常營業。由美子不得不回到跟過去一樣的暑假生活裡。她想知道整件事是怎麼回事？也很擔心栗橋浩美。為什麼栗橋要騙人說是哥哥做的？她想知道理由。可是大家卻都擺著一副不關妳的事、不關我的事、不關任何人事的態度。每次文子一問「要不要去游泳？」伸勝問「要不要吃冰淇淋？」她就想大叫說：「我現在沒有這種心情！」

另一方面，和明好像很忙。每天都去學校——連不是游泳社活動日也去，而且回來的時候表情總是很興奮。有時候柿崎老師會打電話過來，這時先是媽媽接電話，然後交給和明，最後又將話筒交還給媽媽，而且說的時間很久。

「是嗎？那檢查……」

「是，研究室也在放暑假……」

「好的，真是非常謝謝。和明也因為有救了很高興呢。」

不知道他們究竟在說些什麼！

事實上這件事，對由美子而言充滿了不可思議和不滿。爸媽和和明都不肯好好跟由美子說清楚。

「哥，你眼睛不好是怎麼回事？」

她一問，和明滿身是汗地說明了，可是根本不得要領，由美子完全聽不懂。只聽到一隻眼睛看不見，那是什麼意思？騙人的吧。因為哥哥遮住一隻眼睛還是可以走得好好的呀！

沒辦法她去問媽媽，媽媽也不肯說明白。

「其實這件事有些困難，媽媽也不是很了解啦。」文子說。可是她的表情開朗，好像在期待什麼似的。

「我不想跟由美子說得不清不楚，所以等我自己也很了解的時候再告訴妳吧。反正不是什麼壞事，對妳哥是件很棒的事喲。」

伸勝只會說：「去問妳媽。」不管問他什麼，就像是跟塊大石頭說話一樣。

由美子非常的不滿，以前從來沒有這種情形。如果是三個人聯合起來，那也應該是爸媽和由美子三人才對呀。過去她們三人總是為了和明書唸不好、動作遲鈍、被朋友欺負而心煩，於是聚在一起商量對策。我不能允許爸媽和和明三個人聯合在一起。問題是他們在討論什麼呢？什麼是「對哥哥很好」的事呢？

由美子整天在家抱怨、發脾氣、任性使壞，結果被文子和伸勝一罵後，情緒更加彆扭。

那一天八月十五日，就是藥局出事後，她第一次看見栗橋浩美的日子，也是盂蘭盆會最熱鬧的時候。長壽庵十三、十四、十五日連續公休三天。十三和十四兩天，全家到大洗海岸住宿與遊玩。十五日則是好好休息一天，因為明天起又要開始忙了。伸勝一早就賴在床上，心想難得能睡得很晚。文子說要出門買東西，和明說要到同學家寫作業，兩人上午就出去了。

由美子心情很不好，既不想跟朋友玩，也不想和爸爸一起看家。事實上，跟家人一起到大洗海岸時，因為一點小事和和明吵架，結果在回家的電車上被伸勝罵得很慘。

由美子的好朋友不是全家出去旅行就是回鄉下，都不在家。心情這麼低落的時候，也不想跟不太好的朋友打交道。

結果她決定騎腳踏車去圖書館。因為那裡的冷氣夠涼；而且暑假期間書架區和閱覽室一向人很多，但現在是中元假期，應該很空吧。

果然圖書館的停車場，停放的腳踏車數量只有平常的十分之一。由美子拿著裝有習題和鉛筆盒的手提袋，放輕腳步地走進圖書館裡。平常大廳總是擠滿了翻閱雜誌、讀報紙的大人，現在幾乎沒人，鬆軟的沙發椅都是空的。由美子衝過去坐下。

她在那裡閱讀電影雜誌和有些可怕的推理小說。然後脫了涼鞋將腳放在沙發椅上，管理人員也沒有制止她，感覺真是很自由。於是她又拿起另一本電影雜誌，翻到新上映的動畫片報導。突然間聽見一聲巨響，嚇得她差點跳了起來。

她吃驚地抬起眼睛，櫃檯裡的管理人員也站了起來。他們的眼光一致看著閱覽室的大門，由美子自然也跟著看過去。

栗橋浩美就在那裡。

他站在閱覽室的門口。不只是他一個人，還有一個跟他一樣高、由美子不認識的少年也在一起。看起來剛剛那聲巨響，不是栗橋浩美就是另外一位少年用力關上閱覽室大門所製造的。

站在櫃檯最旁邊的男性管理人員對他們說：「你們，關門時小聲點！」

由美子以為栗橋浩美他們應該會說：「對不起。」但兩個少年根本無視於管理人員的告誡，直接就走向了書架區。

櫃檯邊的男性管理人員皺著眉頭，對旁邊的女性管理人員低聲說了幾句話。接著又用嚴厲的眼光看了閱覽室大門一眼，才回到自己的工作。

由美子坐在大廳的沙發上看著這一切，心臟跳動得很厲害。這是她第一次看見栗橋浩美那種態度。的確由美子是不太清楚栗橋浩美上了國中以後的樣子，可是完全記得以前一起玩的時候的他。人很好又聰明、運動細胞發達、還有一雙漂亮的雙眼皮讓身為女生的由美子羨慕不已。連她媽媽都說：「栗橋長大了一定很帥！」

由美子穿上涼鞋，走向書架區。只有三三兩兩的人們，今天真的是很空。不須用心找，她立刻發現了栗橋浩美和那名少年的位置。

兩人背對著由美子，站在書架區的最裡面。由美子查到了書架上所貼的圖書類別標籤，他們站在「法律」類的書架旁。

栗橋浩美正在看著另一個少年手上拿著一本厚如辭典的書籍。看起來好像是很難的書，兩個人卻讀得有說有笑。由美子停下了腳步，不知道該不該靠近他們？也不知道該如何靠近他們？

這時栗橋浩美身邊的少年發覺了，猛然抬起頭來，眼睛看著由美子，然後對栗橋浩美小聲說話，於是栗橋浩美的視線從很難的書本轉移到由美子身上。

由美子愣住了，立刻感覺自己的臉紅了。這麼久沒有見面，她該問聲好嗎？

兩名少年在書架前不知說些什麼，然後栗橋浩美朝由美子方向走出一步說：「由美子，和明也來了嗎？」

栗橋浩美的聲音聽起來比由美子的記憶還要像大人，就像個成熟的男人一樣。

由美子連忙搖頭。

「是嗎，真是難得。和明到哪裡都不敢一個人去，總是要拉著妹妹才行。」

栗橋浩美的這些話並非說給由美子聽的，而是對著身旁的少年說。嘲笑的語氣中顯然帶有惡意。由美子問了聲好，頭立刻低下去，準備離開圖書館。她很想趕緊逃離這裡，她不喜歡這種氣氛和這樣的栗橋浩美。

「慢著點，由美子。」栗橋浩美叫住了她：「和明在幹什麼？」

由美子害怕地回過頭。栗橋浩美則離開「法律」的書架走向由美子。

「和明背叛了我，他想幹什麼呢？」

栗橋浩美身邊的少年哈哈大笑。笑的時候還用很尖銳的聲音讓手上厚如辭典的書闔上。

由美子看了一下四周，但是在開放書架這一帶根本不見其他人影。「法律」書架的旁邊是「化學」，後面則是「人文．社會」，都是不怎麼有人愛看的類別。

栗橋浩美一步一步接近由美子。因為底下鋪有地毯——雖然已被用得破爛不堪，但還是發揮了功效——不會發出腳步聲。栗橋浩美無聲地穿越書架逐漸靠近由美子。一瞬之間由美子陷入一種妄想——大人們聽了會付諸一笑的奇怪錯覺。

栗橋死了，一定是這樣子沒錯。現在在這裡的是栗橋浩美的鬼魂，所以才聽不見腳步聲，所以才會有這麼可怕的表情。我覺得好害怕。一定是這樣子沒錯，要不然我怎麼會怕栗橋呢？

栗橋浩美的鬼魂正低頭看著由美子，並抓住了由美子的水手服衣領。

「和明在幹什麼？那頭大笨豬呢？妳回答我。」

栗橋浩美比由美子高了約三十公分。被他這麼一抓，由美子的脖子很不舒服，幾乎快發不出聲音來了。為了能緩和脖子的壓力，讓呼吸順暢些，她必須用力伸長身體。雙腳不斷掙扎的時候，一隻涼鞋掉了。於是身體的重心更加不穩，被拉住的脖子更加不舒服了。

「哥……哥……」由美子好不容易發出聲音，但不是回答栗橋浩美，而是因為太痛苦了，不知不覺喊出了：「哥……哥……」

栗橋浩美用力搖晃由美子的身體。由美子的後腦勺撞到了不鏽鋼的書架發出聲響。

「妳哥算什麼東西？一個智障還敢背叛我，太放肆了。我絕對不放過他！就說是我說的，妳去跟和明說，聽見沒有！」

他一邊說一邊再度用力搖晃由美子，想讓她的頭撞到書架。由美子自然地閉上了眼睛，隨著一聲比剛剛還大的聲響，她的眼瞼裡冒出了火花。

打開眼睛的時候，淚水一起迸出。沿著臉頰而落的淚水流進了微微顫抖的嘴唇裡。

這是來自前面通路有人大聲喝說：「你們在幹什麼？」

是成人女性的聲音。於是栗橋浩美趕緊放掉抓住由美子領口的手，將她丟了出去。他的眼睛不再瞪著由美子，而是看往聲音的方向。由美子淚眼模糊地看著栗橋浩美的側臉，看著他消失在眼前。他逃跑了，同時響起了書本掉落地毯的聲音。

「喂，別跑！」女人大叫，但沒有追趕栗橋浩美他們的意思。她立刻跑到由美子身邊。

「妳還好吧？」

由美子張開眼睛一看，剛剛坐在櫃檯裡的女性管理人員正在看著她。由美子想要回答「我沒事」，嘴唇卻依然顫抖發不出聲音。

栗橋浩美和那個可能是他朋友的男孩已經不見蹤影了。

「妳是不是被那些男生恐嚇了？錢被拿走了嗎？」

由美子搖搖頭，好不容易發出聲音說：「不……不是。」

「他們是國中生吧？妳不認識他們嗎？」

雖然不是真的，由美子還是點點頭。女性管理人員上下觀察由美子的哭臉，表情變成是告誡剛吵過架的小朋友的那種——對方雖然不對，但跟人家吵架的妳也有錯。

「看來沒有受傷，有沒有哪裡痛呢？」

「沒有。」

其實頭痛得不得了，由美子還是沒說真話。因為從女人的聲調和表情可以知道她心裡想著「要是受傷的話，我會多麻煩呀」。

「妳還是小學生吧？一個人來圖書館嗎？我想妳還是回家比較好吧。」

「好，我要回家了。」由美子低著頭答應。

剛剛脫落的一隻涼鞋，大概是在栗橋浩美逃跑時被踢開了吧。現在落在一開始他們站在的「法律」書架前面，旁邊還躺著一本厚如辭典的書，書的封面向上。

圖書館的女性管理人員看見了，彎下腰幫由美子把涼鞋撿過來套在她的腳上。

「謝謝。」

接著又撿起了那本厚如辭典的書，看了一下書背的書名和藏書編號，放進「法律」書架上面算下來第五格的最前面。然後才回去櫃檯。

由美子心跳得很厲害，膝蓋也在發抖。為了給自己打氣，她深呼吸一口氣，但呼吸的聲音還是聽得見膽怯。

她揉一揉臉好抹去淚痕，因為不希望回家被發現自己在圖書館哭的事。畢竟被問起理由，她不知該如何回答。之前那麼努力幫栗橋說話，今天卻又說人家的壞話，實在太善變了吧。由美子覺得這樣子不對。就算是對的，大概爸爸媽媽也不會這麼想吧。他們會認為由美子是在亂說話。

由美子決定先在圖書館的洗手間洗完臉再回家。但是當她走動時，頭又開始痛了，讓她幾乎快掉出了眼淚。走了兩三步，為確認自己已經離開恐怖，她回頭看了一下「法律」的書架。在她仔細看的同時，剛剛女人收拾的那本書，也就是栗橋浩美的朋友手上拿著厚如辭典的書，已經放進書架裡的那本書，書背正面對著她。那是本什麼書呢？

書的標題寫著「六法全書」。

幸好白天哭的事好像已經成功地躲過了爸媽嚴厲的雙眼。吃晚飯的時候，爸媽都很高興，不停提到昨天的旅遊真是好玩。還說明年要去海水浴場住兩到三個晚上。尤其是媽媽文子最近——自從柿崎老師來訪以後，好像煩惱的事情減少許多，神情顯得十分開朗。也因此有些心不在焉，完全沒有發現到由美子的異樣。

由美子回到家檢查了一下頭部後面，用手指摸還會痛得令人跳起來。感覺上好像已經腫起來了。整個頭變得很重，因為是在後面，有時連太陽穴附近也會跟著抽痛。

可是由美子還是沒有跟爸媽講，還打算萬一被發覺了，就隨便說是「騎腳踏車跌倒了」、「不小心撞到電線桿」來敷衍，可是她不知道行不行得通。要是在敷衍的時候心裡難過哭了出來，爸爸媽媽應該會覺得很奇怪吧。

但是由美子還是害怕說出是被栗橋浩美打傷的。害怕一旦說出口，就變成真的。栗橋才不是那種人呢。只要由美子沉默不說，那件事就沒有發生。

晚上八點過後，她一個人在房間發呆。文子來喊她去洗澡：「現在哥哥剛洗好，妳快去洗！」

「我今天不想洗。」

「妳胡說些什麼。流過汗了不是嗎？不洗澡是不行的，就算沖一下也好。」

由美子懶懶地起身，用手摸了一下頭後面。腫的地方抽痛了一下。

洗澡的話，會不會更嚴重呢？

也許頭殼會痛得更厲害吧。

猶豫之間，樓下的文子又來催促了。放假日大家都很悠閒，只有我家媽媽還是那麼嚴厲。只要一不聽從她的話稍微耽擱一下，就會沒來由地生氣。由美子沒辦法只好走出房門。

有人爬上樓梯，是和明。一邊用毛巾擦頭，一邊用手搧著開口的短袖睡衣。比起昨天，哥哥今天又曬得更黑了，走在陰暗的樓梯和走廊裡，只能看見雪白的牙齒。

由美子準備不說一句話地和哥哥擦身而過。可是和明卻站在樓梯口，抬起大頭看著由美子。

「讓開！」由美子說：「我要去洗澡啦。」

和明動也不動，只有嘴唇困惑地動著。好不容易他問說：「由美子，妳今天哭了？」

由美子驚訝地抬起頭。

「妳從圖書館回來的時候哭了吧？」

「你為什麼這麼說？」由美子嘟著嘴說：「你有問題呀，哥。」

難得和明沒有對妹妹笑臉相向。

「可是我看見了，在圖書館前面的紅綠燈那裡。由美子摸著後腦勺，一臉不高興。」

由美子嚇了一跳：「哥也在那裡嗎？」

「嗯。秦野他家跟圖書館是同一方向。」

秦野是跟和明今天一起玩的朋友。

「妳和誰打架，撞到了頭嗎？好像很痛的樣子。妳應該跟媽說，讓她幫妳敷藥。」

由美子心慌意亂地不知該說些什麼。的確頭部的傷很痛，經過那麼久了痛也不消，她開始有些擔心了。

她很想說：「跟哥沒有關係啦！不要隨便偷看人家。」或者不理他就算了。也可以說：「哥是大笨蛋，我最討厭你了！」

可是嘴裡說出來的話卻不是心裡想了千萬遍的責備、抱怨、詆毀的言語。

「哥！」由美子問：「哥是不是背叛了栗橋？哥對栗橋做了什麼？栗橋他很生氣耶。」

所以我才會被打——還來不及說出這句話，由美子已經一張哭臉。

結果那一晚由美子沒有洗澡。和明帶著由美子下樓，對爸媽說：「有件事想跟你們說……」

他這樣帶領妹妹的舉動，在高井家是前所未有的。對由美子而言，是跟白天遇見栗橋浩美一樣吃驚的事。

事後哥哥解釋長期以來自卑的元兇是視覺障礙，所以由美子能夠理解哥哥在短時間內恢復了自信。但是這時由美子還不知道，只覺得眼前這個人是不是戴了哥哥面具的機器人？栗橋浩美的鬼魂和高井和明的機器人。

由美子想到可怕的事，不禁又哭了出來。和明了解妹妹的心情，拚命說明白天發生的事情經過。睜大眼睛聽完話的爸媽，於是也跟由美子一樣將懷疑的眼光投向和明，質問他：「栗橋說你背叛了他，究竟是怎麼一回事？」

和明先是閉緊嘴巴，一雙小眼睛不斷眨動，鼻子下面冒出了汗水。即便是重新變身的高井和明，還是不善於表達，使用語彙的貧瘠跟過去沒有太大差別。

他就像牽著眼睛被蒙住的人，讓對方觸摸眼前形狀複雜的東西，好讓對方猜出那複雜形狀的東西是什麼。

可是必須引導正確的順序與方向，對方才能正確作答。所以他很緊張，因為和明比任何人都希望得到「那個形狀複雜的東西是什麼」的答案。他一個人解不開謎底，他也弄不清楚「那個形狀複雜的東西」是什麼。

「我……」和明開口說。嘴巴張開想要尋找適當的字眼，於是舌頭拚命打轉。

「我因為頭腦不好。」

「你不是頭腦不好！」文子立刻糾正他。

「嗯，我知道。我雖然知道，可是一直以來大家都認為我頭腦不好，不是嗎？」

文子只好不太情願地承認。

「所以我的朋友很少。栗橋他很棒……怎麼說呢？他對我而言是個很重要的朋友。」

「嗯……嗯……」伸勝出聲表示贊同。

「所以我們會說很多的話。例如我曾經問過栗橋：『我為什麼頭腦不好，完全聽不懂老師說些什麼？』」

文子緩緩地點頭並問他說：「栗橋怎麼回答呢？」

「他說這是天生的，沒有救了。」

文子眼露兇光。

「可是他還說：『你很可憐，我來照顧你。』於是我就一直跟在栗橋後面，不是嗎？」

的確和明說的沒錯。

「我總覺得沒有了栗橋，我一個人什麼都不會，所以也很害怕被栗橋討厭。」

和明圓圓的肩膀縮著，頭也跟著縮在裡面。

「也一直認為栗橋說的話一定要聽。」

文子這才發覺，過去和明在家人沒有意識到的時候，經常會有這種姿勢和表情。這就是這個孩子的模式，他的生活。他決定自己的生活是聽從另一個同一歲數的男孩所說的一切。

伸勝終於開口問說：「具體有哪些事呢？你所謂聽栗橋的話是怎麼一回事？」

以問答的方式進行，讓和明鬆了一口氣。稍微抬頭看了爸爸的臉，確定他沒有生氣後，和明說：「比方說，栗橋有時會忘記帶什麼東西吧？小學的時候不是經常要我們從家裡帶些無聊的東西嗎？」

一如發現自己的台詞到了，由美子立刻接著說：「就像勞作課用的牛奶鋁箔包和空罐吧？」

「沒錯。栗橋要是忘記這些，就會要我的給他。所以有時候我會先準備兩份。」

「你就乖乖地給他嗎？」

「嗯。」

「不然的話就會被他揍或欺負嗎？」

「有時也會。」和明老實回答：「可是大部分時間都不會。可是我也害怕什麼都沒有的時候。」

文子對丈夫說：「這就是孩子剛剛說的，他除了栗橋什麼朋友都沒有……」

伸勝不發一詞地將雙手盤起來，下巴深深地抵在胸前。

看見父親這樣，和明身體縮得更小。爸爸一定覺得我很丟臉，覺得我是「沒用的東西」！

「我們知道了，和明。」文子鼓勵他說：「你和栗橋原來是這樣子的朋友。」

突然間伸勝冒出一句話說：「那不算是朋友，根本就是奴隸。」

「你怎麼這樣說！」文子斥責伸勝：「聽起來好像是在罵這孩子，不是嗎？」

接著又再面對著和明，將他的手放在膝蓋上，輕輕搖動說：「我都懂了。你過去以那種方式聽栗橋的話，所以幫栗橋的惡作劇背黑鍋，也代替他被老師處罰過吧？」

和明點點頭，擔心的眼光還是在意著爸爸的表情。

「一直都是這樣吧。」文子像是說給自己聽，好讓自己接受這事實：「你一直都是這樣跟他交往，可是這一次卻不一樣。栗橋在藥局打了客人鬧出事來，被人責罵的時候，說出不是他打的、是高井和明打的謊言。可是你這一回沒有意思要幫他圓謊。沒有錯吧？」

和明縮著身體點頭。

「你不必縮著身體，又不是你做錯，要你跟人家道歉。這一次你沒有聽栗橋的話，你做得很好呀！」

「所以栗橋才會那麼生氣。」由美子說。接著又自言自語地低喃：「氣到連我都打。」

「沒錯。所以他說妳哥『背叛』了他。」文子說。說話的聲音已經難以掩飾憤怒。

「可是為什麼？」文子盯著和明的臉問：「為什麼這次不聽栗橋的話呢？為什麼會有勇氣呢？你告訴媽媽，是因為柿崎老師的幫忙嗎？還是你知道自己的功課不好不是因為頭腦不好而是眼睛的關係呢？」

和明連忙抬起頭，用力搖晃。

「不是，才不是那樣。媽媽告訴我眼睛不好，是在栗橋打客人出事以後的，不是嗎？」

說的也是。文子想了一下順序，和明說的沒錯。

「討厭！哥哥的記憶力居然比媽媽好呀。」她笑著說，內心感到很高興。

可是和明笑得很軟弱，眼光還避開了文子。他繼續說下去：「這件事必須回到以前……」

「沒關係，你說說看。」

「我和栗橋雖然是剛剛說的那種朋友，但也不是經常走在一起。栗橋還有其他的朋友。」

「嗯，應該是吧。」

「尤其是小學四年級的時候，他有了一個比我還要要好的，就是整天都在一起的……怎麼說呢？」

「嗯，我大概知道你說的意思。」

「你知道？反正就是栗橋有了新朋友，是個轉學生。」

「怎樣的孩子呢？」

「和平。」

「什麼？」

和明比出「和平」的手勢撐開嘴角，做出「笑臉」。

「就是微笑標誌的和平嘛。他的臉很像微笑標誌，所以有這個外號。聽說在之前的學校就有這外號了。」

「叫什麼名字？」

和明說出「和平」的全名，但文子連姓跟名都沒有聽過。做生意的人家，很容易讓孩子比較寂寞，所以家長會盡量參加學校的活動，積極擔任家長會的委員。可是這樣的文子還是沒有聽過這個名字。

「你和那孩子是同一個班級嗎？」

「只有小學時候是。可是和平跟我沒有來往，也沒來過我們家。上國中後，我們三個人分在不同班級。三年級的時候又要分班，會不會同班我就不知道了。」

「難怪……媽媽一點印象也沒有。」

「和平的功課很好，可是經常請假。」和明說：「這麼會唸書的人……」

一副很可惜的語氣讓文子差點笑了出來。

「那個叫和平的孩子比栗橋會唸書嗎？」

和明立即點頭說：「功課是全年級第一名。每一次考試成績公布，名字就會被貼出來。栗橋雖然肯定是前十名，可是沒有第一名過。」

「所以說栗橋比和平差一點囉。」

「所以他對他好像很尊敬。」

一直沒說話的伸勝開口了，語氣充滿不像他為人的毒刺：「什麼東西嘛！就會欺負比自己笨的人，遇到比自己厲害的就低聲下氣。」

和明嚇了一跳，以為自己又捱罵了，但還用膽怯的口吻反駁爸爸說：「栗橋並沒有對和平低聲下氣，只是覺得和平比較厲害……很欣賞他吧。和平他家很有錢。」

「有錢人就很偉大嗎？」

「孩子的爹幹嘛對和明兇呢？」文子生氣對丈夫說：「你可不可以安靜點少說幾句。」

或許是生氣吧，伸勝立刻站了起來走出去。

「你去哪裡？」

「上廁所。」說完用力關上門。砰的一聲，嚇到了文子她們三人。

「對不起呀，打亂了你的話。」

和明沉默地搖搖頭。但實際上好像也忘記自己說到哪裡，顯得一臉困惑。

「栗橋很欣賞和平。」文子提醒他：「剛剛說到這裡。」

「對。我是這麼樣覺得啦。」

「嗯。然後呢？」

突然間由美子插嘴說：「那個叫和平的人，今天也和栗橋一起在圖書館裡！」

「真的？」

「嗯。他也看見我的頭被打，那個人一定有看到。」

和明點頭說：「如果說是兩個人在圖書館，那就一定沒錯。我也曾經在圖書館看過他們兩人。」

接著又小聲說：所以我才很少去圖書館。

「這麼說起來，他長得跟微笑標誌很像。」

「圓臉嗎？」

「才不是，沒有那麼圓啦。應該說臉長得很漂亮。」

「那幹嘛叫他和平呢？」

「媽只要看過就會知道了。」和明說：「因為他長著一副『微笑標誌』的和平臉。」

「是好孩子嗎？」

和明沒有說話。由美子摸摸自己的後腦勺。

「看著由美子被栗橋欺負也不說話，怎麼可能是好孩子嘛？」

文子嘆了一口氣，和明也跟著嘆氣。

「然後呢？哥哥繼續說呀。和平出現後，栗橋就不像從前一樣欺負哥哥，但也很少幫哥哥了，是嗎？」

「是。」和明小聲回答。這個「小小的肯定」代表了更大片的留白需要認同。

「於是哥哥決定不再聽栗橋的話。所以這一次就不肯幫栗橋背黑鍋了，是這樣子嗎？」

「什麼是背黑鍋？」

「由美子安靜點。」

沉默了一陣子，和明才回答說：「是的。」聲音比剛剛還小。而文子還在等下文。

但和明不再說話，嘴巴緊閉著，茫然看著前方。

沒辦法文子只好說：「也就是說，哥哥也長大了吧？」

話說出口，自己也覺得好像是電視劇的台詞一樣。簡直是陳腔濫調！

但和明沒有反駁，而是更小聲地回答：「對。」

回答的聲音越來越小，表示和明和文子問答之間的縫隙越來越大。於是難以成為「回答」的東西逐漸穿越縫隙而過。如果可以，文子願意縮短壽命，好看見現在這孩子眼睛裡看到的東西。

但這是不可能的。因此她說：「你們的爸爸怎麼還不回來？是不是在廚房偷喝啤酒呢！」

經過幾天後，高橋先生又來長壽庵拜訪。這次來訪時間很短，他只是來報告栗橋藥局的事已經當做「意外事故」解決了。

「老太太的家人總算找到了。是她的兒子夫婦。」不斷用手帕擦拭額頭汗水的高橋先生興高采烈地說著：「對方因為丟下老太太一個人生活不管，所以不敢大聲說話。我就說嘛，何況又是小孩子闖的禍，如果硬要交給警方處理，那我也有我的說法。這麼一暗示，對方態度就軟了。事情自然也簡單解決了。」

「那栗橋的兒子呢？」

「今天應該乖乖在家吧。」

說到這裡，他好像才想起來事情不只是這樣，於是接著說：「他已經在反省誣賴說你家兒子打人的事，栗橋夫婦也說近日裡會親自登門道歉。」

但是栗橋夫婦和浩美之後根本沒來長壽庵。暑假結束後，文子問開始上學的和明：「哥哥，有沒有見到栗橋？栗橋有跟你說什麼嗎？」

結果和明倒是一副沒有發生過什麼事的語氣說：「什麼都沒說。只是碰到面而已。」

「可是……」

「栗橋是不會跟我道歉的，他不是那種人。」

「哥哥不會生氣嗎？」

「不會。我已經習慣了，而且我現在比較在意檢查的事。」

因為第二個週末下午，將要拜訪柿崎老師介紹的大學研究室。

「是呀，媽媽也是一樣。其他事情已經沒那麼重要了。只要你不再跟栗橋交往就好了。」

這一點和明沒有回應。只是表現出答應的表情，接著立刻轉身背對著文子。

文子以她為人母親的直覺，知道和明和栗橋之間還有很多沒有說出來的事實與祕密。和明沒有回答文子的留白部分，還有一段以文子看不懂的文字所寫的故事在其中。

可是……

那孩子已經不是嬰兒了。打他屁股，他也不會照實說的。所以在他自己願意表明之前，只能在一旁看著。

但是文子千萬沒有想到當時做的這個簡單選擇，沒有在國中二年級第二學期時確實抓著自己的小孩高井和明，逼他說出所有的真相，竟讓她在十五年後懊悔不已。

4

一九九四年三月一日。

對栗橋浩美而言，這是平凡的一天。至少在這一天八點以後，說得正確一點，在晚上八點十六分四十五秒的那一瞬間之前，都是無聊的一天。本來也應該是無聊結束的一天。

這一天起床時聽媽媽說，他才想起來是「長壽庵」新店開張的日子。

「得去高井家送個賀禮呀！」

媽媽說這話的語氣就跟說「你去把死貓埋在後院」是一樣的。意思是說：「我不想看見死貓的屍體，所以你去做吧。」

「浩美，你去買盆花送過去！」媽媽命令浩美。

一早剛醒來，浩美惺忪的眼看著媽媽。栗橋壽美子，年紀只有五十三歲，外表看起來卻像是七十好幾。很早以前她就開始為腳、腰、肩膀、手肘等關節的風濕痛而煩惱。也因此矮小瘦弱的身體彎曲得特別厲害。她自稱是「老毛病」，不論是認識或不認識的人看她這麼不自然的樣子，投以同情的眼光時，她就會訴苦說：「簡直就像是活生生被分屍一樣的難過喲！」

如果對方更加覺得她可憐時，她便開始鉅細靡遺地形容自己的病痛：早上一起床，這一身幾乎不能用的脊椎就會吱吱作響；上二樓去拿庫存的胃藥時，我這可憐的膝蓋就痛得厲害。過了一段時間，聽話的人便開始皺眉，但可不是為了同情壽美子，其實是因為不能馬上逃離現場而困惑的神情。壽美子完全沒有感覺，繼續不斷對不小心踏入其訴苦陷阱的人，控訴風濕痛是怎樣剝奪人類尊嚴的疾病！

但是栗橋浩美知道壽美子從來都不去醫院治療「風濕痛」，也不去看專業醫生。在他的內心深處總是期待著有一天，一位日本第一的風濕病痛專家會出現在他們這間骯髒的藥局門口，一眼看見壽美子就對她說：「妳是日本第一的風濕病患者，所以來我醫院治療吧。」於是不管媽媽再怎麼不願意，用盡全身力量抵抗，即使浩美必須用繩子套住她脖子也都要把她送去那醫院，送到專家的診療室。然後他會守在診療室門口，在專家治療壽美子的時候，兩隻手插在口袋裡大笑，並欣賞壽美子的哀叫聲。醫生呀，我不是風濕痛！如果治療風濕痛這麼難過，那我沒有得風濕痛！在壽美子不斷大叫的時候，他要好好守住診療室的門，不讓壽美子逃跑出來。

就栗橋浩美所見，媽媽的確是個病人。但不是肉體上的疾病，而是頭腦有問題。

「我今天要出門。」栗橋浩美說。母子倆對坐在廚房裡的小餐桌上。媽媽坐著削蘋果皮，看來是爸爸在顧店。

「所以我不能去長壽庵。」

壽美子俐落地削著蘋果皮，一邊抬起眼光看著兒子說：「又要跟那個女孩出去嗎？」

「女孩？妳說的是誰？」

「長頭髮的女孩呀。之前不是在我們店門口晃來晃去嗎？」

「我的女朋友才沒有晃來晃去呢。人家有名有姓，拜託妳叫她的名字好不好？」

「你老是在換女朋友，媽哪有那麼多閒工夫記住呀！」

接著用水果刀切開削完皮的蘋果。因為沒有使用砧板，直接就在盤子上切開，刀刃摩擦盤子發出了栗橋浩美最厭惡的聲音。

栗橋浩美默默地看著壽美子的頭頂，心想：她幹嘛要削蘋果皮呢？為什麼她要吃東西呢？為什麼她還活著呢？

這麼說起來，沒錢了。昨天明美拚命撒嬌說要買手鍊，所以錢都花光了。那傢伙說過：「好希望你為了我，一次把錢包裡的錢花光。我的夢想就是把男人的錢包掏空。」

「反正我會去找和明的。」栗橋浩美對著壽美子的頭頂說。媽媽頭頂的頭髮越來越稀薄，幾乎可以看見頭皮。簡直就不像是人，像是頭皮暴露在頭髮之間的怪物一樣，真是噁心。

「買花過去就行了嗎？」

壽美子將蘋果切成四塊，把果核去掉，裝在盤子裡。邊裝的時候，就拿了一塊塞進嘴裡，所以回答時口齒不清：「買阿盆一點的。」

大概是說：買大盆一點的吧。

「錢呢？」

壽美子一邊咬著蘋果一邊看著他，然後將水果刀放在桌上，伸手拉開旁邊餐櫃的抽屜。浩美也知道錢包就放在那裡。從小錢包就固定放在那裡，從來沒有改變過。等到他開始經常從錢包裡面拿錢，壽美子知道後也沒有改變位置。就像是默默地允許他這麼做一樣。

可是那個時候——高中一年級的時候，栗橋浩美彷彿突然從夢中醒來一樣，他明白了一件事。媽媽之所以沒有改變放錢包的位置，不是因為愛他，也不是因為寵他，其實是因為怕他。

那一晚，栗橋浩美第一次揍了壽美子。因為他什麼都不怕了，於是堂而皇之地大打出手。媽媽哭了，卻沒有生氣。爸爸則雄裝做沒有看見，跑去洗澡。那天傍晚爸爸就已經洗過澡了，因為太過慌張居然又洗了一次。

錢包的位置沒有改變。如今改變錢包位置的權力，掌握在栗橋浩美手上。所以看著媽媽從裡面抽出錢來交給自己，是一件很爽的事。

「才一張呀？大盆的花，沒有兩萬買不到耶。」

「不必買那麼貴的。」

「結果還不是小氣嗎！」

栗橋浩美將一萬圓的鈔票摺得很小，像香菸或鉛筆一樣夾在左耳上。因為還穿著睡衣，只能先這麼放著。

「出門路上，我會繞道長壽庵的。」他說：「當然也會買個超大盆的花帶過去。」

同時心想：今天非要跟和明敲五萬不可。我可是送了一萬元的花過去呀。畢竟「長壽庵」的生意不錯。

壽美子沒有說話，忙著削第二顆蘋果、切開、去掉果核，裝在盤子上。裝盤的時候，又抓了一片塞進嘴裡。然後端著盤子站起來，彎腰駝背拿到店裡去。

她切蘋果是要跟爸爸一起吃。可是在將盤子端給爸爸之前，她自己已經先挑甜的來吃了。他們就是這樣的一對夫婦，這樣的父母。而且兩個人的頭腦都不太正常。

栗橋浩美到浴室洗臉，嘴裡還哼著歌曲。

頭腦不太正常。

爸爸跟媽媽都一樣，頭腦都有問題。栗橋浩美發現這一點，是在他十七歲的時候。那一年春天，為在他父母結婚之前就已經過世的媽媽的媽媽，也就是浩美的外婆做法事。

壽美子出生於千葉東金附近的村莊，家裡半務農、半經營雜貨店。結果兩樣都做得不怎樣，生活始終貧苦。壽美子是次女，國中畢業後跟著一群人到東京找工作。二十歲那年相親結了婚，從此幾乎沒有回過娘家。娘家由長子繼承，放棄農業並將雜貨店改成超市，總算能夠糊口度日。做法事是娘家的規矩，在東金車站附近租了一間便宜的廳堂進行。

栗橋浩美的父母跟親戚的緣分都很淡薄，所以浩美根本不知道兩邊祖父母的存在。因為則雄從父親手上接下藥店生意，所以經常在家裡還會提到祖父母的話題，手邊也留有一些照片。但是外祖父母這邊，就像是一開始就不存在一樣，從來沒有人提過，而且也沒有人會覺得有什麼不對勁。

所以突然之間說要舉行法事——不知道是過世三十年還是三十五年，反正時間經過很久就對了，浩美覺得像是硬被拉去參加陌生人的葬禮一樣，感覺很不自在。壽美子倒是很高興自己終於能參與母親的法事，所以拉著浩美到每一張桌子跟從沒見過面的親戚們認識。浩美只能臭著臉沉默地跟著。

當初如果堅持不去，是可以不必出席的，因為當時的浩美已經有了毆打媽媽的權力。既然他已經君臨栗橋家，只要一拳將壽美子的下巴打碎，星期天就不需要跟著到東金來了。

然而他卻沒有這麼做。儘管知道跟媽媽這邊從來沒見過的親戚見面是件無聊的事，他也不想跟他們打交道，但還是對這個法事有一點興趣。

在商量法事如何辦的時候，將近一個月的時間壽美子常常打電話回娘家，或是娘家打電話過來，每次都講很久。則雄就會抱怨電話費很貴，要壽美子盡量讓對方打過來，還說：「這是妳娘家的法事，我才不付這麼多的電話費。」壽美子還是背著則雄打長途電話，依然講得很久。

浩美有時會聽見那些長途電話的片段。於是好像從垃圾堆中發現寶石一樣，在媽媽囉哩囉唆的談話中，他聽見了閃閃發光的字眼──殉情。

十七歲的他當然懂得「殉情」的意義。壽美子的媽媽，也就是浩美從未見過面的外婆，似乎是殉情死的。壽美子每次說到這個字眼，就會刻意壓低聲音，好像擔心旁邊有人會聽見似的。

那麼外婆是跟丈夫以外的男人一起死的囉？對方是什麼樣的男人呢？浩美突然有著難以按捺的好奇心想知道內情。於是裝出溫柔親切的聲音──但在聲音的背後隱藏著如果不回答浩美想要的答案就會被揍的威脅，他問壽美子說：「媽媽的媽媽是殉情死的嗎？」

壽美子的描述，不是很清楚。看來她自己也不是很了解整個情況。仔細一問才發現這也難怪，壽美子的母親死時，她才十二歲。

「聽說那個男人是雜貨店的常客，她就死在他家，兩人是上吊自殺的。」

就丈夫和小孩所知道的，壽美子的媽媽沒有必要在那一天的那個時間去男人家，她根本沒有去他家的理由。

「男人是在屋簷下上吊死的。沒有留下遺書什麼的，也沒有拿家裡的東西。聽說我媽──就是你外婆，死的時候臉很漂亮。」

而且在他們死後，小村裡的人們——當時還只是有間雜貨店的村莊，開始一點一滴傳出他們兩人有曖昧的傳聞。結果就變成了兩個人殉情死的。

「對方是地主的親戚。聽說是關西地方的人，戰後復員了固然不錯，但家人都在空襲中過世，房子也燒了。沒有地方去，只好投靠地主來到東金，從此就住了下來。聽說比你外婆還小四歲。」

什麼叫做復員？壽美子陰著一張臉回答：「就是從戰場上回來。」

「什麼戰爭呢？」

「太平洋戰爭呀，你在學校應該有學到吧？」

學校裡有教戰爭的事，但學生們都不認真聽。可是學校沒教的「殉情」倒是知道得很清楚。那麼學校還有什麼意義呢？

壽美子只說這麼多，所以栗橋浩美決定出席法事，好多知道一點，看看有誰能夠告訴他。被男人上吊致死的外婆，究竟長得怎麼樣？是怎樣的女人呢？

法事本身十分無趣。誦經無聊到令人打瞌睡。第一次見面的舅舅、舅媽和表兄弟們看起來都很魯鈍，卻又一副很想親近你的樣子，簡直就跟高井和明一樣。笨蛋一個，不管怎麼踢他、揍他，還是笑嘻嘻跟在浩美屁股後面跑的可憐蟲。

「總算能夠好好地祭拜媽媽了。」壽美子的姊姊說。

因為是那樣的死法，聽說過世當時並沒有辦喪禮。由於外婆年紀較大，對方又是地主的親戚，自然有一種無言的壓力認為是外婆誘惑了對方。但是壽美子的娘家沒有遷離村莊，雜貨店也沒有收起來，只是不敢舉辦「像樣的」喪禮，畏畏縮縮地過了三十幾個年頭。大概村民對於獨自照顧三個小孩、備受屈辱的壽美子父親是同情的吧。但浩美最不能忍受的就是靠同情過日子，而且就是因為這樣的外祖父撫養了壽美子，今天才會有栗橋浩美的存在。

浩美還是很興奮地期待。外婆究竟是什麼樣的女人？能夠迷惑男人，讓男人決定跟她一起死，這樣的女人有著怎樣的長相呢？

自己的身上是否流著那種女人的血呢？

浩美不論如何都想確認。很想看外婆的長相，看看她是否有什麼特別的地方？

法事結束後，所有人一同回到壽美子的娘家，現在已經是舅舅他家。家裡準備了一些素食餐飲招待。大人們立刻開始敬酒，令人驚訝的是，壽美子愛喝酒的樣子是平常在家中沒看過的。浩美心想：說不定爸爸不想來，是因為他早就知道媽媽愛喝酒，所以不想來看她喝酒的醜態。事後發現，浩美的推測對了一半。

陪著坐在吵鬧的酒席上等待是有回報的。當大家話頭正濃的時候，終於拿出了相簿、紀念照片等東西。大家高興地解說照片、發出讚嘆的笑聲，吵得浩美快要頭痛了。「這是媽媽七五三（譯註：七五三為日本風俗，於小孩三歲、五歲、七歲時舉行慶祝儀式。）的紀念照」、「你一歲的時候，我們曾經來這裡住過一晚，回去之前拍了這張照片。」壽美子不斷拿出一些浩美沒興趣的照片解說，最後總算提到：「真是可惜，媽媽沒有留下任何遺照！」

「聽說是過世後，爸爸將它們全都燒掉了。」舅媽在一旁點頭說。

浩美很失望，竟然外婆的照片沒有留下半張。他來參加這群無聊親戚的聚會，坐著聽他們說些廢話，還不就是為了能看到外婆的長相嗎？

可是舅舅卻突然笑了出來。舅舅有著一張大嘴，整個臉型呈扁平狀，第一眼看見時，浩美心想：這個人怎麼長得好像零錢包一樣。而現在這個零錢包竟然笑得非常開心。

「我找到了媽的照片！」

於是大家又一陣騷動：「在哪裡找到的？」「什麼時候的照片？」「誰還有她的照片呢？」在眾人七嘴八舌之際，舅舅悠然地站起來，從後面房間抱著一張舊照片走出來。「這是壽美子小學入學時的照片。媽媽穿著和服和背著書包的壽美子一起照的。」

「有這種照片嗎？」

「我是跟田崎家借來的。壽美子，還記得嗎？你和田崎家的富美不是很好嗎？這張照片是跟富美一起拍的，而且就是在富美家拍的。」

「他們家以前就很有錢……」壽美子不斷點頭說：「她家裡有照相機。對了，我們是在她家拍的。我們還得千里迢迢跑到千葉的照相館才能拍照，她們家自己就可以照了。」

遠看也可以知道照片已經泛黃，是小張的快照。栗橋浩美仔細盯著照片在大家的手上流傳。照片後面還有膠布的痕跡，應該是從相簿上撕下來，然後借回來的照片。角落已經殘破，有著漿糊修補過的痕跡。

「你看，浩美，這就是你的外婆！」

好不容易等到壽美子這麼說，將照片拿在栗橋浩美面前。他伸出手去接，因為興奮和緊張，手心開始冒汗。

栗橋浩美看著照片。

停止了呼吸。

眨了一下眼睛。

吐出屏住的那口氣。

壽美子笑說：「哎呀，浩美，你的表情好認真呀。」

栗橋浩美再度眨了眼睛，不斷地眨眼睛。

可是照片裡的內容沒有因此而改變。黑白照片已經呈現淡褐色的效果，表面看來有許多漿糊修補過的痕跡，比起剛剛看見的背後要更加明顯。可見得修補人的技術有多爛！

問題是這種照片有修補的必要嗎？

栗橋浩美咬了一下下嘴唇。

根本就是長得像豬的女人嘛！

照片上的女人和服外面穿著黑外套，身材矮小頭很大。旁邊牽著一個小女孩，身上的洋裝又緊又小、一臉正經地背著大書包，這就是壽美子吧，臉有點像，從小就是一副愛哭相。

還有一個小女孩，站在和服女人的另一邊，身上穿著白衣領的洋裝，同樣背著書包。肯定就是這張照片所有人的「田崎家的富美」。說是有錢人家的女兒，照片上跟壽美子沒什麼差別，還不是一副窮酸樣嗎？

不管怎麼說，問題還是那個穿和服的女人。

栗橋浩美盯著照片問：「這就是媽媽的媽媽嗎？」

壽美子高興地回答：「是呀。」

真是令人難以相信，這算什麼……

一張大臉、白得嚇人的臉頰、厚厚的嘴唇、眼睛小得像是橡皮擦擦出來的屑、醜陋的鼻子躺在臉中間、感覺呼吸似乎特別大聲。

「這傢伙也能跟男人殉情嗎？」

壽美子笑著戳浩美說：「討厭！怎麼說自己的外婆是那傢伙呢？」

要是平常，浩美怎麼可能讓壽美子戳他而不說話，要不是顧慮在親戚面前，早就揍她了。爸媽兩人的頭腦都不行，在家裡要不是我經常這樣提醒他們，他們老是搞不清楚誰才是最偉大的！

可是現在卻沒有那種心情。

這個像豬一樣的女人、這麼粗糙的生物，居然是我媽媽的媽媽？而且還跟男人跑去殉情，長久以來成為這個家族的禁忌！

簡直快要笑死人了！

「這傢伙會跟男人殉情，我才不相信！」

栗橋浩美將照片丟在壽美子腿上，還說：「如果說這傢伙把男人給吃了，我還肯相信！」

所有人都嚇呆了，大家看栗橋浩美的臉就像在看畜生一樣。

法事過後一個禮拜的時間，栗橋浩美完全不跟父母說話。對外婆的照片、她的死、還有他們一家人的看法，栗橋浩美覺得是場惡夢。居然還敢說「總算能夠幫媽媽做法事了」。

如果不知道就算了，如今知道了就必須找個合理的解釋。因此他必須將自己關在內心深處裡思考一下。

栗橋浩美沒有去上學，現在哪有上學的心情。連續好幾天他假裝去學校，其實是到鬧市、遊樂場打發時間。有時差點被帶去輔導，險象環生地逃了出來。

現在他只想跟一個人說話，問問他的意見，那個人就是和平，可是和平不在，打電話或去他家都找不到人。沒辦法只好問別人，結果聽說和平的親戚遭遇不幸，他將請假一段時間。

真是不巧！為什麼挑在這個時間請假呢？偏偏在我最需要和平的時候。

為了解除心中的煩悶，乾脆到「長壽庵」恐嚇和明吧！實際上他去了兩次，兩次都撲空，和明也不在。和明——他的童年玩伴高井和明，因為沒有上高中而留在家裡幫忙，已經不像從前那麼容易掌控了。而且高井家也不太歡迎栗橋浩美。雖然和明的父母還是笑嘻嘻地對待兒子的童年玩伴，但內心好像有種敬而遠之的態度。提到和明的妹妹由美子更是明顯，小時候她還很愛慕浩美，總是跟在屁股後面跑，現在一見面就瞪著人看。

為什麼會變成這樣呢？栗橋浩美常常會想這個問題。小時候自己的父母、朋友的父母、朋友都給他好臉色看，比現在要親切許多。什麼時候開始全變了一個樣呢？

栗橋浩美經常說謊，但他跟其他說謊的人不一樣，他完全不自覺自己說謊，而且還經常忘記說過的謊。所以他不知道「長壽庵」的人不給他好臉色，是因為國中二年級暑假看店時發生的事，是因為他闖了禍卻想栽贓給高井和明。他只覺得「長壽庵」的人突然毫無理由地對他冷淡。

而他對這一點十分不滿。

如果栗橋浩美真的頭腦不錯——就像他在家裡對著父母耀武揚威一樣，他如果真的那麼「偉大」，就應該知道高井家人對他變得冷淡，但只有和明還是跟以前一樣跟他交往。而且從小他就對和明極盡欺侮之能事，總是罵他笨蛋。和明明知道爸、媽、妹妹討厭栗橋浩美，卻還是沒有離開浩美。栗橋浩美要是聰明，就應該好好想想這件事才對。

但是實際上，栗橋浩美連想都沒想過，也完全沒有注意到這情形。反正說再多不負責任的謊也不會成為他的負擔。和明不知道是說謊，隨時都能利用和明，可是——「偶爾找不到人這一點，表示他最近也變得太不像話了，得找個機會好好修理他一下。」一面對著滿臉笑容告訴他和明不在家的高井文子，同樣堆著笑臉的栗橋浩美心中想的是這些事。

找不到人說話的一個禮拜即將結束時，發生了一件可笑的事。壽美子在洗澡的時候，爸爸跑來跟浩美說話，故意壓低聲音好像是不想讓媽媽聽見。

當時他人在客廳裡，電視正在播放音樂節目。浩美邊看電視邊剪腳趾甲。

有一次壽美子罵說：晚上剪指甲不好，浩美就回嘴：白天哪有時間剪嘛。沒想到壽美子接著說：你乖乖唸書，我來幫你剪。

浩美高興地伸出腳讓她剪。自己坐在桌前，赤腳伸出去讓跪在身邊的壽美子修剪，感覺真是舒服。大概是第三次或第四次的時候，浩美看見壽美子專心幫他剪指甲的神情，突然心血來潮想要用腳戳她的眼睛。結果壽美子一個不小心彎身向前，浩美也伸出了腳趾頭，果然拇指就戳中了壽美子的眼睛。壽美子尖叫地跑開了，看了十天的眼科醫生。

從此她不再幫浩美剪指甲，所以浩美得自己來。不過壽美子也不再罵說「晚上剪指甲不好」！

「你從法事回來後，心情好像不太好嘛。」爸爸對他說。

栗橋浩美手拿著指甲刀、抬起頭來。這才發現爸爸臉色暗沉得很不健康，有些浮腫。

「爸，你哪裡不舒服嗎？」他問。

「不用擔心啦。我已經吃過治肝病的藥了。」爸爸回答。其實栗橋浩美不是因為擔心而問的；父母哪裡不舒服，跟他沒有關係。他是擔心臥病在床會帶來不便。

爸爸依然很在意浴室裡的人。看來很不想讓壽美子聽見說話的內容。

「我也不是心情不好，只是有點感冒而已。」浩美說了謊。並沒有說出跟男人殉情的外婆長得豬一樣的臉和身材，想到自己身上流著那種女人的血就讓他想吐。就算說了，這件事跟爸爸一點關係也沒有，說了也是白搭。

「你有沒有聽說你媽媽的媽媽年輕時的事？」爸爸小聲地問。

「就是殉情的事嗎？」

「嗯，沒錯。」

「聽說了，所以照片都沒有留下。」

「就是說嘛，那是當然的。」

爸爸說完，偷偷看了浩美一眼，接著又將眼光轉到電視畫面上。一位穿著迷你裙的偶像歌手正在表演。

「我其實不想讓你知道。」他悄悄地說。

「我無所謂的，已經是過去的事了。」浩美又說謊。他是想這麼說的話，爸爸比較容易開口。不知道爸爸要說些什麼？

「對不起。」爸爸說：「我到現在還很生氣。」

「氣什麼？」

「我和你媽相親結婚的時候，媒人和她們家人都沒有人告訴我壽美子家有人殉情。你想有哪個男人知道這種事，還會跟母親殉情的女人結婚呢？」

栗橋浩美沉默不語。

「我真是丟臉丟到家了。」爸爸忿忿不平地說：「這是我一生的錯。所以你對女人千萬要小心點。」

說完爸爸就站起來，走到廚房去了。浩美聽見冰箱打開又關上的聲音。大概是在喝啤酒吧，浩美在客廳等著。

可是爸爸沒有回客廳。等不及的浩美站了起來，到廚房查看。

爸爸還在那裡，抓著流理台的邊緣趴著。

「爸？」

浩美將手放在則雄肩膀上，探視他的臉。看見了一張哭泣的臉。爸爸在哭泣，一把眼淚一把鼻涕地抽噎著。

「居然欺騙了我！」爸爸呻吟般說著：「居然騙我將壽美子硬塞給我。壽美子家的人都在笑我。騙了我這麼久，還叫我參加法事。到底要耍我到什麼時候才甘心呢！」

爸爸嚎啕大哭，栗橋浩美像根柱子般站在那裡聽爸爸痛哭。站在廚房裡可以清楚聽見浴室的水聲。壽美子一邊沖熱水，嘴裡還在哼著剛剛電視裡偶像歌手唱的歌曲。

「壽美子在娘家有喝酒吧？」爸爸吸著鼻子問：「平常不敢讓人知道，她其實很愛喝酒。我都知道。我被她給騙了。」

不斷感嘆的同時，爸爸為保護自己身子越縮越小。可是他現在能夠傾訴自己不幸的對象，只有那個欺騙他的女人，以及他和那女人生下的獨生子。

赤腳踩在廚房的地上很冷。爸爸流著鼻水哭泣，媽媽高興地唱著少女的戀歌，長得像家畜的外婆殉情而死，大家都知道她的死並不怎麼光彩——這是個差勁的家呀！

那一晚栗橋浩美又做惡夢了，又是那個小女孩的夢。夢中迷霧般的陌生地方，小女孩不斷追著他。不管他怎麼逃，小女孩就是會追上來。而且大聲喊著：「還我的身體來！」

栗橋浩美拚命跑在看不清腳步的迷霧中，小女孩的叫聲緊逼在後。他的喉嚨乾渴，但腳步不敢停，以為已經擺脫掉小女孩的叫聲，安心停下來休息。不料小女孩的聲音又在附近響起。栗橋浩美連忙轉身繼續再逃。千萬不能被抓去。抓去了就會被附身。小女孩瘦弱卻有力的手指又抓住了栗橋浩美的上下顎，逼他張開嘴。由於小女孩想要鑽進栗橋浩美的嘴裡，他的喉嚨哽住，幾乎不能呼吸了。

不管往哪裡走都是濃霧，看不見方向，而小女孩總是緊追在後。以為擺脫她了，她反而跑在前面等著。為什麼濃霧不能遮住我的身體呢？為什麼小女孩會知道我在哪裡呢？

「還我的身體來！」

附近又有叫聲。浩美神情緊張地立刻逃跑，突然間被什麼東西絆倒，兩手向前地撲了出去。沒有感覺痛楚，撲倒在地面的手指好像碰到什麼東西，好像有什麼東西爬過來觸碰他的手指。那是什麼？在霧中他第一次碰到實體的東西，究竟是什麼呢？

浩美下定決心伸出手抓住了那個東西。用力一拉，那東西出現在他的眼前。是一具女人的屍體，就是照片中所見的外婆屍體。仰著身體，頭顱倒向右側。繩索深深陷入脖子裡，眼睛凸出翻白，半開的嘴裡可以看見浮腫的舌頭。

栗橋浩美尖叫地跳了起來。正想要逃離這裡的時候，屍體的手動作迅速地抓住了他的右腳踝。栗橋浩美不斷發出慘叫，同時拚命想擺脫掉外婆的屍體。可是死人的力氣大得出奇，手指就像捕獸器一樣緊緊鉗住了他的腳踝。

栗橋浩美拚命想要扳開外婆的手指。但抓住腳踝的手指力氣太大，他感覺被抓住的右腳逐漸失去感覺。外婆的手指像老虎鉗，再這樣繼續用力抓下去，右腳踝將被夾斷了。

栗橋浩美發出聲音求救。喊到喉嚨發痛也不停歇。於是聽見小小的腳步聲穿越霧海而來。濃霧中那個小女孩笑著站在那裡。

栗橋浩美嚇得又哭又叫。

「還我的身體來！」小女孩說，滿臉盡是詭異的笑容。同時那張臉也在逐漸變化，臉頰開始膨脹、眼睛凸出、笑著嘴裡鑽出一條青黑色的舌頭。

小女孩的臉變成了外婆的臉。

栗橋浩美吃驚地看看自己的腳下，剛剛被外婆抓住的右腳踝。結果看見了媽媽，蹲在他的腳底，雙手抱住他的右腳。左腳邊則是爸爸，他也用雙手抱住栗橋浩美的左腳。爸爸流著鼻水抬起頭看著他。

「為什麼要從媽媽身邊跑掉呢？」媽媽說。

「壽美子抓住我說，就是不讓你也逃走！」爸爸說：「就是不讓你也逃走，這樣是不公平的！」

沒有辦法的栗橋浩美只好繼續大叫：「救命呀！誰來救我……」

「還我的身體來！」那個臉變成被勒斃的外婆的小女孩，兩眼發光地跳向栗橋浩美。她的手指掰開了栗橋浩美的嘴，小女孩黑色的長髮伸進了他的喉嚨深處，他的呼吸停止了，叫聲被掩蓋住了……

突然間他醒了。整個人驚醒坐在床上。眼前是媽媽的臉。栗橋浩美還在繼續尖叫。

「怎麼了，睡昏了頭？振作一點呀。」媽媽抓著棉被，傾身詢問栗橋浩美，臉上卻是嫌惡的表情。

栗橋浩美不斷顫抖，眼睛眨了一下。全身都是冷汗，手也抖個不停。呼吸十分急促，就像剛跑完百米一樣。

沒錯，我剛剛是從夢中逃跑了出來。

那是一場夢呀。

「因為你大聲喊叫，我擔心地過來看看！」一手按著睡亂的頭髮，壽美子說。

「不要隨便進入別人房間！」栗橋浩美說，聲音有些沙啞。

「什麼別人？我可是你媽呀。」

栗橋浩美瞪著媽媽看，心想會不會媽媽的臉頰開始膨脹，嘴巴裂開，舌頭青紫，變成外婆的臉呢？

可是沒有發生什麼事。壽美子還是壽美子的那張臭臉。

「早知道就不要生男孩子了。」嘴裡抱怨著，壽美子起身說：「忘了養育之恩，還說媽媽是別人。你可不是一個人隨隨便便就能長大的，你知道嗎？」

一邊嘮叨著走出房間，在用力關上門之前，又丟下一句：「我好想生個女兒。要是我的弘美活著就好了！」

剩下栗橋浩美一個人後，他用雙手摩擦臉頰。因為汗水，手心變得濕滑。

去洗把臉吧！

他慢慢地起床，好不容易移動還在顫抖的膝蓋，下樓到洗手間去。打開了燈，看著洗手台前的鏡子。

裡面站著那個小女孩，是浩美之前的弘美，小時候夭折的姊姊。

栗橋浩美吞了一口口水，從洗臉台向後退。鏡子裡面是他的臉，雖然灰青慘白、眼眶四周浮腫，但的確是他的臉。

剛剛是我眼花了。

栗橋浩美揉一揉眼睛，再看鏡子裡面。的確是自己的臉。

可是心中卻逐漸不安。好像沉澱在心底的泥濘，因為感情的波浪翻滾而浮出水面，攪亂了原本清澄的心湖成為泥水。並且在泥水中——

我站在那裡。

那個小女孩浮出了水面，身上滴著泥濘。

我就存在於你的心中。

是的，在那個夢的最後，小女孩跑到了我的身體裡面。就在我拚命想要擊退她的時候，她進入了我的身體。

我就在你的身體裡面，我要你將身體還給我！

有一天我一定要附你的身，因為這個身體本來就是我的。

栗橋浩美舉起雙手，掐住自己的脖子。慢慢地用力，想要勒緊脖子。

呼吸越來越困難，鼻子有種快要爆炸的感覺。眼眶流出了淚水。

突然間他放掉了力氣，雙手垂落在身體兩側。站在冰冷的洗手間磁磚地上，眼淚一顆顆滴落在他的雙腳之間。

待在這個家裡，我頭腦一定會壞掉，栗橋浩美心想。

這個家從頭到尾都有毛病。媽媽奇怪，爸爸也奇怪，連從小夭折的姊姊也有問題。

我是被這個家囚禁的犯人。如果再不逃，頭腦也會變得跟他們一樣奇怪。

不斷這麼想的栗橋浩美已經搞不清楚「奇怪」的是他的內心還是外在事物。

頭腦真的會有問題……

洗完臉，慎重地將髮型整理到十分滿意，栗橋浩美準備好要出門。如果要買盆花送過去，那就得開車子去。

自從十七歲那年做過惡夢，有一陣子他不敢照鏡子，甚至連靠近洗手間都害怕，所以那段時間不梳頭不刷牙，邋遢得像是個流浪漢。一方面覺得自己的害怕過於無稽，卻又忠實地昧於恐懼的陰影中，就在這相互矛盾的逆向牽引中，栗橋浩美度過了他的青澀年少。

關於困擾他的惡夢，他從來沒有跟大人們提起過。因為栗橋浩美完全不信任老師和親戚長輩們。

他只有跟和平說過。那場惡夢之後，終於見到了從親戚家回來的和平，並跟他說了所有的事，徵求他的建議。要想逃離頭腦有問題的父母保護自己，他該怎麼辦？

和平一臉沉靜地微笑看著栗橋浩美的腳下，然後說：「趕快變成大人囉。」

「變成大人……？」

「然後掌握自己的人生。千萬不能追隨他們的腳步。自己的人生必須自己開創。」

「我知道，我絕對不要跟他們一樣。我要離家出走。」

「先進了大學再說，現在還不行。高中休學離家出走，結局都不會太好的。因為浩美又不是有工作，連工作在哪裡都不知道。」

「那我該怎麼辦？」

「用功讀書，考上好大學。只要住進宿舍就好了。然後到大公司上班。到時候就可以不管父母，好好地為自己而活，不是嗎？」

「大公司呀！」栗橋浩美用力點頭說：「就像和平的爸爸一樣，是嗎？」

栗橋浩美是真心這麼說的。他一向很尊敬、憧憬和平的爸爸——雖然他沒有見過，只聽過他的存在。因為和平爸爸的社會地位和經濟能力，和平才能享受生活。

可是和平沒有笑，看不出喜悅的樣子，也看不出是在害羞。他的眼光暗沉，視線向下地低聲說：「不要忘了我說的話。浩美的人生是浩美的，千萬不能放棄。只要想著父母是搖錢樹就好了，能夠抓著就不要放，等到沒有利用價值放掉也無所謂。」

還說：「反正父母也都很自私的，無所謂。」

從此栗橋浩美奉和平的建議如金科玉律，重新過他的高中生活。很成功地通過考試，進入了人稱第一流的大學。就像他所想的一樣，就像他當初決定的一樣。再來就是享受大學生活，然後找個大公司準備就業。

但是栗橋浩美現在卻在這裡。

二十六歲的他沒有工作，住在開藥店的父母家，站在十七歲的惡夢以來飽受害怕與嫌惡騷擾的洗手間鏡子前，看著沒有改變的臉，整理頭髮。

應該不是這樣的結果才對。

到底是哪裡做錯了？到底在哪裡轉錯彎了？

「和平！」栗橋浩美發出聲音呼喚。

鏡子不可能給他回應。栗橋浩美走出了洗手間。

正要將車子開出停車場時，手機響了。栗橋浩美立刻接了電話。

「浩美？現在忙嗎？」

是岸田明美的聲音。音調很高，有點口齒不清的說話方式。是他交往不到一個月的女朋友，作風頗為積極，時常主動接近浩美。就像壽美子說的一樣，常常來藥店找栗橋浩美，跟她說浩美不在，就會在店門口或附近咖啡廳等待浩美回家。一天要打好幾次電話過來。明美長得漂亮，人又有錢，說起來是不討厭，但吵起來的時候還真是煩。

「我買了太多的東西，不知道該怎麼辦。你來接我好不好？我在新宿的伊勢丹。」

其實栗橋浩美也不很清楚岸田明美是個怎樣的女性。年紀二十歲，就讀於東京都內的女子大學，但不告訴浩美校名。

「學校程度太低，低得我都不好意思說出來了。」本人是這麼說的：「將來找工作一定會很辛苦。」聽說家住在埼玉縣川越市。岸田明美好像跟家裡也處不好，認識她的時候就沒有隱瞞這件事。

兩人第一次見面是在一個月前。栗橋浩美大學時代的朋友，一個名叫神野的新插畫家，在銀座開個展。栗橋浩美接到邀請前去參觀，看見一個長得很可愛的女孩在櫃檯當招待，就是岸田明美。

神野從大學時起就決定當個插畫家，但是形式風格特異，到現在也沒有拜師學藝過，算是我行我素派的。他在大學和栗橋浩美一樣，都是經濟系的學生。

如果他畫的東西很有個性，又有才能的話就完全沒有問題。可惜的是，神野這兩樣都很缺乏。老實說，他所畫的東西都是興之所至的塗鴉，根本不到可以銷售的水準。一向在心中瞧不起神野的栗橋浩美看見才二十六歲就開個展的同學，心情自然不是很平穩。與其說是前來祝福，不如說是前來查看情況的。所以一開始看見櫃檯服務的小姐滿臉笑容，只有感覺更加的不愉快。神野的成功對栗橋浩美而言，一點也稱不上是喜事。

畫廊的白牆壁上掛滿了神野的作品。看起來就跟大學時代畫的一樣，技術拙劣且內容貧瘠，都是些平凡之作，至少在栗橋浩美眼裡是這麼覺得的。為什麼這種人也能開個展呢？擺出來的都是令人頭痛的圖畫。可是寄給他邀請函的本人卻是春風滿面，儼然自己已經是名插畫家一樣的態度接待客人。到處都擺滿了致賀的花籃，更讓他覺得不甘心。

這一天是個展開幕日，傍晚還有個簡單的晚宴。浩美絲毫沒有祝賀神野的心情，只是想確認他的成功真假與否，於是留下來參加了晚宴。神野很高興，晚宴中安排了幾位好友演講，他特別來問栗橋浩美能不能幫忙，只要說些大學時代的事就好了。栗橋浩美答應了。等到演講的時刻一到，神野對著宴會的客人介紹說：「我的朋友栗橋浩美先生，他服務於有名的一色證券，是位相當出色的年輕證券業務員。」

的確一色證券是可以用「有名」來形容的最大家證券公司，過去栗橋浩美也曾在那裡上過班。那是他大學一畢業就職的公司，只是工作了三個月而已。換句話說，過了公司所謂的「試用期間」，他就辭職了。

但是神野不知道這件事，也難怪他不知道。他們的交情還不到每年寄送賀年卡片通知近況呀。

栗橋浩美配合神野的說法，以詼諧的語氣說出自己的工作雖然不錯，但自從泡沫經濟崩盤以來，證券公司的營業也是每況愈下，社會給予的評價也不是很高。所以不管怎麼努力，終究還是一名上班族。不像神野是個獨立的藝術創作者，令人十分羨慕。聽他如此捧場，神野像個孩子一樣笑得頗為得意。

演講結束，離開麥克風後，栗橋浩美從服務生手上接下新的酒杯，準備走到房間的角落。這時櫃檯服務的可愛女孩笑著靠近他，用口齒不清的高音調自我介紹：「我是岸田明美。」並表示：「你在證券公司上班嗎？好厲害喲。」

栗橋浩美看著女孩小而精緻的臉蛋。妝畫得不錯，長頭髮像鏡子一樣閃閃發光。她說自己是大學生，浩美就問她讀什麼系，女孩回答：英文系。

「不過你不要問我太難的東西。我的腦袋根本沒有學到什麼。」她拿著紅色的酒杯遮住臉，偷偷地笑著。

「我的頭腦真的很笨，反正就是不小心考上大學的啦。像栗橋先生這種精英分子一定會笑話我吧！」

栗橋浩美並非傻子，他知道越是說自己「頭腦笨」的女人，越是相信自己是「聰明人」。而且她之所以如此推銷自己，完全是認為「栗橋是一色證券的出色業務員」之故。所以他也擺出女孩所追求的「精英分子」笑容問對方：「妳是神野的朋友嗎？該不會將來也有意要當插畫家吧？」

岸田明美故意甩動閃閃發亮的長髮，搖頭說：「我只是在這裡打工而已。這裡的總經理跟我爸爸有些交情。」

然後微微一笑，靠近栗橋浩美一步後低聲說：「這家畫廊的老闆是女的，很看好神野先生呢。」

栗橋浩美重新看著她的臉，接著又看看正在對聽演講的客人們得意的神野。然後又回來看著岸田明美的眼睛。她的眼睛閃閃發光，似乎在說：「不用我說得太明白，你應該懂吧。」

「是嗎？」栗橋浩美笑說：「原來神野找到了好的靠山呀。」

「沒錯。」岸田明美露出了潔白的牙齒笑說。栗橋浩美心想：至少看得到五顆假牙耶。要不是小時候牙齒不好，就是有一段時間想要成為模特兒或進入演藝圈吧。

「如果沒有靠山，哪裡能開這麼大的個展。」岸田明美繼續說。聲音雖然很小，語氣卻很開放。

「我是神野的朋友，所以我寧可相信他有才華。」

「真的嗎？」

岸田明美緊盯著栗橋浩美的臉看。栗橋浩美覺得：在她可笑的動作裡面，看得見有些惡意。因此他開始喜歡上明美。

「騙人的。」他老實說：「我今天來是想看看為什麼神野能開個展？是不是出了什麼錯？」

「我就說嘛！我早就知道了。」岸田明美表現得兩人好像很熟：「因為栗橋先生的臉上寫得清清楚楚的。所以我不由得想告訴你真相。」

「哪有，人家頭腦很笨的。」岸田明美邊說邊將身體靠過來。長髮碰到了浩美的肩膀，散發出濃烈的香水味。

「妳很敏銳嘛！」

那一個禮拜之間，栗橋浩美又去了神野的個展現場。這一次是為了邀約岸田明美。她似乎也認為理所當然，所以也在等著。

那一天他們一起吃飯，然後到栗橋浩美常去的現場演奏pub。說常去，都不是他一個人去，而是帶著女人去。在那家pub裡總是可以聽見現場演奏的藍調歌曲。如果他說「在東京想聽道地的藍調只能來這家店」，女人多半會很佩服。可是從她們的表情能夠看出，她們根本就不喜歡這家店和店裡演奏的音樂。其實栗橋浩美也不是那麼喜歡藍調，所以一旦成功讓女人佩服，頂多會再上這家店兩三次。女人總是比較喜歡搖滾、爵士或古典樂，去那種地方說不定她們還比較強。所以聽藍調的危險比較少，他也每次都成功了。

下一次約會當然是遠行，兩人也當然會上床。岸田明美很積極地享受兩人的關係。因為一開始她就認為栗橋浩美是一色證券的員工，栗橋浩美也努力扮演這個角色來滿足她。就連遠行的約會也選在非假日。他解釋說：「我的工作沒有週末假日，只有補休的假日。」明美自然很相信，而且用著佩服的眼光看著他。所以栗橋浩美也總是在白天，在明美認為他在上班的時間打手機給明美，說：「我現在正在兩個會議之間，偷空跑到頂樓跟妳說電話。」

當然他也很捨得花錢。真正的栗橋浩美雖然沒有工作，但栗橋藥局每天都有現金進帳，他又是家裡的絕對權力者，要多少錢有多少錢。因此要扮演岸田明美茫然而沒有責任想像的「荷包滿滿的一色證券公司員工」奢侈形象，根本沒什麼困難。

這也不是第一次了。栗橋浩美一向有這種興趣。在送上門的女人面前，扮演該女人夢想典型的精英分子，觀察女人滿足夢想的愉悅神色，然後在背後偷偷大笑的興趣。

他的目的不是金錢。確實也有女人在他身上「投資」，但不是他主動提的，栗橋浩美從沒想過從女人身上撈錢。那麼如果問他是否是為了女人的肉體，他也不能完全地搖頭否認。一個健康、有常識的正常男人，遇見一個健康、有常識的正常女人，夢想有一天能夠上床，這是再自然不過的事了。而且栗橋浩美也有這種想當然爾的熱情，但不會超乎其上。他有的是一種想要嘲笑的慾望。他想要看著這些女人誤以為他是理想的「精英分子」而接近他，然後在心底大笑她們的愚蠢與無知。

大部分的情形，他確實都能成功地欺騙女人。在他主動暴露真面目之前，很少有女方會先察覺真相。一旦進了他的圈套，女人在不知不覺間成了他的共犯，開始自己騙自己，並開始編織美夢。栗橋浩美在一旁微笑觀察，偶爾幫忙女人補強夢境，等待時機的成熟，直到女人的夢想堅固到足以破壞的時候。

然後他現出真面目，女人無法立刻相信。因為陷入夢境太深，一時之間看不見現實。他抓住女人用力搖晃，將她們從溫水中拉出來，拍打她們的臉頰，要她們看清楚他的真面目。看清楚他是一個沒在上班、沒有工作意志、靠著經營小藥局的父母過活的二十六歲青年。

於是他豎起耳朵傾聽女人內心重要東西開始碎裂的聲音。因為那聲音太過甜美，栗橋浩美的耳裡聽不見女人罵他、嘲笑他、輕蔑他的聲音，那些根本都傷害不了他。

因為栗橋浩美知道，只要他有心，他隨時就能成為他所希望的真正「精英分子」——他所理想的「生存方式」。不論是劇作家、新聞記者、電腦工程師、年輕的中小進口商、律師等，他隨時地都能勝任各種職業與面貌。栗橋浩美什麼都難不倒他。他很特別，他在社會中屬於「上面位置」的存在。

當他完全成為那種存在的時候，他將發現真正適合他的女性，與他共度一生。但現在離那個時間還早。所以他願意跟那些投懷送抱、好高騖遠的膚淺女人交往，破壞她們好生珍重的未來幻想，藉以打發時間。而且這是一種相當有趣的打發時間方法，栗橋浩美認為這種經驗亦將成為他個人的財產之一。

因為栗橋浩美很聰明，他知道為了這種目的欺騙女人，就不能夠過分的虛榮。所以他不管扮演怎樣的存在欺騙女人時，絕對不會隱瞞自己生在小藥局的事實，也不會掩飾自己的父母多麼沒有知識、沒有深度，也因此讓女人們更加深了栗橋浩美努力追求向上的印象。用這種方法來欺騙自動上門的一般女人，確實比說自己是有錢人家的兒子或企業家第二代等謊言要有效果得多。

這個國家是自由的，每個人都有機會，我就是個例子。我就是開拓妳人生的希望，是妳的白馬王子。

栗橋浩美對著手機，以最溫柔的聲音說話：「妳怎麼知道我今天休假呢？」

岸田明美撒嬌地笑說：「你自己說過的呀，說下次休假，要在家裡休息。可是你會為了我出來接我吧？」

然後停頓了一下又溫柔地說：「人家想見你嘛。」

這一陣子栗橋浩美裝出很迷她的樣子。她也扮演著撒嬌、任性的可愛小情人角色，因為這是栗橋浩美要她做的。他說：「只要和她在一起，心裡便只有她，工作的辛苦全忘了。」

「當然好呀。」栗橋浩美笑說：「真是沒妳的辦法！」

切斷電話後，他還繼續笑了一陣子。心想：不久的將來打破岸田明美的幻夢時，不知會是怎樣的聲音？

在新宿車站的東口接到岸田明美，栗橋浩美將車開往青山一帶。明美在雜誌上看見的漂亮餐廳就在青山一丁目。他們決定在那裡吃中飯，雖然時間有點晚了。

岸田明美手上提了五個百貨公司和名牌專櫃的紙袋。一進車裡，她就笑說：「你可別因為我花錢而生氣。不只是我的東西，也有送給浩美的禮物。」

她川越的家很有錢。父親經營許多不動產，在地方上的金融業界據說也很吃得開。所以明美從小到大金錢方面從沒有吃過苦。現在家裡給的生活費很充足，她對栗橋浩美要求「奢侈感覺的交往」，其實本身的出手也很大方。

「沒辦法呀，誰叫明美是有錢人家的千金呢。」他也笑臉相迎：「跟我這種普通上班族交往，真的可以嗎？」

「你又說這個了！」

他們兩人之間常有這種對話。當然岸田明美絕對不會認為栗橋浩美只是個「普通的上班族」。比起她爸爸，再怎麼有錢也不過是鄉下地方的不動產業者；她心目中的「栗橋浩美」可是一流大學畢業的一色證券業務員呀！這種對話其實也是他們之間的語言遊戲。

這種天真浪漫的對話給予栗橋浩美兩種喜悅。一是：明美對他單純的尊敬；一是自己已經完全騙住了明美。

「因為我有買禮物送你，所以今天晚上我要浩美請我大餐。」車子停在紅綠燈前，明美抬起下巴撥動長髮，看著車窗外的行人說話，有種炫耀的味道，好像在說：「你們看呀！我們是很登對的情侶，就像是畫中的情侶一樣。不論是過去、現在還是未來，我們的組合跟你們永遠是在不同的次元。我們是天造地設的一對。」

這時栗橋浩美才想起來要到長壽庵送花的事。自從接到明美的電話，他便忘得一乾二淨。剛剛提到了錢，讓他想到自己身上的錢是要買盆花的錢，到時候他要用盆花跟和明敲詐五萬塊來花花。

換句話說，栗橋浩美現在的荷包是很空虛的。

最近栗橋藥局的生意也不太好。因為沒有受理藥方開藥，客人本來就比較少，最近附近又開了一家大型藥店的連鎖店，連這一點小生意都快斷絕了。一些買營養劑口服液、胃藥的基本客戶都不上門了。不管怎麼努力，栗橋藥局都是敵不過大型藥店的折扣戰術的，這也是沒有辦法呀。

何況現在的「藥局」形象跟戰前完全不一樣。有受理醫生處方開藥的叫「藥局」，要不然就是大型連鎖店的「藥妝店」，他們的客人是慢性疲勞的上班族、擔心小孩肚子痛的家庭主婦和女學生、年輕粉領族等。

栗橋藥局兩者都不是。之前浩美還肯跟爸媽溝通的時候，他曾經分別問過爸媽為什麼不受理醫生處方？既然爸爸是藥劑師，要做的話，應該沒什麼困難吧？

結果爸媽各說各話，回答：「沒有受理醫生處方，是擔心發生問題就麻煩了。」

「因為我不太相信你爸爸呀……」媽媽說。

「壽美子能處理嗎？萬一出事了，我可不想受牽連呀。」爸爸說。

然後兩個人都說：「如果浩美能成為藥劑師就好了。」可是他卻沒有讀藥學院，而是選擇了經濟系。

栗橋藥局逐漸在沒落中。但是浩美依然毫無顧忌地在吸取它的養分，而最近終於看到了界線。所以他得依賴和明，不對，「依賴」這個字眼對那傢伙不值得。那傢伙是被我利用而存在的。

也有高利貸、金融卡貸款等手段；但比起使用和明這呆瓜的錢包，既沒有利息也不怕催討，有什麼必要去碰前者的方法呢。反正和明有錢也不會花，他應該不會覺得困擾。過去不也是沒說什麼就把錢拿出來了嗎？

不過我好像把次序弄錯了。

栗橋浩美斜眼看著靠在椅背上正舒服的岸田明美，心中想著：在接明美之前，應該先去長壽庵的才對，這樣就沒什麼問題了。可是自己居然會忘記送花的事！

都怪明美打來電話。這傢伙就是猴急。這麼一想氣就上來了，栗橋浩美用力踩了油門。因為和前面車子的距離拉近，岸田明美嚇得抓緊門把大叫。

「小心點，危險啊！」

栗橋浩美正一肚子火沒有答腔。他瞪著前面車子的車牌，用盡全身的力量抓緊方向盤，咬牙切齒。如果現在手上抓的不是方向盤，而是岸田明美細小的脖子，他大概也不會鬆手吧，而且那樣肯定會很爽的。

然而激動的憤怒來得快去得也快。最近常發生這種情形。自己也不知道為了什麼而發怒，瞬間動怒後又瞬間平息。

而且「最近常發生的情況」還不只這個。接到明美來電的一半時，他就忘記買花的事，也忘記如果沒跟和明敲詐他就沒錢花的現況，居然高高興興去接人。這種健忘的情形比起容易生氣還常發生。

這是因為栗橋浩美逐漸沉溺在岸田明美為他打造的幻影中，逐漸染成幻想的色彩。他自己也覺得自己是一色證券出色的業務員，是社會上的有用之士，是「精英分子」。這是一種自我中毒，就跟大多數藥物中毒的人一樣，栗橋浩美並沒有意識到自己已經陷入這種情況。

「有件事想拜託妳一下。」栗橋浩美開口。

「什麼事？」

「我突然間想到，今天是我小時候的朋友家新店開張。」

「也是開藥店嗎？」

「不是，是蕎麥麵店。」

「哇，好可愛喲。」

栗橋浩美搞不清楚蕎麥麵店有什麼可愛不可愛的，看見明美笑了，他也跟著陪笑。

「我的朋友將來會繼承那家店。他可是高中沒念就到蕎麥麵店學手藝，現在跟他爸爸兩個一起做。」

「不錯嘛。」

在明美的價值觀裡，蕎麥麵店根本毫無意義可言，但她還是說得很好聽。就像是童話故事中的公主讚美勤奮工作的麵包師傅一樣。

「我想去送新店開張的賀禮，可以嗎？可是得先回到我家附近才行。妳肚子餓了嗎？」

「也沒那麼餓啦。可以呀，午飯不吃就陪你吧。不過晚餐可要你好好補償我，這樣你就沒話說了吧！」

「謝謝！」

自以為是美食家，問她「肚子餓了嗎」，絕對不會回答「餓了」，這就是明美。應該說年輕女孩都是這個樣子吧！

「送什麼好呢？還是送花吧。」車子繞回練馬的方向，栗橋浩美問明美。

「對呀，送花最好。要豪華一點的。」

「蝴蝶蘭的盆花怎麼樣？」

「嗯，很棒呀。」

「可是送太貴的，那傢伙會不好意思的。這樣反而不好。」

「是嗎？」

「就送一萬塊左右的吧，妳看呢？」

明美笑笑地聳肩說：「不要在都心買，在浩美家附近的花店，大概可以買到豪華的蝴蝶蘭吧？千萬不要在青山買。」

「我知道。」栗橋浩美笑說：「我也是覺得那樣就夠了。」

「店名叫什麼？」

「長壽庵。」

「長壽庵！」明美笑得很誇張：「古典得很可愛嘛。好吧，就送一萬塊的吧。送五千塊的也可以。上面寫著『賀長壽庵』，然後綁上緞帶，花店的人會這樣做吧？我一直都想做做看這種事呢。」

好不容易抑制住再度發作的怒氣，雙手用力抓著方向盤。為什麼怒氣又再度發作呢？栗橋浩美自己也不知道。那是因為岸田明美嘲笑「長壽庵」，就等於是嘲笑栗橋浩美的出身一樣，所以他會生氣，但他不知道。

可是生氣還是生氣，即便是幻想中毒，還是知道有人指著自己嘲笑。但是在栗橋浩美模糊的思考鏡子中卻反映不出來怒氣的對象，反映不出來誰在嘲笑他。

還是跟以前一樣，很順利地跟和明要到了錢。這傢伙最近似乎為了方便栗橋浩美前來要錢，在店裡工作的時候也錢包不離身。要不然栗橋浩美就會命令他打開收銀機，所以他才會先做好準備的吧。不管怎麼樣冤大頭就是冤大頭！

剛剛趁著明美在店裡選花的時候，先打電話給和明是對的。今天進帳八萬元。聽和明說他今天領薪水。

「你還是跟女朋友在一起嗎？」和明不該多嘴。

「少囉唆，跟你沒關係！」

「你還是不要常騙人的好！」

栗橋浩美生氣地看著高井和明的臉，那張又圓又大的笨臉。和明從小就是胖子，長大以後更是油光滿面的胖子。他本人說自己胖得不難看，而且是結實的胖。胖子就是胖子，還分什麼種類嗎！

「我可不是隨便就能讓你批評的人！」

高井和明眨動他的小眼睛說：「我是擔心你。」

「誰要你擔心我！」

「騙女孩子是不好的。你應該好好找個事做，浩美。」

親切的語氣、和明說話同時伸出來拍他右肩膀的寬厚的手、忠告的口吻都讓浩美生氣，但最令他生氣的是「浩美」這句話。這個死胖子有什麼權力叫他「浩美」？

一如火山即將爆發，怒氣衝到了頭頂。栗橋浩美搖動肩膀甩開了和明的手，正準備揍他時，感覺到旁邊有人。

和明連忙回頭看，是妹妹由美子站在那裡。栗橋浩美則站直了身體。

他的怒氣立刻蒸發不見，臉上浮起了笑容。才要開口對由美子說話時，從長壽庵的廚房裡傳出「還不去外送嗎」的叫聲。因為太大聲，讓浩美嚇了一跳，也因此可以掩飾剛剛危險的瞬間。栗橋浩美客氣地打聲招呼，拍拍和明的肩膀便離去了。

可是就在上車時，由美子追了上來。因為感覺到背後有股刺人的視線，回頭一看，是由美子眼露兇光地瞪著他，卻又一副準備外送的樣子，顯得很不協調地站在那裡。

「喂！由美子，很認真工作嘛。」

栗橋笑臉相向，由美子卻沒有反應。一瞬間栗橋看見她的眼光左右游離，心想她是看到了什麼嗎？原來是在比對栗橋的車和坐在車上的岸田明美。這時栗橋才注意到車身的顏色和岸田明美的迷你裙是同一顏色，像血一樣的鮮紅。女人就是會注意到這種奇怪的地方。

高井由美子一副吵架的氣勢，嘴裡說些奇怪的內容。說什麼不要接近她哥哥啦、我全部都知道什麼的。栗橋浩美按照自己的想法加以解釋。由美子曾經寫過情書給我，很久以前，小時候吧，當時的我還不是什麼人物以前。由美子一聽立刻反擊，結果岸田明美一看情勢不對也跟著槓上了，認為由美子是歇斯底里的笨蛋！

於是栗橋浩美開車離去將由美子留在那裡。後照鏡中捧著托盤準備外送的由美子身影越來越小，終於消失在轉角裡。一如亮著鬼火的靈魂。

「剛剛的女孩……」岸田明美說：「有病哪！」

「明美說的沒錯，簡直是歇斯底里嘛。我是那個由美子的初戀情人，可是我沒理她。」

岸田明美反而一副認真的表情看著前面。

「我再也不要到那家長壽庵了。」

「是呀，今天讓妳看到不愉快的一面了。」

「浩美以前的朋友，我不喜歡。」

「我知道。」

岸田明美沉默了一陣子後，又看著前方低聲說：「以後浩美要跟我介紹朋友，只能介紹大學和公司的朋友喔！」

栗橋浩美又開始用力抓緊方向盤。

去過長壽庵後，岸田明美始終一副臭臉，所以在青山餐廳吃的晚餐很不盡興，栗橋浩美氣得很想丟下她自己先回去。

用餐的時候，浩美想討明美的歡心，於是問她為什麼不高興。結果明美抱怨說：「最討厭那種又髒又破的蕎麥麵店。」長壽庵是新店開張，絕對不會是又破又髒；但是在明美一流名牌的價值觀裡，不管商店街的蕎麥麵店裝潢多麼新穎，她都覺得是「窮酸破爛」的。

栗橋浩美經由岸田明美的表現，似乎也看見了自己內在的雙重人格。明美蔑視為「窮酸破爛」的長壽庵，象徵著他的生長環境，當被她瞧不起時，自己就會激烈地憤怒。但同時還有一個自己跟明美一樣感受，可以理解她的輕蔑與厭惡感。就好像明美一方面誇耀自己家裡的有錢，又以自己在東京不過是個鄉下人家為恥，為了克服這種羞恥才追求栗橋浩美——正確說來，是她對栗橋浩美所存有的幻想。兩人的性格分裂是一樣的。

我們十分相似。

不同的是相對於明美用的錢，不是她自己賺來的，而是來自父母所賜；支持栗橋浩美虛榮的後盾，則是他和岸田明美所共同輕蔑的長壽庵高井和明搜括而來。

淋上醬汁的萵苣、小黃瓜像模型一樣地閃閃發光。栗橋浩美一邊用叉子戳蔬菜沙拉，同時閉上眼睛想。我在這裡做什麼？這女人對我而言，算什麼呢？

——和平！

如果是和平，這時他會怎麼做？

如果是和平，應該不會讓自己陷入這種情況吧？和平應該會跟更聰明的女人交往吧？

和平才不會偽裝自己，讓自己的人格分裂吧？

「浩美……」岸田明美慵懶地轉動著咖啡杯，問說：「浩美相信鬼嗎？」

栗橋浩美眨眨眼睛。在他精神恍惚之際咖啡已經送上來了，他的面前也放著一只漂亮的咖啡杯。記不得吃過什麼了，還有這女人幹嘛突然說起這個呢？

「人家是問你相信有鬼嗎？相不相信那種靈異照片呢？」明美再一次詢問。身體有些前傾，香水味飄了過來。

「突然之間在說些什麼嘛。」栗橋浩美說。

和岸田明美說話時，常會有這種天馬行空的話題。其實這都是因為栗橋浩美習慣掉入自己的思想裡，而抓不到岸田明美說話的方向而已。

「上個禮拜跟朋友到紀州南部的飯店去。就是和代呀，高瀨和代，你記得嗎？之前一起吃過飯呀。」

栗橋浩美根本不想記住明美朋友的長相和名字，所以不知道她在說誰。不過還是曖昧地點點頭。

「她在那家休閒飯店有過可怕的經驗。遇到鬼了，還有聽見怪聲音，看見滿屋子的東西亂飛，她還被鬼壓身呢。她很得意地跟我說她快嚇死了！」

「既然那麼可怕，為什麼還會很得意呢？」

「那是因為這表示她的感應力很強呀！」明美說的煞有介事。在她心中，「感應力很強」等於很高級的意思。

「和代說的話有一半以上都是騙人的！」明美兩手靠在桌上，晃動她那鮮紅的十指蔻丹說：「可是看她說得那麼高興，感覺上好像又有什麼東西耶。」

「有什麼？妳在說什麼？」

「所以……」明美抬起眼睛看著栗橋浩美說：「所以人家才問你相不相信有鬼呢？想不想親眼看看！」

栗橋浩美伸手舉起咖啡杯，冷淡地說：「不想。」

「為什麼？」

「那種東西根本就不存在。」

「為什麼？」

「如果真的有鬼，東京豈不到處都是鬼了。妳不覺得嗎？就像這家店前面的馬路，出現一兩個因為車禍死掉的鬼也不奇怪吧。就在三個月前有過一起死亡車禍，我就有看到路邊有人供花和上香。」

明美不滿地咋舌說：「人家說的不是這個。車禍死掉太平凡了，比方說是殺人事件呀、全家自殺或因為男女關係糾紛而被殺的女人。那種人的鬼魂出現在可能出現的地方才叫刺激呢！」

栗橋浩美直視著岸田明美的臉問：「今晚我們是要住在哪裡嗎？」

明美噗嗤一笑說：「沒有嗎？就這樣吃完飯便回家了嗎？」

「我不是那個意思。妳心裡在想要去那家鬧鬼的休閒飯店，不是嗎？」

岸田明美拄著臉頰靠在桌上，故意笑出聲音來。

「答對了！浩美真是聰明。」

「別蠢了！」

「為什麼？有什麼關係嘛。人家可是仔細調查過了。」

她開始翻自己的皮包。

「有很多情報耶，還說那裡是東京的最佳靈異場所！」

她拿出一些大概是雜誌類的剪報。栗橋浩美冷冷地說：「那些靈異場所，不都是妳認為又破又髒的地方嗎？不是破產的舊工廠、就是有人自殺過的簡易旅館，妳真的想去那種地方嗎？」

「當然我是不會去那種地方的。」明美得意地遞出那些剪報，看起來好像是什麼週刊的黑白照片。

「你看！這就是有名的鬼屋。本來是要蓋成綜合醫院和高級住宅的地方，因為泡沫經濟沒有了，整個計畫也停了，只剩下骨架等呈廢墟狀態被棄置在那裡。」

栗橋浩美伸手接過那些剪報，果然照片裡都是冰冷的鋼筋骨架廢墟。

地點是在群馬縣赤井市東北部的赤井山中。照片的說明文字不多，一如岸田明美說過的。這個人工廢墟不知在什麼時候居然成為年輕人號稱是「鬼屋」的約會景點，而且還產生了許多令人害怕的傳說，謠傳這裡有各式各樣的鬼魂出現。雜誌的報導還收集了幾個親眼目睹的實例。

另外一張照片的拍照時間應該是深夜，暗夜的背景下白色建築廢墟聳立，一對情侶肩靠著肩在廢墟底下拍照。明明是令人毛骨悚然的地方，情侶卻是高興得不得了的神情，一點也不覺得害怕。

「聽說這裡是最近首都圈很有名的約會地點。」明美用著不屬於她的語彙「首都圈」三個字強調：「我是沒有注意到，但是電視台也做過報導。說有女性通靈者到那裡，立刻感受到強烈的靈氣讓她幾乎站不住腳。然後就像自動書寫一樣，寫出男人的名字，嘴裡則不停道歉說：『對不起、對不起……』事後調查發現，這個失敗的開發計畫，有一個管理階層留下遺書表示：計畫失敗造成虧損都是他的責任。他就上吊死在這個鬼屋裡！」

栗橋浩美默默地看著照片，仔細看著臉靠在一起拍照的情侶的臉。

根本就是一群笨蛋，一點知識都沒有。這種人為什麼要活著？為什麼大家可以平心靜氣地讓這種人活著？

大家——大家指的又是誰呢？

我就不能忍受。

岸田明美熱心地勸說：「其他還有呢。有一個女的在鬼屋被男朋友說要分手，哭著跑到馬路上被車給壓死了。她根本就沒想到男朋友會跟她分手，結果她的鬼魂就經常出現。有趣的是，她不知道自己已經死了，還以為男朋友會來找她，所以查看著每一個到鬼屋裡的男人的臉。就算是情侶來，她也只看男人的臉。就像這樣從後面拍拍肩膀，要對方回頭。」

栗橋浩美抬起眼睛，看見岸田明美嘴巴閉著裝成女鬼的動作。

「妳去這種地方要幹什麼？」

岸田明美盯著他看，然後慢慢地眨眨眼睛。

「妳不覺得很無聊嗎？不覺得這些都是騙人的嗎？像這種失敗的開發計畫，日本到處都有，現在都成了不良債權。這些是拖垮日本經濟的嚴重問題。因為聽說有鬼，妳就鬧著想去看，這麼大的人了，丟不丟臉呢？」

岸田明美張大眼睛看著他，感覺上臉色好像發青。

「我看錯了妳！」栗橋浩美繼續說，臉上裝出怒氣。

一開始他是真的很生氣。在他大聲罵說「妳去這種地方要幹什麼」的時候，真的是在生氣。所以言語也稍微激烈了些。可是當他以這種態度面對明美，看見明美的反應時，他的怒氣立刻轉換成一種有趣的心情，他覺得愉快。因為他知道要掌握岸田明美——讓她更屈服、更被浩美吸引、更為浩美所控制，這是一個絕佳的機會。

「我真是看錯妳了！」栗橋浩美重複強調這句話。周圍餐桌的客人們開始注意起這邊，這些都在他的料想之中。

「我沒想到妳是這麼不具知性、也沒愛心的女性。居然說管理階層變成鬼出現是一件好玩的事。一聽也知道那是種騙人的說法，可是如果說那是真的，我一點也不覺得有趣。反而會認為因為開發計畫失敗而自殺的男人缺乏職業的抗壓性，但至少他死了還掛念自己的失職。就算是陌生人，也該替他覺得可憐。結果妳是怎麼樣？」

岸田明美的嘴唇顫抖，眼角沁出了淚水。旁邊桌的客人好奇地看著她的側臉。

「什麼看見鬼就表示感應力很強？這算什麼說法？可以拿來驕傲的嗎？被鬼壓身、看見滿屋子家具亂飛，這些事情很重要嗎？這些能成為一個人感情豐富、充滿愛心的證據嗎？開什麼玩笑，我看妳是頭腦有問題。」

岸田明美的眼睛開始掉淚。

「如果妳那個叫和代的朋友為這種事而自傲，妳就應該跟她說清楚，問她這種事有什麼價值？尊重生命的價值、明白人生存的意義，這些才是重要的。結果妳只為了跟朋友比賽誰比較值得驕傲，就想去更有名的靈異場所嗎？我最討厭這種人，這種人根本就是不入流！」

栗橋浩美憤然地說完話，從鼻子重重地呼出一口氣，這也是故意演出的效果。然後無聲地舉起咖啡杯，一口氣喝光。

岸田明美的淚眼婆娑，睫毛膏化成了黑色的淚水。旁邊桌的客人終於抑制不了好奇心，探著頭盯著她直看。

「我……我……」她斷斷續續地抽噎說：「連我爸爸都沒罵過我！」

栗橋浩美本來想問：「妳所謂的爸爸是真的爸爸，還是其他男人？」但還是沒有說出口。因為問這種事，會有模糊焦點的危險。栗橋浩美並不想破壞他對岸田明美人性生氣的模式，所以不能提及她的男性關係。

「那真是對不起！」栗橋浩美嚴肅地回答：「我只是基於我的信念告訴妳，我不能認同妳的想法。很抱歉對妳大聲吼叫。」

「沒關係……對不起，是我的不對。」岸田明美低頭抽泣著：「真的很對不起。浩美說的都很正確，對不起。你討厭我了嗎？你已經不喜歡我了嗎？」

她手掩著面啜泣，栗橋浩美將咖啡杯放回托盤上，低著頭掩飾自己的笑意。

「我們為什麼為這種事而吵，真是無聊。」溫柔地對明美說。

「我們沒有吵架，是我被浩美罵了。我們不是吵架。」岸田明美徹底表現出順從，睜大的眼光中充滿了拚命的哀求。

栗橋浩美感覺很滿足。

「好了，沒事了。不要再哭了。」說完，再度將視線落在剪報上說：「要不我們去這裡看看？」從料想不到的方向進攻──這也是操控岸田明美這種女孩必要的技巧。

明美吃驚地抬起了頭，嘴巴還半張開著。

「可是你……人家不要，為什麼？浩美你還在生氣嗎？我已經不想去那種地方了，你不要再說要帶我去了！」

栗橋浩美笑了，他說：「我不是那個意思，我是說我們可以去看泡沫經濟留下的痕跡。我希望妳也能了解這種事，因為一個錯誤就可能成為一座廢墟。社會就是這麼的嚴厲，我也生存在其中。」

劇本隨他高興怎麼寫，一開始很生氣，但結果卻能達到所求（以不同的藉口）。對於被寵壞了的嬌嬌女岸田明美，這一招很有效。

果然她也開懷地大笑說：「謝謝你，浩美！」

以前沒有去過群馬縣赤井市，甚至連地名都沒聽過。利用地圖查了一下地點位置和路線，發現山對面有小山遊樂園，多少才有了一點距離感。

由於在青山的餐廳待了太久，現在要去群馬縣，一天往返是不太可能。因此在雜誌上找到當地飯店的資料，先做了電話預約。時間太急的關係，只能選擇公路邊上的飯店，交通比較方便，自然就很難滿足岸田明美的高級需求，不過現在的她大概不敢說什麼吧。栗橋浩美以意外的形式對她說教，藉由攻擊她的弱點，倒也在金錢方面節省不少。

用行動電話進行這些安排時，岸田明美在一旁小聲地擔心問：「明天上班沒問題嗎？」

栗橋浩美這才想起他「忙碌的上班族」立場。今天是平常日，之所以能從中午就跟明美約會，是因為他將今天設定為上個禮拜六加班的「補休」。

沒有固定工作、不用上班、整天遊手好閒的他，這種時候最容易露出馬腳。他嚇出一身冷汗。

「沒辦法囉。明天我會打電話到公司說：『先到客戶那裡，中午以後才回去。』」他對著明美笑著說謊。

「真的可以嗎？」

「我想騙得過去吧！」

「我沒關係的啦，今晚不需要勉強去群馬……」

一股突如其來的怒氣讓栗橋浩美的臉發熱。

事到如今還說這些幹什麼？一開始不就是妳提出來的無聊建議嗎？配合妳還不知道感激，說這些話算什麼嘛？

正好這個時候，栗橋浩美將車停在路旁，坐在駕駛座上查看關東地區的道路地圖。他用力抓著地圖，揉皺了地圖。好不容易將怒氣集中在指尖，發出聲音說：「不然，我們不去嗎？」

岸田明美坐在他身邊，但內心卻想要逃離他似地將身子向窗邊縮。眼睛看著底下，且視線前方看著栗橋浩美緊抓地圖而顫抖的手指。

栗橋浩美再說一次，這一次的語氣更加強烈：「我們是不是不要去了呢？」

岸田明美不敢動，只是抬起頭，微笑地看著他的眼睛，連話也不敢回答。就跟過去一樣，每次只要浩美生氣或鬧脾氣，我只要對他微微一笑，什麼問題就能解決了，可是……

第三次，栗橋浩美的語氣明顯地充滿了怒氣：「我說明美，我是不是現在就送妳回家呢？」

地圖因為栗橋浩美手指的力量而捲曲。甚至不管是比紙張還硬的原子筆或鉛筆，或是我的手指……

他手指的力量似乎都可以折斷這些東西。

岸田明美第一次覺得栗橋浩美可怕。不，應該說是第一次對「男人」感到害怕。

對她來說，「男人」通常是容易駕馭的、溫柔的、手到擒來的、有趣的、可以利用的東西。而且也是「女人」不可或缺的。所以不在「男人」身邊的「女人」，她覺得毫無意義。將好用的「男人」留在身邊，才是「女人」人生的目的。

所以「男人」不應該可怕才對。可是現在栗橋浩美卻將可怕、恐怖的一面呈現在她眼前。

如果岸田明美以前也經驗過許多可怕的「男人」，知道「男人」的可怕是什麼，她就應該知道現在坐在她旁邊的「男人」栗橋浩美，所散發的可怕跟過去的男人性質大不相同。「男人」的可怕，不過是男人本質中的一小部分，跟她所熱愛的男人的溫柔、可靠、寵愛女人等特質是一體兩面。

但是栗橋浩美對岸田明美表現的恐怖氣氛，卻有著基本上的不同。並不是因為他是「男人」才可怕，而是因為明美傷了「男人」的興致，浩美才給她臉色看。

有經驗的女人，大概有所感覺，會說「好吧，今晚我想回家洗澡睡覺了。」然後回家躺在浴缸裡，再一次冷靜思考是不是該跟栗橋浩美這男人交往下去？那男人太危險了，根本是個脾氣暴躁的人。雖然很有魅力，但也有些奇怪。這是我的本能——不是「女性本能」，而是身為一個人的本能告訴我的。

應該說是生存本能吧。

可是岸田明美過去沒有經驗過「男人」的可怕，所以無法分辨真相，以為栗橋浩美給她的害怕當然就是「男人」的可怕。她在聽取自己的生存本能提出警告前，已經先害怕屈服，心中只想到該如何討對方歡心，讓僵掉的局面圓滿收場。

「不要，人家不想回家。」她說：「既然飯店都已經安排好了，人家要跟浩美在一起。我們出發吧！」

她的語尾有些顫抖。栗橋浩美將視線從地圖移向她的臉，不是直接看她，而是透過照後鏡看著她的臉。

發現自己被看，岸田明美抬起了頭。兩人的視線相交。

先笑的是栗橋浩美，配合他的笑容，岸田明美也跟著笑。

這時剛好有一個女人經過車前。女人心想：好一台拉風的車子、好一對亮麗的情侶。視線自然被兩人的長相所吸引。結果她看見岸田明美的笑容時，心想：這女人怎麼一副哭喪的臉！常常會有這種人，明明在笑，看起來卻像是在哭。那個女孩長得很漂亮，可也是那種笑臉。

女人從此以後就再也沒有想起那對情侶的事。

岸田明美完全沒有意識到她帶給外人這樣的感覺，依然裝出了笑臉。栗橋浩美移開目光，在引擎發動之前，始終微笑著。在他表示「好了，妳可以不要笑了」之前，岸田明美必須像忠實的狗一樣笑著。

路上很空。出發經過兩個小時，兩人的車來到進入赤井山的綠色大道口。

開車的路上，栗橋浩美十分健談，而且不斷質問岸田明美。反覆提到在青山餐廳的對話，尤其是關於明美的朋友和代所經驗的靈異現象，鉅細靡遺地要明美說清楚。他都是用語尾上揚的疑問句逼問明美。

「妳憑什麼那麼相信和代說的話？」

「她說聽見沒有人的走廊裡傳來女人聲音？可是真的是沒有人嗎？她是怎麼確認的？」

「怎麼調查知道說那裡有過女人自殺呢？調查的資料可信度高嗎？」

「相信靈異現象跟相信靈魂存在，對妳而言都是一樣嗎？還是不同呢，妳說呀？」

「剛剛妳就很輕易地表示相信有鬼，鬼魂跟靈魂有什麼不同？」

岸田明美覺得很累，好幾次差點回嘴說「你可不可以閉嘴？可不可以不要再逼問我了？」本來像她這種好強的人，是無法忍受這種單向的攻擊的。

可是她卻吞下所有的苦衷，全力配合浩美。不希望獲得剛剛他的兇臉對待，那不是普通的生氣方式。浩美對我剛剛在青山提到的話題十分不高興，他生氣是應該的。可是我再也不要被那種兇臉對待了，我實在是快要害怕死了。

談膩了靈異現象的話題，栗橋浩美開始提到泡沫經濟的後遺症。大部分的內容，岸田明美都無法理解。頭腦裡面一閃：這些話聽起來好像是寫在報紙經濟版面上的文章呀！

高中時在爸爸的要求下，明美曾幫忙做報章雜誌的剪報工作，算是在家裡打工。因為讓公司裡的職員做常出錯，爸爸才直接交辦給她，相對地報酬也高得出奇。因此岸田明美以為工作就是這麼一回事。

剪報的內容主要是經濟雜誌、不動產相關的新聞。不只是內容，連標題的意義她都不是很懂，而現在栗橋浩美滔滔不絕地說出當時看過的許多專業名詞，又像是電視主播們表情嚴肅所播報出來的新聞標題一樣。

如果岸田明美更具有一點現實感的話，這時候聽栗橋浩美的演說，多少就能推論出他的真實內在。認為他這個男人有些虛張聲勢，其實不過只是將報章雜誌和電視上得到的資訊拿來亂掰一通。

可是岸田明美不行。她心中那副評量現在社會的天秤，根本測不出栗橋浩美內在的空虛，也看不出他除了外表拉風外其實本質很輕浮。

他們的車子在綠色大道入口先繞到了加油站。趁著栗橋浩美和加油站的人交易之際，岸田明美去了一下洗手間。廁所打掃得很清潔，只是不曉得是不是油氣，洗手台的鏡子有些模糊。所以映照出自己的臉彷彿處在煙霧中的朦朧。

一個人上廁所時，岸田明美突然感覺很累。看著鏡中朦朧的臉孔，一心只想回家。而且不是回東京一個人租的房間，是回川越老家。突然間思鄉情切，很想看看爸爸媽媽的臉。

這也是本能釋放的警告。想念爸爸媽媽，代表她的內心像小孩子般脆弱。她是弱者，而且正處於危險之中，本能以這種方式通知她。栗橋浩美很危險，不能跟他，尤其是跟「現在的他」繼續在一起。

岸田明美想：還是回家吧！

這裡是加油站，應該可以打電話叫計程車吧。這樣就不用擔心怎麼回去，可以大膽地跟浩美吵架了。旁邊還有加油站的人，如果他一氣之下要揍人，他們應該會上前阻止吧，我也可以逃跑呀。

岸田明美真的覺得受夠了。為什麼要忍受浩美對她這樣的威脅、苛責和虐待呢？我真是看錯了，他竟然是這種男人。怎麼會那麼囉唆，說話那麼無聊呢？

雖然很害怕，但是在這裡的話，就可以跟他說清楚，也能逃得掉。我已經不想跟你交往了！

因為還有很多男人願意對我更溫柔、願意拿我當公主一樣伺候、尊重我。

明美對著模糊的鏡子做出笑臉。趕快恢復自信吧，明美。

走出洗手間前往車子的方向。栗橋浩美靠在車子上，正在跟加油站的人說話，是個年輕女孩，身上穿著藍外套、迷你裙和長馬靴，看起來很可愛。明美立刻給她打分數——不錯，她的腿比我漂亮，不知道長得怎麼樣？

栗橋浩美一副很輕鬆的樣子，雙手插在口袋裡，笑著跟女孩聊天。女孩也熱情地運用肢體語言笑著跟他交談。

「真要是這樣的話，那一晚我會高興得睡不著覺！」女孩說。

「說的也是，我想我一定也會很興奮吧。」

看起來兩人聊得意氣相投。明美站在栗橋浩美的身邊，他看都不看明美一眼。女孩也無視於她的存在。

「你們在聊些什麼？」明美問。

栗橋浩美一副「妳怎麼也在這裡」的表情，斜眼看著她。

「我們在談葛雷．馬丁。」

浩美回答的方式，讓明美不屑於反問「誰呀」？可是她的臉上還是顯露了困惑的表情，於是女孩接著回答說：「他是現代普普藝術的泰斗，紐約的畫家。」

「是嘛。」明美硬是擠出微笑。

「聽說今年一月新開幕的赤井山美術館買了他的作品。」

「結果他本人來日本的時候，還專程到美術館拜訪呢。」

女孩用力擊掌之後，做出向上飛的姿勢。

「真是太感動了。我在他的歡迎會上等了好久，終於跟他握到手了。」

栗橋浩美就像看著可愛的東西看著女孩的臉。女孩也一臉興奮地看著栗橋浩美。

「為什麼會聊到這個呢？」

「因為那張海報呀。」栗橋浩美用下巴指著貼在加油機旁邊柱子上的海報。上面的標題寫著「現代普普藝術展葛雷．馬丁的世界」。在明美的眼裡只能看見海報中央的圖畫是一片塗成一團的色塊，似乎那幅畫就是出自於那個叫葛雷．馬丁的畫家之手。

「看見那張海報能表現出興趣的男人，這附近實在很少。」

「是嗎？我是葛雷．馬丁的迷。下次我應該利用美術館開的時候來。」

親切的笑臉好像在說：「如果我來，能夠約妳嗎？」女孩也一副當然願意的神情。

岸田明美感覺怒火中燒。但是怒氣不是針對栗橋浩美，而是因為這個鄉下女孩居然這麼不要臉地敢搶別的女人的男人。

「我們趕快走吧，好冷呀。」

她挽著栗橋浩美的手臂，想將他拖離女孩身邊。一心只想到對抗女孩，居然忘記了想家和對栗橋浩美的不滿。

最後的退路也沒有了。這一瞬間決定了岸田明美的命運。接下來只有等待定時炸彈的爆發了。

5

聽見了女人的尖叫聲。

蘆原君惠驚醒了。除了聽見長年使用的床鋪發出抗議的聲響外，還能聽見的就是自己的心臟跳動。

此外還有鬧鐘的滴答聲。明天早上有練習，她將鬧鈴調到六點鐘。因為遲到的話，肯定要吃三年級同學的衛生眼，所以千萬千萬要在六點鐘起床，而且千萬千萬不能睡眼模糊地把鬧鐘按掉，她故意將鬧鐘放在離床比較遠的位置。現在閃著螢光色的指針，顯示時間是凌晨十二點五分。

我大概是做夢了吧！

君惠發抖地喘了一口氣，兩隻手拍了一下自己的臉頰。好冷呀！縮在被子和毛毯裡面的膝蓋也在顫抖。三月一日，不對，已經過了五分鐘，所以是三月二日；多山的北關東地區還不是春天。一整個冬天肆虐的北風總算停歇了，但氣溫還是很低，早晨偶爾還可以見到飄雪。

然而這手腳的冰冷，不是因為氣溫的關係，而是因為剛剛做的惡夢。

坐在床上，房間沒有開燈。君惠豎起耳朵傾聽家裡的動靜。

一片寂靜。爸爸和媽媽都已經睡著了。君惠有些失望地聳肩，感覺我們家怎麼這樣子呢？我的同學離家出走行蹤不明，可是爸爸媽媽卻還是睡得那麼安穩。真是令人受不了！

君惠像個孩子一樣地嘟起嘴表示不滿。

嘉浦舞衣的媽媽打電話來是昨晚八點過後：「因為舞衣還沒有回家，我擔心地到處問，不知道是不是有到府上打擾呢？」

「舞衣沒有來蘆原家。」接電話的君惠媽媽回答後，舞衣的媽媽接著問說君惠知不知道舞衣可能去的地方。君惠媽媽手持著話筒，不太耐煩地問了君惠。

君惠那時正在客廳看電視劇。舞衣的媽媽打電話來，讓她覺得「很震驚」。她對一手按著話筒的媽媽小聲表示：「我和嘉浦不是不好，但也沒有那麼熟。所以嘉浦會去哪裡？我不知道。」

君惠媽媽對舞衣的媽媽說完「我女兒不知道」，立刻就掛上了電話。

「要是讓我說的話，」媽媽不高興地批評：「養個女兒已經國中生了，居然晚上八點還不回家到處晃，這個家的家教就有問題！」

可是嘉浦舞衣就是那種人，嘉浦家就是那種家庭，所以君惠才會覺得「很震驚」。那個舞衣的媽媽，因為舞衣超過八點還沒回家，擔心地到處打電話尋找。

君惠所知道的嘉浦舞衣，是國中三年級，而且是新學期剛升上三年級的十四歲少女，已經是夜遊的高手了。舞衣身材嬌小，體格看起來像是個小學生，但就近仔細觀察，不但染了頭髮還穿耳洞，身材該凸的地方凸、該翹的地方翹，臉蛋也有了大人樣，聲音還沙啞得頗具魅力，加上口齒不是很清晰，顯得很有女人味。

所以不管是在學校裡面還是外面，她都很受歡迎。因為受歡迎，再加上一點技巧，要找夜遊的對象、資金根本不成問題。根據君惠聽來的小道消息，舞衣經常越過赤井山到小山市遊玩，一個月裡也好幾次遠征到東京。當然她不是搭電車去的，而是讓高中生、大學生的男朋友騎車或開車載她去。因為過著這種生活，上學遲到是當然的，常常連假都懶得請。這就是少女嘉浦舞衣。

「妳家裡不會罵嗎？」君惠曾經問過她。

結果舞衣一邊瞇起眼睛修剪分叉的頭髮，一邊無所謂地回答說：「他們能罵什麼？父母自己還不都是高興做什麼就做什麼。」

君惠心想：是這樣子嗎？

可是家長不管，學校的老師也一樣嗎？但看在君惠的眼裡，學校對於舞衣的行為似乎也不當成問題處理。君惠解釋其原因，大概是因為舞衣的女人味吧。學校的男老師們都注意到舞衣的魅力，其中有些人應該也很有興趣，所以平常會嚴重告誡的遲到、缺席，因為是舞衣也就被原諒了吧。

不過這只是君惠的想法。學校方面當然還是為嘉浦舞衣的行為而頭痛，從一年級起就跟本人說過很多次，也做過家庭訪問加強輔導，但問題是家長們不在家，屢次請他們來學校也不理會，就算來了也是嘴巴上說好，結果行為完全沒有改善，經過幾次後，學校也只能放棄不管了。嘉浦家認為「現在是義務教育，適當應付的話，總能畢業的」，學校則感嘆「因為是義務教育所以必須接受這種學生，實在是有苦說不出」。雙方都站在自己的立場講話，自然會造成嘉浦舞衣現在的這種生活。

舞衣很少會在八點以前回家。明明知道這一點的舞衣媽媽，卻到處尋找女兒的行蹤，君惠覺得十分奇怪。

從原先的震驚到現在的奇怪，君惠感覺不太對勁。

「為什麼妳會跟她那麼熟呢？」媽媽突然想起來地問她，君惠慌忙地辯駁說：「剛剛不是說過了嗎？我跟她沒有很好呀。只是一年級的時候同班，第二學期換座位時坐在一起，所以會說說話，有時借她筆記看罷了。」

君惠就是在那個時候知道舞衣的生活狀況和玩樂情形。有時舞衣也會炫耀地自我宣傳說：「上個禮拜去了原宿，還住在飯店。對了，這是那時買的鑰匙鍊，送給妳吧！」

舞衣是個大方的女生，至少這是她的優點。對了，那時候收下的鑰匙鍊可要藏好，免得被媽媽發現了。

媽媽最愛問東問西了。

「可是她媽媽怎麼會知道妳的電話號碼呢？」

「那個只要查通訊簿就知道了呀！」

君惠沒有將自己的電話號碼告訴過舞衣，也不記得對方問過。何況舞衣本來就不怎麼喜歡結交女性朋友。說不定舞衣的媽媽真的是翻通訊簿一個一個聯絡同學的電話，這倒是可以理解的。只是這麼一來，是不是說嘉浦舞衣發生了什麼事？所以一向不關心的媽媽也開始緊張了。

舞衣究竟怎麼了？發生什麼事了？

現在是君惠每個禮拜最期待看的電視劇時間，可是感覺心情受到了影響，看到一半便離開電視而去。如果她年紀大一些，懂得語彙多一點，或許就能形容現在的心情——舞衣是否發生了什麼事呢？

或許她該用「心神不寧」來形容自己的心境。

嘉浦舞衣不是君惠的朋友，只是同學。但是舞衣的生活滿足了君惠部分的好奇心，所以君惠其實在某些方面是很羨慕舞衣的。

只是這種羨慕的前提是「某些方面」，因為她知道現在的都市女學生，如果像舞衣這樣子生活，一定會出問題的。如果長此以往，有一天一定會遇上危險——不對，不是女孩子「遇上」危險；而是女孩子「惹來」危險。

之後過了兩小時，電話又打來了。君惠已經準備好要睡覺了，聽見電話鈴響趕緊跑下樓梯。這時刻在大宮市內經營建築設計事務所的爸爸已經回家，所以由他接電話。

電話又是舞衣媽媽打來的，問說：「舞衣還沒有回家，君惠真的不知道她去哪裡嗎？」因為對方很慌亂的樣子，困惑的爸爸將話筒交給了媽媽。

媽媽冷靜地應對，從舞衣媽媽口中問出了很多事。原來舞衣不是一開始就沒回家，七點左右和媽媽吵架才生氣離家出走的。也就是說之前她人在家裡。

「嘉浦先生吵架的時候在家嗎？」

對於君惠媽媽的疑問，舞衣的媽媽回答：「我在跟舞衣吵架之前不久才回到家，一回家我們就吵架了。」沒有提到舞衣爸爸的事。既然沒說，君惠的媽媽就再問一次：「舞衣的爸爸怎麼了呢？他知道舞衣離家出走的事嗎？」

其實問這問題沒有什麼別的意思，君惠的媽媽只是想確認一下舞衣的爸爸知不知道這件事。而且如果她爸爸沒有很慌亂的話，就請他來說電話比較清楚。舞衣的媽媽因為激動而說話較快，電話中不太好溝通。

可是不知道舞衣的媽媽是如何解讀的，突然歇斯底里地大聲說：「妳為什麼老是問我先生的事？我先生怎麼樣了嗎？妳對我先生那麼有興趣嗎？」

蘆原君惠的媽媽說不出話來。因為太過震驚，一手抓著話筒僵立在那裡。站在旁邊的君惠爸爸一臉驚訝地看著她。這之間話筒裡還是傳來舞衣媽媽不絕的罵聲。

「妳敢對別人丈夫拋媚眼，我是饒不了妳的！聽見沒有？我早就看清楚妳心裡在想些什麼！」

君惠躲在客廳的門後面，看見爸媽彼此對望。從君惠這裡也聽得見話筒裡的聲音，雖然不太能聽取說話的內容，但可以知道對方正在生氣怒吼。

君惠的媽媽一臉蒼白，於是爸爸默默地從媽媽手上接過話筒，以面對客戶的尊重口吻說：「很抱歉，我們幫不上妳的忙，失禮了。」

然後掛上電話。

君惠的媽媽幽幽地低聲說：「她媽媽不知怎麼了，人家替她擔心離家出走的女兒，為什麼居然說我想勾引她的丈夫？」

「頭腦大概有問題吧！」爸爸安慰媽媽說。

突然間君惠想起來了。一年級的時候，就是她剛跟舞衣坐在一起的時候，她第一次聽見舞衣提到自己夜遊的事，很驚訝地跟舞衣說：「我要是做這種事，一定會被爸爸揍的！」

結果舞衣微微一笑說：「我家爹地才不會揍我，因為他是我的奴隸。」

「爹地很疼愛我，所以老太婆整天都很不爽！」

舞衣所謂的「老太婆」就是她媽媽。媽媽是「老太婆」，爸爸是「爹地」又是「奴隸」。而且她還說過，說的時候一邊的嘴角上揚，就像成熟女人一樣，一手放在脖子上：「我家爹地不是我真的爹地，所以很好用呢！」

很好用呢！

君惠走向父母，心情十分不安希望能獲得他們的安慰。

「嘉浦曾經說過我的爸爸不是真的爸爸。」君惠說：「我感覺好像很奇怪，當她說這句話的時候。」和媽媽的吵架、舞衣的離家出走，舞衣發生什麼事了？會不會出了什麼事呢？

之後又經過幾小時，就是現在，蘆原君惠躺在自己房間的床上。在惡夢中聽到女人的尖叫，大概是嘉浦舞衣的叫聲吧。可是蘆原家睡得正安靜，之後也沒有電話進來。

說不定現在舞衣已經頭腦冷靜，並回到家了。就算是沒回家，那樣的舞衣，其實也不用擔心的。今天舞衣的媽媽會那樣慌亂地到處打聽女兒行蹤，一定是因為吵架的關係。不過就是如此罷了，沒有必要覺得不安，應該實際一點。畢竟她只不過是不太熟的同學，不是嗎？又是別人家的事，不是嗎？

可是為什麼，為什麼會覺得這麼害怕呢？為什麼會在夢中聽見尖叫聲呢？

讓蘆原君惠感到怯弱的，是一種動物性的直覺。就像力量還很微弱的小雞、小狗所擁有的一種透視能力。可怕的敵人想要使壞，躲在可怕的黑暗裡。不管外觀怎麼樣、散發的氣息如何、家庭環境有什麼不同，嘉浦舞衣和君惠一樣都是小雞，所以君惠能夠預知同樣是小雞的同伴即將遇害。

而且這預感十分地準確，因為離家出走的嘉浦舞衣這時正在赤井山中。她在鬼屋裡，看著逐漸靠近的車前燈。心想：有救了！只要搭上那車子，就可以離開這裡。要是親切的男人開車，說不定還會給我一些錢。只要我稍微給他一點好處的話。

可是逐漸靠近鬼屋的車子裡面，坐的是栗橋浩美和岸田明美。

6

「早知道還是回家比較好！」當黑暗的前方逐漸出現鬼屋的朦朧廢墟，岸田明美心中這麼想：「實在是不該來的。今天不知道怎麼搞的，老是遇見倒楣的事！」

夜色陰暗，看不見月亮。穿越赤井山中的綠色大道是一條新鋪設的漂亮道路。可是它的嶄新處於開發計畫半途而廢的赤井山中，就像是久病衰弱的身體裡安裝上人造血管一樣不協調。車子行駛其間，有一種脫離現實的感受，同時也讓明美越來越不安。

從看見鬼屋起，栗橋浩美突然開始沉默不語。離開加油站之後，他還故意跟明美胡扯現代藝術的話題，極力鼓吹葛雷・馬丁的畫有多棒什麼的。可是現在一如機器人開著車子，一句話也不說。

「浩美……」岸田明美試著小聲說話：「這裡真的感覺好陰森喔，我不想下車了。我們開車過去就好了。」希望浩美能夠答應，趕快開過這麼陰森的地方，然後到了飯店肯跟我睡覺——明美如此想望，所以裝出最甜美的聲音請求，但是栗橋浩美連看她一眼都不看。

逐漸接近鬼屋了。雖然是車子向鬼屋靠近，但岸田明美卻覺得是鬼屋向他們靠近。興建到一半的鋼筋鐵架高約五層樓，不對，或許更高吧！慘白的顏色，好像人瘦弱的骨架，突顯在陰暗的森林、山脈和夜空中，對著明美張牙舞爪。

沒有月亮和星星的夜晚，也沒有其他的光線，為什麼這個建築廢墟卻能這樣清楚地浮現眼前呢？

明美心想：因為這就是鬼。因為它不屬於這個世界。這裡不應該被稱之為鬼屋，根本就是陰曹地府。

「浩美，我們走吧。人家想回家。」

岸田明美這樣叫時，車子偏離了綠色大道，開往鬼屋方向的斜坡。

栗橋浩美完全被吸引住了。

感覺並不是很好。很冷，而且從離開加油站後，左右兩邊的太陽穴便開始刺痛。那是經常困擾他的偏頭痛。不管它的話會越來越激烈，擴大成鐵圈箍住整個頭的劇痛，而且還會有噁心的感覺。他很清楚頭痛的模式，手邊也有藥效很強的止痛藥。

可是當看見鬼屋出現在眼前時，他不在乎頭痛了。心情興奮得絲毫不在意這種小事。

「我知道這地方！應該知道。大概知道。以前曾經看過好幾次，這地方的景色。」開車靠近鬼屋的途中，他心中一直想著：「坐在旁邊的明美不知在說什麼，現在哪有空理她。我知道這個地方，為什麼呢？是在哪裡見過的？」他自問自答地往鬼屋的方向前進。

停下車，雙腳踏在鬼屋的地面時，栗橋浩美感覺著身體的震動。

原本漠然的念頭變成了確定：我知道這個地方。一片傾頹的水泥建地上，淒涼地豎立著鋼筋骨架。遠遠望去，在夜空的背景下宛如人類的骨架透著慘白。等到走近一看，廢墟比周圍的夜色還要陰暗，幾近全黑。而這所有的顏色，我全都看過。

鬼屋的下面到處是來這裡湊熱鬧的人們留下的垃圾殘骸，就像是剛舉行過賞花會一樣髒亂。早春的冰冷夜風攪亂了垃圾山，一會兒將垃圾吹成一堆，一會兒又將其吹散。

滿是塵埃的晚風也襲擊了栗橋浩美的臉，吹得他眼睛刺痛。一眨眼，豆大的淚珠便流下臉頰。

「我在哭！」栗橋浩美吃驚地自問：「為什麼我會哭呢？」

想了一下，他有了答案。為什麼對這地方有印象？為什麼知道這場所？

這裡跟我夢中所見的地方很像！

就是那個夢。小女孩追著我，喊著要我還給她身體的惡夢。不管我如何試圖擺脫，她就是緊追在後。夢中的栗橋浩美跑得氣喘如牛、腳步凌亂、終於跌倒。然後小女孩追上來，用她小而充滿神祕力量的手扳開浩美的嘴巴，一邊用力頓足，想要將頭伸進浩美的嘴裡……

夢中的栗橋浩美總是在哭泣，邊跑邊逃的時候、回頭張望小女孩是否追上來的時候、跌倒在地被小女孩抓住的時候、被她的手扳開嘴巴，拚命掙扎的時候……

淚水。一如抬頭看著鬼屋流下的眼淚，在夢中不知流了多少回。

這是個鐵的廢墟，是我在夢中看見的場所。我知道這個廢墟，就是這裡。

「浩美！」岸田明美的聲音。她站在浩美背後不遠的地方。

栗橋浩美沒有回頭，閉上眼睛抬頭面對著鬼屋。

「好冷呀，我們回去吧。」

冷，的確是。耳朵都快凍僵了。

即便如此，栗橋浩美還是無法行動。他只是閉上眼睛，用力的吸氣、呼氣。這裡是夢中所見的鐵的墓場。沒想到居然有這麼相似的地方存在著。

這是糾纏著我的夢的場所。

已經知道夢中追著我不放的是嬰兒時期便夭折的姊姊。姊姊死後，自己才出生。我繼承了姊姊的名字。可是姊姊不這麼認為，她覺得我偷了她的名字，偷了她的人生，偷走她的「生命」！不，是栗橋浩美認為姊姊是這麼想的。是他的父母只顧著沉浸在過世姊姊的回憶中，而忽視了在眼前成長的弟弟。於是造成了栗橋浩美會有這樣的想法。

如果活著的話，你姊姊一定比你乖！

為什麼你姊姊會死掉？我明明將她養得好好的。

人家都說掛念死去孩子的歲數沒有用，可是我就是想數呀。因為你姊姊真的是個乖孩子呀！

媽媽每次對浩美的要求，總是用責罵的方式來拒絕。都會說：「我們家哪來的這些錢！」可是每次看見漂亮的小女孩衣服就會買回來，邊看邊嘆息。

栗橋浩美睜開了眼睛。看見鋼筋鐵架的頂端掛著一個類似破塑膠袋的東西，一如一個小而破敗的鬼魂一樣。

我一直以來就是姊姊的替代品——而且一生下來就被決定了，儘管不完全是，卻依然被當做替代品而養大。所以我對姊姊感到害怕，始終害怕她是否還在生氣。也因此經常夢到被姊姊追的惡夢。

而夢中的舞台，就是這個廢墟，就是這個蓋到一半被廢置的鋼鐵墓場。

栗橋浩美想了一下，逐漸明白。大概是自己小的時候曾經看過類似的建築工地吧。自己的存在被否定、被否定之下仍必須存在的童年時期看見了類似的悲傷場所吧！

於是幼小的心靈感覺：這地方和我一樣！

所以他明白：我被姊姊追趕的夢境場所，會是這樣的廢墟。這裡就是夢的原點。

但這裡是現實人生的場所。這裡沒有對我窮追不捨的小女孩。也不可能會有，因為不是夢境。我清醒地睜開雙眼，找到了惡夢的場所，是不是表示我將從夢魘中解放呢？今晚將是我解脫的夜晚嗎？

栗橋浩美微笑了，然後慢慢地移動視線。看著鬼屋鋼架裡面的廣場——如果大樓蓋好了，這裡大概是大廳吧，突然間有什麼東西晃動吸引住他的目光。

晃動的東西是人體形狀的影子。

是個女孩子。

栗橋浩美下車逐漸走近鬼屋後，岸田明美也從車裡走了出來。雙手抱著身體，在寒風中顫抖著找尋可以遮風避寒的地方。可是因為腳下看不清楚，地面顛簸又到處是垃圾，穿著美麗皮靴的她立刻就走不下去了，咋咋舌頭便轉頭折回車子的方向。

還是在車子裡面等吧！可是自作主張的話，會不會又被浩美罵說：「我可是為了妳才專程來這裡的！」浩美生起氣來一樣令人覺得害怕。

車子的置物箱裡有一隻手電筒。明美取出來後點亮，一小束燈光投射在地面上。雖然不是很亮，但總比沒有要好。

她拿著手電筒，回到了鬼屋底下。栗橋浩美始終在剛剛的位置上佇立著。因為背對著這裡，岸田明美不知道他在看什麼。雖然試著呼喚他的名字，但他沒有回頭也沒有應聲。

岸田明美覺得自己好想哭。嘴唇顫抖著，靠著手電筒的微光，繞過栗橋浩美背後，前往鬼屋的左下方。因為那裡有一堆樹叢，好像可以遮遮風。她想假裝觀察周遭的地形，一邊等待栗橋浩美看夠了為止。

刮起一陣夜風，一張紙片猛然貼上她穿著絲襪的小腿上。明美趕緊拿開紙片，那是一張白底紅字的小酒館廣告單。想到來這裡參觀的人們都是這種水準，明美的心情又向下掉了一層。

栗橋浩美依然站著不動。岸田明美在黑暗中、寒風裡擔心受怕，緊緊抓住唯一的依靠——手電筒。為了尋找稍微能遮風避寒的場所而接近樹叢，在樹叢後面的地面發現了一個大洞。

那是一個直徑約兩公尺的大洞。明美走近拿手電筒燈光一照，看見裡面堆積有空瓶、空罐、塑膠袋等垃圾，似乎是一個垃圾場。

要是失足跌落到這種地方就糟了。明美正準備改變方向離開那裡時，突然有人從背後拍了她肩膀一下。

因為過於驚嚇，她無法出聲，連大氣都不敢喘一下。好不容易吸了一口氣，但身體的肌肉依然僵硬，連眼睛都難以張開。

「討厭！不要那麼害怕嘛。」

是女孩子的聲音，就在附近。明美確實感覺到有人在那裡，黑影的個頭比她還要嬌小。

明美立刻舉起手電筒，朝向黑影照射。影子舉起手遮住了亮光。

「拜託，不要這樣嘛！我又不是鬼。」

對方搖著手。仔細一看，的確不是鬼也不是黑影，是一個國中生年紀的女孩。短褲上面搭配毛衣，一雙長筒襪，腳下是厚底的長靴。

「妳在這裡幹什麼？」

岸田明美趕忙靠近，一把抓住了對方的手拉近一看，是一個貌美驚人的女生。五官端正，長得很像洋娃娃，絲毫沒有孩子氣的幼稚。一頭長髮用髮帶箍著，隨風飄動時，還傳來便宜的洗髮精香味。

「我又沒有做什麼，倒是妳來這裡做什麼？那邊是垃圾堆耶。」

她那口齒不清、語尾獨特的上揚語調，讓明美聽了很不愉快。彼此都是女生，刻意撒嬌的語氣是不管用的。

「不過是個小女生，說話的口氣不小。妳管我來這裡做什麼，我高興！」

明美故意用嘲笑的方式對待小女生。

「妳是來鬼屋瞧瞧的吧？那邊的車子，是妳的嗎？」

明美不高興地說：「才不是我的，是我男朋友的。」

「是嗎？那太好了。可不可以載我呢？看你們要去哪裡，讓我跟著去好嗎？」

明美稍微恢復了成人的理智。儘管對方的臉蛋很成熟，再怎麼看也只是個國中生。這麼晚了還在外面遊蕩，本身就有問題，居然還說要搭便車，開什麼玩笑嘛！

女孩機靈地先發制人，聳聳肩說：「我是離家出走的少女。」

接著又說明：「身上沒有帶錢出門。因為以前跟男朋友來過這裡，所以就搭別人的便車先來這裡。想說到了這裡再用手機叫我男朋友來接，可是他好像睡了，手機沒有開。我正在想換個比較安全的地方，結果看見你們的車來了，有救了。」

又沒人答應說要滿足她的希望。明美對於少女的一廂情願感到目瞪口呆。

「一個成熟的大人會聽了妳的說法後就答應讓妳搭便車嗎？妳還是老老實實說出姓名和住址，這樣我們就送妳回家。要不然把妳送到警察局去！」

沒想到少女把頭一抬，挑釁地離開明美說：「那就算了！鬼屋下面的那個男人是妳的男朋友嗎？我去拜託他好了。比起妳這種歇斯底里的女人，我還比較喜歡男人呢！」

氣極了的明美還來不及回話，少女已經沿著垃圾堆邊緣朝鬼屋走去。看來對這附近的地勢十分熟悉，輕盈的腳步在黑暗之中完全不受阻礙。

岸田明美沒辦法也只好忍著一肚子怒氣，靠著手電筒的微光回頭尋找栗橋浩美的方向。穿過樹叢，來到視野開闊的地方時，就在前面黑暗處傳來栗橋浩美悲鳴般的叫聲。

岸田明美嚇得站住了腳。不禁懷疑黑暗處傳來的真是栗橋浩美的叫聲嗎？她直覺地相信答案是肯定的，但理性無法附議。那個浩美會發出悲鳴的慘叫聲嗎？

正在納悶之際，明美失去了那個語氣狂妄的少女身影。一不小心向前踏出一步，小腿碰觸到了什麼東西，於是手電筒應聲掉落，在地面上滾動幾圈後，燈光也熄滅了。因為疼痛和生氣，明美忘形地叫了出來並跌倒在地。找到手電筒後，不知是哪裡摔壞了，怎麼開燈光就是不亮。這時又聽見栗橋浩美的叫聲。

「明美，是妳嗎？」

聽聲音的感覺，他所在的位置就在附近。令人驚訝的是，他的聲音有些顫抖。

「是我，我就在這裡。你看得見嗎？我就在兩棵大樹之間。腳底下很黑，你要小心走。」

好不容易從鬼屋的方向，逐漸出現輕微的腳步聲和栗橋浩美的身影，向明美靠近。浩美走路的樣子微跛，有些狼狽。明美的右腳小腿也因為剛剛的碰撞而疼痛，但她試圖忍著難過向浩美的方向前進。

四周十分黑暗。搞不清楚是鬼屋那邊還是樹叢裡面較黑，或許是垃圾堆的洞裡最黑，總之就是一片黑暗。這時岸田明美才發覺鬼屋這一帶完全沒有燈光，是靠著綠色大道上的路燈，才多少給予這裡一些光線。

也因此她才想起來，這裡距離綠色大道其實不遠。於是她振作起精神，心想：沒有什麼好怕的，趕快離開這裡就好了。這是現在唯一該做的事！

「浩美，我們趕快回車上吧。人家已經碰得腳到處都是青一塊紫一塊的了。」

明美邊說邊將手電筒丟在地上，向栗橋浩美的身影靠近，伸出手來摸索著他的手。

他的手異常的冰冷，像這暗夜一樣，像這闃黑一樣。

憑著綠色大道路燈的微弱光線，明美花了好幾秒鐘才發現栗橋浩美的臉是濕的。又花了好幾秒鐘，才理解到那是淚水。

浩美哭了嗎？

「你……怎麼了？」

抓著他的手，岸田明美彎下身來，輕輕將手移到他的臉頰，捧起了他的頭。

栗橋浩美開始啜泣。

「怎麼了？浩美，振作點……」明美安慰的話語說到一半，眼睛吃驚地張得更大。

她看著栗橋浩美的雙眼不斷冒出新的淚水，沿著臉頰滴落。一開始是明美用力抓著他的手，如今變成了浩美死命地抓著她不放。

栗橋浩美的身體靠了過來，與其說是擁抱她，不如說是尋求她的擁抱，緊緊地靠在她身上。

「又追上來了！」他語意含混地訴說：「我好害怕！」

明美張開嘴巴，不知道該說些什麼；結果只是吐出白色的水氣，不能安慰他什麼。這種不敢相信眼前所見、耳中所聽的經驗是前所未有的。

簡直就像是個孩子一樣！

目前明美的周遭並沒有年幼的小孩。她所能想像的「小孩子」是自己或朋友小時候的形象。而現在在眼前的栗橋浩美就像是小時候的自己看了恐怖電影或漫畫，要求爸爸或媽媽陪著一起上廁所的模樣。

唯一不同的是，栗橋浩美是個成熟的大人，而且是男人。甚至在不久之前，他還對明美展現自己的權威！

「我好怕……我會被抓去的。」栗橋浩美緊靠著明美。

明美不禁後退一步，甩開了他的手。

「你是怎麼了嘛？浩美。你是在作弄我嗎？搞什麼嘛，哭什麼哭呢？」

被明美甩開的栗橋浩美嚇得渾身顫抖，一雙手茫然地停在半空中，雙眼濕潤地看著明美。眼中充滿了受到傷害、求助無門的神色，嚇得明美起了一身的雞皮疙瘩。

「浩美，你的頭殼壞掉了嗎？到底是怎麼了？不要再演戲了！不要再嚇我了！」

她聽見自己的叫聲近乎哭聲，也感覺到膝蓋的顫抖。

「我好怕呀，救救我呀！」栗橋浩美低喃著，並拚命想要靠在岸田明美身上。明美不斷退後，雙手舞動著不讓栗橋浩美的手抓住。

「救救我呀，媽媽。」栗橋浩美說，依然拚命地纏著明美：「媽媽，我什麼壞事都沒有做，所以妳不要讓我被那傢伙抓走！」

岸田明美發出尖叫：「不要！」

「媽媽……我好害怕！」

「我說不要呀！你離我遠一點，離我遠一點呀，浩美。拜託你趕快恢復正常！」

岸田明美的手臂被抓著，連她也失去理智開始尖聲哭叫了起來。使盡全身力量掙扎，好不容易才擺脫掉栗橋浩美的雙手。

明美逃開了。緊張慌亂的她，眼中看不見周遭的黑暗。只是一心想逃離栗橋浩美而拚命跑了起來。穿越樹叢、跌跌撞撞、傾身向前地跑了起來。

跑著跑著——突然腳步踏空了。

就在前面那個又深又黑、看不見底的垃圾洞。還來不及想起來，岸田明美已掉在半空中，一瞬之間自己的意志力還想跟地心引力對抗，於是兩腳不斷踩空地向下掉落。掉落到洞穴底。

栗橋浩美置身在夢中。

就在剛剛他才發現到這個鋼筋水泥的廢墟和惡夢中的場景相似，他才意識到這裡就是他被遺棄的地方。有此發現和意識的他身在現實，因此心想必須趕緊離開這裡。這裡固然和惡夢很像，但畢竟不同，因為這裡沒有那個小女孩。那個拚命追趕浩美，想要進入他身體的小女孩。

但是他的心回到了過去，那個為小女孩所苦的少年時代。女孩怨恨著他，一心一意想要取代他重新復活。

於是浩美必須跟小女孩搏鬥，一個人惡戰苦鬥存活至今。殘酷的是，爸爸和媽媽只顧著死去的姊姊——那個小女孩，從來沒有站在他這邊為他做過什麼。

我必須和死去的人戰鬥才能生存。我從來沒有享受過正常小孩應有的幸福——栗橋浩美心中沉重地想著，眼睛看著黑暗中的鬼屋。

就在這時，女孩出現了。

實在是太突然了。冷不防從黑暗中聽見有人說話。

「請問……」聲音甜美。

栗橋浩美嚇了一跳。那不是明美的聲音，這裡還有誰呢？

他扭動脖子轉身過去看。這一瞬間，不僅是身體，連心思的方向也跟著轉變。

栗橋浩美看見了女孩。少女也看著栗橋浩美。浮現在遠方綠色大道微弱燈光下的兩人身影，因為黑暗與光線的折衷而顯得虛幻曖昧。

少女——前不久才用撒嬌語氣和岸田明美說話的嘉浦舞衣，國中三年級的女生，不論是外貌、說話和思想都顯得成熟，彷彿生活中裝大人這件事比起家庭、學校都還要重要。

舞衣眼中看見的是一個長得很帥的年輕男人，雖然不知道名字，但個子很高、長相也不錯。如果不是在這種情況下相遇就好了；不過仔細想想，自己在這種地方這種時間想要搭便車，卻能夠遇到這麼帥的男人——他的確是長得不錯嘛，比起平常的相遇，說不定還要更棒！

栗橋浩美看見的是一個少女。臉蛋白皙、五官端正、像洋娃娃似的。紅色的嘴唇和一雙圓眼睛，一副欲言又止的神情對著他微笑，從張開的嘴唇中略可看見舌頭。

那不是少女，對他而言是那個小女孩。在惡夢舞台的廢墟裡，那個小女孩依然在等著他。

嘉浦舞衣往栗橋浩美的方向跑過來。

「太好了，我都快嚇死了！」

舞衣的雙手伸向前，想要擁抱栗橋浩美。年輕男人看見少女對自己做出這種動作，肯定心頭小鹿亂撞，暗自竊喜。何況我又是個美少女。

「對不起，我可不可以搭你的便車離開這裡？你一定會答應吧，人家真的是好害怕、好害怕、怕得要死了。」興奮的聲音充滿了撒嬌的味道，舞衣衝向栗橋浩美。靠上他的身體時，舞衣的臉頰感覺到他高級上衣的滑順觸感。

下一瞬間，則是被猛然推開。

舞衣沒有站穩，整個人跌坐在地上。

她沒有想到會變成這樣，完全沒有做好準備，很結實地跌坐在地上，痛得叫不出聲音。只能呻吟地調整呼吸，抬頭看著如此過分的男人身影。

栗橋浩美開始顫抖。

他碰到了小女孩的手，小女孩的手也碰到了他。小女孩的手想要纏住他的身體、抓緊他。小女孩的頭髮有一股甜香，那香味想要扳開他的嘴進入他的身體。

黑暗、廢墟和臉色蒼白的小女孩。

還我的身體來！

「你幹什麼嘛？很痛耶。」

好不容易叫出聲的舞衣大罵，栗橋浩美轉身就跑。

垃圾堆的臭味。

岸田明美仰著倒在洞穴裡。仰望的天空看不見星星；其實說不定有星星，只是視線模糊的她沒辦法分辨清楚。

垃圾堆的洞穴裡有什麼東西？躺著的她也搞不清楚，根本也看不見。唯一可以感覺到的，是背後有什麼尖的東西刺著她。那是明美猛然在半空中滾落時，背部撞傷折斷了脊椎所致。到底是什麼呢？是鐵管嗎？還是木材呢？是誰將這種東西丟在這裡嘛！

不可思議的是，明美沒有感覺到背痛。或許是因為脊椎骨折了，但她確實聽見了清脆的聲響。現在只能覺得手腳的冰冷，還有脖子底下凹凸不平的垃圾，感覺很不舒服。

誰來救我呀！

想要張開嘴呼救，卻動不了嘴唇。

有沙沙做響的聲音傳來，是誰往這裡靠近了嗎？

原來是浩美。她的視野中出現了浩美俯視她的影像。

岸田明美想要發出聲音，眼淚卻先行迸了出來。我好害怕，我好難過。救救我，快來救我，快來救救我呀。她拚命想要呼救，但只是半張開嘴巴、吐著舌頭、口水沿著嘴角滴落，而明美卻不自知。

這樣下去我會死掉的，快來救救我呀！

栗橋浩美蹲下來看著她，摸了一下她的臉頰，立刻又將手抽回去。是因為發現她的臉頰都是口水而縮手的。

岸田明美弄髒栗橋浩美手的口水裡帶著血。

「喂！你們到底是怎麼回事？」

明美掙扎地扭動身體，聽見了剛剛的少女，那個企圖迷惑男人的少女正逐漸走近。

「你在幹什麼……啊！」

明美看見了少女黑色的身影。少女也俯視著明美。

「糟糕了！這個人還活著嗎？她從這裡掉下去的嗎？你怎麼不救她呢？」

對呀，救救我呀！快來救我呀。岸田明美流著淚祈禱。拜託神明保佑，讓這個夜晚早點過去吧！可是她聽不到栗橋浩美對她的鼓勵，也感覺不到栗橋浩美溫暖的手臂抱著她。

栗橋浩美對著她說：「都是妳不對！」

明美不知道他是對誰說的。

「我才不會輸給妳！」栗橋浩美繼續說。好像中了邪，又好像在說夢話。

「我要打倒妳！我要消滅妳！」

岸田明美呻吟地掙扎。她聽見踩過瓦礫和垃圾的腳步聲，還有少女激動的尖叫聲。

「住手！你在幹什麼？」

尖叫和混亂終於變成了呻吟，少女踩過垃圾堆的腳步聲逐漸微弱。明美能夠聽見的聲響只剩下夜風的低吟和激烈的喘息聲。

然後周遭恢復了寂靜，喘息聲向明美靠近。

栗橋浩美的臉孔就在眼前，鼻息直撲明美的臉頰。

浩美，救我。明美拚命想要呼救。快救我呀，你快恢復正常嘛。你是怎麼了？為什麼？為什麼？

對嘉浦舞衣而言，這裡的鬼屋就像是她家的庭院一樣，根本不需要燈光。甚至跟男朋友來玩時，還故意不點燈享受刺激的遊戲。

可是現在的情況不同了。

她就像是古代的弱小哺乳動物一樣，不具有光明是安全、黑暗是危險的判斷標準，只是一味地找尋明亮的場所。舞衣不算是個聰明的女孩，但生命力很旺盛，充分享受著生存的樂趣。她的本能不斷發出警訊告訴她：現在的情況將危及她所享受的生命。

該怎麼辦才好呢？

還是趕緊逃離這裡比較好嗎？那個男人雖然長得還算不錯，但是不行，太危險了。他推開我逃走時的眼光真是怪異，那傢伙是不是頭腦有問題呢？

還是跟他保持距離較好吧。要不然自己一定也會遭遇危險。最好不要靠近那男人吧！

那個男人和剛剛的女人，就是他的女朋友，究竟他們兩人來這裡幹什麼？剛剛瞄到的車牌號碼，應該是練馬區的車子。居然是從東京專程開車過來，而且又是非假日的這種時間！

當然舞衣也知道鬼屋早已成為一種觀光景點，可是人群聚集通常是在週末晚上。平常日子，這裡就像墓場一樣門可羅雀。所以舞衣今晚才會逃到這裡。

她不禁後悔：早知道離開家門就不應該先來這裡，直接跑到男朋友家就沒事了。男朋友和舞衣是同一學校的畢業生，目前就讀於當地私立高中的一年級，個性有些柔弱，但對舞衣很好。名字叫做佑介，一開始舞衣都叫他「小佑」，他說他媽媽也這樣叫他，要舞衣改口。於是舞衣問他：「不然要怎麼稱呼他呢？」他說直接叫「佑介」就好了。舞衣便開始直接以名字叫他。

佑介的媽媽很難纏，始終監視著佑介的行動。十分反對他和舞衣的交往，上門找他都會被趕出來。所以舞衣今晚離家出走，沒辦法直接到佑介家求救。

舞衣很喜歡鬼屋這種被遺棄的氣氛。應該說她喜歡這種沒有別人、顯得寂靜空虛的地方。因此她一個人來也不覺得害怕，打算從這裡用手機叫佑介出來，跟他借錢並商量今後該怎麼辦。平常他們就是這樣子約會的，所以她想今天晚上應該也沒有問題。舞衣只要打手機叫他，佑介就會避開賊老媽的監視出來找她。可是今晚偏偏佑介沒有接手機，害得舞衣得跟那兩個奇怪的情侶搞在一起。

早知道如此，就應該拜託剛剛的司機先生載我到小山市區算了！

她想起了出門後立刻搭上的小型卡車司機的臉。聽到舞衣說要去鬼屋，司機一臉驚訝地說：「反正順路，可以載妳去。不過妳去那裡幹嘛？」

「約會呀。」舞衣回答。對方則嘻皮笑臉地說：「小女孩的花樣挺多的嘛！」他將舞衣拉上駕駛座旁的位置，行駛之際，裝做不小心地用手肘碰觸舞衣的胸部。舞衣也假裝沒有感覺，他偷偷瞄了舞衣一眼又碰了一次。舞衣心想：司機老兄，大概也三十好幾了吧。年紀一大把，居然敢動我的主意，死不要臉！

到了鬼屋，舞衣下車後，他也跟著關上引擎、跳下卡車。兩腳一踏上地面，同時還寬鬆了腰帶，色瞇瞇地笑著追在舞衣後面。

簡直像個笨蛋。舞衣立刻消失在黑暗中，躲在鬼屋的陰影裡，然後忍著笑觀察司機老兄的蠢樣。沒有比想要女人的男人蠢相更可笑的了。舞衣過去不知看過多少這種男人的蠢相，每一次都讓她覺得好笑。笑著笑著，心中的恐懼也跟著煙消雲散。

舞衣想：我今晚真是倒楣，先是色鬼司機，又是奇怪的情侶。我還是先跑再說。

可是……猶豫之際，舞衣還是看著黑暗中那個男人逃走的方向。

那男人神情那麼奇怪，那個高傲的女人不會出事吧？如果兩個人頭腦都有問題就不關我的事，可是該不會是那個男人想對女人做什麼，所以才將她帶來這裡的吧？單純只是要來參觀鬼屋，那樣子未免太過奇怪！

如果真的是那樣，不管他們就跑掉，是否太過分了呢？還是應該稍微確認一下，確定那個女人安全沒事再走？

可是我實在是害怕得要死。

剛剛對著那個奇怪的男人說的話，完全不是做戲，舞衣是真的害怕。

可是……可是……那個女人。我可以丟下她不管嗎？

應該叫什麼人過來比較好吧？

不知道有沒有車子經過這裡？

呆立在原地猶豫之際，從男人消失在黑暗的方向傳來什麼東西掉落的聲音和女人短暫的尖叫。

舞衣的身體一半想逃往綠色大道的方向，一半又想衝到尖叫的出處。哪一邊比較可怕呢？是要確認一下發生什麼事，還是裝做沒看見跑掉呢？就算逃跑，會不會跑到一半就被追上了呢？

那是垃圾堆的方位，豎耳聽著尖叫的來源，舞衣做出了判斷。然後她又聽見了啜泣般的聲音。

不是女人，而是男人的哭泣聲。

不是大笑或是怒吼，他竟然是在哭泣，而且是無力的哭泣聲。

於是舞衣下了決定。如果他真的很危險，應該就不會哭成那樣。舞衣衝出了她所熟悉的地形。

前面已經可以看見那個男人的頭，他雙膝跪坐在垃圾堆洞口的邊緣。果然哭泣的人就是他，兩隻肩膀像孩子似的上下移動。

安心的波浪清洗了舞衣身體的內側。哭泣的男人，他是和女朋友吵架了嗎？所以態度才會變得那麼奇怪。

安心之後，緊跟著是生氣。一邊靠近男人的背後，舞衣大聲罵說：「喂！你們到底是怎麼回事？」

搞什麼鬼嘛，害我想東想西，快嚇死了。

走近一看，男人探身對著垃圾堆的洞口伸出雙手，舞衣看了一下洞裡面。

剛剛的女人就在下面。

六歲那年，她真正的爸爸還活著的時候，他們家住在荃木市內的社區裡。那是幢五層樓高的公寓，她家在四樓，座東朝西。有一次她不小心從陽台上將生日禮物的金髮哈妮洋娃娃掉落地上。那是她最喜歡的洋娃娃，於是趕緊下樓去找，發現哈妮仰臥在雜草叢生的公寓後院。哈妮的脖子跌彎了，怎麼弄都弄不直。右手也變形了，奇怪的樣子舞衣模仿都模仿不來。

跌落在垃圾堆上的女人就跟當時的哈妮很像。

「糟糕了！這個人還活著嗎？她從這裡掉下去的嗎？你怎麼不救她呢？」

男人對著女人伸出雙手，但動作不像是要拉起她或抱起她的意思。

他淚濕的兩眼充血，臉頰潮濕，而且還在不斷抽噎中。

搞什麼嘛，這傢伙！舞衣心中罵著，同時準備衝到洞穴下面。

就在這時，她聽見：

「都是妳的錯！」背後的男人低喃著。

接著他從背後一把抓住舞衣的衣領，將她拉上來。男人的力氣很大，舞衣的腳跟懸空。為了保持平衡，雙手在半空中搖擺，看起來好像是在跳東方舞蹈一樣。

夜色更暗了，眼見黑暗的程度越來越濃。那不是因為沒有燈光，而是嬌小的舞衣被勒緊脖子，隨著力道加強氧氣缺乏，意識也越來越模糊。但舞衣自己不知道原因何在。

我要被殺了嗎？感覺到呼吸越來越困難的同時，舞衣不禁自己問自己。我要被殺了嗎？在這裡？被一個連名字都不知道的陌生人？一個路上遇到的怪人？怎麼可能會有這麼蠢的事發生在我身上？

我就是為了不想被殺才這麼努力活過來的。就是為了不讓媽媽的男人，那個一點都不像真正爸爸的男人所殺害。那傢伙偷偷對我做了些什麼，一直以來對我做了些什麼，那傢伙還威脅我說：「如果告訴別人就要殺死我。」他說：「如果我不想遭受更大的痛苦，就必須聽他的做。」我一直都忍了過來，就是因為不想被殺死。如果要殺死我，媽媽的男人早就想做了。所以我以為：只要能不被那傢伙所殺，能夠逃出那傢伙的身邊，我一定就能獲得安全，就能找到幸福。所以我才會在今天晚上離家出走，可是為什麼又會被這個不認識的傢伙殺害呢？

這樣是不公平的！

現在她仰躺在垃圾堆的洞口邊緣，那個奇怪的男人騎在她身上，眼睛不斷流淚，而且嘴裡說些什麼，雙手則掐著舞衣的脖子。

「我要打倒妳！我要消滅妳！」

死前的一瞬間，嘉浦舞衣凝視著男人的眼睛。臨終前的意識，她看見了男人兩眼深處如垃圾堆洞穴般的闃黑。還有他的淚水，從眼角滴下，落入了舞衣張開的眼裡。

嘉浦舞衣覺得那是件很骯髒的事，比身體被侵犯還要不能忍受。她祈求著眼睛能閉上，就在祈求中逐漸死去。

為什麼？為什麼？為什麼？

岸田明美從洞穴裡對著天空，無聲地反覆詢問。為什麼要做這種事？為什麼會變成這樣子，浩美？浩美，你回答我呀！

可是聽見的回應只有栗橋浩美單調的哭泣聲。

不知道經過了多少時間。也許是五分鐘，也可能是一個小時。

感覺上剛剛才聽見那個少女的尖叫聲，但另一方面，卻又覺得叫聲停止後已經經過了好幾個小時。她為什要尖叫？浩美對她做了什麼？

還是她對浩美做了什麼？我又對浩美做了什麼嗎？

已經不再感覺疼痛，手腳也已經麻痺。分不清是否覺得寒冷。背後濕濕滑滑的，好像是在流血，但實在是搞不清楚。

看見了星星！

黑暗的夜空裡，出現小小針孔般的星光。之前都沒有發現到，天空明明是烏雲密布的。星星的數量逐漸增加了。夜空中，白色的部分相對增多了。那是因為明美的意識錯亂，臨終前的腦海開始翻白，但她以為是看見了星星。

就在明美的視野滿是星星的時候，栗橋浩美的手再度撫摸她的臉頰。

這一次他沒有將手抽回去，或許是因為明美的口水被吹乾了，也可能是因為血塊凝結在她的臉頰上了。他的手通過明美的臉頰來到下巴。正想不知他要幹什麼時，他的手指已扳開明美的嘴巴，然後將露在嘴角下方的舌頭塞進嘴裡，並讓明美的嘴巴闔上。

「因為咬到舌頭的話會很痛。」他說，語氣十分鎮定。就像之前在加油站談論現代普普藝術泰斗葛雷．馬丁時的口吻一樣。

岸田明美並不知道栗橋浩美用手掐她的脖子。她已經沒有感覺。因為她已經是在垂死狀態，栗橋浩美的手不過是最後加一把勁而已。

明美一氣絕，栗橋浩美的手便離開她的脖子。他已經停止了哭泣，但臉上還有淚痕，眼角顯得紅腫。我殺人了。

站在兩具屍體旁邊，栗橋浩美只是呆然地垂著雙手佇立。他的腳踏在垃圾堆洞口的邊緣，背後是鬼屋，頭頂是夜空，周遭則瀰漫著死亡的空氣。

為什麼會殺人呢？

今後該怎麼辦？

自己問自己，也問不出答案來。

栗橋浩美開始他從小就習慣的動作。每當他遇到難題找不到答案時，他總是會求救。

和平！

7

經過一個晚上，嘉浦舞衣還是沒有回家。

隔天早上到學校知道這事時，蘆原君惠一點也不吃驚。一方面級任的女老師一早就面有難色，大概是昨晚沒睡好，加上為了安慰歇斯底里的舞衣媽媽而耗費精神吧。另一方面，在上學途中聽見了同學們討論此一話題，她多少有些聽聞。而且在教室裡，同學們三三兩兩圍成一團，也是在談論舞衣的行徑。

這裡面只有君惠一個人暗自感到不安。

舞衣已經死了，她被殺死了。

她禁不住這麼想。

昨晚在夢中聽見女人的尖叫聲，那是舞衣的叫聲。她就是在那個時候死的。不知是誰的手讓她遭受到尖聲慘叫的痛苦而喪命。君惠對此深信不疑。

如果跟大人提起，一定會被說：「這是妳的想像、妄想！」如果跟朋友講，表面上她們會睜亮眼睛表示興趣，甚至表現出害怕、顫抖、為嘉浦的不幸感到悲傷；可是等到君惠不在，又會批評：「蘆原根本就是討厭嘉浦，所以才會說出那種不吉利的話來！」

不管是哪一種反應，都不是君惠想要的。所以她選擇沉默。

君惠並不是特別聰明的小孩，感受度也不是特別敏感。只不過是做為一個國中三年級的女生，算是比較懂「事理」。這事理告訴她應該默默觀察事情發展的狀況。君惠將自己的確信保管在心中，並等待事理指示她何時可以告訴別人。因為現在說出來，這件事本身就有點缺乏真實感。

還有一個讓君惠冷處理的理由是，她不知道為什麼嘉浦舞衣的臨終會出現在自己的夢裡？她自己問自己：我和舞衣的交情並沒有特別好，談不上是好朋友。事實上舞衣也沒有什麼親近的朋友，她是那種有男朋友卻交不到女朋友的女生。不對，應該說她是那種認為男朋友有必要，女朋友無所謂的人吧。

她對舞衣的生活態度沒有好感。從來沒有想像過舞衣會這樣子，可能是因為家庭生活有什麼問題。畢竟像舞衣的生活、放任舞衣這樣子的她的父母，都超乎君惠的想像之外。

她沒有同感，也不覺得同情，甚至毫不感興趣。也許有一點好奇吧，但不覺得舞衣有什麼魅力。但是為什麼君惠會在昨天晚上，遙遠地感應到舞衣的經驗和情感？

如果君惠真的是「明事理」的成人，只要將此事實推算回去，就能否定「昨晚夢中聽見舞衣尖叫」的說法吧。取笑自己：不過是想太多了；或者是因為平常就很期待身邊能發生驚天動地的刺激事件，於是拿舞衣離家出走當材料，隨便做出一個惡夢。

可是君惠還是個少女，對於自己體驗過的事實，就像忠於主人的小狗一樣。對於自己身上發生的事有所質疑，並非十幾歲的少女應有的特質，所以她才能深信不疑。她相信夢中的尖叫是真的，絕對不是自己想太多。於是她繼續問自己。為什麼我會聽見舞衣的尖叫聲呢？為什麼是「我」聽見了呢？

經過了半個月，嘉浦舞衣還是沒有回家。

君惠在學校聽說舞衣的媽媽已經向當地警察局提出失蹤人口的搜索申請。而且還聽說舞衣的媽媽再婚，舞衣和新爸爸之間處得不是很愉快。

舞衣的親生父親在舞衣很小的時候，因為發生車禍而過世。新的爸爸是在三年前進入她家的，舞衣跟他不親，媽媽在兩人之間不好做人。

「離家出走的原因，會不會就是因為這個呢？」君惠的媽媽皺著眉頭揣測。

「還以為是國中生，警察會熱心幫忙尋找。但情況卻不是那樣，誰叫那孩子本來就不學好！」

實際上，不管是在住家附近還是赤井市內的鬧街，都沒有看見張貼有舞衣照片的尋人海報，也沒有人來問過舞衣的事。連舞衣的父母也沒有特別努力尋找舞衣的樣子。

嘉浦舞衣似乎被人們遺忘了。

如果是個大人，儘管是以出走的方式拋棄「家庭」，那也只是像一艘船駛離了某個港口，頂多喪失了再回到該港口的資格與權力。或許應該說是，不管他怎麼漂流，只要還有工作、繳稅、社會保險或其他無限的電波頻率連結，他就依然和「社會」這個大陸沒有脫離。

可是小孩子就不同了。他們出走放棄了家庭，就意味著失去了船籍，整個人的存在也消失了。嘉浦舞衣從此變成了一艘鬼船。

然而在她離家一個月後的新學期開學，鬼船竟然寄回來一封信。

這件事不是傳聞，而是經由正式的報告傳入同學們的耳中。級任的女老師在班會的時候，一臉安心的神情表示：「嘉浦舞衣的媽媽來過電話，說嘉浦同學昨天有寫信回家。」

教室內一陣譁然，有些人則表示不以為然。

「大家應該都聽過許多謠言，嘉浦同學和她的新爸爸處得不是很好，有過許多煩惱。不過在信中，她表示自己很好，希望父母不要擔心，還表達了歉意。她的父母也因此比較安心了。大家可以放心了。」

有人問說：「嘉浦同學現在在哪裡呢？」

「好像是在東京吧。」

「沒有她的住址嗎？」

「聽說這次的信上沒寫，不過她有說還會寫信回來。下次應該會寫住址吧。」

一個男同學大聲罵說：「愛現鬼！她就是想要引起大家的注意。」

老師笑著搖頭說：「這樣說她，太過分了。大家要試著了解嘉浦同學的心情。難道你們聽見父母吵架，沒有想過要離家出走嗎？」

好個氣氛和諧的奇怪班會！因為嘉浦舞衣這個「問題少女」，一時之間將教室裡的其他問題給遮掩住了。

她來信了？

蘆原君惠有些納悶。

舞衣的來信？她好好地在東京生活嗎？

那麼，我在半夜中聽見的尖叫聲是什麼？

難道真的是我想太多了？那只是個惡夢嗎？

畢竟兩人的交情不是多好，君惠怎麼可能在夢中看見舞衣瀕死之際的情景。只要這麼想，長久以來的謎便容易解開了。

為什麼我會做那種夢呢？

是因為討厭舞衣嗎？還是期待發生什麼大事情，因為討厭舞衣，所以將她牽扯在其中也無所謂嗎？

我真的覺得嘉浦舞衣牽扯在某個事件中而死是件好玩的事嗎？

蘆原君惠變得很憂鬱，有些自暴自棄，越來越不喜歡自己了。

君惠的個性一向很開朗，她的媽媽立刻發現女兒的轉變。她一邊想起自己的少女時代，考慮是否該逼問女兒；然而君惠的憂鬱有增無減，甚至功課也受到了影響。

終於媽媽忍受不了問了君惠，這時已經距離舞衣來信有三個月以上之久，時序轉為夏天。

「妳有什麼煩惱嗎？」

開門見山的問法，讓君惠無法立刻回答。一方面沒有信心能清楚說明自己的心情，一方面又擔心如果說明自己居然期待同學出事，是否會遭到媽媽的輕視。

「與其一個人煩惱，不妨說給誰聽會比較輕鬆。如果不能跟媽媽說，就去跟朋友談談吧。」

在媽媽的鼓勵下，君惠心想：跟朋友說，一樣會遭到輕蔑的。說不定人家會說，蘆原同學真是個可怕的人呢！

這樣的話，還不如跟媽媽表白比較好。與其被朋友輕視，父母還是比較好說話。君惠判斷之後，決定說出心事。

媽媽聽了十分吃驚。尤其是舞衣離家出走的那個晚上，君惠竟然做了那麼可怕的惡夢！真是個敏感的孩子。不過身為女孩子，比起遲鈍，還是敏感一點好些。而且知道離家出走會遭遇不幸，這樣的想法也不錯。

按照君惠媽媽的說法，舞衣這種孩子是家教失敗的典型例子。因為為人父母不盡責，女兒才會變成那樣。現在想起來都還會生氣，那一晚上電話中說的事。而且舞衣的媽媽，平常總是花枝招展，身為國中女生的媽媽，根本就是穿著太過年輕！說話方式也很粗魯、沒有禮貌，偏偏又嫁給了年紀比她輕的丈夫，更顯得態度撒嬌又黏人。感覺上她身上作為女人的部分比當媽媽或妻子都還要多得多！

還有聽來的謠言，不知道是不是真的。那個和舞衣處不好的新爸爸，聽說年紀很輕！還不到三十歲，與其說是舞衣的爸爸，看起來還比較像是年齡差距較大的兄妹呢。聽說他和舞衣媽媽是因公司同事而認識結婚的，不過附近的人說那男人好像沒有工作，經常在家裡閒晃。

父母跟女兒，沒有一個是好東西。怎麼可以為了她們一家子的事，害得我女兒煩惱到成績一落千丈！君惠的媽媽氣得差點要罵出口了，但心知不可。君惠為了不學好的同學有了不好的想像，正處於自我厭惡的煩惱中。

想一想自己的孩子人為什麼這麼好，心思為何如此溫柔纖細呢！

「君惠，不是只有妳才會因為嘉浦同學的事有不好的想像。媽媽也是一樣，老師也是，大家都有想過。」

「可是……」

「妳一向就是想像力豐富。而且因為擔心一個人離家出走會不會遭遇不幸，所以才會在夢中聽見嘉浦同學的尖叫聲。可是這並不表示說妳心中期待舞衣會遇到不幸呀！」

「是嗎？」

「當然是囉。」君惠的母親微笑說：「媽媽很高興聽妳這麼說，因為妳是那種專心思考一件事的孩子。」

看起來君惠是有些安心了，但不是全部的憂鬱都煙消雲散。媽媽考慮之後，還是決定跟導師商量。結果導師認為君惠沒有將做惡夢的事情說出來，正表示她是真正為舞衣擔心、希望舞衣能早日回家。因此提議她們去跟舞衣父母見面，當面表達想跟舞衣聯繫的心意。

老實說，君惠的媽媽不太想這麼做，她壓根都不想跟舞衣的媽媽見面。可是君惠聽見這個建議，顯得雀躍，媽媽沒辦法只好帶著她到嘉浦家訪問。

意外的是，舞衣的媽媽對兩人的來訪很高興。

那一天天氣很悶熱，嘉浦家客廳沒有冷氣，電風扇吹出來的盡是溫熱的風，君惠的媽媽立即一身是汗。端上來的麥茶，不知是不是玻璃杯沒洗乾淨，顯得有些混濁，令人喝都不想喝它一口。

君惠一開始還有些拘謹的樣子，一旦感受到舞衣媽媽和緩的反應，心一安便開始積極表達自己的情緒。君惠老實的態度，似乎也感動了舞衣的媽媽，她立刻起身拿出那封舞衣寄回來的信給她們看。那是一封使用有可愛動物圖案的信封信紙的書信，上面是手寫的文字。

「讓你們擔心了，對不起！」這一段話讓君惠的媽媽不由得眼眶濕潤。雖然內容一樣，從老師口中「聽見」和親眼所見的感受，畢竟還是不一樣。

舞衣的媽媽答應，如果再收到信一定會通知君惠；如果有打電話回來，會將君惠的心意轉達給舞衣知道。

「太好了！」回家路上，君惠的媽媽抱著女兒的肩膀說：「好渴呀，我們去吃個冰吧。」

君惠的表情好像放下了心中的大石頭，媽媽也覺得安心了。她完全沒有想到女兒的心中又產生了新的糾葛。

君惠又開始煩惱其他的問題。

那封信。

一邊吃著冰，君惠心中不斷咀嚼著難以拂去的疑惑。

那些字真的是舞衣寫的嗎？那封信真的是舞衣寄回來的嗎？

的確筆跡很像。可是我們小女生寫的圓形字體，不都是很像嗎？只要有範本，誰都能模仿別人寫的筆跡。

而且最令人奇怪的是那個信封和信紙。

——動物的圖案？舞衣根本就不會用那種東西。我看過她的筆記簿，所以很清楚。舞衣從來就不會用那麼孩子氣的東西！

可是……可是……

如果那封信是假的，是別人寫的話，這代表什麼意思呢？發生了什麼事情？

繼續想下去太恐怖了，君惠決定專心吃冰。她決定保持沉默，忍著不要告訴任何人。因為這根本是妄想，還是忘了吧！把心遮蓋起來，不能再想下去了。決定不想了……

這個決心確實嚴守了好長的一段時間。

8

一九九六年九月十二日。

第一次聽見在墨東區大川公園垃圾箱裡出現被切斷的人手的消息時，高井由美子正穿著長袖和服。其實正確的說法是，她正在穿上長袖和服；因為她人在美容院的更衣室裡。

那是距離長壽庵走路五分鐘的「蒲田美容院」，她一向都是在這家店剪、燙頭髮的。成人式的時候，也是在這家店換穿和服。

這一天由美子為了出席第一次的相親會，又在同一家店換穿長袖和服。

下一次的生日，她就是二十六歲了。周遭的人都勸她：不妨在現在先有個相親的經驗，她不好拒絕，所以才會落到這步田地。穿上成人節爸爸花大錢為她添購的豪華和服，由美子的內心是很淒慘的。

蒲田美容院是很普通的家庭美容院。老闆娘蒲田紀子手下有兩名助手，店面不大。所以身為常客的由美子跟蒲田紀子的交情很好，早在出席今天的相親會之前，她就已經將自己複雜的心思跟老闆娘吐露過了。

「我還是覺得沒什麼興趣。」

站在六坪大的更衣室中間，像個稻草人一樣伸開雙手，由美子表示：「雖然阿姨說只是見見面，不喜歡就拒絕。可是實際上不是那樣，現實生活沒那麼簡單吧！」

蒲田紀子以笑臉面對由美子的憂鬱：「沒什麼大不了的，幹嘛想得那麼困難。不妨想說可以在漂亮的飯店裡享受大餐，豈不是很好！」

紀子扳開腰帶的開關，發出一記清響。然後聳聳肩接著說：「說不定見到對方，發現人不錯。就算不是很棒，也許是個好人呀。」

「看照片，感覺好像很神經質。個子又小，像個村夫。」

紀子大笑說：「看照片不準啦！我家那口子，當初看照片也是很神經質，本人則是完全不一樣！」

紀子結婚不到十年，先生便過世了。之後她沒有再婚，憑著自己的手藝養大兩個女兒，是個堅強的女性。

由美子看著她的臉笑說：「可是妳先生長得很帥，不是嗎？師傅是戀愛結婚的嗎？」

由美子稱呼蒲田紀子為「師傅」。蒲田師傅一邊幫由美子調整衣領，一邊挑起眉頭說：「是呀，我們可是轟轟烈烈地戀愛。不過，我可不是看上我老公的那張臉。」

「是嗎？我不相信。」

「瞧妳這麼說話，哈！原來由美子是以貌取人？」

「才不是呢。」

「我聽妳說話，就覺得妳是外貌至上主義。也許年輕人都是這麼想的吧。不過男人，應該說所有的人都一樣，不能只看外表呀。我是說真的。」

由美子沉默不語，眼光低垂。看見了自己身上豪華亮麗的牡丹色和服，心想：二十六歲的自己，穿得未免太過鮮豔了吧！

心情更加盪到谷底。實在沒辦法裝出一副笑臉參加相親會，於是喃喃自語說：「我最討厭相親結婚了。」

蒲田師傅用力拍了由美子的背一下。

「又沒有決定說要結婚！真的要是不喜歡，拒絕之後就沒事了。看妳這樣扭扭捏捏，根本不像平常的由美子。」

蒲田美容院店裡，營業時間總是開著收音機。她們兩人聊天之際，周遭還是縈繞著輕快的說話聲和流行音樂；但現在的由美子只覺得都是刺耳的噪音。尤其最不想聽見的是，年輕女歌手謳歌喜獲戀人的心情。所以當節目告一段落，開始播報新聞時，聽見播音員單調枯燥的聲音，她感覺如釋重負。

新聞播報的內容是關於大川公園的事件。時間已經過了中午，因此由美子聽見的已不是首報消息，早已經過了好幾輪。

「討厭！又發生了怪異的案件。」額頭滴著汗珠的蒲田紀子一邊纏腰帶一邊說：「這個國家越來越不安全了。」

播音員表示：「目前還不知道被切斷的右手腕身分為何；另外在同一公園的垃圾箱裡發現一只皮包，失主是已提出失蹤人口搜索申請的年輕女性。」

「大川公園，不就是賞櫻花的好去處嗎？那種地方也有殺死女人再加以分屍的變態男人出沒嗎？」

「犯人現在應該不可能還在大川公園裡吧。」

「話是沒錯，可是也有那種怪人，隨便將屍體丟在不認識的地方呀。」

由美子突然想起來，蒲田師傅平常最喜歡看推理劇集了。

「不過還真是可憐呀。」確定幫由美子綁出一個文庫結後，蒲田紀子眉頭一皺地說：「一個年輕女孩子……就這麼被殺了分屍。由美子，妳想想也有女孩子還來不及戀愛、相親就死掉了，所以在這難得的好日子，妳一定要擺出好臉色！」

師傅有時候會像這樣子對人說教。由美子假裝在照鏡子，沒有答話。

「好了！」

蒲田紀子站起來，退後兩三步，雙手叉在腰間，檢視由美子的裝扮。

「不錯嘛，很漂亮。腰帶會不會太緊了？」

「嗯，還好。」

「難得安排的是法國大餐，要是完全都吃不下，那就太可惜了。所以我沒幫妳綁得太緊，可是萬一和服鬆垮了就糟了！所以上下計程車、站起來坐下去、進出洗手間前後，都要記得照照鏡子檢查一下。」

這是幫忙穿上和服後必有的指示，由美子點點頭表示知道了。

打電話回家後，媽媽文子立刻來接她。文子說不打算穿和服，而是以素色的套裝赴宴，但她還沒有換裝。相親是訂在赤坂的飯店，兩點鐘開始，已經沒有太多時間可以耗了。

穿過商店街，兩人回到長壽庵。一路上認識的人，有的稱讚「由美子，今天好漂亮呀」；有的則揶揄「天下紅雨啦」！由美子應付式地笑了一下，趕緊離開現場。

「看妳不太高興的樣子。」一手抱著裝有換下來衣物的大布包，文子跟在後面唸道：「不要想得太複雜嘛。

好歹妳也要笑一個。」

帶著半撒嬌的情緒，由美子故意刁難地說：「不管爸爸在阿姨面前怎麼抬不起頭，也不能拿我當擋箭牌呀！真是叫人受不了。」

介紹由美子這次相親對象的「阿姨」，其實也不是她家的親戚，而是伸勝年輕時照顧過他的師傅朋友，年紀已經將近七十歲了。不知道他們之間有過什麼事，反正伸勝在她面前就是抬不起頭來。所以這個活力十足的老太太，照顧自己的子女、孫子還嫌不足，居然還有精力說要幫由美子的將來打點。

「像由美子這麼好的女孩子，我願意負起責任幫她找到好人家。我一定會幫她找到一門好親事，讓你們都沒有話說，等著吧。」

從由美子二十歲開始，她就開始發動攻勢。一開始高井家總是不置可否，半當做笑話聽聽就算了。過去也曾拿過幾張相親照片來過，每一次伸勝和文子就以「由美子說自己的丈夫自己會找」隨便就拒絕了。可是次數一多，越來越難打發，加上由美子的年歲增加，阿姨的攻勢益發地猛烈。

「自己要找當然很好，可是相親中認識也不錯呀。這是自古以來的傳統，你們可不要小看它呀。」

尤其是這一兩年，阿姨的語氣由商量變成了責備，終於伸勝舉白旗說：「就看在阿姨的份上，由美子妳就去相親一次看看吧！」

所以由美子今天才會如此盛裝。

「放輕鬆去參加就好，沒有人勉強妳一定要結婚呀。」文子說：「就當做是去看看相親是怎麼回事好了。如果對方人不錯，豈不是喜從天降嗎？」

可是從照片來看，相親的對象怎麼可能是「喜從天降」嘛！一個瘦弱矮小的男人，體格不是很強壯，眼鏡背後的眼睛細得像根線，而且皮膚蒼白、表情呆滯。

簡直就像根豆芽菜！

他一定有很嚴重的戀母情結。聽說是地方的公務員，會不會沒有媽媽牽著手，自己就不會到區公所上班呢？

但是由美子也很清楚，這樣子拿相親對象發火，其實原因在於自己。就是因為知道原因才會憂鬱、才覺得悲傷難過。

我還沒有跟任何人談過真正的戀愛！

這一點是由美子心裡的痛。

還沒戀愛就要相親，而且對方還是這種長得像小白鼠的男人！

過去也不是沒有遇到任何人。有喜歡的對象，也有人喜歡自己。可是也不知道哪裡出了問題，時間點總是沒對好，所以都沒能開花結果。感覺有好感的男人，跟他約會過兩三次後，突然間有別的女性介入，這段感情就變調了。或者由美子喜歡的男人，卻是對方的朋友來約她出去。由美子失望地拒絕後，那個由美子心儀的男性竟來電要求說：「我朋友很難過，妳可不可以跟他交往看看？」她的感情總是這種故事。

大部分的朋友都已經結婚，有了小孩。她們的戀愛期間，由美子都看見了，也參加了婚禮。每個人都很幸福、很快樂。由美子也覺得很好。

可是另一方面又會生氣地想：為什麼她們能戀愛，自己就不行呢？於是心情盪到谷底。究竟自己有哪裡不足呢？有哪裡不行呢？

有人說她是大器晚成型的。也有人說她不懂得操控男人的心。

「妳不是有哥哥嗎？可以就近觀察妳哥哥呀。真是奇怪，由美子怎麼不會應付男人呢？」也有人這麼說。

當時其他朋友聽見，還在一旁偷笑。由美子清楚地記得那一個場景。

那些偷笑的人的表情，一定是暗自竊語說：「誰叫由美子的哥哥是那種人，難怪由美子不懂男人囉。」

對！哥哥和明就是「那種男人」。

自從在國中時遇見柿崎老師，知道自己有視覺障礙，改變了高井和明的人生。前往柿崎老師介紹的大學研究室就診，過去被認定是遲鈍的行動開始有了改善，人也變得很有精神。

可是改善的效果有限，再怎麼好的大學研究室，能夠治療視覺障礙，也不能改變原來的個性特質。和明生性害羞、膽小、愛哭、像個笨蛋似的濫好人，從一個不怎麼像男人的少年成長到現在的二十九歲青年，由美子覺得沒有多大的改變。所以哥哥的人生一定比我更跟戀愛無緣，連身為近親的妹妹我都為哥哥的不開竅而緊張，相信不會有什麼活潑、充滿魅力的女性想接近哥哥的吧！

儘管愛管閒事的阿姨說「先將由美子嫁出去，就輪到和明了」，那應該只是拖延時間的說法吧。不過對方說得很毒，自己想的卻又更毒。畢竟介紹給我的親事說有多好又是多好，結果對象是個白老鼠樣的男人；到時候還不知這張媒人嘴會幫哥哥提出什麼好消息來！

快要回到長壽庵時，就看見和明在店門口打掃。一發現由美子和文子回來了，他停止掃地的動作，一張大臉綻放出笑容。

「哇！真漂亮，由美子。妳真的很適合穿和服耶。」

一副很像小學生讚嘆的樣子，讓由美子好生不自在。

「就是說嘛，很漂亮吧。可是她卻因為不想去相親還在不高興呢。」文子笑說。

「萬一對方一眼看上了，說要結婚，豈不是麻煩了！」和明微笑說：「我可是會寂寞的。」

一點都不了解人家的心情——由美子對哥哥總是有一種既溫柔又生氣的複雜感覺，於是轉過頭不理他。和明則以為妹妹是要讓他看背部的腰結，才故意轉過身去。

「腰帶好漂亮呀！」他還這麼說。

就在這時，伸勝也從店裡探出頭來。

「喂！阿姨打電話來了。」

「是嗎，她怎麼說？」

「說是相親取消。」

由美子吃驚地轉過頭去，動作猛烈地髮型都快散亂了。

「這是怎麼回事？」

「對方說有急事，不能去。」

文子看著由美子的盛裝，嘆了一口氣說：「好不容易打扮得這麼漂亮……」

由美子感到心安的同時，又有一種期待落空的失望，她討厭這樣的自己。儘管嘴裡抱怨了一大堆，內心還是有些期待。期待對方也許比照片要帥很多。

這次沒能見到的對方，高井由美子在不久之後又在其他場合遇上了。他是哥哥涉嫌的殺人事件搜查總部裡的一名刑警。

和平說過「可以說謊」，也說過「說謊很簡單」，還說「說謊時要盡可能的簡單，盡可能表現出誠意」。

栗橋浩美是在家裡面聽見大川公園發現右手腕的消息。當時他和媽媽壽美子在客廳裡吃早飯，一邊看電視新聞。他是故意這麼做的，因為他想要觀察壽美子在知道這件消息時的表情。

栗橋浩美知道他媽媽喜歡看這類的新聞，她總是對離奇的分屍案、因感情糾紛而起的殺人事件、縱火、綁架或強暴等社會案件特別有興趣。因為她認為這些慘案發生在別人身上，跟自己一點關係也沒有，所以能安心地幸災樂禍。

這樣的壽美子一定對大川公園的案件很感興趣。一旦發現只找到右手腕，她一定會很失望，心想：為什麼不是一顆頭或是切開的身體。栗橋浩美坐在這樣的母親旁邊暗自嘲笑：媽以為是別人的事，所以才這樣暢所欲言；事實上完全不是那麼回事呀。殺死這些女人的是我，切斷她右手腕的人也是我。浩美按捺住想要說出真相的心情。

他個人因為太過興奮，昨晚一個晚上都沒睡好。

今天早晨想起NHK綜合電視台是從五點開始播放，立刻從床上跳起來打開電視。但是那麼早還沒有發現什麼，所以他試著鎮靜自己的心情。根據和平的預測，右手腕被發現的時間應該是在下午垃圾的回收，因此他必須耐心等待。這是當初的計畫。

然而他還是沒有辦法關上電視，就讓它繼續播放。他實在不想錯過最早被播放的那一瞬間。也可能不是在播放新聞的時間被發現，說不定會以新聞快報的方式插播；如果是在社會新聞的時段裡，還有可能會做臨時的現場轉播。如果真的是這樣，那就應該到大川公園看看才對。混在湊熱鬧的群眾之間，看記者拿著麥克風說話，當然到時候絕對不能嘻皮笑臉，要裝出很悲傷、心痛的樣子。如果演技夠好的話，記者說不定會將麥克風湊上來訪問。我長得這麼上相，記者一定會找上我的。然後我就按捺不住怒氣地回答：「日本也變得這麼恐怖了，發生這種案件！做出這種事的人不管其立場如何，肯定是精神有問題的人，對社會毫無貢獻。憑著扭曲的復仇心，對柔弱的婦女施加暴力以滿足自我。如果抓到的話，一定是懦弱卑鄙，像個快要淹死般老鼠的男人。」我這麼一發表高論，記者一定對我另眼看待。

想像在各種場面自己說話的情形也是一件樂事。幻夢中的栗橋浩美的確很帥氣，看起來就像個知識分子，連女記者都對他表示關心，想多聽聽他的意見。

邊陶醉在想像中自己的英姿，一個早上都在收視無聊的節目。又是報導今年的秋刀魚豐收啦、秋天旅遊景點的介紹啦等浪費時間的節目，可是觀賞這些節目等待那條新聞的播出，不知不覺也產生出一些感情。就好像由上往下看，任何東西都顯得比較可愛一樣。

連什麼都不知道的父母，看起來也比平常要像好人。一時之間心中湧現對父母的愛意，這可是好幾年來從沒有的現象，栗橋浩美有種新鮮的感動。站在高處，看見的東西都會改變，好像什麼都變了，人生開始向自己靠近。和平說的果然沒錯。

可是隱瞞不說總是令人不滿足，這也是和平說的。而且很無聊。甚至一心隱瞞，還會有被發現的危險，所以乾脆不要隱藏，將我們想要讓人看見的部分公開吧！

一開始栗橋浩美不能理解這樣的建議。好不容易才隱藏妥當，有什麼必要冒險呢？我才不願意呢。但是和平很認真地聽取了栗橋浩美的意見，並沒有笑他是膽小鬼。所以栗橋浩美也能毫無顧忌地說出自己的心情。老實說，我真的很害怕，希望就這樣老老實實地隱瞞不說。

聽完栗橋浩美的想法，和平笑了。跟小時候一樣，他還是那副圓臉，笑得柔和。是知識分子的笑容。他還說：「可怕的是隱藏著不說，將整個主導權交給了社會才可怕。只要將立場逆轉過來，就沒有什麼好怕的了。」

和平說的對。過去他都做對了，這一次當然也不例外。只要掌握住主導權，就什麼都不怕了。但是心情卻十分喜悅、雀躍萬分，幾乎快要坐不住了，而且很希望對別人好。

兩年前的那個事件之後，也就是在他對岸田明美動手，並埋葬了不知名的少女之後，和平勸他搬出來租房子住。栗橋浩美開始了一個人的生活。和平對他說：「為了善後處理，也為了實施今後的計畫，浩美需要有獨自作業的空間。」他沒有辦法說不。

從此他開始家裡和租房子的地方兩邊跑的生活，但都沒有睡在家裡過，只除了昨天晚上。因為他想留在父母身邊，對著他們微笑。他有種想要愛護、有些可憐他那什麼都不知道、什麼都不會的垃圾父母的心情。

而且最重要的是，在今天這一瞬間，在那隻右手腕被發現、揭開整齣戲序幕的那一瞬間，他要站在什麼都不知情的父母身邊。分享他們對於大川公園所發現的右手腕所表現出來的關心、嫌惡與興趣。

他不說出「是我幹的」。明明知道所有詳情，卻要裝出不知道的神情。

爸爸最近提到自己的身子不太舒服，所以早上爬不起來。壽美子過了七點便起床，看見栗橋浩美坐在客廳看電視還嚇了一跳說：「你怎麼這麼早起？」他回答：「今天很清爽地睡醒了。」

一方面期待大川公園收垃圾的時間能提前，讓一切早點開始；另一方面又覺得這麼興奮刺激的等待時間太早結束，未免太可惜了。今天一整天都希望保持如此昂揚的情緒。

壽美子做的早餐很可口。乾硬的土司、過甜的草莓果醬、只有香味的即溶咖啡，但卻很好吃。因為和什麼都不知道的壽美子一起用餐，所以好吃。因為站在高處，所以覺得可口。

由於栗橋浩美早餐吃得高興，壽美子的心情也跟著不錯，還說要煎荷包蛋。以前要是在土司快吃完才說要煎蛋的話，一定會被浩美罵說：「笨蛋！要煎為什麼不早點煎。」可是今天不一樣，栗橋浩美整個人高大了一圈甚至兩圈，就算是笨媽媽，他也能溫柔對待。

「好呀，我想吃荷包蛋。去煎吧！」

微笑對著壽美子說話時，電視節目有了變動，栗橋浩美緊張地回頭看電視。

時間正好是八點，是早上社會新聞的時段。一向笑容滿面的男女主播，總是會說些有的沒的開場白，例如：最近發生了這些事，秋意逐漸加深、今天早晨變涼了等沒什麼特色的話題。

但今天早上不一樣，一開始就是現場轉播的畫面，地點是大川公園。

栗橋浩美將手上的咖啡杯放在桌上，因為手心顫抖、流汗，他害怕杯子滑落打破。

他覺得頭暈，心臟快要跳到喉嚨上來了，於是他快腳地踏著波卡舞曲的步伐。感覺到臉頰發燙，耳根充血。

沒錯！畫面上的肯定是大川公園發現右手腕的報導。栗橋浩美高興得眼眶有了淚水。現場站著一位身穿紅色洋裝的年輕女記者，就跟那天倒在洞穴裡死去的岸田明美穿的很像，長相也很相似。對於這個偶然的符合，栗橋浩美不禁笑出了聲音，真是太高興了！

記者有些緊張，快速說話的同時常常吃螺絲，帶著一種撒嬌的語氣。栗橋浩美覺得她缺乏知性的地方跟岸田明美也很像，就益發快樂起來了。

緊張的記者，好不容易斷斷續續將發現右手腕的經過說明完畢。據說是一位帶著狗散步的高中女生發現的，狗聞到了臭味。栗橋浩美心想：的確，那隻右手腕倒是特別的臭！搬運的時候還放了許多的除臭劑，當時房間裡面也很小心地換氣過，所以還能忍受。但是棄屍的時候實在臭得不得了。

原來……是個高中女生發現的，這也是值得高興的事。不知道長得漂亮與否？性感嗎？頭腦聰明不聰明？如果是比這個記者知性的女孩，我應該會喜歡吧。說不定會想跟她見見面呢。

可是繼續聽下去，才知道當時高中女學生並非是一個人在場。栗橋浩美覺得很無趣，心想：真是個不會說話的記者！

和女孩在一起的，是個高中男學生。記者補充說：「兩人好像是同樣年級。」聽起來似乎暗示他們是在早晨帶狗出來約會。栗橋浩美不禁咋了一下舌頭。那個高中男生不該在沒有他角色的舞台上隨便出場，我倒要見見他，看他是個什麼東西！

這時他突然發現，壽美子端著荷包蛋的盤子站在他身邊。一雙眼睛盯著電視的畫面看，混濁的目光充滿了興趣與好奇心。

「看來又發生可怕的案件了。」栗橋浩美說時，並伸手取下壽美子手上的盤子。

荷包蛋煎過頭了，蛋黃又硬又乾。大概是壽美子邊看電視邊煎的吧。

但是栗橋浩美還是不覺得生氣，他看著媽媽的臉。媽媽就像飢餓的小孩子盯著送上來的麵包一樣，目光直視著電視。沒錯，對於這種她可以隨便評論的事件、她可以從安全地方遠眺的刺激案件，壽美子的確很飢渴。

栗橋浩美心想：如果我現在跟媽媽說將那隻右手腕丟到垃圾箱的人是我，媽媽會高興嗎？她會不會因為我做了有趣的事而雀躍三分呢？

但現實生活中，他還是用慎重、沉痛的口吻表示：「是分屍案。還是個年輕女孩被殺死了，真是悲慘。」

壽美子總算將視線從電視畫面移向栗橋浩美的臉上。

「會被捲入這種事件，受害的一方也有問題吧！」

嘴裡咀嚼著乾硬的荷包蛋，栗橋浩美心中低語著：媽媽的反應倒是跟我預想的差不多嘛。

「看來那女孩大概也不怎麼正經吧。隨隨便便就跟陌生男人在一起的女孩，難怪會被殺死。」

「是這樣子嗎？」

「當然是。」壽美子眨眨眼睛，肯定地說。栗橋浩美很清楚，每當她用這種方式看著浩美的臉時，就表示她已經看穿了浩美的內心，或者是說她以為看穿了浩美的想法。

「你以前交的女朋友，就是那種人。」

栗橋浩美裝傻說：「女朋友？」

「就是那個長頭髮的女孩呀。是兩、三年前吧，經常在我們家門口晃來晃去的。裙子短到快要看得見裡面的內褲了。」

壽美子指的是岸田明美。畢竟壽美子所能掌握到兒子女友的訊息，只到岸田明美就沒有了。所以想到的也只有明美的樣子。

「是她呀！」栗橋浩美裝出笑臉來：「我已經跟她沒有交往了。可是她也不是什麼壞女孩呀。」

「那是因為你不會看女人！」壽美子的眼光不懷好意：「就算你不說話，還是有女孩子追在你屁股後面，所以得小心一點才好。聽見了嗎？」

「是，我知道了。」

我當然知道，媽。我比妳想像的還要清楚呀。

就算知道岸田明美在哪裡，媽媽能想像她現在在幹什麼嗎？在泥土底下，跟蛆交情好著呢。不對，她應該已經化成白骨，眼睛蝕腐的頭蓋骨正哀傷地對著天空吧。媽媽要不要也陪著她一起躺在地下呢？

栗橋浩美吃完了荷包蛋。很好吃。精采的戲幕張開時，連空氣都甜美。隨著死人的行進開始，他有種重生的感覺。

在討論計畫的時候，關於何時開始「玩弄」他們呢，他和和平的意見分歧。栗橋浩美主張當天就開始，和平則審慎地認為觀察幾天後較好。

「可是這樣的話，很可能他們會發現不到另一個垃圾箱裡的皮包。」栗橋浩美不高興地翹起了嘴巴。

和平表示：「一旦發現了右手腕，警方一定會全力檢查所有大川公園的垃圾箱，連箱底也要翻開來搜索。這一點根本不必擔心。」

但是浩美還是覺得不滿。我們身處於安全地帶，自然不必擔心。可是打鐵不是要趁熱嗎？應該早點讓他們知道我們的存在。

他們，他們，他們。

在和和平討論計畫時，「他們」代表一個符號。「他們」指的是負責搜索的警方，也是報導事件的媒體們，還有街頭巷尾談論這些事件的人們。「演員」的家屬也可以稱之為「他們」。

沒錯，就是「演員」。「演員」也是一個符號，代表死者。他們都是參與和平和栗橋浩美絞盡腦汁創作之劇碼的演員們。有時會被稱為「女演員」，和平有時也會用「角色」的字眼。為了讓整個事件完美的演出，選角是很重要的。

這一天，一九九六年九月十二日，是值得紀念的開幕日。一開始出場的是那個右手腕的主人，其實栗橋浩美並不喜歡這項安排。因為那是一個不怎麼出色的「女演員」，長相不是他的喜好。聲音也很難聽，就像破汽球一樣的粗嘎聒噪。

可是和平決定用她。和平說明：「我們就是在等待這樣的『女演員』出現，身上有一點特徵，卻又不容易找出其身分的女孩子。」果然那女孩的右手腕上有顆小痣。而且從她本人嘴裡聽到的是：她沒有家庭，父母沒有責任感，對她毫不關心，根本不會想打聽離家出走的她的消息，甚至覺得她不在反而是丟掉了一個大包袱。

那個女孩很愛說話。雖然她說自己是十七歲，但聽她說話的方式很幼稚，語彙也很貧乏。和平經常在她說到一半時糾正她的用詞和語法。

對，那個女孩真的很愛說話。

一開始我們表示想聽她說自己的故事，她還一副不相信的神情。你們的目的不是我的身體嗎？難道不想跟我做嗎？奇怪了，你們這種男人我是第一次遇到。難道我沒有魅力嗎？我知道我有點胖，而且正好長了痘痘，可是我平常不是這樣的！

栗橋浩美安慰說：「沒關係的，我們平常沒有習慣用錢買女孩子。」可是不知道為什麼，那女孩總是對著和平講話。有問題的時候也是問和平，幾乎不看我一眼。偶爾才會偷偷瞄我一下。我覺得很不甘心，故意靠過去跟她說話，但是那女孩還是越過我的肩膀抬眼看著和平，那眼光好像是在詢問：這個人說的是真的嗎？

哼！還是比不過和平。栗橋浩美心想。就算是很蹩腳的女演員，也知道哪一個才是真正的導演，也只肯聽從指導演技的人說的話吧。

算了。我就是和平，和平就是我，我們倆是一體同心，沒有差別的。

沒錯，那個女孩就是愛說話。說到一半，她便陶醉在自己的故事中，越說越樂。過去從來沒有人想聽我說話，不管是父母還是學校的老師，他們都當我不存在。好像我是個沒有思考、沒有感覺的人一樣。

那女孩的父母在她七歲那年離婚了。雙方各自有了再婚的對象——應該說彼此都有了外遇，兩邊開始了新的生活，所以女孩成了眼中釘。

不會吧！先不管妳爸爸怎麼樣，妳媽媽應該很重視妳才對？畢竟她是十月懷胎才生下妳的呀。

這麼一問，女孩用力搖頭回答：「才不是呢。誰說當媽媽的就一定會愛她的孩子？那根本是神……神……」

「神話嗎？還是傳說？」

「對，就是神話。我媽媽根本就是討厭我，因為我長得像跟她離婚的老爸。尤其是眼睛一帶很像。所以她一看見我，就會想起他。媽媽的男人看見我，也會想起我老爸。我在家裡就成了他們的眼中釘。

「老爸才更過分。老爸的女人是個大醋桶，一看見我就想起我是老爸和媽媽生的孩子，立刻嚴重地歇斯底里起來。你相信她居然會對我丟盤子、杯子的嗎？

「我沒有地方可以去，沒有人肯關心我。我不見了也不會有人擔心。可是我不在乎，我倒是喜歡這樣的自己，所以無所謂。」

和平笑了，那女孩也跟著笑了。過去有過大笑或嘲笑，但從來沒有微笑過的女孩，因為和平的笑臉而微笑了。

接著和平說：「妳就是我們所要找的女孩，妳該去的地方就是這裡。妳是我們的……女演員！」

於是女孩就進了垃圾箱裡。

還有一個女演員，就是那個皮包的所有人。栗橋浩美很喜歡她。那個女孩不錯，長得很可愛，叫做古川鞠子。她臉頰的顏色和觸感，很像栗橋浩美小時候，很小很小的時候愛玩的彩球。那是一個淡粉紅色的彩球，拋出去會輕輕彈跳。不過不會跑太遠，最後還是會回到他手上，從沒有離開過他身邊。栗橋浩美對她提起這件往事時，古川鞠子粉紅色的臉頰流著淚說：「我不會逃走的，你放開我的繩子……」

那是在東中野車站前往住宅區的夜路上發生的事。那一個晚上並沒有計畫，只是她突然出現了，然後和平發現了她。之後問和平，他說是一見鍾情。在夜路上看見她一個人浮現眼前，只有她的身邊是明亮的。還沒有聽見她的聲音、跟她說過話，就知道她是我們最重要的女演員。

和平跟她說有個緊急的病人需要幫忙。我的朋友臨時肚子痛，很難過的樣子，不知道附近有沒有急救的醫院？古川鞠子是個好女孩，看了一下躺在車後面裝病的栗橋浩美，視線充滿了關心。

然後回答說：「這附近沒有急救的醫院，不過我家就在附近，不妨到我家打電話叫救護車吧？我媽媽在家裡，也可以讓病人躺下來休息。」

家就在附近，古川鞠子正打算回家。她不想登上我們的舞台，正準備回家。

這種事怎麼能夠忍受！

因為和平頭腦比較好，立刻接受了古川鞠子的提案，還不忘記表示謝意。請問妳家在哪裡？我可以慢慢開車跟在妳後面。和平是個正經人，不會隨便就開口邀請「要不要一起坐上車呢」？因為他知道這麼說，會引起對方的戒心。

夜路上看不見其他行人。

古川鞠子用手一指說：「我家就在那個轉角。」的確是很近的距離。然後她再度投給車內的栗橋浩美一個關心的眼神，轉過身開始走動。

和平當場抓住了她，古川鞠子沒有大叫。閉上眼睛的女演員就像洋娃娃一樣。鞠子上了車，他們慢慢開著車子。故意放慢速度，駛過她的家門而去。栗橋浩美湧起一股勝利感，渾身興奮地顫抖。

古川鞠子很容易哭，也很容易生氣。但還是從她嘴裡套出，她的父母失和，父親已離家出走的事實。真是可憐，和平說。古川鞠子的眼光低垂，她對和平採取反抗的態度，或許和平不是她喜歡的類型。也可能是因為他們相處的時間太過短暫吧。

但栗橋浩美喜歡她。鞠子是他的粉紅色彩球，他在心中如此呼喚她，感覺她就像是他的青梅竹馬一樣。如果能夠，他不希望她出場，而他也真的拜託過和平。雖然只有拜託過一次：「能不能讓她留在身邊久一點？」

和平回答：「劇本是不能更改的。而且在還沒有生厭之前，進行下一個故事，肯定會比較好玩的。」

他只好放棄了。可是交換條件是：古川鞠子的「玩弄」活動必須由他來執行。

和平笑出聲音來說：「「玩弄」都交給浩美做，因為你比我還內行。交給你囉！

所以栗橋浩美很期待「玩弄」的開始。但一向慎重的和平還企圖說服他，浩美表示：「玩弄」越早進行越好。就像搧風點火一樣，動作要快。這一點我有自信。只要右手腕被發現，就必須開始。

和平微笑地說：「算了，我輸給你了。說不定就如浩美說的，要製造話題就要快。我的想法大概是過於慎重了。

「看來還是浩美比較靠得住。」

「我想跟電視新聞的人說話可以嗎？」

「當然可以，還是要跟我說也可以。或者您有特定的對象嗎？」

「不，跟誰說都可以，那就跟你說好了。」

「對不起，請問您尊姓大名？」

「我不想說出自己的名字。」

「那麼您是要提供意見還是有所要求嗎？」

「哈哈哈，我沒那麼偉大，我只是要提供消息。」

「消息……」

「嗯，今天新聞鬧得很大吧，就是大川公園的分屍案。說是屍體，其實發現的也只有個右手腕而已。」

「是的，您說的沒錯。」

「對了，還有個手提包，是女用的。那個確定是古川鞠子的所有物嗎？」

「這話是什麼意思？」

「什麼意思？何必說得那麼難聽。」栗橋浩美靠在椅背上大笑。真是太愉快了，太高興了。

平穩地駕駛著愛車，將右手臂靠在全開的車窗上。微涼的風吹起來十分舒服。

他將車子停在栗橋藥局附近的公園邊。說是公園，其實面積很小，也沒有什麼遊樂設施，所以也沒有小朋友來。公園裡只有樹木和花叢，有一個老人牽著狗在散步。

和平交代：「開始『玩弄』的時候，要注意從哪裡打電話，挑選地點是很重要的。因為用的是手機，所以不怕被反向追蹤。但也不能選擇背後有電車聲音、車站前的熱鬧嘈雜、小孩子玩鬧的聲音、商店街的叫賣聲等特定場所。這一點千萬要小心。」

栗橋浩美事前做了許多地點的測試，找了許多不錯的地點。最後還是認為自己家附近的公園旁，這條單行道最合適。因為是學區，很安靜，又沒有什麼車子經過。而且只要小學生放學回家後，路上根本沒有行人。樹木綠蔭可以幫他避開別人的耳目，打起電話就更安心、方便了。

「我是想告訴你們……」對著左手上的小型手機，栗橋浩美溫柔地說：「從大川公園裡不會再發現什麼了。當然也不會有古川鞠子的屍體囉。手提包是丟在那裡沒錯，但她是埋在別的地方。所以說那隻右手腕也不是她的。」

「喂……喂……您對這個事件很清楚嗎？」

這傢伙是報導的記者嗎？栗橋浩美心情愉悅地想著。不過這種情形下，他倒是有點遜嘛！聲音居然在發抖。

「那隻右手腕是誰的呢？」

「這個就不能說了，反正警察也在調查不是嗎？」

對方慌了，栗橋浩美忍著笑意。萬一笑得太過分，對方可能會認為我太輕浮。

「我要說的就是這些了，目前為止的話。我要掛電話了！」

說完，他低頭看著手機裡傳出對方失望的說話聲，靠在車窗上的右手手指做了拜拜的手勢，然後按下「關機」的按鍵。

滿臉的笑容，做一次深呼吸。真是太棒了，一切都進行得那麼完美。該回去了吧。

當他猛然抬起頭，整個人僵住了。照後鏡上出現一張熟悉的大臉。

是高井和明，和明滿臉笑容地走了過來。

9

大川公園的分屍案，似乎有許多女性遇害。而且犯人很囂張，居然還敢打電話到電視台吹噓自己的所作所為。

這種事前所未聞，這種犯人前所未見。還不知道他會繼續做出什麼舉動來；最可怕的是，他肯定還會做出什麼來。

整個日本都這麼認為。大家都張開眼睛，吃驚地等著。對於和古川鞠子一樣年紀的女孩及她們的親友，都害怕得不知如何是好。

可是對大多數的人來說，這恐懼不知如何因應也是事實。不管怎麼膽怯、喊著有多害怕、氣憤警方不知在幹些什麼事、擔心社會的規範失調、解析這樣的犯人為什麼會出現，也不能馬上就抓到凶手。這種不能當做別人家的事，卻又不知如何直接參與的案件，如果整天繃著神經因應，恐怕人們都要發瘋了。

於是這種時候人們自然有其解脫之道，方法不一而足。愛湊熱鬧的人就會徹底發揮他們的好奇心，讓自己成為「外野」，讓事件和自己區隔開來；也有人乾脆玩起偵探遊戲，展開推理、追蹤罪犯；也有些人會「理性地」思考：那些受害的女性們——雖然大川公園的事件還沒有確定身分，很難舉出一定的事實，但他們還是認為「會被捲入這種事件，受害的一方也有問題吧！」

更單純的做法就是「忘記」。每天都有事好忙，哪裡有閒工夫去關心跟自己毫無瓜葛的事件呢。

家裡有由美子這種年輕女孩的高井家，在剛開始的一兩天，夫妻倆也很擔心這個案件。不僅不讓由美子一個人外送，甚至要她最近盡量別出門，表現出神經質似的膽怯。可是不管恐懼如何展現在現實生活中，什麼也幫不上忙的。

尤其限制了由美子的活動，高井家的長壽庵營業就受到影響。不希望讓女兒出去外送，就必須立刻僱用新的工讀生幫忙；可是長壽庵的收入還沒有那麼寬裕，何況現在最貴的就是人事費用。如果禁止女兒晚上出門遊玩或規定回家時間，女兒一定會抗議「又不是小孩子」而不依的。

結果只能對別人的不幸表示同情，儘管心中還是有些恐懼，卻還是選擇忘記。這對熱心做生意的高井家並非難事，因為他們跟每天在電視螢幕上大張旗鼓的社會新聞報導沒什麼緣分。

由美子敏感地察覺，自己的父母因為有她這個女兒，所以不喜歡她聽見或追問有關大川公園的案件。因此她也不提這個話題，看見新聞報導也不多說。來店用餐的客人提起，就故意裝做沒興趣地聽過就算。

其實由美子本身跟一般人一樣，對於這個事件抱持著強烈的關心，始終注意事件的發展。以年輕女孩為對象的變態犯罪，而且凶手的頭腦很好，又是在東京都的東部囂張，怎能教人不關心呢？她當然很想知道事件的詳細內容。

因為不能收看電視，只能從報紙雜誌收集最新資訊。而且公開閱讀還會被罵，只能偷偷進行，必須做得很小心。

在她暗自收集資訊的同時，突然發現哥哥和明對這個事件也很有興趣。這倒是難得的現象。

和明最喜歡看職棒和電視連續劇。由美子對棒球沒有興趣，只知道他支持的是某個實力較弱的球隊。九月中旬的球季後半段，連運動新聞都不太報導跟優勝隊伍無關的消息，她看見和明連這種小新聞都很仔細查過。

至於電視劇方面，由美子也愛看。但是要跟和明聊電視劇的感受，總覺得奇怪又難為情。畢竟哥哥是個男人，居然喜歡看電視劇，未免太丟人了吧。實際上哥哥不僅對每一段的故事展開、演員的動向很清楚，連哪個劇作家過去寫了什麼劇本、這個場景拍攝的地點、這個畫面是模仿過去曾經轟動過的哪個劇，他都瞭若指掌。哥哥是用這樣事前準備十分徹底的態度在看連續劇的。

所以平常哥哥讀報紙時，都是在看影劇欄或運動版。所讀的雜誌也都是運動刊物和戲劇畫報。由美子經常在中午的休息時間，看見哥哥一邊在廚房後面的空地曬太陽，一邊翻閱雜誌。因為太習慣這種畫面，幾乎已成為一種固定的風景了。

「哥哥在哪裡？一定是在後面看報紙吧。」這是她常常回答的話。

但是自從發生大川公園的事件以來，這樣的和明也看起了社會版。而且還特意買週刊、晚報回來看。她偷偷瞄了一下哥哥攤開的版面，標題總是「剩下的屍體何在」、「對凶手的推理」等字眼。很明顯他是想要更進一步知道大川公園事件的下情和詳細，才會買這些報章雜誌的。

不公平的是，和明閱讀這類報導，爸爸和媽媽什麼都不會說。一方面是因為和明讀了也不會聲張，所以他們大概也不知道他在讀些什麼。本來他在家中就是比較沉默的人，不管別人說什麼，他只會在一旁笑著聽，因此這種結果也很正常。反而是和明一旦開始多話，那麼全家人肯定會擔心他是否生病了。

不管怎麼樣，和明平常的生活幾乎是和「社會」脫節。身為蕎麥麵店的人，目前的做麵技術似乎足夠應付街上小店的生意，至於跟客人之間的應對進退就不行了，連基本的招呼客人都有問題。爸爸媽媽嘴裡沒說，但心裡都在擔心：這家店是無法交給和明一個人經營的，沒有由美子幫忙是不行的。和明雖然認真勤勞，但看父母對他的態度比對由美子更百般呵護，可知仍當他是小孩。

這樣的和明居然對大川公園的事件有興趣。

過去也發生過一些大案件，許多都是跟年輕女孩有關的離奇案件，但和明從來就沒有表現出興趣。為什麼這次不一樣呢？難道說大川公園的事件比較特別嗎？

因為舞台是在東京嗎？可是練馬區和墨田區都是二十三區的邊緣地帶，也不是能夠真實感受事件發生的近距離。

還是因為這次的犯人很愛說話呢？因為凶手愛出風頭，故意打電話給媒體嗎？而這種行為連與世隔絕的哥哥都覺得怪異嗎？

「哥！」案發經過十天，終於由美子捺不住好奇心發問了：「哥那麼難得地讀報紙，是不是有什麼關心的事？」

那是下午的休息時間。文子說要去銀行出門了，伸勝則是累了到樓上午睡。最近連勤勞的爸爸也常常喊累，由美子內心覺得難過。畢竟爸爸也已經上了歲數。

被由美子一問，和明摺好報紙，回過頭。遲緩的動作顯然想要掩飾什麼，由美子不禁笑道：「討厭，你是不是在讀什麼不能讓人知道的東西呢？」

和明難為情地嘿嘿一笑。由美子靠在門邊，雙手盤在胸前。

「你是在讀大川公園事件的報導吧？也難怪，一定會關心的嘛，我也是。到處都有人在提這件事。」

和明將報紙放在腿上，從白色外掛的胸口口袋掏出香菸。那是尼古丁含量最少的淡菸。就算是由美子和朋友上小酒館或卡拉OK，想要抽根菸時，也會挑選味道更強的牌子。但是和明從二十歲以後開始抽菸，始終都是買這個牌子。與其抽這種菸，還不如戒掉算了。

動作笨拙地點燃香菸，和明眨著眼睛吐出白煙。由美子覺得哥哥的小眼睛因為煙燻顯得更加小得可憐，就像大象一樣。

「哥，你很少會對這種社會案件有興趣。不過大川公園的事件的確是很奇怪的案件。」

和明抬起那張大臉對著由美子，溫柔地說：「晚上不要出去玩，我會擔心的。」

「我知道。在這個案件還沒冷靜下來，我才不會太晚回家讓爸爸媽媽操心的。」

和明點頭稱是。

「真是可怕，這世界上居然有這麼殘忍的人。」

「就是說嘛。」

「只要妳晚上出門，哥哥我也擔心得睡不著呀。」

由美子發出聲音大笑。

「這樣的話，哥也一起跟我出去玩不就結了。」

和明微笑地點頭。他將菸頭從嘴裡取出，丟到腳邊的咖啡空罐裡。

滋的一聲，熄滅的聲音意外地清楚。由美子心想：跟哥說話時總是這樣。感覺上跟其他人說話時，除了說話聲還有許多背景音效。就像聊天的氣氛融入周圍的空氣中一樣。但是和哥哥談話時不一樣，感覺很安靜。

「你想凶手是怎樣的人呢？」

難得跟哥兩人一起說話，她想多談一點大川公園的事件。畢竟這是目前日本最熱門的話題：「你也認為他是個變態嗎？但是做為一個變態，似乎又很厲害。從他打給電視台的電話聽來，頭腦相當聰明。」

和明側著一顆大頭，一副思考的樣子。平常由美子說三句話，他才能回一句話，所以也已經很習慣了。

「昨天出刊的《週刊郵報》有大川公園事件的專題。上面提到日本這種案件不多，但在美國已經有很多連續殺人事件的案例，甚至沒有注意就殺死了三十多人呢！真是恐怖。還說日本今後也有可能變成那種狀況，這次的事件只是個開端。」

和明的眉頭稍微皺了起來。稀薄寬鬆的眉毛，說好聽一點，給人溫和的印象；說難聽一點，根本就是顯露他愚笨氣質的一項道具罷了。由美子的五官鮮明，一雙濃眉搭配大眼睛恰到好處。他們的父母都擁有漂亮的眉毛，為什麼哥就是長得不一樣呢？

和明的頭還是側著。嘴巴張開著似乎想說些什麼，接著又改變主意取出新的香菸。

「也給我一根吧。」由美子像小孩子般伸出手。

和明知道妹妹偷偷抽菸的事，微笑地遞出一根香菸。然後先幫由美子點燃香菸，並說：「簡直就像電視劇一樣。」

由美子以為他指的是幫她點菸的這一段像電視劇，於是笑著回說：「電視劇的話，我還希望更帥的男人為我服務呢。」

和明眨了一下眼睛，說句「是嗎」也跟著笑了。然後將自己還沒點燃的香菸插在耳後，從凳子上起身說：「我該去洗菜了。」

「我來幫你。」

和明搖搖頭說：「妳不是要去美容院嗎？」

說的也是，今天早晨起來，頭髮實在太亂了，所以跟媽說過：「要用中午休息時間去剪頭髮。」和明注意到由美子在家裡的言行，總是記得這種小事。

「忙完相親的準備後，妳就沒去過蒲田師傅那裡了吧？去吧。」

相親被放鴿子，實在是很不願意想起的糗事。由美子將菸蒂丟到空罐裡面。

「去美容院的話，就能讀雜誌。」

「是呀，我去收集情報好了。蒲田師傅也很喜歡談論這種事。」

由美子動作迅速地脫下白色外掛，準備上樓去拿錢包。這時和明的聲音從後面追上來說：「由美子，妳要去商店街嗎？」

由美子回頭說：「不會吧……如果有事的話，我就順便幫你去。」

「沒有要去的話，就算了。」

接著又是一陣奇怪的靜默。由美子覺得和哥哥的對話，中間總是缺少什麼。中間完全空白。

「剪個漂亮髮型回來吧！」哥哥微笑地說著。

然後打開水龍頭，將雙手浸在大的洗菜桶裡。由美子感覺有些說不出來的奇怪，但沒有深思為什麼。也沒有想過：和明本來想要說些什麼？

「妳要去商店街嗎？」這句話的背後，他其實想要接的話是：「千萬不能靠近栗橋藥局呀！」

出門前由美子又回頭看了哥哥一眼，和明默默地在洗菜。

10

一開始並沒有意識到有馬義男這個人。

有關古川鞠子家的事，因為是從她嘴裡問出來的，栗橋浩美和和平都很清楚。而且在那個時間點，他們認為的關鍵人物是鞠子的爸爸古川茂。

栗橋浩美和和平描繪的「出場人物」中，古川茂、鞠子父女是極具魅力的題材。有了年輕愛人而離家出走的父親和可憐的獨生女。處於父母情感糾葛的夾縫中，痛苦煩惱的女兒也到了對愛情、結婚敏感的年紀。固然心情上還是強烈地不能原諒父親，但同時對於逆境中成長的愛情，還是有著女性多愁善感的共鳴。栗橋浩美心想，如果鞠子本身與公司的上司有不正常的戀愛關係，這齣戲就更好玩了。於是他對她質問了許多，妳是不是喜歡年紀大一點的男人？喜歡像爸爸一樣的男人吧？有沒有偷偷跟公司的上司交往呢？

沒想到鞠子竟然一笑置之。既然已經落入他的手裡，沒經過他的許可就笑的「出場人物」是不及格的。當時和平不在身邊，栗橋浩美一個人決定給予鞠子懲罰。他從早上開始不讓她吃飯，也不給她上廁所。

這下子鞠子真的受不了了。人可以忍受肚子餓，卻無法不上廁所。到了下午三點過後，鞠子實在忍不住，只好哭泣地要求：「讓我上廁所！」栗橋浩美帶她去廁所，但不准她關上門，而且事先還將衛生紙捲從架上拿走了。

古川鞠子開著門上完廁所，然後又是一副哭臉要求使用衛生紙。栗橋浩美笑著將紙捲丟給她，並說：「妳現在這個樣子要是給男朋友看到了，再多的愛情馬上也會降低溫度吧！」古川鞠子傷心了一陣子，然後小聲地自言自語說：「我還沒有男朋友。」

之後因為這件事，栗橋浩美被和平狠狠地罵了一頓。並不是因為他擅自主張施予懲罰，這一點和平倒是很大方。只要不影響整體的計畫，要懲罰還是褒賞都無所謂。

和平生氣的是，栗橋浩美對古川鞠子所描繪的故事過於陳腐。因為爸爸有了年輕愛人，為了治療心靈的創傷，於是跟年紀可以做自己爸爸的公司上司有不正常關係，這算什麼女主角嘛？太過平淡無奇，就連電視劇也不屑使用這種情節。真是愚蠢得沒有話說。

和平強調說：「我們所描繪的願景，最重要的是要有獨創性。不能使用任何道聽塗說的片段。如果這麼做，會抹煞所有的意義！」

栗橋浩美問：「那麼古川鞠子的『獨創性』是什麼呢？」因為內心還有不滿，所以他的嘴是翹起來的。

於是和平好笑地回答：「是古川茂，她的爸爸。」不久之後，她就會被殘酷地分屍送回家裡。一看見完全變了樣的女兒屍體，他會怨恨誰呢？凶手嗎？還是他自己？因為他沉溺於自己的愛情，疏於照顧女兒，也不能保護女兒，所以招致如此悲慘的後果。他會這樣自責嗎？然後下定決心一定要親手逮到凶手嗎？還是說受不了自我厭惡和罪惡感的雙重壓力，於是發瘋甚至自殺呢？

和平說：「這樣子是不是更具有戲劇效果？鞠子只要扮演不幸的女兒就夠了。反正她馬上就要被殺。趣味的焦點是放在，她死後受到衝擊的家人身上。這樣子展開的戲劇，才能讓觀眾真正有所感受。」

栗橋浩美心想：真的是這樣子嗎？而且他也覺得和平那麼在意古川茂和他的作為，似乎有點老套。看來和平對於男人的外遇，思想是比較嚴格的。

「你討厭古川茂這種男人嗎？」

一問之下，和平立刻點頭說：「沒錯。難道你不覺得他很沒有責任感嗎？對他的家庭而言。那種人受到懲罰是應該的。」

可是從大川公園的垃圾箱找到古川鞠子的手提包，案情鬧得更大以來，始終沒有看見古川茂出現在媒體上。他沒有表示意見，也不接受採訪。跟公司請了長假，和年輕愛人不知躲到哪裡去了，沒有回到自己的家。

這下連作風穩重的和平也忿忿不平說：「這麼一來，如何能整到古川茂！真是個沒用的男人，古川茂。」

於是栗橋浩美提議：「乾脆也讓這個男人的愛人成為『出場人物』。」但和平沒有點頭，只是說：「這個意見可以產生有趣的效果，但過於危險。」

為了抑制內心的不滿，和平努力尋求其他手段，這時他看見了取代躲起來的古川茂做為鞠子保護者代表，出現在眾人面前的是她的外祖父——有馬義男。

好個有擔當的老頭！這是和平對老人的讚美。

也許是個不錯的材料，說不定比古川茂要好用！

栗橋浩美並不太贊成。他不想牽扯老年人進來，倒不是因為可憐他，就只是因為不喜歡老年人。而且他始終能感受到古川茂這個男人的魅力；已經有一個成年的女兒，從小到少女、從少女到女孩、從女孩到成熟的女性，一路看著女兒成長的過程，卻還能對跟女兒一樣年紀的女人動手。浩美對這種男人沒有厭惡的感覺，反而認為他們品嚐過浩美所不知道的其他貴重水果的滋味。浩美很想問他：「你其實是不是很想跟自己的女兒搞？想的話，我可以幫你，因為鞠子現在就在我這裡。如果你是真心希望的話，我就讓你跟她搞。只不過之後你要告訴我，感覺怎麼樣？我要聽聽你的感想。」

因此那一天，九月二十三日，栗橋浩美原本是想跟古川茂說話而打電話到古川家，不料接電話的人是有馬義男。

果然是很帶勁的老頭兒，和他說過話，栗橋浩美也能感受到。和平的直覺一向很正確。

有馬義男要求提出確實知道鞠子下落的證據。

果然是正確而冷靜的反應，這老頭並不笨。栗橋浩美開始高興了起來，答應對方的要求。同時頭腦裡快速轉動，思考下一步棋怎麼走。然後浮現一個絕妙的計畫，並訂好了步驟。在新宿的廣場飯店，七點鐘，我會將訊息留在櫃檯的。

接下來有得忙了。用文書處理機打出一篇短文，從古川鞠子的遺物中取出手錶。當初從她身上拿下來時就已經確認過上面刻有她的名字。沒有其他東西會比這支漂亮的女用錶更適合做為今天交易的道具了。

和平不在，所以他必須獨自判斷一意孤行。反正先斬後奏再說吧，應該沒有問題的。

沒有問題啦。對方可是和平稱讚是「好材料」的老頭兒，故事發展將是和平希望的方向。將有馬老頭兒拉上舞台，讓他成為重要的「出場人物之一」。

栗橋浩美將手機放進上衣口袋，站起身來準備出門。

少女沒有名字。

父母為她取的名字，很久以前她就不用了。日高千秋，好沒意思的爛名字。取名字的人是爸爸，在她出生之前就已經先決定好了。當時爸爸只是稍微研究了一下姓名學，就斷定和「日高」這個姓最適合的筆畫數、吉利度的名字就是「千秋」。所以不管生出來的嬰兒是男是女都要用這個名字。他很有信心地認為：只要取了這個名字，就能養出健康活潑的乖孩子。

少女知道爸爸媽媽的感情不合，也知道即便不合，兩人還是不能離開家庭的原因。爸爸是擔心人前的面子問題，媽媽則是沒有經濟能力。兩人經常吵架，爸爸總是生氣、媽媽總是哭泣，兩人都問：「為什麼自己會選擇這樣的人生？」

當少女長大，意識到這個「自己」是不能用「其他人」來取代時，她開始感到不安。我是為了誰而活呢？我活在世上，有誰會高興嗎？

爸爸總是忙於自己的事情；媽媽老是惋惜失去的時間，又疲於追趕現在的時間，根本無暇考慮到少女。媽媽之所以注意到少女的生活，是因為少女是媽媽生活的「憑藉」，並非出自於母愛。

少女心想：如果我因為車禍或生病死去，爸爸和媽媽頂多會神情悲傷地出席喪禮，然後立刻就離婚吧。因為他們終於找到正當的理由了。

爸爸會對公司的上級和屬下這麼說：「我和太太兩個人在一起，就會想起死去的女兒。有時會責備太太不小心，所以才讓女兒死掉；有時則會自責如果多重視家庭一點就不會發生這種不幸。與其彼此互相傷害對方，不如直接分手算了。」

媽媽會對周遭的人說：「女兒過世後到現在，雖然和先生在一起，但活在回憶中實在很痛苦。我一直很自責，都因為自己是個失職的媽媽，才會讓千秋遭遇不幸，所以我已經沒辦法和先生在一起生活了。」

爸爸和媽媽應該都能獲得同情吧，他們是悲劇中的人物。接著兩人開始了新的人生，取消掉少女做為憑藉之後。

少女的臉蛋長得很可愛。當她悲傷含淚時，一定會有人靠近她身旁關心。被少女深情注視時，少男們絕對會羞紅臉，並以熱情的雙眸凝視回去。

在家裡得不到的愛，在外面唾手可得。只要微微一笑就好了、只要輕輕觸碰一下男生就可以了，一開始的時候。

但終於光是這樣也不能滿足的時候到來了，不論是對方還是少女自己都無法滿足。少女發現自己的身體做為換取愛情的道具是很好用的，她自己也引以為傲。

只要跟對方睡過一次，男孩子都會變得溫柔。她還沒有遇到睡過，反而動粗的男人。所有人都很珍惜她，不希望她離去。而且希望不只是睡一次，所以更加溫柔地對待她。至少少女是這麼認為的。

她十分想要快樂、溫暖且柔和的時光，儘管爸爸媽媽不貧窮，金錢也不是問題。但是她需要能給她快樂、溫暖且柔和時光的對象，可以買少女想要的東西給她。為了讓少女更可愛，對方給錢的時候不會拒絕。

然而少女還是沒有名字。她還沒有找到自己喜歡的名字。哪一天她真的想成為自己時，她一定會想出一個好名字的。或者說，當她遇見一個男人讓她想成為自己時，那個男人會幫她取個名字。少女是這麼認為的。

那一天少女在新宿車站的東口等人。對方是電話交友中心認識的男人，電話中聊過幾次，今天是第一次見面。有點膽小，而且很老實，儘管少女多方邀約，對方都不肯答應見面。

但今天倒是聊得很開心，一問之下，原來是他找到了工作。他一直想成為文案撰稿，一直在廣告代理店找工作。因為始終沒有下文而經常失望，而這一次總算不是打雜、跑業務、行政事務的工作，有公司願意僱用他做為正式的文案撰稿。

少女說要幫他慶祝，並問：「你想不想見見我呢？」老實的男人怯懦地回答：「見一下面也不錯呀。」少女高興地回覆：「我好早以前就想跟你見面了。」

兩人約好五點半在新宿車站的西口見。少女穿著制服前去，對方則是手持一枝紅玫瑰。少女笑了，感覺好像是在演電視劇。

少女的心情雀躍。過去經由交友中心認識的人，都沒有帶給她不好或可怕的經驗。她覺得很幸運，雖然她的朋友說這種幸運不會永遠持續的，少女認為應該還好吧。因為我是特別的，所以會有特別的好運。

文案撰稿？他真的做得來嗎？聽起來倒是很炫。收入應該不錯吧，將來也有可能出名囉。少女的心思逐漸脫離現實，越飛越高，她想像自己是名文案撰稿人的太太，身穿高級華麗的義大利時裝，坐在有綠色陽台的豪宅裡，接受女性雜誌的專訪。身為名文案撰稿人的太太，她即將出版自己的散文集，內容寫的是先生、自己的生活、時裝與流行、如何成為婉約大方的美女。是的，如果真能這樣，那我的名字是……我的名字……

「請問……小姐……」

背後有人拍她的肩膀。回頭一看，一個高個子的年輕男人笑著對她說：「不好意思，嚇到妳了。我只是想跟妳說說話。」

年輕男人不好意思地笑著。端正的五官，眼睛長得很漂亮。少女對著他的眼眸笑說：「有什麼事？」

之後不到十分鐘，日高千秋就已經跟搭訕她的男人面對面坐在一起。

他們坐在站前大樓二樓咖啡廳的靠窗位置，那裡可以看見剛剛千秋等人的地點。坐定位置、點完飲料後，千秋看著樓下，發現一個穿著牛仔褲和球鞋的年輕男人，在她剛剛等人的場所徘徊。雖然看不見他的表情，但肯定是找人的樣子，眼光到處游移吧。千秋不禁笑了出來。

「怎麼了？」對面的男人表情吃驚地詢問。從上衣口袋掏出香菸的動作也停了下來。

「沒什麼，你不必在意。」千秋聳聳肩回答，並微微抬起眼睛看著對方。朋友說千秋的這種眼神有著難以形容的魅力，她自己也很有自信。

年輕男人順著千秋的視線看過去，穿著牛仔褲的男人還不死心地原地徘徊。瞇著眼睛觀察一陣子後，對面的男人回過頭看著千秋說：「妳是不是和誰約好了見面？」

千秋聳聳肩。這是她最得意的動作，讓她顯得更加可愛。

「你不必在意啦。」

以前她有個交往半年的男朋友想成為藝人，他曾經說過：「日本人能夠像好萊塢電影和美國電視劇集中的演員做出好看的聳肩動作，大概只有一九八〇年以後出生的年輕人才做得到吧。說話的時候身體、手腳帶動作的習慣，本來就只出現在表現心理動作語言較少的英語系國家。但是一九七九年以前出生的日本人，再怎麼嚮往美國風，也不能展現真正的美國色彩，所以說話和動作都顯得造作而土氣。然而一九八〇年以後出生的年輕人，已經不懂得『美國風』的意義，加上在美國等英語圈的文化下成長，很自然便養成了說話帶手勢、動作的習慣。」這是那個少年的論調。

千秋其實也聽不懂太難的理論，只是覺得對方很酷。所以拚命在鏡子前練習聳肩、邊說話邊碰觸對方、側著頭等動作。而且練習到自己也覺得可愛、性感、很自然的境界才出門實習。所以千秋的手勢動作已經相當有經驗了。

實際上，千秋的可愛動作似乎對對面的男人也發生了作用。他輕輕一笑，將身體越過桌子靠在千秋面前說：「我是不是害妳放男朋友的鴿子呢？」

「才不是男朋友呢，真的。他只是個朋友。」

在被眼前的男人搭訕前，千秋對文案撰稿人的未來幻想——妄想，此時都已煙消雲散。而且遠方站著等待千秋的年輕男人，如今看在她眼裡實在不堪入目。那種人真能成為文案撰稿嗎？簡直是異想天開。還是眼前的男人比較棒，感覺高級許多。

「剛剛我在車站前也說過了，我不是壞人，其實是個新進的攝影師。」

對面的他說出這句話時，點的飲料正好也送上來了。他點的是冰咖啡，千秋點現搾柳橙汁。這家店頗受到年輕人和學生的喜愛，幾乎客滿的店裡面，充滿了其他情侶、團體客人的說笑聲。有一群女生穿著和千秋一樣的高中制服也在這裡，其中一個女孩也跟千秋一樣點了現搾柳橙汁。她嘴裡含著吸管，眼睛不斷瞄向這邊，看著千秋和她的男伴。千秋立即用力回瞪過去，她才將目光轉移。

「你是說要找模特兒嗎？」含著吸管，千秋依然用微微向上看的眼光注視著對方問說。

「嗯，不過我要先聲明，千萬別期待太高。我和我的學長跟演藝圈沒有任何關聯，也不是在找時裝模特兒。」說完後喝了一口沒加奶精和糖漿的冰咖啡，一臉很酸的表情。

「不好喝嗎？」千秋睜大了眼睛問。

「簡直是泥巴水。算了，不喝了。」

他將玻璃杯放回桌上，動作顯得很成熟。在熱鬧的咖啡店裡，他的存在浮現出不同的味道。沒錯，他是個大人，有種社會人士的味道，像是個上班族卻又不顯得呆板土氣。

「我和學長要找的是，具有現代日本人長相的人們。我們一直都在找這種人當模特兒。」

「你和你的學長？」

「嗯，對了，我還沒有跟妳說清楚。我這個人不太會說話。」

他抓了一下頭皮，輕輕撥動了長髮，露出乾淨整齊的前額後，開始說明。

他和他的學長是自由的攝影師，主要拍攝新聞照片。過去曾經一起出版過攝影集，這一次打算以二十世紀末日本人的肖像為題發行新的攝影集。配合出版也將舉行攝影展，所以目前正忙著創作。

「已經完成了八成，因為我和學長過去一直都有創作作品。可是人物照片方面比較缺，畢竟我們偏重新聞事件的攝影。」

「也就是說你們經常追著新聞事件拍照囉？」

「沒錯。新聞照片就是那麼一回事。我的第一件工作就是雲仙普賢岳事件。」

那是什麼事件，千秋根本沒有概念，但還是做出笑臉點頭稱是。

「好厲害喲。」

「一點也不厲害。我才剛剛開始，今後還要多多努力呢。」

他說得很乾脆，然後舉起泥巴水似的咖啡喝，又是一副難喝的表情。千秋笑著看他，喜歡他說話笨拙的樣子。雖然第一次見面，很難推測他將用什麼方式與千秋接觸，但可以感到他的熱忱與親切。

滿好的一個人嘛！

千秋做出最和善的笑容。

今天能遇到這個人，算我的運氣絕佳吧！

「那麼，你是要我當你們攝影集的模特兒嗎？」

「是的。」

「我又不是長得很漂亮，腿很粗，身高又不太夠。」

他笑著阻止千秋說下去：「所以我剛剛不是說，我並不是星探在找新人嗎？剛剛妳站在車站前的表情很好，眼睛相當的清澈、有種可以看透所有事物的感覺、卻又帶著一點不安。還有……」

「還有？」因為他的言語中斷，換成千秋探出身子追問：「還有什麼呢？」

他的眼光低垂，視線移向窗外，咬著嘴唇欲言又止。終於聳了一下肩膀看著千秋說：「我說，但是妳可以不生氣嗎？」

這一瞬間，千秋決定不再相信那個希望當藝人的男朋友說過的話。眼前的男人怎麼看都像是一九八〇年以前出生的，但他聳肩、咬嘴唇的神情卻是那麼的迷人。

「看起來很寂寞，妳的表情，有一種孤獨感。而那種表情很適合我們所要追尋的現代肖像。」

千秋的臉上失去了笑容，眼睛直視著對方。這個「直視」的表情也是練習過好幾次的，至少在這個時刻，她是為了直視對方而直視的。

對面的他賠罪說：「對不起，我還是讓妳不高興了？」

千秋默默地搖頭。

「不，我沒有生氣。反而覺得有點高興。」

「高興？」

「嗯。一直都有人說我看起來健康活潑，從來沒有人會說我寂寞孤獨。」

言外之意就是她覺得很寂寞孤獨。

這一次換對方沉默。千秋抬起頭，笑著對他說：「我願意當你的模特兒。你幫我拍照吧！」

「真的可以嗎？」

「嗯！」

「可是我和學長都很窮，不能付妳很多費用。」

「我才不要錢呢，就算是幫你們好了。」

「那怎麼可以，一定要算清楚才行。」嚴辭之後，他的表情融化了，臉上浮現燦爛的笑容：「太好了，謝謝妳。我們一定會拍出好作品的。」

剛剛團體中的女高中生，還在看著千秋他們。這一次不是一個人，而是兩三個人的視線。每一個人的臉都顯得不甘，好像很生氣的樣子。

千秋驕傲地挺起胸膛，心中十分興奮。從來沒有免費答應幫助人過。

「那我要怎麼做？我應該怎麼幫你們呢？」

幹勁十足的千秋讓對方有些慌張。

「今天不必了，我總不能隨隨便便就將妳帶回工作室。天色已經暗了，妳的家人也會擔心吧？」

「家人？根本不必管他們。」

「這樣不好吧。」他說話的時候，一邊還在探索千秋的表情：「妳和家人處得不好嗎？」

千秋聳聳肩，而且是以最具效果的角度和表情呈現。

「我家裡根本沒有人會關心我的死活。」

突然對方冷不防教訓說：「那是妳的誤解。沒有任何父母會不擔心自己的孩子的！」

千秋嚇了一跳。從對方正經注視的眼睛裡，看見了擔心、同情和一些怒意。千秋打從心底感覺一股刺痛。

這個人怎麼了？我頭一次遇到這種人。

還是聽他的話，今天就乖乖回家吧。這樣才不會惹他生氣。

可是我還不想回家。我希望留在他身邊久一點。現在分開了，感覺距離會一下子拉大。

千秋是個誠實面對自己心情的女孩，她也相信那是一件「好事」。她不知道誠實面對自己的心情和貪婪、性急不過是隔著一層皮膚，沒有太大差別。之所以會有那一層薄薄的間隔，其實是自己對周圍社會的想像力所造成的。這一點她不知道，也沒有人告訴過她。

所以為了誠實面對自己的心情，她不惜說謊。

「家裡沒有人回去嘛！」

「什麼？」

「我家裡沒有人。爸爸和媽媽都忙著工作，佣人做好晚飯就放在冰箱裡。」

對面的他又沉默了，看起來表情很困惑。同時看起來又像是在同情千秋。

同情——如果想要讓誰成為自己的入幕之賓，最好的手段就是誘發對方這種情感。「同情」是贏得人心的踏腳石，千秋憑著少女的本能和智慧知道了此一絕技。

「要不然妳今天來工作室吧！我們先拍測試用的，到時候再找適合妳拍攝的地點。有些時候也需要妳提供意見。」

說完後，對方又立刻補充說：「當然，回家的時候我會送妳的。」

「嗯，那樣很好。」

「那我先和學長聯絡。」

對面的他站了起來，一邊從口袋掏出手機，一邊往門口走出去。千秋看著他的背影，臉上露出滿足的笑容。

五分鐘後，他回到座位。轉著頭說：「找不到學長。」

「他在工作室嗎？」

「沒有。說是有事，到飯店去了。西口的廣場飯店。」

他站著思考，然後拍了一下膝蓋說：「乾脆留個訊息在櫃檯。可是糟糕，我得去開車子才行。」

「車子？你停在哪裡？」

「南口的停車場。」

「那你去開車，我跟你一起到廣場飯店。」

他皺著眉頭說：「可是現在這個時間路上塞車，還不如用走的比較快。」

「說的也是。」千秋表示贊同。

「沒辦法了，可不可以拜託妳呢？」

「我？」

「是的。妳可以幫我到廣場飯店的櫃檯留個訊息嗎？這之間我去開車停到西口的地下停車場。工作室在下北澤。不好意思，因為時間很急，妳可不可以去一下就回來。」

千秋點頭說：「我知道了。」

接著他立即從口袋掏出信封說：「這是留言。」

如果有懷疑的話，這是個機會。但是日高千秋絲毫都不懷疑。

「可是你不覺得奇怪嗎？」

「奇怪什麼？」

「我還沒跟你說我的名字，你也沒告訴我你是誰。」

他笑了：「說的也是。我叫中村健二。」

「我是日高千秋。」

他拿起了桌上的帳單到櫃檯付錢。千秋則腳步輕快地走到店外的人行道上。

這時候還有一次的機會。收銀檯背後的牆上，貼有這家咖啡廳店長的照片。一個正經老實的中年男子的正面半身照，下面寫著「店長中村健二」。

可是日高千秋沒有看到收銀檯背後的牆壁。她看見的不是現實人生，而是她的夢想。不論是攝影師的對方、使用中村健二的假名、他說的話都是胡編亂扯的，千秋一點都沒有發覺。

按照指示將留言交到廣場飯店的櫃檯後，她立刻跑著回到新宿車站西口的地下停車場。

中村健二為了讓千秋容易看見他，站在車子外面靠在車身上。車子一看就像是行動派的攝影師愛用的車型，是四輪傳動的大型車。雖然是租來的，就算千秋看見車牌知道了也無所謂。拍攝新聞照片的攝影師哪裡有錢開著跑車滿街轉呢！

事實上也是如此。千秋一看見他就裝出笑臉衝上來，同時還用少女特有的身體動作掩藏視線，迅速對車子打了分數。一看見千秋瞄了一眼車牌，中村健二自己開口先招：「這是租來的，不好意思。」並難為情地笑了：「妳們高中女生一看到，一定會覺得又土又窮酸吧。可是我和學長都很貧窮。」

爽快地說完，輕身跳上駕駛座。眼角還在確認千秋微妙的表情變化。果然如預期的，千秋心想：什麼嘛，不過是租來的車子，有一種後悔的感覺。

這種反應正是他所想要的。他就是要找這種輕薄的物質主義、拜金主義的高中女生。可是她們的內心裡又有一種願望，想要遇見跟那種價值觀對立的東西；她們對金錢不是生活一切的男人抱有憧憬。所以只要抓住這一點，就很容易打動她們的心。

「對了，在櫃檯的時候，有沒有人跟妳說話呢？」

千秋張著清澄的眼睛問說：「誰呢？」

「沒有，沒有人就好。」他微微一笑說：「我只是想知道某人是否有遵守跟我的約定。」

千秋笑了起來：「怎麼一回事嘛？」

「是好事啦，待會兒再告訴妳。」

千秋在駕駛座旁邊坐好後，中村健二便發車。車裡很乾淨，沒有垃圾，只有一張地圖隨意攤在後面。另外還有些沒開的罐裝飲料，堆在置物箱裡。

車子開往下北澤。行進一段時間後，趁著等紅綠燈的空檔，他拿起一瓶飲料要喝。感覺喉嚨有些乾了。妳也喝吧？

千秋也許會喝，也可能不想喝。這是最初的分歧點。如果她不乖乖喝飲料，就得想其他的手段。

日高千秋選了罐裝的烏龍茶。實際上她也覺得口渴了，大概是因為車內空氣太乾燥。

她所喝的烏龍茶錫罐，其實是他們常用的道具之一。和平一向就善於做這種精細的作業，將開口部分輕輕打開細縫，將裝有安眠藥的溶液透過針筒注入飲料中。一旦喝完罐裝飲料，連大男人都會覺得昏昏欲睡。注射完後再將開口部分還原，小心翼翼做到天衣無縫。

後照鏡裡的新宿高樓大廈還未完全看不見，日高千秋已經睡著了。整個人歪著頭，睡得正香濃。身體幾乎快要滑到座位底下，而且迷你的制服短裙還翻了起來，裡面的內褲一覽無遺。

中村健二笑了出來，實在是太滑稽了。接著他便恢復成栗橋浩美。

假借咖啡廳店長的名字使用，對他來說其實很危險。只要日高千秋走出店門時，稍微抬頭看了一眼收銀檯的牆壁，他就露出馬腳了。

但是就是這樣才夠刺激。他給了日高千秋認出他的機會，這也是他測試彼此運氣的一種刺激賭局。而且這個以為世界上所有事物都如自己夢想展開的可憐女孩，就因為沒有在走出店門時抬頭一看，竟然落得如此下場。千秋在這場賭局裡輸了。她的守護天使沒有暗示她該移動視線，結果竟將她的性命交給了栗橋浩美！

之後就要看他和和平如何處置了。

這齣戲到此結束。他輕快地開著車，待會兒繞個路到古川家送個禮物，就可以遠離下北澤、遠離東京，到沒有人知道的地方去。那裡只有栗橋浩美和和平，那裡是他們偉大計畫的後台。

有馬老頭果然是守信用的人，沒報警，完全照我的要求行事。我也是在打賭呀，但這是一場穩贏不賠的賭局。八點打電話到飯店的酒吧時，記得要誇獎他兩句。就說老先生果然照我的期待做事，還是繼續作弄他呢？

根據預定，和平說他今晚會晚點到達「山莊」。如果他看見千秋，會怎麼說呢？看見栗橋浩美一個人完成這齣獨幕劇，他會有怎樣的感想？一開始可能會生氣我太冒險，行動太過於隨性；但是看見效果後，他應該會滿意吧？對了，接近「山莊」的時候，特別要小心別讓任何人看見了。還有繞到古川家的時候，也必須將車停在遠一點的地方，自己慢慢走過去。

心情很好，栗橋浩美不自覺地吹起了口哨。曲子是〈Make the Knife〉。在進行這項計畫不久的一個晚上，他從深夜的音樂節目中聽到了某人在唱這首歌。當時就很喜歡，因為歌中有「knife」的字眼。他不知道歌詞的意義，反正只要有「knife」這個字就好了。

實際上栗橋浩美和和平都沒有動過刀子，今後也沒有使用的打算。使用那種東西，善後起來太過麻煩了。可是不管如何注意，進行計畫的時候還是會弄髒。於是兩人便開始互推收拾的責任，兩個人都不喜歡清潔髒東西的工作。

——和平那傢伙都不認真考慮重新裝修房間。

和平說，如果找得到不會讓裝潢業者起疑的理由，想要改裝監禁女孩的房間也行。地板下面有排水管，水泥地板的中央比較低可以排水。因此只要打開排水孔，拉個水管進來就能清洗髒東西了。

而且對被監禁的女孩來說，這樣的房間比普通房間更具效果，她們一進來就知道自己的立場如何。他喜歡看她們那一瞬間的表情。自己就像動物一樣被對待、被監禁。之前那麼親切對我的帥哥，所說的話都是謊言。當她們發現自己被騙了的那一瞬間的表情，真是難以形容的好看！這些女人們。

栗橋浩美繼續吹著口哨。日高千秋還在睡覺。刀子沒出現在歌詞中，而是浮現在栗橋浩美心中。

她做了夢。

日高千秋做夢了。夢中的她成為照片裡的模特兒。攝影師站在她面前，拿著一個好大的相機，跟電視機一樣大的相機。所以他的臉被遮住了看不見。千秋不是穿著制服，而是一套裙子極短的洋裝。顏色是她最喜歡的向日葵黃，她沒有穿鞋，腳趾甲塗成鮮紅色。

燈光十分刺眼，千秋流了汗。於是化妝師趕緊上來幫她補妝、打粉餅。整理一下頭髮後，在她耳邊說：「很可愛，沒問題的。」千秋對著化妝師微笑，但不知為什麼剛剛還在那裡的人已然不見了，只留下化妝品的味道停留在她的鼻尖。

攝影師擺動好大的相機，動作像是在跳舞。照理說應該是模特兒做動作的，為什麼是攝影師在跳舞呢？千秋覺得很好笑，攝影師捕捉她的笑容按下快門。不停地聽見「卡擦、卡擦」的快門聲。好熱！燈光刺眼，而且很熱。光線強烈得令人無法抬起頭來。身為模特兒的千秋想要休息，我有點累了，可不可以休息一下？可是手拿大型相機的攝影師依然舞動著，似乎沒有聽見她的要求。為什麼會變得這麼奇怪呢？千秋想要離開照相機前。我受夠了，請停止拍照！可是千秋的右手被誰拉住了，所以她動不了。為什麼這麼用力拉住我呢？不要那麼用力呀，我會痛的。而且怎麼會這麼熱呢？好刺眼呀！關掉燈光啦，我想要休息了。

攝影師還在狂舞。他的腳步舞動，踩得地板砰然做響。砰！砰！砰！

這時她醒了。

日高千秋抖動一下身體，便張開了眼睛。額頭和鼻子四周都是汗水。

她張開了眼睛，視線卻是模糊的。沒有辦法對準焦距，頭腦昏昏沉沉的。胃袋是空的，可是卻很想吐。

究竟這裡是哪裡呢？

大概是十二到十六坪大的房間吧。地板和牆壁都是木板，千秋突然想起去年夏天和朋友到輕井澤住的民宿。那也是個充滿木頭味道的房間。

可是千秋現在所在的這個房間，比起民宿還要煞風景、還要單調。地板上沒有鋪任何東西，也沒有裝飾品。只有牆邊擺了一張床，千秋的頭靠在床頭，一雙腳靠在床腳，斜躺在床上。床的對面是一台十四吋的小電視，放在便宜的電視櫃上。一片空白的灰色螢幕就對著千秋的方向。

從千秋的位置可以看見正對面的窗戶，上面沒有搭窗簾。窗子是普通的鋁門窗，關得緊緊的。模糊骯髒的玻璃外面可以看見堅固的鐵欄杆。明亮的陽光從窗口對著千秋這裡照射進來，剛剛在夢中感覺刺眼的光線，大概就是陽光的因素吧。

這裡是哪裡？

千秋用力地搖了兩三次頭。頭腦裡的空氣似乎是凝固了，感覺十分虛無。什麼都想不起來，也無法思考。我究竟在幹什麼？

她低頭看了一下自己的身體，大吃一驚。身上的制服被脫下來了，只剩下內衣褲。沒有穿襪子，一身的汗水，感覺很臭。還是先站起來再說，她收回被甩到床邊的雙腳，舉動沉重的身體，利用手肘撐起身子。牽動右手臂時，手腕感覺一股刺痛。千秋的視線落在手上，不禁張大了眼睛。

右手腕上銬著一個手銬，另一隻手銬則鎖在床腳上。所以千秋根本無法離開床頭的位置。

夢中感覺右手被拉住，原來是這個因素。做夢時扭動身體，手腕就會牽動手銬。原來是因為手被銬住了。

她感覺從頭到腳，全身的血發出聲音在流動，好像能聽見血流的聲音。這是什麼？發生什麼事了？到底發生了什麼事呢？

千秋張開嘴想要大叫。可是除了沙啞的「啊……啊」，喊不出聲音來。但似乎回應她的叫聲，不知從哪裡傳來一聲：「砰！」千秋的身體縮了起來。

窗戶的左手邊是門。應該是進出這個房間的入口。砰然巨響就是從房門的後面傳出來的，似乎不在近處。感覺上好像是在頭頂上發出的聲響。

如果能從床腳將手銬解開，就能逃離這裡。千秋拚命想要推拉、甚至舉起床鋪。這張破床看起來像是便宜貨的鋼管結構，以千秋的力量應該還可以移動。但不管千秋使盡了吃奶的力量，床鋪就是文風不動，連一釐米也沒有移動。千秋氣喘如牛的仔細一看，原來床腳都被螺絲鎖死了。

千秋不禁大聲哭叫，這時外面頭上又發出砰然巨響。她嚇得抱著頭窩在床上。

突然有人開門了。千秋眼裡看見打開的門縫中，踏進兩隻腳。那是一雙穿著乾淨白襪男人的腳。

千秋抬起了眼神。

「嗨！」那男人說：「妳醒了？」

那聲音喚醒了千秋的記憶。是那個感覺不錯的青年──攝影師，叫做中村健二。在新宿的咖啡廳，還有他的車。

「你……」千秋嘴唇顫抖地發出聲音說：「你欺騙了我！你說了那些謊話把我帶到這裡！」

他笑得很詭異。兩手空空地，靠在門板上，水藍色的襯衫下面搭配白色棉質長褲。千秋熱得渾身是汗，頭髮散亂且只穿著內衣褲，為什麼他看起來那麼清爽？而且還能夠笑得那麼高興？

「我先自我介紹。我的名字不叫中村健二，我叫做栗橋浩美。」

男人慢慢地靠近千秋，千秋靠在床邊，盡可能用屁股在地板上往後退。

「你不要靠近我！」

「我又不會對妳做什麼。」

栗橋浩美低頭看著千秋笑。

「不要太臭美了，小姐。妳一身臭汗，髒兮兮的，我連多看妳一眼都不想呀！」

千秋眼前一陣黑暗，她快要暈過去了。一如栗橋浩美所說的，她現在這個樣子就像動物蜷縮著，她覺得丟死人了。可是她是為了誰才會落得如此下場？我是做了什麼嗎？這男人是幹什麼的？

栗橋浩美蹲下來，高度跟她的視線相當。

「妳一定在想：我什麼都沒有做，為什麼要這樣對我吧？」他笑著說話，露出潔白的牙齒：「可是妳真的做過很壞的事，日高千秋。」

栗橋浩美站起身來，打開床對面的電視機。畫面有些搖晃，好像是在播放電視劇。栗橋浩美轉到其他頻道，結果是新聞節目，應該說是社會新聞節目，畫面出現社會新聞的攝影棚。

「太好了，就是這個。」

栗橋浩美讓開電視，好讓千秋可以看見畫面。新聞主播正在和現場採訪的記者對話。記者所站的位置是……新宿西口的廣場飯店。

好像是什麼事件的實況轉播。可是究竟發生什麼事件了呢？

千秋的身體好像被什麼冰冷的東西壓過，起了一陣哆嗦。難道會是我嗎？我被騙了帶到這裡監禁，因為行蹤不明，所以成了新聞事件嗎？

如果是這樣的話，大家現在正在找我囉。寒冷的哆嗦變成希望的顫抖。千秋的視線從電視畫面轉向自稱是栗橋浩美的男人，她看著這個認得臉孔但不知其底細的男人。

栗橋浩美依然一副詭異的笑容，絲毫沒有動搖的神色。而且他好像看穿了千秋的心思，用嘲諷的口吻說：「真是遺憾，那些人並不是因為發現妳行蹤不明而鬧成一團。妳這種不肯聽清楚別人說話的毛病一定要改改才行。剛剛我是怎麼說的？我不是說妳做了很壞的事嗎？」

電視畫面上，表情嚴肅的主播正在呼喚現場記者：「是否已經掌握了幫犯人送信的高中女生身分等訊息呢？」

記者搖頭說：「很可惜，到目前還是沒有消息。」

「這麼殘酷的手段，居然跟高中女生有關，真是令人震驚的事件！」

「說的沒錯。不知道是共犯，還是不知情的情況下被利用？現階段還不能確定。」

「總之必須先確認古川鞠子的安危；如果還被凶手監禁的話，希望能早日救她出來。」

千秋不知道發生了什麼事？什麼是殘酷的手段？跟高中女生有關？幫凶手送信？這是怎麼一回事？古川鞠子？她是誰？千秋不禁想要大叫。需要被救出去的人是我呀！

「笨蛋！誰叫妳不讀報紙，也不看新聞。難道妳對時事都不關心嗎？」

栗橋浩美高傲地將雙手盤在胸前，不屑地側著臉看著千秋說：「日高千秋小姐，在墨田區大川公園發現一個女人右手腕的新聞，妳沒聽說嗎？一個叫古川鞠子的失蹤女性，妳也都不知道嗎？」

啞然地張開嘴巴，千秋看著男人的眼睛。他的眼睛裡已經沒有騙術和謊言，有的只是輕蔑的目光，彷彿睥睨著仇敵一樣，那視線盯著千秋的臉。栗橋浩美冷冷地說明社會新聞節目報導的事件、千秋所扮演的角色及她送到廣場飯店的訊息內容。

聽他說話的時候，千秋才想起來：對了，大川公園的事件，媽媽曾經提起過。她說：「發生這麼可怕的事件，晚上還是不要出去玩的好。男人都是很可怕的。」

當時我是怎麼回答的？千秋問自己。我是怎麼對媽媽回嘴的？

「我才不會笨到被男人殺呢！」我是這麼回答的。

千秋的眼睛泛出了淚水。嘴唇抽搐地說出結巴的話語：「我……我想回……回家。我……我要找……媽媽。」

栗橋浩美發出爆笑。

「妳想回家？妳不是說爸爸媽媽都忙於工作，家裡沒人？妳不是說佣人做好晚飯就放進冰箱嗎？」

他一邊大笑一邊走出房間，然後隨手用力關上房門。砰的一響似乎想要切斷千秋的哭聲。

之後千秋就被丟在房間好一陣子。

千秋的身邊是那台開了沒有關的電視機。因為找不到遙控器，手又被銬著不能移動，她無法走近電視關掉開關。

不過也因此知道了現在時刻。之前手錶被取了下來，監禁她的房間裡又沒有時鐘，根本無法知道時間。恢復意識後收看的社會新聞節目，是上午的時段。之後收看同一頻道的新聞、中午的娛樂節目、五分鐘的做菜時間、接著又是下午的社會新聞。每一個新聞節目都將廣場飯店的事件列為頭條。

從反覆報導的事實中確認，千秋終於了解自己處境的危險。如今世人還不能確定千秋是大川公園事件的共犯，還是被利用的無辜者，但心情上已經認定她是「共犯」。一方面是因為人們認為一個昨天還活蹦亂跳的高中女生，做什麼驚天動地的事也很正常；而且這種情形更能增加事件的衝擊性。

換句話說，千秋現在和外面社會的安全場所，已經有了兩層的間隔。一個是——她被懷疑可能是誘拐女性、殺人與分屍的犯人的共犯；另一個是——社會對他的認識僅止於「謎樣的高中女生」，而非「日高千秋」這個人。何況沒人會想找尋「日高千秋」！

媽媽會來找我嗎？因為我昨天晚上沒有回家。可是我經常外宿不歸的，所以媽媽可能認為才一個晚上沒回家，沒什麼好擔心的。說不定今天還在繼續觀察情況。

被丟在這裡，肚子好餓，喉嚨又渴。加上又是整間被太陽照射的房間，渾身都流汗了，還好上廁所的需求也相對減低。但是熬到下午三點半，實在是受不了了。

之前她喊過幾聲，希望有人過來。「放我出去！」、「有沒有人在？」可是沒有回音。同時電視的聲音還在播放，如果只是播放大川公園事件和廣場飯店送信事件那還好，經過一小時後，同一節目開始了新的單元，又是「手製西點蛋糕店介紹」、又是「配合秋色的時裝組合」等，盡是些和平快樂的畫面。這對千秋而言，真是太痛苦了。眼前就看得見安全和和平的地方，但也只是「看得見」，千秋的現況毫無改變。電視機竟然是如此殘酷的玩具呀！

如果日高千秋稍微有一點想像力，應該會發現栗橋浩美就是算準這種效果才將電視機開著不關。就是為了讓她產生孤獨感、讓她飢渴的感受更加真實，才丟給她這些沒有實體的「資訊」。雖然只是一種軟體，卻也可說是一種酷刑。然而就算千秋領悟了這一點，又能怎麼樣！

接近四點的時候，她終於因為想上廁所而坐立難安。因為受制於手銬不能站起來，只能坐在床上不停地跺腳。身上冷汗直流。

「拜託你呀！我要上廁所。快讓我出去。」

要從肚子裡發出大聲音，是件困難的事，尤其又是空腹。但她還是忍著痛苦不斷呼喊。突然間她才發現自己真笨，為什麼不直接對著窗戶叫就好了？

「救命呀！誰來救我出去呀！」

她用盡全身力氣不斷地大叫。也許會有人聽見吧！也許那個男人將千秋銬在這裡後就出門了！喉嚨開始發痛，口水也分泌不出來。生理需求越來越強烈。喉嚨乾燥，但淚水卻不停泛流。

這時聽見腳步聲從門的後方傳出。千秋坐直身體豎耳傾聽，好像是上樓梯的聲音。這裡是二樓嗎？

門開了，栗橋浩美探出頭來，一臉的不高興。

「妳很吵耶！」

看來他剛剛在睡覺。一頭睡亂的頭髮，眼睛四周有些浮腫。

千秋爬在地上企圖靠近他。手腕被銬著十分疼痛，但比起其他的痛苦，這點疼痛算不了什麼。

「拜託你，讓我上廁所！」

栗橋浩美不斷眨眼睛，然後呆然地看著電視機。社會新聞已經結束，現在是電視劇的重播。

「怎麼，已經是這個時間啦。」

「拜託你！」

他用愛睏的眼睛看著哀求的千秋。

「妳真是沒救的笨蛋耶！」

「拜託你，我要上廁所……。」

「我們把妳當猴子一樣銬起來丟著，就是因為這偏僻的地方，不管妳怎麼大聲喊叫，也沒有人會聽見。難道妳不知道嗎？一開始的時候還很安靜，我以為妳已經知道了這一點。」

「我要上廁所！」

「事到如今，還喊什麼『救命呀』。沒有人會聽見的，知道嗎？」

千秋哭出聲音來，連一分鐘也已經忍受不了了。

栗橋浩美在口袋中摸索，掏出一把很小的鑰匙。他用那把鑰匙將鎖在床上的手銬解開，銬在千秋的另一隻手腕。

「廁所在走廊的盡頭。」

千秋緊張得腳步蹣跚，快步衝出了房間。

夜晚。

千秋的手又被銬在床邊。

因為空著肚子，覺得頭暈。有時胃還會絞痛。太陽下山後，室內的溫度開始下降，現在已經不會流汗了，但滿臉的油膩。她躺在地上，頭靠著床邊，昏昏沉沉地再也叫不出聲音。

剛才急忙上廁所的時候，弄髒了內褲。因為手銬著，無法順利穿脫內褲。自己都可以感覺自己身上的臭味，實在很悲慘，整個人都失去了力氣。

千秋用完廁所後，栗橋浩美面無表情地靠近她，一把抓住她的脖子，將她拖回房間。所以千秋只能看到一條短廊、隔著短廊相對的房門、和接著短廊有著堅固扶欄的樓梯。

她判斷這房子的氣氛有點像是別墅。栗橋浩美所謂的「偏僻地方」，看來應該不是謊言。實際上也真如他說的，這附近萬一有住戶和人走過的話，他們就無法像這樣關著千秋了。

可是，這是為什麼呢？

他為什麼要監禁千秋呢？目的何在？是為了她的肉體嗎？

如果是這樣，只要讓他們高興，我就能脫逃了吧。

像抓住救命索一樣，千秋不斷就這一點思考。比起被威脅、被取笑，這樣子被丟著不管反而更可怕！閉上眼睛，腦海浮現媽媽的臉。一副很擔心、快要哭出來的表情。千秋，為什麼不聽媽媽說的話呢？就是她經常說教的那副表情。每一次看到這樣的表情，千秋就煩惱說：「為什麼不留下錢財，趕快死去呢？」可是現在她好想見到媽媽的那張臉。

我想回家。不，我要回家，我一定能回家。

自己對自己這麼說時，房門又再度開了。

栗橋浩美走進房間裡。一副已經洗過澡的乾淨模樣，衣服也換過了。白色的襯衫搭配寬鬆的卡其褲，身上有股淡淡的薄荷香，大概是乳液的味道吧。

「好臭呀！」他擺出嫌惡的表情對著千秋說。

千秋縮著身體，看見栗橋浩美一隻手拿著毛巾，手臂上夾著一張道路圖。從封面來看，是東京都內的地圖。發現千秋的視線，他舉起毛巾說：「這個？這個不是用來勒妳的脖子用的。」

臉上沒有笑容，一副好像在看狗大便一樣的鄙夷神情看著千秋的鼻頭說：「我讓妳回家。可是要是被妳認出這是哪裡就糟了，所以要遮住眼睛。」

千秋睜大眼睛，不禁想要站起來，但手銬因而吃進手腕裡。

「真的？真的要讓我回家嗎？」

「我讓妳回家，因為妳已經沒有用處了。」

「真的嗎？我什麼都不會說的。你的事我不會告訴任何人的。」

「妳也沒有東西可以告訴別人吧！」

他笑著靠近千秋，將手銬從床腳解開，再銬在千秋的另一隻手腕上。

「不過之前妳得照順序來。妳要先做什麼？吃飯還是洗澡？選一個順序吧。」

千秋覺得頭暈。洗澡？吃飯？有東西吃？

「我……我……」

必須趕緊回答，可是突然被這麼一問，說不定是在耍我的。說要讓我選擇喜歡的順序，萬一選了，會不會另一個就不給我了。算了，也許兩個都只是口頭上的答應。會不會說讓我回家也是口頭上的？

「沒有回答，妳是不要囉？兩個都沒有必要嗎？」

千秋大叫：「先讓我吃東西。」

栗橋浩美留下詭異的笑聲，快步離開了房間。房門開著，千秋手上雖然有手銬，但雙腳是自由的。她可以走動，要逃的話就得趁現在。

可是她動不了。萬一跑不掉，現在好不容易對方軟化了，壞了這情況更令她不安。人家不是說要讓我回去了嗎？

可是，也許他在說謊。說不定是天大的謊言，所以現在是機會。現在是唯一的逃跑的機會。

如果千秋能夠更冷靜的動腦筋，就應該知道現在的情況是在戲弄她。栗橋浩美明明知道能讓千秋陷入逃與不逃的掙扎，所以才故意打開門出去的。

五分鐘後，栗橋浩美回來了。手上拿著速食店的紙袋。

「快吃吧！」

紙袋裡裝有漢堡和咖啡。漢堡已經冷到發硬；咖啡的冰塊早就融化，味道淡得像水。可是千秋還是吃得狼吞虎嚥。一開始虛空的胃無法接受，好幾次想要嘔吐；吞下噁心的感覺後，連麵包屑也吃得一乾二淨。

栗橋浩美靠在門板上，滿意地看著千秋的樣子，然後說：「接下來是洗澡。」

他抓著千秋的手銬，一如帶著狗出門散步一樣。千秋從被監禁的房間來到走廊。在房門對面的走廊盡頭是高度及腰的窗戶，遺憾的是遮雨板關著，無法看見外面的情景。不過可以知道這是一間木造的休閒小屋結構。

環視左右，走廊的右手邊有樓梯，可以看見粗木頭的扶欄。栗橋浩美帶著千秋向左走，盡頭的地方沒有門，而是垂著一張布簾。裡面是有淋浴設備的洗手間。塑膠地板上，放著一個脫衣籠，裡面有新的浴巾。

「請用。」栗橋浩美拉開淋浴間的摺門，催促千秋。牆邊的置物架擺著洗髮精和沐浴乳。

「很久沒用了，上面可能會有灰塵。這種時候妳應該不會介意吧？」

當然不會介意。淋浴間裡到處都發霉了、有些地方盡是水垢、熱水也斷斷續續地，這些我都不介意。千秋脫掉骯髒的內衣褲，毫無防備地裸身站在熱水下面，腦中始終揮不去這樣的念頭：會不會現在就被侵犯呢？可是為什麼到現在才要侵犯我呢？機會多的是，不是嗎？

可是心中一旦有這種想法，就開始不安，根本無法好好享受洗澡的滋味。她趕緊洗清頭髮上的洗髮精，打開摺門，一把抓起了大浴巾包住自己的身體。

來到洗手間，在闔上的布簾底下看見了栗橋浩美的腳尖。原來他在走廊等著，而且還哼著歌。是千秋沒聽過的歌曲。

「洗好了嗎？」他大聲問，感覺心情不錯。

「這個，給妳換上。」

拉開布簾，栗橋浩美遞上一包衣服，是千秋的制服。摺疊得很整齊，沒有一絲皺紋，還附有新的內衣褲和襪子。

「我可以收下嗎？」

「當然可以。」栗橋浩美笑說：「既然妳都已經洗乾淨了，繼續穿骯髒的內衣褲，不就可惜了嗎！」

千秋立刻擦乾身體，穿好衣物。穿上制服時，不由得熱淚盈眶。一種熟悉的感觸，似乎證明她將脫離剛剛那些難以理解的狀況。

千秋走出洗手間時，栗橋浩美還在哼著歌曲。他一邊唱歌一邊幫她銬上手銬。制服和手銬是一種新的組合，表示她還沒有真正的自由，要想安心還嫌太早呢！千秋的心像皮球般激烈彈跳，自己也不知道心正跳向何方。安全還是危險？安心還是警戒？

「沒有吹風機，所以只能等頭髮自然吹乾囉。」他摸摸千秋的濕髮說。

「沒關係，這樣子比較不傷髮質。」

她又被帶回剛剛的房間。如果走下樓梯，可能還是不能走到外面吧？應該還很危險吧，是嗎？

「坐在床上！」

千秋遵照他的命令行事。

「我看過妳的記事簿，知道妳家的住址，但是總不能直接送妳回家。我會開車到妳家附近讓妳下去。有沒有什麼地方，晚上比較沒有人去的？最好是公園什麼的，有沒有哪裡較合適呢？」

栗橋浩美從褲子後面的口袋取出地圖，在千秋面前攤開。雖然是影印的，但很清楚的是千秋所住的三鷹市詳圖。那麼，我真的回得了家囉？他願意讓我回家囉？

「哪裡都可以，只要讓我下車，我一個人可以走回去。」

「那可不行，我可不願意冒險，萬一讓妳下車時被別人看見。我也不願意讓妳在陌生的街頭晃盪。」

說的也是，千秋拚命開始動腦筋。要是弄不好，說不定栗橋浩美又會改變主意。

「公園的話，我家附近有一個。」

「大嗎？」

「還滿大的。是個兒童公園，種有很多樹。」

「地點呢？」

千秋看著地圖，立刻找到了公園的所在地，她指給栗橋浩美看：「嗯……就是這裡。」

這時千秋突然想到：「對了，那裡有一個大象形狀的溜滑梯。小時候，我媽媽經常帶我去那裡玩。」

為什麼會想起這種事呢？大概是思念媽媽吧。自己也覺得奇怪，不禁覺得這樣的自己也很可愛。

「是嗎，不錯嘛。」栗橋浩美聲音顯得開朗：「的確不錯，正好跟我要的一樣。」

客觀來看他的反應，應該會覺得奇怪，但千秋卻十分高興，有種被稱讚的感覺。因為被稱讚似乎就代表千秋的生命有了保障，至少千秋是這麼想的。所以她必須繼續討這個男人的歡心。

「我很喜歡那個大象的溜滑梯，還幫它取了名字，叫做皮皮涅拉。」

「好奇怪的名字。」栗橋浩美一邊確認千秋所指的兒童公園位置，嘴裡直接批評。

千秋以為他不喜歡，立刻說明：「皮皮涅拉不是我隨便取的名字。你知不知道《杜立德醫生奇妙之旅》的童話書？杜立德醫生是個能和動物說話的醫生，其中有一隻金絲雀會唱歌劇，名字就叫做皮皮涅拉。我好喜歡那個皮皮涅拉，所以才讓喜歡的大象溜滑梯也有同樣的名字。」

「我不喜歡，這個名字太奇怪了。」

栗橋浩美用力闔上地圖，彷彿它已經沒有用處了。然後重新握緊手上的毛巾，似乎在確認它的堅固程度，並看著千秋。

千秋縮起了身子。因為栗橋浩美的動作，彷彿接下來不是要遮她的眼睛，而是要勒她的脖子。

他笑著說：「幹嘛那麼害怕呢？」

然後走上前用毛巾套在千秋的脖子上說：「妳以為我會勒住妳的脖子嗎？」

千秋的心和身體一樣揪得緊緊的。因為太過緊張，脖子僵硬地感覺一絲痛楚。現在千萬不能亂說話，惹這個男人不高興就完了。看來這傢伙很愛玩遊戲，必須好好陪他才行。可是怎麼動腦筋想，就是想不出聰明的回答。

過去千秋經常轉動她那可愛的小腦袋，想著如何誘惑有錢的中年男人、想著如何分辨在電話交友中心認識的大學生說的話是真是假、想著如何界定男人是否符合她的夢想？那時候住在這個可愛小腦袋裡的「日高千秋的知性」，總能做出正確可靠的判斷。

然而現在千秋的頭腦裡面，沒有住著任何人。好像那個人因為害怕危險，將千秋的肉體丟在這裡，一個人逃得無影無蹤了。

千秋的雙眼滿是淚水。脖子上纏著的毛巾觸覺，比任何想像都真實。她害怕得說不出話來。

栗橋浩美笑出聲音，然後取下千秋脖子上的毛巾。

「笨蛋！原來妳這麼膽小？既然敢到交友中心玩，我還以為會更勇敢些呢！」

他坐在千秋旁邊，床鋪因為他的重量而發出聲響。然後他好像有些害羞地面朝下，將手臂繞到千秋的肩膀上。

千秋嚇得身體更加縮在一起。栗橋浩美的手臂內側碰觸到她的脖子，皮膚有些汗濕，卻又顯得冰涼。

「剛剛我不是說過了嗎？會平安送妳回家的。妳要相信我說的話。」

千秋用手背拭去了淚水，嘴巴像沒有空氣的金魚一樣張合著。拚命在一片空白的腦袋殼裡尋找話語。

「你不要殺死我……」好不容易說出話來。

她突然想起來如此哀求別人，是在國中二年級半夜打電話給拋棄她而選擇隔壁班女生的男朋友以來的第二次。那一次她懇求對方改變心意，結果對方還是沒有答應。

「沒有人會殺妳的。妳難道聽不見我說的話嗎？這個電話是不是有問題？喂……喂……」

栗橋浩美故意跟她開玩笑，假裝千秋的耳朵是隻話筒。他的呼吸直接吹在千秋的耳際和臉頰，讓她覺得胸口難受。

「幹嘛那麼害怕呢？妳應該不會害怕男人才對？而且我又是妳喜歡的類型，不是嗎？在咖啡廳見面時，我倒是很相信這一點的。」

栗橋浩美像在情人耳畔低語一樣，對著千秋的耳朵說話。假如只取這個畫面讓不知情的人看，他們一定會解釋成：「年輕男子正在撫慰年紀小的女友。」

實際上，千秋只能感覺到栗橋浩美的態度不太正常。這個人欺騙我，將我帶到這裡。還用手銬限制我一天的行動，對我不理不睬。甚至於在言語中暗示他是誘拐其他女人，將她們殺害的凶手。最後他又重新製造出想要親近我的氣氛，一旦千秋努力配合他的需求，他又變得難以伺候。於是當千秋一哭，他又像個甜蜜的情人一樣。

為什麼要這樣做呢？千秋嘴裡沒有說，早已經在心裡問過數十遍。你的目的何在？可是她對這個疑問也感到害怕，如果回答是「我想要殺妳」，豈不是太嚇人了！所以她換個說法：「如果你想跟我做的話，可以呀。要怎麼做，我都願意配合你。只要你不要欺負我。」

她好不容易抽搐地說完這些話，栗橋浩美只是張口大笑說：「我對妳這種小女生沒興趣！」

日高千秋無法理解栗橋浩美只是想要玩弄千秋，左右千秋的感情波動。過去千秋接觸的男人，不論是老頭子、中年人、青年、小伙子還是男學生，大家最終的目的都是少女的肉體。其中摻雜一點戀愛氣氛或是援交的性質也不錯；就算沒有，反正男人只要沾上千秋青春的肉體，就覺得夠本了。整個交易非常簡單明快。不只是千秋如此，所有在電話交友中心或路上跟搭訕的男人睡覺的女孩，要的就是這種簡單明快。用身體交換金錢，必須要乾淨明瞭，否則怎能安心交易。男人們不會強迫少女販賣市面上沒有的商品。他們經過店面來到少女私密的房間，但絕對不會要求少女打開房間裡的日記本讓他們看。

而栗橋浩美做的卻是後者，他想要進入千秋的內心世界。而且用千秋的性命為餌，動搖她的感情，拿她當玩具耍。

這是千秋從來沒有出賣過的東西，她甚至沒想過要賣這種東西。反面論之，如果千秋能在無意間學會「謹慎收藏的東西最有價值」，她就不會出賣自己的身體了。

「不要欺負妳嗎？」栗橋浩美低聲重複，並抱住了千秋。

千秋像吞下一根木頭似地身體僵硬，額頭頂在他的下巴。鼻子裡充斥著汗臭味，分不清楚是他的還是自己的。

「這麼說來，妳倒是都沒問過我，我是不是大川公園案件的凶手？」

千秋默默吸著鼻子。這種事不用問也知道，在她心中早已有定見。可是千秋全身包覆在濃厚的恐怖壁壘中，她不敢將這種反應直接表現出來。

「為什麼妳不問我這種事呢？」栗橋浩美繼續說：「是不是我將女人的右手腕切掉，丟在垃圾箱裡？是不是我將誘拐的女人皮包故意擺在公園讓人知道呢？」

他的手撫摸著千秋的頭髮。

「很多方面，妳和那兩個女人不一樣。雖然有些地方也很像，但不一樣的部分較多。」

兩個女人——栗橋浩美不自覺地說出來了。一個是古川鞠子，另一個大概是被切斷右手腕，還不知道是誰的女人吧。一整天收看社會新聞，千秋對於大川公園事件熟悉的程度，比之前還未受騙時要清楚得多。所以現階段警方和世人還在猜測那隻右手腕是古川鞠子的呢？還是另有其人？

但剛剛栗橋浩美提到「兩個人」，表示古川鞠子和那隻右手腕的主人是不同人。他殺死了她們兩人。被害者有兩人。現在全日本知道這件事的只有日高千秋一人。

不，還不只是這樣，說不定還有其他被害人。千秋腦海裡閃過如此恐怖的推測。

「那個叫古川鞠子的人，也死了嗎？」千秋小聲地問。

栗橋浩美轉過頭低聲笑道：「為什麼要問這種事？為什麼用這種方式問我？為什麼妳不問我是我殺了她嗎？」

笑的時候，他那略嫌瘦削的胸膛開始震動。

「沒錯！她被殺死了，古川鞠子。」

栗橋浩美更加用力抱住千秋，千秋甚至可以感覺到他心臟的跳動。他有些興奮。從他心臟跳動的方式，千秋搞不清楚他是期待冷靜還是希望興奮。

「她是個討厭的女人！」栗橋浩美單調的聲音繼續說明：「不像妳這麼可愛。不會哭也不會哀求，居然敢對著我說教，說我做的事是錯的！」

他從鼻子冷冷哼出一口氣，聽起來沒有在笑。

「還問我說：『做這些事有什麼意義？』罵我是人渣。她說看到自己的爸爸選擇外遇對象、放棄家庭，早就不對男人存有幻想。但是你這種人連男人都稱不上！她真敢說話！」

言外之意是說，古川鞠子狠狠地教會了他做男人是怎麼一回事。千秋緊張得噤口不言。她這才了解原來剛剛說：隨便他怎麼辦，她都能配合，只要別殺了她，這種話對他是不管用的。

「還有一個人……那隻右手腕的主人是誰呢？」

對於千秋小聲的詢問，栗橋浩美猛烈地回應說：「問這個，是想回去告訴妳媽媽，然後帶警察一起來抓我嗎？」

「沒有，我不會！我絕對不會那麼做的。」

千秋激動地搖頭，拚命想要掙脫栗橋浩美。可是他的手臂緊緊抱著千秋，而且越來越用力。千秋的鼻子抵在栗橋浩美堅硬的喉結下，她覺得鼻子快被壓扁了，很痛！可是他的力量毫不放鬆，似乎在享受千秋鼻子軟骨的觸感，反而一再用力。千秋無法呼吸，只好用嘴透氣，大聲地喘息。

栗橋浩美猛然放開了她。因為太過突然，千秋順勢跌落床下。

「賤女人！」栗橋浩美不高興地怒罵：「好了，遊戲到此結束。妳可以回家了，而且將成為世人笑話的對象，知道嗎？因為妳幫助過我，所以一輩子都會被別人在背後指指點點。妳的人生完蛋了。妳是個賣春的高中女生，知道嗎？這樣子妳還想回家嗎？」

「我想回家。」千秋毫不猶豫地回答，因為她不想死：「我要回家，你說過要讓我回家的吧？」

栗橋浩美俯視著千秋，拎著她站起來，就好像拎著什麼髒東西似的。

「轉過身去，我要把妳的眼睛遮起來。」

這一次毛巾遮住了眼睛，眼前一片黑暗。

栗橋浩美牽著她的手說：「來這邊，小心腳底下。」

兩人走出房門。千秋因為興奮、害怕與希望而頭昏腦脹。真的能離開這裡嗎？可以活著回家嗎？真的？真的嗎？不用被殺死嗎？

來到走廊，聽見剛剛的房門關上的聲音。千秋失去了方向感，停在半路上。栗橋浩美在她背後推著，千秋順著被推的方向前進。她記得前面應該是有樓梯，所以腳步走得很小心。

「等一下，停！」栗橋浩美在背後抓住她的肩膀說：「樓梯。」

她的記憶果然沒錯，從這裡開始要下樓梯。千秋雙手抱住身體，企圖停止顫抖。

就在這時，聽見腳底下出現別的聲音。是活潑、開朗的年輕男人聲音。

「怎麼樣？好玩嗎？」

千秋大吃一驚。因為到目前為止，她從來沒有想像過可能不是只有栗橋浩美一個人。

「還算不錯。」栗橋浩美越過千秋的頭頂回答：「因為可以仔細觀察現在高中女生的臉呀。」

「看來是個長得滿可愛的女生嘛。」腳下面的聲音說。千秋察覺另一個男人在樓梯下面。他站在樓梯下面抬頭看著千秋他們。

可是，這是為什麼呢？

「不能讓被害人看見梯子或樓梯，因為他們一看見就絕對不肯靠近和爬上去了。」樓下的男人繼續說。聽他的語氣，好像是在對千秋說明什麼。

「所以才要將眼睛蒙起來。」栗橋浩美說：「而且看不見的話，妳也比較不會害怕吧？」

千秋的心臟緊縮，全身冒著冷汗。為什麼要跟我說這些？什麼叫做「比較不會害怕」？

「我可以回家吧？」為了討栗橋浩美的歡心，千秋盡量用穩定的聲音朝他所在的方向詢問。

樓下的聲音回答：「我們發出很大的聲音作各種實驗，妳沒有聽見嗎？」

很大的聲音？難道就是那些砰然巨響嗎？

「我們將棉被包起來做投擲實驗，到時候真的動手時會比較順。」

「什麼實驗……？」

千秋又忘形地插嘴了，她努力想裝出天真無邪的聲音，可是話說到一半就變成了尖叫。脖子上有什麼東西拉著，而且不是毛巾。

「妳真的認為能平安回家嗎？」栗橋浩美邊說邊用綁貨物的繩索套在日高千秋脖子上。繩子的另一端綁在天花板上的屋樑，他們利用樓梯做了一個簡易的絞刑台。

在日高千秋還來不及放聲大叫時，栗橋浩美的雙手已將她的背部向前推。千秋雙腳踏空地垂掛在天花板下。最後感覺到的是栗橋浩美的手的溫暖、脖子上的繩索和屋樑支撐她體重時發出的聲響。

在她斷氣前的一剎那，耳朵聽見的是樓下的男人朗朗的聲音說：「浩美你真是個壞蛋！」

看著半空中搖晃的兩條腿，和平說：「不知道警方驗她的屍，會做出怎樣的推論？」

栗橋浩美坐在樓梯頂端，想起千秋的吃相和她細心的淋浴。

「吃了食物，也洗了澡，一定會被認為是我們的共犯。至少會跟單純的被害人分開考慮吧。真是個好陷阱，和平。」

「她大概完全沒想到，自己死後會被這樣子定位吧？」

「如果這女孩有這種頭腦，那就更好玩了。」

栗橋浩美真心覺得有些遺憾。和和平兩人完成這齣大戲固然有趣，如果能再加入一個談得來的女生，那就更加刺激了。只不過他很難對和平提出這樣的建議。

「不過我們還是太過冒險了。」和平皺著眉說。

栗橋浩美笑著打發說：「不要這麼說，應該說我們的動作快如閃電，手腳乾淨俐落！」

和平看起來不像真的生氣，但也沒有笑容。

「和平還不是計畫要利用有馬那老頭兒，還說得趕緊進行下一個步驟。」

「我是說了，但不是這種形式。我本來是希望做得更謹慎些。」

「結果不錯不就好了嗎？」

「說不定有人目擊到浩美了。」

「在那種地方，有誰會注意到高中女生和年輕男人的組合嘛。」

「不是只有這樣。也許有馬義男會報警呀，而且警方也可能在指定的七點鐘之前就派人在大廳埋伏。萬一警方在櫃檯逮捕了日高千秋，她就有可能帶警方找到你！」

「那個膽小鬼的老頭兒才不會做那種事。目前他就沒有這樣做呀！」

「你只是就結果論事。」

「所以我說結果不錯就是好的，不是嗎？」

回過頭來想，和平說的危險果然很有可能。可是在設計作弄有馬義男的計畫時，栗橋浩美真的很有自信，絕對會成功的。這個老頭一定會遵照我的指示行事。因為站在老頭兒的立場，鞠子在我的手上成為人質，當然只有唯命是從囉。

另外在新宿車站搭訕日高千秋時，應該說看見她心神恍惚的等人時，他的信心更加堅定。這個女孩用得上，簡直是最佳人選。怎麼時間點這麼剛好，說是天賜良機也不為過。

「如果日高千秋不能用，我就會打電話到廣場飯店，要有馬老頭兒換個地方。我打算讓他在新宿到處轉呢。反正時間很多，最後我趁著老頭兒在外面奔走的時候，將手錶放進他家的信箱就好了。」

這意思是說，日高千秋是多餘的。不過是一個增加美味的調味品。用完就可以丟掉，所以也沒什麼不好。

和平靜靜地聽著栗橋浩美單方面的說辭，然後不改平穩的口氣表示：「小心一點是很重要的。」只一瞬間，他正面看了栗橋浩美一眼：「今後沒有我的許可，你不可以再這樣貿然行事了。因為我們是一個團隊。」

栗橋浩美回答：「知道了。」但心中卻認為：和平對於我的新鮮手法，其實是有一點忌妒吧！

「我會考慮如何處理屍體，因為我希望展現最大的演出效果。從她嘴裡問出來的家裡情況，你待會兒再告訴我。」

栗橋浩美恭敬地低頭表示：「我期待你的表現。」於是和平好像心情好轉許多。

「一起來整理吧！」栗橋浩美站起身來：「就是這點比較討厭，還必須小心處理。這傢伙搞不好還有些奇怪的病，因為她跟很多男人都睡過。」

和平哈哈大笑說：「是嗎，難怪你沒有對她動手。」

就連栗橋浩美在這方面也是很小心的。

11

鏡子裡面的臉正在笑著。

那是一面可以照到腰部以上的大鏡子。當初來看這個房間時，房屋仲介還特別說明：「浴室採一體成型的設計比較小，顯得這個鏡子十分不協調的大，反而受到女性住戶的喜歡。」

這種說法讓他覺得弦外之音是：我們其實是想把房間租給女性，不想租給你這種人。所以栗橋浩美決定租下這房間。他跟和平報告這事時，和平還笑倒在地上說：「浩美真的很不喜歡拐彎抹角的事呀！」

沒錯，房屋仲介的人做的就是「拐彎抹角的事」。既然不喜歡男性住戶，一開始就不應該帶他來看房間。在租屋條件上明列「只限女性」不就好了嗎！自己不這麼做，等到客人來了才裝腔作勢，根本是違反規則嘛。

栗橋浩美對著鏡子做出一個大笑臉，他的牙齒排列得很漂亮。

壽美子曾經說過：「做為男人，你的牙齒一顆一顆的太小，感覺有點小家子氣。」當時的栗橋浩美正值多愁善感的年紀，尤其對自己的外貌好壞十分敏感的十幾歲少年。媽媽的一番話深深傷了他的心。他翻遍行業別電話簿尋找矯正齒科，打電話過去問：「拔掉小顆牙齒，換上比較像男人的假牙要多少錢？」可是每一家矯正齒科都回答：牙齒小顆並不是異常，所以沒有矯正的必要，他們不能幫客人做那方面的服務。栗橋浩美感到十分的不滿。

現在他反而十分喜歡這些小顆的牙齒，雖然壽美子曾經看不起他，批評他的牙齒「小家子氣」，但事實不然。牙齒小，笑起來的時候會有一種都會的瀟灑美感。太大太長的牙齒看起來則像是鄉巴佬或粗俗的野馬。

鏡中的栗橋浩美臉色有些憔悴。

搬運日高千秋的屍體到大象溜滑梯上面是一件大工程，花的時間比預計要久。他流了很多汗，因為沒來得及立刻換衣服，所以感冒了。結果他躺在這間租來房間的摺疊床上，一邊發高燒一邊收看好幾天發現千秋遺體時的新聞報導，看的時候還咳嗽不止。

說不定還不只是單純的感冒，因為燒到四十度左右。到了第二天栗橋浩美受不住了，決定去看醫生。由於頭腦昏沉、腳步不穩，他先從七樓高的窗外尋找醫院的招牌。

還好不費工夫就發現公寓南邊，隔著兩個街角豎立一塊醫院的招牌。可以看見上面寫著「急救指定代代木」，下面的字就看不清楚了。既然是急救指定，應該就是醫院沒有錯了。

這間公寓距離初台車站走路要十分鐘。如果要回老家必須換很多車，這也是他選擇住在這裡的理由。他才不希望一班車就能回到老家，因為這裡是栗橋浩美個人的城堡，儘管房租全部是由家裡負擔的。

醫院的全名是「代代木診所」。地點位於八幡代代木，當然就取這個名字，但其實是因為院長姓代代木的關係。代代木院長內外科病人一手包辦，診療工作十分忙碌。所以幫栗橋浩美看病的也是他。因為看他在診療室裡穿著白衣、脖子上掛著聽診器，栗橋浩美以為他只是醫生；聽見護士叫他「院長」時，還嚇了一跳。當場他就對代代木院長感到蔑視。栗橋浩美認為：一個醫院的院長不應該連感冒的病患都親自診斷，而是在更複雜且困難的病情才出現。院長應該將時間花在醫師公會、與政治家的交往等正事上。

可是因為他發高燒，沒有力氣說出這些話。醫生看他一副臭臉，回答問診的態度也很冷漠，還以為是生病的關係，一點也不介意。代代木院長人很親切，看病也很仔細。年紀在四十歲後半到五十歲，身材矮小、頭髮花白、感覺十分乾淨。相信他脫了白衣，身上還是有一股藥味吧！

由於有肺炎的可能性，所以照了X光，也吊了點滴。在接受診療和處置的時候，栗橋浩美固然沒有精神，但內心覺得十分生氣與失望。

本來這是他享受勝利滋味的時刻。世界看起來一切都很光輝，而且是隸屬於栗橋浩美的時刻。可是他卻發高燒，彎著背猛咳嗽，累得不能看太久的電視，也無法讀報紙。和平很擔心他，要他立刻去看醫生，還說被傳染就糟了，所以暫時不來看他，從此也沒有聯絡。和平不來公寓也就算了，連電話都不打來就太寂寞了。

日高千秋的死，造成全日本的動盪。警察在追「嫌疑犯」，媒體在找「凶手像」，社會感到恐懼，世人則吵嚷著期待下一個犧牲者的出現。而這一切都是和平和栗橋浩美做出來的！

代代木診所的診療項目有內科、外科、小兒科、眼科、牙科五種。因為醫院不大，內科和小兒科的門診掛號在一起。候診室裡人滿為患，從診療結束到領藥需要一個小時的時間，栗橋浩美不得不坐在抱著哭鬧小孩的年輕媽媽身邊。小孩大概也是感冒發高燒，身上包得厚厚的，通紅的臉頰像是火燒的一樣。年輕媽媽似乎整晚都沒睡覺，顯得很疲倦。不停搖動膝蓋哄著腿上哭泣的小孩，不知不覺間動作停止了，她的頭開始前後搖擺。過了一會兒又突然驚醒，繼續晃動膝蓋。這樣的動作一再重複。

候診室的盡頭有一台小電視，閃爍的畫面不是很穩定。機型比起監禁日高千秋那個房間的電視還要古老，但是大部分來看病的人還是盯著電視看。

當然裡面的節目也在報導該事件。

不知從哪裡集合來這麼多生病、需要治療、求藥的人們，這間候診室裡眼前最關心的事，依然是被殺的高中女生。栗橋浩美不禁笑了出來，又趕緊低下頭去。在這裡的老先生、老太太和年輕媽媽們，如果遇見活生生的日高千秋，一定都是對她抱持否定情感的人們。坐在右邊角落椅子上的胖男人，也許會花幾萬塊買千秋的肉體，但也不是因為覺得她善良可愛才那麼做的吧。

這裡面大概不會有人會認為日高千秋是規規矩矩的高中女生。或許會唾棄她是個披高中女生外皮的賣春婦；也可能覺得她可憐，鄙視她沒有什麼能力，只能出賣肉體；甚至有人會用好色的眼光看她，反正她喜歡有什麼不可以呢。但是她死了，是被殺死的，於是突然間全日本的同情都集中在她身上，她成了催人熱淚、天真純潔的少女。至少在目前是這樣，在她的私生活還未公開前。

電視畫面上出現一個對著麥克風嗚咽的中年婦女。他以為是千秋的媽媽，卻是她祖母。她說：「千秋長得像洋娃娃一樣可愛，是個像天使般的小孩。」栗橋浩美終於忍受不住諷刺的笑意，低聲地笑了出來。天使通常是不會無止境地誘惑男人的！

猛然他發現隔壁的年輕媽媽停止了動作；小孩的眼角堆著淚水，睡得正香甜。他以為媽媽又打瞌睡了，抬眼一看，對方正看著栗橋浩美，而且是眼睜睜地看著。因為栗橋浩美還在笑，所以立即將臉避開。

他可以感覺年輕媽媽的視線對著他的頭後方。電視上千秋的同班同學正在接受採訪，大家都很會說話，邊說還邊哭泣。這群少女一定都知道千秋的生活方式，也看過她脫軌的行為，但是在電視機前，沒有比同學的死更重要的。她們很清楚她們被賦予的角色就是對著世人哭泣。

可是畫面上還是跟剛剛的祖母一樣，是悲傷的氣氛。年輕媽媽一定對看著電視在笑的栗橋浩美感到難以理解吧！我真是太粗心了，栗橋浩美制止自己。看了一下四周，想要換個位置。但所有的位置都坐滿了人。沒辦法他只好閉上眼睛，這時他的名字被叫到了。他舒了一口氣，起身到窗口領藥。同時偷偷用眼角瞄了一下，剛剛那個年輕媽媽已經沒有在看他了，而是將手放在小孩的額頭上。

栗橋浩美安心了。走出候診室時，還故意通過那對母子身邊。媽媽沒有抬起頭，只是跟孩子在說話。雖然只是帶給他一瞬之間的不快，栗橋浩美還是在心中詛咒：「這小孩的高燒一個禮拜不退，使用任何抗生素都不能減輕小孩的病情，最後便病死了。」這麼一來，年輕媽媽就會忘記栗橋浩美，日高千秋和連續女性被殺事件了吧。

栗橋浩美走出自動門離開了代代木診所。古舊的門開關時發出吱吱嘎嘎的聲音，而他的心中卻只想趕緊回到自己的房間躺下。

抱著孩子坐在椅子上的年輕媽媽，轉過身回頭看著他離去的背影。

或許是藥效發作了，高燒不久便退了。但是關節痛和咳嗽依然不止。於是栗橋浩美還是整天躺著。

發病後第三天，他的體溫已恢復到三十七度，因此搭計程車回老家。事前已經打過電話，壽美子已鋪好被子等他回來。他並沒有期待母親的看護，事實上壽美子也不會做出任何的看護動作，只是因為家裡是藥局，對病人總方便些，至少飲食方面有人照應。

儘管如此，到他能夠完全起床還是花了一個禮拜的時間，而且體重降低、臉色也很不好，嚴重的咳嗽始終不停。和平打電話來，中間他必須好幾次停下來咳嗽，光是報告近況就用了不少的時間。

閒著沒事在家裡養病之際，整天都在收看電視新聞有關日高千秋的報導，他心想：不知道有馬義男現在怎麼樣了？老頭兒沒有上電視，只有在電視上看到他的店員將上豆腐店採訪的記者趕出門的畫面。

他問和平能不能打電話給老頭兒呢？和平回答：「如果能夠不讓對方知道你感冒的話。」

「為什麼？」不過只是感冒而已嘛。

「最好不要讓他們認為我們也是一般人。讓他們以為我們是莫名其妙的怪物，我們才好辦事。浩美的咳嗽還很嚴重，不是嗎？在完全治好之前，電話還是別打。」

可是越是被說不行，心中就越是蠢蠢欲動。有馬老頭兒現在應該是捧著鞠子的手錶在哭泣吧？真想聽聽他的哭聲。

那就趁著爸媽不在家的時候，在房間偷偷打電話吧。

有馬義男沒有哭泣，讓他有種希望落空的感覺。電話講到一半，他開始咳嗽，加上老頭兒一再要求「讓我聽聽鞠子的聲音」，他氣得切斷了電話。

不知為什麼，這次的電話沒有被報導？或許是因為老頭兒那裡已經有警方埋伏，他們不太肯對外公開吧。還好這樣子和平也不知道他沒有聽從忠告，只是總覺得有些不能滿足。

於是他又打電話給和平說：「利用日高千秋做出那樣的戲劇性效果，現在沉默不能說話，真是無聊！」

「既然我感冒不方便說話，為什麼和平你不打電話呢？」

和平笑說：「不到最後必要，電話還是由浩美來打比較好。我不像浩美那麼會說話。你自己大概沒感覺，但浩美真的是很會說話。你的『言語』表現正好符合世人心目中的犯人形象，我是沒辦法做到的。」

被人稱讚，感覺很爽。他這才認為：沒錯，我們兩人創造出震驚社會的連續殺人狂，這是一種創造性行為。當然一開始隱藏在「連續殺人狂」幻影背後的目的，是要掩飾過去殺死岸田明美、嘉浦舞衣的不變事實。但現在他感覺不只是這樣，而是一種慾望，希望觀察自己能夠將這個殺人狂的肖像做到多精緻！

「下一步要怎麼做？」

對於栗橋浩美幹勁十足的問話，和平想了一下後回答：「我覺得是該交出古川鞠子屍體的時候了。」

「什麼？要把她挖出來嗎？」

「沒錯。所以你只要安心養病，把感冒治好。出力的工作我來就可以了。」

不僅出力而且是骯髒的工作。

「我知道了。」

就這樣養病的栗橋浩美處於「待命」的狀態。既然沒有出門的氣力，就躺在家裡閱讀過期的書報雜誌、製作簡報資料、整理女孩子的錄影帶、照片和遺物，生活過得悠閒輕鬆。

感覺還真不錯。可以確認自己的戰果，好像在磨亮過去的勳章一樣。所以當他站在廁所，看見洗手間的大鏡子反映出自己的身影，不禁做出笑臉面對。一如戀愛中的女孩，找到機會就會對著鏡子或地下鐵的窗玻璃堆起笑臉一樣。他可以理解那種心情。那是一種幸福的笑容，自己臉上的幸福必須用自己的眼睛一再確認。現在的栗橋浩美也是這樣的心情，感覺幸福而且自傲。

鏡子照出人影——照出臉、身體、眼睛的顏色和眼裡的光輝。它其實只是一種物理作用，只是反映出人影，並不表示它知道影中人的想法。鏡子是無機質、無關心的，所以人才能安心在它面前表現自己，檢視自己。將喜悅、自誇的心思，毫無隱藏、不須謙卑地解放出來。如果世界上沒有了鏡子，人們就必須藉著彼此來檢視容顏，就必須靠自己來觀察自己的生存，於是人們必須比現在更加深入地檢視自己，否則就無法心安理得、無法正常生活。

栗橋浩美想著這些事，然後抬頭看了一下時鐘，時間是下午五點半。窗外已經整個暗下來了，曬在陽台上的毛巾像幽魂的碎片般無助地搖晃。他趕緊走出窗外將毛巾收進來。

這時他看見街燈下高井和明肥胖的身軀站立著，而且抬起頭望著這窗戶。

12

一九九六年十月十一日「都民生活諮商日誌」受理記錄——

編號「96——101128」

諮商受理人：加賀見一美

受理時刻：下午二時三十分

通話時間：十五分鐘

當事人：二十九歲　男性　未婚　自營業者

諮商內容：交友關係的煩惱

從小認識的朋友似乎跟犯罪有關係，雖然還沒有跟本人確認過，但看見了足以證明的事實。是否應該報警呢？還是先跟朋友談談比較好？

備註：該當事人不是第一次來電，過去兩年有三次來電。伊藤、折部兩位諮商人員均處理過。過去諮商的內容是：因為個性內向，無法跟周遭的人打成一片、沒有辦法和女性交往等個人自身的問題，和這次的案子不同。

詢問當事人其朋友所牽涉的犯罪是什麼種類？因本人不願意多談，沒有回答。

職對當事人的印象：這名當事人似乎對自己擔心的事情，抱持相當大的恐懼。在這次的通話中，與其說是想聽別人的意見，不如說是希望抒發胸中的不安。當他單方面說完感受後，還未等職提出具體的建議便掛上了電話。

和伊藤、折部兩位諮商人員討論後，我們一致認為：從過去三次的諮商內容與該當事人的通話態度推斷，其本人因為內向的個性而煩惱不已，但絕對不會是故意亂說，企圖引起騷動的類型。因此對於他今後的諮商內容，有必要多加注意、細心處理。

一九九六年十月十六日「都民生活諮商日誌」受理記錄——

編號「96——101601」

諮商受理人：伊藤雄一

受理時刻：上午九時五分

通話時間：約四十分鐘

當事人：二十九歲　男性　未婚　自營業者

諮商內容：交友關係的煩惱

十一日編號「96——101128」當事人的再度諮商。給人一種等待諮商電話受理時間開始的印象。

備註：接手加賀諮商人員，由伊藤受理本案。這是第三次和該當事人通話。前兩次的內容都是：沒有辦法交女朋友、不知該如何和女性交往的煩惱。且前兩次諮商分別間隔了一年和一年半的時間。根據當時各個諮商人員受理的意見和記憶，認為對方的智能程度相當高。

詢問上一次電話諮商以後的情況，當事人提到：有關朋友涉嫌「犯罪」一事，是他想太多了。當事人不斷強調：「朋友不可能會做那麼可怕的事。」

當事人的態度誠實、語氣明朗。但當職詢問其朋友牽涉的「犯罪」內容時，卻顧左右而言他，不置可否。再一次詢問：「你所謂他不可能做那麼可怕的事，具體而言是什麼樣的事呢？」當事人回答：「就是電視新聞報導的那種事件呀。」

對於朋友嫌疑的解除，當事人並未能提出明確的反證或反論，只是感覺上、情緒上認為朋友無罪。當事人還自省地表示：「懷疑朋友是不好的事。」

於是當職詢問：為什麼一開始會認為朋友涉嫌犯罪呢？（之前當事人不願回答本問題）

當事人表示：「因為我聽見朋友打了奇怪的電話。」

關於奇怪的電話內容沒有說明。

一九九六年十月二十一日「都民生活諮商日誌」受理記錄——

編號「96——102103」

諮商受理人：加賀見一美

受理時刻：上午九時二分

通話時間：一分鐘不到

當事人：二十九歲　男性　未婚　自營業者

諮商內容：交友關係的煩惱

備註：指定伊藤諮商人員，說明該人員休假，對方即掛斷電話。

同一日受理記錄——

編號「96——102118」
諮商受理人：加賀見一美
受理時刻：下午五時四十分
通話時間：約一分鐘
當事人：二十九歲　男性　未婚　自營業者
給伊藤諮商人員的留言：「煩請告訴伊藤先生：讀了很多還是不安，希望能確認。」
職曾試著問他：「我不能幫助你嗎？」當事人禮貌地拒絕說：「我不太能跟女性諮商人員交談。」

一九九六年十一月一日「都民生活諮商日誌」諮商人員日報（摘要）
記錄：伊藤雄一
本月一開始，在諮商人員會議中提出了「有關朋友涉嫌犯罪」的男性當事人停止聯絡的議題。由於犯罪的性質、內容等完全不明瞭，且應注意是否為惡作劇或流於想像的情形，但因為整個過程令人擔心，因而在此與各諮商人員商討如何應對該當事人的來電。

不過該當事人之後未再打電話到都民生活諮商日誌，受理諮商的伊藤、加賀兩位既不知該當事人的身分，也無從判斷其說話內容的真偽。

設立於警視廳墨東警署內的連續女性誘拐殺人棄屍案共同特別搜查總部，這幾天進來許多資訊。從大川公園事件案發的九月十二日起到十月三十一日止，來自電話或投書的資訊提供就有兩千多件。

電話．男性四十五歲．姓名不詳．公司職員

「是的，就是我家斜對面的公寓。那是套房式的公寓，叫做凱撒高井戶大樓。什麼？凱撒，凱是凱旋的凱，撒是撒野的撒。什麼？就是那裡的住戶嘛，我不知道叫什麼名字。長頭髮，一大早就開始喝酒鬧事。常常從他房間裡傳出女人的叫聲。嗄？每天晚上都是。真是受不了，大家都很困擾。因為叫聲實在很大呀！請你們去調查那傢伙，好嗎？拜託囉。」

電話．女性五十二歲．希望匿名．家庭主婦

「沒錯，我真的很煩惱，這是一個很大的事件，我還是應該跟你們說說才行。

「對，沒錯，他就是我的女婿。雖然是家醜，我還是不避諱要說出來。真是想不透，我女兒怎麼會跟那種男人在一起。我是她母親，這樣說有點不好意思，但是我女兒從小就功課很好、人也長得漂亮，實在是水準以上的女兒。大學畢業後，她的指導教授還希望她留下來當研究人員，可是女孩子有了博士學位也不能怎麼樣，這方面我們家是比較保守啦。雖然說家裡不用她出去工作賺錢，但總是得學些當人媳婦的功夫吧，她爸爸也說該到社會學習一下，所以就在她爸爸的公司當了三個月的秘書，沒想到居然和女婿認識了。

「嗄？是呀，我的女婿有問題呀。我……嗄？根據？當然有。你說有什麼證據嗎？找證據不是警方的工作嗎？所以我跟你說嘛，我女婿要學歷沒有，花起錢來比誰都厲害……」

投書．無記名．性別不詳

「我不想殺人，有時必須殺人，請來港口阻止我！」

投書．無記名．以文書處理機打字．在難以明瞭的暗號般文章之中，只有一句話寫著——

「警察是笨蛋」

電話．女性三十八歲．姓名住址明確

「是的。應該是六月一日還是二日吧。我通常是在月初才會加班的。

「我家距離古川鞠子的家大約五百公尺。是的，我和家人住在一起。我的父母。這件事我的父母也知道，所以我才決定打電話過來。

「什麼？有，警方有來問過話。當時我忘記了，真的。讀到和聽說很多消息後，我才想起來，對，沒錯。

「從車站走到我家，大約要二十分鐘。我一向是騎腳踏車，剛好那一陣子腳扭傷了，不能騎車只好走路。那時應該是晚上過了十一點。

「他們來問路，是兩個年輕男人。一個嘛……好像說他是盲腸炎，突然間肚子很痛，問說哪裡有急救醫院？因為附近有中野外科醫院，我就告訴了他們。他們還很有禮貌地說了謝謝。

「可是事後我一想，不禁懷疑真的是臨時發病嗎？因為沒有急迫的感覺。而且走在夜路上，突然有車子從後面跟上來，感覺怪怪的。好像早已經等在那裡似的。

「危險？沒有，我沒有感覺。剛剛我也說過了，對方給人感覺很紳士。有點像是學校的老師。車子的顏色？我不記得了。不過是四輪傳動，現在很流行。

「如果你們需要描繪犯人的合成照片，我可以幫忙。」

電話．男性六十歲．希望匿名．自營業者

「你們根本就是稅金強盜！這種犯人也抓不到，到底在幹什麼？號稱世界第一的日本警察都是飯桶！我繳稅是讓你們吃閒飯的嗎？真是爛！」

投書．姓名住址明確．男性．教師

「身為教師，懷疑自己的學生是很難過的事。這幾天幾乎都睡不著，幾經思考，為了早日解決這些凶惡的案件，乃憤而提供資訊。

「我懷疑的是，三年前我擔任導師的班上男同學。在學期間，他曾引起兩件傷害事件，其中一件由校方解決，另一件則交由當地警方處理。從入學開始，他的暴力行為就受到注意，一年級下學期，他開始和幾個朋友結黨，在校園內昂首闊步。

「關於這次的殘酷事件，我懷疑他的直接理由是：在學期間他的作文中，有一篇明顯提到對女性直接的暴力行為。他寫說：『醜女人應該被關進牢籠裡殺掉』。雖然是很幼稚的文章，但在國文課裡故意寫這些，想看看老師如何反應的嗜好，其實跟這些案件的凶手有異曲同工之妙。

「以下是該學生的詳細資料、現址、聯絡電話。如須與我電話聯絡，請警方當局出面。」

電話．男性．姓名年齡不詳．聲音很小、難以聽取

「我不太清楚……我朋友……在打奇怪的電話時，我剛好經過……之後看新聞後才發覺說，他是不是打給那個……古川鞠子的爺爺呢？

「可是也許是我想太多了。

「警方也不能對行動電話做反向追蹤，是真的嗎？

「我該怎麼辦才好？懷疑朋友……是不應該的吧。還是要確認清楚比較好嗎？」

這時受理的警察問他朋友的名字。

「不……也許是我搞錯了……我不能說。對不起。」

電話・女性・三十歲・家庭主婦

「行蹤不明的是我大學時候家教的女學生。今年應該已經過了二十歲。

「是的，沒錯。右手腕上有顆小痣。有點像是葫蘆，或者說像是花生殼般的痣。大川公園事件案發時，我從新聞上知道被切斷的右手腕上有痣，我就開始擔心了。畢竟手腕上有痣是很少見的。

「她的名字叫做淺井由佳莉。現在的住址嗎？對不起，我不知道。以前的住址，我知道。不過已經好幾年都沒收到她的賀年卡了。她的父母好像已經離婚了，在我當家教的時候，他們的家庭狀況就不是很美滿……」

電話・男性・姓名年齡不詳

「說不定警察就是兇手？所以才能藏得住，是嗎？」

13

一九九六年十月十一日。

高井由美子是從電視新聞的插播快報知道古川鞠子屍骨被發現的消息。

九月底，那個叫日高千秋的高中女生遺體被發現，雖然證實她是被殺害的，但因為她有幫嫌犯送信，從驗屍結果也很難斷定她是完全的被犧牲者，所以引起一陣轟動。但是古川鞠子不一樣，她是真正的被犧牲者，而且她的祖父有馬義男也被兇手們作弄，有過痛苦的經驗。

正好是中午時間，也是長壽庵一天之中最忙的時段。店裡西側櫃子上放著一台十四吋的彩色電視，當臨時快報播出時，由美子正在招呼常來店裡用餐的上班族點餐。

「我要豬排飯和蕎麥麵套餐。」

「我要炸蝦飯。」

「給我咖哩鴨肉麵。」

「你們每次都點不一樣的！」

「由美子，妳記得住嗎？」

「當然記得住，我可是老手了。」

「是嗎，那我要炸蝦麵和……出來了！」

眼前的客人突然大叫。他的視線看著由美子的正後方。由美子吃驚地回頭看，剛開始她還以為客人在惡作劇。

大喊「出來了」的上班族很孩子氣，經常會說些有的沒的嚇唬由美子。以前他還將塑膠蛇放在由美子的外掛口袋，或用小鏡子伸進由美子的裙子下方。跟他同公司的粉領族，也是長壽庵的常客告訴由美子說：「他在公司也經常玩這些惡作劇，搞得女職員都很不高興。」

「這樣不只是惡作劇，根本就是性騷擾了！」有的女職員氣憤地表示意見。

可是這一次不一樣，隨著由美子回過頭的視線，幾乎客滿的店裡的客人，有人停止筷子的動作、有人忘記用濕巾擦汗、有人的冷水杯舉在半空中就不動了，大家都盯著角落的電視看。電視畫面上出現古川鞠子的照片。

那個人的遺體找到了！

「出來了！」指的是這個意思，由美子也知道。

中午時間的蕎麥麵店，到處都一樣。八成以上進進出出的客人都是常客，所以即便不認識，長相總是熟悉的。而且上班族多半成群結隊來用餐，有些人就戲稱「長壽庵是我們公司的第二餐廳」。所以中午時間店裡的氣氛總是和樂融融。

加上臨時插播的新聞，把氣氛炒得更熱了。所有客人都融為一體，開始交談、說話。

「終於找到了！」、「真是可憐呀！」、「看來應該是很早以前就被殺了。」、「這一次不知道凶手又要說什麼了？」、「在哪裡發現的？」、「由美子，不要看民營電視台，看NHK啦！遙控器在哪兒？」

由美子一時之間也忘了工作，盯著電視直看。性急的客人用遙控器轉到NHK頻道，畫面上出現神情緊張的新聞主播正在和現場記者對話。根據新聞報導，已化成白骨的古川鞠子，今天一早是在都內一家搬家公司的門口，被發現裝在一個紙袋裡。

而且凶手好像又打電話通知了HBS的新聞台，內容是催促他們趕快去找該紙袋。這時又有別的客人說：

「HBS怎麼說？快轉台。」電視畫面不停變動。

HBS是以現場轉播的畫面為主。在採訪記者旁邊，站著接到凶手來電的內部記者，兩人重新敘述和凶手之間的對話。採訪記者手上有一張圖表，將發現紙袋前後經過按時間表列。從圖表看來，紙袋被丟在發現的場所，應是今天很早的時候。

「由美子，對不起，可以給我一杯冰水嗎？」

被旁邊桌子的客人一叫，由美子才驚覺，將視線從電視畫面上收回。這樣是不行的！居然跟客人一樣，沉迷於電視之中。

「真是不好意思。」

她立刻回到櫃檯。沉默的爸爸專心一意地在冒著水蒸氣的湯鍋前工作；媽媽則隔著櫃檯注視著電視的方向，臉上表情交織著同情與安心，還帶有一絲內疚。

自從一連串女性誘拐被殺事件發生以來，由美子從不同年齡、立場的客人口中聽到該消息，畢竟每個人都想發表自己的感想。就連外送時，收錢和撤回餐具的短暫時間，出來應對的人家也會問：「一個人外送，不害怕嗎？」或表示：「我們家有唸高中的女兒，所以很擔心。」

在看過、聽過這麼多人的表情和話語之後，她發現到一件事：只要家裡有和被害女性相同年紀的女兒或孫女，毫無例外的，提到這件事時，臉上都有內疚的表情。就跟由美子的媽媽一樣。

大概是因為「真是可憐呀」的心情，和「還好不是我家女兒、妹妹、孫女」的心情，以同樣濃度、同樣溫度摻和在一起吧。而在這混合物中，還添加了一兩滴「出現這種罪犯，總是會殺死某些人。所以被殺的人一定也有什麼地方做不對吧」的情感。可是這種心情是不能當做真心話說出來的，所以表情中便流露出內疚的情感。

和被害人同年代，還沒成為被殺害的對象或有可能成為被殺害對象的女性們，固然會有強烈的不安、悲傷和憤怒，但偶爾也會毫無顧忌地談論此一事件。她們笑罵凶手「變態」，也責怪被犧牲的女性行為不檢，說不定這樣才能用「還好沒有隨隨便便跟男人跑」的理由，讓自己安心。由美子很能理解這種心情。大家都害怕，大家都很恐懼。

由美子則認為男性的表現，不論何時都顯得客觀。看不見他們真的很同情、慌張、生氣、感覺不舒服的樣子。當然其中也有人顯得很有興趣，但興趣的根源並不只因為他是擁有跟被害人同樣年紀女兒的父親。

由美子突然浮現一個很根本、很樸實的疑問。為什麼男人要殺死女人？而且是陌生女人？和自己毫無瓜葛的女人？好像只要是女人，總有一天就會被殺。好像男人殺女人是一種特別的權利。

端著裝有冷水杯的托盤，她猛然抬起頭看見了站在廚房邊的哥哥的臉。

由美子的手一動，托盤上的冷水杯掉落地上，發出很大的聲響。

「啊，對不起！」

由美子趕緊蹲下去收拾碎片，媽媽也對著客人喊「對不起」。但是熱中於電視畫面的客人們，誰也沒有注意到這件事。

由美子聽見自己心臟的跳動聲音。收拾碎片、拿抹布擦地、洗手、重新端出冷水杯——做這些事的同時，心情逐漸穩定，但是「看見哥哥的臉而嚇一跳」的衝擊始終留在心裡。

哥！為什麼表情那麼可怕？

高井和明平常的表情就不豐富。什麼時候看他，總是笑嘻嘻地不怎麼顯眼。除了笑臉以外，高井和明的表情貧乏得可以。或許他是為了不讓大家討厭、不被欺負，所以用笑臉表示「我很好」，所以總是持續著笑嘻嘻的表情。

然而這個哥哥剛剛看見古川鞠子屍骨被發現的新聞畫面後，臉部表情就像靈魂出了竅一樣。由美子從來沒有看過哥哥這個樣子。每個人或多或少都有幾張假面具，但高井和明的櫃子裡不可能藏有這樣子的面具。

由美子很早就注意到和明對連續女性誘拐被殺事件的報導表現出強烈的興趣。常常沉迷於報章雜誌的閱讀，電視報導也仔細收看。這對哥哥來說是少有的行為，但跟他聊過之後就能理解，因為他有由美子這個妹妹。想一想也是對的，因為有由美子，和明對於這些案件自然不能等閒視之。

可是他剛剛那副緊張的神情又是什麼意思呢？和明為什麼會受到那麼大的刺激呢？

雖然殘酷，但是大家早已猜測到古川鞠子應該已經被殺害了。所有的日本人都認為她不可能還活著，就算還活著被凶手監禁，所受的遭遇可能還不如被殺死乾脆！

所以儘管是一件很令人心酸的事實，她的遺體——化成白骨的屍體被發現，就某些意義而言是一種獲救。從此可以不再被凶手玩弄，從此不會有更悲慘的遭遇。她可以回到家人身邊，安然地長眠。

得知這消息的人們就跟店裡的客人一樣，他們之所以能這麼熱烈的參與，不是因為聽見又有新的女性被殺害或誘拐，而是因為知道已經沒有希望的古川鞠子安危的消息。這消息雖然是悲傷的，但在悲傷的底層有一份安心。得知這消息的人們都同情鞠子，為她哀悼，也同樣對凶手感到憤怒。但聽見消息時應該不覺得受到衝擊。

哥！你是怎麼了？

「方便嗎？」

那一晚，十點以後，由美子敲了哥哥的房門。

房門內側傳來電視機的聲音，好像是新聞報導。主播正在說明發現古川鞠子屍骨的經過。

和明睡眼迷濛地打開房門，由美子仔細觀察他的神情。似乎不是故意裝出想睡的樣子，應該是到剛剛為止真的睡著了。

「不好意思，你已經睡了嗎？可是哥你還沒洗澡吧？」

「嗯。」和明簡短地答話，卻站在門口不讓由美子進房內。

這麼說起來，由美子已經很久沒有進哥哥房間了。「方便嗎？」這樣敲門，說不定也是第一次。而且哥哥絕不會大聲說「幹嘛？」、「有事嗎？」而是和顏悅色，一點也不驚訝地問說「怎麼了？」就像和明平常的樣子。

「我有些心事想跟你說，可以進去嗎？」

和明眨著他的小眼睛，點頭稱是、打開了房門。哥哥的房間比想像的要乾淨整齊，垃圾桶沒有堆滿垃圾，換下來的衣物也沒有丟得滿地。只有床單有些皺，那是因為和明剛剛在睡覺吧。

「哇！哥真是愛乾淨。」

由美子直接走到房間中央，跳著坐在床上。因為坐得很用力，一不小心坐開了，滑到床下。連她自己也覺得好笑。

「怎麼了嘛？妳。」和明也笑了：「由美子，妳是不是喝了啤酒？」

「哪有，為什麼問？」

「看妳的樣子像喝醉酒，又跟小孩子一樣愛玩。」

「人家本來就是小孩子嘛。」

和明在榻榻米上盤腿而坐，眼睛環視四周。床邊有一個可口可樂圖案的金屬盒子，裡面裝有菸灰缸、香菸和打火機。和明將它拉過來，點了一根香菸，是七星的淡菸。由美子心想：以前不是抽別的牌子嗎？

「買個更漂亮的盒子裝香菸不好嗎？」

由美子一邊看著可口可樂的盒子一邊說。

「我覺得這個正好。」

「哥，你現在一天抽幾根香菸？」

「十根左右吧。」

「是嗎？騙人，我看有一盒吧。」

「有那麼多嗎！」

「有，最近增加不少喲。」

說話的時候，由美子突然發覺：哥哥菸量的增加也是在他注意連續女性誘拐被殺事件的消息才開始的。嘴裡沒說，但和明以「有什麼心事要說」的表情一邊看著由美子，一邊吸菸。兩人身邊的小電視正在播出新聞節目。畫面上出現發現古川鞠子屍骨的中野區坂崎搬家中心附近的地圖。

和明不時看著電視畫面，由美子則注意他的表情。

這樣面對面，很難開口問：「看午間新聞的時候，哥的表情怎麼那麼可怕？我覺得很擔心。」而且問了又能怎樣？不過就是因為和明的個性溫和，他很同情古川鞠子的遭遇罷了。自己又何必追究呢？真是奇怪，自己為什麼會這麼在意呢？

和明好像還有點想睡覺，一邊看電視還揉眼睛、打哈欠。那樣子顯得很悠閒，跟白天一副受到衝擊、說不出話來的神情，簡直是天壤之別！

由美子立即打退堂鼓，我該不會是一個人自以為是、想太多了吧！

就算沒有這一連串的事件，對由美子個人來說，這一個月裡她也很心煩。因為對方的因素相親取消，接著菅野阿姨又跑來家裡道歉，拚命想安慰由美子，搞得全家人仰馬翻。根據阿姨的說法，她是不想讓由美子對「地方公務員」有成見，所以必須說清楚。相親的對象其實是墨東警署的刑警，因為大川公園的事件而變得很忙。不過對方看了照片，很喜歡由美子。希望由美子不要因為對方是警察就討厭人家……阿姨囉哩八唆說了一堆，爸爸則插進來表示：「對方搞成這個狀況，現在恐怕不是談相親的時機吧。」臉上掛不住的阿姨回去，不到十天又帶了另一件相親的消息。帶來的照片和履歷資料還在由美子手上，她只是瞄了一眼，還沒有詳細考慮。她覺得只能藉由相親來談戀愛的自己既可悲又不完整。而且這次相親的對象，好像只有老實這一項優點。

不知被哪裡來的男人殺害，像垃圾一樣被亂丟的古川鞠子固然可憐，但是像由美子這樣看著電視或報紙報導天外飛來的橫禍，又算什麼呢？如果我的人生像古川鞠子一樣突然間中斷了，有誰會覺得困擾嗎？會產生任何影響嗎？除了父母和哥哥，其他人會因為由美子的不幸而受到衝擊嗎？

不，不會，答案是否定的。高井由美子的人生，就像一只空罐，敲一敲只會發出虛無的空響。

像這樣整天在店裡捧著麵碗，端進端出外送的餐具，附近的人暱稱她是「長壽庵的由美子」，可是在背後會不會偷偷議論「長壽庵的女兒由美子年紀也不小了」、「那孩子多大年紀了」、「再下去怕沒人要了」呢？這一條路沒有可以逃跑的小徑嗎？還是哪裡有叉路？該不會叉路很多，偏偏是我自己錯過了呢？

如此迷惘的生活裡，看見家人的臉更讓她心情混亂。為什麼他們可以忍受這種安全、毫不刺激的平淡生活呢？尤其是哥哥，一點都不焦急嗎？為什麼毫無鬥志呢？他不是將近三十歲了嗎？哥的人生，難道打算這樣子過下去？他能滿足嗎？我真想搥胸頓足，大叫：「我覺得好無聊呀！」

因為她心中有這些想法，因為她覺得缺乏變化和刺激，所以看見和明表現的反應，不免就有了誇張的解釋。也許和明表情的變化，並不具有特別的意義。

（可是……）

可是他很在意。在意也是一種事實。看電視新聞時，和明的那種表情。站在坂崎搬家中心招牌前說話的記者，嚴肅的表情誇大一百倍也比不上當時和明的樣子。那絕不是事不關己的表情；而是望著球來的方向，突然下墜的變化，讓人錯愕的表情！

「由美子，要喝啤酒嗎？」

和明的問話，讓由美子抬起了頭。原來在床鋪後面放著一個小冰箱。

「好可愛的冰箱。哥你什麼時候買的？」

「是栗橋給我的。」和明邊說邊打開小冰箱的門。裡面橫著放有幾罐啤酒和可樂。

「為什麼要跟栗橋拿東西呢？以後不要再拿了。」

和明笑著面對突然發火的由美子。

「是嗎？妳不是老對我說，不要都是被栗橋拗嗎？所以我才跟他拗了這個冰箱。」

由美子從哥哥手上接過冰涼的啤酒罐時，故意皺了一下眉頭。

「你們兩個的做法我都不能認同。你是怎麼跟他拗的？」

「栗橋搬出去住，我不是去幫他忙嗎？那已經是很久以前的事了。」

由美子試著回想，好像記得那是……店裡整修重新開業不久的事。星期天早上，栗橋浩美突然來訪，說要搬家人手不夠，請和明去幫忙。嘴裡說是「拜託」，表情卻是「命令」。和明沒有抵抗也沒有二話，笑著出去當苦力一天才回來。

「討厭。那麼這個冰箱就是他租的房間附帶的電器囉？隨便拿回家，應該是不行的吧？」

「放心好了，栗橋已經買了一個更好的冰箱在用。雖然也是迷你的，但有冷凍庫。而且他一直都住在那裡。」

「是嗎？萬一讓房東知道，人家一定會不高興的。何況根本就是一種浪費！」

由美子嚴格判了罪後，仰頭喝了一口啤酒。然後伸手將身邊的電視關掉。

「都是報導同一件新聞，實在是煩死了。」

沒有了報導該事件的新聞節目當背景音效，由美子更難開口問說：「哥，你白天為什麼那麼驚訝？」

「我知道妳不喜歡，我看了也很生氣。可是栗橋他……他其實也很可憐。」

和明突然冒出這麼一句。由美子不禁將拿著啤酒罐的手放在腿上，眼睜睜地看著哥哥。哥哥的眼神好像在尋找什麼看不見的東西，眼睛看著被陽光曬成茶褐色的榻榻米。

「那傢伙有許多的心事。到現在也沒有工作，因為他有他的理由。」

平常早就嘶著嘴開罵的由美子突然噤口不言，因為哥哥表現出少見的積極態度。而且和明用「那傢伙」來稱呼栗橋浩美，也讓由美子有些驚訝。

「那傢伙心裡想的事，我想哥哥是不會懂的。因為栗橋很聰明。從以前不就是這樣嗎？很精明，做什麼一下子就會。」

由美子就是因為憧憬那樣的栗橋浩美，有一段時期還很瞧不起自己的哥哥。由美子又喝了一口啤酒，雖然冰涼但不夠味道。

「可是栗橋有他自己才看得見的奇怪問題纏身，所以那傢伙也很痛苦。」

「因為痛苦就不工作嗎？」由美子小聲問：「那個人進了好的大學，上班的公司也是一流企業，不是嗎？可是工作就是做不長吧？動不動就辭職。我長大後很少跟他親近說過話，所以知道的不是很清楚。可是哥你問過他為什麼要辭職，他不是都罵說公司的主管是笨蛋嗎？」

和明苦笑說：「嗯，我是問過。」

「我覺得那是不對的。總以為自己很棒，周遭的人全是笨蛋。如果這麼想，那做什麼都不可能做得好吧？你說栗橋痛苦，我不知道他有什麼痛苦，他根本就是自作自受，不是嗎？」

和明喝著啤酒。邊喝邊思考由美子說的話，眼睛還不停眨著。

「在我眼裡，那個人只是金玉其外敗絮其中，哥還比他有本事。」

由美子還沒說完，和明立刻反問說：「是嗎？我比較有本事？妳是說真的還假的？」

由美子嚇了一跳，哥哥從來不會這樣反問，她也沒有被這樣追問過。

「我可是一點都不這麼想。」和明像是在確認書面的東西——如規定、法條之類難以改變的東西一樣：「就算栗橋無所事事、遊手好閒、盡說些大話，栗橋還是栗橋，他比我好的地方還是很多。人長得帥、頭腦好，我永遠都不能跟他一樣。」

「沒有這種事。」

可是誰比較得女孩子喜歡呢？誰的人生比較刺激呢？誰能留在同學的記憶當中呢？

由美子嘴裡說：沒有這種事，哥哥一樣很有本事。但她知道那是謊言，所以語尾自然便降調了。

「可是我並不完全像由美子擔心的一樣，老是被栗橋使喚。妳們女孩子家或許不能理解，男生的童年玩伴就是比較特別。的確我看起來或許很像那傢伙的手下，但是……」

眼光迷濛的和明眼睛，似乎對準某個東西鎖定焦距；但由美子看不見「某個東西」是什麼？那是存在於和明內心的東西，外界無法一窺究竟。

「但是我也有只有我才能做的事！」說時和明微笑抬起頭看著由美子的眼睛。

由美子一向看習慣了哥哥無邪的笑容，那張時而顯得愚鈍、呆笨的笑臉，突然間好像一張面具。於是她又想起白天哥哥看電視新聞報導時的表情。難道那才是脫下面具後，哥哥的真面目嗎？

「哥……哥是不是一直很注意大川公園的事件？」

話題轉變太快，和明吃驚地睜大小眼睛問：「怎……怎麼了，突然問這個？」

「你不是老是在看新聞嗎？一個只看電視劇的人，居然會看新聞。」

「現在全日本不都是這樣嗎？」

和明笨拙地想要蒙混過去，卻騙不了由美子。這方面由美子還是比較厲害。

「今天中午電視新聞不是報導古川鞠子屍骨被發現的消息嗎？第一次聽見的時候，哥的表情好像失了魂一樣，樣子好可怕。為什麼？為什麼這個消息會讓你那麼震驚呢？」

和明不知所措。長年來的相處，由美子一看就知道。哥哥的腳趾在動。以前在飯桌上、父母面前，和明白天在學校被欺負的事若是被由美子揭穿，他一定會難為情地做出同樣反應。和明，又被同學欺負哭了？你是個男生，要爭氣點嘛！不過由美子妳倒是很厲害，一眼就看得出來。媽，那是因為哥哥的臉上還有淚痕。於是和明肥胖的身體開始退縮，手腳的指頭也不安地扭動。

「為什麼妳會注意那種地方嘛。」和明用手指擦了一下鼻頭，語意含混地說：「那麼恐怖的消息，誰聽了都會覺得害怕。哥哥還沒有壞到笑著聽那種新聞！」

「才不是好壞程度的問題，你明明知道還裝蒜！」

「我就是不知道呀。」

「那我可要說清楚了。當時我猛然以為哥就是兇手呢！因為你的表情實在太僵硬了。」

由美子話說到一半便停住了，因為和明的臉色越來越慘白。

「哥！」她低聲呼喚，嘴裡的啤酒已失去滋味，只有苦澀。

「哥！你的臉色怎麼那麼白？」

她笑了。她以為笑了，哥哥就會跟著她笑。

「討厭，你不要嚇我！難道哥哥真的是兇手嗎？太可怕了……」她拍了哥哥肩膀一下，知道和明一身的的冷汗。手心還有潮濕的感覺。

「哥……你怎麼了？」

玩笑已開不成，原來曖昧模糊的不安具體成形了。光只是不安的時候還算是幸福，因為看不見不安的原形。

和明將啤酒罐放在榻榻米上，手勢不對，啤酒罐倒了。一時之間啤酒溢出，在榻榻米上形成淚滴狀的小島。

「我也沒辦法說明清楚。」和明說話的語尾有些顫抖。因為眼睛看著下面，由美子不知道他在看些什麼。

「只是事情不像由美子擔心的。真的。哥哥還沒有那種勇氣，如果我夠勇敢的話。」

話說到最後，竟是自我貶抑的說法。

「勇敢的話……你想怎樣？這是怎麼回事？」

由美子的疑問，讓和明猛然驚覺說錯話了。他吃驚地抬起眼睛說：「勇敢？誰呀？我要說的是，哥哥從小到大從來都沒勇敢過。」

和明故意轉移話頭。要是平常的由美子早就由怒轉笑了，但今天不一樣。她很想知道哥哥剛剛說「我如果夠勇敢的話」的下文。說這句話時候的和明，表情跟她過去所認識的哥哥完全不一樣。

「哥，你在煩惱什麼？有什麼事下不了決心，所以很困惑嗎？」

「幹嘛呀，一副正經八百的樣子。」

「最近的哥哥真的很怪，我很擔心。」

「該擔心的人是我。妳的相親拖延了，看妳好像不太高興的樣子。」

「我……才沒有呢。本來我就不想去相親的。」

「是嗎？不管怎麼說，由美子一定會成為好太太，所以我覺得妳應該早點結婚比較好。」

「這種事我才不希望被你說呢！」說這話的時候，由美子突然想起：「說不定哥哥也有了喜歡的女性，可是因為他提不起勇氣表白，所以他才會說『如果我夠勇敢的話』。」

由美子側眼看和明，嘴角故意笑得很詭異。

「幹什麼？笑得那麼奇怪。」和明身體退後。

「我知道了。原來是這麼回事。」

「這麼回事是怎麼回事？」

「哥，你想交女朋友吧？具體說來，你應該有喜歡的女孩子了吧？所以才會那麼煩惱，對不對？」

一時之間，和明視線的焦點模糊了。由美子就近觀察哥哥的眼睛，知道自己猜錯了。

可是和明笑了出來。不是害羞、虛應的笑聲，而是感覺安心的笑法。例如被人家說是可能染上肺炎，一旦照了X光才發現不過是感冒，心裡覺得「原來只是這樣」，於是安心地笑了出來。

「沒錯。我是有那樣的煩惱。如果夠勇敢的話，就會更積極點，就能找到女朋友。可是哥哥實在太笨了，只敢遠觀，所以沒用。」

和明不斷搖頭，用詼諧的語氣說話。並移動龐大的身軀，伸手打開小冰箱，拿出兩罐新啤酒。

「我不要再喝啤酒了，會喝醉的。」

「不要這麼說嘛。偶爾也陪陪哥哥嘛。」

和明誇張地拉開易開罐蓋，像廣告演員一樣地仰頭喝酒。由美子直視著哥哥，心想他剛剛的回答是真心話嗎？還是現在的態度只是害羞呢？對與不對，她其實都沒有把握。

「哥喜歡的女生，是怎樣的人呢？」

和明一聽，露出一嘴啤酒鬍子的臉，嘴巴還呆呆地半開著。他想了一下回答：「那當然是可愛的類型囉。」

「長頭髮的比較好呢？還是短頭髮？」

「長頭髮的比較好。不過適合短髮的人也很可愛。」

「當然興趣要跟你一樣囉，最好是電視劇通。」

「女生好像很少有電視劇通吧。」和明笑說：「什麼什麼通，聽起來就像是男性用語。」

他沒有看著由美子的臉，眼光落在半空中的某一點。似乎具體地浮現出誰的臉孔一樣。他在想著誰呢？在他視線的盡頭有一種壓迫感，彷彿他們現在談的不是假設的話題。

哥喜歡的人說不定我也認識吧？由美子本想開口問，但和明突然說：「希望她很勇敢。」

「什麼？」

「希望她是個有勇氣的人。」

這在男性想從女性身上尋得的特性之中算是很罕見的。由美子不知如何處理新啤酒，只好在手上轉來轉去把玩。

「因為發生離奇的案件。」和明開始加以解釋：「所以能有不讓凶手得逞的智慧和勇氣的人最好了。由美子妳也是一樣，哥哥很擔心妳呀。」

「我知道啦。爸爸和媽媽也常常囉唆這種事。」由美子乖乖地點頭稱是，但還是忍不住嘛起嘴巴說：「可是哥，不管再怎麼有勇氣和智慧的女人，也是有她敵不過的壞男人存在。那些在連續女性被殺事件中遇害的女孩，並非就是沒有勇氣和智慧。但是她們還是抵抗不了凶手。像這種時候，我就會覺得女人真是可悲！白天的時候我也有這種感覺，為什麼只因為是女人，就要被無條件的殺害。這個世界，我真的是不懂！」

一口氣說完，等待哥哥的反駁。與其說是反駁，其實不過是在等和明像平常一樣說些「沒錯，由美子說的對」、「原來這是由美子的想法，比我還要高明嘛」的回覆。

和明慢慢地抬起頭看著由美子，臉上沒有笑容，語氣嚴肅地問：「既然如此，妳覺得該怎麼做才好？」

「怎麼做呀？」

「要讓女人不被殺害，應該怎麼做才好呢？」

這一次換由美子難以回答了。

「那當然……還是應該趕緊將殺害女性的男人給抓起來囉。」

和明點頭的有些慢半拍：「的確不趕快抓到是不行的，不然我們都睡不好覺。」

他似乎是喝醉了酒，打哈欠的嘴巴張得好大。由美子趁機站起身來說：「睡前窗戶開一點，讓空氣流通一下。」

「嗯，我會的。」

和明緩緩起身，拉開窗簾、打開窗戶。

「那……哥晚安了。」

由美子經過房門時回過頭，從窗玻璃看見哥背對著自己的圓臉。那表情跟中午時一樣的嚴峻。

和明的臉明顯地扭曲著。在由美子眼裡，哥哥的臉就像是某位不知名的瘋狂畫家，以溫和的高井和明為模特兒，卻在畫布上將自己內心盤旋的憤怒與絕望揮灑而出。於是畫像說是哥哥卻又不像。

之後一段時間裡，由美子想了很多。想到哥哥蒼白的臉、他說有喜歡的女性，但不知是真是假、他提到「有勇氣的人真好」時的認真口吻。

最後她推測出來的假設是：哥目前心裡真的是有一名女性。因為和明真心看重對方，對於現在淒慘的案件未解決、找不到凶手的蹤影、不知什麼時候又會有下一個被犧牲者的情況下，他每天過得很不安。對古川鞠子的消息反應激烈，大概是因為想像自己喜歡的女性萬一也遭遇同樣不幸，所以才會那麼害怕吧。

當然他之所以對這一連串的事件如此關心，是希望早日破案之故，是祈禱案情有所進展的心情。雖然很難解釋「如果夠勇敢的話」，但根據由美子最初的想像，和明因為不敢對喜歡的女性表白，覺得自己太過膽小，所以才忍不住說出那樣的話吧！如果更深入解釋：自己夠勇敢的話，就可以成為刑警，親手逮捕這可恨的犯人。這樣的說法其實也是說得過去的。

不斷假設、不斷推翻自己的立論，由美子突然覺得做這種事的自己，實在有點好笑。與其追究哥哥的事，其實更應該揮趕自己頭上縈繞的蒼蠅吧！

下一次店裡的公休日，她和朋友約好出去玩。既可以調整心情，同時也想請教好友關於相親的意見，所以由美子很期待。可是在準備出門之際，由美子房間的專線電話響了，是朋友打來的。昨晚因為長智齒，臉頰疼腫得難以忍受，朋友今天預約好牙醫治療，所以約會延到下個星期。

沒辦法由美子只好說聲「保重」，不太高興地掛上電話。朋友和由美子不一樣，可以無所事事地在家裡閒著，但零用錢卻花得比由美子多。既然每天都閒著，早點去拔智齒不就得了，何必要在今天！由美子不禁對著空氣發起脾氣。

已經換好外出的服裝，但還沒有化妝。她不知道是該一個人去逛百貨公司呢？還是換回家居服，到錄影帶店租片回家看算了。正在猶豫之際，聽見有人走下樓梯的聲音。媽媽已經去商店街買東西了，剛剛才看見爸爸在睡午覺。這腳步聲一定是哥哥的。

她偷偷瞧了一下，果不其然是和明穿著外出的襯衫走下樓梯。那件藍綠色條紋相間的漂亮襯衫，是媽媽上個禮拜買給他的新衣服。

由美子靈機一動。哥哥是要去跟那個女性見面，不知道是一對一還是團體約會呢？是要去那個女性工作的店裡還是公司呢？雖然不知道細節如何……

這種事只要跟過去看，不就清楚了嗎！

由美子趕緊回到房間，抓了皮包就衝到走廊。放輕腳步地走下樓梯，看見和明正在門口穿鞋子。由美子趕緊將頭縮回去。

不久和明站直身子，打開大門出去。由美子跑下樓梯，盡快從鞋櫃裡取出好走的運動鞋套上，喘口氣後跑到門外。和明正好左轉前往有公車站牌的路上。

由美子開始她的跟蹤行動。

和明搭上前往練馬車站的公車。由美子在哥哥等車的時候，躲在附近人家門口。看見哥哥一上車，就趕緊衝到路面攔計程車跳上。當然計程車較早抵達練馬車站，於是她先進車站買了到池袋的車票，然後又回到公車站附近等待。正好公車開進了終點站。

由美子躲在站牌背後，看見和明跟在所有乘客後面，最後一個下車。呆滯的表情，完全沒有注意周遭的情況。至少看起來不像是跟人約好在車站附近見面。步伐也是慢慢的，不像是有急事。感覺不出來在等人的樣子。

和明走進車站，小心翼翼掏出零錢買票。由美子距離他約十公尺的距離；經過驗票口的時候，心臟跳動得十分厲害，但沒有流汗。雖然十公尺太近了，但又怕太遠會跟丟，只能祈禱和明千萬不要回頭！算了，如果他回頭，就裝出「好巧」的驚訝表情說：「哎呀！哥也出來呀？我跟小蜜約好去新宿。有沒有什麼要我幫你買的？」對，就是這樣蒙混過去吧。然後順便問：「哥，你要去哪？」

前往池袋的電車來了。和明很有禮貌地讓下車的乘客先過，然後最後一個上車。

從如此客觀的角度觀察，由美子十分驚訝哥哥圓胖的身體竟是那麼龐大！上下交通工具時，哥哥走在最後，或許就是為了不要造成別人的困擾。

由美子和和明在同一個車廂裡，只是上的車門不同。哥哥站在車廂前方的車門邊，表情跟剛剛一樣的呆板，抬頭看著車廂內的廣告。到達池袋之前，他沒有看書也沒有閉目養神，始終保持那樣的姿態。

電車緩緩駛入池袋車站裡，由美子趕緊移動，從隔壁車廂的門口下車。因為是終點站，所有乘客都必須下車。這一次和明還是最後一個下車。沒有迷惘疑惑的神色、也沒有看著手錶，而是很平靜地移步前往其他月台。由美子緊跟在後，看來和明是要改搭山手線的電車。

走下月台的樓梯，來到寬廣的車站內部，在人來人往的潮流中，由美子好幾次失去哥哥的身影。每一次她都能立刻發現再繼續跟上。只有一次因為不小心，兩人的距離不到兩公尺，她慌忙地將自己的身體藏起來。

和明的步伐速度不變，既不急躁也沒有東張西望找尋約會的對象。終於他爬上山手線月台的樓梯，電車也及時趕上。

由美子跳上隔壁的車廂，差點被車門夾到。原來跟蹤這回事，並不像看電視推理劇那麼的簡單。她一時也搞不清楚搭上的山手線是外環道線還是內環道線？

透過車廂後面的車門玻璃，可以看見和明靠在隔壁車廂最後車門邊的側臉，一副想要睡覺的樣子。很難想像他有什麼目的外出，既不像是有約會，也不像是要去見意中人的面。因為哥哥的臉上缺少一絲的緊張感。

和明旁邊的座位上，坐著一對年輕情侶。雖然聽不見說話的聲音，但從他們表情豐富的肢體語言，不難知道正熱絡地交談。男方和女方的年紀都跟由美子不相上下，或許更年輕一點也說不定。大概是大學生吧，從外表的質樸看來，應該是學生。

女方幾乎沒有化妝，中長的頭髮也沒有特別修飾，臉蛋長得很可愛。從由美子所在的位置可以清楚看見女方的臉，卻只能看見男方的後腦袋。即便是這樣，還是能清楚知道男方不斷對女朋友說的話表示贊同。

由美子心想：真是令人羨慕！看見情侶，她很少有這種反應。大部分的情形，她總是批評：這一對不怎麼登對、男方看起來好笨、女方未免太花俏了、兩個人幹嘛靠那麼近、那種人有什麼好嘛……其實會這樣批評人家，其內在心理或許潛藏著羨慕的心情吧。嘴裡說著「與其跟那種男人在一起，不如一個人快活」，但心中難掩暗自孤寂的悲涼吧！

現在觀察那一對情侶，能夠直接以「羨慕」重新解讀自己的心態，可見得他們表現得有多令人賞心悅目，他們是那麼的幸福愉快與健康！兩人散發的健全光芒，代表他們的組合是正確的。如果有一方的搭配是牽強的，就不可能散發出如此的光輝。蕎麥麵店固然是很平民化的生意，從小幫忙家裡做生意的由美子基於長年的經驗，至少還有看穿這一點的眼力。

她有時也會想：或許就是因為擁有這種眼力，無意識間觀察來店的情侶——不論是夫妻、情人還是其他，所以搞得自己難以戀愛吧。結果卻被好友笑說：「不應該這麼想呀，就算是再有學問的女人或是多通曉事理的老女人，該戀愛的時候還是會談戀愛。說什麼看過太多所以不能談戀愛，根本是由美子逃避的藉口！」

電車突然晃動，由美子抬起頭看了一下和明，他的樣子完全沒變，龐大的身軀緊縮在門邊的狹小空間。連由美子站在這裡都能感受到那對情侶的談笑風生，和明卻顯得毫無興趣。難道也不會覺得吵嗎？哥，你到底在想些什麼？

和明在秋葉原車站下了山手線電車。

當知道他下車的車站時，由美子十分失望。原來他是要去電器街呀。

和明只要想買家電，一定來秋葉原的電器街，絕對不會到自己家附近的電器行或新宿的大賣場。問他為什麼要千里迢迢到秋葉原呢？他說的理由很好笑：「因為秋葉原是世界知名的電器街！」

由美子的緊張感解除了，這時才發現臨出門套上的運動鞋和身上的洋裝根本不搭調。這下可好了，等確定哥哥走出車站，乾脆繼續搭山手線電車到有樂町的商店街買鞋子吧。銀座的物價雖然貴，但也沒辦法了。

可是和明沒有走出車站，而是轉向前往千葉的總武線月台。

由美子立刻收拾起精神，心想：以前搭過總武線嗎？記得高中同學有人從新小岩通車，還感嘆過總武線是色狼專車。雖然很久了，由美子始終記得這一件事。當然色狼同樣出沒在山手線、中央線、西武池袋線上，但當時同學形容的「色狼專車」實在太有趣了，尤其是講到總武線電車上色狼的惡行惡狀，讓由美子的印象深刻。

和明依然沒有表現出迷惘的神色。踏上進站的電車後，他沒有站在門邊，而是直接走到另外一邊的門邊。

由美子站在同一車廂的對面，手裡抓著吊環。車廂比山手線的空，恐怕很容易被發現。正當她想要轉移車廂時，電車抵達了兩國站，和明站著那邊的車門開了，他立即下車，由美子連忙跟著下車。

建築古老的兩國車站，上下車的乘客比池袋和秋葉原都少，和明和由美子之間可以直視。或許是因為剛剛鬆過一口氣，也可能是由美子累了，她很想乾脆靠近哥哥跟他打招呼。沒想到和明反而腳步加快，走下樓梯後立刻靠近停在車站前的計程車，並搭上其中一台離去。

由美子嚇了一跳。和明一向很節儉，平常不會搭計程車。前往練馬車站的公車再怎麼晚來，他都能耐心等。有時出門回家太晚，搭電車到車站，卻趕不上最後一班公車時，他也寧可走路回家。

由美子也搭上計程車，還好哥哥的車被前面的紅綠燈擋住了。

「麻煩跟在那輛計程車後面！」

用手指著說明，司機倒也習以為常，沒有表現出奇怪的神色。立刻轉動駕駛盤跟在和明的車後面。經由車窗可以看見大頭的和明坐在前面車子的後面座位。

既然連兩國車站的電車門開在哪個方向都清楚，又毫不遲疑地搭上計程車，可見得和明現在要去的地方是他以前就知道的場所，至少在今天之前他就已經來過。

由美子的心情很緊張。看來跟蹤是沒白來的。而且不知道哥哥上個禮拜的公休在幹什麼？有沒有出門呢？她想不起來了。這樣看來，哥哥的行動範圍、外出地點以及除了栗橋浩美這樣特殊的交友關係外，還有許多是由美子不知道的。

這裡比起練馬家附近，道路寬廣許多、房屋建築也比較古老。公寓和社區都顯得土裡土氣的。因為計程車跟得很緊，不用擔心走失。由美子一邊欣賞著同樣在東京都卻很陌生的墨田區景觀，一邊想著這裡應該會有很多的外送客人吧？不知道蕎麥麵店多不多？結論是：她並不太想住在這裡。

不久在前面可以看到一處和都市不太搭調的森林，哥哥計程車正朝著那個方向前進。看來大概是公園吧，入口有鬧門。正好有一個老人牽著狗穿越鬧門。

和明搭的計程車停在公園入口前的紅綠燈下。因為正好是紅燈，由美子的車子也停了。司機開口問說：「前面的車子停了，小姐是不是也要在這裡下？」

「不要，請在下一個街口停車。」

哥哥正在付錢。一隻大腳踏在地上，接著龐大的身軀彎著出來。他看著公園的入口，並沒有注意到由美子。號誌變成綠燈，和明離開的計程車和由美子所搭的計程車同時開動。由美子將身體往後縮，從後面車窗追尋哥哥的行蹤，他正走進公園裡。

「司機先生，停車！」

計程車猛然煞車停住，由美子趕緊付錢。

「請問一下，這裡是哪裡？」

司機一副驚訝的表情，側眼看了一下窗外確定位置，並在找錢的時候觀察由美子的臉，然後回答：「大川公園。」

由美子吃驚得說不出話來，手上找的錢掉了一張。

「小姐，錢掉了！」

不管背後計程車司機的提醒，由美子直奔公園鬧門，但是已經看不見和明的身影。

「徵求線索！」

由美子在公園入口處看見一張大的看板。白底黑字，只有需要強調的文字用紅色寫出。看來寫字的人會書法，文字的勾勒很有力量。

「今年九月十二日，於本公園垃圾箱內發現被切斷的女性右手腕，同時還有六月以來行蹤不明的中野區女職員持有之手提包。目前該事件正在調查中，墨東警署徵求目擊公園內可疑行動之人物、車輛等線索。為求早日破案，敬請民眾大力協助。」

看板的後面寫有墨東警署搜查總部的電話，因為風吹雨打，開始有些斑駁了。說是要早日破案，九月十二日案發，已經是一個月前的事了。

由美子的視線從看板移向公園內部。紅葉的景緻還早，綠色樹葉在長期的暑熱下顯得沒有生氣，但是東京都裡能有這麼大片的綠地仍屬珍貴。

公園裡的人群之多從圍牆外很難想像。有些人坐在長椅上、有些人散步在遊園道路上、有的人牽著狗、有的人騎腳踏車。

走進公園內的遊園道路，由美子這下真的是完全失去和明的蹤影。視野還算清晰，找一找或許能發現；但是由美子到處走過，還是看不見哥哥人在哪裡。這跟在車站或月台上不一樣，完全看不見哥哥的方位，實在是沒有辦法。

由美子累得坐在附近的長椅上，將皮包放在身邊，兩手撥弄頭髮，並將眼睛閉上。

這裡就是大川公園呀。

是該事件開始的地方。在這公園的某個垃圾箱裡，發現了被切斷的女性右手腕。

哥……

和明為什麼會來這裡呢？應該不是為了湊熱鬧才來的吧，他不是這種人。由美子還想起了那一晚上的對話。想起他聽見發現古川鞠子屍骨的消息時，一臉慘白的表情。

和明到這裡來的目的是什麼？是有什麼想看到的東西嗎？是有什麼事情想要確定嗎？

難道說……

哥是不是對該事件知道了什麼？他跟該事件有什麼關係嗎？

不可能會有這種事的！

就在這時，從她的頭上傳來一個婦女的叫聲：「喂！我說這位小姐呀！」

14

由美子抬起了頭。眼前有一位買完東西準備回家的太太，慌張的眼神看著她。半個身體轉向由美子所坐長椅的右手方向，也就是遊園道路和樹林的方向。

「妳的皮包被拿走了！有人把它偷走了！」

由美子立刻看了一下身邊，原來放著的皮包不見了。在她茫然發呆之際，被人拿走了。

「啊！就是那個女孩……」

那位太太指著右手邊的遊園道路。由美子看過去，看見一位少女縮著身體、警戒的眼光看著這裡。和由美子的眼光相會，立刻心虛地轉身就跑。沒錯，她的手上拿著由美子的皮包。

「不要跑！」

由美子衝了出去。幸好穿了破舊的運動鞋，看來應該可以追得上少女。少女的樣子有點奇怪，雖然拚命逃跑，但身體搖搖晃晃，腳步十分不穩。

「慢點！別跑，妳這個小偷！」

由美子大聲叫，一把抓住了少女的右手臂。抓住的一瞬間，感覺少女的手臂都是骨頭、異常地細瘦。被由美子用力一抓，少女搖搖晃晃地跌坐在地。害得由美子也順勢往前傾，跟著少女膝蓋向前地跌落地上。少女被由美子壓著，躺在地上動彈不得。

「妳想幹什麼嘛？」

因為丟臉和生氣，由美子顧不得膝蓋的疼痛立刻起身。少女半坐起身，臉上十分骯髒。看來並不是剛剛跌倒才沾上的塵土。

而且她身上很臭，穿的衣服也都是油垢。長袖襯衫和牛仔褲，運動鞋的後跟部分已經有了破洞。少女身材瘦弱，襯衫下襬露在牛仔褲外面，可以看見扁平的肚皮。運動鞋裡是赤腳，突出的腳踝關節看起來不像是真的。

「妳……」

沒有吃飯嗎？由美子正要詢問時，少女低聲哭了起來。

在這人生地不熟的地方，由美子抱起抽噎哭泣的少女，不知如何是好。

真正想哭的人是我呀！

可是她還是不能丟下少女不管，畢竟我跟哥哥都是一樣的爛好人，誰叫我們是兄妹呢。現在不是苦笑的時候，由美子雖然對自己感到生氣，還是問少女說：「妳叫什麼名字？」

好不容易將倒在地上哭泣的少女扶起來，帶著她坐在附近的長椅上。由美子坐在她身邊問：「妳家在這附近嗎？」

對於一個兩三天沒有吃飯、沒有洗澡、沒有換過衣服的少女而言，這是一個沒有意義的問話。由美子立刻受到少女激烈的反彈。

「笨蛋！我怎麼可能住在這附近！」少女惡言相向。剛剛還哭得那麼可憐，現在舌頭竟這麼鋒利。

由美子整個人呆掉，不知該怎麼接話。什麼嘛？這個女孩。

「說的倒也是，看妳這副德性……」說的時候，慢半拍的怒氣隨即湧上心頭：「可是人家好心問妳話，妳開口就罵人『笨蛋』又算什麼？」

少女絲毫不讓步，臉頰上閃著淚光，大聲說：「說妳笨蛋就是笨蛋，怎麼樣？」

可是少女的眼睛沒有看著由美子，而是低頭俯視著腳尖，似乎覺得可恥、似乎感到膽怯。那一句「笨蛋」，說不定是少女自己對自己的責罵，所以不敢看著由美子。

由美子發現這一點後，態度變得柔和。不管怎麼說，這個女孩比我還小十歲，還是個小孩，而且身體這麼虛弱，又有困難。

由美子微笑說：「至少妳可以不要罵我『笨蛋』吧。妳真是不可愛耶。」

少女用手背擦擦臉，依然頑固地不看著由美子說話：「不要跟我這麼說話，我和妳沒有那麼熟。」

這一次由美子笑了出來。少女驚訝地回過頭來看她。

「我沒有別的意思，我是很尊重妳的。」由美子邊笑邊解釋。少女沉默不語，劍拔弩張的氣氛也減低了不少。

「可能是我說話的語氣不對，讓妳誤會了。我有時就會犯這種毛病。」

少女還是義務性地加了一句：「好像笨蛋！」但語氣沒有之前的尖銳。

「妳的名字是什麼呢？告訴我吧。這樣我也比較方便跟妳說話嘛。」

問過之後，由美子補充說：「我叫高井由美子。在問別人姓名前，應該先報上自己的名字。順便跟妳報告，我今年二十六歲。」

少女抬起眼睛偷偷看著由美子的臉。那是一種很令人不愉快的做法，好像從小就被教導必須用這種視線偷看別人。少女似乎已經習以為常了。

由美子忽然想起高中時期的同班同學，有一個因為品行不良在二年級被退學的女孩。那個女孩也經常用少女這種「偷窺的視線」看人。而且似乎用這種眼神看人，大家都是同一個德性，不管美醜或年紀。

「妳不想說出自己的名字嗎？」

「不想。」少女很快地回答。

「哦……那我就叫妳山田花子好了。」

「不要！」

「還挑呢，不然妳自己取一個好聽的假名呀。」

少女又偷偷地看著由美子的眼睛。由美子也想看看少女的眼睛裡有些什麼。但就像意識到監視器對著自己，不良少女只好放棄偷竊行為一樣，意識到由美子視線的少女立刻變得面無表情，意思是說：我什麼都沒有做，眼光也跟著呆滯。

「妳應該沒有吃飯吧？」由美子開口說：「我雖然沒有幫助妳的義務，而且本來就應該站起來拍拍屁股回家。可是我擔心會睡不著覺，所以決定跟妳吃一頓飯，順便幫妳買些能看的換洗衣物。妳覺得呢？」

少女頑固的表情看著地面，或許是咬著牙齒，顯得難以親近，但五官十分美麗。置於膝蓋上的雙手不斷扭動，時而玩弄著牛仔褲的綻邊，那是一種期待的慌張。這個女孩需要錢，她想要獲得幫助。

「可是我也不是有錢人，所以不能借妳太多。現在錢包裡面，包含零錢總共才兩萬多。我可以借給妳一半。」

少女突然抬起頭，以訂正錯誤的語氣問說：「借我？不是給我嗎？」

「我不喜歡陌生人給我錢，因此我想妳一定也是一樣。」由美子義正詞嚴表示：「所以我才會故意用『借』這個字眼。可是實際上是給妳，因為我不知道妳是誰呀。我想我也要不回來吧？」

少女用力點頭說：「是的。所以我才覺得奇怪。一開始就知道拿不回來，幹嘛說要『借妳』。換個字眼其實還是騙人。大人們都是這樣隨便！」

由美子嚇了一跳。原來這女孩會說出這番歪理！

「也許說我隨便是真的很隨便，可是有時候事情就是必須有一點曖昧的程度才能進行得更順利。這就是我們生活的世界。」

由美子心想：我這算什麼？感覺好像是這女孩的導師一樣。

「如果我是因為有錢，所以賞給妳一些。妳聽了不會覺得討厭嗎？」

「不會呀。就賞我吧，可是妳真的很笨耶！」

她挑釁地笑著，眼光直視著由美子。

「妳忘了嗎？我可是偷了妳的皮包，可是妳卻反過來給我錢。」

由美子故意很認真地回答說：「於是妳一放鬆，告訴我妳的真名是山田花子，其實是離家出走。這麼一來故事不就開始了嗎？」

意外地，女孩放聲大笑。不對，固然由美子故意說這些讓她笑，但對方的笑法還是讓她感到意外！

少女的笑一點也不快樂。這種歇斯底里的笑聲，吸引住公園裡來往遊園道路上的行人停下腳步、回過頭來看她。而且少女的笑聲並不能帶動其他人跟著笑出來，一旦停下腳步的人反而會繼續加緊腳步離開。

於是由美子又突然想起一件往事。那是一個假日來賣玩具的叔叔。他在路邊攤開草蓆，賣著一按鈕就會敲鑼打鼓的猴子或耳朵會動的兔子等玩具。小孩子們都很喜歡他的攤位。可是有一天叔叔的玩具猴子壞掉了，怎麼關開關，就是停止不了猴子敲鑼打鼓吵人的聲音。叔叔不斷努力想要關掉開關，但活動的猴子卻從他手上滑落繼續製造噪音，而且臉上是那一副固定的笑容。一開始看著覺得好笑的小孩子們，漸漸都不笑了，有些人開始向後退。由美子也是其中之一。當時年幼的由美子看見叔叔將猴子的背部打開，取出了乾電池；可是她認為猴子的動作還是沒有停止。因為猴子發瘋了，一旦發瘋了，不就都是那個樣子嗎？

站在眼光明亮閃爍、笑得讓由美子很不舒服的少女身旁，由美子覺得自己就跟當年賣玩具的叔叔一樣。繼續待下去也是沒有用的，她想。於是打開皮包取出錢包，將一張沒用過的萬元大鈔放在少女腿上。

「那麼這個給妳，再見了。」

她沒有看著少女便站起身來，直接開始走動。因為聽見背後的笑聲而回頭。

「我叫樋口惠。」少女的聲音追了上來，聲音意外的小聲。

由美子違背自己的意志，腳步停了下來。跟意志溝通過後，才慢慢轉過身去。

少女還坐在長椅上。腿上的萬元大鈔也沒動過。笑容消失的臉頰上，有兩道骯髒的淚痕。

「我的爸爸是殺人犯。」名叫樋口惠的少女說，聲調沒有抑揚頓挫。既不像告白也不像辯解，就像讀著舞台設定的說明書一樣，有種義務的味道。

「他殺了三個人，其中一個是小孩。而且現在正在接受審判，肯定是死刑吧。我是那種父親的小孩。」

由美子一開口就是最早浮現腦海的話：「為什麼要告訴我這種事？」

樋口惠搖頭說：「沒有為什麼。我只是想告訴妳為什麼我會在這裡偷人家的錢，就當做是一萬塊的謝禮。」

「這不算是謝禮，是妳的……藉口。只是妳為什麼對我態度不友善的藉口罷了。」

樋口惠笑了。並說：「是吧。」這是她第一次的順從。

由美子後退幾步，站在樋口惠身旁。重新感受到她身上的臭味。

「因為妳爸爸出了那種事，所以妳離家出走嗎？」

「才不是呢。我才沒有那麼脆弱！」

「那妳為什麼？」

「因為覺得爸爸太可憐，所以我想自己能不能夠做些什麼。爸爸會那麼做，都是為了我們家人，絕對不是因為他想殺人。爸爸是被逼得走投無路，爸爸也是被害人呀。我想要讓大家知道這一點。」

「爸爸」這個詞從樋口惠的本體說出來，令人感覺現在的外貌是借來的。她本體是個有教養的女孩，從小到大沒有吃過什麼苦。這是由美子的感覺。

「在這公園附近住著被爸爸殺死的人的小孩。」

「小孩？」

「嗯。不過年紀沒有很小，跟我差不多。他也是高中生。」

「那妳是來找那個高中生的囉？」

「是的，我希望那傢伙能見爸爸一面。只要他跟爸爸聊過，就能知道爸爸的心情，知道爸爸會那麼做是不得已的，知道爸爸已經在反省了，因此也能原諒爸爸。這樣一來，公審對爸爸就會有利。可是那傢伙卻逃走了，家裡的人也不告訴我他去了哪裡。太爛了！他們居然找到爸爸的律師，律師罵我，叫我不能再去找他。媽媽也這樣說我，所以我一氣之下便離家出走了。」

由美子啞然無聲，重新看著樋口惠的臉。這女孩看起來頭腦並不壞，可是她的想法是那麼的自私、充滿自我主義的破壞性，她自己卻不知道。這種不好思想的血液，究竟是從哪裡來的？

「我一直努力撐著，不見到那傢伙就不回家。可是身上沒錢真的很難過。」

樋口惠不知由美子的想法，一個人苦笑地繼續說著：「剛剛的偷竊，不是第一次做。我也露宿在公園過。可是肚子好餓，身體也很癢。」

「不如死心，回到媽媽身邊去吧。」由美子好不容易說出口，但感覺有些心虛：「那個高中生是被害人的小孩，我想再等幾年，他也是不會見妳爸爸的。所以妳還是回家比較好。」

樋口惠抬起尖銳的表情，向由美子靠近一步問說：「為什麼？為什麼嘛？這樣根本就不公平。」

由美子退後一步說：「不公平？」

「對呀。爸爸又不是喜歡才當強盜的。」

那是妳自己的理由吧。由美子將這些話忍在嘴裡沒說，心中只想趕緊離開這裡。本來今天來到這公園就是一項錯誤。

「沒有人知道爸爸當時被逼得有多慘。沒有人想聽聽爸爸的心情。太過分了吧？就算做過壞事，不分青紅皂白就判死刑，未免太過分了吧？」

樋口惠的眼睛高吊，唯我獨尊地高談闊論，根本就忘記了眼前由美子的存在。

由美子偷偷看了一下四周，行人們都用奇怪的眼神看著這裡，然後快步通過。趁著樋口惠活在只有她自己的悲嘆和憤怒中，由美子很想逃離現場。早知道就不應該理這種女孩，我是跟蹤哥哥才來這裡的，我該擔心的人是哥哥呀！

由美子偷偷轉過身，側眼確認樋口惠現在的視線所在。樋口惠眼裡只能看見陷她爸爸於不義的「社會」，由美子趕緊往公園的閘門方向前進。經過落花凋零的波斯菊花圃，正打算跑步衝到外面時，大概樋口惠發現自己被丟了下來，由美子聽見她大聲喊說：「好過分！妳為什麼要逃？」

她沒有回答理由的義務，由美子繼續跑著。一種摸不清狀況的恐懼感突然襲上心頭。由美子的內心裡突然對「強盜的女兒」這字眼有了深刻的認識。那個奇怪的女孩是殺人犯的女兒，不應該跟她扯上關係的。

樋口惠不知喊著什麼，追在由美子後面。由美子拚命向前跑，充分發揮腳上運動鞋的威力。空著肚子、體力虛弱的樋口惠應該趕不上由美子的腳力。馬上由美子就要通過閘門跑到外面了。一出去就能攔計程車離開這裡了。

突然樋口惠尖聲大叫：「殺人犯！妳是殺人犯！」

由美子大吃一驚，猛然地停下腳步，回頭一看。被由美子捨棄的樋口惠正倒在波斯菊花圃旁邊，兩隻手趴在地上喘息著，一臉扭曲地放聲尖叫。一看見由美子回過頭，她更變本加厲，舉起手指著由美子，對周圍的人們喊說：「各位，那個女人是殺人犯呀。看見別人有困難，居然可以不管，是個殘酷的女人！她是個沒有血沒有淚的殺人犯！」

由美子整個人呆住，不知該說些什麼。原來啞口無言就是這種情況。

就在身旁響起一陣笑聲。有兩個走在一起的女孩正經過公園閘門那邊的道路。她們穿著制服，臉上化著妝，長相很漂亮。原來在她們眼裡，由美子和樋口惠都是「奇怪的女人」。

經過的行人好奇地比對由美子和樋口惠的臉。由美子突然恢復意識，突然覺得好想哭，怎麼會這麼丟臉？怎麼會這麼倒楣？為什麼我會遇到這種事？

「不要這樣嘛！」由美子當場站著低喃。她發不出太大的聲音說：「妳不要說這些奇怪的話嘛。」

或許是聽到了由美子的說話，還是因為體力不行了，樋口惠停止了尖聲大叫，只聽見急促的氣喘聲。她的眼睛挑戰性地瞪著由美子看，已經不是之前偷窺的視線，而是完全的強硬。樋口惠奪走了由美子內心的平靜。由美子不知道是什麼東西這樣困擾著她，她已經完全被震住了。

這時她聽見女人的叫聲：「樋口小姐？」

由美子抬起眼睛尋找聲音的主人。從波斯菊花圃的左邊走出一位穿著淡藍色毛衣和白色棉褲、身材苗條的女性。連由美子所在位置都能看見那女性滿頭的花白頭髮，但臉部還很年輕，大約四十歲出頭。「樋口小姐？」那名女性再次叫了樋口惠一聲。聽起來不像是救助者的聲音；只不過從她的神情，可以感覺她不像是個鎮壓做亂犯人的警察，而像是迎接病人的急救人員。

樋口惠抬頭看著叫她名字的女性，突然之間臉部表情像凶器般尖銳。

「幹嘛？妳來做什麼？」

穿著藍色毛衣的女性，沒有回答樋口惠歇斯底里的質問，而是看著由美子。看來她是聽見了由美子和樋口惠之間的爭執，或許應該說是樋口惠造成的騷動。

「妳們認識嗎？」那名女性問。由美子立刻用力搖頭。

「是嗎？」藍色毛衣的女性看著表情扭曲的樋口惠。樋口惠一副瞧不起人的樣子，翹起下巴、冷哼一聲後，轉過頭去。

「附近的人通知我說，妳又在公園裡鬧事了。」藍色毛衣的女性說，語氣十分溫和。不知是不是努力裝出來的平穩，總之說話的方式很緩慢。

「我就是擔心妳會造成不認識人的困擾，所以前來看看。沒想到還是遲了一步。」

她投給由美子一個抱歉的眼神，然後又俯視著樋口惠，繼續說話：「本來妳要做什麼，跟我們沒什麼關係。可是現實情況我們又無法制止妳的騷擾，所以也很困擾。」

樋口惠極力反擊說：「都怪妳將真一藏了起來，不是嗎？都怪真一跑去躲了起來。」

藍色毛衣的女性臉上難掩一絲不快神色。

「真一是我的兒子，妳沒有資格直接叫他的名字！」

「那種人渣，叫他名字算對他客氣了！」

藍色毛衣的女性立即反擊說：「人渣應該是妳父親吧。做出那麼可怕的惡行，還想逃罪，甚至指使妳做這種事！」

樋口惠跳了起來，直接攻擊藍色毛衣的女性。

「爸爸沒有指使我，爸爸不是人渣。妳給我道歉！妳跟我爸爸道歉！」

可是這個激烈的動作，已經到達樋口惠肉體的極限。樋口惠伸出手想要抓住藍色毛衣女性的胸口，因為對方閃開撲了空，樋口惠整個人搖搖晃晃倒在藍色毛衣女性的手臂上。原本就很不健康的土黃色臉，眼看像張白紙一樣地逐漸灰白。

樋口惠失去了意識。藍色毛衣的女性像抱起大型垃圾袋一樣，抱起樋口惠骨瘦如柴的身體。然後以那樣的姿勢對由美子說：「對不起，是不是這個人對妳做了不好的事？這個人我會交給警方處理的，請妳不要介意，可以離開這裡了。」

可是由美子身上就是有爛好人的血液，還沒來得及考慮，嘴唇已經活動說：「可是妳一個人搬不動這個女孩吧？」

「放心吧，我可以的。」

看起來她就是搬不動的樣子。藍色毛衣的女性雖然很高，但相當瘦削，而且她的臉色像剛生完病一樣的沒有血色。

嘆口氣後，由美子上前說：「我來幫妳。我們要將她搬到哪裡去呢？」

藍色毛衣的女性自我介紹是石井良江。

由美子幫她將昏迷的樋口惠運到距離大川公園約十分鐘步程的石井家。雖然樋口惠很瘦，不是太重，但石井良江已經累得氣喘如牛，一大半的路上都是由美子背著樋口惠在走。

石井家建好才四、五年，是棟漂亮的兩層樓建築。打開大門將樋口惠搬進屋裡時，石井良江的表情有種難以言喻的困惑。由美子問說要讓樋口惠睡在哪裡？她先是說「客廳」，接著又連忙改口說「二樓好了……」，卻又遲疑「可是要上二樓太累了……」，好像很難決定。由美子感覺，對石井良江而言，讓樋口惠走進這個家門其實是件很不願意的事情，可是不讓她進去又很有罪惡感。

結果樋口惠躺在客廳旁邊的一間小房間。地板上鋪有地毯，頭底下墊著抱枕，身上則蓋條毛毯。一臉慘白的樋口惠在搬運途中逐漸恢復成土黃的臉色。鼻息也穩定許多，看起來不像是昏迷，倒像是熟睡。

安頓好後，良江客氣地對由美子道謝。於是由美子說出在大川公園發生的事。良江頷首傾聽後，也說出過去的往事。這時高井由美子才理解有關石井家、樋口惠和那個被樋口惠直接叫成「真一」的塚田真一之間的事件。

「原來是這麼一回事？我現在懂了。」

石井夫婦擔心養子身心，自然會保護養子，不肯答應樋口惠瘋狂的要求。樋口惠根本沒有要求塚田真一做任何事的權利。

「現在我和我先生總算能和真一聯絡上，一開始他一句話也沒說就離家出走了。」

良江疲倦得雙肩都鬆垮了下來，低頭看著客廳的茶几。

「因為當時那孩子還不敢跟我們說明被樋口惠逼迫的事，所以只能默不吭聲地離家出走。」

「難道不能強制樋口惠不要做那種事嗎？」

良江眼睛閉著搖頭說：「我們也拜託過對方的律師好幾次，對方律師也責備過她好幾次；但是那女孩根本不聽任何人說的話！」

「是嗎？所以她才會離家出走，不讓任何人阻止她纏著真一！」

「結果活得像是個遊民！」良江不屑地說。

「真是不好意思。我之前都不知道佐和市一家三口被殺事件。」由美子說：「因為我不太讀報紙的。」

石井良江第一次浮現微笑：「能夠遇見不知道那件事的人，我們也覺得鬆了口氣。」

良江站起來表示：「來杯咖啡吧？」由美子雖極力推辭，但良江還是手腳俐落地走進廚房開始準備。由美子心想：她大概還不想讓我回去吧？

「請問妳打算怎麼樣呢？」

「什麼怎麼樣？」

「要讓樋口惠在這裡住下來嗎？你們沒有義務這麼做吧。是要通知警察呢？還是聯絡對方的家人或是律師呢？如果要跟對方說明剛剛發生了什麼事，我可以幫忙。我可以做證。因為樋口惠和石井女士，妳們都是當事人，加上樋口惠還不知會亂說什麼，所以有個證人比較好吧？」

「說的也是。」

石井良江將水壺放在瓦斯爐上，那是一間收拾得很乾淨的豪華對面式系統廚房。看著藍白色火焰，良江幽幽地說：「乾脆就報警處理吧。」

「也許這樣比較省事，就打一一〇處理吧？」

「不用。我打電話給比較清楚這件事的警察好了。」

良江一邊擦乾手一邊走出廚房。

「小真他……我是說真一跟大川公園的事件有些關聯，不對，說關聯太誇張了。」

由美子點頭說：「我知道。大川公園的事件，我有看電視新聞的報導。聽說第一發現者是高中生，原來就是真一呀？」

「是的，這孩子為什麼接二連三遇見不好的事呢？」

良江故意眨眨眼睛，由美子心想：她是為了掩飾流淚吧。

「那個事件的搜查總部裡，有一位刑警也知道佐和市的事件。他很關心真一，我有他的名片，所以想打給他。」

可惜不巧的是，名片上的人不在搜查總部。電話轉了好幾次，最後轉到少年課，並決定從附近的派出所派警察去了解情況。

巡警不到五分鐘便來了。由美子從客廳的窗口對外望了一下，看見巡警將腳踏車停在石井家門口。她不高興地想：騎腳踏車來，到時候怎麼將樋口惠帶走？公家人員都是這麼辦事的！

巡警年紀五十多歲，算是老經驗了。石井良江依序說明事情經過時，他還不時看著由美子。感覺不是很舒服。由美子也積極地說明自己的立場，並明快地回答對方的詢問。

可是有一個問題，她卻詞窮不知如何應對。

「那麼高井小姐，請問妳為什麼會來大川公園呢？大老遠從練馬搭電車過來。」

由美子說不出話來。總不能回答：她是跟蹤哥哥才來到大川公園的，這樣一來和明會受到奇妙的懷疑。而且由美子比誰都對哥哥為什麼會來大川公園感到疑問。

正當詞窮之際，巡警有點嘲諷的口吻說：「妳也是來湊熱鬧的嗎？」

因為這句話，石井良江也看著由美子。或許是多慮，她感覺那視線帶著刺。

「常常就是有這種人呀。」由美子還沒回答什麼，巡警便繼續說話了：「畢竟這是件驚人的大事件。尤其是女孩子最愛到現場來看呀，太太。」

最後一句話是對著石井良江說的。石井良江看著巡警的眼睛，冷淡地回應：「是嗎？」

「我才不是呢。我不是來湊熱鬧的。」終於由美子小聲地說話了。

「我本來和朋友約好到銀座買東西，卻被放鴿子。一氣之下……就搭上山手線亂轉。心想反正是自己一個人，乾脆搭乘沒有坐過的電車，到沒有去過的地方下車。於是在兩國車站下車，沿著國技館走，就看見一座公園。然後就坐在公園的長椅上休息，就是這樣子而已。」

「原來如此，原來是被男朋友甩了。」巡警又嘲笑她。看來這傢伙十分瞧不起由美子嘛。

「請問我們現在要怎麼做呢？」石井良江回到了原來的話題：「我們家是不能收容樋口惠小姐的。就算能，我的心情也是不能接受的。現在她這個樣子，我沒辦法，所以能否請警方保護她呢？」

巡警面有難色地表示：「可是……說要保護，她又不是喝醉酒，總不能關進監牢裡吧！」

「可是那孩子離家出走，我不是都說過了嗎？請你們聯絡她的監護人，把她帶回家嘛。」

「我說這位太太，警察是不能只聽妳說的一面之詞，何況妳說的事很難令人相信。與其要警方出動，何不太太妳主動打電話給對方家長，要他們來接人呢？這樣比較快，也比較妥當。」

石井良江臉色一變說：「我才不希望妥當地解決。」

巡警吃驚地猛眨眼睛。石井良江語尾顫抖地一吐為快：「誰說妥當地解決？因為這孩子和她那不負責任、自私的母親，你知道真一到目前為止受了多少苦？要我打電話給這孩子的母親，我寧可去死也不願意！」

「哎呀，太太呀。」巡警立刻站起來，表現出遇到外行人的態度：「不要太過激動嘛。對方是未成年少女，不過是個小孩子。」

石井良江不能接受巡警的說法。對於他如此的神經大條，氣得說不出話來，只能嗚咽。

由美子聽了更是義憤填膺。石井良江的憤怒和悲傷，在巡警所代表的「社會」面前，居然用一句「不要太過激動」給打發了。這就是現實生活，簡直教人難以忍受！

憤怒使得由美子開始行動。她抬起頭正面看著巡警說：「既然如此，就由我帶這孩子回家。就算是帶給這孩子父親的律師也可以，我負責送到。」

巡警不為她的氣勢所壓倒：「妳很有魄力，不過妳……」

「我的名字叫高井由美子。」

「我說高井小姐、由美子小姐，我不知道妳是什麼人，自然不能將人交給妳。妳又不是當事人，不是嗎？」

「有關被偷皮包一案，我就是當事人。」由美子繼續努力：「那可是一件竊盜未遂案！我當場逮捕了這個現行犯的女孩。為了不讓這孩子繼續犯同樣的錯，將她送回監護人那裡，一點也不奇怪吧。誰叫警方不肯處理呢！」

「警方可不是什麼都不處理呀。」巡警大聲反駁，並且語氣中有明顯的邀功味道：「如果要當做強盜偷竊案處理，當然也可以。只不過妳會有很多手續要處理。這樣一來她就不能回家，家裡也會擔心的。因為是否真的有發生竊盜搶劫，還必須到公園尋求證人、完成調查報告等。我是為了妳的方便，才建議事情不要鬧大。再說那孩子說的是真是假，還不是很一定呢。」

「你是說我在說謊嗎？」

「我只是說也有這種可能性。」

「我何必要說謊？」

由美子憤怒地想要反問時，背後聽見說話的聲音：「算了，我自己一個人回家就好了吧！」

石井良江、由美子和巡警同時吃驚地回頭看。還一臉土黃色的樋口惠一隻手扶著門，斜靠在門邊站著。

「我才不願意接受這種家庭的照顧呢！我要離開這裡。」

石井良江冷不防地站起來反問：「妳說這種家庭是什麼意思？」

「這種家庭就是這種家庭，又怎麼樣了？阿姨妳開口閉口就是真一，偏偏妳又不是他的母親，只不過是沒關係的陌生人，不是嗎？只不過多事領養了他，不是嗎？妳有什麼權利責備爸爸所做的事。既然妳和塚田家沒有關係，我也可以不甩妳呀！」

石井良江的臉色越來越蒼白，由美子幾乎可以看見她身體中的血液開始逆流。

「責備的權利……我沒有……妳說什麼？」

「沒錯，你們沒有血緣關係。妳之所以會收養真一，還不就是貪圖保險金嗎？這是我媽說的。」

良江經過由美子身旁，快如閃電地靠近樋口惠。舉起右手，用全身的力量給了樋口惠一巴掌。

「給我滾出去！」良江說。低沉壓抑的聲音充滿了怒氣，一如在她身體內部，支撐人格的堅硬岩盤下，沸騰的岩漿正在流動。

可是那已經是她的極限。良江身體搖晃，蒼白的臉更加發白，當場便倒了下來。因為情緒的過度激烈與疲倦的交相刺激，她的身體無法承受。

由美子趕緊向前抱住她，扶她坐在最近的椅子上。

「妳還好嗎？」

「不好意思……我……」

良江動手想要抓住椅子的扶手站起來，但是渾身使不出力量。由美子彎身向前說：「沒關係，妳就這樣休息吧。這個人我會送她回到家的。見了她家人，把事情說明清楚。」

「妳呀……」巡警還想要說什麼話，卻被由美子手肘頂了回去。

「警察你閃邊！你不是不相信石井女士說的話嗎？根本沒心要幫她嘛，所以算了，請你不用管。」

傳出來一陣笑聲。樋口惠不知什麼時候已經退到房門口，笑聲是她發出來的。一副看熱鬧的表情。由美子氣得臉頰發熱。

大概是看穿了這一點，樋口惠逃了出去，前往大門的方向。

「那我先走了！」說完，由美子伸出手用力握了石井良江的右手一下。然後轉身去追樋口惠。一出大門便追上了她。

「妳家在哪裡？」

樋口惠走得很慢，腳步不很穩定。空腹和疲倦的情況依然沒有改變，自然會有這種結果。

「不管是搭電車還是計程車，都需要用錢吧？我跟妳一起回家，所以告訴我妳家住址！」

眼前來到車水馬龍的大馬路。樋口惠背對著她，冷冷吐出一句話：「滾一邊去，笨蛋！」

「是呀，我是笨蛋。所以才會想要送妳回家。」

樋口惠又罵：「騷貨！」

由美子固然生氣，卻還是笑說：「騷貨？妳也知道這古老的罵人話？可是醜八怪是妳吧。早晚妳就會變騷貨，不是嗎？就算妳先回了家，之後還是會為了找塚田真一而到處亂跑吧？可是那需要錢，而妳偷錢的技術又爛，最後只能出賣肉體，那還比較實際呢。妳可以到澀谷或池袋試試，那裡有很多男人等著，很容易就能賣春的。那種女人才叫做騷貨，就是賣淫的意思呀！」

樋口惠停下腳步，但沒有回頭。

「可是妳能說賣淫是為了幫爸爸嗎？算了，妳反正什麼都能做嘛。可是我今天不送妳回家就是不甘願。因為這樣下去不管妳，不知道妳又會做出什麼事來？說不定又去搶人家的皮包，而且對象不是像我跑這麼快的女人，是老年人或小孩子。妳也可能傷害到對方。與其讓我擔心，晚上睡不著覺，那我還願意拖著妳回家，儘管妳會大哭大叫地鬧事！快說，妳家在哪裡？」

由美子大步走向樋口惠，抓住她的肩膀讓她回頭，然後一把提起她的衣領。這是她第一次做這種事，沒想到做得還很順手！

樋口惠在哭泣。由美子抓住她的衣領，就近觀察。她的身體依然發臭，或許是哭泣的關係，味道比之前還要濃烈。

「妳好臭喲！」由美子說。

兩人在大川公園前搭計程車。樋口惠一坐在司機後面的位置，司機在開車前便打開窗戶。

樋口惠說他們家現在住在江戶川區的一之江。是租的房子，房租和生活費由媽媽的娘家支援。

「妳有兄弟姊妹嗎？」

樋口惠老實地回答由美子的質問：「沒有，我是獨生女。」

「那妳現在是和媽媽兩個人過日子囉？所以就更不應該做出像今天的這種事讓媽媽操心呀！」

樋口惠沉默了一陣子，然後開口說：「反正媽媽幾乎是個病人，什麼也不能做。」

「是最近才這樣的嗎？還是因為爸爸出了那種事就臥病不起呢？」

「一直都是這樣。整天哭，也不吃飯，有一段時間還住進了精神科醫院。所以現在完全無法料理家事和做飯，租的房子跟豬窩一樣髒亂。」

司機從後照鏡看著她們，臉上開始皺眉。大概是因為惡臭吧！在被說之前，由美子先開口表明：「對不起，這孩子生病了，沒辦法洗澡。」

司機什麼都沒有說，但是車開得有些粗暴。由美子從皮包拿出面紙交給樋口惠說：「擦一下鼻子！然後打開那邊的車窗。」

過去的尖嘴利舌似乎都是騙人的，樋口惠乖乖地照做。由美子心想：大概她劍拔弩張攻擊周遭人們的力氣已經消耗殆盡了。一旦哭過之後，就整個人放鬆了。

「我本來是個千金小姐。」樋口惠將面紙捏成團握在手中。

「爸爸曾經是洗衣公司的老闆，跟飯店、大公司簽約，是千葉數一數二的大企業，所以我們家很有錢。我上的高中也是私立名校。」

由美子笑了。不是嘲笑或諷刺的笑，而是真心覺得好笑。

「身為千金小姐，居然也知道騷貨這種罵人的話。現在的千金小姐真不是蓋的！」

樋口惠沒有笑。也許現在是她最正經的時候，之前不過只是激動罷了。

「以前讀的是好學校，但是自從爸爸出事就被退學了。」

「是學校方面通知妳退學的嗎？」

樋口惠搖搖頭，動作就像十幾歲的小姑娘，惹人憐惜。

「學校沒有說得很清楚。只是因為父親犯罪就要女兒退學，難道不是侵犯人權嗎？我本人什麼都沒有做呀。所以學校故意做得很迂迴……連朋友都開始疏遠我……」

計程車前面逐漸看到巨大的車站大樓和西武百貨。

「對不起，我是第一次來，不知道該怎麼走？」

由美子不安地表示後，樋口惠抬頭看著窗外立刻說：「這裡是錦系町……司機先生請往左轉。」

司機還沒聽指示就已經打亮方向燈。然後冷淡地問：「走新大橋路嗎？」

「對，沒錯。」

樋口惠和司機對話時的語氣不太一樣，恢復了從前「千金小姐」的可愛聲音。

「西武裡面的外商，跟我家有簽約。」樋口惠指著百貨公司說。

「外商？好厲害呀。」

「嗯。所以我們家很有錢。佐和市的家很大，連客房都有專用的廁所和浴室。」

由美子沒有將心裡的話說出口：也許很有錢，但不過就是暴發戶嘛。她想讓樋口惠繼續自由說話。

「爸爸的公司經營出現問題，甚至到了很危急的時候，他都沒有告訴我和媽媽。出事是在十月，我們還計畫新年要到澳洲旅行。我很期待跟海豚在港灣一起游泳，還有坐噴射快艇！」

高井由美子是做生意人家的女兒，很清楚生意好壞會影響商人家庭內的空氣。上班族的人家，就算爸爸被貶職、薪水少三成，只要沒聽見媽媽抱怨經濟狀況出問題，孩子們根本不會感覺生活的變化。但是做生意人家的小孩不同，店面經營的狀況，直接表現在爸媽的笑臉大小、聲音的明朗度、動作的大小、甚至動筷子、穿脫拖鞋時的行為上。這就是做生意人家小孩的宿命，必須眼觀四面、耳聽八方地生活。

可是樋口惠現在卻說：爸爸因為事業危機，必須靠強盜殺人來籌錢，而且還拚命不讓太太女兒知道實情。由美子無法相信，也不能理解她們母女的心理狀態，居然沒有注意到父親的狀況和公司經營出現危機，只關心爸爸提議的海外旅行計畫。這是一個什麼家庭？怎麼感覺會如此遲鈍？如果樋口惠如此的沒有神經，就是造成她對塚田真一自私自利做法的根源；那麼對她說教，也無法制止她奇怪的言行舉止。至少不是由美子和良江所能應付的，至於那個巡警就更別說了。

「我真的是很期待，澳洲的旅行。」

樋口惠完全沒有注意到由美子內心的想法，還是用興奮的語氣說話。對她而言，沉溺於回想之中是件愉快的事。

「如果爸爸恢復自由，我們一定會去澳洲。我們全家要痛痛快快地玩！」

由美子的話哽在喉嚨。妳的父親殺了三個人，而且三個人之中還包含毫無抵抗能力的小女孩。妳爸爸想要平反，恢復自由之身是不可能的，絕對不可能！所以不要再幻想了，趕快認清楚現實吧。

可是側眼所看見樋口惠的表情，是那樣的明亮、充滿無窮的希望。與其說由美子被她打動了，不如說是被她嚇傻了。這個女孩活在跟現實社會不同的世界中，那裡的法律、倫理、常識都跟我們不一樣。希望計程車趕緊到達，到達後將這女孩放出去，我實在是不能忍受了！

樋口惠以為由美子的沉默是一種許可，於是繼續說下去。偶爾還要告訴司機怎麼走，但還是不停地訴說自己的想法。其內容都是：樋口家是多麼和樂的家庭；她爸爸有多優秀、多麼會經營事業，深受屬下的愛戴，在地方上也是有頭有臉的存在。仔細想想，大概太久沒有人聽她這麼說了，長期壓抑的心事能一口氣吐出，樋口惠自己也制止不了。

樋口秀幸並不是一個人犯下強盜殺人的罪行，還有兩名共犯。兩個人都是他洗衣公司的員工。換言之，就是老闆做案，夥計幫忙。聽石井良江說：目前還不知道兩名員工是主動幫忙，還是迫於老闆無言的壓力下成為共犯。因為很想知道答案，由美子忍不住阻止樋口惠的饒舌。

「妳爸爸是個好老闆吧？」

樋口惠眼睛一亮，她說：「當然。」

「所以他的屬下也肯幫他犯下強盜殺人的罪行囉？就是老闆做的話，我們也跟著做的意思。」

由美子做好樋口惠可能生氣的心理準備。這也難怪，誰叫她的語氣帶著諷刺。

然而樋口惠沒有生氣。就像感動於帥哥議員候選人的演講，拚命衝到前面想要握手的女性選民一樣，她濕潤的眼睛看著由美子，並執起由美子的手說：「沒錯，爸爸就是那麼有人望。兩人都毫無猶豫地跟著爸爸，現在都還強調：是他們自己頭昏了才那麼做，根本不怪爸爸。」

由美子輕輕甩開樋口惠的手，連忙將眼光避開。

「這條路沒錯吧？直走就可以嗎？」

計程車來到一個小十字路口。右手邊可以看見古舊建築的灰色社區相連，左手邊則是商家林立。

「對吧，應該是這附近。」樋口惠說的好像事不關己。

「可是到之前可不可以先停車？還有借我錢吧。」

她伸出右手。由美子臨時被來這麼一手，完全沒有反應。

「幹什麼？」

「我要買吃的。那裡不是有便利商店嗎？我的肚子很餓耶。」

的確右邊的街角有一家便利商店。

「那我跟妳一起去。買的東西也由我來選。」

「不要！我要買我喜歡的。」

「妳到底知不知道自己的立場？居然還敢說話這麼任性。」

司機打開車門，由美子先下車，樋口惠溫吞吞地隨後。

「動作快點，這樣對司機先生很不好！」

由美子心想：不能錯失這個機會，得好好看著她。另一方面又想：樋口惠肚子餓得沒力氣，應該不會做得太極端吧。

「妳很囉唆耶！」

由美子以為樋口惠只是滿嘴抱怨，不料她竟將由美子往人行道上推。因為兩手很用力，由美子被推開了。由美子毫無防備，所以不能怎樣。身體閃躲之際跌倒在水泥地上。不巧的是，剛好有腳踏車經過，由美子一心只想躲開。雖然沒有撞上，但腦中一片空白，連尖叫都叫不出聲音來。

「小姐，還好吧？」

司機打開車門衝了出來。騎腳踏車的人則是回頭看了由美子一眼便揚長而去。

現在不管這些，最重要的是樋口惠，她跑去哪兒了？

「那孩子跑往哪裡去了？」

「從街角轉過去不見了……」

由美子朝著司機手指的方向衝過去。因為剛剛撞車跌倒的衝擊，眼前還冒著金星。還好頭沒有碰到，但是腰撞到了，所以手腳不太靈活。眼前看見目的所在的街角，但沒有樋口惠的身影。

一邊按著腰痛的位置，由美子到處尋找，但是徒勞無功。這裡是住宅區，有許多巷道可以逃脫。

就算這裡不是樋口惠現在的住址——她媽媽住的地方，也應該是她很熟的地理區域。這一點對由美子而言，實在是太不利了。

由美子十分失望，緊跟著又很生氣。差一點她就要懊惱得哭了出來。

「怎麼辦呢？小姐。」

付給司機到這裡的車錢。看著計程車開走，她覺得更悲慘。這錢花得實在是太冤枉！

必須跟石井女士報告一聲，跟她道歉。可是不知道電話號碼，她更想哭了。

結果在便利商店問查號台，找尋石井家的電話號碼。還好有登錄。打過去，電話鈴聲響了三次才有人接，是良江接的。

說明事情經過時，她的聲音顫抖。但聽良江說話的聲音，良江已經大致恢復正常了，她不斷對由美子道歉，擔心她有沒有受傷。

「沒什麼事啦。」

「讓不認識的妳牽扯進來，真是不知道該怎麼道歉才好。」良江哭了。

「沒關係的。倒是我沒能辨好事，真是對不起。」

「不要這麼說，這不是妳的錯。本來應該是我去才對的。請不要在意樋口惠的事了，她就是那種人。」

石井良江很擔心由美子的受傷，直說：「如果可以的話，可否告訴我妳家的電話號碼？」由美子客氣地拒絕了，她說：「真的不必擔心我。」良江就沒有繼續追問下去，或許是警覺到：由美子不希望繼續牽扯這種煩人的事！

實際上那也許就是由美子真正的心聲。

掛上電話，由美子跟便利商店問好路，拖著痛腳前往最近的車站。腰還是很痛，腹側也是一樣。但是因為能用手安撫，還算輕鬆些。最幸運的是頭沒有撞傷。

搭上電車後，後悔的苦水開始湧現，讓她滿嘴苦不堪言。

我怎麼會這麼輕率呢？隨便就介入別人的糾紛裡。可是當時認為應該那麼做，不做心裡就不痛快嘛。想到那個沒有責任感的警察，那副得意的嘴臉，卻什麼用處都沒有！

可是那件事是真的嗎？佐和市殺人事件是真有其事嗎？其實由美子是個爛好人，所以會認為看慣人生百態的警察處理方式是對的。說不定石井良江才是怪人？她和樋口惠之間是不是有什麼別的糾紛？由美子是不是代罪羔羊呢？因為整件事令人難以置信嘛。說什麼被害人的家屬被凶手家屬強迫簽減刑請願書，怎麼可能嘛？

這種事太不合常理了。

隨著電車搖晃，由美子在非現實的漩渦中打轉，一時之間以為自己做夢了？很想跟別人說說話，確定這些事可信與否。

但是腰痛是真的，所以更讓她感到後悔和恥辱。事到如今，不應該只想要哭泣，應該將心中最珍貴的部分縮小、凝結起來。

在練馬車站下車，她才真正鬆了一口氣。總算才有流淚的感覺。因為經驗到超越日常生活的這一段，她完全忘記了當初對哥哥行動的懷疑與擔心。

下了公車，快步走回長壽庵。在到家前的最後一個轉角處，遠遠聽見救護車的警報聲。她停下腳步，豎耳傾聽，聲音向這裡接近。

由美子完全沒想到，這警報聲將是今後由美子所必須面對的新的惡夢開始。儘管她逃開了樋口惠的糾纏，卻逃不開惡夢的侵襲。

15

那一天，栗橋藥局從早就沒有營業。在栗橋浩美眼裡，這家破店每天都在營業；但這一天真的是休息了，因為壽美子的身體不太舒服。

栗橋浩美從兩天前便住在練馬的老家。他不是高高興興地回家，心情十分不穩定。加上壽美子因為風濕病不是膝蓋就是肩膀痛，成天哀聲嘆氣，搞得他晚上也沒睡好。

所以當媽媽從樓梯上跌下來的時候，栗橋浩美在他以前二樓三坪大的房間裡睡午覺。睡得不是很熟，而且已經是十月半了，沒有蓋任何被子都睡出一身汗。他做了夢。

一個喊著晚上睡不著的人，為什麼白天就睡得著呢？那是因為白天的話，四周就不會黑暗，就不會被趁著黑夜而來的東西嚇到。可是一旦進入睡眠的世界，眼前還是一片黑暗。而且更要命的是，任何人到了睡眠的世界中都是孤獨的。所以栗橋浩美會做夢，而且夢中會出現那個女孩。

他和和平兩人一開始熱中他們的遊戲時，栗橋浩美的表情整個發亮了起來，體內充滿了自信，彷彿一抬起眼睛就能看到世界的盡頭。有時又覺得那個女孩也很高興地在看他和和平進行的遊戲。女孩自得其樂，所以不再像從前一樣追著浩美要回自己的身體。只是她總是出現在浩美的夢中，成為浩美影子的一部分。浩美向左動，她就跟著向左動；浩美向右移，她也右移；浩美向前踏一步，她就立刻跟上。就這樣等待他們下一個遊戲的開始。

女孩感覺滿足——知道她終於能滿足，栗橋浩美有種有生以來第一次品嚐到的喜悅，感覺很大的安心。可是為什麼女孩會這麼喜歡這遊戲呢？姊姊的幽靈怨恨出生沒多久就被剝奪了「生」、名與存在，所以纏著栗橋浩美，為什麼卻對和平和浩美的遊戲有興趣呢？

然而遊戲太好玩了，而且太過於絕對，與其想這些問題，倒不如全心投入遊戲之中要好得多。因此他沒有很在意。但是自從那傢伙——和明的臉不斷出現後，他開始覺得不太對勁。

和明來到他初台住的地方，是日高千秋這個笨高中女孩的死造成全日本喧騰的時候。當時栗橋浩美的重感冒才剛好，突然從窗外向下看，竟看見和明的臉抬頭望著自己的窗戶。浩美覺得自己的頭又開始發高燒了，為什麼那傢伙會知道這個地方，說起來搬家的時候不是才利用過他的嗎！所以他記得位置。遲鈍的人，倒是記憶力不錯嘛。

那一天栗橋浩美立刻將頭縮回窗子裡。雖然沒有和和明的眼光相對，但是那傢伙之後應該會上來，並且按門鈴吧。於是他想起來，第一次打電話到古川鞠子家，跟接電話的有馬義男交談時，也被和明偶然地看到。

他是在路上的汽車裡打行動電話。猛一抬頭，看見和明龐大的臉出現在後照鏡中。像隻頭腦有病的大象眨著無知的小眼睛，對著浩美猛笑。

一開始他嚇壞了，可是和明好像沒有發現什麼，還是跟平常一樣的笨德性跟浩美打招呼，問浩美：「你在幹什麼？」栗橋浩美變得很愉快，很想跟他說：「我想問被我誘拐殺害的女孩爺爺說，想不想知道孫女的屍體在哪裡？」

愚笨的人到哪都是愚笨，不僅沒辦法參加遊戲，連遊戲是什麼都不知道。和明不可能會懷疑的，所以浩美立刻忘了這件事。仰望著初台公寓的和明那認真憂慮的表情之中，卻彷彿潛藏著足以推翻他安心及嘲笑的東西。

栗橋浩美異常緊張地等待，但和明沒有上到他的房間，也沒有按門鈴。不久他再次到窗戶往外看，和明已經消失蹤影了。

他想：大概是發高燒的後遺症，他看見了幻象。可是如果是幻象，又何必得看見和明的幻象呢？栗橋浩美笑了一笑，立刻又忘記此事。

沒想之後又看見了和明的身影。這一次是和明在初台車站前正要走下計程車。浩美立刻躲在電線桿後面，看著和明快步移動粗短的腿，消失在浩美住的公寓方向。

栗橋浩美正外出要跟和平見面，卻在這種地方遇見和明。他想：該不會是和明知道他不在家，想要偷偷調查他的房間吧？明知是妄想，也明知和明沒有那種智慧和行動力，一旦有了這種想法就難以忍受，於是栗橋浩美立刻折返公寓。

當然和明沒有來，門鈴也沒有響。栗橋浩美因為和和平的約會遲到，被狠狠教訓了一頓。

和明、和明、和明。可惡的高井和明。那個死胖子，為什麼在我身邊出現呢？

之後他和和平通宵擬定下一次的作戰計畫，雖然很累但精神很亢奮。回到住處時，手機突然響了，那是上午九點。一按通話鍵，聽見和明的聲音。

「早呀，浩美。你起床了嗎？」

栗橋浩美氣昏了頭，氣到人很想吐，一時之間說不出話來。結果和明呆板的聲音繼續說下去：「有些事想跟你談，最近有沒有空見面？」

「我沒有話想跟你說耶！」栗橋浩美好不容易說出話來。才跟和平熱烈地討論過要如何讓古川鞠子的屍骨轟動登場，剛剛才過了那麼充實的一夜，為什麼現在得跟如此低級的人類說話呢！

「我最近有點擔心，所以想跟浩美見面。我想了很久，決定還是問你本人比較好。有件事我要問你。」

栗橋浩美吃驚地將行動電話拿離開耳朵，仔細察看。那是設計新穎、造型輕巧、巴掌大的新式手機。手機傳出和明的說話聲——和明對栗橋浩美有所要求的說話聲。

我不允許有這種事！

「跟你借的錢，我會還的。」

說「還錢」，這種話說再多也無所謂。

「我不是要錢。那個……可以晚一點再還。」和明支支吾吾地說話。

「那還有什麼事？我跟你不一樣，我可是很忙的。」

因為我還有遊戲要玩。那是外送蕎麥麵的你，終其一生都無法參加的遊戲。

「浩美！」和明再一次呼喚。

居然敢直呼我的名字。

「小時候……應該是國二的時候吧，你對我說過的話，你還記得嗎？就是我剛開始去接受眼睛治療的時候，我們在書店前遇到……」

他在說些什麼？我一點都聽不懂。死胖子！

「浩美，你現在還做夢嗎？還會做小女孩追你的夢嗎？」

栗橋浩美再次看著手中的行動電話。雖然是一個普通行動電話的外型，為什麼會說出如此令人難以置信的話呢？

「你跟我說過被小女孩的鬼附身，還記得嗎？雖然只有一次，可是你真的跟我說過吧？我跟你提到恢復眼睛機能的訓練時……」

和明盡可能說得快一些，舌頭卻轉不過來。就像不太會走路的小孩硬要以超乎能力的速度前進，其努力的情況是很辛苦、很可笑的。

我簡直要笑死了！栗橋浩美心中雖然如此想，臉上卻不見笑容。他憤而將行動電話甩了出去，掉落在鋪有地毯的地板上。

可是電話並沒有切斷。橫躺在地上的手機依然傳出和明斷斷續續的聲音。

「喂……浩美？你生氣了嗎？對不起……可是我很擔心……很多事……你和那個事件……那個糾纏你的小女孩的鬼……」

吵死了、吵死了、吵死了。

高井和明的聲音刺激著栗橋浩美的耳膜。事件。那個事件。我很擔心。

他慢慢地撿起地板上的手機，按下「停止」的按鍵。果然聲音應聲停止。

連高井和明也一併切掉。

他再一次按通話鍵，撥了和平的號碼。一次的電話鈴聲還未停止前，和平便來接聽了。他是個不讓別人等待的男人，隨時隨地總是蓄勢待發。

「和平，好像被發現了。」栗橋浩美說，終於心臟開始緊張地跳動。

「被誰？」和平問。他是個只問要事的男人。

「和明。高井和明，你知道他吧？長相記得吧？就是長壽庵，賣蕎麥麵的。」

「怎麼會？」和平問。

「我……剛好被看見了。不對，應該是被偷聽到了。我想大概是這樣吧。之前以為沒有事，所以都沒說。」

為了不讓對方聽起來覺得慌張，栗橋浩美說話盡量放慢速度並壓低聲音，對和平說明之前發生的事。

聽完之後，和平沉默不語；但只是必要的幾個瞬間，然後他說：「如果是高井和明，或許正好。放心吧，浩美，這樣反而有趣！」

「怎麼會有趣？」

「就是可以利用他呀。這件事交給我吧。不過現在需要浩美立刻做的事，就是重新打電話給和明。跟他說：『剛剛你打來的電話，我大概了解了。可是那件事現在還不能說，因為很危險。事實上我現在的立場也很危險。』」

栗橋浩美趕緊找紙筆，飛快寫下和平交代的內容。

「就算他問你詳情，你也不能說出其他內容。我想怎麼搞定和明，你應該有譜吧？」

「嗯，這點我很有自信。」

實際上，原本狼狽的心恢復了平靜，他又是生龍活虎一條。

「要演得緊張逼真點，然後在電話結束前說：你懷疑的不是真的。自己沒有做出讓人懷疑的事。總之現在什麼都不能說，請和明必須要忍耐，這件事千萬不能對別人說！總有一天需要和明幫忙，到時候你一定要答應我。拜託了！這個時候你一定得低下頭來求他，很認真地。」

「我知道了，很簡單的。」

「你要認真做。要他在事件水落石出之前好好等著。我們好爭取時間。現在最重要的事，就是將和明那個笨腦袋裡所想的事封鎖在他的腦海裡。這樣比威脅他或跟他攤牌，都還要有效果。而且是絕大的效果。」

「和明還以為能站在我這邊。」栗橋浩美說完，竊笑幾聲說：「真是傑作呀！」

可笑的傢伙，真的是很可笑。居然會扯到小女孩的鬼，這跟事件有什麼關係嘛？

「我們不是定了計畫要讓古川鞠子的遺體出現在世人面前嗎？」和平問。

「十號還是十一號呢？我們說的是哪一天？」

「還沒決定呢。浩美你待會兒打電話跟和明說完後，之後就別管他了。讓他心情混亂一陣子吧。可是遺體出現後，他可能又會開始鬧，說不定會打電話給你，甚至去找你。到時候就要演另外一齣戲了。」

「怎麼做呢？」

「到了山莊再說吧。反正要去挖出古川鞠子，到時再慢慢說。一切交給我了。」

我得好好安排情節。

第二天和平就寫出了新的情節。浩美跟他見面，聽過之後提出意見，彼此相互檢討。

於是栗橋浩美的心又再度回到極大的平靜與安心，其中還充滿了新劇本的刺激。栗橋浩美又湧起了鬥志。

「這對大病剛好的浩美，角色是不是太重了呢？」和平取笑他，但浩美臉上沒有笑容。

栗橋浩美很清楚自己扮演的角色有多重要。儘管被和明抓到馬尾是運氣壞，卻也是他的疏失。和平為了扳回一城，所以將遊戲設計得更加刺激、更加有趣。栗橋浩美為了挽回名譽也必須全力以赴。

「聽清楚！在所有準備尚未就緒前，千萬要耐著性子等。裝得逼真點，博取同情，重要的是不能讓他知道太多。不妨把你心中的小女鬼叫出來，這樣一來你就不用演戲，而能表現出真的害怕了！」

和平的這句話有點傷到浩美。

「要封住和明的嘴。那個爛好人的和明、那個自以為了解浩美的和明，知道嗎？這件事只有你才能辦到！浩美。」

對，只有我才能辦得到。

於是栗橋浩美回到了栗橋藥局，他對父母說自己過膩了一個人的生活，想吃媽媽做的菜。壽美子根本就沒有做過什麼像樣的菜，這些台詞未免說得太誇張；但壽美子聽了還是很高興。

本來他是為了接近和明才回家的。為了知道和明的情況，物理性的距離是不行的。而且必須偷偷地蒐集情報，好將和明吸引過來。

這是很重要的角色，他充滿了幹勁。可是和明的臉總是浮現在他眼前，同時一如和明說的話不斷縈繞在他心裡，那個小女孩也經常在他夢中出現。而且小女孩不像以前一樣滿意了，似乎對遊戲也沒什麼興趣，彷彿和明的話喚醒了小女孩本來的任務——追趕栗橋浩美，在黑暗中她充滿恨意的眼光直盯著浩美看。

所以他晚上睡不好，改成白天睡，卻依然在孤獨的睡眠中做夢。就在不遠處，壽美子從樓梯上面跌了下來。壽美子沒有大叫，只有傳出身體碰撞樓梯的聲響。栗橋浩美從睡眠中被拉回現實世界，昏昏沉沉地左右搖晃頭殼。

「快來救我呀！」聽見媽媽的哭聲。

栗橋浩美衝向樓梯，看見壽美子頭在下，兩隻腳向著樓梯，仰躺在地上。身體中央像以前跳阿哥哥舞一樣地扭曲，而且兩隻腳交叉著。

「妳在幹什麼？」兩手叉腰站在樓梯頂端，栗橋浩美粗聲粗氣地問。他以為用吼的，媽媽就會站起來。

「來救我呀！」壽美子哭著說：「我的骨頭摔斷了……頭好……」

「爸！你在幹什麼？」

大概是聽見聲響，爸爸從樓梯下探出頭來。右手拿著報紙，額頭上掛著老花眼鏡。看見壽美子的模樣，發出驚訝的叫聲，並喊：「救護車！快叫救護車呀！」

栗橋浩美沿著牆壁慢慢走下來，不願靠近媽媽。裙襬翻起、露出底褲的壽美子，包括她兩腳張開的德性都是那麼地不堪入目。

「我快死了……浩美……我快死了呀！」壽美子邊哭邊叫：「浩美來接我了……浩美來接媽媽了呀。」

正在下樓梯的栗橋浩美俯瞰著媽媽的腳尖，猛然停下了腳步。壽美子圓圓胖胖的下巴正對著天花板，每當她哭叫時，下巴的肌肉就會震動。

「浩美來接我了……浩美，媽媽在這裡呀，你在哪裡呢？」

「我在這裡。」站在樓梯中央，栗橋浩美大聲回答。可是壽美子只能一雙腳不太莊重地對著他，繼續哭著喊說：「浩美，媽媽在這裡呀。」

栗橋浩美也很清楚媽媽喊的「浩美」其實不是叫他，但是很難按捺住怒氣。為什麼會這樣？老媽為什麼老是念著那個死掉的笨小孩？為什麼總是要提起夭折的小孩呢？

栗橋浩美繼續走下幾階樓梯，故意踢了躺在地上的壽美子右腰。因為反作用力而差點跌倒，順勢就又再踢了一腳。壽美子大聲哀叫，整個身體從樓梯上滑落，頭殼撞到地板，砰然發出聲響。

遠處傳來救護車的警報聲，越來越接近。接著可以看見紅色閃爍的燈光。爸爸在店門口大聲招呼；聲音雖然很大，但是沒有用到丹田之力，所以聽起來只是拔高的聲調。

「救護車來了！」

壽美子不知是昏迷了，還是擔心一動又會被踢，像塊破抹布地靜靜躺著，動也不敢動。栗橋浩美感到呼吸困難，突然間兩腿無力地坐在樓梯上休息。他感覺背後有人，回過頭一看。

那個小女孩就站在那裡，臉上是從未見過的表情，就站在那裡。那是成年男人的笑容，一副我知道你、我知道你知道我知道你的笑容、一副所以我們應該好好相處的笑容。

少女嘴唇動了，做出說話的嘴形：「殺人凶手。」

不久救護人員來到樓梯下，立刻坐在傷者的身邊，以質疑的眼光看著坐在樓梯上的年輕男人。

「上面還有其他傷患嗎？」其中一位救護人員問。

栗橋浩美沒有回答。救護人員不禁將手放在他的肩膀上。

栗橋浩美在發抖，發抖的同時臉上在笑。我知道、我知道你知道我知道你的事、所以我們該好好相處。

壽美子沒有死。

脊椎也沒有骨折。儘管從樓梯上摔了下來，傷勢倒是很輕。頭部有些撞傷、肩膀的韌帶鬆了、腰部有瘀傷、全身疼痛所以沒辦法自己上廁所，這些症狀在醫生眼裡只是「不幸中的大幸」。

「右邊肋骨有些裂痕，但還好是肋骨，沒有撞壞了頭。」

栗橋浩美告訴醫生，媽媽從樓梯上摔下來後，嘴裡說些莫名其妙的話。不知道腦部是不是有X光照射不出來的病變？

醫生笑了。他是個圓臉、溫和親切的醫生。

「已經照過腦波了，沒有異常。所以我想應該沒問題。跌倒之後的胡言亂語，大概是受到驚嚇之故吧。雖然還需要很多外科方面的治療，但我想不會太嚴重的。你母親的運勢很強，加上又不是太胖，身體還算輕盈呀。」

要是醫生懷疑媽媽的腦部，我就可以將她關在醫院裡了。栗橋浩美覺得十分遺憾。

因為沒有團體病房，所以住進雙人病房。從被推進病房，壽美子就不斷喊著哪裡痛哪裡不舒服，等到親切的護士一離開，她便破口大罵：「明明就有比較便宜的病房，想賺我的錢才給安排這間病房，醫生說的話能聽嗎？」

同一間病房的室友，一看就知道是臥床不起的老太婆。老太婆很嬌小，連頭底下的枕頭都比她的身軀要大。臉上套著氧氣罩，身上插滿透明管，正睡得香甜。

「說話不要太大聲，會吵到隔壁的人。」栗橋浩美斥責壽美子。壽美子噘起嘴巴說：「我也是病人呀！」

「是病人就給我安分點！」

「就是因為痛得受不了嘛！」

壽美子眨著哀怨的眼睛說：「真是不該生男孩！這種時候一點用都沒有。要是生女兒就好了。」

爸爸為了辦住院手續，正在櫃檯窗口忙。這家醫院的每個窗口都很擠，沒有二、三十分鐘是回不來的。栗橋浩美看著壽美子的嘴巴，心想：用枕頭塞住她的臉，不知要多久才能殺死她呢？這時剛好護士進來了，浩美立刻擺出親切的笑臉。

護士是個美女。和平以前說過：穿上白衣服，女人都要增添三分美麗。不過這個護士是真的漂亮，而且讓栗橋浩美想起某人，是誰呢？

「量血壓囉。」

護士在壽美子的手臂上綁上壓力帶，臉上始終帶著笑容。「不好意思，我們家不長進的兒子一直在盯著護士小姐看呀。」壽美子說。護士連忙抬起頭，看了栗橋浩美一眼，覺得很好笑。

栗橋浩美想起來了，他知道這護士像誰了。就是那個八王子的女職員，古川鞠子之後抓到的嬌小女人。她不像古川鞠子那麼堅強，整天哭個不停，所以和平很受不了她。

「討厭，這樣護士小姐會不自在的。你到外面去吧！」壽美子責備說。護士笑著對栗橋浩美說：「我不在意的。」

「我媽很任性，老是唸東唸西，不好意思。」栗橋浩美也報以笑容。看來護士對他有好感吧，他認為是理所當然。因為栗橋浩美很有魅力，只有壽美子看不懂、讀不出他的魅力。

栗橋浩美走出病房，他想這樣對護士會更有效果。走廊盡頭有一間吸菸室，因為裡面沒人，他便坐下來吸根菸。

八王子的那名女職員，是否也有那麼漂亮的手指呢？沒什麼印象了。她曾經哀求說：「不要將男朋友給她的紅寶石戒指從她手上取下。」浩美溫柔地回說：「當然不會拿下來的。」當他準備將女職員帶進房間時，被和平不高興地制止了。和平說：「她現在是生理期。」浩美覺得奇怪便問：「你怎麼知道？」和平說：「沒有聞到討厭的臭味嗎？感覺不出來嗎？浩美真是遲鈍。」浩美對著女人說：「沒錯，我是遲鈍。反正我也不在乎，這樣反而沒有懷孕的困擾，不是正好嗎？」女人的表情好像已經認了。當她恢復意識，知道被帶到山莊後，大概就已經覺悟會遇到這種事，所以沒有什麼反抗。話說回來，如果她太過害怕而身體僵硬，搞起來就不那麼好玩了。

女人問：「你們會讓我回家嗎？」栗橋浩美點頭說：「當然。不好意思讓妳擔心受怕，我要是知道妳很乖巧，脾氣很順從，就不會帶妳來這裡了。我們是要懲罰那些壞女人的！」

女職員沉默不語。她身上穿著正式的套裝，裙子頗長，化的妝很淡。她低垂的目光其實正在指責栗橋浩美：既然是針對壞女人，一開始就不應該找上我。所以你根本就是騙人的。但是她沒有開口抗議，因為害怕。栗橋浩美則是暗自竊喜。

隔天早上，栗橋浩美帶她上樓之前騙她說：「現在要讓妳回去。不過為了想起妳，妳要給我一個紀念品，就是妳手上的戒指，好嗎？」

女職員心想：不能拒絕他，惹這個男人不高興。趁著他還沒有變卦，趕緊離開這裡再說。但是栗橋浩美從她細長的眼睛裡早已看透她的心思。女人「嗯」地一聲答應了。被銬住的雙手不方便地褪下了戒指，交給栗橋浩美。浩美說：「謝謝。」然後在十分鐘後，將繩索套在她脖子上向前一推時，栗橋浩美再次說了聲：「謝謝！」真是太有趣了，謝謝！

和平說：「下次要將這戒指寄給她的男朋友。這樣子劇情才會有高潮。」

吸完兩根菸走出吸菸室，看見剛剛的護士走往這裡。看見他之後，護士笑得十分燦爛。栗橋浩美也笑臉相向。從護士輕快的腳步，栗橋浩美判斷對方的心情不錯。

護士搭乘吸菸室前面的電梯走了。她的站姿，整體線條很美。從她的背部和腰部曲線來看，應該是有男朋友吧，栗橋浩美心想。如果將她白蔥一樣的手指切下來寄給她男朋友，不知那男人會有什麼樣的表情？

完成住院的繁瑣手續後，栗橋浩美回到家已經是晚上八點以後。媽媽整天抱怨，爸爸狼狽的身軀突然問像個老頭子般的佝僂，他說擔心媽媽會不安，要留在醫院陪她。栗橋浩美心想：不知道是誰不安呢？於是高興地回答說：「我一個人回去沒關係，你留下來吧。」

回家路上，先在一家餐廳吃飯。吃飽後才開始覺得疲倦，不禁打起了哈欠。

壽美子出院之前，藥局都將歇業。確定鐵門關上、門窗都鎖緊後，他才進家裡一邊放洗澡水，一邊沖咖啡喝。突然間電話響了。

心想要是和平打來的就好了，於是拿起話筒。結果聽見高井和明的聲音。

「是浩美嗎？你回來了呀。我聽說你媽媽被送上救護車，不知道情況怎麼樣了？」

商店街上消息傳得快，隨時有人在等待誰家有人受傷、生病或死人。是誰受傷了？誰生病了？聽說他死了，是真的嗎？究竟什麼時候才會死呀？

「你的消息還真快！」栗橋浩美說：「聽誰說的？」

高井和明沒有注意到浩美嘲諷的語氣。這條街上的人們也都沒有注意到。

「是曙光屋的老闆跟我說的。聽說從樓梯上摔下來了？你爸爸嚇得臉都綠了。」

「沒什麼太大的傷啦。沒有骨折，只是肋骨有些裂縫。」

「是嗎，太好了。那真是運氣不錯。」

笨和明！居然發出那麼大的聲音表示安心。我媽的傷，幹嘛要你那麼關心？誰拜託你關心來著？

「你爸爸還好吧？」

「今晚他在醫院陪著。」

「是嗎？」

和明沒有說話，好像在思考什麼似地，出現一段靜默。栗橋浩美心想：他一定是裝的，高井和明根本就不懂得什麼是「思考」。因為他沒有頭腦。

「這樣我就安心了。」好不容易冒出一句話，又噤口不言了。

「和明。」栗橋浩美乾脆先聲奪人：「你打電話來應該不是為了我媽受傷的事吧？」

果然沒錯！電話那頭更顯得沉默了。不久才聽見難以聽取的小聲回答：「嗯……」

沒錯，就是得這樣。十一日以後，電視上大肆宣揚歸還古川鞠子遺體的消息，和明始終沒有聯絡。關於這一點他和和平討論時，還以為是他們預測錯誤呢。

結果，預測得很準，沒有失誤。只不過和明的膽小比和平想像的嚴重許多。古川鞠子的遺體一出現，他應該就很想質問浩美了。可是根據和平的指示，栗橋浩美說了很多讓和明胡思亂想的話，最後還提到：到時候會跟他說清楚，請他一定要出手幫忙。另外沒有好理由的話也不能打電話聯絡。

所以從這件事來看，不能說和明只是單純的膽小，而應該說他對栗橋浩美是那麼的忠誠。他就是那麼愚蠢地相信了栗橋浩美說的台詞：「再等一下，我現在需要時間。因為很危險，所以現在不能說出來。到時候我一定會告訴你的！」

「之前……」和明吞吞吐吐地說。

「之前的事，不說出來，我也知道。我不想從和明嘴裡聽見那麼可怕的事！」栗橋浩美說得溫柔，臉上卻是笑容邪惡。電話真是方便的東西呀！

「我很不安呀！」大概溫柔的話語奏效了，和明說話的聲音有了一些力氣。

「前幾天，那個叫古川的人遺體出現了吧？」

「嗯，出現了。」

現在才是重點。就是和平說的「更進一步的劇情」！

「她真是可憐，祝福她安息。不過和明，你不用擔心，在抓到凶手前，應該快了，不會再有新的被害人了。這一點我能保證。」

和明一時之間說不出話。接著又趕緊追問：「為什麼？為什麼你可以保證呢？」

「我會盯著凶手。」栗橋浩美故意慢慢地說：「那傢伙現在正熱中於和媒體玩遊戲，全部精神都花在那裡了。所以我認為不太可能會有新的受害人。而且現在全日本的女人都很小心，那傢伙應該也不容易下手吧。」

又是一陣的沉默。

「為……為什麼……浩美能緊盯著凶手呢？你已經知道是誰幹的嗎？那是誰呢？」

「這個我不能說。」這也是和平交代的台詞：「現在還不能說，因為沒有確切的證據。應該說是沒有物證，那種鐵證如山的證據。在沒有找到之前，就算和明是我小時候的好友，我也不敢亂說話。」

他還補充說：「這是為了不要連累和明下水。」

「我沒關係的！浩美千萬不要一個人冒險呀。」

這是預期的反應。栗橋浩美等待最具效果的時機，說出和平設計的台詞：「不行。我只是一個人，你還有個妹妹。讓和明冒險，等於就是讓由美子跟著有危險。不是嗎？凶手可是喜歡虐殺女人的壞蛋呀。」

和明沉默不語，但可以聽見顫抖的喘息聲。沒錯，你會發抖了吧？和明。因為牽涉到你最寶貝的妹妹呀。

那一瞬間，栗橋浩美因為希望將高井由美子帶回山莊的強烈慾望，也渾身顫抖了起來。

「我也很擔心由美子的安危。所以本來是想不到最後關頭，是不要連累你的。我之所以叫你不要跟警方、媒體洩漏這件事，也是這個理由。如果抓到了犯人，但在過程中卻犧牲了由美子，對我們而言又有什麼意義。你說是吧？希望你能了解。」他盡量保持平靜的口吻，像是低語般：「偏偏這時候我媽住院了，我的心情有些混亂。還好傷勢不大，頂多住院半個月就能回家了。而且換個角度想，說不定對我還比較方便。我有很多事要處理，可以不必擔心媽媽的詢問與干涉了。」

當個孝順的浩美，不也很好嗎？現在的台詞非常具有說服力。我的演技真不是蓋的呀！

「拜託你，和明。你一定要接受我的請託，我很需要時間。」

「我知道了。」和明答應得乾脆。一如小學生的正義感，單純的腦袋就是那麼容易相信人。栗橋浩美用空出來的手摀嘴，免得自己笑出來。

和平的新劇本，就是要將所有的罪賴給和明。要將無法動搖的鐵證，加上一具剛死的被害人屍體提供給社會。

所以必須要慎重的準備，也要算好時機。當所有的條件都湊齊了，就把和明騙到山莊。和平說：「和明在毫無防備、沒有告訴任何人行蹤（為了不讓寶貝的妹妹給捲進來）的情況下，離家來到山莊，他最後只有一條路可走了。」

在這之前必須跟和明保持若即若離的距離。和平說：「這是最具效果的做法。」實際上也很有效，而且是非常有效。

「我知道了，我會忍耐的。可是你也要答應我，需要我幫忙的時候，請立刻跟我聯絡！」

「我當然會那麼做。到時候如果你退縮，我也會七拉八扯要你幫忙！」

太好了，進行得很順利。栗橋浩美浮現會心的一笑。這才發現抓著手機的手掌已經汗濕了。緊張！這也難怪，因為演了一齣大戲呀。

「對了，浩美？」

「還有什麼事？」

「我今天白天去了大川公園。」

令人意外的發言。栗橋浩美重新握好手機。

「去幹嘛？」

「可能是我去過的地方吧，我想。」

和明說話的方式總是不清不楚，讓栗橋浩美的心情開始毛躁不安。什麼？這傢伙到底在說些什麼？

「古川鞠子的屍體被丟在坂崎搬家中心吧？」似乎故意要引人焦躁，和明緩慢地說話：「那是浩美搬家時找的公司，你還記得嗎？」

沒錯，所以我才會選擇那家公司。

那個姓坂崎的老闆是個令人厭惡的傢伙。嘴裡老是掛著：「我雖然開的是搬家公司，但其實什麼都可以服務。因為幫助有困難的人就是我人生的目標。」我又沒有開口問他這些事。實在受不了他那種說教的口吻、自以為是的語氣。

一開始來估價的時候，因為不放心見習員工一個人做，所以老闆也跟著來。當他看見浩美遞出的契約書上「職業欄」空白時，陰險的眼光就惹到了浩美。你沒有上班嗎？沒有幫忙家裡的生意嗎？這麼年輕，真是可惜呀。我們公司也有比你年輕的員工，雖然不像你一樣出身名門大學，但是工作很認真。

坂崎老闆嘴裡沒有這麼說，但總是吹噓「人生目的」的他的眼光裡可以讀出這些訊息。最後居然還說：「像你這種年輕人很少會請搬家公司，通常都是找三五個好友幫忙。不過這麼一來，我們就沒生意做了。哈哈哈……」

當時浩美倒是沒有想到這一點，快到搬家的日子時，才想到叫和明來幫忙。我說老闆呀，我也有電話一通隨叫隨到的朋友呀！

事後提起這事，還被和平嘲笑了一頓。他說：「既然是那麼討厭的業者，可以另外找別家嘛。還是說那個老闆說中了你的弱點？被人家指指點點沒有工作，你就覺得不甘心。最後說的那句話，不過是不認輸的表現而已嘛。」

當初會找坂崎搬家中心，是從業種別電話簿中所挑選價格最便宜的一家。這情形他就沉默不說。

不愉快的感覺始終不消，隱藏的憤怒也難以平息。所以在商量要將古川鞠子的屍骨丟往哪裡時，他提議丟在坂崎老闆家附近，裝在袋子裡丟掉。他聽說老闆有個小兒子，最好是那小鬼打開紙袋，然後留下一生都難以磨滅的心靈陰影。給你一點顏色瞧瞧，看你還談什麼人生目標、什麼救人服務！

當時的不愉快和憤怒重新浮上心頭。但是看見新聞報導中老闆發青的臉孔，感覺是那麼痛快。兩種情緒交雜在一起，幾乎要湧上喉嚨。所以浩美一時之間說不出話來。

「和明，你連這種事也記得住！」好不容易讓自己平靜，說出話來。

「我就是會記這些小事，從小就是這樣。」

「說的也是。」

一般人這時會一起笑，但兩人都沒有。

「所以我以為浩美跟大川公園可能有什麼關係吧。如果是這樣的話，我現在忘了，但當場可能又會想起來。我以為浩美知道的地方，我應該也會知道。」

為什麼？栗橋浩美在心底嘀咕。憑什麼我知道的地方，你就會知道。根本不可能有這種事！

「可是我什麼都想不起來。本來以為小時候可能遠足去過，但一點感覺都沒有。」和明繼續說：「然後直接回家後，就聽見你媽媽被救護車送到醫院的事。」

將行動電話拿離開臉部，栗橋浩美深呼吸一口氣後，才慢慢地問和明說：「可是聽你這麼說，你好像還是認為我是凶手吧！」

沒想到和明倒是老實回答：「那個時候我是。對不起，我還在懷疑你。可是聽了你剛剛說的話，我的懷疑已經消失了。」

「謝謝！」

「但是我還在懷疑凶手會不會是浩美身邊的人。是這樣嗎？」

「為什麼你會這麼想呢？」

「因為坂崎搬家中心……」

「說不定只是個偶然。因為那家公司以前就因為服務內容很多、很好，接受過雜誌的採訪呀。」

「說的也對。」和明同意說：「可是如果不是身邊的人，浩美就不可能發現凶手吧。何況你現在還在監視他吧？就是因為凶手在身邊，所以很危險。」

說得很有道理。我應該為你拍手的，高井和明。過去應該從來沒有人為你鼓掌過吧？

順便再告訴你吧，你抓到了重點。凶手不只是我，也曾經是你身邊的人。還記得和平嗎？就是他。選擇在大川公園揭開序幕的人也是他。

「反正和明你別擔心。別再想東想西了。」

他以為自己說話的語氣很寬大、給人靠得住的感覺。沒想到聽在電話那一頭高井和明的耳裡，他以為浩美還在擔心受怕。

因為世界依然在栗橋浩美的周邊圍繞著。在結束這齣戲之前，在他按照劇本開始殺害女人之前，雖然不應該，但世界只是裝做沒有注意到栗橋浩美的存在。而現在不一樣了。

「我會的。但是我隨時等你的聯絡。希望能早日抓到凶手。」

和明真摯的語氣，讓他沒有理由地抓狂。這真是奇怪，明明代表他演戲演得成功，明明這是和明完全聽信的證明。

「謝謝你關心我媽媽。」

「如果可以的話，我想去看看你媽媽。」

栗橋浩美準備切了電話，但和明最後又叫住了他：「浩美？」

「幹嘛？」

「你最好不要再用『賤女人』的字眼，那不適合你。」

根本不知道他在說些什麼？只覺得眼前開始漲起氣憤的紅色海水：「我有說過那種話嗎？大概是太累的關係吧。本來我的嘴巴就不太乾淨，我會注意的。再見。」

好不容易說完這些話，用力吸一口氣，讓身體僵直不動，否則他會將電話摔到地上、用力踢牆壁、打破窗玻璃。

被切斷的電話另一頭，高井和明此時正用手包住臉，低頭站在電話機旁。店裡公休，身邊沒有任何人。因為燈關著，只有走廊的光線微微透進來。

在這樣的黑暗中，高井和明思索著。他不斷鼓勵自己不斷下沉的心，繼續思索著。

浩美他在騙我！

可是現在他還看不出來浩美的謊言從哪裡來。如果浩美真的和那些犯罪有關——他的內心低喃著：這是正確的推測，那麼「不會有新的被害人」這句話就值得相信。

那就繼續等待，看浩美如何出牌。看他下一次怎麼說謊？然後再決定自己的行動。他相信一定會有機會的。

浩美不是一個人。這一點是肯定的。有誰在操縱著浩美。

對高井和明而言，從那個人手上救出栗橋浩美跟結束這一連串的事件，是同樣重要的事情。

因為能夠這麼做的人，大概只有高井和明一人吧。

因為他們是童年的玩伴。

16

栗橋壽美子的住院生活，前後共十天。可是當初主治醫生跟她丈夫說：「大概要半個月才能回家。」之所以能夠這麼早回去，並不是因為傷勢好得快，而是在於她的精神狀態。

其實一開始大家都不以為她瘋了。只是情緒不太穩定，老是失眠、經常提到夭折的女兒「弘美」。所以當初主治醫生、護士們都以為她是因為從樓梯摔下來的刺激，加上住院生活和日常生活的空間差異，造成她些許的精神不安定，過一陣子就能恢復正常。但是壽美子的情況沒有改善，甚至有每下愈況的趨勢。

大概每一家醫院都大同小異。外科病房會比其他病房要顯得氣氛明朗些。因為住院病人都是「傷患」，雖然還在接受復健的痛苦療程，但至少恢復健康指日可待，對前途充滿了希望。

壽美子臨時住院時，被安排在雙人病房，但隔天就移到了同一層樓的六人團體房。壽美子是八〇五號病房的第六名傷患。其他之前住進來的傷患，年紀最小的是國中女生，因為騎腳踏車時被汽車撞傷；年紀最大的是八十五歲的老太太，在自己家的浴室跌倒而受傷。雖然年齡各異，但病房的氣氛很明朗，大家都相處融洽。

自從壽美子搬進來後，八〇五號病房的一名傷患首先對值班護士抱怨了。抱怨的人是睡在壽美子隔壁床的足立好子，五十八歲的女性。她說壽美子在關燈後，整晚念念有詞地自言自語，吵得她很不舒服、睡不著覺。

「那個人白天一臉臭臉，我們跟她打招呼都不理人，所以根本沒辦法交談。而且……」

因為足立好子跟值班護士的交情不錯，所以願意說出真心話。總之，壽美子好像頭腦的螺絲沒鎖緊，會跟只有她才能看得見的幻象說話。

「是小孩子吧，她是跟小孩子說話。」

護士心知肚明。之前負責壽美子病房的護士已經事先提過：「栗橋女士曾經夭折過一個叫弘美的女兒，常會提起女兒的事。」

「弘美是她很早以前夭折的女兒名字，到現在還是忘不了吧。大概是醫院的氣氛、獨特的味道，過分刺激了她的記憶吧。」

「是這樣子嗎？」足立好子不禁思考，她有兩個女兒，長女才在三個月前生了小孩，所以好子充分體會到孫子的可愛。嬰兒真的是很可愛。尤其是自己的孩子、孫子，更能無條件地愛他們。萬一損失如此可愛的存在，那種傷痛經過再久的歲月都無法平復吧。她可以想像。

「加上栗橋女士住院以來，老是說晚上睡不著，所以我們開給她輕微的安眠藥。藥效使得她精神恍惚，說不定才會半說夢話地自言自語吧。如果真的不能忍受，我會跟醫生商量的。」

「這樣的話就算了。我再看看情形好了。」

足立好子基本上是個好說話的人，馬上就開始同情起栗橋壽美子。人家那麼可憐，實在不應該看人家不順眼。就算她不理我，無視於我的存在，還是經常跟她打招呼吧。

可是這麼做，好像也不能改善什麼嘛！

實際上，栗橋壽美子完全跟同病房的傷患沒有來往，也不交談。可是一看到醫生或護士，一張嘴就像機關槍一樣喊著：這裡痛那裡癢、發燒了、血壓高會頭昏什麼的。等醫生或護士一離開，馬上又閉嘴，不是盯著電視看，就是躺著發呆。始終重複這些動作。

也不是多大的傷勢，卻總是以一動就會痛為由，不肯自己去上廁所，而是使用尿壺便盆。病床四周亂七八糟的也不肯整理，連自身的頭髮也不梳、牙也不刷，看著令人難過。跟其他傷患努力維持乾淨，拿鮮花、玩偶裝飾病房的行為相比，她的確是個異類。

於是足立好子想了一個計策。她決定不管打招呼也不理的壽美子，而是想對每天來看壽美子的栗橋先生下手。背駝得厲害的他，每次進病房時就像闖空門的小偷一樣，畏畏縮縮地怕人家知道。看來這樣的人也不怎麼好相處——到現在為止，他進出病房時連一句「內人麻煩各位照顧了」都沒說過，不過總比什麼都不做要好吧。就算她先生也是個怪人，這時候如果跟他抱怨：因為你太太的自言自語，我們都快得失眠症了！至少心情會快活一點吧。

然而栗橋壽美子的丈夫不僅不善於交際，膽子跟跳蚤一樣小，根本沒辦法交談。這一天他又跟平常一樣手上拿著裝有換洗衣物的紙袋，偷偷摸摸地進來病房，好子立刻跟他說話，而且沒有誇張的只是這麼說而已：「你好。栗橋先生辛苦了，不過你人真好，每天來看太太。」

栗橋壽美子的丈夫一聽見好子的聲音，馬上就打躬作揖地說：「不好意思，我太太給你們添麻煩了。真是對不起，她那個人就是有點毛病。」

好子不知如何應對，只好笑著說：「沒的事。團體病房嘛，大家互相囉，沒有添麻煩啦。」

可是栗橋沒有看著好子的臉，只是低著頭逃出了病房。這之間壽美子不知道是不是裝睡？反正她背對著好子躺著，身上蓋著毛毯。

好子整個人呆掉，一張嘴開著。睡在前面病床的女學生笑得臉皺成一團，她小聲對好子說：「阿姨，沒用沒用呀！」

好子也認為沒用，不禁想念起自己的家。

好子家是開印刷工廠，她和先生、還有兩個員工合力照顧生意。好子在進貨途中發生車禍，造成左膝骨折而住院。家裡少了一名戰力，想來應該很辛苦吧！真希望早點好，早點回家。就像護士小姐說的，栗橋壽美子因為住院想起了以前在醫院夭折的小孩，雖然還不知道會不會危及精神健康，但是長期浸淫在醫院獨特的味道和空氣中，心情真的會變得不好。尤其是現在她最有感觸。

發生這件事的同一天下午，好子無聊地躺在床上看重播的推理劇，聽見護士在走廊跑步的聲音。因為沒有聽見救護車的警報聲，她想大概是門診病患吧。結果又是一陣跑步聲，接著又傳來別的跑步聲。看來護士們到處跑來跑去吧。

好子跳下床，同病房的其他傷患也注意起走廊的方向。

「什麼事呢？」

「就算是急救，也很奇怪呀。」

旁邊壽美子的床上是空的。大概在三十分鐘前，她突然起床、搖搖晃晃地走了出去，她還在想：真是難得，自己一個人會去上廁所！

「到底出了什麼事呀？」剛好有一位護士經過，睡在門邊的傷患叫住了她。護士的表情有些困惑，很快地看了四下，然後躲進門後面低聲說：「門診病患的小孩不見了，大家正在忙著找。」

聽說是讀幼稚園的小孩。媽媽來這家醫院看牙科，等待領藥的期間小孩不見了。

「不用通知警察嗎？」

護士誇張地皺著眉頭說：「這麼一來，問題就搞大了。所以大家正拚命在找。」

護士連忙離開，彼此都是傷患的大家也無法幫忙尋找，只能面對著面做出擔心的表情。

栗橋壽美子還沒有回來。好子已無心觀看推理劇，於是將電視機關上。這時她才發現，壽美子離開床位不是半小時前，而是已經經過一個小時了。因為她是在這個推理劇之前的社會新聞節目剛播放時便出去了。

那個人也去幫忙找小孩了嗎？

因為壽美子受傷的不是腿，所以還能走路。難道說因為小孩夭折而痛苦的她聽見小孩走失了，所以也坐不住跑去幫忙找了嗎？如果真是這樣，那倒是件好事，怪人栗橋壽美子也有可取的一面嘛！

就在她想東想西之際，時間又過了一小時。看見剛剛的護士走來向大家說：「小孩子找到了，大家請放心。」所有的人都彼此稱喜。

「小孩跑到哪裡了呢？」

「屋頂上。」

「天呀，為什麼會去那裡呢？」

「誰知道，小孩子嘛。」

護士快步離開了。可是感覺上好像有什麼不對勁，就像後面臼齒黏了什麼東西一樣。

而且栗橋壽美子還是沒回來。那一晚終於沒看見她回來睡覺。第二天來拿她行李的護士才說明了真相。

「昨天的小孩，其實是被栗橋女士帶走的。」

病房裡所有人都吃驚地張大眼睛。連本來腰骨折斷的老太太也從床上撐起半個身體來聽。

「妳說什麼？」

「那個人頭腦還是有問題。」

護士動作俐落地邊將壽美子的日用品塞進紙袋裡，一邊親切地說明。

「大概是產生了錯覺，以為夭折的小孩還活著。於是就帶走別人家的小孩。」

「所以就到屋頂上嗎？她在屋頂上做什麼？」

「這個嘛……」

「那位阿姨被醫院趕出去了嗎？」睡在對面床位的國中女生問：「所以護士小姐才在收拾她的東西囉？」
「不是的。她沒有被趕出去，而是團體病房不適合她住，所以轉到了單人病房。比較靠近護理站。」
「把她趕走就好了嘛。」老太太生氣說：「她應該住進別家醫院。」
「話是沒錯，問題有別的醫院肯收嗎？還是早點治好，早點讓她出院才對。」
那一天晚上，足立好子對來探病的老公說了栗橋壽美子惹的事。因為少了好子這個幫手，每天忙於工作的老公一臉疲倦，但還是聽得津津有味。
「她是睡在這張床嗎？」老公坐在好子隔壁、壽美子搬走後就空著的病床上。
「一點也不可怕。不過就是張病床嘛，沒什麼大不了的。」
「不過這故事倒是滿恐怖的。住院之前還是個正常人，不是嗎？畢竟這裡的氣氛特殊，讓她想起了嬰兒夭折的往事，於是精神就錯亂了吧。」
老公像個小孩坐在床上試床墊的彈性。
「可是……栗橋女士跟妳的年紀差不多吧？那麼她小孩夭折應該也是三十年前的往事了。已經經過那麼久，難道還忘不了嗎？」
「當然不會忘，畢竟是痛過肚子生下來的孩子呀！」
「她家人怎麼樣呢？應該知道她帶走人家小孩的事吧？」
「當然，醫院會跟他們說吧。要不然就太不負責任了。」
出了帶走小孩的事，換到單人病房後，她在護士嚴密的監視下，似乎安定下來了。應該沒問題了吧。
當時好子正在接受復健的治療。那可是流汗流淚的大工程，難過得令她覺得還不如不要治療算了。每天下午到了固定時候，就有護士來接她到五樓的復健室去。好子就像拒絕上學的小孩一樣，常常用發燒了、怕冷、肚子痛等理由想要賴掉。

在這樣往返五樓的過程中，有一次她偶然經過掛著「栗橋壽美子」名牌的病房。她很吃驚地發現，原來是移到五樓來了。因為房門開著，裡面傳出人的聲音。她不禁偷偷將頭伸進去窺探。

「阿姨，精神有沒有好一點呢？」是年輕男人說話的聲音。

病床四周的布簾拉上了一半，所以從足立好子所在的病房門口看不見床上的栗橋壽美子身影。只能聽見聲音。

「一點精神都沒有呀……。」牢騷般的口吻依然不變。

「不要這麼說嘛，本來會好的都好不了了。何況我今天來，覺得阿姨的臉色比上次好很多呢！」

跟壽美子說話的年輕男人坐在病床旁的板凳上，完全背對著好子。因為身體高大又很胖，那張小板凳幾乎隱藏在他身體的下面。所以看起來好像一塊大年糕供在那裡，形成很有趣的光景。好子忍住聲音偷笑。

或許是青年對壽美子說話的口吻讓好子笑了出來，因為感覺很溫馨、很有人情味。除了醫生和護士外，這是好子第一次聽見有人這麼溫柔地對壽美子說話。

和好子一起住在八〇五病房時，除了那個膽小鬼丈夫外，沒有其他人來探過壽美子的病。據知道壽美子被救護車送來情況的其他病患說——到哪裡肯定都有這種「探子」，壽美子和她先生好像還有一個兒子，臨時住院那天也來了。但是那兒子從此就沒到病房來過，至少八〇五病房的好子就沒有見過。

一個人住在病房裡，將是多麼孤獨，而且不管是對別人或是自己，都很容易將這種孤獨暴露出來。因為過去關上門窗、不為人知的個人生活，在這裡完全一覽無遺。結果住院的病患本人會將過去生活所建立、所深信的愛情、人際關係，看成是謊言、無所謂、想太多、個人的過分期待等當做是一場夢幻，於是心情陷入絕望的谷底。將近兩個月的住院生活，好子本身也經驗過，也看過很多這樣的住院朋友。

一個和好子幾乎是同時期，也是因為車禍而住院的老太太，第一眼印象是高尚、沉穩的人，因為睡在好子隔壁，好子立刻就喜歡上她。老太太的傷是右肩膀的骨折，其實並不嚴重，但她剛住院的時候總是喊疼叫痛。睡不著的夜晚，好子跟她兩人一起流著冷汗呻吟，彼此打氣度過漫漫長夜。老太太有個不住在一起的獨生子。在一流企業高就的兒子、兒子的好媳婦和他們之間所生的兩個小孩，是老太太常常掛在嘴裡自誇的話題和她人生的快樂與希望。

老太太不斷對好子提到，她兒子的溫柔、媳婦的善解人意、孫子的可愛，而且是由衷的感動。聽得好子也覺得打從心裡為她高興。

可是老太太住院期間，她引以為傲的兒子、媳婦、孫子們一次也沒有來探望過她。

三個禮拜後老太太轉院了。事後聽護士說，她轉往了收容無家可歸老人有名的綜合醫院。好子知道這家醫院的名字和地點，心想能活動後一定要去探望她。但是跟老公提起這事時，老公卻阻止她不要做傻事。

「妳去探望人家，豈不是讓那老太太更加難堪嗎？有時候裝做沒看見也是一種親切。」

好子不太能接受這種說法，也跟八〇五病房的另一位老太太提起。老太太靜靜地搖頭說：「我也贊成足立先生說的話。」

「如果我是那個常常自誇自己兒子的人，被丟到那種老人收容所一樣的地方，而妳足立太太專程來看我，我一定會裝做不認識妳，問妳是誰？這是一定的。所以妳還是別去的好。」

好子不禁沉思這個問題。加上因為身體失去自由的不甘心與不安，那一晚她居然稍微哭了。心想：原來醫院就是這樣的一個地方嗎？

因為有這層體悟，看見一向被視為怪人的栗橋壽美子，看見一開始就拒絕與別人和好相處的怪人，有這麼一位溫柔的人來探病，好子不禁覺得十分高興。原來世上還是溫馨的，並不是所有的人都可悲呀！

「阿姨，妳喜歡吃橘子吧？雖然是溫室種的，不過看起來很甜，所以我買來給妳。妳吃吧！」

青年遞出一個紙包。「和明居然還能記得我愛吃橘子。」栗橋壽美子發出驚訝的聲音說。

「我去妳們家玩，妳不是常給我橘子嗎？冬天的時候，都是買整箱的。大概是讀小學的時候吧，我和浩美兩個人吃掉了半箱，還被妳罵了一頓呢。」

「有這種事嗎？」

足立好子想像兩個小男孩，兩手抓著黃澄澄的橘子比賽誰吃得快，結果被狠狠數落的畫面，不禁又想笑了。但是因為偷聽怕被人發現，趕緊躡著腳離開。回到自己的病房，還是覺得好笑。

那個青年是誰呢？從說話的內容來看，應該是栗橋壽美子兒子的童年玩伴或是表兄弟之類的吧。似乎青年的名字叫「和明」，而栗橋壽美子的兒子叫「浩美」。

足立好子並不是愛追根究柢的人，只是對那個叫「和明」的青年有一種善意的好奇。所以從那天起，只要看見復健室的治療師、病房值班的護士就會問一聲栗橋壽美子的情況怎樣。栗橋女士的傷勢好多了嗎？聽說上次他兒子來看過她，是嗎？

但是八樓的人畢竟對五樓的事不太清楚，最後能滿足好子好奇心的只有偶爾來巡邏的外科病房護士長。

「我在復健的回程看到的，栗橋女士的兒子來看她了。」

好子故意投石問路，護士長側著頭想了一下，然後用明朗的聲音回答說：「那個不是她兒子啦，好像是她兒子的朋友。就個子很高、身體胖胖的男孩子嘛？」

在女王陛下的護士長眼裡，好端端的一個青年也變成了「男孩子」。

「沒錯，體格好像一塊大年糕呀。」

自己身材也很龐大的護士長，聽了好子的比喻也跟著笑。

「好像是附近蕎麥麵店的小開，栗橋女士兒子的小學同學。因為兒子很忙，代替他來的。是個好孩子。」

「是呀，的確是。」

說曹操，曹操就到。跟護士長聊天的那個下午，在復健的回程上，跟那個「和明」一起在五樓的電梯口遇見。兩人站在一起，「和明」等待向下的電梯，好子等待向上的電梯。和明手上拿著鼓起的紙袋。近看「和明」雖然也很胖，但兩手結實，給人有勤奮做事的感覺。表情呆滯、一副快要睡著的樣子，眼睛盯著幾乎沒有動的電梯指標直看。

「醫院的電梯好慢呀，總是要等。」好子開口說話。

「和明」有點吃驚的樣子，一雙大象的小眼睛不停眨著，並低頭看著好子。

「是呀，說的也是。」說話聲音慢了半拍：「下去嗎？」

「不，我要往上。如果可以往下，直接回家就好了。」

「和明」看著好子的枴杖和石膏裹住的左腳。

「真是辛苦了。」說得很真誠。

「尤其是復健呀。我已經是歐巴桑了，實在做不來呀。」好子笑說。

「我這麼胖，要是腳斷了可就糟了。」「和明」也笑說：「也許會哭著逃避做復健吧！」

與其說他不會說話，感覺倒是回答得很靦腆。為了不讓跟他說話的好子難堪，於是拚命擠出這些話來。好子也跟護士長一樣覺得他真是個好孩子。

下去的電梯先來。「和明」對好子說聲「保重」才進電梯。直到電梯門緩緩關上之前，好子都微笑著目送他。

「妳還真是會想呀！」晚餐時刻來探望的老公笑她說。

「妳是因為他來探望栗橋太太就認定了他是個好青年吧？不管他做什麼妳都覺得這孩子真乖。」

「這就很讓人感動了呀，竟然來探望童年玩伴的母親呢。」

「這世界上本來就有各種人呀，為了什麼目的而來還不知道呢！不要隨隨便便被感動，妳也真是單純！」

好子不高興說：「何必想得那麼複雜嘛。」

「不是我想得複雜，只是有些事不是一加一等於二呀。」

「任何時候都是等於二。要不然該怎麼記帳呢？」

「妳就是搞不懂嘛！」

好子的復健情形在她一心想早日回家的熱忱下，進行得很順利。檢查方面沒有異狀，因此訂在十月二十日出院。

一旦決定了出院日，做什麼都很有幹勁。好子像小孩子一樣數著日子，繼續努力復健。或許是熱中於自己的事，那一陣子就沒有再遇到「和明」，也沒有在栗橋壽美子的病房前聽見或看見什麼。

好子半祈禱也半相信地認為：栗橋壽美子的傷勢跟精神狀態應該都很安定吧。如果她又將門診客人的小孩帶走，一定會有「探子」到處散播謠言吧，不然護士們也會提到。如果「和明」經常來探望她，也應該對她的傷勢有良好的影響。等她習慣了醫院的味道和氣氛，過去死去孩子的記憶應該就會回到原來的地方，不再擾亂她的心緒。

出院那天，她一早就起來收拾東西，等待老公來接她回家。值班的護士笑著威脅她說：「如果太興奮造成血壓上漲，到時候就不給出院許可了！」

最後還是發了出院許可，她跟八〇五病房的同伴道別，但是等待的老公卻還沒來。她也知道工廠很忙，但也遲到得太過分了。結果老公來的時候是下午三點，加上空著肚子，好子根本沒有好臉色。細心的護士不斷勸她去吃飯，但受夠了醫院伙食的好子還是拒絕了。

好子叨叨唸唸，老公也一樣反擊，兩人邊吵邊提著大堆行李下電梯。門診的掛號到下午兩點為止，櫃檯窗口不像上午那麼擠。但是來探病的人還是很多，大廳的椅子幾乎坐滿了人。

好子拄著柺杖行動，儘管被護士警告過了，她還是興奮地喘著氣走路。

「讓我坐一下！」好子看了一下周圍，發現前面兩排的地方有空位。

「那妳在這裡坐著等，我去開車出來。」

老公讓好子坐下，將行李放在腳邊，就先行離去了。好子還是一肚子氣，所以沒有回答。

喘了一口氣，一邊按摩腳一邊觀察四周。想到自己終於能夠離開這裡，看見那些跟探病客人談笑或翻閱書報雜誌、穿著醫院睡衣的病患，不禁有種優越感和同樣多的同情油然而起。

大廳電視正在播放社會新聞的節目，又是報導那個連續女性誘拐被殺事件。住院期間除了午間社會新聞外，幾乎什麼都沒有看，好子已經對該事件很熟悉了。今天又是報導那個可憐的古川鞠子。

但她還是隨意跟著看電視，卻從眼角餘光發現一個熟悉的龐大身影。

是「和明」。既然是開蕎麥麵店的，現在應該是中午休息時間囉。所以利用這時間來看栗橋壽美子，而現在是看完回去的時候。他從電梯出來後，直接朝著大門走去。

好子嚇了一跳，眼睛追著「和明」不放。他穿著白色圓領的襯衫和白褲子，應該是工作服吧。臉色也跟衣服一樣的蒼白。

和明走到自動門時，剛好老公也從外面進來。兩人在門口相遇，和明的龐大身軀撞上了好子的先生。因為老公個子小，搖搖晃晃地差點跌倒在地上。但是和明看都不看老公一眼，快步離開現場，好像在躲著什麼似的。

他是怎麼了？

「最近的年輕人不知是怎麼教育的？連句對不起都不會說！」老公生氣地來到好子身邊。可是好子始終看著「和明」離去的方向，感覺事情好像不太尋常。

到底發生什麼事了？是不是栗橋女士又幹什麼了？

就在不久後，足立好子又再一次看見「和明」的臉，就在電視畫面上。於是好子重新咀嚼她在大廳所感受到的漠然的不祥預兆。

17

十月的後半部，有些日子過得就像少女跳舞的輕盈腳步一樣，有些日子又像垂死的蝸牛一樣沉重緩慢。案情沒有什麼進展。因為和平和浩美潛伏著不出來，也是當然的結果。現在在兩人腦海裡，只有想到要如何設計高井和明成為凶手。被害人的人數已經夠了，如今需要的是凶手，是社會所要求的凶手。

和平強調：心理學上的證明已經夠充分了，高井和明對社會的怨恨就能解釋一切。他出生像個喪門犬，活著也像個喪門犬，因為復仇的心理導致他犯下一連串的罪行。殺害的對象都是女性，證明他是一個抑鬱寡歡、欲求不能滿足的男性！

此外再添加一些鐵證在和明身上，一切就大功告成。不在場證明也不必擔心。將近三十歲還跟父母住在一起，沒有特定的女朋友，沒有任何嗜好的男人，他的生活模式可以想見。到時候要是被問到不在場證明時，和明的回答只有一個：「我在家裡。」而能夠為他證明的也只有家人。近親的證詞是不具效力的，比羽毛還要輕！

二十一日的《日本日刊》有一個獨家報導，讓栗橋浩美十分震驚。嫌犯「T」。之前他就知道這個人。根據他的說法，這個人是和平事先安排的「地雷」。果不其然警方也踩到地雷了。和平的設想真是周到，簡直如有神助！

夜裡很晚，和明打電話來問說：「那個『T』是凶手嗎？」栗橋浩美毫不猶豫就回答：「不是。」然後在心中低語：因為你才是凶手呀，和明。

和明好像很失望。

「你不必在意那種人啦。」

對於栗橋浩美說的話，和明只是很沒有精神地回答：「我知道了。」同時又好像要說些什麼似的，支支吾吾地還是什麼都沒有說。

栗橋壽美子出院後，和明帶花來栗橋藥局祝賀。栗橋浩美並沒有跟和明說，媽媽是因為帶走別人家的女兒，所以比預定早出院。只是故意開朗地說：「以後每天要到醫院做復健，是吧，媽？」

和明不知為什麼跟壽美子說話時也很緊張。可以用手觸摸她的輪椅背部，卻不敢直接觸摸她的身體。好像遠遠看著壞掉的東西一樣，表現得十分溫柔。

回去的時候，栗橋浩美在門口對他說：「關於那件事……」

「怎麼了？報紙和電視都爭相報導T的事……」和明立刻緊追著問。栗橋浩美只是搖搖頭。

「是嗎……」

「和明，從現在起，我會有一段時間不在家。」

「要回住的地方嗎？」

「沒錯，但不是只有那樣。這也是為了那件事所必要的，不過我會打電話的。就算沒事也會打電話的。」

「我知道了。」和明乖乖地回去：「你自己小心點。」

最後還丟過來一個怎麼看都像是同情的視線，讓栗橋浩美有些在意。那種納悶和不愉快的感覺就像是雨天沾到泥水的褲子一樣，始終留在心上。

接著他立刻跟和平聯絡。沒想到和平從二十一日起竟十分熱中於嫌犯「T」。聽他說話似乎可以感覺他幾乎已經忘記要設計和明成為凶手的計畫了。

「原來水到渠成就是指這種事，果然還是上鉤了！田川一義果然不負我的期待。」

「你要用他演戲嗎？」

「當然，不用白不用。別忘了選擇大川公園也是因為有他呀，而且自從送回古川鞠子之後，我們什麼也沒有做。」

「和明的事就順延嗎？」

「怎麼，生氣了？放心好了，那件事不用急。把和明留到處置田川的劇情之後會更有趣。」

和平就是那麼隨性，就算反對他也不會聽的，栗橋浩美只好死心。

「總之我們到山莊再說吧。什麼時候起可以去呢？」

「隨時都可以，反正補習班那邊已經停了。」

和平說過現在在補習班當講師的工作要辭了，一方面事件到了該結束的關鍵時期，而且他早就對講師的工作感到厭煩了。

「我會跟學生說要背著登山背包到世界各地旅行，他們聽了一定很高興。那種年紀的小孩，對這種旅行和從事這種旅行的人很憧憬呀。」

「你高興怎麼做就怎麼做吧。總之早點把有的沒的事情料理清楚。」

結果兩人從十月二十七日起就窩在「山莊」裡。來到計畫總部這裡，和平依然熱中於「T」的話題。栗橋浩美忍著心中的不滿，不時打電話給和明，跟他說些「狀況沒有變化」、「有什麼事會立刻跟他聯絡」的話，一邊注意釣鉤有沒有折斷，一邊支撐著釣桿。而這本來就是一件很簡單的工作。

就這樣時序進入了十一月。十一月一日，一看過早報，和平像個小孩子似興奮地說：「你看看這個！今晚的新聞特別節目，那傢伙要親自上場耶！」

不過是幾個小時，和平就利用田川設計出今天晚上的這齣戲。實際上，栗橋浩美也很興奮，也覺得很有趣。當然到時候打電話到電視台的，也是栗橋浩美的工作。

「我可是第一次現場實況演出耶。」

「你可要好好表現！」

吃完過時的午餐，和平表示累了想要午睡一下。栗橋浩美留住他說：「我知道有些囉唆，但是我還是很在意和明的事。」

邊打哈欠，和平笑說：「和明是你身上背負的重擔呀，栗橋同學！」

「可是古川鞠子遺體出現時發生的事，現在又出現一次了。特別節目之後，和明那傢伙一定又會打電話給我，問我現在情形怎樣？」

「我想起來了。」和平收拾起昏沉的表情說：「浩美，長壽庵今天有開嗎？」

「有啊。」

「所以說那傢伙黃金時段也不能看電視，在廚房忙囉？」

「大概吧。」

「他跟誰在一起呢？」

「和他老爸兩個人。店裡有媽媽和妹妹招呼。」

「客人看得見廚房嗎？」

「看不見。和明那麼笨，所以也不出來招呼客人。」

和平高興地笑說：「也就是說，能夠證明不在場的，只有他的家人囉。」

沒錯，就是這麼回事。

可是栗橋浩美還是很不安：「不過為了安全起見，我們在現場演出的時候，是不是應該把和明叫到沒有人注意的地方比較好呢？」

「沒有那種必要！」和平很有自信地說：「因為之後能夠證明不在場的只有家人，所以不需要操那種心。而且我們所需要的證詞，就是他那句『我在家裡』。雖然不能保證他說『我沒有打電話給電視台』也沒什麼用。但是一個快三十歲的大男人，抽個空離開廚房打電話，應該沒有家人會監視吧？」

「和明家可就難說了。他連專用電話和手機都沒有。」

「可是除了店裡的電話，家裡應該還有其他電話吧？」

「但號碼是一樣的。」

「那就沒問題。完全ＯＫ呀。」和平自得其樂地說：「我們設計和明成為凶手的目的，不就是要讓高井家的人被警方質問而痛苦不堪嗎？那真的是一件很難受的事。那個時間，我兒子沒有打電話！可是太太妳真的能肯定嗎？和明不是嬰兒，背著妳打個電話，裝做沒發生什麼事又回到廚房，是很簡單的。妳們還是強調妳家兒子是無辜的嗎？明明就是鐵證如山！」

和平一個人演戲演得愉快。

「浩美說的沒錯。那就來談談高井和明的事吧，我似乎有點玩得過頭了。」

和平表示，讓高井和明成為連續女性誘拐被殺事件的凶手是個很好的主意。

「很棒的角色。他是主角，所有被害人都是配角。再怎麼震驚社會的連續殺人事件，有誰會記得被害人呢？歷史上能留名的只有凶手呀。」

「我知道，這一點我當然知道。可是犯人的角色就是要被警察逮捕呀。」

「開什麼玩笑！怎麼能被警察逮捕呢？」

栗橋浩美吃驚地問：「和明不會被警察逮捕嗎？」

「當然。就算我們再怎麼厲害，一旦將活生生的和明交到警察手裡，就不可能陷害他成為凶手。」

「為什麼嘛？」

「你想想看！活著的人一定會說話，和明絕對會主張自己沒有殺人。於是從他聽見你打手機給有馬義男，到他對小時玩伴栗橋浩美的懷疑，都會一五一十抖出來。到時候警方就會盯著浩美你！」

「盯著我——」

「開始調查你的身邊，於是連我都一起遭殃。我們兩人對於鞠子的事件、千秋的事件都沒有不在場證明。那還用說嗎，因為那兩人是我們殺的。而相對的，和明說不定有不在場證明。任何事件都可能跑出沒有關聯的物證。所以將活生生的他、會說話的他交給警察就完了。對我們而言，無異於自掘墳墓。」

栗橋浩美只有一瞬間想要試探和平，於是他問：「可是也可能我被抓了，和平還很安全呀。只要我什麼都不說的話，只要我承認一切都是我和和明做的。」

結果和平的嘴拉成一條直線。

「浩美，你認為我是那種人嗎？我會那麼卑鄙嗎？」

栗橋浩美沒有回答。他後悔說出不該說的話，但已經來不及了。

「我們一直都是兩個人一起走來，兩個人做下了這些事，不是嗎？可是你卻認為我可以將浩美一個人交給警方，自己裝做沒有事的樣子嗎？」

「對不起，是我不對。剛剛我是開玩笑的。」

栗橋浩美小心地道歉，但和平不知道是不是因為自己嘴裡說出「卑鄙」的字眼而激動，臉上還是生氣的樣子，同時不安地咬著指甲。

栗橋浩美一向認為，和平從小時候起就沒有改變，不能忍受別人說他「卑鄙」、「沒用」、「頭腦笨」、「彆扭」。他絕對不會忘記說他的人，也不會原諒他們。

「總之我絕對不會做出那種卑鄙的事！」和平不斷強調。栗橋浩美也安撫他說：「我知道。我不是真心說那些話的。」

「那你以後不可以再說那種無聊的話！」

「我不會說的。絕對不會再說。就算剛才也不是真心說的。」

和平瞪著栗橋浩美的臉，好像想起什麼事突然笑了。他說：「不過說不定倒也不是一件壞事！」

「如果我因為車禍突然死了、人不見了，浩美一個人就沒辦法讓高井和明成為犯人吧？這時這個主意倒是不錯。浩美被警察逮捕，然後主張共犯就是高井和明。」

「不要說這種不吉利的話嘛！」

「你聽著，以前真的有過這種案件。大概是昭和二〇年代（一九四五—一九五四）吧。有一件『梅田事件』，到現在還是冤案。」

討厭！又開始賣弄他的知識了。栗橋浩美有些不耐。可是為了讓和平高興，他還是安靜地聽他說下去吧。

「那個男人，我忘了他叫什麼名字，做了好幾件強盜殺人案件，而且被逮捕了。因為做案手法凶殘，很明顯一定是死罪。男人心想自己一個人倒楣不公平，反正也逃不過死罪了，乾脆連累誰來陪葬。他就說謊招供：所有的犯案都是他和朋友梅田一起幹的。」

「這種騙人的口供，警察也相信嗎？」

「相信了。因為做案手法太過凶殘，一開始警方就認為犯人不是一個而進行搜查。實際上是一個人做的案子，但因為警方認定有共犯，當這個真凶的男人說謊供出梅田，警方立刻就逮捕無辜的第三者，嚴刑逼供。受不了的梅田終於承認自己沒有犯的罪，畫了『自白口供』的押。他其實有不在場證明，但能提供證詞的是他的家人。我記得應該是他妹妹吧。可是因為家人做證的可信度不高，沒有被採納，法院判定他有罪。」

「那真凶怎麼了？」

「死刑呀。而且到最後始終堅持梅田是共犯的謊言。在監獄裡，梅田開始主張自己的無辜，同時有律師願意幫他，結果那律師跟真凶打成交道。說只要給他一大筆錢，就願意承認梅田沒有做。他希望將錢留給自己的女人。大概說的內容就是這些吧。但是律師拒絕了，因為這樣是行不通的。最後犯人在上絞刑台之前，都一直主張梅田是共犯。雖然現在已經證實了梅田的無辜。」

和平又開始咬指甲，這是他不安時的習慣。

「真是可惡……我居然想不起來那個男人、那個真凶的名字？我的記憶力也開始衰退了嗎？」

「有什麼關係，都是以前的故事了。」

「話是沒錯，可是這件事卻冠上無辜嫌犯梅田的名字，成為『梅田事件』，這才讓我不滿。這件事件應該冠上真凶的名字才對，因為是他犯的案子呀。」

和平的眼睛充滿了熱情，就像很久以前他們一起玩電動遊戲、一起做模型時一樣，栗橋浩美曾經在和平眼裡看見同樣的光輝。所以和平始終沒有改變，一直都是少年的樣子。所以他心裡突然閃過一個念頭：這傢伙會有女人緣嗎？

「真凶既不是痛恨梅田，也跟他沒有利害關係，也不是為了什麼小過節，而陷害梅田入罪。兩人在戰時曾經待在同一軍隊，所以也不是陌生人，卻也不是好朋友。從常識來判斷，真凶實在沒有理由誣賴梅田。也難怪警方根本不認為凶手會扯出這麼大的謊言來。」

栗橋浩美不置可否，他只希望早點回到原來的話題。設計和明的計畫到底訂了沒有？可是和平對於栗橋浩美毫無興趣的態度，表現出幻滅的神色。

「喂！用點心嘛，浩美。難道你不知道我為什麼要提起梅田事件嗎？」

「……」

「你想想看犯人對梅田做了什麼事？」

「讓他被冤枉，不是嗎？」

這就是我們現在要對和明做的事呀！

「就表象來說，你說的是事實。但真實卻不一樣。」

和平傾身向前，直視栗橋浩美的眼睛說：「真凶其實對梅田表現出真正的『惡』是什麼，你不覺得嗎？」

純粹的「惡」！

「他對梅田沒有恨意，也不是以金錢為目的。就算他之後跟律師提到了錢，我也不認為是他的真意。那是正常律師都會拒絕的交易，目的是要折磨梅田、讓他痛苦。因為被提出這種要求，就算之後拒絕對方，心裡還是會想東想西吧？真的付了錢，他就會說真話嗎？實際上，在梅田冤罪平反前，真凶就已經伏法了。梅田和他的律師一定會後悔的，後悔當時如果付了錢就好了。他們會很痛苦的。真凶就是知道自己死後依然會困擾他們，所以才提出這個條件。」

和平自得其樂，不，應該說是顯得很自傲。

「真正的惡就是這樣，沒有任何理由。所以被這種惡所侵襲的被害人，就像可憐的梅田，連他自己都不知道為什麼會遇上這種倒楣事。他無法認同，就算問原因，也找不到答案。如果是有怨恨、感情生變、金錢目的等理由，被害的一方多少心理還能接受。至少可以有安慰自己、憎恨犯人、埋怨社會的根據。只要犯人給理由，被害人就知道如何處理心情。可是這個事件一開始就沒有理由或根據，所以只能呆呆地任人宰割。這就是真正的『惡』呀！」

「我聽不太懂！」栗橋浩美小聲說，其實他完全無法理解：「其實狠毒的事件有很多，不是嗎？」

「更狠毒的事件？你是說殺死更多人、搶奪更多錢嗎？還是什麼？要錢要命？那些都沒有意義。只不過是貪心跟沒有神經罷了！那些或許是『犯罪』，但還不夠『惡』。」

是這樣子嗎？提到這種事，栗橋浩美總是跟不上。

栗橋浩美從來不做深思。一開始就沒有過，現在也沒有仔細思考過什麼事情。

兩年前，栗橋浩美在那個廢墟的垃圾洞裡，以那種形式殺了岸田明美和國中女生。他害怕地來找和平商量對策，不斷表示自己的頭腦出了問題。結果和平對他說：「不用擔心，我不會讓警察來抓你的。我有我的辦法，你放心交給我處理吧。」

和平跑到廢墟來找他。栗橋浩美一個人將兩具屍體拖到廢墟隱蔽的地下室裡，接著他們兩人再一起將屍體搬出來，一具放進車子的行李廂；一具橫躺在後車座，用毛毯蓋著，然後運離開現場。

栗橋浩美問：「要載到哪裡埋葬？」和平冷冷地回答：「埋在永遠都找不到的山裡面好嗎？笨蛋，埋在哪裡到時都會被發現的。而且不只是這樣，如果現在放手，就永遠得背負著被發現的恐懼過日子。」

於是和平直接將車開到「山莊」。栗橋浩美聽到和平繼承了爸爸在冰川高原上的別墅，著實吃了一驚。學生時代雖然不是行動都在一起，但他自以為跟和平很熟。可是他從來沒有聽說過和平的爸爸過世了。說起來他連和平的爸爸長什麼樣都沒有看過。當時他才發覺到這一點。

「你媽媽呢？她還好嗎？」

「嗯。現在不住在東京了。」和平回答得很簡短。似乎不太想提起自己家裡的事，這也是他從小就有的習慣。

「所以山莊是我的財產，其他人不會進出。放心好了。」

直到天亮之前，兩人合力將兩具屍體埋葬在「山莊」的庭院裡。挖掘泥土的工具，在倉庫都有。以前還有園藝師傅來這裡工作，但因為和平不喜歡外人出入自己家，就將他辭退了。但是工具還是買全了整套放著。

「我是想也許哪天心血來潮，想自己整理庭院。」

黎明前作業忙完，兩人進「山莊」吃早飯。因為和平週末都會來這裡住宿，冰箱和食品櫃裡有很多存糧。「山莊」本身的建築和裝潢都顯示出氣派，和平熟練的使用態度，更讓栗橋浩美感到欽佩。

「一個人來這裡，都做些什麼呢？」

和平笑著回答這樣的提問：「不見得是一個人來呀。」

「哦，是呀。」

「想一個人獨處的時候會來，那種時候只要無所事事地看著山、看著森林就好。來到這裡總讓我有活著的感覺。」

栗橋浩美心想：那種感覺，拚命工作的人不會懂，但是我知道。

「對了，我有時也會攝影。大學時代曾經迷過一陣子。整套的器材都有，我還將一樓後面的儲藏室改成小暗房。自己拍的照片自己顯像，現在幾乎都沒有使用了。」

和平調查了一下她們的所有物。國中女生的身分立刻就找到了。她的地址簿上，寫的都是男朋友的名字，還有她自己的姓名和住址。

她說自己是離家出走。態度看起來不像是國中生，顯得很油條，對男人很有一套。和平模仿她地址簿上的筆跡，寫給她家裡一封信。和平說：「這樣的話應該能擋一段時間吧。而且如果這個女孩的父母很沒有責任感，說不定這樣便解決了。」事實上，確實也跟他說的一樣。

和平也寫信到岸田明美的家。

「她和浩美交往的事，家裡面知道嗎？」

「應該不知道吧。明美換男朋友換得很兇……」

「不肯定就糟了。如果不能確定，有時設計的陷阱反而成了自己的墳墓。」

「放心吧。她跟家裡的關係不是很好。行動電話、地址簿也都一直放在皮包裡，所以都在我們手上。不管是她爸爸還是媽媽，都沒有辦法追查她的交友關係。」

儘管如此和平還是唸了半天，才提筆寫信。他是根據栗橋浩美手上的岸田明美來信，稍微練習一下筆跡，確實模仿得很像。

內容也令人折服。

「在爸爸財產的大傘下，那些接近我的人，是真的關心我還是為了錢財？我實在無法分辨。」

「很感傷嗎？」和平笑說：「應該很像沒見過市面的千金小姐說的話吧。」

岸田明美的皮包裡，除了地址簿外，還有存摺和金融卡。那是她爸爸匯給她生活費的帳戶，餘額將近三十萬。

和平說：「等那封信大概寄到她家時，便得從該帳戶領出十萬塊。」

「可是這麼做，不是很危險嗎？」

「放心好了。她不是一向跟家裡拿錢，逍遙過日子嗎？她只知道這種生活方式。所以說的好聽，說要離開父母生活，其實還不就是想要這些錢嗎？肯定是這樣的。所以一點一點領出來，她家人才會安心。就算寄了那封自以為是的信，她還是得依賴這筆生活費的。」

和平的看法全都說對了。偽造的信寄到明美家後，栗橋浩美的周遭沒有任何變化。從來沒有過明美的父母突然來電說：「聽說我女兒跟你交往，她離家出走一直沒有回來，你知道她住在哪裡嗎？」

可見得明美不是那種會跟家裡詳細報告男朋友資料的女孩。她的父母就算知道明美有要好的男朋友，除了明美這個直接的資訊來源，他們是無從調查男方資訊的。假設他們申請搜索失蹤人口，警方應該也不會找到栗橋浩美這裡的。

心情稍微放鬆後，他故意改變造型穿上西裝、戴老實的膠框眼鏡，到明美住的公寓偵查過。房屋已經退租，換了新的住戶。也是她父母來收拾行李的。

還不只是這樣。寄出信半個月後，領出十萬塊的帳戶裡又匯進來二十萬元。確認過後，栗橋浩美不禁高興地吹起口哨。

岸田明美的父母果然百分之百地相信和平所寫的劇本。相信女兒還活著，而且宣布離開父母獨立生活；可是沒有生活費就過不下去。沒辦法，他們只好等女兒甘願了就會回家，在這之前還是匯生活費給她。

「真是美麗的親情呀！」和平雖然說得很諷刺，但還是高興有錢能花。

栗橋浩美因為尊敬和感謝，幾乎不敢直視和平閃亮的臉。和平果然是厲害，真是欺騙人的天才！連親手殺了岸田明美的他都認為和平的劇本才是對的，他甚至覺得明美現在還活得好好的。

這樣就可以安心了。沒有什麼好操心的了。栗橋浩美頭上的陰霾都已經煙消雲散。

本來他就不是為了殺人而殺人，而是情況使然，搞得他不得已。對栗橋浩美而言，這種毫無知覺所做出的殺人行為，在某些意義上，他也是被害人。現在他終於能擺脫掉不當的殺人枷鎖。

可是……當一切都塵埃落定時，和平卻又說：「這種程度的偽裝工作，並不能維持很長久。」

「什麼？這是什麼意思？」

「沒什麼意思呀。你冷靜想想這種劇本，對於嘉浦舞衣那種不良少女就算了，但是岸田明美終究是會回到父母身邊。但現實情況不行，她已經死了。所以五年後、十年後、甚至更早，她的家人就會開始懷疑，這是可以想見的。明美還沒有回家，都已經過了好玩的青春時期。她應該會想要選擇活在爸爸龐大資產的傘翼下，卻還沒有回家？」

奇怪。她離家出走的理由、那封信。一直被提款的帳戶。明美真的是因為自己的意識而離家出走的嗎？真的還活得好好的嗎？總有一天家裡的人會開始懷疑這一切。

「到時候更沒有辦法查出我和明美的關係呀！」

和平認真地看著說得輕鬆的栗橋浩美。

「那可不一定。就算細如蠶絲，也可能找到源頭。不要忘了，現在擺脫嫌疑，不過是為了賺取時間。而且更重要的是，如果這個事件被追查起來，千萬不要小看了日本警方的實力！那會很危險的。」

「你不要……嚇我。」

「我不是嚇你，而是要你冷靜思考。因為我們不能不提出對策。」

「對策？」

到底還要怎麼做呢？

「為了以後，偽裝是有必要的。就像要將樹木藏起來，就必須到森林去。」

「這是什麼意思？」

和平微笑地解答栗橋浩美的疑問。

「關東地區到處都有同樣的女性失蹤事件。而現在這個時間點，已經經過充分的時間，『凶手』可以開始行動了。可以提出犯罪聲明、丟棄幾具屍體。而且最後還要將岸田明美、和她一起死的離家國中女生都搞成是凶手所為。也許有點大費周章，但這絕對是必要的。」

當時和平的笑容顯得多麼無憂無慮。

「當然『凶手』是虛擬的存在，是我和浩美做出來的海市蜃樓。浩美躲在海市蜃樓後面，將永遠安全。」

對，一開始就是那樣。一切都是因為岸田明美和那個國中女生——忘了她叫什麼名字？大概是舞衣吧，都是從殺人開始的，為了逃避警察的追查而開始的。因為和平那麼說，栗橋浩美便贊成了。浩美覺得是好主意。目的也很清楚，製造出一個殺人犯的海市蜃樓，栗橋浩美躲在後面。

可是和平經常還是會像現在這樣說些意義不明的話，說什麼是「真正的惡」？

「我和浩美所要做的，並不只是犯罪，我們也是要體現什麼是『惡』！」

和平不理會栗橋浩美的想法，自己一個人說得很高興。栗橋浩美在他快活的說話聲裡，從回想回到現實。

「我們要將永遠解不開的謎題丟給所有的被害人和所有被害人的家人。為什麼？為什麼我的女兒被殺？凶手為什麼要折磨我們？為什麼、為什麼、為什麼？但是誰也不知道答案。自以為聰明的人或許有各種的推理，警方也會積極辦案，但還是找不到答案。因為本來就沒有答案。知道的只有我，不對，是只有我們。」

說的時候和平還聳聳肩膀。

「其實光是這樣就足夠了，又是一件龐大的工程。可是因為浩美的不小心，讓高井和明抓到馬腳，讓我們的計畫急遽變大，必須把他也給牽扯進來。」

我知道，為了這件事我不知已經道歉多少次了！栗橋浩美在心中低喃。

「不過……算了。」和平的心情不錯：「讓高井和明嚐嚐梅田經驗過的痛苦也是一大樂事。應該是個很有意思的故事。只要想到這裡，也能高高興興地為高井和明修改劇本。老實說，我一直都很羨慕梅田事件的真凶！」

栗橋浩美第一次為和平興奮的口吻感到有些不安。過去不管什麼事，他都聽從和平的，包括媒體的事、打電話給死者家人以製造話題、分屍、故意將右手腕丟出來、將已經埋葬的古川鞠子重新挖出來放在人家門口。這一切都是為了讓「海市蜃樓」看起來更真實。讓它背影顏色更濃、更黑，好讓栗橋浩美躲在其中。

但是他卻擔心和平是不是還有其他真正的心意？當然這些事跡敗露，他也一樣很困擾。但是……

「要設計高井和明成為代罪羔羊，必須累積許多可疑狀況，最後再讓他一死。」和平直接說出這些後，轉頭看著栗橋浩美。

「要讓他自殺。並且在他身邊留下承認自己就是連續誘拐殺人事件凶手的遺書作為物證。」

「這樣行得通嗎？」

「不用擔心，遺書我會寫好的。」

的確和平有偽造「書信」的才能，岸田明美的家書就是實證。

「不用太長的遺書。而且連續殺人犯自殺也不是稀奇的事。因為他們通常都是雙重人格。一個人格以殺人為樂，中了殺人的毒；另一個人格卻認為殺人是不對的，可以感覺良心的苛責。他已經受不了兩種人格的衝突，所以選擇毀滅自我肉體和精神的路。在美國有很多這種例子。一個連續殺人案還未解決就消聲匿跡時，他們就會解釋犯人可能因為其他犯罪被關了起來，或是自殺了。這是一種常識。」

和平說得很像個專家。大概是查過什麼資料或書本吧，但這種時候他絕對不會說「根據……」、「我讀過一本書上寫著……」。而是說得很肯定，彷彿一開始就是他的知識。這種說話方式是和平的毛病。

栗橋浩美心想：今天我對和平似乎有點批評的態度。都怪他提出惡呀什麼的奇怪說法。

和平還在滔滔不絕。

「還有物證由我們保管就行了。只是因為我沒進去過高井家，真正去將物證塞進和明房間，是浩美你的工作。你要好好做。」

簡直就像是店長指示工讀店員的口吻，栗橋浩美不太情願地在嘴巴上「嗯」了一聲。因為如果回答「放心交給我吧」、「我知道了」，就等於自己把自己貶成和平手下的工讀店員，栗橋浩美才不幹呢。

和平的心情極佳，完全沒有注意到栗橋浩美些微的抵抗。

「對了，時間差不多了。」

拿起桌上的報紙，攤開電視節目欄，和平笑著說：「我們今晚將要演出一場好戲，你說對吧？」

栗橋浩美點頭說：「因為田川一義要親自上電視了。」

「真是笨呀！大、笨、蛋。」和平像唱歌般地交代著：「自從古川鞠子的骨頭交還給他們後，他們就認為我們開始在請病假。今晚要好好玩一下。拜託你囉，浩、美、呀！」

模仿犯（上卷：事件之卷）

原著作者　宮部美幸
譯　　者　張秋明
美術設計　Bianco Tsai
出　　版　臉譜出版
發 行 人　凃玉雲
總 經 理　陳逸瑛
編輯總監　劉麗真
城邦文化事業股份有限公司
台北市民生東路二段 141 號 5 樓
電話：886-2-25007696　傳真：886-2-25001952

發　　行　英屬蓋曼群島商家庭傳媒股份有限公司城邦分公司
台北市中山區民生東路 141 號 11 樓
客服專線：02-25007718；25007719
24 小時傳真專線：02-25001990；25001991
服務時間：週一至週五上午 09:30-12:00；下午 13:30-17:00
劃撥帳號：19863813　戶名：書虫股份有限公司
讀者服務信箱：service@readingclub.com.tw
城邦網址：http://www.cite.com.tw
香港發行所　城邦（香港）出版集團有限公司
香港灣仔駱克道 193 號東超商業中心 1 樓
電話：852-25086231 傳真：852-25789337
馬新發行所　城邦（馬新）出版集團 Cite（M）Sdn. Bhd.
41, Jalan Radin Anum, Bandar Baru Sri Petaling, 57000 Kuala Lumpur, Malaysia.
電話：603-90563833　傳真：603-90576622
電子信箱： services@cite.my

四版一刷　2022 年 10 月
ISBN　978-626-315-187-1

售價： 490 元

國家圖書館出版品預行編目(CIP)資料

模仿犯. 上卷, 事件之卷/宮部美幸著 ; 張秋明譯. -- 四版. -- 臺北市 : 臉譜出版, 城邦文化事業股份有限公司出版 : 英屬蓋曼群島商家庭傳媒股份有限公司城邦分公司發行, 2022.10
面 ;　公分. -- (宮部美幸作品集 ; 1)
ISBN　978-626-315-187-1(平裝)

861.57　　111013170